短篇小说
中篇小说
散　文
报告文学
中国文坛纪事

21世纪年度小说选

短篇小说

人民文学出版社编辑部 / 编

人民文学出版社

图书在版编目（CIP）数据

2017短篇小说/人民文学出版社编辑部编．—北京：人民文学出版社，2018

（21世纪年度小说选）

ISBN 978-7-02-013875-3

Ⅰ.①2… Ⅱ.①人… Ⅲ.①短篇小说—小说集—中国—当代 Ⅳ.①I247.7

中国版本图书馆CIP数据核字(2018)第041917号

责任编辑　王　晓　文　珍
装帧设计　马诗音
责任印制　任　祎

出版发行　人民文学出版社
社　　址　北京市朝内大街166号
邮政编码　100705
网　　址　http://www.rw-cn.com

印　　刷　河北鹏润印刷有限公司
经　　销　全国新华书店等

字　　数　416千字
开　　本　880毫米×1230毫米　1/32
印　　张　15.625　插页3
版　　次　2018年6月北京第1版
印　　次　2018年6月第1次印刷

书　　号　978-7-02-013875-3
定　　价　56.00元

如有印装质量问题，请与本社图书销售中心调换。电话:010-65233595

出 版 说 明

我社自 1977 年起,即每年编选和出版年度短篇小说选和中篇小说选,两种年选曾经深得读者的喜爱,在文学界和读者中具有广泛影响。1994 年后,这项工作一度中断。21 世纪肇始,根据文学界人士和读者的建议,我社决定恢复中、短篇小说年选的编选和出版工作,以便及时总结年度中、短篇小说创作的成绩,向读者集中推荐优秀的中、短篇小说,也为新世纪的文学积累做出我们的贡献。

恢复出版的中、短篇小说年选总冠名为"21 世纪年度小说选",以示我们一百年不动摇,长期做下去的决心。"21 世纪年度小说选"分中篇小说和短篇小说,各编一册,于次年出版;编选范围为当年全国各报刊上发表的中、短篇小说,入选篇目的排列以作品发表时间先后为序。

"21 世纪年度小说选"的编选工作得到许多著名文学评论家和编辑家的支持和帮助,他们应我社之邀,对当年的中、短篇小说创作状况进行深入、广泛的研讨,提出许多极有价值的选目。我们在广泛阅读的基础上,充分参考专家们的意见,严格进行编选。在此,谨向诸位专家深表谢忱。

人民文学出版社编辑部

目　录

玛多娜生意 …………………………… 苏　童　1
十三姨 ………………………………… 陈永和　17
气球 …………………………………… 万玛才旦　34
练夜 …………………………………… 钟求是　63
天堂来客 ……………………………… 肖克凡　77
春之盐 ………………………………… 张天翼　94
但求杯水 ……………………………… 弋　舟　104
深蓝 …………………………………… 雷　默　122
白耳夜鹭 ……………………………… 艾　玛　137
黄昏料理人 …………………………… 冯　唐　159
皮婚 …………………………………… 南飞雁　176
盛隽怡的午后时光 …………………… 钱佳楠　195
调整呼吸 ……………………………… 裘山山　214
汝今能持否？ ………………………… 叶　舟　234
最短的白日 …………………………… 迟子建　257
少女的舅妈 …………………………… 张　者　270
人人都应该有一口漂亮的牙齿 ……… 张　楚　281
朋友 …………………………………… 苏　方　297
风油精 ………………………………… 赵　松　326
你的位子在哪里 ……………………… 范小青　339
蕉鹿记 ………………………………… 张怡微　352
故乡人事·左镰 ……………………… 莫　言　361
指南 …………………………………… 房　伟　372
殊途 …………………………………… 沈　念　388
刺虎 …………………………………… 马　拉　407

别忘了你是谁的孩子 …………………… 阿　宁 *419*
酒鬼汪扎 ………………………………… 伊熙堪卓 *431*
补天余 …………………………………… 杨　遥 *457*
熊猫 ……………………………………… 崔曼莉 *474*

玛多娜生意

苏 童

一

那些年,我也做过生意。

我和庞德合伙的鸢尾花广告公司开张了五个多月,人气很旺,庞德每天都在公司接待好几拨客人,咖啡机烧坏了两台,一次性纸杯用掉了好几箱,但我后来得知,并没有一份像样的合同,那些人都是来找庞德谈艺术的。有一个摇滚乐手喝啤酒喝醉了,捏着那玩意儿在公司里跑来跑去,对着每一盆植物撒尿,嘴里高喊,Comeon!Comeon!那些杜鹃、龟背竹、发财树不知所措,没几天,就一盆一盆地枯死了。

必须介绍一下庞德。他是我的朋友,一个业余诗人,一名音乐发烧友,本业则是美术设计,朋友圈公认他为最有艺术才华的人,但现在,他是我们公司的经理,才华不能挣钱,要它何用?大家可以想见我的恐慌,五个月颗粒无收,我对庞德的敬佩,已经变成了愤怒。我多次奚落了庞德的无能,也顺带抨击了他所热爱的一切事物,诗歌的酸腐、音乐的无用,甚至诋毁了庞德最崇拜的大师毕加索,说他不过是个色情狂。也许是类似的电话接多了,庞德的抵御非常理智,逻辑性很强,他说,我请问你,失去一点金钱,就有资格诋毁艺术吗?然后我听着他对经营的失败做出流利的辩解:一切都归咎于一个香港天王巨星的爽约,朋友介绍来的合作伙伴极不可靠,其中一个是诈骗犯,还有一位洽谈户外广告的家具商人,竟然是目不识丁的文盲。后来不知怎么提到了公司的名称,他埋怨我们盲目听从一个女画家的建议,注册了鸢尾花这个倒霉的名字。鸢尾的花季很短很短,知道吗?梵高画了鸢尾花就疯了,知道吗?现在可好,鸢尾的诅咒应验了,我也快被你们逼疯了。说到这里,他旧事重提,我本来是要叫南方草原的,记得吗?庞德大声嚷嚷,南方,草原,多么开阔多么好听的名字,是你们反对的。

那一阵子庞德还坚持续租太平洋酒店裙楼的写字间,悉数保留所有雇佣的员工,每天西装革履,开着他的桑塔纳轿车出没在太平洋酒店。他对人心惶惶的员工说,放心吧,苹果树上的最后一只苹果,一定是最红最甜的。有人告诉我,他女朋友桃子生日的那一天,他给桃子送去了九十九朵玫瑰,这让我怀疑他对浪漫与享乐的追求,会把公司账户上最后一点余额挥霍一空。我再一次打电话谴责了庞德,也就是那一次,庞德与我翻脸了。我听见庞德电话里的声音变得傲慢而尖锐,你那点钱,可以撤走,我根本不在乎。然后在一阵蓄意的沉默之后,他向我亮出一张底牌,令人难以置信。玛多娜,玛多娜你知道的吧?庞德清了清喉咙说,我透露一个消息给你,玛多娜要来了,我们的大生意,马上来了。

我在太平洋酒店的咖啡厅里看见了庞德。

他和一个陌生姑娘面对面坐着,喝咖啡,说话,耸肩膀。与以往一样,庞德与姑娘在一起的时候显得格外帅气,意气风发,耸肩的动作会极其频繁。我走过去的时候,他似乎忘了之前的不悦,很大度地向我介绍了身边的姑娘。深圳来的简玛丽小姐,玛多娜生意的合作伙伴。他这么说着,看我猜疑的表情,用胳膊肘捅了我一下,轻声补充道,简老大的侄女啊。

庞德嘴里的简老大,我当然知道是谁。所谓广告界的大鳄和教父,一个传奇的成功人士,白道黑道还有红道,路路皆通。我只是本能地怀疑这笔大生意的真实性,庞德社交生活的浮夸与芜杂,多少让我对这个陌生姑娘心存戒备。我记得很清楚,简玛丽当时没有站起来,似乎是回敬我多疑的眼神,她皱皱眉,将一只手懒懒地伸出来,让我握一下,明显是作为恩赐的。她将嘴里的咖啡渣吐在纸巾里,团了团扔在烟灰缸里,忿忿地说,这叫什么咖啡?瞟一眼远处的侍者,又宽宏大量了,说,什么样的地方做什么样的咖啡,不计较了。什么时候我带你去喜来登,那儿的蓝山咖啡,还算不错。

是一个时髦、高贵而且神秘的姑娘,穿皮裙,短靴,白衬衫。肤色微黑,脸形稍显方正,谈不上多么漂亮,但是,有某种说不出的动人之处。当她的面孔朝向庞德,眼神单纯清澈,微笑的时候,那一丝妩媚与羞怯,似乎还属于一个少女,偶尔目光朝我瞥过来,一切都不同,我从她的脸上发现某种明显的骄矜与冷酷之色,我相信那是刻意流露的,对我的多疑,她给予了必要的报复。

我其实插不上什么话。他们在热切地谈论玛多娜。她的音乐。她的舞台。她的造型和头发的颜色。甚至谈及她新婚的丈夫,一个英国导演,他最近拍了一部什么黑帮电影,杀人,杀得很浪漫。我急于打探玛多娜巡演的代理细节,庞德明确阻止了我,称现在我们还没有资格商谈细节,鸢尾花能否承接这笔生意,还要等简玛丽回到深圳再说,一切都要简老大决定。听起来这是可信的。我问简玛丽,简老大是你叔叔还是伯父?她抿了抿嘴唇,用征询的眼神看看庞德,庞德照例耸耸肩。她突然凌厉地看着我,你猜呢?我并没有从她眼睛里发现任何的虚弱,倒是看到一丝孩子气的调皮,我像庞德一样耸了耸肩,这怎么猜?她发出了突兀的一声冷笑,其实你猜得出的。然后她从包包里掏出一支口红,开始修补唇妆,问我,吕先生你听过玛多娜吗?我说我听过,就是一时不记得她唱了什么了。她斜睨我一眼,忽然灿烂地一笑,我知道你们这款男人最喜欢什么,《像一个处女》,你肯定喜欢吧?

玛多娜生意后来不了了之,这在我们很多人的预料之中。好在事情并未能向前推进,除了庞德陪同简玛丽去黄山和杭州的那点旅游费用,鸢尾花公司并没有什么损失。那个简玛丽究竟是不是骗子,暂时成为了我们心底的一个悬念,难以追究。

朋友圈内有人在上海遇到过简老大,有幸与他攀谈了几句,自然问起了那笔玛多娜生意,回答是确有其事,只不过中间人太多,演出承包商那边的预付没有谈拢,生意最后黄了。后来问起简玛丽这个人,简老大矢口否认,说他从来没有什么侄女。大家对简老大浪漫的私生活都有所耳闻,身边美女如云,否认是侄女,并不排斥是其他什么人,简玛丽与简老大的关系尚待多方查考,那朋友只好自己找台阶下,说,定是碰巧了,姓简的人不多,那姑娘恰好也姓简。

鸢尾花真的很快凋谢了,广告公司关了门。庞德愤怒了几天,又沮丧了一阵,最后一次去公司的办公室,他枯坐在办公桌前,对着一本画册发呆,手里把玩着一把美工刀。有人注意到那是梵高割耳后的自画像,立刻引起了警惕,告诫他道,庞德你别想不开,公司开开关关很正常的,割了耳朵你怎么泡妞?割了耳朵你怎么听音乐?庞德说,别吵,我离发疯还早呢,我不过是在体会,什么是背叛,什么是悲伤。还好,庞德最后化悲痛为力量,他只是用美工刀在办公桌上刻了四个大字:壮志未酬。刻得缓慢艰难,因为是篆体的。之后他把美工刀扔在字纸篓里,扬长而去了。

有一段时间庞德销声匿迹。谁也找不到庞德,包括他的女友桃子。庞德向我们描述过他的好多人生计划,最惊人的莫过于去青海塔尔寺做喇嘛,其中并不包括失踪这一项。有人猜他是设法去美国了,那是他多年的梦想。但桃子说庞德被美国大使馆拒签了,无论是去拉斯维加斯听玛多娜的演唱会,还是去哈佛大学留学的计划,暂时都还是庞德的空想而已。

桃子是少年宫的琵琶老师,也是圈内公认的淑女,容貌酷肖邓丽君。之前庞德狂热地追求她,追了三年,还是个朦胧的恋人。桃子的父母嫌庞德浮夸不可靠,一直反对女儿的爱情。等到桃子终于说服了父母,准备谈婚论嫁。庞德却不告而别了。我们都同情桃子的境遇。她的生活已经习惯了两个内容:被庞德宠爱,孩子和琵琶。庞德不在,孩子和琵琶的陪伴便可有可无,桃子的生活彻底失去了平衡。她憔悴了许多,跑到庞德的所有朋友那里哭诉,言辞之间多少流露出对我们这班朋友的抱怨,是我们把庞德拉上一条贼船,现在船沉了,大家都不管他了。哭到伤心处,桃子要大家设法转告庞德一个限期,如果在六一儿童节之前不回来,她会抱着琵琶从少年宫的塔楼上跳下去。有点危言耸听,但桃子以满眼泪水告诉我们,那不是威胁。看着一个知书达理楚楚动人的淑女形象,转眼成为一堆绝望恐怖的碎片,大家都心痛,也感慨爱情的变幻无常。都说他们的爱情是一坛浓烈的蜂蜜,可是这坛蜂蜜居然就打翻了,打翻之后凝结成一把锋利的刀,连我们都被刺伤了。

寻找庞德,就这样成了一件人命关天的事,当然也成了我们这个朋友圈的义务。证券公司的小辛先找到了一丝线索。是一张用傻瓜相机随意拍下的照片,背景灯光紊乱刺眼,导致影像有点模糊,但还可以分辨出庞德那张意气风发的面孔。倚靠在他身边的那个外国女郎,银发红唇,艳光四射,引起了我们的一片惊叫,玛多娜玛多娜!那分明就是大家错失了的玛多娜。庞德真的去了美国吗,这么快,他就见到玛多娜了吗?

很快就冷静下来,不可能的。定下神来分析那个玛多娜,应该是一次模仿秀,一个替身而已。细看照片的一角,隐约可见庆祝什么股份公司上市的横幅标语。至于庞德身边的那个冒牌玛多娜,她眼神里放出的空茫而妖媚的气息,几可乱真,但仔细甄别容貌,应该是我们的同胞。是谁呢?有人说出了几个当红歌星的名字,而我当时就联想起了简玛丽,只是印象里的简玛丽脸形稍显方正,做玛多娜的替身,她的脸该怎么拉长呢?还有鼻梁和眼窝,是怎么化妆的呢?

后来的消息证实了我的直觉。那个玛多娜,是蛇口玛多娜,所谓蛇口玛多娜,其实就是简玛丽。我们寻找庞德的义务,就这样演变成对一个外地女孩的暗中调查。

很快就水落石出了。简玛丽的履历背景,不像庞德说得那么神秘,也不像我们猜想的那么简单。她最初是川东一个小城的歌舞团演员，跟着几个朋友南下深圳，成立了一个舞蹈团，专门为晚会伴舞。舞蹈团不久散了，朋友各奔东西，只有她留了下来，拜师学声乐。有很多深圳一带爱泡夜场的朋友，见过她狂放的歌舞，说她唱功一般，经常对口型，但舞台形象令人难忘，劲爆火辣，性感无敌，蛇口玛多娜这个艺名，对于简玛丽来说是恰如其分的，她确实住在蛇口。有人了解到的信息属于隐私，说简玛丽曾经被一个香港的中年地产商包养，有一次不知为何拿了一只高跟鞋追打那个香港人，从电梯追到公寓大堂，再追到停车场，邻居们看见她用高跟鞋将香港人的轿车玻璃砸出一个坑，光着脚提着鞋子往回走，对邻居说，这下有点爽了。所以，她在那幢公寓里又有个特殊的绰号，叫作有点爽。还有一些人在电视上见过简玛丽。她参加过很多选秀活动，也在几部电视剧里跑过龙套，甚至还经商，是一种韩国美容乳液的代理商。关于简玛丽的种种消息，我们最关心的是她的现状。她的现状简洁明晰，却没有人敢告诉桃子。

听说在深圳，简玛丽与庞德已经同居了。

二

五月将尽的时候，桃子的父母和庞德的兄嫂联袂去了趟深圳，把庞德押回来了。

不知道为什么，庞德如此归来，竟仍然给人衣锦还乡的感觉。他约了我们一帮老友见面，不在以前我们的聚点太平洋，而是在喜来登酒店的西餐厅，喝香槟，吃牛排，花销明显要贵很多。桃子也在，她很少说话，只是以一种悲伤的手势握着庞德的手，告知我们爱情失而复得的艰辛。庞德穿了一套奇怪的镶白边的黑色西装，当我们对他的西装表示出好奇，他不以为然，说，你们是穿惯冒牌货了，少见多怪，知道吗？阿玛尼的新款，从来都这么出位。我们又问他出位是什么意思，他懒得解释了，耸耸肩，给我们递上了新的名片。公司名字叫热带风暴演出经纪公司，他身兼三职，法人、董事长、总经理。有个朋友讽刺地说，庞德你在深圳就这三个职务？不止的吧？庞德倒是不介意，自嘲道，别的职务，名片上就不写了。他身边的桃子听出了话音，脸上乍然变色，大家就不忍心再拿庞德开涮了。无论如何，六一的隐患已经消除，他们的复合是一件好事，至少省却了朋友们的烦扰。

最初谁也不知道，简玛丽尾随庞德，一起回来了。庞德后来声称他对此毫不知情，那是否谎言，我们一时无法证实。只是在事情发生之后，我们很多人联想起桃子那天在喜来登西餐厅的奇遇，她不过是去了趟洗手间，白色长裙的裙摆上，居然被人用口红打了一个红色的大叉叉。

那天是六月五号了，照理说桃子的通牒已经失效，但她还是上了少年宫的塔楼。学习琵琶的孩子们说，有个金色头发的玛多娜阿姨一直在等桃子老师，后来庞德叔叔也来了，他们在课堂里听见庞德叔叔与玛多娜阿姨在外面争吵，等到孩子们跟随桃子出去，庞德叔叔已经不见了。当天的琵琶课程因此草草结束。孩子们看见桃子和玛多娜阿姨说着话，先是在草坪上，后来桃子老师就拿着琵琶往塔楼上走，那个玛多娜阿姨跟在她身后。

她们站在塔楼上，塔楼上有一面鲜艳的少先队队旗迎风飘展，她们就站在那面旗帜下面，为爱情交涉。两个人影，一个是黑色的，一个是蓝色的。孩子们听不清她们在塔楼上的交谈，只是目睹了黑色与蓝色长时间的对峙，突然，他们听见了玛多娜阿姨尖利的声音，你跳啊，你跳我陪你跳！

孩子们看见他们的桃子老师扶着栏杆哭泣，看起来真的有跃身而下的危险。有聪明的孩子叫来了别的老师。书法老师先来了，据说他一直暗恋着桃子，他径直冲向了塔楼，随后少年宫的负责人严老师也来了，严老师不敢上去，她脸色煞白，嘴唇哆嗦着，向着塔楼质问，那位小姐，你从哪儿来？玛多娜阿姨回答，从地球上来。严老师跺了跺脚，又向桃子发出了严正的谴责，这是少年宫！看看你头顶的旗帜吧！桃子你别让爱情冲昏头脑，孩子们都看着你呢，当着孩子们的面，就在少先队队旗下面，你怎么敢？立刻下来！

桃子被书法老师扶下来的时候，一直用琵琶盒子遮着自己的面孔,很明显她不想让孩子们见到她崩溃的样子,但琵琶盒子遮掩不了她颤抖的身体。桃子的身体在颤抖,她不停地对孩子们说,对不起对不起,我太软弱了,不配做你们的老师。有个女孩上去扶住了桃子,出于一颗爱憎分明的心,女孩朝玛多娜阿姨啐了一口,你不是玛多娜,你是女魔鬼!

少年宫的人们都看着玛多娜阿姨。那天她黑衣黑裙,戴着两个硕大的贝壳耳环,脚踝上套了一圈彩色布条,布条上系了一只红色的铃铛。他们看见她皱起眉头,用纸巾擦去了女孩的唾沫。再抬起脸来,她猩红的嘴角出现了一丝宽容的微笑。你那么小,还不懂玛多娜。她用手指在女孩脸上刮了一下,有时候玛多娜是仙女,有时候她就是魔鬼。

三

简玛丽就这样成为了一个黑暗的传说。

六月发生的事情,让我们对庞德失望透顶,甚至无法确定他的归来,究竟是为了与桃子复合,还是为了与她做个了断,或者干脆相信,庞德到最后都没有拿定主意,他是需要桃子,还是需要简玛丽。对于庞德残存的友谊,迫使很多朋友向他晓以利害,告诉他简玛丽今天对桃子有多么冷酷,未来对你就有多么冷酷。庞德为简玛丽做出了辩护,你们不了解她。他说,她其实很善良。有人尖刻地问,跟一块石头比,还是跟一头狼比?他说,跟我们大家比。又说,跟我在一起的时候,你们不知道她是多么善良。这是可能的,因为爱情。大家没有反驳,他便来了精神,你们猜猜看,她收留了多少流浪猫?没人理睬,他自己回答,举起一个巴掌说,五只啊,她收留了五只流浪猫,一只叫白玛,还有一只叫花玛,跟我们睡在一起的。又期盼地看着大家,等待谁来提问白玛和花玛是什么意思,偏偏没人配合他,他只好自己解释,白玛是白猫,就是白色玛多娜的意思,花玛是一只花猫,花花玛多娜,懂了吧?看朋友们的表情充满讥讽,他无奈了,整了整领带总结道,我知道你们对她有偏见,你们不懂得爱,爱,是独占性的。告诉你们吧,是爱的独占性,才让她变得那么疯狂。

庞德留在了我们的身边。可以说,是在多种逼迫之下做出的选择,也许算是悬崖勒马,也许是出于对桃子剩余的爱,也许,仅仅是某种畏惧,他害怕桃子的以死相胁。不久之后,庞德与桃子举行了婚礼。桃子那天的打扮,以及她的一颦一笑,都酷似我们众人热爱的邓丽君。有个朋友注视着容光焕发的新娘,忽发感慨,说,毕竟是在我们的地盘上,看,邓丽君打败了玛多娜!

我们挽留了庞德,多少也为自己挽留了一些累赘。庞德的热带风暴公司还在,只是离开了简玛丽,也就离开了玛多娜,离开了玛多娜,他对自己能做什么陷入了空前的迷惘。他与桃子的婚房坐落在聋哑学校附近,有一天路过那里,他看见两个美丽的聋哑女孩在学校门口以手语激烈争论,忽发奇想,决定要组织一场聋哑人辩论大赛,让电视转播。必须承认,我们的朋友圈里不再有人愿意再与庞德合作,却有人还愿意赞美他的创意和智慧。庞德受到了鼓励,开始为此奔忙。聋哑学校方面倒是有兴趣借此推广他们的品牌,电视台也勉强承诺,可以先录一台节目,看看节目效果再说。关键是赞助商,要找一个愿意赞助聋哑人辩论的商家,很不容易。那一段时间里我们频频接到庞德的电话,记得最清楚的就是庞德沙哑而充满激情的声音,类似宣言,也好像是恫吓。会轰动的,这一次,商业效益跑不掉,社会效益无法估量,一定会轰动的,他说,你们现在敷衍我,到时后悔也来不及!

只剩下桃子陪着庞德,到处游说。那个做大理石生意的郝老板,我们原来都不认识,听说是桃子琵琶班上一个学员的父亲。庞德能够与郝老板签署赞助协议,是琵琶,或者说是弹琵琶的桃子立下了汗马功劳。庞德那一阵子去赴郝老板的饭局,总是带着桃子,或者说,是桃子带着庞德和琵琶,吃完饭,她照例要为满桌客人弹一曲《春江花月夜》。我们知道,那是桃子最擅长的琵琶曲。

电视台录制节目的前夕,我们很多人受到了庞德的邀请。为了见证庞德这次辉煌的起步,我也去了电视台的录播大厅。

庞德忙得团团转，无暇顾及我们，只是匆匆地向我们介绍了郝老板。那是个胖胖的黑乎乎的福建男人，笑起来很憨厚，眼神里又透出几许精明。桃子陪着他，不知为什么，看起来并没有多少成功的喜悦，倒是心事重重的样子。

聚光灯下的聋哑孩子们在辩论一个关于爱与怜悯的主题，相信那是庞德的构想，对于孩子们来说有点难了，所以我不断地看到一个美丽的聋哑女孩忘记台词，急得要哭的样子，另一个男孩则情绪激烈，以旋风般的手语向对手发起攻击。我问旁边的人他说了些什么，原来那男孩在控诉对于不配谈爱与怜悯，昨天夜里他还被对手逼迫，喝了一杯尿液。突然，那男孩涨红了脸，以手做枪，扳动扳机，向对手做了个开枪的动作。下面一片哗然，有人不停地哄笑，我隐约听见庞德在摄影机那边大叫，红方红方！二辩住嘴！Cut！Cut！

桃子和郝老板静静地坐在一起，有点混乱的录像场面并没有影响他们的坐姿。他们的腿应该在一起，挨得近一些，无伤大雅。但是我无意中瞥见，他们的手在暗处交流。郝老板抓着桃子的手，尽管很快被桃子推开，但我相信，那不是我的幻觉。在郝老板与桃子之间，似乎已经发生了什么。我所不能确定的是，在桃子与庞德之间，到底发生了什么。这么快，桃子就决定背叛庞德吗？为了庞德，桃子背叛了庞德吗？他们之间那份以命相许的爱情，再一次让我陷入了疑惑之中。

庞德的聋哑学生辩论大赛在电视台播出了一期，紧急叫停了。有关部门认为节目导向不明，又涉及特殊人群，没有任何积极意义。庞德写了洋洋万言的申诉材料，奔波于各个部门，最终徒劳，不得不放弃了他的心血之作。之后他疝气发作，住进了医院。我们到医院去看他的时候，他有点委顿地总结了自己的得失，我跟官僚机构天生打不了交道，我还是适合做音乐。他说，你们知道吗，玛利亚·凯丽要到香港了！大家一下就都不说话了。庞德的眼睛放出光来，我过几天准备飞香港，去见见她的经纪人，我有个同学在纽约，认识那个经纪人。我们看他的眼神，等着他的下文，果然他的声音开始变得神秘，那个经纪人对中国市场很有兴趣啊,这是个好机会,你们有兴趣吗?

我们因此提前离开了庞德的病房。在走廊上,我们遇见了桃子。桃子一脸倦容地提着她的琵琶,说是刚刚去乐器行给琵琶换了弦。我们问她是否要跟庞德一起去香港。她露出一丝哀婉的微笑,还去香港呢,机票都买不起了。现在都是我在挣钱养家。她突然拨响了琵琶,拨出一声刺耳的杂音,我现在,上门给学生做家教啊!

四

那年冬天多雪。

庞德在一个雪夜不约而至,敲响了我家的门。一定是临时起意,我注意到他只穿着毛衣和睡裤,满身雪花,看见我他的手举起来,亮出一只料酒瓶子,你看,我家里的料酒都喝光了。他说,现在没地方买酒,你借我一瓶酒。

他的眼神是破碎的,走路的脚步已经踉跄。我把他扶进屋子的时候,他很感恩,忽然在我脸上亲了一下,喷出一嘴酒气。他说,还是朋友好,只有友谊,可以天长地久。

其实我猜到发生了什么,桃子去为郝老板的女儿做家教,做出了些意外的插曲,庞德与桃子分居多日,朋友圈里已经有所耳闻。大家没有想到的是,庞德悬崖勒马,桃子变了心。听说郝老板的妻子曾经找到少年宫去,不知为何,最终也跑到了少年宫的塔楼上。桃子跟着那女人,与她并排站在一起,桃子说,你想想好要不要跳,要跳就数一二三,我陪你跳。这件事听起来很像谣言,桃子这么快就变成了简玛丽,谁也不敢轻信,但有人认识少年宫那个美术老师,按照他吞吞吐吐的口径来推敲,似乎那是真的。

我不知道该怎么开导庞德。我们坐下喝酒。他不说话,指指喉咙,捂捂胸口,意思是嗓子哑了,心碎了。我害怕他跟我谈论他的婚姻危机,试探道,你喝成这样,我们还是谈谈诗歌谈谈音乐吧,要不谈谈毕加索也行。

他目光炯炯地审视着我，看透了我的畏惧，忽然发出一声尖锐的冷笑，诗歌，是狗屁。音乐，也是狗屁。顿了一下，打了个嗝，他哑着嗓子说，毕加索算老几？他不过是艺术的男妓。

　　我几乎要笑，不忍心，打岔道，玛多娜呢？玛利亚·凯丽呢？她们是什么？

　　他想了想，没有再贸然羞辱他曾经的偶像，只是坚定地摇着头，我现在不听她们了，一个太商业，一个太肤浅了。他说着从毛衣里挖出一张CD来，你可以放一下听听，震撼，震撼，我现在天天听这个，听一下，心情就好多了。

　　是一张黑色封面的进口CD，银色的骷髅头长了两片鲜艳的红唇。我不认识那一排花哨的洋文。庞德介绍道，骷髅玫瑰乐队，曼哈顿的地下摇滚。我好奇地把CD放进音响，先听见一阵阵呻吟，伴随着玻璃碎裂汽车奔驰和推土机打桩机的噪声，然后各种电声乐器涌入，夹杂着一个女声疯狂的尖叫。正值夜深人静时分，我赶紧把CD退出来，问庞德，谁给你的CD？吵死人了。他的脸上又出现了我所熟悉的神秘表情，你猜。我照例不猜。他说，是简玛丽给我的，她现在在纽约。又问，你知道那女主唱是谁？我摇头。他说，听不出来？就是简玛丽啊！她的乐队，键盘，吉他，贝斯，鼓手，不是白人就是黑人！他们去过黑暗厨房演出，黑暗厨房你听说过的吧？简玛丽现在不跳舞，做地下摇滚，成功了！

　　我知道简玛丽去了纽约。我以为她是去寻找玛多娜的，预计她暂时会在一家中餐馆或者服装厂洗衣店打工。庞德嘴里简玛丽的成功，我凭本能觉得可疑。然而，庞德不容我对简玛丽的成功提出任何质疑，他捏着拳头捶了下大腿，我错过了她，我说过只要给我五年时间，我就会把她打造成国际巨星，你们都不相信我。庞德说着说着伤感起来，抱住头说，我错过了她。也错过了我自己的幸福，我不怪你们，怪我自己被绑架了。我一惊，谁绑架你了？他忿忿地看着我，突然吼道，道德！还有你们这帮虚伪的朋友！你们利用了我的善良！然后是他所擅长的自问自答环节，善良是什么东西，你知道吗？他说，告诉你们吧，善良，是个最大最臭的道德狗屁!

窗外大雪飘飞。我想象此刻纽约的街道上说不定也在下雪,此刻的简玛丽会在做什么,我头脑里却一片空白。我与简玛丽匆匆一面的印象已经模糊,说起简玛丽,我眼前浮现的竟然都是玛多娜且歌且舞的样子,有点吵,有点窒息,但某种妖娆的挑逗隔空而来。真的有点奇怪,一个川东姑娘,就这样以玛多娜的形象驻扎在我记忆里了。

那个雪夜庞德留宿在我家里。他酒醉严重,去卫生间吐了两次。第一次呕吐的间隙,他还清醒,向我透露了下一个人生计划,说他在等简玛丽的绿卡,她有了绿卡,他就可以去美国了。第二次呕吐很厉害,庞德抱住马桶,流出了眼泪。他抱着马桶哭泣,有点胡言乱语了,他说他恨不能从马桶里钻到美国去,要是可以钻过去,简玛丽一定会在下水道的出口等他。

五

现在看来,庞德的去国之路,其遥远程度堪比丝绸之路。简玛丽的绿卡遥遥无期,而庞德等不及了。是一个旅行社的朋友替他安排了一条漫长而诡谲的路线。他先去了云南,从云南去了越南,从越南去了澳大利亚。按照他们事先的计划,最终还是要越过太平洋,目的地确定不变,是美国。

大多数朋友都收到过庞德在悉尼歌剧院门口的照片,是与卡拉扬的演出广告合影,他说他听了卡拉扬的音乐会,无比震撼,还将去听瓦格纳的歌剧《尼伯龙根的指环》,必将更加震撼。这如果是真的,当然令人羡慕,只可惜无从证明。悉尼有我们的朋友。最初我们听到他的消息,大抵是找工作找住房之类的琐事,庞德没少去麻烦别人,后来便失去他的音讯了。大家以为他是设法去了美国,后来知道,庞德没有能去美国,不清楚是他无能,还是简玛丽那边的变故,他瞒着悉尼的朋友,去了新西兰,到一家葡萄园摘葡萄去了。

没有人料到他在新西兰摘葡萄,摘了那么多年。也是葡萄,后来与庞德结下了不解之缘。大约是五年之后的一个夏天,朋友圈里纷纷得知一个消息,庞德回来了,兜里揣着一本新西兰护照。他以一个葡萄酒酒庄经理的名义回来,回来开拓营销市场,顺便邀约了过去的朋友,参加一个品酒会。

　　五年后的庞德依然相貌堂堂,衣着考究,我们想象的艰辛与沧桑在他的脸上并没有留下多少痕迹,只是白色的紧身西裤夸大了他的肚腩,看起来是发福了。他向我们展示了几款葡萄酒,不停地说着单宁、甜度、果香、黑品诺之类的词汇,我们都听不懂,只是注意到席间有个戴耳环的白人男子,看起来四十岁左右的样子,忙着招呼几个洋人,不时与庞德传递眼神,热烈,多义,还有点诡秘。我们都察觉到他与庞德之间关系亲密,悄悄打听他的身份,庞德说,他是杰克,伟大的酿酒师啊。庞德忽然笑了,笑得有点腼腆,大家都看着他,不明白他笑什么,然后我们就听见庞德压低声音说,他妈的,我明明是一串西拉,被他酿成了一杯夏多内!

　　我们都对葡萄酒一无所知,也就没有人听得懂庞德隐晦而真诚的告白。庞德的美国梦,他自己已经放下,我却记得清楚。我想起那个雪夜庞德的誓言,忍不住追问他,这些年来,你究竟去没去纽约,见没见过简玛丽?他叹口气说,去了,见了,人家已经是两个孩子的妈妈。我问他简玛丽嫁给了什么人,他说,谁也没嫁,一个女孩,是跟白人的混血,一个男孩,是跟黑人的混血。我一时默然,问,现在呢,她会不会还在等你?他又耸肩,做了个天知道的动作。我试探庞德,你为什么还是单身,你还在等她吗?他发出一种短促而夸张的笑声,不知道是对我的愚蠢表示轻蔑,还是表示感伤。你知道我在等谁吗?他的笑容很快变得狡黠起来,瞥一眼远处杰克的身影,打了个响指,告诉你,我和杰克在等李嘉诚,李嘉诚已经收购了我们隔壁的酒庄,我们在等他收购我的酒庄。又晃了一下手里的酒杯,你看我们的酒,这酒体,这果香!庞德说,都是黑品诺,都在玛尔堡,我们不比他们差啊!

庞德与简玛丽依然隔着太平洋，天各一方。他们之间，似乎还刻意保留着朋友关系。两年前的一个春天，我忽然接到庞德打来的电话，说简玛丽要带着孩子回国探亲旅游，会在我们这个城市停留，他要我们几个朋友替他招待一下简玛丽。坦率地说，大家都想看看这个传奇的简玛丽，现在是怎样的一位母亲，朋友们都一口应允，为了纪念大家的相识，也为了向一个破碎的爱情故事致意，我们特意将他们安排在太平洋酒店。

我们请简玛丽一家吃饭。简玛丽带着两个混血孩子，姗姗而来。她那天穿了件白色镶嵌蓝边的旗袍，头发恢复了黑色，盘成一个复古的圆髻，她的脸被很厚的粉底罩住，口红很重，岁月的痕迹被谨慎地涂抹之后，看起来很像是三十年代的烟草广告女郎。有人这么直白地说出自己的感受，她淡然一笑，说，我的打扮很正常啊，现在纽约流行复古风。

我带去的葡萄酒来自庞德的酒庄。她瞥一眼酒瓶就猜到了，说，基佬酿的酒，味道都很复杂，我要多喝一点。果然就喝了不少，人也显得松弛了。席间不知是谁提起了桃子，被人在桌子底下踢了脚。没想到她倒坦然，主动问，听说桃子后来嫁给一个大富翁了？听说有几个亿？大家猜到是庞德夸大其词了，在任何时候，我们都需要掩护庞德的虚荣心，没有人轻率地接茬，简玛丽也没有再追问下去。庞德酿造的葡萄酒在她身上起了奇妙的效用，她勤于回忆往事，又毫无保留地披露她在纽约的生活。是她自己主动提起了少年宫塔楼上的那件往事。说到跳楼，真的没什么大不了的。我在曼哈顿，差点也要跳，三十七层的大厦啊，比少年宫那塔楼高多了。她这么说着，诚恳地看着我们，我不光是为了爱情，也是为了房租，为了，为了——心碎。她艰难地选择了心碎这个词汇，眼睛里忽然闪烁出一丝泪光，我都已经写好遗书了，我已经走到楼顶了，知道是谁救了我吗？空气骤然紧绷，大家都紧张地看着她，猜测她要宣布的人选，我记得我当时思维偏向电影化，脑子里跳出的是玛多娜，而我注意到对面小辛的嘴型，他明显轻轻吐出了庞德的名字。简玛丽抿了一口酒，以莞尔一笑，原谅了我们的轻浮或愚昧。别猜了，你们猜不到的。她突然用手指着她的混血女儿,是露西亚,露西亚那年才五岁,她穿着睡衣追到楼顶上来了,她对我说,妈咪你别丢下我,我陪你跳,你抱着我,我们一起跳。

一时满桌静默,谁也不敢说话,大家的目光都聚焦在露西亚脸上。露西亚是一个美丽的混血女孩,腿很长,头发是亚麻色的,眼睛有一点点发蓝。我们很少见到蓝眼睛,难以定义露西亚的眼神,它流露的究竟是纯真还是早熟,是羞怯还是无畏。她正与弟弟一起玩游戏机,这时候抬起头,以一种谴责的目光看了看她母亲,她用英语说,妈咪,你喝多了。我不准你再说话了。

简玛丽吐了下舌头,果然不说话了。为了调节气氛,有人小心地与露西亚搭讪,露西亚,小美人,你喜欢玛多娜吗?

露西亚摇了摇头,说,不喜欢,玛多娜早就过时了。

(原载《作家》第 1 期)

十三姨

陈永和

一

我也老了。老到已经看见死。于是,有些事,慢慢变得模糊,另一些事,却慢慢变得清晰。模糊下去的,都是些大事。清晰起来的,都是些小事。比如,我答应过十三姨,给她打一件毛衣,但到现在还没打好。十三姨已经死了,她不会穿毛衣了,但这些日子我老是想起那件毛衣。

我翻箱倒柜,想把那件没有打完的毛衣找出来。我记得我把她压在樟木箱底层,但怎么也找不到。她跑到哪里了?对,我把毛衣看成她,而不是它。我知道我又在犯糊涂。我把身边所有东西都看成她。女人的她。这让我感觉还生活在女人当中。十三姨老说我头脑比别人少了一根筋,最重要的一根筋,能把东西区分开的那根筋。但到现在我还是区分不开。她跟它非要区分开,能区分开吗?我想毛衣就是想十三姨,想十三姨就是想毛衣。二者在我脑海里就是这样混在一起的。

十三姨则相反,她好像能在头脑中划出许多格子,把所有跟她有关的东西装进去。每一件东西储存在哪个格子都有规矩,帽子应放在衣柜,饭碗应放在碗橱。错了不行,错了她就烦躁,非调整不可。在她眼里,把帽子放在碗橱就是犯罪。这怎么可以!她声音尖细,小小的身体几乎颤抖起来。

现在我可以想象她那时候的身体了,尖细声音和颤抖身体里面的感觉。几十年帽子都放在衣柜,有一天打开却突然看到蛇。帽子呢?在碗橱里了。那种惊震、慌乱、身体的异样感,世界乱套了……

从不能想象到可以想象经历了几十年。这几十年,我的身体渐渐枯竭、老去,所有器官都已经像古董,虽然老朽却依然外表完整地摆在那里。在时间隧道中,我正在经历跟十三姨一样的老去。我感觉我正在穿越她的身体。她的身体像洋葱,被时光一层一层剥落。

我终于可以看到她,没有身体,只有灵魂的她。但那时候,我只感觉害怕,我听到她发出尖细声音就害怕。我不知道做错了什么,只知道我做错了。但怎样才能做好我不知道。

所以我在她眼里一直是个罪人。我永远会犯把帽子放在碗橱甚至挂在天井的错误。我知道自己不可救药,整天小心翼翼,想做到让她满意。但完全没用。我看不见衣柜和碗橱在哪里。我头脑里没有衣柜和碗橱。我头脑里只有一个天井,我会把所有的东西往那里丢。

你跟你妈妈一样,没有一件事能做清楚……她摇头,先是气愤,而后悲哀,声音渐渐低沉下去。

我妈妈,她亲妹妹,已经死了。

她大约是想起她来了。所以她骂我总是骂到一半就没了下文。我让她想起我妈,想起我妈总使她伤心。

但我没有想起妈妈。她在骂我的时候我一次也没有想起妈妈。我总是在她的声音中把妈妈忘记。

妈妈只有在夜里才到我身边,让我看到她。我看到妈妈用悲哀的眼睛看我,光看我,跟她在临死前最后看我的眼光一样。一句话也没有。哥哥、弟弟、爸爸、十三姨全在她身边,但妈妈最后一眼就看我。

我觉得妈妈想跟我说什么,但哥哥、弟弟、爸爸和十三姨的目光把她的话封住了。

妈妈走后奶奶从莆田老家住到我们家。奶奶叫我洗菜洗衣服洗被子洗碗。吃饭时候,奶奶掌管饭勺。哥哥、弟弟、爸爸先上饭桌吃饭。我们在厨房洗涮等着。等他们都吃完奶奶跟我才能吃。我们上饭桌时,碗里的菜差不多全没了。

十三姨差不多每星期都会来我们家。她来了,就跟哥哥、弟弟、爸爸一起上桌吃饭。有一次她对爸爸说,怎么不叫丝一起来吃?爸爸没吭气。话被饭噎住了。

丝是我的小名。妈妈起的。家里人都跟着妈妈叫我丝丝。但十三姨不,她从来只叫我丝。就一个单字。丝。我开头觉得怪怪的,但后来习惯了,想,也好,这样就把我跟她划清了。我在她,是丝。我在妈妈,是丝丝。她永远成不了我的妈妈。

十三姨来时总会提一包吃的东西来。每次里面都有猪油糕。十三姨知道妈妈和我都爱吃猪油糕。

奶奶把十三姨带来的东西锁在抽屉里,钥匙挂在身上。我每天经过桌子前,都要看一眼挂着锁的抽屉,只看一眼。抽屉永远锁着,发出猪油糕的香味。香味上把守着奶奶的眼睛。

我不在的时候他们把十三姨带来的食物,包括猪油糕统统都吃光了,把猪油糕的香味留下让我想。我看着上锁的抽屉就想象是我在吃猪油糕。没有了猪油糕的抽屉锁上没有奶奶的眼睛。我想象我吃得津津有味。我真的吃得津津有味。

爸爸为妈妈做了七个七。一天晚上,我已经躺到床上,还没有睡着,听到爸爸跟十三姨在厅里说话。

同事给我介绍了一个女人……爸爸瓮声瓮气,声音像压在缸底下闷出来的。

你打算什么时候娶她?十三姨打断爸爸的话问。

我想越快越好。家里都乱了……

那把丝给我。十三姨说。

爸爸没回答。没说好,也没说不好。但我立刻明白爸爸的意思了。

我一下对爸爸感到心冷。我不想跟十三姨走。虽然冬天水太冰,我不情愿洗鱼洗被子,但我更不愿意跟十三姨走。十三姨的眼睛比冬天的水更冷。

后来我才知道,奶奶也不愿意我跟十三姨走。她觉得女孩子应该留在家里帮忙做家务。女孩不读书也可以,但不可以不做家务。不做家务的女孩长大成不了女人。

但十三姨,觉得女孩就是做不成女人也不能不读书。

就这样,我跟着十三姨到了她家。

十三姨提着一个包袱,我背着一个书包。我十岁,她四十岁。她的岁数刚好是我的四倍。

那天,十三姨给我买了五块猪油糕。我坐在房间里,五块猪油糕摊在一张纸上,纸上渗着油渍。十三姨坐在我对面,眼睛不看猪油糕光看我。我一口气把五块猪油糕都吃光了。我打了几个饱嗝。她长长叹了一口气。

以后好长一段时间,我再也想不起猪油糕。我感觉我已经把世界上的猪油糕都吃光了。

好吃的东西原来也是可以吃光的。我后来想,我是把好吃的感觉吃光了。好吃的感觉吃光后,好吃的东西也就没了。

桌子上撒了几点猪油糕碎粉,我用手指捻起来,想放进嘴里。十三姨一个巴掌打了过来,厉声说,没规矩。这么脏的东西怎么能吃?

我盯着被十三姨打在地上的猪油糕碎粉,有一颗黑色的芝麻夹在白色的碎粉之中。我很心疼,心想,怎么让这颗芝麻掉了呢?

那颗芝麻在我心里存放了几年才逐渐淡化。于是,我也就记住了十三姨打我手的疼感。

二

我是跟隔壁张嫂学打毛衣的。那时候谁家的女人都会打毛衣。张嫂的四个女儿都会打毛衣。但十三姨不会。十三姨不会打毛衣也不会烧菜。张嫂说十三姨是享福之人,所以不会打毛衣。为什么享福的女人就不会打毛衣？我没多想。但我不愿意做不会打毛衣的女人。做一个女人就得会打毛衣。那时候，我就是这样想的。

我从学织袜子开始。张嫂说学织毛衣必须从学织袜子开始。我每天放学回家就坐在饭厅里织袜子。十三姨下班回家，经过我身边，从不看我一眼，好像不知道我在干什么。我放在房间里的织毛衣针线，她也从来不碰。她脸上的表情既不轻视也不赞赏，总之什么也不是。但我总是不安。她经过我时，我一定会偷偷去看她。虽然我知道每次看的结果都会一样，但就是做不到不去看，看了才安心。好像她有几张脸，脸下面藏着脸，随时会翻页似的。

什么是享福呢？有次我问十三姨。

享福就是做饭给喜欢的男人，看他吃。十三姨想了一会，很认真地说。

我吓了一跳。她的表情把她话的重量翻了十倍。这不是我期望的回答。

很微妙。十三姨觉得做饭跟看男人吃是享福，张嫂认为十三姨不会织毛衣和做饭是享福。到底什么是享福呢？

所以，十三姨并不像张嫂说的是个享福之人。十三姨一定觉得张嫂才是享福之人。张嫂每天做饭给她老公，并看着他吃。

这样，十三姨的这句话就被我记住了。一记五十年。五十年中，我慢慢咀嚼着这句话的味道。

十三姨为什么不结婚？她有过男人吗？这两句话我是听别人说的，但是慢慢沉淀在了我的心里。恰巧这时，我不知从哪里听来老处女这个词，很新鲜，立刻记住，很恶意地记住了，而且一下把十三姨跟所有女人区分开来了。老处女不是女人。十三姨不是女人。这个想法不知为什么，很让我释怀，好像我已经是女人，不，将来一定会是女人，而十三姨不是，永远不可能是，她怎么努力也成不了女人了。

我多了许多玄想，不无恶意。

那些年，我一直丰富自己心目中老处女的形象。怪癖，孤独，变态，我把所有我对十三姨的反抗都归纳到这个形象上，然后拔出箭来射它。这让我得到满足。很奇怪，我没想到我心里藏着那么多箭，拔出一根又长出一根，最糟糕的时候，有很长一段时间，看到十三姨的脸我心里就长出一根箭来，看不见地朝她射去。

好多年以后，十三姨已经去世了，我在南门兜偶然遇见了张嫂。我们聊起十三姨。她告诉我十二姨曾经拜托她教我织毛衣，并不让她把这话告诉我。

这怎么可能？十三姨让我学织毛衣？这怎么可能！有几天我被这句话压扁了。我不断地咀嚼，不断地想去否认它，但越否认它就越强烈地反弹上来纠缠我。我开始怀疑，怀疑自己这么多年到底看到了什么。

难道十三姨希望我变成女人？我变成了她希望我变成的女人吗？我突然长出一双十三姨看我的眼睛。

我猛然一惊。我被十三姨蒙蔽了，被她尖细的声音、颤抖的身体蒙蔽了，蒙蔽了几十年。我把尖细的声音、颤抖的身体当成了她。

三

张嫂烧菜之好在航运局上杭宿舍里是出了名的。

航运局上杭宿舍是一个商家宅院改造的。上下杭这种宅院很多，高墙，门不大，院子很深，进去是个大空间，屋顶很高。过去的仓库改成了食堂。又一道门后是天井，连着大厅。厅两边是十二间厢房。厢房里住着七八户人家。每家炉灶都摆在家门口。只有十三姨家门口没有炉灶。我们家永远吃食堂，自己不烧菜。

我织袜子时，张嫂总是围着炉灶忙碌。我没事找事过去问张嫂几句，找借口去看她烧什么菜。我已经开始发育，逐渐被我的胃控制,对食物有着无可抗拒的强烈欲望。那时,在我眼里,所有绘画音乐、鲜花山水,都抵不上张嫂的红烧肉诱人。葱爆油锅炒肉,加入酱油、红糖,焖久了,散发出的肉香,弥漫在大厅里,经久不散。

十三姨不准我站在炉灶边看人烧菜,也不准我站在饭桌前看别家人吃饭,说是看相不好。

十三姨讲究"相"。吃有吃相,站有站相,坐有坐相,走有走相……父亲有父亲相,母亲有母亲相,妻子有妻子相,丈夫有丈夫相……住家有住家相,店铺有店铺相,总之万物有相,偏离了相,一个人就完了。

所以十三姨家,用木板隔成的房间,只有十来平方米,但家具物什各居其位,错落有致,无一丝灰尘,像她梳的头发一样。

我后来想,一个人,把自己收拾得这样干净,把每件东西收拾得这样整齐,日子一定很难过。她一定也想去整齐人生。可是,看得见的东西可以整齐,看不见的东西呢?

香味是会飘动的。

宿舍里所有人家都在大厅里吃饭。

我们家吃饭比别家早。饭桌上,困难时期那二三年不算,永远只孤零零地摆着食堂买来的两碗菜,一碗青菜,一碗鱼或肉。这时候,谁家烧菜,大厅里就充满了谁家菜的味道。有时几家同时烧菜,这家味跟那家味呛在一起,甜酸辣咸鱼肉蛋菜味就在大厅里飘来荡去。我们家的饭桌上永远飘着别人家的香味。这使那两碗菜在我眼里显得更加丑陋寒酸。我跟十三姨不说话。十三姨目不斜视,脸上永远没有表情。我不知道她在想什么。我那时觉得她吃饭跟吃药一样,不知道自己吞下去的是什么。

我吃饭时也目不斜视。我不能看,想看而不能看,我得保持一种吃相,十三姨的眼睛正正盯着我呢。我吸气,深深吸气。她能管我眼睛但管不到我吸别人家香气。边吸我边在头脑里描绘别人家饭桌上的菜。日久天长,不用看,我就能知道谁家今天吃什么,谁家饭桌上摆着一盘什么好吃的菜。我能在许多味道中,分辨出这家空心菜炒咸了,那家鱼炖淡了。

我吃了十几年食堂,从十岁吃到二十多岁。

吃到我发疯。

那种饥饿感,吃饱饭的饥饿感,想象中的饥饿感,我后来花了大半辈子去填满,但怎么填也填不满。我认为我这辈子的贪吃好吃,就是那十几年每天闻别人家菜香吃食堂饭养成的。它刺激了我的胃,引发了我胃的欲望却不让它得到满足。我的胃因此变得贪得无厌。

我管不住我的胃。我的胃肉眼看不见,就算是十三姨也管不住它。任何好吃的东西都能诱惑我。一讲到吃我就眉飞色舞。有几十年,我不能控制自己不停地去找吃的。我的鼻子极敏感,它能闻到天空中飘过的最轻微的一丝香味。我不能不跟着香味走。我胃最强壮的那段时间,甚至一个男人,只要他请我去吃几顿馆子,我立刻会对他产生好感,觉得他是世界上最值得交往的人,就算知道事后一定后悔但我还是无法做到拒绝美食。

我一直佩服十三姨对美食的决绝。她怎么能做到呢?为什么我不能像她,对别人家的美食无动于衷呢?我尝试过,努力向她学习过,但越学越糟。憋了这一餐,下一餐我会变得更加贪婪。

我现在才懂,十三姨面对红烧肉的香味能那么坚定地不受诱惑,是因为她有。她身体里储藏着红烧肉的香味。吃美味佳肴长大的人不受美味佳肴的诱惑,就像有钱人不受钱诱惑一样。

我是在我的胃衰退以后,才逐渐获得自由的。所以我不害怕衰老,只有衰老才能不被胃控制,从胃的统治下摆脱出来。只有摆脱胃我才能有许多新想法,才能逐渐看清自己,看清十三姨。

四

十三姨觉得妈妈临死前最后一眼看的是她。她跟我说过好几次,妈妈看了我一眼,又看了她一眼,最后看了她一眼,把我托付给她。

我没有去反驳十三姨。我觉得妈妈最后一眼看的是我。最后一眼对我很重要。我不愿意妈妈最后一眼看的是十三姨。

但我现在已经明白,妈妈的最后一眼,对十三姨也很重要。也许正因为这一眼,她才把我领到她家去。

妈妈的这一眼,把我跟十三姨都改变了。

我一直想不通,为什么,很长一段时间,有几年吧,几乎每个星期天,十三姨都要带我到她三姐夫家去。一去就是一整天。

每次去之前,我们都要先拐到中亭街的德余京粿店去买包点心,多是糯米糕一类的松软点心,然后乘一路公交车到东街口。三姐夫家住在靠近东街口的安民巷。一个福州式宅院,两天井三进厢房,一个花厅。一进二进房一九五几年被政府改造,搬进来几户人家。三姐夫跟大儿子一家住在花厅跟三进房。

三姐夫的儿媳碧也管十三姨叫十三姨。十三姨的四姐,是碧的母亲。三姐夫的妻子三姐跟碧的母亲是姐妹,跟我妈妈也是姐妹。我妈妈是她们小妹。

十三姨三姐夫我要叫三姨父。三姨父的儿媳碧我要叫表姐。

三姨很早就去世了。三姨父一九四九年从汉口离职以后,就一直跟大儿子过,也就是碧表姐的丈夫一家住。三姨父每天的生活很单调,看点报纸读点书,写点毛笔字。我印象最深的就是他好吟诗。不管房间里有没有人,他手里抓着一本线装书,书半卷着,上半身陷在藤椅里,摇头晃脑地发出一种类似念经的声音。

三姨父年轻时候长得很帅。我见过他过去的一张照片,穿一件白色衬衣,眉清目秀,高鼻梁,眉宇间有股书卷气。

十三姨到了三姨父家,就坐在三姨父房间里,跟碧表姐闲聊。三姨父要不看报,要不看书,间或他们也说几句,都是些无关紧要的话。到了做饭时间,我就跟着碧表姐,进厨房洗菜提水帮点忙。十三姨从来不进厨房。一整天从进门到出门她一直呆在三姨父房间里,有时候好久两个人各干各的,一句话不说。到傍晚五点,碧表姐就会早早做好饭,让我们吃了去赶车回家。

碧表姐比十三姨小六七岁。她们小时候常常在一个院子里玩。我知道十三姨过去的一些事都是从碧表姐那里听说的。

后来听碧表姐说,亲戚们都觉得十三姨跟三姨父很合适,曾经跟十三姨提议过,让她搬过来跟三姨父同住。但不知为什么,是十三姨不情愿,还是在等三姨父表态,或别的什么,总之,这件事就这么拖着,到最后不了了之。

我大吃一惊,没想到这么老的两个人居然也有机会跟结婚这两个字连在一起,就多了一个心眼,留意十三姨跟三姨父在一起的样子。

什么也看不出来。

我实在想不通,既然十三姨并没有想跟三姨父结婚,那她为什么要这么经常到三姨父家,一坐就是一天。这么没话的两个人怎么能这样坐在一起。喜欢嘛,就一定有话,不喜欢嘛,就不会坐在一起。

我只好解释为十三姨妈不懂得怎样追男人,三姨父也不懂得追女人。大约两个当事人都并不怎么想结婚,只是旁边人看着,觉得他们还在可以结婚的年龄。

我那时候不知道人可以像空气,可以既存在又不存在。两个不相互喜欢的人也可以坐在一起,各想各的心事,各干各的,却并不相互妨碍,也不觉得尴尬。

后来碧表姐告诉我,十三姨有很长一段时间不知道该怎样面对我。她不知道我在想什么,不知道该怎样跟我说话。她不习惯身边睡着另一个人,听到另一个人的呼吸她半夜会经常醒来,醒来后很久再也无法入睡。

我又是一惊。

我永远没想到一个大人面对孩子,也会像一个孩子面对大人一样不知所措。

我突然明白了。

星期天有那么长,有二十四小时,十三姨一定是没法面对我。她非得带我到另一个地方,一个可以不用一直面对我的地方。这个地方就是三姨父家。

十三姨可以一直面对三姐夫,连话也不用说。十三姨却无法一直面对我,连说话也救不了她。

四十岁的处女第一次面对一个十岁女孩,一个对她心怀恶意的女孩,她要有多大的勇气才能把我领回家?

为什么我要到老了才能体悟这一切?

五

我从来没有把十三姨当作女人。她的身材跟她每天接触的数字一样,又硬又直。

几岁孩子看三十几岁女人都老,老得不成样子。印象中的十三姨一直是老太婆。

后来,我才觉得奇怪,她怎么一张照片都没有。年轻的、中年的、年老的,反正什么照片都没有。所有亲戚家里的照片也都没有她。

难道她从来不照相?不喜欢照相?难道她从小开始对自己的相貌就完全没有信心?这跟她一辈子不结婚有关系吗?

碧表姐说十三姨年轻的时候就不漂亮。她什么都小,个子小、脸小、鼻子小、嘴巴小。她不温柔,没有女人气,长年穿一套蓝色的列宁装,头发剪得短短的,一副不要男人的样子。

小时候她就想一辈子不结婚吗?有次我问碧表姐。
恐怕没有。她订过婚。碧表姐说,后来被退亲了。
退亲了?
退亲。男方退亲了。
男方是谁?
姓潘的。
碧表姐一副不想往下说的样子。我也就没往下问,再也没问,甚至没往下想,一直到碧表姐也走了。

我并不怎么想知道男方是谁,是谁还不都一样,空位上曾经是谁又有什么区别?

我没想到,以后,这会成为遗憾,一辈子都无法弥补的遗憾。

十三姨年轻时曾经得过肺病。她专科毕业后,在师院当会计,得肺病以后辞掉工作。碧表姐说她不知道自己是否能活下去,在鼓山上的尼姑庵住了好长一段时间。尼姑庵是一个朋友介绍她去的。她告诉家里人她到福安去工作,不让朋友告诉任何人她住在庵里。

哪个尼姑庵?鼓山上有尼姑庵吗?我问碧表姐。我有一段时间对尼姑庵很感兴趣。

有。听说在白云洞附近。碧表姐说。

尼姑庵就这样走到我心里,但总没有机会去,总有许多看上去比尼姑庵重要得多的事情要做。有一天,我忽然去了鼓山找尼姑庵,离十三姨过世已经十几年了。

我在山上转了好久,慢慢走,不急着找尼姑庵。那是春天,阳光明媚,山上的树郁郁葱葱,翠绿的新叶闪着亮。

据说十三姨去尼姑庵时也是春天。

从涌泉寺往山顶公路走,约半小时多,穿过射击场继续往前,看到岔路往左,走到兰花圃,看到一座尼姑庵废墟。

就是这里了。我对自己说。我走到几堵石头墙中间,沉默着,跟它们一起沐浴着阳光。

周围是树,传过几声鸟鸣。

没来由的,我想到这几声鸟鸣是十三姨传递过的。就在这明媚的阳光里,我打了一个寒颤,浑身起了一层鸡皮疙瘩。

六

我是在碧表姐家里认识生表哥的。生表哥是碧表姐夫的小弟。北京的大学毕业后分配在东北工作。他每年都会回家探亲半个多月。他个子高,长得很帅,很像当时的电影明星达式常。

那个星期天,我跟十三姨到碧表姐家,看到天井里一个年轻男子,拿着照相机正在给几个孩子照相。孩子们簇拥着他,我来我来,争先恐后地叫着。他满脸堆笑,嘴里不停地说慢慢来慢慢来。那时候有照相机是很稀罕的事。

他叫过十三姨,扬了一下手里的照相机,笑着问我,要不要来一张?

我不知道说什么好,就笑了笑。十三姨推了我一把说,去吧去吧,生很会拍照。

要不你们两个一起来一张?生表哥笑嘻嘻地问十三姨。

多少年以后,那张笑脸,无邪,充满孩子气的笑脸,总让我想起夜晚天空上的星星。小时候,福州夜晚的天空中布满了星星,现在很少看到了。

那张照片至今我还保留着。我把它单独夹在一本笔记本里。笔记本是生表哥送给我的,很普通的一本笔记本,上面印有字样。生表哥唯一送给我的礼物。

那是一九六八年,生表哥在家里呆了很长时间,学校停课,我几乎天天往碧表姐家跑,有时就干脆在她家住。生表哥家几乎每天都有客人,同学呀朋友呀。我们大家在一起听音乐看书高谈阔论。没有客人的时候,生表哥就跟我讲他小时候的事,大学生活,有时候也讲哲学,讲马克思黑格尔爱因斯坦。生表哥爱好哲学。

我深深被生表哥的世界吸引了。我感觉他慢慢覆盖过来,铺满我的整个身体。那是一个崭新的世界。生表哥临走前几天,我几乎天天都跟他粘在一起,一刻也不愿意离开他。

我知道我是爱上生表哥了。我知道他也爱我。我从他的眼睛里看得出来。我们依依不舍。临走的前一天,我们俩第一次单独出门,去爬了乌山。我们挨得很近坐在石头上,我感觉生表哥身上传过来的热气。生表哥抱了抱我。这是我第一次被男人抱。我想我已经是他的人,这一辈子属于他了。但这话,我当然没有对生表哥说。

十三姨什么也没说,好像什么事情都没发生的样子。我那时以为这纯属迟钝,想她一辈子没有爱过什么人,当然也就不知道什么叫爱了。

生表哥走了。走的第一天起我就在等他的信。我知道他一定会给我写信。但等了十多天没有收到他的信,我心急如焚,想他会不会出什么事了,跑到碧表姐家,碧表姐说有收到生寄来的平安信。

我几乎快要崩溃了。我给他写了很多封信,几乎每天都写,写了就拿到邮局去寄。

但就这样,也还是没有收到生表哥的回信。我只能解释生表哥变心了。他把我忘了。听碧表姐讲,生表哥曾经喜欢单位里的一个女同事,应该是他们好上了。于是,我也就不再给他写信。后来,听碧表姐说,生表哥出事了,被关进学习班了,好几年音信全无。

我死心了。十三姨提早退休,把她的位置让给我。二十世纪七十年代中期找工作极不容易。我心怀感激。以后十三姨就到处托人给我介绍对象。我想我再也不会爱上什么人了,那嫁给谁还不一样。我就跟德结婚了。十三姨相中的女婿,大学生,技术员,家也住在上杭路,距离我们家走路只要三分钟。

三分钟,是十三姨相女婿的心理距离。

以后我有了孩子,过着平平淡淡的日子。十三姨跟我婆婆相处不好。婆婆嫌十三姨不会做饭带孙子。十三姨嫌我婆婆三姑六婆、家庭妇女。两个人处不到一块,三分钟的距离就嫌近了。后来航运局分配宿舍,十三姨分到一套单元,在三角井,她就一个人搬过去住了。

十三姨去世后,很快老公就生病住院,不到一年也跟着走了。以后忙忙乱乱的日子,一直到几年后我才定下心来去整理十三姨的皮箱,翻出来一叠信。扎得整整齐齐的一叠信,用红绸带打成十字,结成蝴蝶结扎好。我解开蝴蝶结,看到信封上写着我的名字。我的头开始发晕。

信是生表哥写给我的,有三十来封,都没有拆封。我打开,第一句话就是:我想念的丝。

看完信我大哭了一场。这么多年过去,我的心早成荒芜茅草,那一下,像被一把火点燃,烧成灰烬,喷出黑烟。泪水中,我恨不得把十三姨咬死。

我反反复复地想着要是我跟生表哥生活会是怎样的不同,想到我撕心裂肺。四十多岁女人的撕心裂肺是一种绝望,走到路尽头看到深渊的绝望。

后来,又是七八年过去,有一天,我突然想,为什么十三姨要把生表哥给我的信保存下来?为什么还要慎重地把信用红绸带扎成蝴蝶结?她可以烧掉,可以永远不让我知道。她是为了让我看到才把信留下来的。她知道这些信对我很重要,即使在我老去以后。

她不会想不到,我看到这些信会有怎样的反应。

她不可能不知道,她一生为我做的一切都可能在这一叠信中化为灰烬。感激之意会荡然无存,而且我会恨她。

她宁可让我恨她也要让我看到那些信。

为什么?

这是为什么?

那一叠信,不仅是生表哥给我的礼物,也是十三姨给我的礼物。我一生中两个最爱的人给我的礼物。

七

十三姨过世前自己提出要搬到三角井去住。三角井那时候是郊外,四处是田野,沙土路,孤零零的一座厂房,几座民居,中间一栋航管局宿舍。附近不通公交车,从上杭路骑自行车去要四十多分钟,去一趟很不方便。搬过去的时候十三姨七十多岁⋯⋯

我有点生她的气,觉得她不为我着想。我要上班,带两个刚上小学的儿子。如果加上跑三角井照顾她,就太累了。我想她是跟我婆婆赌气。我婆婆说她不会当外婆伤害了她。我对她说,不要去理婆婆的碎嘴,还是住在上杭路算了。但她执意要搬。我只好让步了。我骑自行车一个星期到三角井两次,带吃的给她,帮她做点杂事。她依旧像住在上杭路宿舍一样,把房间收拾得干干净净,两三件旧家具和一些杂物,也摆得整整齐齐。

她开头还能下楼,到附近的小杂货店去买点什么,但越来越少,到最后连楼也不下了。

每次去,我都很悲哀。我觉得她这是在等死,孤零零地在等死。我不知道每天二十四小时她是怎么度过的。我突然发现,原来,二十四小时,对人,会是多么漫长。人,一天怎么度过二十四小时,其实是最重要的一件事。但她,没有对我说过一句抱怨的话。房间里有一台小小的黑白电视,每次去,电视都开着,里面传出说话声或音乐声。

见到我,她总是高高兴兴从铁罐里拿出猪油糕来给我吃,说我累了,先吃点东西。她把我当作十岁的女孩,跟我刚到她家那天一样。

这使我难过。

我接过猪油糕吃了,做出很好吃、很爱吃的样子让她高兴。但其实,我已经不爱吃猪油糕了。市面上,有许许多多比猪油糕好吃得多的东西了。但她,却不懂,也不去吃。她只吃猪油糕。自从我到她家,她跟着我吃猪油糕,吃习惯了。

有一次去,她生病了,躺在床上,身体包在被子里,缩成小小的一团。她咳嗽,拼命咳,好久停不下来。我担心她的肺是不是又出问题了,劝她到医院去看,但怎么说她就是不去。

碧表姐来看过她,说她不会活太久了。

我想,这样子活,真还不如死了的好。

我搬到三角井陪了她几天。她叫我走,说家里有孩子老公,她一个人很好。

临走的前一天,我刚好在她身边。

她差不多一直在昏睡。我坐在她旁边的椅子上,久久看她。

她脸色死白,眼睛闭着,两块锁骨突起,脸颊凹陷,嘴巴半张着。她变得这样陌生,与张开眼睛时判若两人,要不是听到轻微的呼吸声,我会当她死了。

我从来没有这样仔细看她。当我仔细看她时,她就要死了。

突然,她睁开眼睛,伸出骷髅似的手抓住我的胳臂,像不认识似的死死盯着我,两眼放光,发出尖细的声音,潘 qiwu 在哪里?他也没有结婚吗?

我颤抖了一下。

潘 qiwu 是谁?我问。

她又昏迷过去了,没有回答我的问题。

到第三天清晨,十三姨走了。

潘 qiwu 在哪里,他也没有结婚吗?这成了她的临终遗言。

不需要答案的临终遗言。

我印象中,十三姨从来没说过一句犯迷糊的话,钉是钉铆是铆,清晰得像数字。这是她唯一一次失相。

但是,我也没有多想,看着她躺在灵柩里,身体像孩子一样瘦小,记起她说过享福是做饭跟看男人吃的话,只觉得,张嫂说得不对,她不是一个享福的人。

她可能一辈子没享过一天的福。

(原载《收获》第 1 期)

气　球

万玛才旦（藏族）

达杰翻遍了抽屉，翻遍了枕头底下，翻遍了所有能翻的地方，最后也没有翻到那个玩意儿。

他问他的老婆卓嘎，她说她也没看到。

完事之后，他就骑着他那辆破摩托车上路了。

路上，他远远看见两个小儿子各自牵着一个气球似的奇形怪状的玩意儿在玩。

走到近处，他才看清了那是个什么。他瞪大眼睛问两个儿子："这玩意儿哪儿来的？"

两个儿子也瞪大眼睛互相看了看，没有说话。

跟两个儿子一起放羊的达杰的老父亲瞪大眼睛问："这两个孩子今天一大早就拿着这么个玩意儿玩来玩去的，这是个什么呀？"

达杰继续瞪大眼睛瞪着两个儿子，之后又瞪着老人，没好气地说："这是气球！"

老人有点不服气的样子，瞪着达杰说："你想骗谁啊？气球是圆的，这怎么是气球啊？怪模怪样的！"

达杰继续瞪着老人，语气生硬地说："这也是气球！"

老人没再说什么，转过头去，嘴里突然冒出了一句经咒："嗡嘛呢叭咪吽！"

"嗡嘛呢叭咪吽"是观世音菩萨心咒。老人不识字，念不了太多其他经文，平常喜欢把这句挂在嘴边。别人问他你就不会念点别的经文吗时,他总是笑着说:"这就够了,所有的经文就包含在这里面了。你能念够一亿遍,你也就算是备好了去那个世界的资粮了。"

达杰知道这也是老人表示不满意的方式之一。他没理老父亲,自己点了一支烟,站起来继续瞪大眼睛把两个孩子手上的玩意儿一一弄破了。

那两个玩意儿相继发出"噗噗"的声音,恢复了它们本来的面目,变成两块很小的蔫不拉叽的东西,萎缩在了那儿。它们原来是两只安全套。

两个孩子眼睁睁地看着他们的玩意儿突然之间变成了另外的他们不想看到的什么东西,突然间放开嗓门哭了起来。

老人这次没有念六字真言,直接扭过头来瞪着达杰问:"你干吗把小孩子的玩意儿给弄破了?"

达杰瞪大眼睛没说话,笑了笑,继续抽烟。

两个孩子揉着眼睛继续哭,声音更大了。

老人继续瞪大眼睛问达杰:"我说你没事把小孩子的玩意儿弄破干吗?"

达杰没好气地看着老父亲说:"那不是什么好玩意儿!"

老人问:"那你刚才不是说那是气球吗?气球怎么不是好玩意儿了?"

达杰想了想,不知道该怎么解释,最后说:"那不是小孩子玩的气球,你不懂!"

老人有点咄咄逼人的样子,继续问:"那你的意思是说那是大人玩的气球吗?"

达杰这时忍不住"呵呵"地笑了。

老人瞪着他问:"你说说那是个什么玩意儿?"

两个孩子这时哭着嚷起来了:"就是气球,就是气球!"

看老人还在瞪着自己,达杰只好哄两个孩子说:"好了好了,下次我到县城给你们一人买一个彩色的气球,比这个好玩多了。"

两个孩子继续哭着,问:"你说的是真的吗?"

35

这时,达杰笑了,看了看老父亲说:"真的,阿爸说话算话,不会骗你们的。"

两个孩子这才破涕为笑,眼泪鼻涕抹了一脸。

老人又念了一遍六字真言:"嗡嘛呢叭咪吽。"这也是平常他用来转换情绪的一种方法,就看他用什么语气念了。老人这时的语气变得缓和了。

老人拨了一粒念珠之后问达杰:"你是去邻村借种羊吗?"

达杰说:"是,这次去借个好种羊。"

老人也会意地笑了。

达杰看着老人手上的念珠问:"你快念够一亿遍了吧?"

老人的脸上充满了一种满足感,说:"快了,快了。"

之后,他们又随便聊了几句。

之后,达杰就发动那辆破摩托车上路了。摩托车发出"隆隆"的声响,后面冒出了浓烟。

摩托车开出很远,老人还在后面喊:"去了一定要借只优质的种羊回来啊,那些一般的种羊都不顶什么用。"

天快黑时,达杰已经站在邻村朋友家的羊圈边上了。

朋友看着羊圈里的几只种羊说:"今年我买了几只新疆种羊,听说很不错,你也带一只回去试试吧。"

达杰也看着那些种羊说:"新疆种羊肯定不错,这两年我的羊群在退化,正需要好好改良改良。"

新疆的种羊们看上去很壮硕,蠢蠢欲动地跟在一些母羊后面跑来跑去的,显得骚动不安。它们的下垂的睾丸都用一块脏得都快看不清颜色的布紧紧地裹着。

晚上他俩喝了不少酒,聊了不少事情。

第二天一早,达杰的朋友就带达杰到了羊圈边上。达杰的朋友也是个壮硕的男人,他指着羊圈里的几只新疆种羊说:"你自己随便挑一只吧。"

达杰看着那几只种羊,不知道该挑哪只,嘴里说:"这些新疆种羊都很好,不知道该挑哪只呢。"

达杰的朋友满意地笑着,似乎达杰夸的是他。

达杰最后选中一只种羊,指给朋友看。朋友就让自己的儿子进羊圈捉那只种羊。朋友的儿子也是个壮硕的家伙,他在羊圈里追来追去追了好几圈才捉住了那只种羊。那只种羊看上去很威猛,几次差点从小伙子手中挣脱。

朋友看着达杰说:"你的眼力真是不错啊,那只种羊是我花大价钱买的,居然被你一眼就看中了。"

达杰也谦虚地笑了笑说:"你这会儿是不是有点舍不得了啊?"

朋友说:"要不是我昨晚喝多了你的酒,我肯定不会把这只借给你的。这只我是打算自己用的。但既然话已经说出去了,你就拿去先用吧。"

达杰往摩托车后座上绑那只新疆种羊时,朋友的老婆和儿子还在旁边有点不情愿地看着种羊。

达杰返回家里时才上午九点多。

达杰把新疆种羊从摩托车后座上取下来放在地上时,那只种羊有点站不稳脚跟的样子。但一会儿之后就马上恢复正常了,精神抖擞起来了。

老人跑出来看种羊。他前前后后地看了几遍,很满意地点头。

达杰说:"这是新疆种羊,听说很厉害。"

老人走过来拿掉裹着种羊下体的那块脏布,使劲地捏了一把种羊的睾丸,说了声:"真不错!"

种羊似乎被捏疼了,发出了一声怪叫,退后一步冲过来,把老人给撞倒了。达杰马上拉住了种羊。

老人没有爬起来,只是看着种羊不住地点头,露出很满意的样子,突然间嘴里冒出一句"嗡嘛呢叭咪吽",然后说:"这种羊真是不错啊!"

达杰笑着把种羊拉过去拴在了旁边的木桩上。

这时,两个孩子也跑过来问达杰:"阿爸,你给我俩买的彩色气球呢?"

达杰看着两个孩子说:"阿爸这次没去县城,等下次去一定给你们买上。"

这时,老人也从地上慢慢爬起来了,慢吞吞地说:"这新疆的种羊就是不一样,以前只是听说过,现在见了果然名副其实啊。"

达杰听到这话很高兴,似乎老父亲夸的不是种羊,而是他。

老人从旁边的屋里拿来一块崭新的红布说:"现在得把种羊的睾丸给裹住了,这样配种的时候才有力量。"

达杰说:"不是原来就有吗?干吗用块新布?"

老人说:"你看那块布多脏啊,得用块好布,得图个好兆头。"

达杰看着老人笑了笑,没再说什么。

之后父子俩就用那块红布把新疆种羊的睾丸给重新裹了起来。被柔软的新布裹住睾丸的种羊显然很不适,一下子坐立不安起来。

达杰的老婆卓嘎从屋里出来了,故意提高嗓门儿干咳了两声。达杰父子俩的脸上立即严肃起来,老人的嘴里又念起了六字真言。

卓嘎不看他俩,也不看新来的种羊,看着前面的什么地方说:"早饭好了。"

达杰对老人说:"阿爸,你先进屋吧。"

待老人进屋之后,达杰笑嘻嘻地看着卓嘎指了指种羊说:"看看,这次这只种羊怎么样啊?"

卓嘎也看着种羊嘻嘻地笑,说:"看上去跟你一样!"

达杰笑了笑,说:"我怎么能跟这只种羊比,这是新疆的种羊,是最好的种羊。"

卓嘎过去给拴在另一边的那只母羊喂水。那只母羊是只老母羊,一副没精打采的样子,喝了两口就停下了。老母羊也偶尔看看新来的新疆种羊。新疆种羊也不时看看那只似乎对它毫无兴趣的老母羊。

达杰看着老母羊说:"这家伙已经连续两年没产羊羔了,看来也产不出羊羔了。"

卓嘎有点担心地说:"可是,它还挺听话的。"

达杰说:"听话有什么用? 它产不出羊羔就说明它没用!"

卓嘎拿眼睛瞪自己的丈夫,达杰有些不好意思起来,没话找话地说:"你看给它喂水它也不喝。"

这时,老母羊像是好几天没喝水似的把盆子里的水喝了个精光,看着达杰和卓嘎。

卓嘎看着达杰笑。达杰看着老母羊说:"这家伙好像能听懂我的话。"

卓嘎继续笑。这时,达杰却一本正经地说:"过一个月咱们就得把它卖了,去交江洋下学期的学费生活费了。"

卓嘎停下笑,没有说话,过去又拿来一瓢水,倒到母羊前面的盆子里,看着母羊。这次,母羊没有喝,好像故意给达杰看。

羊圈外面传来一个男人的声音:"喂,达杰,你在干吗啊?"

达杰抬头一看,见是乡卫生所的索南扎西,就指着拴在一边的新疆种羊说:"噢,我从朋友那里借了一只种羊,这几天准备给母羊们配种哪。"

索南扎西看了一眼说:"噢,是只新疆种羊吧,听说新疆种羊很好啊。"

达杰也看了一眼老婆卓嘎,笑着说:"听说不错,听说不错。"

索南扎西也笑着说:"那就好,那就好!"

说完准备走。卓嘎叫住他说:"周措大夫这两天在吗? 怎么没看到她啊?"

索南扎西说:"她在呢,她这几天比较忙。怎么你要看病吗?"

卓嘎答非所问地说:"噢,我就是问问。"

索南扎西"噢"一声之后就走了。

索南扎西走远后,达杰突然问卓嘎:"你问周措大夫干什么?"

卓嘎赶紧说："哦，没什么。"

早饭之后，卓嘎就一个人去了乡上的卫生所。

索南扎西正在给一个病人看病。索南扎西让卓嘎坐在旁边的凳子上等。

卓嘎四处望了望，问索南扎西："你不是说周措大夫在吗？她去哪儿了？"

索南扎西也不看她，说："她出诊去看一个病人了，等会儿就回来，你先坐会儿吧。"

卓嘎"呀"了一声，不再东张西望了。

索南扎西给那个病人开了药，仔细交代了一番。

病人走后，索南扎西问卓嘎："你哪里不舒服？我可以帮你看看。"

卓嘎有点不好意思地说："你不能看，是女人的病。"

索南扎西笑着说："女人的病我们男大夫也可以看啊，谁说女人的病就只有女大夫能看？"

卓嘎笑了笑说："我还是等等周措大夫吧。"

索南扎西有点不高兴的样子，说："看看你们，都什么年代了，思想还这么保守。"

卓嘎只是笑着不说话。

索南扎西就不理她了，拿起一本杂志随便翻看着。

周措回来后跟卓嘎打招呼，没等卓嘎开口，索南扎西就抢先说："她在等你看病呢。"

周措说："那你怎么不帮她看看呢？"

索南扎西"哼"了一声，有点不高兴地说："她说是女人的病，不让我们男大夫看，非要让你看不可！"

周措看着卓嘎笑了笑，说："明白了，明白了。"

卓嘎有点不好意思的样子。周措看着索南扎西说："既然人家不愿意让你看，你还赖在这里干什么？这会儿你就不知道主动回避一下吗？"

索南扎西又"哼"了一声说："有什么大不了的，我又不是没见过女人！"

周措笑了,看着索南扎西说:"你就别吹了,到现在连个媳妇都没娶上,你还吹什么！"

说完,周措和卓嘎都笑了起来。

索南扎西涨红了脸:"没娶媳妇不等于没见过女人！我是怕娶了个媳妇连最后那点自由也没有了！"

周措和卓嘎继续笑。

索南扎西从抽屉里拿了一包烟出去了,关上了门。

屋子里只剩下卓嘎和周措。

周措这时看着卓嘎说:"说吧,你怎么了?"

卓嘎犹豫了一下,说:"我想做结扎手术。"

周措说:"咳,我还以为是什么大不了的事呢。"

卓嘎不说话了。周措突然问:"你怎么突然想到做结扎手术了?"

卓嘎这才说:"结扎了省事,不用再提心吊胆的。"

周措笑着问:"不是给你们免费发了安全套吗,也很省事啊,怎么不用啊?"

卓嘎说:"用完了,最后两个还被小孩偷去当气球玩了呢。"

说完自己也忍不住笑了起来,周措也笑着说:"你家那口子是只种羊吗？是不是到发情期了？发了那么多还不够！"

卓嘎不好意思地笑着,压低声音说:"他这两年变得差不多和年轻时一样了,没个够,我也不知道怎么了。"

周措笑着说:"你是不是让他吃了什么不该吃的好东西了?"

卓嘎也笑着说:"什么不该吃的好东西?"

周措继续笑着说:"我怎么知道啊?"

卓嘎说:"没吃什么东西,就是偶尔吃点羊肉,除此之外我们还能有什么好吃的！"

周措说:"听说羊肉那东西很补啊,你最好让他少吃点。"

卓嘎说:"他就爱吃羊肉,我有什么办法。"

两人就笑起来。之后,卓嘎又问:"你什么时候给我做?"

周措想了想说:"下个月吧,正好你们村的几个妇女也要结扎,就一起做掉吧。"

卓嘎说:"好吧。"

周措又笑着说:"要不给你先上个环?"

卓嘎问:"环?"

周措说:"是啊,环。好上,今天就可以给你上了,也保险。"

卓嘎说:"那个就算了。上次旺加媳妇上的那个东西不小心掉了,她家小女儿还当戒指戴着呢,被村里人笑话,羞死人了。"

周措就大笑起来,问:"真的假的?"

卓嘎也笑着说:"当然是真的。"周措也笑着说:"那就算了,那就算了,那个东西确实有点不保险。"

卓嘎笑着看周措,欲言又止的样子。

周措停住笑看着卓嘎说:"你还有什么事吗?要是没事了得让索南扎西进来了,要不他会以为咱俩在搞什么鬼呢。"

卓嘎这才说:"能再给我几个那个吗?"

周措故意问:"什么那个?"

卓嘎有点不好意思地说:"就是那个,免费发的那个,还能是哪个?"

周措这才恍然大悟似的说:"哦哦,明白了,直接说嘛,这年纪了,还像个小姑娘似的。"

卓嘎说:"我就是说不出口。"

周措说:"早就发完了,没货了,下次到了多给你几个。"

卓嘎说:"那我回去了。"

卓嘎准备走时,被周措叫住,打开自己的抽屉,从里面翻出一个安全套,说:"这儿还有一个呢,你要吗?"

卓嘎笑着:"一个有什么用呢?"

周措也笑着:"拿着吧,万一有用呢?这还是留给我自己的呢。"

卓嘎笑着问:"那你自己不用吗?"

周措说:"这段时间我用不着。你到底要不要?不要我就给别人了。"

卓嘎就赶紧把那东西装进了口袋里。

达杰和卓嘎的大儿子叫江洋,在县城上初中,这会儿也放暑假回来了。回来的路上遇见了正在外面放羊的爷爷和两个弟弟。

老人见了江洋很高兴,抓住他的手问:"江洋回来了,放假了?"

江洋说:"放假了,我可以在家里待一个月。"

老人继续问:"好好,在学校里没吃苦吧?"

江洋说:"没有,没有吃苦。"

老人又仔细看了看江洋,说:"没吃苦就好,不过有点瘦了。"

两个弟弟看着江洋问:"带了什么好东西?给我们看看!"

江洋笑着从书包里拿出一本连环画给了两个弟弟。

两个弟弟说:"没给我俩买什么吃的吗?"

江洋说:"哥哥没钱,等以后有钱了再给你们买很多很多好吃的。"

然后又看着爷爷说:"给爷爷也买很多很多好吃的。"

老人也笑。江洋就翻了一下连环画,说:"这个很有意思。"

两个弟弟就接过去饶有兴趣地翻看着。

翻了一阵之后,三弟问:"这小人书里面讲的什么故事呀?"

江洋说:"这个故事叫和睦四兄弟,这个学期我们学校还排练过这个节目呢,我演里面的兔子,可有意思了。"

二弟问:"这个故事讲什么呀?"

江洋说:"这样吧,我教你们怎么演吧,这样你们就知道讲什么了。"

两个弟弟一起"呀呀"地喊起来。

江洋看着他俩说:"要是还有一个小孩就好了,这个故事需要有四个小孩来演,现在咱们三个小孩怎么演啊?"

三弟指着老人说:"让爷爷演嘛。"

老人摇了摇头,说:"你们玩,我不玩。"

江洋也对老人说:"爷爷,咱们一起玩吧,你演大象,很有意思的。"

老人坚决地说:"这是小孩玩的,我不玩。"

三弟说:"阿爸还说你越老越像个小孩呢,跟我们玩吧。"

老人瞪着小弟弟,问:"他什么时候说的?"

三弟笑着说:"你跟我们一起玩,我就给你说。"

江洋也说:"爷爷,你就演大象吧,跟我们一起玩玩嘛。"

老人见推脱不掉只好笑着说:"好吧,好吧。"

江洋把他们三个叫到跟前,很认真地说:"那你们要听我的话啊,我说什么你们就得做什么。"

两个弟弟点头,爷爷也跟着点头。

江洋到处看了看,最后选了一个有树的地方。之后,江洋说:"很久很久以前,一只大象、一只猴子、一只兔子、一只鹦鹉先后来到了一片非常美丽的草地上,那片草地上有一棵很高大的结满果实的树。过了一段时间,他们想结拜为兄弟,但不知道谁大谁小,于是他们就一个个地讲述到达这儿时这棵树那时的大小。"

然后看着老人说:"爷爷,你是故事里面的大象,这是你现在要说的话:'我到这片草地时,这棵树已结出了果实,我在底下还吃过果子呢。'"

说完,问老人:"爷爷,你记住你要说的话了吗?"

老人说:"记住了,这个故事我知道。"

江洋说:"那你说一遍。"

老人就又说了一遍。

江洋说:"好,没有错,爷爷你要记住你要说的话啊。"

然后指了指自己的鼻子说:"我演的是兔子,我说的话是:'我到这儿时,树已经长高了,但没有结出果实。'"

然后转向二弟,说:"记住你是猴子,你要说的话是:'我到这棵树这儿时,这棵树很小,只有一些枝丫。'"

之后又问他:"记住了没有。"

二弟说:"记住了,太简单了。"

江洋说:"那你把自己的话说一遍。"

二弟又说了一遍,一字不差,江洋夸完他之后转向三弟,说:"记住你是鹦鹉,你要说的话是:'我到这儿时,这棵树只是一棵小小的幼苗,我还在上面撒过几次尿呢'。"

之后,江洋突然问三弟:"你是谁?"

三弟不假思索地回答:"我是鹦鹉。"

江洋又问:"你要说的话是什么?"

三弟想了想说:"我到这儿时,这棵树只是一棵小小的幼苗,我还在上面撒过几次尿呢。"

说完,三弟笑了,江洋说:"好,你念对了。"

三弟"嘻嘻"地笑了一声,说:"真好笑,鹦鹉还会尿尿吗?"

江洋瞪了他一眼说:"你别管,书上就是这么写的。"

三弟问:"书上写的都对吗?"

江洋说:"书上写的当然对了,要不然我们学那个干吗?"

小弟弟就说:"那好吧。"

江洋看着他的三个演员问:"你们记住自己要说什么了吧。"

他们齐声说:"记住了。"

然后江洋说:"就这样,它们分出了长幼,依次结拜为兄弟,大象背着猴子,猴子背着兔子,兔子背着鹦鹉,互相尊敬,过起了美好的生活。"

这时,老人像是突然想起什么似的说:"我应该演鹦鹉才对,现在反了,我演大象我倒成了最小的了。"

吃晚饭时,卓嘎特意煮了一锅羊肉。卓嘎把羊肉捞出来放在饭桌上说:"江洋,你和弟弟们、爷爷,你们好好吃吧。"

达杰斜眼看了一眼卓嘎,说:"怎么,你的意思是我不要吃吗?"

卓嘎也斜眼看着他说:"你就少吃点吧。"

达杰说:"为什么?"

卓嘎说:"没什么,就让孩子和老人多吃点。"

江洋这时拿起一块肉给了达杰,看着阿妈说:"阿爸也吃吧,这么多羊肉,我们吃不了这么多。"

达杰笑了,说:"主要是你们要吃,主要是你们要吃。"

几个男人正在吃羊肉时,卓嘎的妹妹也来了。卓嘎的妹妹叫香曲卓玛,她在附近的一个尼姑寺当尼姑。大家都站起来迎接她,问候她。

卓嘎握住香曲卓玛的手问:"在寺院没吃苦吧?"

香曲卓玛笑着说:"没有没有。"

卓嘎又问:"你怎么这个时候来了?"

香曲卓玛说:"今年秋天我们要翻修寺院的大殿,寺院的尼姑都要去化缘,我听说今天江洋放暑假了,就来了,我需要他帮我。"

老人说:"好事,好事,这是好事。"之后又看着达杰说:"家里一定要多捐点。"

达杰也说:"阿爸,这还用说吗?咱们家捐得多,别人家才会多捐的。"

香曲卓玛笑着说:"明天开始我就要挨家挨户去化缘,江洋要帮我登记什么的,我一个人忙不过来。"

卓嘎说:"江洋也没什么事,就让他帮你吧,也算为自己积德了。"

两个孩子说:"我俩也去。"

卓嘎说:"好好,你俩也去。"

老人接着说:"明天我先带江洋去村里的嘛呢寺替他奶奶点上几盏酥油灯,这一个月来我梦见他奶奶几次了,有一次还问起了江洋。"

江洋对老人说:"好好,咱俩先去嘛呢寺。"

两个弟弟也说:"我俩也要去。"

老人看着他俩说:"好好,你俩也去点酥油灯。"

香曲卓玛看着江洋说:"江洋,你脖子上那个很大的黑痣还在吗?你一生出来你阿妈卓嘎就认出来了,和你奶奶脖子上的黑痣一模一样,真是很神奇啊。"

江洋说:"还在呢,好像还变大了。"

卓嘎笑着说:"因为你也长大了嘛。"

两个孩子看着江洋说:"哥哥,让我俩看看那个痣吧。"

江洋说:"晚上睡觉时再让你们看。"

睡觉前,两个孩子很好奇地看了江洋脖子上的黑痣,想了想之后问老人:"爷爷,哥哥真的是奶奶的转世吗?"

老人说:"当然是啊,这还用问吗?"

两个孩子又问老人:"如果哥哥是奶奶的转世,那我俩是谁的转世呢?"

老人被逗笑了,说:"你们还没有确认是谁的转世,但肯定是六道轮回之中的某一个生灵的转世啊。"

三弟说:"那我做你的转世吧,那样你对我也会像对哥哥江洋一样好的。"

老人瞪了他一眼,说:"我还没死呢,转什么世啊?"

两个孩子有点不解地看着老人。

吃了早饭,他们就去了嘛呢寺。

他们把酥油灯点着之后,双手合十站在佛像前。老人一阵念念有词之后,闭着眼睛祈祷着。一会儿之后,又对三个孩子说:"现在你们也可以祈祷了。"

三个孩子也闭上眼睛像模像样地祈祷,之后睁开眼睛看着老人。老人开始磕头。他们也跟着磕起头来,故意把额头撞在木地板上,发出"咚咚"的响声。

走出嘛呢寺时,太阳已经升起老高了。两个孩子问老人:"爷爷,你刚才是怎么祈祷的?"

老人笑着说:"我对你们的奶奶说你的转世江洋来给你点酥油灯了,你不用再牵挂了。"

两个孩子又问:"那你没说我们俩也来给她点酥油灯了吗?"

老人大声地笑着:"也说了,我说你的两个小孙子也来给你

47

点酥油灯了。"

两个孩子就高兴地笑。笑完之后,又突然问:"这样祈祷奶奶能听见吗?"

老人说:"当然能听见,只要你说心里话就能听得见。"

两个孩子"哦"了一声。

老人问两个孩子:"那说说你们俩怎么祈祷的?"

两个孩子看着江洋说:"哥哥先说。"

江洋看了看老人说:"其实我也没说什么,我就说我在学校里一切都很好,学习成绩也很好,请奶奶放心。"

老人又看三弟,三弟说:"我祈祷奶奶提醒阿爸到时不要忘了给我们买气球。"

老人瞪了他一眼之后问二弟:"你呢?"

二弟想了想,看着三弟说:"我跟他的一样。"

老人随后骂了一句:"没出息,要知道是这样就不带你俩来了。"

回去的路上,江洋问老人:"爷爷,我真的是奶奶的转世吗?"

老人看了一眼江洋说:"当然是啊,这还用问吗?你妈生下你时,我看见你脖子上那颗跟你奶奶脖子上一模一样的黑痣,我就知道是你奶奶的转世了。后来为你奶奶作法时,顿珠活佛也证实了这一点。"

江洋又问:"我怎么一点也不知道呢?"

老人说:"你长大了当然就不知道了,你刚会说话时还经常说一些你奶奶生前的事呢。"

江洋说:"我怎么一点也不记得了?"

老人说:"人越长大就越容易会失去一些灵性的东西。"

卓嘎和尼姑妹妹香曲卓玛坐在炕上聊天时,香曲卓玛无意间在枕头底下发现了卓嘎从卫生所要来的那个安全套。

香曲卓玛拿起那个东西看了看问:"这是什么?"

卓嘎从香曲卓玛手里抢过那个东西,笑着说:"给我,快把那个东西给我。"

香曲卓玛看着卓嘎手里的那个东西,一脸好奇,问:"快说啊,这到底是个什么东西?"

卓嘎暧昧地笑,不说话。

香曲卓玛又问:"快告诉我,那是个什么东西?"

卓嘎这才凑过身子对着香曲卓玛的耳朵嘀咕了几句。香曲卓玛立即从姐姐身边逃开,显出很害羞的样子,嘴里发出"呸呸"的声音,不敢在姐姐面前抬起头来。

卓嘎就赶紧把那个东西塞到枕头底下了。

香曲卓玛还是不解地看着那个地方,卓嘎起身出了屋子。

江洋回来之后,就和香曲卓玛去村里挨家挨户地化缘。村民都力所能及地捐一些钱和物,还说修建寺院大殿时一定去帮忙。香曲卓玛似乎有些意外地对江洋说:"没想到村民们还是那样热情,没太大变化。"

他俩回到家时,江洋看见父亲和爷爷在羊圈里忙乎着,就过去帮忙了。待香曲卓玛进屋之后,达杰就把那只新疆种羊牵到了羊圈里。羊圈里的羊们显得有些不安,受了惊吓的样子。新疆种羊看见羊圈里的母羊们骚动不安起来。一些胆子大的母羊也主动过来谨慎地闻一闻新疆种羊身上的气味,又马上不安地离开了。

新疆种羊又盯着那只拴在羊圈边上的被喂养起来准备卖掉的母羊看,还发出"咩咩"的叫声。那只母羊有点惊慌,不敢看新疆种羊。

这时,达杰拉住新疆种羊笑着说:"这是个不中用的家伙,这个就不用你费力了,等会儿你好好发挥就行了。"

老人也呵呵地笑着,看着新疆种羊。

江洋看了看那只拴着的母羊,又看看急不可耐的新疆种羊,又看了看父亲和爷爷的样子,脸上也露出一种奇怪的表情。

达杰看着老父亲说:"阿爸,现在放开它吗?"

老人说:"再等一会儿吧。"

他们就又等了一会儿。新疆种羊显得更加躁动不安。它看上去急于想挣脱拴住它的绳子,冲到羊群里。

老人终于解下围着种羊下体的那块红布,拿在手上看了看。那块红布脏兮兮的,沾满了种羊自己的精液。之后,老人就说:"放开它吧。"

达杰放开了新疆种羊。

新疆种羊一下子挣脱达杰手里的绳子,万般饥渴地冲向羊群。

达杰和老人,还有江洋怔怔地看着冲进羊群的新疆种羊。他们看见新疆种羊跟在几只母羊后面,闻着它们的屁股。最后,新疆种羊跟定了一只母羊,追逐着那只母羊。新疆种羊在羊圈里把那只母羊追来追去,有几次准备把前腿搭在母羊的身上,都没有成功。最后,新疆种羊终于把前腿搭在了母羊的身上,做出攻击的样子。

三个男人张大了嘴巴,一开始脸上的表情很严肃,慢慢露出了笑容。

屋里两个小孩子正趴在窗户边上,透过窗户的格子看外面羊圈里种羊配种。

过了一会儿,三弟说:"看,哥哥你看,新疆种羊趴到那只母羊身上了。"

卓嘎和香曲卓玛这时正在做饭,听到孩子说话,就走过去看了一眼说:"过来,小孩子不许看这个。"

两个孩子还是赖着不动。

卓嘎揪着两个孩子的耳朵,把他俩拉到锅台边上,让他俩帮着烧柴火。

烧了一会儿,二弟问:"阿妈,阿爸他们把那只新疆种羊放到咱们家的羊群里是干什么呀?"

卓嘎看着香曲卓玛笑了笑说:"小孩子不许知道这个。"

说完,尼姑妹妹也笑了起来。

连续配了两三次之后,新疆种羊身上那种蠢蠢欲动的劲儿几乎没有了,它只是站在离母羊们较远的地方,显出疲惫的样子。偶尔跟在几只母羊后面闻一闻,很显然也没有那么高的兴致了。偶尔几只母羊还主动过来闻一闻新疆种羊,用头蹭一蹭它,它也不怎么理它们。

趴在窗台后面的两个孩子也看着外面说:"新疆种羊现在看上去好像很累很累的样子,也没有什么精神啊。"

卓嘎过来揪着他俩的耳朵说:"去,你俩去炕上玩。"

两个孩子就乖乖地去炕上了。在炕上玩时,二弟无意间在枕头底下发现了那个安全套。二弟惊喜地碰了一下三弟,偷偷给他看。三弟看了一眼那东西,又看了一眼在锅台边上忙乎的卓嘎和香曲卓玛。

卓嘎看着他俩的样子问:"你俩又在搞什么鬼啊?"

他俩说了声"没什么",互相使了个眼色,赶紧把那个东西塞进裤兜里,起身从炕上下来了。

卓嘎盯着他俩问:"你俩去哪里?"

两个孩子几乎异口同声地说:"我俩出去玩。"

两个小孩出去时,看见父亲达杰走过去捉住了新疆种羊。之后,他让江洋捉住了一只母羊。母羊显得惊慌失措。达杰把新疆种羊往那只母羊旁边拉,老人也过来帮忙。新疆种羊有点抗拒,但最后还是被拉到了那只母羊旁边。

三个男人很吃力地让新疆种羊跟那只惊慌失措的母羊交配。之后,他们放了那只母羊。母羊惊慌失措地跑进羊群里,回过头看着新疆种羊和三个男人。

达杰又让江洋去捉另一只母羊。母羊们似乎都受惊了,到处跑。江洋在羊圈里到处追那只没有捉到的母羊。

达杰有点生气,让老人牵住新疆种羊,过去帮江洋捉那只母羊。江洋轻轻地走到那只母羊后面,一伸手抓住了母羊的后腿,但自己摔了一跤,母羊一蹬腿就跑掉了。

达杰看着很生气,跑到母羊前面从前面堵住母羊,看着摔倒在地上的江洋说:"快起来,快起来捉住它!"

江洋慢吞吞地爬起来走过去伸手抓住了那只母羊的后腿。

达杰看着儿子笑,说:"抓紧了,不要让它再跑了,就剩这几个了,配完之后咱俩今天下午就得把种羊给人家送回去了,就没有机会了。"

说完过去帮江洋把母羊拉到了新疆种羊旁边。他们强迫新疆种羊跟那只母羊交配。

两个孩子还站在原地看这些。达杰突然看见了他俩,对着他俩喊:"看什么看,快去玩去!"

两个孩子就一溜烟跑了。

达杰看上去也显得有些疲惫,他看着老父亲说:"我看也差不多了,今天得把人家的种羊送回去的,说好只用两天,咱们得说话算话,明年还得求人家呢。"

老人看了看羊群说:"也差不多了,还回去吧,明年的羊羔肯定好。"

达杰看了一眼江洋说:"你也跟我去吧,这次还得带上一只母羊呢。"

午饭之后,他俩就上路了。路上,达杰又看见两个小儿子在路边鬼鬼祟祟地说什么,就停下摩托车问:"你俩在干吗?像个贼似的。"

两个小孩其实在商量该怎么处理那个安全套,看见父亲就赶紧藏起来说:"没干什么,我俩在玩呢。"

达杰瞪了他俩一眼,说:"你俩等会儿早点回去,下午还得跟爷爷一起去放羊。

两个小孩赶紧说:"呀呀。"

达杰加了油门,看了一眼在后座上和母羊绑在一起的江洋说:"抓牢啊,不要掉下来了。"

新疆种羊被夹在车把和达杰的肚皮之间,看上去很难受,但是它却一动也不动,似乎很舒服,也许是太累了吧。

两个孩子看着他们滑稽的样子就笑了,然后问:"阿爸,你这次去县城吗?"

达杰想也没想就说:"不去不去,我俩去还人家的种羊呢,哪有时间去?"

三弟很认真地说:"万一去了不要忘了给我俩买真正的气球啊。"

达杰没理他俩,一溜烟跑开了。

待摩托车的声音完全消失之后,二弟从裤兜里掏出安全套说:"这个怎么办?"

三弟想了想说:"那天咱俩玩拿这个做的气球的时候,多杰那家伙不是很羡慕吗?他当时想拿他的哨子换,咱俩去找他,看看他还想不想换吧。"

二弟马上说:"好,这个主意好,咱俩去找他。"

两个孩子到了多杰家门口,看见他们家的大门敞开着,就对着大门喊:"多杰,多杰。"

门口的狗突然站起来把铁链拉得哗哗响,"汪汪"地叫了起来。

二弟看见狗有点胆怯,说:"这狗不会挣断铁链冲过来吧?"

三弟说:"要是跑过来,咱俩也跑。"

二弟看了一眼三弟说:"要是追上了,你还跑得过狗吗?"

三弟说:"别管那么多了,把多杰喊出来,换了东西就走。"

之后,他"多杰,多杰"地叫了起来。

不一会儿从大门里出来一个跟他俩差不多的男孩,问:"你俩找我干什么?"

二弟直接问:"你那个哨子还有吗?"

男孩从兜里拿出哨子,吹了吹,说:"怎么了?"

二弟说:"你那天不是想拿哨子跟我们的气球换吗?"

男孩问:"你们的气球呢?"

二弟从兜里拿出那个安全套说:"在这儿呢。"

男孩走过来仔细看了看安全套,说:"这是什么呀?这怎么是气球啊?"

三弟说:"把它吹起来就是气球了。"

男孩说:"那你吹给我看。"

三弟就撕开包装,对着嘴吹了起来。

越吹越大,开始有了气球的样子,怪模怪样的。

男孩笑了,说:"呵呵,还真是个气球啊!"

两个孩子得意地笑,然后看着多杰问:"换不换?"

男孩不假思索地说:"换。"然后把哨子给了他俩。

两个孩子也把"气球"给了多杰,说:"不许后悔啊!"

男孩说了声"好"之后,就举着"气球"跑进家里去了。

两个孩子也说了声"快走",就吹着哨子沿着来时的土路跑起来了。

达杰的朋友很满意达杰作为回报送给他的那只母羊。达杰也极力地赞美朋友借给他的新疆种羊如何威猛,如何厉害。朋友惬意地享用着达杰的那些赤裸裸的、很直接的赞美,好像赞美的对象不是新疆种羊而是他自己。

之后,他俩喝了很多酒。喝得微醉时,达杰的手机响了。达杰让儿子江洋接电话。

江洋接了电话之后,眼睛直愣愣地看着父亲达杰的脸,说不出话来。

达杰随口问:"怎么了?"

江洋开始紧张地喘气,还是说不出话来。

达杰的朋友看着江洋的样子,也盯着他看。

达杰推了一把江洋,问:"到底怎么了?"

江洋这才结结巴巴地说:"爷爷没了,下午放羊时从山上摔下来死了。"

达杰的酒似乎一下子醒了,问:"什么?"

江洋说:"爷爷死了。"

达杰和江洋赶到家里时已是黄昏时分,几个喇嘛在为亡人念经做法事,村里的一些亲戚朋友在念六字真言,气氛很悲凉。达杰似乎不太相信这突如其来发生的事,脸上一副莫名的表情,也不跟任何人打招呼,就直接跑进了父亲的卧室。卧室里有点昏暗,炕上的一个方桌上点着一盏酥油灯,酥油灯也快灭了。达杰坐在炕沿上,看着那盏快要灭了的酥油灯,流出了眼泪。

办完丧事,达杰和江洋就去了寺院。

达杰给活佛献上了丰厚的供养之后,请求活佛超度父亲的亡灵。活佛闭上眼睛,念了一些经文之后,睁开眼睛说现在你们可以回去了。

达杰似乎有话要说,犹豫了一下之后,终于开口问活佛:"仁波切,我父亲的灵魂会转世到什么地方?"

活佛看着他问:"你阿爸是属什么的?"

达杰说:"属马。"

活佛又闭上了眼睛,还不时拨动手里的念珠。达杰和江洋就蹲在那里静静地看活佛脸上表情的变化。

过了一会儿,活佛突然睁开眼睛说:"老人会再次投胎转世到你们家里。"

达杰一脸不解的样子。

活佛又补充似的说:"时间是今年。"

达杰的脸上更加地不解了。

活佛在一张纸条上写上一些经文的名字,笑着说:"回去找个僧人念念这些经文吧,老人很快就回来了。"

达杰的脸上是更加疑惑不解的样子,想问什么又终于没有说出口。

晚上,达杰把活佛说的话告诉了卓嘎。

卓嘎说:"不可能,三个孩子还这么小,家里又没有其他女人,这怎么可能呢?"

达杰说:"我也这么想,可是活佛就是那样说的啊。"

卓嘎说:"你当时没把家里的情况告诉活佛吗?"

达杰说:"我怎么说?难道我对活佛说你说的这样的事情不可能发生吗?"

卓嘎没再说什么。

第二天一早,达杰就去还做法事时从别人家里借的一些东西。回来看见老婆卓嘎坐在门口若有所思的样子,就问:"你在想什么?"

卓嘎看了一眼达杰,一副欲言又止的样子。

达杰又问:"你怎么了?"

卓嘎磨蹭了一会儿,最后说:"给你说个事。"

达杰问:"什么事?"

卓嘎说:"这个月我没来。"

达杰问:"什么?"

卓嘎说:"我是说这个月我没来月经。"

达杰问:"这是什么意思?"

卓嘎说:"我要去医院看看。"

到了卫生所,索南扎西看见卓嘎进来,就笑着对周措说:"我出去抽根烟。"

周措也笑了,让卓嘎坐。

卓嘎的表情有点怪怪的,看着周措动了一下嘴巴。

周措就问:"你怎么了?是不是又来要那个东西了?那东西还没到呢。"

卓嘎说:"我不要那个东西?"

周措问:"那你来干什么?"

卓嘎说:"我这个月没来。"

周措收起脸上的笑,说:"不会吧?"

卓嘎说:"真的。"

周措说:"那就查一下,查一下就知道了。"

周措给了卓嘎一个试纸条,说:"你自己去弄一下,知道怎么用吧?"

卓嘎说:"不知道。"

周措就把使用方法告诉了她。

卓嘎从卫生间出来后,把试纸条递给周措大夫看。周措看了一眼就说:"你怀孕了。"

卓嘎不说话了,在想着什么。

周措问:"现在怎么办?"

卓嘎开口说:"我不知道。"

周措说:"这有什么不知道的?赶紧拿掉吧,越早做就越少痛苦,今天就做掉吧。"

卓嘎又不说话了。

周措开导她说:"你已经有三个孩子了,再生一个干吗?咱们藏族妇女又不是天生就为了给男人生孩子才来到这个世上的。以前,一个女的生五六个、七八个孩子,那么辛辛苦苦的,干吗呀?你看我现在就一个孩子,也没觉得有什么不好。除了自己轻松,拿到补贴,孩子还能受到好的教育。"

卓嘎还是不说话。

周措说:"你倒是说话呀!"

卓嘎担心地说:"我得回去问问达杰。"

卓嘎快步离开,周措在后面喊:"卓嘎,你想清楚,再生还会罚款呢!"

卓嘎到家时,达杰在门口劈柴。

卓嘎走过来停在一边。达杰停下劈柴看卓嘎。看卓嘎不说话,达杰就问:"医生怎么说?"

卓嘎还是不说话。

达杰再次问:"医生到底怎么说?"

卓嘎说:"我怀孕了。"

这回,达杰不说话了,若有所思的样子。

进屋后,看见尼姑妹妹香曲卓玛坐在火塘边上,就坐在了她的旁边。

香曲卓玛看着姐姐说:"你怎么了?"

卓嘎想了想说:"我怀孕了。"

香曲卓玛有点兴奋,说:"活佛的预言多准啊,活佛就是活佛,具有看得见今生和来世的慧眼,我们常人真是无法想象啊,我们凡人有时候还怀疑,真是罪过。"

卓嘎瞪大眼睛看着自己的尼姑妹妹,说:"啊,你这么想?"

香曲卓玛不假思索地说:"那当然,要不然为什么偏偏在这个时候你怀上了?"

卓嘎觉得自己的身体几乎要瘫掉了,过了一会儿才说:"医生建议我拿掉这个孩子。"

香曲卓玛的嘴里呼出了一声奇怪的声音,说:"姐姐,你可千万不能胡来啊,亡灵既然选择某个肉身再次回到这个世界,那么拒绝他的降生对于他来说是非常残酷的事情;同时,能够成为某个灵魂依托的肉身,也是千年修得的积缘啊!"

晚饭时,达杰也突然感叹道:"活佛真是厉害啊!"

两个孩子也大概知道是怎么回事了,笑着说:"这么说爷爷很快就要回到咱们家里了。"

达杰连连点头,两个孩子就趁机说:"阿爸,你可不要忘了到时给我俩买彩色气球啊,你可是在爷爷面前答应过我俩的。你要是不买,爷爷会在天上看着你的。"

达杰似乎被惊了一下,马上说:"当然要买,当然要买。"

江洋看着他们,一直不说话。

第二天,整个村子的人都知道了这件事情。

香曲卓玛继续去化缘,回家时看见姐姐卓嘎一个人坐在院子里的一个木凳上发呆,就问:"你又在想那件事情了?"

卓嘎不说话。卓嘎端了一盆水去喂那只拴在外面的母羊。那只老母羊被喂养得越来越膘肥体壮了,见卓嘎拿来水,就冲过来要喝。卓嘎把水放在了母羊面前。母羊很快就把水喝完了,很渴的样子,看着卓嘎。卓嘎没再理它。

晚上,达杰和卓嘎在炕上躺着,都不说话。达杰看上去有点高兴,卓嘎在想着什么。达杰看了一眼卓嘎,点上了一支烟。等他抽完了,卓嘎坐起来,看着达杰说:"我想拿掉肚子里的孩子。"

达杰一下子坐了起来,盯着自己的老婆卓嘎,似乎不相信她会说出这样的话,愣了一会儿才问:"你刚才说什么?"

卓嘎的表情没有变化,马上说:"我想拿掉肚子里的孩子。"

达杰一下子就火了,说:"你这个妖女!你这个没良心的东西!老人生前对你那么好,你就不想让他转世投胎到自己家里吗?"

卓嘎说:"我也不想这样,可是——"

达杰问:"可是什么?"

卓嘎说:"我是在为这个家着想。"

达杰扇了卓嘎一巴掌,说:"要是肚子里的孩子是你父母的转世,你会这么说吗?"

卓嘎流出了眼泪。慢慢地,她哭了起来,声音越来越大,怎么也止不住了。

吃完早饭,江洋说今天我去放羊吧,达杰说还是我去吧,母羊们刚刚配完种,这个时候要好好保护它们,让它们吃饱,这样明年才会有好羊羔。

达杰走到门口,想起什么似的回头对江洋说:"好好照料那只老母羊,到你开学时就得把它卖了给你交学费生活费。"说完就出去了。

江洋拌好饲料,拿去喂那只老母羊。老母羊看见江洋来喂饲料,似乎很高兴。江洋把饲料放在母羊前面,看母羊吃。母羊很惬意地吃着。江洋看着母羊无忧无虑吃食的样子,想到很快就要把它卖给屠夫给自己当学费生活费,有点不忍,准备起身回去。

这时,香曲卓玛出来了,看见江洋就说:"我去收一下昨天还没有收到的善款,有几家还没有收上。"

江洋站起来说:"要不要我去帮忙?"

香曲卓玛说:"不用了,不用了,就那么两三家,我一个人去就可以了。"

吃完早饭,一直闷闷不乐的江洋突然对卓嘎说:"阿妈,你把你肚子里的孩子生下来吧,爷爷生前对我最好,我想让爷爷回到咱们家里。"

卓嘎吃惊地看着江洋。

达杰在山上放羊时,遇见了也在山上放羊的贡布老人。老人问他:"快满七七四十九天了吧?"

达杰说:"过两天就满了。"

老人说:"你阿爸有你这样一个儿子真是好福气啊。"

老人和达杰的父亲生前是好朋友,看见老人达杰的心里生起了一股伤感。达杰说:"其实我心里很愧疚,没有管好老人。"

老人说:"你已经很孝顺了,你阿爸能投胎到你们家,就说明他很留恋这个家,要不然不会再回来的。"

达杰说:"我阿妈死后也投胎回到了自己家里,阿爸生前也说过他死后还想回到这个家里的话。"

老人说:"你们可要好好珍惜啊,这样的缘分是很少见的。听说你家卓嘎不想要这个孩子,是真的吗?"

达杰有点紧张地说:"没有的事,没有的事。都是村里人在胡说八道。"

老人说:"没有就好,没有就好。"

七七四十九天之后,家里又做了法事。

喇嘛们念了一天的经。等喇嘛们离开之后,突然停电了,屋里黑咕隆咚一片,谁也看不见谁,只能听见彼此间的粗重的喘气声。

黑暗之中,传来了尼姑香曲卓玛的声音:"明天我想带姐姐到山上住一段时间。"

她的声音像是来自另一个世界。

黑咕隆咚之中没有任何回应,一片沉默,连彼此间的喘气声也听不到了。

第二天天刚蒙蒙亮,香曲卓玛就带着姐姐卓嘎离开了。

出发之前,达杰、江洋和两个孩子都起来送她俩。

最后,卓嘎小声对江洋说:"到了学校好好学习,不要担心阿妈,阿妈没事的。"

江洋使劲点了点头。

过了几天,江洋也开学了,达杰就捎着江洋和老母羊去了县上。

到了牲畜交易市场,他们被羊贩子们围住了。羊贩子们一忽儿抱起母羊掂量掂量,一忽儿又捏捏母羊的脊梁骨,一忽儿又扒开母羊的嘴巴看看,弄得江洋很不舒服。达杰只是在旁边看。

最后,羊贩子们跟达杰谈价钱,讨价还价。但是达杰很镇定,咬住一个价不放,最后就成交了。羊贩子看上去不太愉快,不太情愿地数钱,最后拽着母羊走了。江洋早就跟这只老母羊混熟了,最后看着它被羊贩子们拽走了,想到它很快就要被他们宰掉肢解掉卖掉,被别人煮了吃掉,心里难过起来。

达杰数完钱,把钱装进兜里,看了一眼那只老母羊,就带着江洋离开了。

到了学校门口,达杰从刚才卖羊的钱里面抽出几张一百元的给了江洋,说:"快去吧,阿爸就不进去了。"

江洋犹豫了一下说:"阿爸,我也跟你回去吧,我不想再念书了。"

达杰瞪着江洋说:"你胡说什么呢,你这样说阿爸就生气了!"

江洋没再说什么,一副忧心忡忡的样子。

达杰说:"不要想家里的事情,你只要好好学习就行了。"

江洋还是没有说话。

达杰骑着摩托车走到街上时,在路边的一个摊位上看见了许多彩色的气球。

他在摊位前停住了,摊主对着他叫卖:"卖气球,卖气球!"

达杰看了看那些气球,突然说:"我要买两只红气球。"

摊主从众多彩色气球里面挑出两只红气球给了达杰。达杰把那两只气球拿在手里看看,又像个小孩子一样晃了晃。

摊主说:"你拿在手里要小心,气球里面是氢气,小心飘到天上去。"

达杰就用生硬的汉语问:"两只一共多少钱?"

摊主说:"本来一只三块钱,你要两只就给你便宜一点,一共五块钱吧。"

达杰也没说什么,直接从兜里拿出五块钱给了摊主。

之后,他把两只红气球拴在了摩托车的车把上,气球立即飘了起来。

摊主看着他说:"这样还挺好看。"

回家的路上,两只红气球一直在摩托车的车把上飘荡着,达杰看着觉得很惬意。

回到家里,他把气球给了两个孩子。

两个孩子很高兴,拿着气球使劲地跑起来。

他俩跑到一处开阔的草地上时,"砰"的一声响,其中一只气球突然爆掉了。

他俩就抢另一只气球,最后还打起来了。突然之间,那只气球从他俩手里脱落,飘向了天上。

两个孩子张大了嘴巴,仰着头看那只飘向天空的红气球。

红气球在大上越飘越高,越飘越小,最后消失不见了。

(原载《花城》第 1 期)

练　夜

钟　求　是

那个时候,我的日子正准备刷新一次。

自打与前妻散了伙,我沮丧了一段时间,把自己弄得很灰色。好在毕竟年轻,过了一个秋天又过了一个冬天,我的心思和身体同时活泛起来,眼睛里重新有了花花绿绿。没有多久,我盯住了县小的一位语文教师。语文教师有个好听的名字叫池晶,而且性情温和、想法简约,这些都跟前妻不同。我要的就是这种不同。

不过简约不是简单,语文教师对我还没敲定主意。我虽然没有孩子拖累,但总归混过一次婚史,混过婚史的人,脸面依然光滑,思想已起了皱纹,时不时会露出些玩世情绪。语文教师觉出这一点,态度里便渗入一些犹豫,两个人的关系也就留着一尺空隙。为了抹去这最后的距离,我时常提着精神向语文教师贴近,尽量摆出热切的嘴脸,说些好听的言语。

一天晚上我约池晶泡茶室,两张嘴巴一边吃着瓜子一边远远近近地闲扯。闲扯中池晶没有忘记工作,说最近学校开展"一日行善"活动,每位教师得带学生走出校门做一件善事。我说:"做善事还不容易,你抓紧嫁给我,解我烦忧解我愁,这就很值得表扬。"池晶笑了说:"这个主意不好,你另想一个。"我说:"真要找件推销爱心的事儿?"池晶点点头说:"这种事儿得又方便又有形式感,还得让学生受点感动。"

池晶的要求让我的目光变得呆滞,就像上班时一样。其时我在昆城一家文具礼品公司做营销,每天都苦逼地想着怎么把办公文具和体育用品什么的推送出去。每当我一思考,我的眼睛便容易暗淡无光,像是进入空洞的哲学探索。我知道,我的这个样子叫做苍茫。

池晶看着我说:"你发什么愣呀?"我说:"我没有。"池晶说:"你的眼睛有点盲人状态。"我认真地说:"我在思考。"池晶说:"你思考出了什么?"我眨眨眼皮,让目光灵活起来,然后说:"我想到了一个点子,让学生们拿着我公司的小产品在街上免费发放,谁拿到了谁高兴一分钟。"池晶说:"那是送广告,不是做善事。"我说:"我还想到一个点子,让学生们到西门街去捡垃圾,那条街比较脏乱,容易出战绩。"池晶说:"不好不好,捡垃圾这种事看着热闹,其实会伤学生们的情绪。"

我不吭声了,抓起茶杯喝一口,正要放下杯子,脑子里窜出一个念头。我嘿嘿一笑说:"我知道你要做的善事在哪里了——就在我的院子里。"池晶说:"什么意思?"我说:"我的院子里有一邻居,他真的是个盲人,他需要你和学生们的帮助。"池晶迟疑着说:"慰问盲人?这会不会有些俗?"我促进地说:"从孩子们的角度看,这太不俗了。"

我推荐的瞎子叫团顺,我们同住一个院子已经很多年了。在昆城,像我们这种有年头的旧院子已经不多,基本撒在这条苟延残喘的西门街上。我刚结婚那会儿,便听说这一片街区要拆旧改造。我信心满满地对妻子说,咱们在这儿先守一阵子,等老院子一拆,搂抱你的可就不止一套新房子了。妻子不是个有定力的人,在旧房子里待了三年,没生成孩子倒养出一身坏脾性,终变成了前妻。之后院子里撤走两户人家,又租进来两户人家,属于有旧情的便剩我和团顺了。

团顺倒不着急老院子的拆建。他的房子就一边厢长间,正门朝着院子,旁侧挨着街道。大约六七年前,他让人捅开房墙腰部,做成了一扇临街小门。此后他的日子里塞满了花生——每天上午,他的门口会准时出现一只煤炉子,炉子上面坐着一只阔大锅子,锅子里躺满了花生,花生中升着一缕雾气。团顺用鼻子守着雾气,安静地坐在门边,待有人要买,便积极起身用秤子称好。他的秤杆有些特别,用胶带在克星上缠了圈,一摸一个准。他的嘴巴也不含糊,斤两出来了钱数也出来了,这时收钱票的手也是一摸一个准。因为守得耐心,又因为没法欺客,生意便稳。时间一久,他成了西门街上一个固定的标识。路人打手机告诉同伴自己在哪里,不说跟前的储蓄所或者馄饨店,只说在花生瞎子的边上。

团顺是个胖子,脸面还显着黑,坐在街边粗略一看,年龄有些模糊。其实细算起来,他仅比我大五个月。我们一块儿在院子里长大,还在小学教室里一起待过几年。虽说平常忙着日子,我和他坐下来闲话的情景越来越少,但俩人说起话来倒没什么隔拦。所以这天我跟团顺说了学生上门的事,他的脸上立马冒出不乐意。他说:"他们来做什么?擦桌扫地?添乱添乱。"我说:"什么态度!你应该连忙道谢才是。"团顺弹一弹无光的眼睛,说:"这些学生就帮一帮手,把我的不好全看走了,我不划算。"这话有些幼稚也有些自尊。我迟疑一下,把池晶掏了出来。我说她是带队老师,有做善事的任务。我强调:"她是我的女友,你得帮这个忙。"亮出女友,又是帮忙,团顺不吭声了。他的不吭声即是不反对。

到了周五下午,池晶携着五六位学生来了。学生们戴着红领巾,进了门就抬起胳膊向团顺行礼。团顺嘿嘿笑着,让客人们坐,还抓了几把花生搁在桌上。学生们可不是来做客的,他们在池老师的指点下,扫地拖地,抹擦桌凳和玻璃,还欣喜地找到一件脏被套,泡在木盆里洗好。因为房间不大,没有多久便收拾妥了。按照计划,学生们还要给盲人叔叔讲个故事唱一首歌,可这时一位学生在床头柜上发现了一本书,翻开一看,是长长短短的诗句。这位学生愣了几秒钟,凑到池老师跟前悄悄地说,我们可能弄错了,这个叔叔眼睛其实没有瞎。池老师问怎么啦,学生把书本递到她手里。池老师翻了翻,是一本民谣似的诗集,但真不是盲文。池老师就站到团顺跟前,盯着他的眼睛。他的眼眶里有珠子,但只能往上一推一推。池老师就问你眼睛不好,怎么也看书呢?团顺微羞地笑笑,说我就这一本书,我看不见上面的字,但能读得出来。池老师翻到第一页,让团顺读。团顺读了一首,竟一字不差。池老师让学生们也读一首,让团顺听。之后学生们又和团顺合读了一首,声音有粗有细,倒也好听。因为这本诗集,这天下午的活动变得活跃,效果挺不错。

当然,这些情形是从池晶嘴里讲出来的——当天晚上,我约池晶一起吃饭,在餐桌上,团顺成了一个配合胃口的话题。池晶说了一遍下午场景后,仍好奇地想知道团顺为啥能识字。我告诉池晶,说他能识字是不准确的,但他确实上过学,还跟我是同班。池晶停住手中的筷子,说:"他上过学,还不在盲人学校?"我说:"昆城没有盲校,再加上有我这个邻居,他爸妈就让他上了普通小学,我们在一个教室里待了六年。"池晶说:"那他怎么上课?"我说:"他是听课,带着耳朵听老师说课本。那时候,他能把课文一字不差背下来,但不做作业也不用考试,这一点让我无限羡慕。"池晶说:"我教了几年书,从没遇到过这样的学生。"我说:"团顺这个名号也是被小学同学叫出来的,他正式的名字叫顺顺。"池晶说:"喔,顺顺用在他身上,有点那个。"我说:"顺顺是个小名儿,他父母发现儿子眼睛有问题后,光顾着着急,也没心思再起个学名儿了。"池晶说:"那你们怎么改造他名字的?"我说:"他平时老坐着,又能吃,身子慢慢长膘,没几年就变成了糯米团子。团顺算是同学们对他身体的总结。"池晶想象一下团顺的身子,笑了说:"他眼睛都这样了,你们还欺负他。"我说:"我们没欺负他,欺负他的是命。小学四年级时,他妈忽然消失了,据说是跟一个做鸭毛生意的男人走了。五六年前,他爸撞上了肝病,肚子胀得像一只鼓,折腾一段时间也走了。他现在的生活很单调,似乎日子里只有一锅花生和一杆秤。"池晶往嘴里放了一口菜,一边慢慢嚼着一边形成一句判断:"现在我有点明白团顺为什么要在床头放一本诗集了。"

第二天下班回家,我在团顺店门前站了站,并顺手抓了一把花生,一边吃着一边扯话。我说:"听说昨天下午的场面挺温馨。"团顺点着脑袋说:"温馨,温馨。"我说:"你那本诗集是故意搁在外头的吧?"团顺愣一下,说:"你为啥这么说?"我说:"你以为我看不见你的心思?"团顺有点不好意思,说:"我想让学生们知道,知道我除了花生还有别的……这不算不好吧?"我说:"不算不好。你被学生们看去了好,挺划算的。"团顺的胖脸上出现一个腼腆的笑容。我心里一乐正要离开,被团顺叫住。他有点讨好地说:"你那位池老师,声音……好听。"我想说不光声音好听人长得也好看,但我没说。团顺说:"她的课一准讲得好。"我说:"想起当学生那会儿的事啦?"团顺"嗯"了一声,说:"时间过得快,如果一颗花生算一年,离开学校得有一把花生了。"我说:"呀,看得出来,你心里起了一点感慨。"团顺弹弹眼皮说:"咱俩有多久没好好说话了?要不,要不明晚我请你喝一杯酒?"我嘻嘻笑了,说:"好呀,一把花生一杯酒,当年岁月走一走。"团顺说:"你答应啦?"我没吱声。团顺追问:"你答应啦?"我说:"我点头了,你没看见。"

　　团顺要和我喝酒闲话,这不算重要的事,我没放在心上。第二天晚上公司里有个生意饭局,我按例去应付一番。用完餐已有些晚,回家进了院子,瞧见那边厢屋的正门开一条缝,漏出一道灯光。要知道打父亲死后,团顺平常是不亮灯的,我"咦"了一声,想起昨天的话。推门进去,见团顺静静地坐在桌边,身形暗淡——那孤零零的模样,竟让胖实的身胚显出单薄。走近几步看,桌上摆着四样菜、两只杯子和一瓶酒。我心里愣一下,知道自己犯了错。我在他对面坐下来,说:"我来晚了,自罚一杯。"他身子动了动,将脸朝向我。看得出来,他喝过几杯酒,神情里铺着沉默。

　　我自斟一杯酒饮下,觉得不够,又倒一杯喝掉。我说:"现在,咱们谈谈美好的小学时光吧。"团顺没有吭声。我说:"你不是要跟我扯扯话吗?说起来呀。"团顺仍不吭声。我说:"你这样就没意思啦,我都自罚了两杯。"团顺嘴巴动一动,说:"我没怪你什么,我是有话不知怎么说。"我说:"在我跟前,你他妈也装!"团顺说:"我昨天晚上做梦了,梦见……一个女人。"我傻了几秒钟,说:"老女人还是小女人?"团顺说:"年轻女人。"我说:"为什么是年轻女人?你怎么知道是年轻女人?"团顺慌一下脸说:"我在梦里听到了女人的声音,那声音好听。"我说:"光听声音就知道是年轻女人?还是好看的年轻女人吧?"团顺猛地站起身,脸上的肉挪动几下,腿一软跪下了。我吃一惊,有些明白了。团顺乱乱地说:"我只是听到了声音,别的啥也看不见碰不着……三十年了,我不知道女人是啥样的。"团顺又说:"不过我还是亏了心,一晚上我都在等你,就想跟你说一声对不住!我怎么没管住自己的梦呀!"我没言语,也没扶他,只是慢慢端起杯子,将酒扔进嘴里。

　　我也得行一次善,带团顺去见识见识什么是女人。
　　这是在酒精帮助下思考一夜的结果,可我的想法是严肃的。日子过久了,眼睛里都是平常,忽然某一天你发现平常里原来藏着不平常,譬如身边有个男人"三十年不知道女人是啥样的",想一想这个你就会暗吃一惊。我不是团顺的亲人,但我至少算是他亲近的人。我知道,如果我不带他去,就不会再有人带他去了。
　　上班出门前,我把我的决定告诉了团顺,团顺在愣怔中没有吭声。他的不吭声即是不反对。
　　傍晚下班吃过晚饭,我伴着团顺出门。此时团顺换上了一件新衣裳,走路的样子和脸上的神色都有点紧。我拍拍他的肩膀,示意他让身体松下来。
　　我带他去的地方是一家足浴中心。这家店有洗脚有身体按摩,我携公司客户来过数次,算是熟门旧道。我要了一个洗足包厢,让团顺在沙发椅上坐下。两位年轻姑娘端来两桶冒着雾气的热水,开始给我和团顺捏洗。我注意到姑娘的双手摸向团顺小腿时,他身子一挺,硬在了那里,眼珠子则使劲向上推动。过了四五分钟,他僵直的身子才渐渐松掉。我拿了遥控器摁开电视,调出一个小品。小品很夸张,用东北话说一个骗子的事。当一包袱扔来时,我笑了起来,两位双手忙碌着的姑娘也笑了起来。听到周围一堆笑声,团顺也嘿嘿咧开了嘴巴。

足浴之后是背部按摩。我引团顺到另一房间,躺在两张小床上。一位姑娘站到团顺床边,说:"脱衣。"团顺便脱了上衣。姑娘说:"翻身。"团顺便翻过身子,将肥硕背部示给姑娘。姑娘说:"是第一次来吧?"团顺连忙点头,但他的脑袋趴在枕头上,点得不太像样。姑娘不讲话了,双手开始在团顺的皮肤上游走。游走了一会儿,团顺的身子扭动起来,仿佛难受的样子。姑娘问:"怎么啦?按重了吗?"团顺支吾了两声,说:"你们这儿……有厕所吗?晚上水喝得不多,可是……"姑娘就让他起来,淡着脸引他出门,过了片刻又引他进门。这一回不需要指点,团顺便很快脱了衣服趴在床上,继续刚才的按摩。

我收了目光闭上眼睛,让自己歇一歇心。不多一会儿,脑子暗下来,竟睡着了。睡了一些时间,被按摩的手拍醒。抬眼望去,团顺也已做好,挺安静地坐在墙边凳子上。我起身穿上衣服,觉出嘴巴有点淡,便取了烟点上。给我按摩的姑娘居然是烟女,跟我要了一支。点火时,她的脑袋伸过来悄声说:"我知道盲人是按摩别人的,盲人让人按摩,我是第一次见到。"我抬眼看一眼团顺,他的耳朵很好,应该能听到这句话。我不知道他心里是高兴还是不高兴。

从足浴中心出来,我们没有打车,松着身子慢慢往回走。团顺似乎在消化这一晚上的享受,默着脸不说话。街灯清淡,把两个人的影子一会儿拖长一会儿收缩。走到西门街,一块砖头让团顺打了个趔趄。他稳住步子,不走了。我招呼说:"走呀,很快到家了。"团顺不吱声,却矮了身子蹲在地上。我近到他跟前,见他脸上隐约挂着泪水。我说:"这是什么情况?幸福得奔泪了?"团顺摇摇头。我说:"刚才按摩女那句话惹你不高兴啦?"团顺又摇摇头。我想一想:"按摩时我睡着了,你出了点什么差错?"团顺还是摇摇头。我有点恼火了,说:"啥事也没有那你在这儿蹲着哭什么呀?"团顺抬起脸,轻声说:"一个晚上我让别人洗呀摸呀,我一个指头也不能碰她们。"我愣了一下,有

69

点蒙。团顺又说:"你对我好我心里存着,可我还是不知道……女人是啥样的。"只一秒钟时间,我便明白自己错了,以及错在了哪里。我嘿嘿一声笑,说:"你急什么嘛!花生一颗一颗吃,事儿也得一件一件办。"

下一天晚上,我领着团顺走进一家小宾馆,开了一间钟点房。在床头电话机旁边,果然有一块小牌子写着保健按摩的手机号。我用电话拨了那手机号,对方是个女中音,似乎有着职业性的利索,问了房号说了价格便挂掉通话。在等候的时间里,团顺的心神有些散。他用手摸了床铺床沿,又摸了被子枕头,之后探索着进入卫生间撒了一泡尿。做完这些还有多余的时间,他又不安地站到我跟前,问自己的头发有没有乱,衣服够不够齐整。说真的,此时我心里也并不安定。但我尽量用轻松的口吻表扬了他的外表。

敲门声响起,我走过去打开门让对方进来。这是一位化着浓妆、披着黄发的年轻女郎,脸有些尖瘦,算不上好看也不算难看。她看看我又看看团顺,说:"啥意思,三明治呀?"我说:"我在门口等着,半小时后回来付钱。"又补上一句:"你做得好,我外加一百元。"浓妆女人咧嘴笑了:"啥意思,大哥你是教父呀?"

我出了房间下楼,在厅堂里坐着抽烟。在此之前,我在脑子里安排过那种按摩店或暗灯发廊,最后还是选了感觉干净一些的小宾馆。这是以往经验给我的推荐。在离婚之后池晶之前,我曾在寂寞时找到这种门道。我把这种零星的花钱寻欢视为送给自己身体的礼品,就像客户花钱买我公司的礼品一样。没想到的是,现在我又以这种方式送给团顺一次礼品。好在我自我提示过,这将是唯一的一次。

抽了两支烟之后,我起身坐电梯上楼。拐进走廊,正琢磨着如何敲门,见那黄发女郎已倚在门口打手机。我走过去说:"弄好啦?"黄发女郎说:"好啦好啦,妥妥的。"我往屋内扫一眼,团顺稳稳地坐在窗边椅子上。我掏钱递给黄发女郎,她一只手接了,另一只手摊开来说:"妥妥的,加一百——你说的!"我想问什么叫妥妥的,嘴巴动一动没问出来。她嬉笑一声,压低声音说:"老大,他是瞎胖子,你懂的。"又说:"他胖肉真是不少哈。"我不好再拖沓,把一百元塞给了她。

我进去关上门,屋内立时陷入暗淡。那黄发女郎大约不让眼睛难堪,刚才只给自己留了一盏浅黄的台灯。暗色中,团顺仍静静地端坐着,似乎没有马上说话的意思。我扯开墙帘,一团浅白的月光跳进来,让房间晃了一晃。我再看团顺,他紧紧抿着嘴,脸上严肃并且有些苍白。

说一句好听的话,团顺的宾馆寻欢是生活中的小小插曲。插曲过后,日子又归于寻常。

此后几天,我跟团顺几乎没有照面。我把闲余时间分一些给饭局又分一些给池晶,基本就成了夜归的忙人。而团顺似乎需要时间反刍,把自己调到了安静状态。有趣的是,他还自做决定将那个晚上私密化——他把半小时中发生的事像存折一样收好,不肯轻易示人了。我问过他一回,被他庄重又沉默的神情挡住。这让我觉得好玩,同时明白已经帮了人,可以不在这件事上再费心思了。

忙碌之中,日子便不经用。不觉间,秋天已过大半,空气加入了凉意。

一天晚上我多喝了几杯,回家倒头便睡。不料酒劲儿逼上来,到底吐了一回。吐过之后脑子醒了神儿,一时睡不着了。茫然之际,忽听到窗外院子里嘿嘿作响,还伴着呼呼喘气声。我以为是旁边租户弄出的什么声响,没有搭理。过了一会儿,那动静起了变化,像是过渡到哗哗浇水声。我奇了怪,出门望一眼,只见那边暗色中有人在冲凉水澡。走近几步看,竟是团顺——旁边搁着一只水桶,他用木瓢一下一下往身上浇。我"嘿"了一声,说:"团顺你在干吗?"团顺说:"我在冲澡呀。"我说:"黑咕隆咚的你冲澡干什么?"团顺说:"我不怕黑咕隆咚……我出汗了呀。"我这才注意到一旁地上放着两只哑铃,显然刚才的嘿嘿声是他和哑铃一起制造出来的。我说:"怎么,晚上睡不着觉啦?"团顺说:"不是不是,睡多了不好,添肉……我要减肥。"我说:

"减肥?靠,我今天喝了酒,耳朵没听错吧?"团顺说:"嘿嘿,哑铃我已练了好几天,你没……听到?"我打量着他肥嘟嘟的身段特别是有几分喜感的圆肚,心里有点明白了——他的减肥行为一定与宾馆里的那半小时有关。我沉默一下说:"练哑铃还行,这么个天冲凉水,容易招来感冒。"团顺说:"听人说,洗冷水澡也能减肥……嘿嘿,身体冷下来了,脂肪就烧得快,让体温升上来。"我忍不住乐了:"就这么几天,你懂得还挺多。"团顺收了浇水动作,说:"你等等,我还有话跟你说。"说着返身探摸着进屋。在暗色中,他的手脚算得上利索。

过一小会儿,他穿着齐整衣裳出来了,说:"进屋说吧?"我不想逗留过久,说:"没事儿,就在这儿说。"他迟疑一下说:"听人说,网上减肥药不少……你能不能帮我买点儿?"我说:"你别听人说这说那的,那些减肥药要么不让你吃饭,要么让你拉肚子,反正给你的是难受。"团顺说:"试试不行吗?"我坚决地说:"不行!"我的态度是有理由的,想象一下吧,一个胖子一只手提着裤子一只手向前探摸,一天许多次在厕所跑进跑出。我说:"你减肥还是练哑铃吧,想出多少汗就出多少汗。"团顺动一下眼珠子,说:"那你还得帮我一个忙。"我说:"这一回是什么忙?"团顺说:"练哑铃出汗还是少……我想跑步。"我一愣说:"你想跑步?你他妈的能跑步?"马上我又悟过来说:"你是让我跟着伴跑吧?每个晚上做你的眼睛。"团顺说:"不是不是,不是每个晚上只是一个晚上,你陪我跑上一次……以后我自己能行。"我说:"团顺,什么叫吃饱了撑的?你就是一例子!"团顺嘿嘿地笑。

下一日晚上我吃过饭局回家,团顺已等在院子里。我领着他出了院门,走过一条巷子,走过一条马路,再走过一个校门和看门人的眼光,来到一个操场上。这个中学操场还算包容,允许校外的人来夜走和夜跑。此时有些晚,操场上移动的身影已经不多,这倒适合团顺今天的处女跑。我引着他跑了一圈,又跑了一圈,便让自己歇下脚步。作为一个久坐酒桌的人,两圈慢跑已让我喘气失控。我扶着腰站在那儿,看着团顺肥胖的身躯在夜色里一会儿变小,一会儿变大。他跑动的样子笨拙又吃力,的确不太好看。对他来说,这显然是一件困难的事情,难度指数相当于一个没有酒量的人在餐桌上梗着脖子与别人拼一斤白酒。在那一刻,我跟自己打了一赌:团顺的夜跑不会超过一星期。

之后数日,团顺每天晚上携一根竹竿出门,过一些时间带着一身汗水回来,然后站在院子里给自己浇水冲澡。每回听到哗哗的浇水声,我便想,他又坚持了一天。

差不多过了一星期,团顺果然改变主意,停止了跑步。这天我回家早,在花生摊前被他截住。他向我抱怨操场跑步的难处。他说:"场地上的人太多了,每回都有人碰到我身子,他们嫌我跑得慢。"我说:"你可以晚点儿去,越晚人越少。"团顺摇摇头,诗人一般说了句:"我有我的作息时间。"我笑了说:"那你还是改回练哑铃吧。"团顺说:"不,我想想别的办法。"我怕他又让我伴着做什么,没有往下接话。

第二天晚上回家,未进院门见巷子那头走来一个冒着热气的人。就那身段,不是团顺又是谁。我咦了一声说:"团顺,你还没丢开跑步呀?"团顺提一提身子说:"现在我可不是跑步……我在爬山。"我吃一惊说:"你……晚上爬山?"团顺说:"我爬九凤山的石阶,我发现啦……这个地方晚上可没什么人。"九凤山在昆城的西边,过去有些荒凉,现在做成了公园,台阶一级级通向山顶。这种公园山路适合晨练,夜色里因为暗淡,一般人很少光顾的——这倒成了团顺中意的练身之处。我瞧着团顺迈进院门的背影,心里突然叹了。

这种感叹一不留神还伸入睡眠中。当天夜里我做了一个梦,梦中出现一条弯曲的石阶路道,静静地趴在山岭之间。团顺先是握着竹竿点点戳戳地往上爬,汗水流出来,带走了他的肥膘也带走了他的笨重。他轻巧起来,双臂展开衣裳飘动,两只脚在台阶上一弹一跳,像是上了发条的玩具青蛙。到了山顶他站在那里,一阵山风吹来撩起他的头发,然后他抬起手臂在额头搭了个凉棚,仿佛夜里也有阳光晃眼,仿佛他能看见山下镇子里的万家灯火。

意外出现在十余日之后。那些天我按公司的指令出了一趟差，在广州一个展销会上劳动嘴舌，签下几份不大不小的销售合同。出差回来那天已是下午，我拖着行李箱往家里走。斜阳中，我看见我的影子在西门街上移动。走着走着我突然停住了，因为我的目光在团顺的花生摊位扑了个空——没有炉子没有锅子也没有旁边的身子，那扇小门静默地关着。在我的记忆里，这些年团顺的摊位像一张布告贴在西门街上，没有哪天短缺过。我嘴里使劲咦了一声。

进了家我放下行李箱，匆匆洗了一把脸，便穿过院了去敲团顺的门。那门虚掩着，轻轻一推便开了。虽是白天，里边仍然灰暗。我摁开电灯，见团顺造型怪异地坐在床上。近前几步，才看清一片被子搭在他身上，从被子里游出一条绑着石膏的壮腿。那壮腿看见我来，羞羞地动了一下。我心里说，原来如此。

团顺说："你一推门我就知道是谁来了。"说着划一划手，像是示意我坐下，或者表示自己不能起身接待我。我说："摔了几天啦？"他说："四五天了，我算算……是五天。"我说："怎么摔的？"他说："上山容易下山难，快下到山脚时踩了一空……人老了掉牙齿，那石阶路又不老，也掉了一块石板。"我想象着团顺在台阶上滚动以及挣扎以及呼救的情景，嘴里涩涩的问不出话。停一停我才说："那这些日子你怎么应付吃喝呢？"团顺说："我叫外卖，到点儿就会有人送吃的来。"他移一下眼珠子，又说："医生说不是骨折是骨裂……骨裂好得快，再说我还有一把拐杖。"我左右打量一下，床边果然放着一把木制拐杖，但床上床下太乱了，好一些衣服没头没脑地缠成一起，几只吃空的塑料饭盒躲在屋角，造出不好闻的气味儿。

晚上跟池晶见面，我讲了团顺的受伤。池晶问他干吗一根筋地减肥呢？我当然没法拿出团顺去宾馆的事儿，但我想过好几遍了，团顺的折腾大约是为了挣一点体面，他暗想着跟女人在一起时自己的身体能好看一些呢。见我不吭声，池晶叹口气说了几句话，意思是团顺的眼睛加上一把拐杖，想想都让人揪心。

我顺势提示她："团顺的房间有些失控,你能不能带着学生再做一回善事?"池晶笑了说:"你别想绑我的架,我的想法是把这一回的善事让给你。"又认真说:"上次我就看出来啦,团顺不想把自己不好的东西亮给别人看,咱们就不为难团顺也不为难那些学生了。"我说:"那你上次有没有看出来,团顺对女人也挺敏感,譬如你的声音你的气味?"池晶说:"这是什么话!为什么把我当例子!"想一想又说:"我倒记得那天团顺读的诗里,有这么两句:那种爱的神秘,又重新回到尘土的位置上。"我嘿嘿一笑说:"这是两句好诗。"

又过了十多天,团顺的店门重新打开,炉子和锅子出现在往常的位置,花生堆里升起一缕慢腾腾的雾气。在一米之外,团顺的身子也配套地依偎在门边。不过他只能坐在一张残破的藤椅上,再把石膏包裹的胖腿搁在另一张木凳上,又怀抱一杆缠了胶带的秤子,这让他的造型比较抢目。有人来买花生,只好自己动手装了袋子放到他的秤盘里。他不用起身,便摸秤报数,收钱找钱,把生意给做了。

他的腿还没好透,日子已与以前的秩序接上。

这一天下班回家,我在花生摊前留一下步,交给团顺一个礼物小纸袋,同时送给他一句消息:我和池晶马上订婚了。在昆城,订婚是结婚的伏笔,需以糖果的形式把好事告诉相关人群。其实按我的想法,可以省去这道鸡肋般的程序,但池晶是初嫁,不乐意绕过镇子上的俗成习惯。

团顺将手深入袋子里,一颗一颗摸了糖果,然后脸上浮起追忆似的笑容。他说:"你的池老师,声音好听。"我想说不光声音好听人长得也好看,但我没说。我只是说:"你得赶紧把腿养好了,到了年底我会弄一个婚礼,那时候你也过来喝一杯。"团顺点着头说:"好事哩,我得去听个热闹。"

我正欲走开,团顺唤了我一声。我说:"怎么啦?"团顺脸上扭捏一下,说:"那天晚上在屋子里……跟我说话的声音也好听。"我傻了几秒钟,才明白他说的是那天宾馆里的那位女郎。

团顺又羞羞地笑了一声,说:"她……她长得好看吗?"我使劲想一下,脑子里捉住一张尖瘦的脸,但具体模样已凑不起来。我没有犹豫,稳着语气说:"她嘛长得挺好看的。"

团顺的胖脸上,一道笑意鲜明而慌张地跑过。

(原载《长江文艺》第 2 期)

天堂来客

肖 克 凡

没人说得清大白猫属于这座大杂院里谁家的宠物，城市那时没有"宠物"之说，连自家孩子都是野生散养的，没得可宠。

这座大杂院坐落天津东南城角的天堂巷，毗邻旧日租界闸口，也算是有历史的地方。

这只大白猫不属于哪家哪户，前天吃张家食，昨天钻李家屋，今天赵家吵架，它自然成了"出气筒"，被老赵媳妇撵得满院乱窜，好像她的私房钱是大白猫给偷去喝酒了。

那时人不允许四处流浪，自然没有"流浪猫"之说，就这样，大白猫成为这座大杂院的"公众动物"。

天堂巷里的大白猫没有归属感，依然心仪此地，极少外出。它的耿耿忠心，并未被大杂院居民看重，反而认为它赖着不走。

当然，这座大杂院里还有株香椿树，也不知当年何人栽种。如今高过房脊，碗口粗，它孤儿似的站着，好似怀念着主公。

铁打的大杂院，流水的人家。随着住户们迁进搬出，大杂院面目更加模糊。好像每家每户都是断代史，五代十国南北朝，两汉唐宋元，谁跟谁也连接不起来。这里既没有历史亲历者也没有后辈见证人。仿佛一堆时光碎片，令人难以归拢。

跟大白猫身份极其相近的是老曲，没人说得清他是大杂院里谁家的访客。然而这不妨碍此人光顾，而且成了常客。

既然常来常往又不是谁家的访客，老曲身份显得有些笼统，令人联想到那只没有归属的大白猫。

最为出彩的季节是夏天,而且是夏天的傍晚时分。老曲推着那辆荷兰产"鹿头牌"自行车来了,未见其人先闻其声。

"开——山!"一声长长的拖腔,只待"山"字落地,老曲迈步走进院子。这情景很像京戏名角出场,这座大杂院自然成了大舞台。

操着地道天津口音的老曲,乐观开朗,表情生动。他大背头的发型,梳得光光亮亮。花格子衬衣,要么黑红格子,要么蓝黄格子,要么紫白格子,多种多样的格子。

常年西裤。黑色的,蓝色的,灰色的,驼色的,米色的,多种多样的颜色。当然,就在西裤与衬衣衔接处,永远系着那条棕色皮带,从来不见更换。他经常指着这条皮带说:"挠赛的!挠赛的!"

这应当是句外来语,要么英语,要么日语,要么蒙古语,反正不是汉语。这究竟是什么意思呢?这家伙也不给解释,久而久之,人们便不追问,基本认为他在称赞自己的皮带。

他的皮鞋也不更换,常年古铜色三接头,擦得极亮。这使人觉得他的钱全都花在衬衣和西裤上,皮带和皮鞋,三朝元老了。

老曲五官端正,方脸膛,鼻直口阔,目光有神,只是身材不高。举凡高个子男人,往往容易驼背。老曲身材偏矮却有些驼背,明显违背人类规律。当他微微驼背稍稍端肩地走进大杂院时,这身形反而显出适度的谦逊,不但不讨人厌烦,还意外地满足了不少人的自尊——你看,这家伙衣着光鲜推着进口自行车,却丝毫没有炫耀的迹象。因此,老曲起初并未受到大杂院的明显抵触。

住在大杂院里的男人们,五行八作,神仙老虎狗,往往互相瞧不起——你看我眼眶子泛青,我看你满眼眵目糊。大杂院十二户人家,远远超过魏蜀吴的三国演义。

一个归属不明的男人经常光顾这种大杂院,毕竟让人起疑。天津有俗语:无利不早起。尽管老曲经常傍晚时分光顾这里,仍然逃不出"无利不早起"这句俗语的猜疑。

老曲的手表是山度士牌的,名气虽不比大英格,毕竟大三针瑞士产。别人左手戴表,老曲戴右手。

夏天里,一声吆喝落地,黑红格衬衣米色西裤的老曲走进院子,啪地立稳自行车,然后掏出手绢抽打抽打裤角浮土。这动作对乱七八糟的大杂院而言,显得很特别。

大杂院孩子们围观这辆擦得明光锃亮的自行车,那只黄铜的"鹿头"标牌,远远盖过"飞鸽"和"永久"。

老曲不是哪家哪户的客人,也就没有哪家哪户出面接待。他便将大杂院当作小广场,做出访问大众的姿态,从衣兜里掏出烟卷。

他的烟卷是精装"大前门",包装有锡纸内衬,比简装的贵三分钱。这里没人吸得起"大前门",而且是精装的,这体现了老曲的分量。

只要有男人走出家门,老曲很大方地递烟说:"淡巴勾!淡巴勾!"这句又是外来语,要么英语,要么日语,要么蒙古语,反正不是汉语。

"你是中国人怎么说外国话呢?"住在南屋的老边满嘴河南口音,他不懂得天津男人讲几句舶来语属于码头幽默,因此拒绝接受老曲的"淡巴勾",坚持吸自家旱烟。老边贫农出身是天津麻纺厂的保全工,他不光爱喝酒还有很高的思想觉悟。

"你没事就往我们这里跑,请问到底来谁家啊?"老边道出广大群众的疑问。

"我不来谁家,我来看看你们大伙儿。"老曲使用捻轮式打火机,烧汽油。啪地点燃"大前门"然后甩手关闭打火机,动作很帅让人想起电影演员蓝马。

"你来看看我们大伙?这可成建制啦!你是要搞军训吧。"世界上没有无缘无故的爱,也没有无缘无故的恨。麻纺厂保全工老边暗暗认为,像老曲这样的男人,要么图财,要么贪色,这座又穷又破的大杂院里肯定有吸引老曲的地方。

老边坐在家里揣度说:"老曲啊,你是半夜喝面汤——不知道是烫的还是浪的?"天津流行的歇后语,那内容很损的。

这就是夏天傍晚的老曲。他轻轻松松吸着"大前门",跟邻居们漫不经心地聊天。他说"正阳春"卖生鸭肝两毛钱一大碗；他说"祥德斋"卖点心渣子，免收粮票；他说西马路卖光荣牌酱油瓶子，不用街道开证明……这种消息当然引起女人们的兴趣。

他还说评书演员张连仲转回东兴市场，要听就去听夜场；他还说散装白酒不凭票供应，必须起大早排队……这类消息当然受到男人们关注。

有时他也讲讲国际大事，比如美国总统肯尼迪遇刺身亡至今是个谜，还有中国首颗原子弹爆炸吓坏苏修美帝外加印尼排华势力……

就这样，大杂院仿佛水塘，老曲好似浮萍，四处飘荡，说说话，聊聊天，风吹而动，风止而安。一旦天色晚了，也有邻居挽留晚饭，不论烙馅饼还是氽氽汤，他一律哈腰谢绝，推着"鹿头"走出大杂院，沿着宽宽的天堂巷骑走了。

老边坚信"无利不早起"的津门俗语，抓住机会还要追问。"老曲，如今你说来大杂院是看看我们大伙儿，那么起初你来这里是找谁家啊？"

老曲想了想说："那时候我还年轻呢……"

"现在你也不老，没四十岁吧？也就三十七八。"

"起初，我是来找养鸽子的大忠，认识了住东屋练摔跤的小勇，大忠小勇先后搬走了，我认识了住北房的三皮，就是会做木匠活儿的二皮的弟弟，后来三皮也搬走了……"

老边性子很急："你这故事正月十五之前能讲完吗？我怕我活不到那天。"

老曲表情郑重地说："老边你不要悲观，社会主义是桥梁，共产主义是天堂，你只要活着就能赶上。"

从大忠到小勇到三皮，尽管这过程比较曲折，老曲毕竟道出自己的来历。老边仍然不释疑心："如今大杂院里哪家是你朋友？就像当初大忠小勇三皮那样的。"

"你们都是啊，你们都是啊。"老曲抬头望着那株香椿树。

老边操着老家方言说："我在山里打猎，没见过你这样的花脸熊。我到河里摸鱼，没见过你这样的三条腿蛤蟆。你让我大开眼界啊。"

老曲知道对方损他,不但不急不恼,反而眯起眼睛回忆往事,"唉,大忠太可惜了,他不该走那么远的。小勇练得太苦,你进不去专业队就算了,三百六十行,行行出状元。三皮要是不参军的话,兴许也做了木匠……"

初步掌握了老曲的来历,老边决定暗访大忠和小勇以及三皮的线索,从而精细掌握老曲此人的来龙去脉。然而,有时访人就像寻找沉入湖底的石子,你变成潜水员也不管用。

老曲依然时常光顾这座大杂院。只要他进院站定,那只大白猫便围绕他裤角蹭来蹭去。老曲任它蹭来蹭去从不驱赶。老边认为老曲是来看望人的,不是猫。

那么这人是谁呢?老边难以发现蛛丝马迹,便绞尽脑汁思考着。图财?老曲走进院子就散发烟卷,光出不进,不像图财。贪色,大杂院里只有祁玉是个老姑娘,身材高挑皮肤白皙,也没见老曲跟她过多搭讪。老边思考得头都疼了,半夜睡不着觉。

功夫不负有心人。几经走访老边初步掌握老曲的基本情况。

人们叫他老曲其实不老,三十六岁单身汉,本名曲正才。他是南开区房屋修缮公司四级瓦工,工资五十七元八角五分。这月薪足够养活五口之家。老曲单身汉没负担,生活很富裕。

老边的行为被祁玉看在眼里,略含贬义地笑了,"老曲既不是苏联间谍也不是台湾特务,你吃饱了没事儿盯着他干吗?"

"他是不是看上你啦?动不动就往这儿跑。"老边立即追问。

祁玉红了脸:"你既能胡思乱想,也能胡言乱语。"

老边绝不放弃,坚持将老曲的点点滴滴记录在小本子里,因此他写字水平有所提高,显得有文化了。天津麻纺厂清整车间领导及时发现人才,将他选拔为甲班小组长,提干了。这意外收获令老边惊喜不已,一时难以认定老曲究竟是自己的命中贵人还是命中冤家。

事实也是如此。只要老曲到来便会改善大杂院的沉闷气氛,因此黄昏时分成为这里的良辰吉时。

夏末傍晚,小雨初歇。正在喝酒的老边嫌小刚放屁败了他酒兴,抄起扫帚追打儿子。小刚飞快地攀爬香椿树,赛过小猩猩。

这时一声"马——来",人们知道老曲来了。老曲有时吆喝:"开——山!"有时吆喝:"马——来!"这都是京戏里孙悟空出场的拖腔。他说杨小楼的最好,李万春也不错,都是从黑胶唱片里听来了。

老边听到老曲的吆喝"马——来",随即扔下打人的扫帚,倒背双手回屋了。他不愿在老曲面前失态,这是麻纺厂清整车间甲班小组长的尊严。

老曲的到来,无形中碍了老边的事,也无意间救了小刚的屁股。小刚溜下香椿树,朝着大恩人说声谢谢,跑了。夏天里,老曲乐乐呵呵的笑容好似薄荷糖,给大杂院带来几丝清凉。

初秋的早晨,老边夫妇上班去了,这种家庭叫"双职工"。老边的儿子小刚突发高烧,背起书包走出家门,一头歪倒香椿树下,一时没了声息。那只大白猫不停地叫唤,好像在替小刚呼救。

国棉二厂挡车女工祁玉下夜班回家,这个大龄女青年走进大杂院看到小刚昏迷,抱起孩子跑到第六医院。第六医院让送到甘肃路传染病医院,当即确诊为脑膜炎。

小刚保了命,可惜烧坏脑子,见人眨眼不说话,成了呆傻的孩子。小刚妈哭得昏天黑地,反复抽自己嘴巴,骂自己只顾大家不管小家。保全工老边首先想到祖国江山革命大业,说小刚接不了工人阶级的班,今后反而给国家增添负担。

下晚儿时分,多日不见的老曲露面了,他的"鹿头"后架捆着硬壳大纸箱,立稳自行车不慌不忙打开硬壳大纸箱从里面抱出那台老式日本收音机,颇为满意地说:"这回总算修理好了,能收听三个台啦。"

祁玉闻声迎出门来,连声说谢谢伸手抱过这台高龄收音机,小声告诉他小刚得了脑膜炎后遗症。

老曲听罢急声急语说:"只能看中医!只能看中医!"

祁玉小声说:"可惜晚了……"

"人间万物没有早也没有晚,只看奇迹发生吧……"老曲鼓足信心,主动来到老边家门前。

老边不买老曲的账,雄赳赳地从屋里走出说:"西医保命效果好,中医屁用不管!"

"那就先这样吧,我按月拿五块钱,专给小刚吃好喝好改善伙食。"

每月五块钱?这超过一个人半月的伙食费,大杂院邻居们惊了。

"这孩子已然傻了,吃好吃歹他不觉知啊。"祁玉大声发表不同意见。棉纺厂噪音很大,这挡车女工养成说话大嗓门儿的习惯。

老曲低调地说:"那就给小刚买玩具,每月换新的,不重样儿。"

祁玉继续发表见解:"这孩子傻了,玩好玩歹也不有差别的。"

"你这是存心阻拦我吧?干脆我把钱给他爸他妈解心宽!"老曲忍无可忍了。

老曲的慷慨显然刺伤老边自尊心,麻纺厂清整车间甲班小组长歪着脖子说:"你以为你是党和政府?救济困难群众也轮不到你头上。"

老边媳妇拉住丈夫说:"人家没有损你,你别拿好心当驴肝肺。"

"你闭嘴!"老边推开媳妇说:"除非毛主席他老人家下令救济我家,别人的我一律不接受!"

祁玉仗义执言道:"老边你这话说得太大了,毛主席他老人家多忙啊,我看你是屎壳郎打哈欠——怎么张得开臭口呢?"

"是啊,你就别给全国大好形势添乱了……"老边媳妇拉着丈夫回了屋。

老曲固执地站在老边家门前说:"老边你要乐观,俗话说坏事变好事嘛,以前治好我大脑炎的中医,打成右派下放农村了,我打听一下他的下落吧……"

这时从屋里传出老边的声音:"我不会要你那五块钱的,每月!"

"五块钱你不要,我就给四块九吧。"老曲以天津男人的幽默方式,努力改善着敌对的气氛。

屋里没再传出什么响动。老边不是天津人,不知他能否理解老曲这种逆向思维的幽默方式。

老曲使劲儿清了清喉咙,站在老边家门外讲述他的故事。

"这事儿有十年了,那时脑膜炎叫大脑炎,我被这病毒给逮着了,浑身红疹,脖梗僵硬,高烧不止。我的朋友大忠送我去第二医院,西医大夫说即便保了命,人也成了傻子。我让大忠去金刚桥医院请中医。好哇,老郎中开出大药方,一剂药煮一脸盆!"

大杂院人们饶有兴趣地听着,认为不用去南市"三不管"花钱听张连仲的评书了。就连老边也踱出家门,假装低头抽旱烟,大灰兔似的竖起耳朵听着。

老曲啪地点燃"大前门"继续讲述:"我一连喝了三十天汤药,一天一脸盆。那煎药剩余的药渣子呢?我是坚决不扔!白砂糖拌药渣子,咔嚓咔嚓吃到肚子里。一连吃了一个月,我获得百分之百药性。你们看!我大脑炎没落后遗症,不呆不傻不痴不茶,现在是房屋修缮四级瓦工,还是中医中药救了我。"

"你那叫恨病吃药。别说白糖拌药渣子,现在把小刚泡在汤药里也没用了。"祁玉悲观地说。

老边哼了一声,转身回屋对媳妇说:

"老曲说咔嚓咔嚓把药渣子都吃了,我还以为是羊吃草呢。"

"你说得对!老曲是属羊的,现今三十六了,本命年。"老边媳妇迎合着说。

"老曲他属什么,你咋这么清楚?"老边酸了,从河南人变成山西人。

老边媳妇连忙解释:"前些天有人要给老曲介绍对象,所以我听见了……"

"不会要把祁玉介绍给老曲吧?"老边突然嘿嘿笑了,"我听说祁玉当初跟一个叫大忠的小伙子搞对象,两人都谈成了,那个大忠突然给送进青泊洼农场劳教了……"

"那个大忠是谁呀?"不知老边媳妇是关心祁玉还是关心老曲。

"你也要半夜喝面汤啊?"老边没好气儿地说,"我哪里知道大忠是什么人!反正听说后来转到宁夏农场去了,就连祁玉也没有他的音讯。"

天气转冷了。大杂院的人们缩回屋里,只有大白猫是室外动物,继续挨家流浪,磨损着残存无几的自尊。

越来越冷的星期天。下晚时分老曲穿了件墨绿色皮猴儿,不慌不忙走进大杂院。没人懂得老曲穿的是著名的"美国皮猴儿"。一九四五年秋天美国海军陆战队在天津塘沽登陆,这些盟军被老百姓称为"美国兵鬼儿",他们喝酒嫖娼大肆消费,没钱了就脱掉军用皮猴儿抵账。于是留给天津不少美军用品。二十年过去了,当年的美国兵鬼儿可能死光了,美国皮猴儿依然健在,风风光光流传到老曲身上。

"你的鹿头呢?你的鹿头呢?"大杂院的孩子们眼尖,首先发现老曲没了自行车。

"鹿头犯了错误,我给它关了禁闭。"老曲乐观开朗,跟孩子们相处融洽。他笑着露出门牙走到老边家门前,响声咳嗽着,表示自己的到达。

老边媳妇迎出家门。老曲当即问道:"老边呢?我有事儿找他。"

老边媳妇连忙说:"今天厂里加班,老边没歇。你有事儿啊?"然后打量着老曲的"美国皮猴儿"。老曲被对方打量得发窘:"总算打听到右派老中医的下落了……"说着从"美国皮猴儿"衣兜里掏出一沓厚厚的钞票,"这是盘缠钱,你们带小刚去山西阳城治疗大脑炎后遗症吧。"

"啊……"老边媳妇惊得瞪大眼睛,木呆呆地望着老曲。

小刚走出屋来,面无表情。老曲上前摸了摸小刚头顶,随手将这沓钞票塞进他的衣兜,说了声"救孩子要紧"转身走了。

老边媳妇一屁股坐在地上,哇地放声哭起来。"老曲,你是我家今生今世的大恩人啊……"

没人知道老曲去天津南市华楼附近的委托店,当场典了鹿头牌自行车,抵回二百八十元人民币现金。

二百八十块人民币对天津百姓人家来说,无疑是笔巨款。一传十,十传百,从天堂巷传到南斜街,从南斜街传到南马路,纷纷传说"雷锋回来了"。

老边在工厂加班抢修机器,转天中午回了家。小刚妈妈主动让他喝酒,竟然还炒了鸡蛋下酒。

老边疑惑地喝了二两"直沽高粱",不相信懒妇变成贤妻。

"你不是做了心虚的事儿吧?我五年没吃炒鸡蛋了……"

"我跟你说你可不要激动。"老边媳妇比较甜蜜地说,"老曲给了二百八十块钱……"

老边听了呼地站起,噗地吐出嘴里的炒鸡蛋,伸出筷子直指老婆审道:"怪不得这几天我右眼总跳呢,老曲给了这么多钱!你跟他到底什么关系?"

"你放屁!人家老曲怎么会看上我……"她眯起小眼睛咧开大嘴巴,再次哭号起来。

晚间时分,老边弄清了事情真相,反而疯狂起来。他冲出家门抬脚猛踹院里那株香椿树,大喊大叫。

"我是工人阶级不用你怜悯!我一连三年先进生产者,我家生活有困难依靠组织,党委江书记,工会曾主席,还有车间郭主任,麻纺厂领导永远是我靠山,你老曲算哪棵葱哪头蒜?我不要你油头粉面的臭钱……"

老边肺活量极大,时断时续骂到半夜,勒令媳妇明天还钱给老曲,一分钱也不许留。

南大道大酒缸胡同。这是刘云若小说《小扬州志》描写过的地方。老曲正在民房工地修缮房屋,满头大汗给墙壁抹白灰。

大冷的天气里，老边媳妇惊异地看到，老曲依然蓝黄格子衬衣灰色西裤古铜色皮鞋，浑身上下，不溅灰点，脚穿那双古铜色皮鞋，锃光瓦亮，这个泥瓦匠好像在真空里干活儿，近乎一尘不染。

这真个技术尖子啊。老边媳妇颇为感慨，"我原本以为你下了班把自己倒饬得油光水滑，敢情你上班也是这身打扮？"

老曲平淡地说："是啊，我干活儿从来不穿工作服，上班下班一个样子。"

"我头一遭见到你这样的工人……"老边媳妇大开眼界。

工友们看见女子来访，小声起哄说老曲总算搞了对象，弄得老曲满脸通红，连连作揖请求他们闭嘴。

老边媳妇把手绢包裹着的钞票塞给老曲，一五一十道出实情："这钱老边坚决不要，他说不能丢工人阶级的脸。"

"老边属于工人阶级，我也属于啊！"老曲不解地说，"工人帮助工人，这怎么是丢脸呢。"

老边媳妇感慨道："你这个工人跟他那个工人，大不一样。"

"我又不是阶级敌人。"老曲执意不收对方退还的钞票。

"你就别说了，谁让我家小刚有个浑蛋透顶的爹呢。"老边媳妇掉眼泪了，"你要是不收回这笔钱，老边就认为咱俩有不正当男女关系！他说有谁会白送二百八十块钱？合着半年的工资呢。"

"什么？"老曲惊诧得瞪大眼睛，"老边这是什么思想！他还算是工人阶级……"

老边媳妇再次把包裹着钞票的手绢塞给他，突然压低嗓音说："我管秀英没见过你这样的大好人！如果真有来世，下辈子我坚决做你媳妇，好好伺候你！"

老曲听罢愣住了，呆呆望着她越走越远的身影。

工友们好奇心盛，围拢过来发表评论，有的说这女人腰粗，有的说这女人屁股大。老曲摇了摇头说："你们这是折自己的寿呢。"

工友们被镇住了，呼地散开干活儿去了。老曲找到没人的墙角,一声不吭蹲下了。

临近下班老曲渐渐缓过神来,抄起抹子继续干活儿。工友们吃惊地发现,历来干干净净的技术尖子,此时肩头竟然落满白灰斑点。看来他走了心思。

滴酒不沾的老曲下班走进鼓楼西小酒馆,独自喝着"直沽高粱"。"如果真有来世,下辈子你管秀英还是做老边的媳妇吧,我看你俩挺合适的……"

老曲继续自言自语说:"我没结过婚,不懂夫妻的事情,但是我从大忠身上看到真正的感情……"

大杂院的傍晚。纺织女工祁玉下班了,她快步走进家门想听天津人民广播电台长篇小说连续播讲《火种》,里头有个人物很像大忠。

大杂院邻居们拦住她介绍老曲捐款助人的事迹,还说他的鹿头自行车不见了。

祁玉认真听着,连连点头。"好啊好啊,大忠当年没有看错人……"

"大忠是谁呀?"人们好奇地追问。

祁玉想了想答道:"一个在这里住过的人……"

邻居们私下议论,说老曲跟祁玉挺般配的,只是两人从来不靠近,就这么隔着。

时光好似流水。很快就要过年了。人们忙里忙外,擦玻璃、扫房、做新衣裳、添置新碗筷、筹办籼米白面……无形中分散了注意力。到了腊月二十八,终于有人想起老曲很久没露面了。

老边媳妇小声说:"有三个多月了……"

然而大白猫还在,只是明显瘦了。人们说猫的习性是活着在你面前,死期将至便消失了,它必须死在没人的地方。是猫就要闹春,可是大杂院人们从来没有听到大白猫发情的嚎叫。它好像为了生存磨灭了动物本性,坚忍地成为这座大杂院的顺民。

这天老边公休在家,兴致高涨找邻居借来笔墨,挺身站立香椿树下说:"你别看咱没文化,革命春联自己写!"说完钻到屋里了。邻居们认为他在屋里憋宝呢。

一袋旱烟的工夫,老边双手拎着两条红纸对联走出家门。上联"工人阶级干劲大",下联"祖国建设跨骏马",横批"破旧立新"。

大杂院里响起稀稀拉拉的掌声。老边大声说道:"我知道我的字儿不行!可是我们厂江书记说,不怕不行,就怕不敢。你胆怯,就现眼。你胆壮,就露脸。"

说罢这套话,老边扭身再进屋去,不消片刻又拎出一副对联。上联"自力更生艰苦奋斗",下联"下定决心不怕牺牲",横批"革命到底"。

邻居老赵走过来说:"我出词儿,你写!上联是'大杂院处处破四旧',下联是'小家庭人人立四新',横批:'移风易俗'。"

这时候,老边媳妇右手拎着包袱右手牵着小刚,不慌不忙走出家门,她满脸堆笑跟邻居们致意:"我带小刚回娘家过春节,就提前给大家拜年啦!"

丈夫老边沉浸在创作革命春联的热情里,全然不顾及母子去向。

祁玉追到大杂院门外,关心地询问娘儿俩为嘛不在家里过年。

"从前我是井底蛤蟆,没见过天。打从结婚我就拿老边当男子汉大丈夫看待……"她大发感慨说,"经过这次对比让我开了眼界,敢情老边小心眼儿是假爷儿们!我这辈子呀!"

"是啊,你不知道大忠吧?他从前住在这里……"祁玉深有同感说,"天底下男人很多,可是真爷儿们少啊!"

"所以你至今单身不结婚?妹子我告诉你,你这样做就对啦!男怕人错行,女怕嫁错郎。"老边媳妇说罢领着儿子小刚走了。

祁玉望着母子背影说:"你还有娘家可回,我呢?"

老边脚步噔噔跑到大杂院门口,大手挥动毛刷给门框两侧涂满糨糊,兴冲冲贴对联。

上联"四海翻腾云水怒",下联"五洲震荡风雷激",横批"兴无灭资"。

祁玉小声说:"老边,你把过年包饺子的白面全打了糨糊啊。"

"我们厂春节加班,江书记送饺子到班组!宁让汗水漂起船,也要任务提前完!"

春节期间,老边果然连续加班没回家,汗水肯定漂起了船。过了年又过了元宵节,还是不见老边媳妇带着小刚回来。老边公休日独自在家里喝闷酒。

大杂院的邻居们暗暗猜测,认为老边媳妇要跟老边分居而不是老边要跟老边媳妇分居,这次是女方高屋建瓴了。消息很快得到证实:老边媳妇要求大家不要叫她老边媳妇了,她本人名叫管秀英。

莫非管秀英在外边有人啦?有的女人就是骑着老马找新马,到时候抬屁股换坐骑。但是有人认为管秀英不是那种骑着马找马的女人。

老边抽烟喝酒眉头紧锁,苦苦思索家庭危机的原因……夜深人静。他梦游般踱出家门,嘴里念念有词。

"老曲啊老曲,你二百八十块钱换得好名誉,我反倒落得坏名声,你噼里啪啦就把我比下去了,你让我媳妇开了天目,我在她眼里成了臭肉,我臭了你也不露面了,你这是存心毁我呀……"

老边围绕香椿树转圈儿,"我是大国营企业的技工,你是小集体企业的瓦匠,我怎么会让你给比下去呢?你不就是比我乐观开朗嘛,你不就是比我爽快潇洒嘛,可是乐观开朗爽快潇洒也不当饭吃啊!我他娘的要是查出是你勾走了管秀英,我保证让你百世不得翻身!"

一个身影来到香椿树下,轻轻叫着老边。"你不要毫无根据就猜疑别人,当初大忠栽下这棵香椿树苗时说过,既然彼此相信就别相互猜忌,大忠领养小白猫时还说过,既然自己小气就别抱怨别人大度……"

平时大声说话的纺织女工此时变得低声细语,这令老边极其意外,"你说的大忠到底是什么人?他还说过什么话?"

"他去青泊洼农场前说过,只要这座大杂院还在,我们就都是过客。"祁玉轻轻说罢,轻轻走开了。

噢,只要谈到大忠祁玉便回到青春年代,那时她还没有变得大声说话,自然轻声轻语了。

然而,老边并不服输。第二天邻居们发现,他放弃旱烟改吸烟卷,天津产"大婴孩"牌的,一盒两毛二分钱,简装的。

天气渐渐热了。大街上也火热起来。有的地方贴了大字报,有的地方刷了大标语。革命形势风起云涌。学校成立"红卫兵",必须是革命家庭出身的学生参加。工厂企业成立"赤卫队",必须是"红五类"入选。天津麻纺厂工人"赤卫队",有老边。他佩戴"赤卫队"红袖章走进大杂院,满脸严肃表情说:"这是两个阶级的大决战,我们誓死捍卫无产阶级革命司令部。"

大杂院邻居跑去给管秀英报信,说你赶快变回老边媳妇吧,人家已经是赤卫队队员了,胳膊上缠着大红箍!

这个曾经自称管秀英的女人,突然紧紧搂住痴呆的儿子说:"小刚小刚,你说咱们回去吗?"

小刚眨着无神的大眼睛,一声不吭。

终于,老边彻底迎来逆转。南开区房屋修缮公司公布赤卫队名单,竟然没有老曲。这简直就像晴天霹雳在头顶炸响。

乐观开朗的老曲彻夜难眠。他脱掉花格衬衣换成圆领汗衫,忧心忡忡地找到公司领导说:"我父亲是小王庄育婴堂长大的孤儿,没有共产党就没有我们曲家,我从瓢儿到皮儿都是红的,工人赤卫队怎么会没有我呢?"

老曲曾以白砂糖拌药渣神奇治愈自己的"大脑炎",成为左邻右舍啧啧称奇的人物,此时他却无法医治自己的心病。

"曲正才同志,你父亲确实是小王庄育婴堂的孤儿,可是倘若组织上深查细究,你爹究竟是谁家的弃婴呢?假如你爹是资本家大少爷跟女用人所生,然后悄悄丢弃给育婴堂,那样性质就变了。"

老曲不能接受这种假设:"你说的是曹禺的话剧《雷雨》吧?我爹肯定不是周朴园,我妈肯定也不是侍萍啊!"

"当然当然,组织上还是认为你属于红五类的,只是你平时穿装打扮不太像工人阶级,有点像是上海小开、天津少爷、北京八旗子弟,所以第一批赤卫队没你……"

"你是说还有第二批?"老曲极其沮丧地说,"那样我曲正才不就成了残次品嘛……"

老曲请了病假,一连三天把自己闷在家里,无声无息抽得满地都是烟头儿。半夜里,他不断地自言自语:"我不是正品,我成了残次品。我不是正品,我成了残次品……"

一贯乐观开朗的老曲,几乎成了"祥林嫂",不停地念叨这句话。

据说是黄昏时分,老曲用那条从不更换的棕色皮带把自己吊死在引河桥小树林里。引河桥是天津通往首都北京的必经之路。

人们在那棵生了虫子的柳树上发现了上吊的老曲,红蓝格子衬衣,驼色西裤,棕色三接头皮鞋。这家伙至死没改装束。

祁玉赶往停尸房,确认这条棕色皮带正是当年大忠留给老曲的纪念物,然后转到宁夏农场去了。

祁玉终于放声大哭:"曲正才!你有话装在心里,怎么至死不说出来啊!"

工人赤卫队领导在老曲衬衣兜里找到遗书,共有两条留言。

一、当年大忠代我受过,让我保住了工人身份。我俩迟早会在天堂相会的,我要加倍偿还他。

二、大白猫是大忠遗留的动物,香椿是大忠遗留的树木,祁玉是大忠谈过的女朋友,我当然要经常来到这座大杂院……

自杀前两天,老曲曾到大杂院找过老边,仍然吸着精装"大前门"。他可能要当面向老边解释自己没有入选工人赤卫队的原因吧。不巧老边不在家,错过两人最后见面的机会。

老曲还带来了老边媳妇退还捐款时包裹钞票的手绢,当场请邻居老赵替他交还给她。

大杂院居民得知老曲死讯,人人害怕说错话,一片哑音。佩戴工人"赤卫队"袖章的老边站在香椿树下说:"哎呀,当时我要是做做老曲的思想工作,让他正确对待这场史无前例的伟大运动,他就不会走向绝路了,可惜可惜,一个多好的四级泥瓦匠啊。"

老边不遗余力将老曲身份最终定格为小集体企业的瓦工,以此表明自己跟老曲的截然不同。之后,老边大义凛然前往丈母娘家,展示胜利者胸襟说:"惩前毖后,治病救人,你们娘儿俩跟我回家吧!"

"那条应当系在腰间的皮带,老曲怎么系在脖颈上啦。"这个名叫管秀英的已婚女人发了句感慨,领着儿子小刚跟随丈夫回家来了。走进大杂院有人告诉她,很久没见大白猫的身影了。

老边媳妇毫不犹豫地说:"它肯定死在外边了呗。"

那只无所归属的大白猫,终于成了这座大杂院的过客,就像老曲一样。

老边媳妇似乎想起了什么,连忙问道:"你们说猫有来世吗?"她表情好像求知欲挺强的。

祁玉低声说:"猫比人强,它有九条魂呢。"

邻居老赵把老曲归还的手绢交给老边媳妇,说这是老曲特意叮嘱的。老边媳女接过这条洗得干干净净的手绢,一时不知说什么好。

祁玉望着这只印有牡丹图案的手绢说:"老曲就是这么认真啊。"

老边手里拎着酒瓶子大步走过来对自家媳妇说:"咱家中午吃面!打三鲜卤,豆芽菜面码……"

大杂院里人们说东道西,谈论着与天气有关的话题。不知他们是否记住了曾经乐观开朗的老曲留下的"挠赛的"和"淡巴勾"这两句外来语。反正这座大杂院再也没有老曲这样的访客了。

纺织女工祁玉仍然单身住在天津东南城角天堂巷的这座大杂院里,直至公元一九七六年七月二十八日唐山大地震,严重波及天津这座城市,天堂巷房倒屋塌,她也成了这里的过客。

(原载《山花》第 3 期)

春 之 盐

张 天 翼

　　平躺着从门里出来的那个年轻女人,不是我。一群陌生人从走廊里朝她猛扑过去,两个老男人,两个老女人,一个年轻男人。他们趴在缓缓移动的轮床侧栏杆上往里张望。
　　走廊里的灯光真亮啊,一切无所遁形,这样的光里你们能看清那个女人吗？我认不出她,虽然她留着跟我一样长到腰间的头发没舍得刈除。她多狼狈,多丑！她的后脑勺在待产室的枕头上扭蹭一整天,又在产床的斜坡上猛烈地搓动了三个小时,头发擀成面条。她身体中部的巨型膨肿消失了一多半,但面上的黄肿并未随之而去,好在此刻没人注意她皱皮的嘴唇和眼角一粒眼屎。
　　她侧躺着,弯得像张弓,弓弦位置搁着一只小得难以置信的包裹,顶上有张茶杯垫大小的紫红面孔,所有目光都聚在那儿。
　　只有她没有看,她困得睁不开眼。我知道她想洗澡,五十个小时里好多手指和工具在体内体外出入,而且刚才她在产床上可耻地排泄了。现在她全心全意地想象着热水前仆后继地滑下皮肤的快感,洁净将如圣光降临,驱邪一样赶走污垢和窘迫。
　　她被推过走廊,进入另一扇门里。一道白布帘子把房间隔成两半,那边闪出两人,都衣着整齐。这是一幢日夜不分的楼,因为新人口迈出最后一步的时间多半凭兴趣,没有规律。
　　人们讨论怎么把她运到病床上,穿白衣服的人用下巴点了点,指示那个年轻男人来抱她。他慌张地出列,双手抄到她身子下面。被单滑掉了一半,她的下体和肚皮露出来。我转过脸去。

她闭上眼,直到穿白衣的陌生人离去,几个人在她床边坐下,轮流抱持那个包裹。人们以为她睡着了。

其实她在回想,困倦地回想她把那条塑料棒放在他面前那个早晨。他在屋里吃早饭。她坐在马桶圈上等到"砰"一声门响、另一卧室里跟他们合租的人去上班了才走出来。站在从盥洗室通往卧室的走道里,她留恋地看着他,他忘了拿勺子,用手指头挑出一撮沙拉酱往蛋糕上抹,咬一口,跷起当餐具用的指头,换另一个手指去划手机屏,专注地盯着看。

那么可爱的年轻人,自己还像个孩子,下一刻就要跌在"父亲"这两字的数罟里。她把塑料棒藏在身后,走过去,在他对面的椅子上坐下,静静等他读完廉航网站最新消息。

等等,他们原本计划买廉价机票去哪儿来着?瑞士和意大利。这场旅行在心里孕育的时间甚至长过十月怀胎,每个细节都呼之欲出。她半真半假地说,要留下它吗?我更想去看百花大教堂怎么办?他低下头,跷着那根餐具手指依次删掉旅行锦囊 APP、德语意大利语翻译 APP,然后抬头说,咱们可以等……这事完了再去。

这时终于来了一个有点迟的相视一笑,他们笑得迷惑、惶恐,伸出双手握在一起,春日的光从阳台上悬挂的长裙衬衣之间射过来,像沙拉酱一样涂抹在手背上。从这一刻起他们都开始有了我未见识过的表情。

我在纸上列出接下来的月份与胎儿的月龄。别怕,你还能度过一个轻盈正常的夏天,还可以继续穿露脐装、短裤和两截式泳衣;等它逐渐膨大,秋天和冬天的厚外套就会接上力,让你看上去不会太扎眼、太像孕妇。

当别的孕育者筹划如何把四季果蔬编织入胎儿食谱之际,她想到的是四季中的自己。我得说实话:她一开始对它的态度就很漠然。

很快她就被迫走上那条向前隆隆转动的传送带,被自然规律加工成最稀松平常的孕母。那个在她体内慢慢有了体面的血肉团有没有带来一些欢欣？我想是有的。但他眉毛里的阴云日渐浓起来，有一夜她因为胃胀翻来覆去的时候，他在黑暗里说，咱们必须买房子了。而这本来是他们对生活保持乐观的最后一道底线，没有大宗借贷、不背高额债务的线。

第五个月他终于向父母借了钱，借了很多，没办法不多。第六个月跟他到人工湖公园去散步，从倒数第二级台阶上摔下来。一觉醒来房间里多了一位中年女士，那人坐下来温柔地说以后她会陪她一起住、照顾她，替他们解决房子等等一切问题，一切。

拒绝是不好的，会教别人伤心，而且女士将要住进的是自己出一半资金的房子。她温驯地笑一笑，她对不能拒绝的东西一般就这么笑。那人又展开一件质料奇怪、比帆布软又比棉布硬的衣服，说，来，穿上它。

她套上了，到镜子里看了看，衣服像有自我意识似的在她体外支棱出另一个形状，衣角绣有一只发出奇诡的笑意的鸟。她想把衣服脱掉，那女士走过来温柔而权威地按住她双手，不行，不穿它你就不能用微波炉，不能靠近电视不能用手机……

最后她只剩永恒温驯的笑，犹如婴儿降生第二天她出院时再次被一层棉被似的外衣裹住，人们喜气洋洋地逼迫她一定要装备此重甲，这时她不再试图脱掉。婴儿在别人手里，那人走得矫健，快出好几步，她被身上过于沉重的布枷锁负累，往前赶几步、拖几步。我朝那人喊道，等一下，为什么不让她抱？她还没在日光下好好看过那婴儿！又转身安慰她，别急……这不就要回家了吗？

"家"是第七个月时定址的，由他和他的父母奔走了多日，她没有参与。由于急用，房子买入时已经装置好了。他们接她去观看，她的腰身微微朝后拗着，走进去，走了几步就停下来，谨慎得像走进一个旁人合股购置的产业。所有家具上还留着生疏的气味，嗅得出前任女主人惯用的香水味，忽而一阵恶心击中她，她的身子像被人从后面猛推一下，浑身暴起一片粟粒。人们慌忙把她领到盥洗室，于是她对"家"道出的第一句话是：哇。她不想制造太夸张的噪音，像某种炫耀或丑表功，但盥洗室里奇怪的气味更杂、更霸道,她只能脊背抽搐着,一直哇下去。

如今她终于能够独自面对盥洗室的镜面了。那套眉毛眼睛还在,只是折旧了七成,皮肤比白更白,一种不新鲜的、陈牛奶样的暗白。七个月前,世上所有镜子都是爱她的朋友。擦得晶亮的旋转门和商店橱窗,每当她走近,里头都会有个清俊的影子步履轻捷地过来迎接她,跟她一起侧过身,端详她们共同的线条。

后来那影子变得蹒跚,线条失控了,她不再往任何有镜面的方向看去。这种沮丧和厌恶无法说出口,她因为自己有这样无理取闹的、可笑的沮丧而更加沮丧。

现在镜中的她仍像是某场战争留下的废墟,她认为拿掉婴儿像放掉皮球里的气体,瞬间就能拿回原版的自我。但皮肤自有物理,不按常识,也不按她脑中的比喻和想象,肚皮仍圆滚滚地被撑起。她失望而憎恶地转过头去,拧开热水龙头。门忽然开了,她飞快弯腰护住自己的身子,门外关切的声音说,不行你现在不可以洗澡,照常理……

他们喜欢说:"照常理"……

照常理,你一定会爱它爱得心肝酥软,所有人都是这样,那种法术潜伏在决定你性别的基因里,在你看到它的第一眼就会发作。照常理,所有的母亲都欢天喜地,你为什么就不能开心一点?

面对这种谆谆娓娓,她实在无话可说。几十万几百万无形的人们站在"常理"背后,雄辩非凡地否定她的坏心绪。"常理"是怎样一个妖怪?它宛如一条无所不能的舌头,像小孩子舔冰淇淋和棒棒糖一样,温柔极了,一下一下把所有异常和例外舔舐得圆融模糊。

新生儿入主的头一个月像一百年。一百年的孤独。她与婴儿的父亲分房间睡,因为人们认为他需要好睡眠才能白天有精力工作。她跟随别人躺在大卧室里,婴儿床放在一边。闹钟总像是刚歇过来气就又响起来。婴儿以无声的霸权统治所有人,用来驱使她的是责任感和负罪感。

她每隔几个小时抱起他,让他咂吮,他像是她总也填不满的业绩表。他还没有牙齿,仅靠光秃的牙龈把她的日夜嚼成了碎片。

不过她终于洗了澡,把盥洗室的门从里面反锁起来,人们在外面敲门提醒她洗得太久了,她终于有了一次充耳不闻的胆量。热水冲刷体肤的感觉没有想象中那么好,但也足够好了。她用十个指腹在肋骨腋下脖颈上大腿根又搓又拧,狠得像惩罚怀春少女的修道院女院长,直到浑身像用鞭子抽打过、排布一组一组红痕。

以肚脐为中心隆起的丘陵上,多了很多时断时续的裂纹,那个才被斯开又缝合的涌道口仍然陌生地肿胀,因充血而温度稍高,触感如一朵肉花。她双手慢慢伸到背后,扣住两块肩胛骨,搂紧自己的身体,像拥抱一位并肩作战的战友。

又来了一个拽着行李箱的人,她认出这是母亲。母亲为这套房子丰富了调门,感叹如果自己早点来,之前她就不会因为涨奶疼痛而啼哭。她加入了烹饪与洗涮的行列。一个厨房难容两个主妇,何况是三个。雇来帮忙的妇人时而发着牢骚,因为两种指令往往相悖。

她们在如何吃、吃什么、尿布与纸尿裤的使用比例等一切事情上争吵,像故意别苗头的女中学生一样兴致勃勃地争吵,努力说服对方,证明自己的正确。她在薄被底下躺着,听人们焕发的声音,落着泪。

他总是回来得很晚,她只能得到他歉意的一吻和迅速睡着的背影。哺乳后有时她走了眠,困得睡不着,悄悄起床去他的房间。母亲们扯着不同口音的鼻鼾。她推门进去,挪动臃肿的腰腿上床,掀开被子,在他背后躺下,滚在他睡热的褥单上,让表皮吸收一些他散发出的温度。她比任何时候都需要这种男人的气息和温度,气息像是无形的丝线,吸在她身上,将她暂时拔离脚下的泥沼。

他几乎不醒,醒一点,也只是潦草地回身拍一拍她,再转身睡去。台灯的光也弄不醒他,他为什么这么累?比她还累的样子。她不知道为什么眼泪又要落下来。那面淡赭色的阔长脊背分明还是原样,只是从前的身体语言都哑然了。

她蘸着眼泪划在他后背上,最微弱的一种谴责举动。以前他们坐冬天的公交车,车窗上尽是雾气,她在雾气上画他的简笔画脸谱,再用一个心形括起来,自觉很罗曼蒂克地向他一笑,他小声说,你知道那些雾是什么?是车里这些人们鼻子和口中呼出的气体凝结成的,亦即你手上现在都是他们的唾液。她做欲呕状,举手要把那沾湿的指头往他衣服上揩……

这时她把泪星子抹到他起伏的脊椎骨上,心中说,你知道这些是什么?是埋怨你的话。埋怨的话说了就是怨妇,嘴脸难看(她的嘴脸身段已经不好看很多个月了),所以不能说出来,只能哭出来;哭亦不能有声,有声又成了哭诉。

她就这样无人知晓地吞声,直到下一次响亮威严的婴啼把她唤回去。

安静点吧,安静点!我在床前蹲下企图捂住那张令人不得安宁的嘴。她朝我没办法地笑一笑,把婴儿抱起来,握着乳房搭在他嘴边,他面无表情地接受了,像个没心肝的小暴君。她继续呆滞地、无声地哭下去,似乎并不为什么地泪如雨下。眼泪往下掉,掉在他面颊上。他睁了睁眼,又冷漠地闭上,样子奇像他父亲。将来如果他能记得,他会记得人生里第一场雨是热的。她伸手用手指把那热盐水引到他唇角,让他和着乳汁吞下去。就在这个时候,她决定给他取名"盐"。

胶质而透明的宁静包裹她,从四面八方困住她,她端坐在一整块宁静里,像果冻中央一粒水果丁。

这时真正的雨点在外面刷刷打下来,一整块宁静很快就浸湿了。

他们觉得一切都是常理。但她一直无法强迫自己觉得正常。唉,没有什么可羞的!所有人都是这样过来……不,有的!吃饭中间胸口薄衣忽然湿润、引人注目这不正常,暴露乳房哺乳时人人都能推门而入也不正常，人们公然讨论、询问、担忧她的伤口等等私密部分的健康也不正常。

她一直不能忘记羞耻，乳母这个新身份褫夺了言说羞耻的资格，两种情绪像抢着结账的人一样激烈地推来推去，抢着要用自己的名义钤定这桩事。

不，也不能倾诉，可别说出口！朋友们会不知所措，年轻未婚未孕的人无法明白为什么不能爽性按自己的想法来、为什么不树立自己的权威、为什么要忍东忍西不肯撕掳出个痛快；已婚已育的人则宽容地一笑，觉得你并不足够到达怨怼的级别，因为她们总是经历过更悲壮的。永远有更糟的，在极低的地方还有无数在土炕和马粪纸上分娩、让裹小脚的姑婆们拘得一月不洗涮的母辈，甚至，玛利亚也是在马棚里自己生养了耶稣的，经文上没有记录她洗濯或被移动到什么更体面的地方，所以她就是那么半露天地任由客店闲人和东方三博士围观，你们以为她享有助产士和隐私了吗？所以，闭嘴吧！

这样过下去过到了春天的尾巴上，再不去赏花，花就不等了。他跟她说，桃花正是香美的时候；又有一处的郁金香开了；牡丹与芍药也旺盛起来。她都摇头。她明白他在想法子，想帮她提振精神，找闲谈的话题。

把别人不能解决、帮助的痛苦和难处扔在他们面前是不对的。她抚摸他耳后的短发，替他找了个话题：什么时候去佛罗伦萨呢？这可是早在"盐"成形之前就有鼻子有眼的东西，他在她身边挨偎下，熟练而愉快地沿着这题目谈下去，从圣母百花大教堂到日内瓦湖边……

她母亲偷偷进来，手背到腰后关上门，开口跟她告状。她提起双手，捂住脸哭了。母亲呆立半晌，转身出去。

躺着流泪的时候，泪珠会从眼角进入耳朵，像一种小时玩过的塑料玩具：贝壳大的塑料小壳子里，一颗小珠子卧在弯弯曲曲的通道中，要晃动微型迷宫，让珠子左拐右弯曲，进入迷宫中心。

她感觉着眼泪在耳蜗曲线里左一下右一下地转动，动慢了，又动快了，消耗掉所有温度之后，滑进耳孔。

这时眼角再派送出一颗珠子，等待耳朵去听。这是她给自己发明的游戏。

一，二，三，四……五，她要我负责给哭泣的次数计数、画满两个正字之后，第五十几天的一个早晨，他告诉她明天晚上有一对朋友夫妇会来探望。她说，我不愿意见客人，我太丑了，也没什么衣服可穿。

现在他们身处的是一个有婴儿的家庭的标准早晨，窗外天气晴朗，妇人们逗弄婴孩、炖煮利乳的食物和中药，同时生机勃勃地聊天斗嘴。一片喧哗中，他远远地坐在房间另一头，耐心给自己的九孔马丁靴穿鞋带，不抬头地说，不，你还跟以前一样美，穿宽松衣服就很好。

哈，她根本不会相信他的话。怎么可能跟以前一样美？前身后身贴满20斤肉片再用原来的皮囊裹起来，会跟以前一样？他每天让目光在她身上停留逡巡的时间还不到以前的五分之一……但她闭了嘴，因为婴儿张开了嘴，所有人都肃然聆听，她晃动着他所征召的两只胀乳走过去。

对话中止，等她整理好乳头、衣服和婴口之间的关系再抬起头来，他已经穿好了鞋子，装束停当，立在屋子中心。盐一样的洁白衬衣，黑色紧身裤包住两条细长腿。他还跟从前一样敏捷颀长，像不属于这个混乱房间与泥泞现状的一道亮晶晶的光。

之前的分歧断得太久，接不下去了，也许就是这些时刻让人们误以为孩子能稳固婚姻？她神思恍惚朝他凄然一笑，既是羡慕也是求救。他迈动两条长腿走过来，小声说，你刚才的话特别像莫泊桑《项链》里的玛蒂尔德，没有好衣服好首饰，不愿意去舞会，不愿意见客。其实玛蒂尔德和你都是美人（他凝视她，笑出了一个看美人的笑），根本不用担忧穿什么戴什么。你如果还担心，不如咱们也去借一条项链吧？

这是他一贯的幽默，她笑了，不笑怪不好的。一年前遇到这种机会她可要给他接上几回合，两人抢着说一堆俏皮的废话，不过她现在只剩下笑的精力。他弯腰面向蓬头散发的她和怀里的婴儿，背后是窗户外面的春日的蓝天。阳光从晾晒的巴掌大的尿布之间射过来，像乳汁似的涂在室内的物体和他的轮廓上。她几乎认不出他，不，是她自己面目全非到无法跟他相认了。

他又说，今天下午我请个假，带你出去看海棠花，好不好？

说完他就笑一笑走了，没等她答就走了，路过厨房时彬彬有礼地跟妇人们逐个道别。

婴儿饱腹后睡去，她到衣柜前选了两件宽松上衣和裙子，挨个换上了去给镜子看。镜子还是不肯原谅她。从前宽衣服在她清瘦的肩胛上一动就一晃。大号衣服的精髓在于不合体地飘动起来，像现在这样合体、被肉撑满不会动，就不是藏拙，而是献丑。可惜她也没有太多能穿得进的衣服了。

海棠花很好。猩红鹦绿极天巧，叠萼重跗眩朝日。看花的人又多又吵闹，个个喜气洋洋，仿佛看完花出门有钱领。真花不许折，到处有卖假花的，用来抚慰人们亲近自然之渴，妇人们、老人们、小儿们耳边手上尽是花。人们都忙于跟花合照，开得排场最大的一树，想照相需要排队。他拉着她排队，排到了着急推她过去。快站好！她笑不出来，他叫道，笑一下嘛，为什么不笑？

她漠然看他一眼，转头走开，他追上来给她看手机照片，瞧你站在海棠下面多漂亮……她忽然夺过手机，一扬手扔进花丛里。

宾客伉俪到来的晚上，手机已经修好了。他给每个家人看照片里的她，抱怨道，明明多好看！她非说自己丑死了。人们都很当真地严肃说道：真的好看！她又拣回了那种温驯地、没奈何的笑。对比起这种太明晃晃的假话，镜子们的冷酷倒变得更好接受了。

她穿着看花时穿的衣服，一动不动坐在那儿，等待敲门声起，等待他拉着她到门口迎宾。男客她见过，他新婚不久的小太太极热情，握手寒暄时笑得松弛无心事。客人被引去看熟睡中的婴儿，像参观主人新买到的某样珍罕的奇石古董。站在婴儿床前凝视一段足够礼貌的时间后,宾客伉俪交换了一些无声惊叹的目光。女客细起嗓音说,天哪,他好小喔,跟一只玩具一样,那生出来也应该不太难吧?大家都笑了,妇人们笑得默契而宽厚,是过来人对还没生养的稚气女孩的那种怜爱的笑。但她笑不动,虽然一样知道不笑怪不好的。

饭桌上,人们继续谈论孕和育。妇人说,他们是"一下子"就中的,准极了!你们真该讨教一下经验。

她不出声。笑声和对话声犹如雨点打在蜡纸上,滑下去。那些话是什么意思?意思像珠子要走穿迷宫一样在耳蜗里转呀转,想转进耳孔里。转呀转,左摇右晃,转呀转。她为了配合,甚至晃了几下脑袋。其乐融融的谈笑暂时出现一个不大要紧的缺口,人们脸上笑意还留着,挥手说,吃菜,吃肉。她突然用平静的语调说:不,如果你没想周全就千万不要生孩子,千万不要!别在乎别人怎么劝,装聋作哑总能混过去,让她们去死吧,她们没事干嫌丢脸就让她们自己生吧,万一你不得不妥协,跟你丈夫签一份他要承担的义务的合同,条文列细一点,让他用性命担保不丢弃战友。你也不要允许、不要容忍任何人插手这个过程,真的!她们插进来就不会放弃干预的,她们相信自己有资格掌管一切,不要用顺从巩固她们的相信,否则你就会一败涂地什么都丢掉……她滔滔不绝地朝人们越来越不好看的脸色演讲,我想伸手捂她的嘴但我的手只顾得上给自己堵眼泪,后来她笑起来,一边笑一边击打桌子给自己打拍子,这次,她觉得自己笑得由衷极了。

张天翼,生于天津,现居北京,自由职业者,2012年开始写小说,曾用笔名"纳兰妙殊"。获过"朱自清文学奖"等若干奖项,已出版两本散文集和一本短篇小说集《黑糖匣》。

(原载《小说界》第3期)

但求杯水

弋 舟

起身前,她翻看了一下手机上的微信朋友圈,意识到这么做不过是在无目的地延宕时间。疲惫的紧张与紧张的疲惫,令她既亢奋又涣散。一切的确是该结束了。眼皮在打架,神经却已绷紧,像拧紧了的发条,做好了启动的准备。

她首先注意的是时间,0：12,然后才瞩目在朋友圈的动态上。几乎所有人都在发着同样的内容——雾霾。

有一条短视频:4000流明灯光和微距镜头拍摄下的雾霾。

什么是微距镜头？4000流明灯光呢？不知道,但她喜欢这样的术语,觉得头头是道。手机屏幕上,黑暗中宛如漫天飞扬的细雪还是吓到了她。颗粒物无声地奔涌,像短促的疾矢。这就是此刻的世界吗？然而这不是更像她此刻的心情吗？漫卷,动荡,细碎,却悄无声息,如果不被"4000流明灯光和微距镜头"捕捉,就只是一片混沌的霾。

微微侧了下身,她感到腰腹有些酸痛。长年健身,还以为身体对一定强度的运动有了耐受力,看来并不是。她伸手拿过床头柜上的内衣,在被子下穿戴,系扣子时腰背挺起,那种酸痛感便来得更强烈了。她的动作并不大,但强烈的身体感受让她觉得自己搞出了不小的动静,于是有些紧张地回头看看身边熟睡着的男孩。

夜灯从墙角向上投射,打到天花板上,再反射下来。微弱的照亮下,男孩下颌本来硬硬的胡茬被涂抹上了一层橘色的光晕,看上去毛绒绒的,柔和极了。

然后她又看了看窗帘,觉得没有拉严的那道缝隙透出的夜色有些泛白。房间里亮着夜灯,却黑得发光;窗外雾霾笼罩着午夜,却只是一片泛着青白色的晦暗。

"晦暗比发光的黑……要白一些",她在脑子里费劲地区别着,那些混沌的感受,的确难以被头头是道地总结。

最后,她望向了卫生间那道同样只拉开了一条缝隙的门——差不多有一个手掌的宽度,里面的光束狭窄地投射出来,笔直地劈进房间,将发光的黑暗分割成两块区域。她知道,这道光不是一个偶然,那几乎是经过严格运算了的,即便只是一个看似漫不经意的动作,但闭合到什么程度,里面的光有多少"流明"被允许释放出来,一切都经过了她潜意识的拿捏。

她对环境就是这么计较,光照正是环境最重要的条件。丈夫曾取笑过她,说她是"灯光师",在家里总是不断地调试着光线。

但身边的男孩不会知道。他不会懂得自己此刻身在的这个空间,全是她默默营造的。重要吗?——刻意没有拉严的窗帘;刻意留下的一道卫生间的光亮;夜灯旋转了数下,才被精准地确定在一个心理认可的亮度上。这些,重要吗?她觉得重要。这就像一个跳高运动员,遇着一切横着的物体,便身不由己地想要跨越。

男孩去冲澡时,不过是黄昏,她就已经着手去"布光"了。酒店房间里的时空感可以被人为地制造,窗帘闭合的过程,她能感到梦境般的光感虚掩而来,黄昏似乎是在她的手心里被缓慢地拖拉进了夜晚。她觉得自己就像是拽着一道大幕,现实与舞台的转换就这样完成了;又觉得自己是兜撒着一张大网,但这张网笼罩住的,她却难以说清究竟是极乐还是痛楚。

她在拉幕,同时在观看与上演,她在撒网,同时在捕获与被缚。

男孩这时发出了声音。似乎是叫了她的名字,当然也可能只是一个含混的呓语。她从舞台中、从网罗里清醒,轻声回应道:"接着睡吧。"同时替男孩拉了拉被角。男孩的肩膀裸露在被子外面,有着好看的弧度。

她起身,赤脚踩在地毯上,即便无声无息,但还是尽量地想要避免发出动静。卫生间的门很平滑,她闪身进去,合紧身后的门,竟有股松了口气的感觉。

衣服叠放在浴缸的台面上。她并没有使用过浴缸,只是冲了淋浴。每一次,她都是进到卫生间里脱衣服,将外衣整齐地叠放在浴缸的台面上,淋浴,然后穿上内衣,裹上浴巾,走向事先被她调好了光线、舞台一般的空间里。男孩抗议过,那时他躺在被次定了的亮度里,犹如被锁进了一个不由分说的牢笼,他抱怨说,自己几乎没有看清楚过她的身体。

她倒是看清楚过男孩的身体。有一次,她放好了浴缸的水,撒了浴盐,让男孩浸泡在水里,仔细地给他擦洗过身子。

她开始穿衣服,内心竭力避免着不洁的滋味,但是,"在一间酒店的卫生间里穿着衣服"的这个念头,她终究还是难以摆脱。她当然是一个有着羞耻心的女人。这些年来,有了生理需求时她也会借助工具,但操作时,她要先将所有常年陪伴着她的那些毛绒玩具都请出卧室,她觉得它们都是些生灵,在它们的注视下,她会感到羞耻。

大概已经快凌晨一点了,她知道,今夜终于越过了边界。

从公司出来后她回了趟家,那时还不到下午四点。丈夫是这家公司的幕后出资人之一,她迟到或者早退,并不会被过多地干涉。家里照旧空空荡荡,做晚餐的保姆还没到。她打了电话,告诉保姆不用来了,晚上她不在家里用餐。

她有点儿饿,尽管离约会的时间还早,完全来得及吃点东西,她也只是拿了颗苹果,一边啃,一边步行往酒店去。她的家距离酒店不算近,行色匆匆的路人都戴着防毒面具一般的口罩,她却慢吞吞地走着,安步当车,将苹果和雾霾一同吞进肚子里。她穿着一件挺厚的羊毛大衣,本身个子又很高,觉得自己这样走在冬天的街上,看上去像一头正在穿越浓雾的笨笨的熊。

"小熊。"男孩这样称呼过她。

此刻她又感到了饿,想着包里好像还有一块饼干。包挂在房间的衣柜里,有一瞬间,她几乎不可抑制地想要冲出去,去翻包里那块可能会有的饼干。但她只是再次将卫生间的门拉开了一道符合她"心理尺度"的缝隙,她站在里面,目光透过这道缝隙向房间里望去。

卫生间里释放出的那束光,神奇地与窗帘留下的缝隙重叠了。一瞬间,这道世界的罅隙在她眼里似乎还在不断扩张,一条峡谷正确凿地在她脚下形成。幻觉中,两块分离的区域犹如两块各自漂移的陆地。熟睡在床上的男孩,浑然不知自己已然飘向深处的宁静;而她,不假思索,选择站立在了反向而去的板块上。为此,她甚至挪了挪身子,在想象中,让自己完全隐没在了黑暗的另一半区域。

想象自己正站在一块漂浮的陆地上,这令她居然有些头晕,手情不自禁地扶在了门上。门轻微地滑动了一下,加重了她的眩晕感。

这就像你压根感觉不到地球的旋转,却突然在某个瞬间深刻地意识到那壮阔的运动正带动着它所承载着的一切翻滚不息。

她在少女时代有过类似的感受。那时,她会毫无目的地乘坐穿城而过、线路最长的一趟公交车,从起点坐到终点,而后折回,时间允许的话,她还愿意周而复始。公交车无声的运行,少女的她将之想象为地球本身的运动,某种"永恒"的滋味觉醒了,她喜欢,觉得这种感受是她想要的——哪怕,那心里觉醒了的,是永恒的孤独。

她闭了会儿眼睛,遏制住对于虚无之事的想象。再睁开眼睛时,回望浴室镜子里站立着的那个自己,一下子觉得糟糕透了——这个四十岁的女人,午夜时分,你为什么不待在家里?

她想象得到此刻家里的情形。玄关的灯为家庭成员中的夜归者亮着——这个习惯已经保持了多年,那是一个仪式。留一盏灯,就留下了一点儿余地,是个态度,更是个心情。出门前她就是这么做的,即便那时天还亮着。她打开了那盏射灯,将自己要夜归的信息传递给丈夫,同时,也做好了最终仍是她先回家的预期,那么,这盏灯,就是她为自己留下的。

如果此刻丈夫已经回家,肯定是穿着睡衣横躺在沙发上,电视机的声音照例开得很大,好像不如此就不足以给他催眠。为此他们争吵过,但他我行我素,在大音量的陪伴下酣睡一阵,然后才翻身起来,用一种梦游的姿态摸到床上去。

他们分床睡很久了,她睡在卧室,丈夫睡在书房。有时他也会爬到她的床上来,那样的时候,她的第一反应就是他在电视机前睡糊涂了,摸错了方位。

现在如果丈夫已经从沙发上爬了起来,他会关掉电视,熄灭客厅的灯,于是,整套房间就只剩下玄关上那盏孤独的射灯了。没准他会突然从睡意中清醒,站在黑暗里,怔怔地望着那盏突兀的射灯;然后他会若有所思,甚至嘀咕出声:"怎么,还没回来啊?"接下去会怎样呢?他会看看时间吗?会推开卧室的门去确定一下吗?或者,在一种尴尬的寂静里,他将展开严肃的思考,重新估量暗夜里玄关上一盏灯光的意义;旋即,他重新打开电视,让声音再度填满屋子。如此的话,她进门后又将看到熟悉的一幕:那个被自己称为丈夫的男人睡在沙发里,孕妇一般隆起的肚子随着鼾声起伏,一条胳膊垂在沙发的边沿,手中的遥控器若即若离,差不多已经完全掉在了那块她从印度带回来的小地毯上了。

她宁愿看到他这样,一个睡着了的丈夫。

一个睡着了的丈夫,能够唤醒她心里的柔软。周末,孩子从寄宿学校回家,如果在大清早喧哗起来,她一定会加以制止:"小声点,爸爸在睡觉。"这样说的时候,她觉得自己周身洋溢着暖流,好像小心维护住了一种宝贵的均衡。在这样的均衡之中,家才是家,孩子才是孩子,妻子体贴着丈夫,而丈夫熟睡在晨光里。

"小声点,爸爸在睡觉。"这句话囊括的一切滋味,就是她对于家庭的全部愿望,说出来,就能片刻满足她对生活的所有想象。然而,一个苏醒的丈夫便会粉碎一切。争执,直至不屑于争执和倦于争执,随着丈夫的苏醒必将重复上演。他轻视她,说她是"调光师",说跟她生活每天都像是在演电视剧,说她永远都在做梦——如果真的是这样,那么她就能够头头是道地解释自己为何喜欢一个熟睡着的丈夫了,因为只有在那样的时候,他们才置身在同一个空间里,相互理解,在梦境中彼此毫无违和之感。

最初当然不是这样的。丈夫比她大十岁,但最初也会给她弹着吉他唱歌,偶尔还会对她撒娇。最初的时候,他对着只有三十平米的房子发愁,问她:"怎么办呀?"得到她以"演电视剧"的心情释放出的抚慰,他也欣然领受。他辞去了公职,房子从三十平米换到了三百平米——谁都知道这意味着什么,代价就是交出做梦的执照。可他真的就此清醒了吗?她不这样看,她觉得他不过是做起了另一个不再跟自己交织在一起的梦,或者无照驾驶在了另外一条梦的歧途中。证据是他有了外遇。他倒是跟她坦白了,认真地跟她说他爱上了别人,一个空姐。如果梦也像地狱是分层的,当时她感到自己是从第一层梦里掉进了第十八层梦里。那时候孩子刚刚出生,哺乳期的她听到了自己跌向梦之深处时耳畔的呼啸。

她以一个"深梦者"的方式将一切挽留住了。彼时她的全部精力都用在襁褓中的婴儿身上,几乎完全是靠着本能的惯性抓紧了丈夫。无所谓原谅,也没有哭泣哀求,她没法头头是道地甄别自己遭遇了什么,只是倔强地不肯放手。

后来有那么几年,他们一同信奉了上帝。她当然知道是什么敦促着她,而他信仰的契机说来简单——为了戒烟。他向上帝祷告,求上帝断除他凶狠的烟瘾,奇迹发生了,他突然失声,压根说不出话来,每吸一口烟喉咙都犹如刀割,于是竟然真的就把烟戒掉了,改抽危害不是那么大的雪茄。他们最初很虔诚,每周都在家里和主内的兄弟姊妹们聚会,在感激中源源不断地流泪,在流泪中源源不断地感激。但终究都没有成为好的信徒,各自依旧做下羞耻的事。她寻求的,上帝一直未曾给她显现;他的烟戒掉了,渐渐便把上帝搁置了。就这样过了下来,孩子八岁了。

此时午夜已过,他酣睡在沙发里,家中只亮着一盏玄关上的灯,为夜归者提供微不足道的光明。

此前她从未允许自己超过零点才回家。丈夫压根没有明确地约束过她,他不在意,起码表现得不在意,是她不允许自己,她不允许。跟男孩在一起,最缠绵的时候,她一次次突破了自己内心画下的界限,十点,十点半,十一点,十一点半,然而"零点"不可逾越。这其实讲不出头头是道的道理,却是她内心的尺度。

此刻,她从卫生间出来,站在了床边。她发现自己是多么喜欢看着熟睡中的男人啊,无论他是一个丈夫还是一个情人。男孩被一片白色包裹着,被子下面身体的轮廓都是那么好看,有某种催人奋进的东西,她想那或许就是青春的力量感。她听得到他轻微的呼吸,她知道,今夜自己的灵魂越境,就是为了这样的一刻。为此她整夜极尽温柔,令男孩子精疲力竭。她就是想实现这样的一幕:在夜灯的微光下,在男孩子的睡梦中,与其道别。

这个夜晚酝酿已久,一切都该结束了。

从他们第一次在微信里互致问候,彼此以"摇一摇"的方式撞到了对方,算起来整整两年了。就是说,今天是一个纪念日。男孩也记得,但他永远不会理解一个"深梦者"的逻辑——在纪念日作别。对于她,生活就是一个又一个仪式的连缀,而将一场无望的情感终止在一个纪念日里,这样的方式,就是她所需要的那种仪式感。她害怕一切终将变得不美。

他们约好的见面时间是七点零三分,这是他们两年前共同摇动手机的那个时间。两年前的同一时刻,她躺在美容院的床上,按照刘姐的演示摇动了自己的手机。刘姐是她熟悉的美容师,一边给她做面部护理,一边教她怎么使用手机的微信功能。她感到新鲜,一摇之下,当男孩子的信息出现在界面上时,那种"深梦者"无可避免的心情其实已经开始作祟。她不能相信,两个陌生人同时摇动手机这件事,背后没有宇宙头头是道的玄机。

他们互相加了好友。男孩彬彬有礼,正是她的教养所认可的那种类型。那天她躺在美容院的床上,翻看着男孩朋友圈里的动态,有种久违了的生机在心里涌起。男孩喜欢登山,居然成功攀登过珠峰;男孩喜欢民谣,动态里有他抱着吉他的照片。这些,都是她所喜欢的。一个阳光大男孩。她从未认同过自己的生理年龄,她觉得,本质上,她和这个男孩一样充满了活力。

接下去就是密集地交流,每天都有说不完的话。"密集"和"说不完"其实只是她的心理感受,事实上,两个人不过是礼貌地互相问候,如同现实中陌生人初识时一样的彼此审慎,但给她的感受,却是"密集"和"说不完"。捕获她的,是深夜玄关上的射灯亮着时自己却不再感到害怕孤单的心情。她害怕夜晚的独处,有时候家里没人,她会去那家熟悉的美容院留宿。

那时候孩子还没上学,她常常是一边哄着孩子睡觉一边发着微信,以至于有一天男孩知道了她已经是一个六岁孩子的母亲时,不无愤懑地诘问她:"既然如此,天呐,你怎么还能夜夜跟我聊天!"

天呐!这算得上是锐利的谴责,她知道,也接受,并且对自己心生迟钝的厌弃。但这"锐利"与"迟钝"混淆在一起,却令她沉溺。

她感到委屈,委屈得愈发沉溺。她知道自己已经委屈了很多年,所以天呐,沉溺都像是一个激烈的抗议了。

在抗议的情绪里,她终于发现了独处的魅力。丈夫夜归乃至彻夜不归已是常态,即便在身边的时候,也没有多少有效的交流,他从不对等地看待她,断言她即使活到了八十岁,也依然会是一个不谙世事的小孩——可他又不按对待一个小孩的方式来宽宥她。以前,她只感到独处时的孤单,现在,她开始在独处中探究,凝神正在发生和已经发生的,她觉得,这才是真正地、清晰地活着,是在术语一般地认识着生命。

今天照例还是男孩先到的酒店。房间是她在网上订好的,用的是他的名字。每一次都是这样,她比他大十几岁,一切由她来安排,好像这样更恰当。但她知道,自己实际上是希望被男孩来安排的,被他当作一个同龄人,甚至,被他视为一个小女孩。有时候他也会喊她"妹妹",她感到幸福,分开后却迎风流泪,独自哭泣。

这家酒店是他们固定的约会地点,第一次就是她定下的地方。然后便进入了一个固定的模式:她订好房,他先到,去前台办理手续,等待她的到来。久而久之,酒店对他们有了家的意味,因为房间的格局和陈设是不变的,渐渐地,会给人带来家一般的熟悉感。他们也的确以"家"来称呼这家酒店,他约她,会给她发信息说:"我想回家了。"她订好了房间,会告诉他:"在家等我。"当她进到房间后,对男孩子说的第一句话,往往也是:"我回来了。"

除非时间紧张,每次约会,她都是步行着来去。两年来,她就这样走在春风和秋雨里,走在夏露与冬霾中。走向那个"家"和离开那个"家"的过程,在某种意义上,比她和男孩子在一起的时刻对她更重要。她走着,想起小时候看过的安徒生童话,《海的女儿》中有一段句子,她从来都不曾忘记过:她觉得每一步都像在锥子和利刀上行走,可是她情愿忍受这种痛苦……

这样的情感她从少女时期就蓄积在胸中,无数次地在内心里想象,但从未兑现在现实里。所以她要走,似乎就这样走着,往复于自我意志的危机边缘,便能够最终走进残酷但却绝美的童话世界里。

进门前她看了时间,独自在走廊上站了几分钟,手指无意识地划着走廊贴着壁纸的墙壁。直到那个时间到来,才准时地按响了门铃。他们拥抱,接吻,她的手指像刚刚划着墙壁一样地划着他的后颈,他捧着她的脸,两只手温暖极了。男孩已经摆好了晚餐,一些简单的食物盛在便当盒里,鸡翅,蔬菜沙拉,寿司,都是些易于打包的。她还是被感动了,何况他还准备了一支红酒。

男孩压根不知道她已经做了怎样的决定,只是郑重地想要纪念他们的两周年。他帮她脱了大衣,搭在自己的胳膊上,然后继续揽着她的腰亲吻她。他说过,他喜欢她丰满的下嘴唇,每次接吻,都要贪婪地吮吸。这个动作对她太有效了,每一次都能让她情难自禁。

男孩也是充满了仪式感的人,他们相识的时候,他是留着胡子的,很有型,后来有一天他打电话给她,说是自己的生日,希望她来亲手替他刮掉胡子。她去了,有生第一次使用剃刀。泡沫,胡茬被切断时的手感,一切都是那么新鲜。剃掉胡子的男孩同样地令人感到新鲜,像是变了一个人,焕然一新,但又似曾相识。"真帅!"她说。"哪里,又长了一岁,老了。"男孩说。他对她说"老了",这让她忍俊不禁。她满足了男孩子的愿望,同时,自己内心那种与生俱来的对于仪式感的渴求也得到了极大的满足。

那一次是在男孩的家里。他一个人独居,房子却是父母单位的,邻里都是他父母的同事,所以去他的家里她有心理障碍,她怕被他父母的同事们看到。尽管她不觉得自己的外貌看上去会比男孩子大很多,但潜意识里,她还是无力面对旁观者头头是道的检验。

男孩斟好了酒,举起来和她碰杯。

他的手指隔着毛衣沿着她的胸部滑动,最后停在她腰带的铜扣上,打开,合上,合上,再打开。她的思绪里还是那一次男孩子生日留下的记忆。那一天,她从他家的楼上下来,一回头,看到男孩正在窗前眺望着她。走出很远后,她依然能够感到身后那绳索一般缠绕着自己的目光。夏季,树影婆娑,她感到自己的心都被那条绳索勒疼了。

酒杯碰出清脆的响声,纪念开始了。

男孩回忆起他们的最初。微信加了好友三天后,他对她提出了一个要求,说要彼此删除,重新通过手机号码来添加,理由是,他不想双方在微信好友的来源栏里显示为"附近的人"。她欣然接受,那样的显示同样让她不舒服,有种无可抹去的轻浮和草率。她喜欢男孩的这份心思,因为这就和她一样,"每天都像是演电视剧"。

他们第一次接吻,男孩突然痛苦地推开了她,说他"还要再想一想"。这"还要再想一想"让她感动极了,在她眼里,这就是被认真对待着的证据。分开后她哭了一路,后来找了一家咖啡馆坐下,继续哭了几个小时,心里万分挣扎。

她常常会哭得没完没了,专门给她调理的一位老中医第一眼见到她时,就对她说过:"姑娘,你要少哭一点。"哭泣已经一目了然地伤害到了她的体质。那天回家后,孩子都看出来了,对她说:"妈妈你眼睛都哭肿了。"丈夫却照旧无动于衷,好像早已经习惯了跟一个整天演电视剧的女人生活在一起。

她吃得很少。

"多吃点儿。"男孩对她说,夹起一块寿司喂给她。

她依偎在他身边。

"你不用节食,"他说,"你反倒应该再胖一些,你太瘦了。"

"不喜欢吗?"

"喜欢,你怎样我都喜欢。"

"可你说我应当再胖一些。"

"哦,"男孩有些窘,"好吧,我更喜欢你再胖一些。"

"喜欢胖的?"

"丰满好不好?"男孩坏坏地对她笑。

如果一切就在这种情绪下进行,今天的道别就完全符合她的心愿了,但男孩很快就说起了他的工作。职场上的竞争,同事间的倾轧。她不喜欢男孩子谈论这些事情时不经意间流露出的世俗气,相处日久,正是类似这样的流露渐渐地令她感到了沮丧。

"走着瞧,"男孩愤愤地说,"看看谁笑到最后。"他这是在说跟自己有矛盾的同事。

"去冲澡吧。"她温柔地对男孩说。

他进到卫生间后,她一个人又默默地喝了杯酒。多年来,她已经养成了独自喝一杯的习惯。遇到口感好的酒她会整箱地买回来,但往往会遭到丈夫的否定,说她对于红酒的品位并不能令人恭维。当然,对此她同样地沮丧。她知道丈夫说得有道理,对于红酒的认知比她更专业,但她所看重的滋味,他从来不懂得品尝。眼下她喝下的这杯酒,一定不是丈夫经验里的那种好酒——男孩显然是买不起那种奢侈品的,他还没什么钱,正处在人生的攀爬阶段。但她觉得此刻流淌在自己体内的,已经不是葡萄酿造出的液体,而是生命百感交集的意义。这种意义能让她觉得自己并非是在虚掷生命,哪怕交织着的是苦涩与忧伤,但一切都是充分的,是满溢着的。就像盛大的婚礼与隆重的葬仪。

放下酒杯,她去拉严了窗帘。窗外的景致让她呆愣了一会儿:夕阳尚未落下,月亮已经升起,两轮昏黄的球体镜子一般同时并置在了惨淡的暮色中。世界静谧得如同一个幻境。

这一次和男孩子相拥,她放弃了措施。这是从来不曾有过的。事先她吃了药,并且提前一周开始了素食,喝玫瑰浸泡的茶水。她控制着自己的身体,为了最后这个不受控制的夜晚。迷乱。他把手指伸进她的嘴里,她哭起来,啜泣着吮吸,有种要将其咬断的冲动。男孩挥汗如雨,汗滴在了她的脸上。她觉得自己变成了一口井,变成了一个源泉。一种明亮而黑暗、温暖而冰凉的感觉在她身体里弥散开,如同天空中并置着月亮和太阳,如同一个幻境。

快十一点的时候手机响了,是丈夫打来的。她裹起浴巾躲进卫生间接听。关门的时候她太紧张了,那扇门的轨道很顺畅,在她过度的力量下闭紧后又被弹开了一道缝,她眼睛的余光可以看到男孩在床上坐直了身子。

丈夫显然在一个热闹的场合,手机里传来嘈杂的谈笑声。他大声问:"你在哪儿,回家了吗?我可能得喝点儿,不能开车了,没回家的话你顺路来接一下我。"

她调整着自己的语气,眼睛望向镜子里的自己,手指开始不由自主地在镜子上沿着自己的影像勾画。"嗯,我在外面,公司还有点儿事。要不,你喊代驾吧?"

"这么晚?"

"嗯,谈点儿事。"

"行吧,你早点儿回。"

"我也没开车,要不……"

丈夫已经挂断了手机。

"要不,你告诉我你在哪儿,我还是打车去接你吧。"她喃喃地说。

但丈夫已经挂断了手机。

她于是想到,其实这个深夜在外喝酒的丈夫也是孤单的,那种孤单同样在他身体里喧嚣,就像一个深不见底的空谷,每一个微小的声音都能引起连绵的轰鸣,所以,他精疲力竭地回到家里,让电视机的音量充满自己的肺腑。填充,那不过也是一种填充。

她记得有天夜里自己深夜回家,在小区的花园里看到了丈夫,他没发现她,正叼着雪茄在逗弄几只流浪狗。他还在用手机拍照,蹲下去,把脸尽量凑近狗脸,吐出舌头,同时伸长了胳膊自拍。手机的闪光灯打开了,每拍一张,挤在几张狗脸之间的丈夫的脸就在黑暗中闪亮一下。她远远地看着,心里空前地疼痛。后来他开始正步走,引导着几只狗跟他排成一列纵队,在花园里巡游。她不知道他会不会把那些自拍发到微信的朋友圈里,他们彼此之间互相是屏蔽着的。

卫生间的门被拉开了,她从镜子里看到男孩赤裸着站在她的身后。他的体型很漂亮,这也是她喜爱他的理由。她不由得裹紧了自己身上披着的浴巾。对于自己的身材她还是自信的,她只是难以做到赤身裸体地呈现在男孩面前。分娩时她做了剖腹产,肚子上有一道骇人的刀疤。男孩不说话,她在镜子里向他微笑一下。他走上来从后面抱紧了她。他的头探在她的肩膀上,深深地埋着,开始亲吻她的脖颈。他在轻轻地咬她。她看不到他的脸,觉得他应该是哭了但不想让她看见。他们就这样抱着挪进了房间,他灼热地抵着她的臀部。她反手关闭卫生间的门时,依然将其控制在了那个她所能接受的闭合程度上。

重新回到床上,他们都没有再说什么话。她一边迫切地迎合着,一边开始拼命回忆今晚男孩对自己说的最后一句话是什么。她想让自己记住,因为她知道,那将是她听他说的最后一句话了。她不会再见他了,不会了,连电话都不会再接听,她将删除他。但是她想不起来。男孩说过的最后一句话是什么,她无论如何也想不起来。

男孩默默地拼命,仿佛要将自己的命跟她叠加在一起。她的身体反复绷紧,犹如做着大运动量的健身。高潮来临的时候,她的血液奔涌,意识里是一片流淌的白色。

然后,他沉沉地睡去了。她去简单地清理了一下自己,回来躺在他的身边,也打了会儿盹。迷迷糊糊中,她回忆起有一次跟他说过:"找一个合适的女孩结婚吧。"他看着她,也像是看着一个不谙世事的孩子,"你是真傻啊,现在的女孩子有多现实你知道吗?我再也遇不到一个像你一样的小女孩了。"一想到今夜之后,男孩的人生就将处在一种"再也遇不到"的巨大的亏欠里,她就万分内疚,感到自己的心都被揉碎了。她给了他一个礼物吗?如果是的,她凭什么又将之拿走?

离开前她无声地清理了房间。她将镜子前男孩用过的牙刷放在口杯里,将自己用过的丢进了垃圾桶;她将床下两个人的拖鞋整齐地摆放在一起;她收拾了桌上的便当盒,将它们统统装进一只塑料袋中;她将男孩扔在地毯上的内衣捡起来,叠放在床头柜上。她哭了。她不想男孩醒来后看到的是一屋的狼藉。

穿上大衣她在床边站了足足有两分钟。卫生间透出的光将她的影子照在了床上,她再一次觉得自己的身影笨笨的,像一头熊。这头熊的影子覆盖着熟睡的男孩。她轻轻地走出了房间,几乎用尽了自己全身的力气减小着关门的声音。

"咔哒"一声。她的心里却犹如雷鸣。她并没有马上离开,而是站在门外静静地又待了一会儿。如果这时候男孩追出来,她知道,一切都将逆转。甚至,她的人生都会完全颠覆。

她向电梯走去,手指一路划着走廊的墙壁。

酒店外面依然有等候客人的出租车,但她还是想走一走。夜空差不多是乳白色的,能见度很低,就像她高潮时脑海中的景象。她走在世界的高潮中,想到4000流明灯光和微距镜头拍摄下的雾霾。那些疾矢一般的颗粒物向她涌来,却让她再一次感到了饥饿。她的手伸进包里慌乱地摸着,但那块莫须有的饼干并没有出现。此刻,她只是被一股强烈的食欲控制住了。她想吃东西,一刻也不能等地想要吃东西。

她知道下一个十字路口过去有一家二十四小时营业的麦当劳,有几次约会来早了,她在那里吃过红豆派,喝过可乐。

快步走到路口时,斑马线上的红灯亮了。即便没有一辆车驶过,她也呆呆地等着绿灯亮起。她看着信号灯上的数字一秒钟一秒钟地递减,感受内心里规则和欲望的竞赛。空旷的街头像是被外星人洗劫了一般,或者是基督降临之前的世界,所有的建筑差不多都湮没在了雾里。也许基督的确会再来,但你只能眼睁睁地先看着信号灯上的数字闪烁着再递减几万年。你得熬着。

走进麦当劳,柜台里的店员向她打了声招呼。这个店员在深夜里毫无倦意,好像专门等着她的到来似的。他认出她了吗?她觉得不大可能,白天这里的顾客那么多,他不可能对她留下什么印象。她为自己要了一个汉堡和一杯热饮。她几乎是狼吞虎咽地吞食着那只汉堡,以至于几次都被噎住了。那杯热饮太烫,所以当她抓起来喝的时候被狠狠地烫着了。那个店员始终关注地望着她,她被看得不好意思起来,勉强地冲着对方笑笑。她被噎住和烫着了的感觉交替填充着。是的,这就是她想要的,她渴望的其实并不是食物,她只是想被一种有强度的感觉所填充,哪怕那种感觉是一种对自己的戕害感。

这种渴望她并不陌生。当年,哺乳期的她挽回了自己的丈夫,她陪着他去找那位空姐,取回他的东西。但那个丈夫的灵魂依然在外面游荡。他神不守舍,灵魂的归家之路似乎遇到了塞车。夜里她起来给孩子喂奶,让他帮忙给自己倒一杯水。他照做了,递上来的,却是一块尿不湿。她看看他,他站在床边,胳膊垂在睡衣的两侧,无辜地笑着,恍惚地笑着,一点都没有觉察到自己的荒唐。

"水,我要一杯水。"她一个字一个字地对他说。

他听不懂,疑惑地看着她。

"我要一杯水。"她再次说。

他的目光不可思议地看向那块尿不湿。

她终于爆发了,尖锐地叫喊起来:"我要一杯水!"

怀中的婴儿大声啼哭,空气都像是破裂成了无数的碎片。水端来了,她疯狂地灌下去。那是一杯足足有一百度的沸水。可她几乎没有感觉到灼痛,像是被人抽了一鞭子,只是"啊"的一声扔掉了手里的水杯。她的咽喉被严重烫伤了,那一刻,她感到了窒息,呼吸完全被阻隔了。当天夜里她就被送进了医院。足足有两个月,她不能喝三十度以上的液体,每次吞咽食物,都犹如吞咽着自己。但她居然对此感到了依赖,这种极具痛苦的滋味是如此充分,充实着她,填补着她,让她能够相信自己依然具备着沉甸甸的、铅球一般的感受力。

走出麦当劳,她的喉头依然有哽咽的滋味。一辆出租车停在她的身边,司机探出头招呼她:"上车吧姑娘,霾多重啊。"

她微笑着摇了摇头。

司机还不死心,"再说了,这么晚一个人走夜路也不安全啊。"

这是一个圆头圆脸的中年男人,给她一种外星人的感觉。

她迟疑了一下,打开了车门。她并不怕霾,也不怕危险,但她是一个不会拒绝别人热情的女人。对于这个世界,她从来心怀善意,尽管她知道自己有多么的委屈。新年的时候,她会对街头遇到的陌生人道一声"新年好";她去福利院做义工,照顾智障儿童。有时候她会想,要是丈夫病倒了,瘫痪了,再也不能去和世界纠缠了,该多好,那样,她就可以忘记一切,踏踏实实地照顾他了。这样的念头她对男孩也动过,好像那样一来,她就有了充分的理由,可以被某种无可辩驳的道德的说服力支持着接近他了。

这当然很傻。男人们都雄心勃勃。男孩也跟她讲自己的抱负,原本正面的奋斗精神,往往却被说出了险恶的企图。她不喜欢。丈夫说她永远长不大,她不服气,她只是拒绝他们所认可的那种"长大"。

坐在副驾驶座上,她翻看手机的朋友圈。已经有人辟谣了:拍摄霾的图像,需要借助电子扫描显微镜,放大十万倍,甚至是二十万倍才能看到霾真正的图像,视频中拍到的,只是尘埃。电子扫描显微镜,真好,又一个头头是道的术语。

"只是尘埃。"她小声嘀咕,同时努力地望向窗外。窗外浓雾密布,几十米外的车灯都是朦朦胧胧的,车子本身也不像是在真实地移动,像那种大型游戏机的模拟驾驶。

"我能抽一根吗?"司机问她。

"抽吧。"她说。

"这天儿,"司机给自己找理由,"在外面待十分钟就相当于是抽了根烟。"

"没关系,"她说,"你抽吧。"

她又无声地哭了起来。

过了一会儿,司机降下车窗,将其实还没抽几口的烟扔出了窗外。

"姑娘,你没事儿吧?"

她有种被托起和包裹着的感觉,感到自己的眼睛如同"电子扫描显微镜"一般,看到了世界那真实的图像。世界在高潮中,它是白色的。

到家之前有一阵子她都睡着了,就在一边眼涌泪水的时候。下车后,她看了下时间,已经是凌晨两点半了。她没有急着上楼,而是又在楼下站了一会儿。空气中有股辛辣的味道。她站了差不多有十分钟,效果相当于进门前抽了根烟。

已经是新的一天了。她意识到今天是周末,她要在下午去学校接孩子。她答应过孩子,这个周末去玩室内攀岩。

在电梯里,她删除了男孩所有的联系方式。

还没有进家门她就听到了电视机的声音。打开门,玄关的射灯依然亮着。客厅的灯没有打开,只是被电视机的屏幕所照亮。

丈夫躺在沙发里,并没有换上睡衣,鞋子也没有换,不过一只穿在脚上,一只不知道去了哪里。显然,他是喝醉了。

她走过去,默默地看着自己的丈夫。他的睡姿很古怪,蜷缩着,右臂以一种高难度的动作缠绕进两条腿之间,像是被打断了骨头或者表演着柔术。他的唇角流淌着涎水,鼾声听上去艰难极了,每一下都像是溺水者被水呛进了肺里。她想要喊醒他,或者起码先帮他擦擦嘴,但又立刻放弃了念头。她觉得,此刻,让他就这样窝在沙发里,没准才是对他最好的优待。不要叫醒他,不要。

　　电视里在播放球赛,英超,切尔西对南安普顿。她站着看了一会儿。她也喜欢足球,但从来都只支持丈夫不喜欢的球队。电视的音量可能被调到了最大,奇怪的是,她居然不觉得吵,反而在这种大分贝的声响中感受到了突然降临的安宁。她觉得自己从未这样平静过。她也坐进了沙发里,呆呆地看着电视,让自己和酣睡的丈夫一同被电视屏幕忽明忽暗的光影笼罩着。房间里的暖气很充足,她感到了热,用手抚摸自己的脸,脸却是冰凉的。腰腹酸痛,是一种空空如也的困乏。

　　这样坐了许久,她空茫的心情被门铃声打断。对讲器里是小区保安的脸:"对不起,您能不能把电视声音关小一些?有业主投诉了。"她轻声地道着歉,转身回到客厅关了电视。突然的安静对于酣睡着的丈夫竟然像是一声惊雷,还没有回过身,她就听到了丈夫大声的呻吟。客厅里一片黑暗,玄关上的那盏射灯只投射过来微不足道的一点光亮。一瞬间,她感到宛如回到了那家酒店的房间。

　　丈夫在不断地呻吟。停顿一下,继而发出更大声音。他分明是在吁求着什么,嘶哑,迫切,还伴着类似抽泣的哀鸣声。

　　她突然听懂了,像是受到了神启。

　　他在痛苦地祈求:"水……水……水……"

　　她去给他倒水。水壶在厨房,她的大衣还没有脱掉,自感如一头笨拙的熊在黑暗中穿越三百平米的房子。黑暗中,她的眼睛再次如同"电子扫描显微镜"一般,头头是道地看到了世界那真实的图像。她看到了人的痛苦,人的饥渴,人的盼望,并置的月亮与太阳,尘埃和霾,还有无数盏等待夜归者的灯。然后她想起了男孩子对她说的最后一句话。那时,他翻下身去,气喘吁吁地对她说道:"给我一杯水。"

　　　　　　　　　　(原载《长江文艺》第 3 期)

深　蓝

雷　默

夜幕降下来了,海浪的声音好像比白天大了。

我坐在码头的灯塔旁,灯塔还没亮起来,往前不远是入海口,漆黑一片,白天的时候,海水是黄的,现在是黑的。

再过两天,我就要出海了,目的地在智利附近,得横跨整个太平洋。船老大让我们多备些日用品,说路途遥远得超出你想象。我并没有什么概念,王武抱着二十多条香烟进船舱的时候,我还天真地问他:"这么多香烟是打算开小卖部吗?"

王武一脸不屑地说:"自己还不够抽,开什么小卖部!"

香烟是三五牌,宽版的那种,香烟店平日里都偷偷摸摸地卖,据说贩卖这种香烟涉嫌逃税,工商时不时地来查,但还是屡禁不绝。在这一片,抽这种烟的人很多,因为够劲。我也想去买几条,王武一边往床铺上码香烟,一边得意地说:"扫了一天货,整条街都断货了。"

我看着自己床铺上孤零零一箱方便面,觉得实在太寒碜了。船老大说,船上带着渔网,吃的不用发愁,我竟然相信什么都不用准备了。王武轻描淡写地说:"新手都这样。"他当年第一趟出远海还带了一条狗,几乎所有的人都认为这狗不可能活着回来,王武不以为然。出海后,那条狗天天蹲在甲板上,望着大海发呆,结果半个月后,它纵身一跃,跳入大海自杀了。

我笑了起来,"狗会自杀?我不信!"

"人会,狗为什么不会?"

"那你们没救它吗?"我顿时对那条狗产生了兴趣。

"救了,当时甩了一个救生圈下去,风浪太大,谁也不会为一条狗冒险,虽然我一直很宝贝它。"王武抹了抹嘴巴,谈天的兴致一下子上来了,"这狗东西跳到海里,被浪一打,就慌了,拼命地用爪子扒拉船舷,一到垂死挣扎的时候,不管人还是狗,看着都心酸,我们抛给它救生圈,它也知道是在救它,死死地抱住,我们像钓鱼一样把它从海里捞了上来。"

"后来呢?狗有活着回来吗?"

"没有,这狗东西在船上颤抖了好几天,后来又变回了老样子,真是好了伤疤忘了疼,有一天在甲板上发完呆,又跳海自杀了,没办法,抑郁症了。"

我以为这条狗最后还是葬身大海了,没想到王武又补充道,"这次救上来以后,船老大就敲打了我,说船上养一条发疯的狗不行,万一把谁咬伤了,到哪里打疫苗去?我就狠狠心把它宰了,烧了一大锅狗肉汤,那是出海后吃得最欢的一次。每天都是海鲜,其实跟吃青菜一个味,谁都想换换口味。"

我有些惊讶,但还是故作平静地说:"我有个原则,有灵性的动物不吃,除了狗,还包括蛇和龟。"

王武笑了笑,"怎么?怕遭报应?"

我本来想说,有点敬畏之心有什么不好的?突然觉得这话傻兮兮的,有点羞于启齿。我反过来问王武:"你难道没有原则吗?生活上,其他方面?"

王武又笑笑说:"那要想想,原则又不是毛主席语录,天天挂嘴上的。"他若有所思地整理着东西,突然一抬头跟我说,"我是有原则的人,我的原则是不打老婆,不打女人。出海的人都有这毛病,回家喜欢揍老婆,一次比一次厉害。我知道这会上瘾,有时候情绪不好,就出门撕渔网,撕烂了,让她补去,总比揍她强。"

我说:"就是嘛,仔细想想每个人都会有的。这跟吃饭睡觉一样稀松平常,只是很多人都没意识到,需要想一想。"王武迟疑了一下,轻轻地晃了下脑袋,哑然失笑。我从对话中抽离出来,想上街购物。王武喊住了我,他说:"除了吃的,也得考虑考虑精神生活。"他侧过身,向我展示他的床铺,他在床头拉了一块藏青色的帷布,把床铺的内侧遮得严严实实,掀开帷布的一角,我看到后面塞满了东西,方便面、压缩饼干、香烟、拉力器、强光手电筒、色情杂志,一应俱全。

我知道他说的精神生活指的是什么,老男人大概都这样,喜欢口无遮拦。我是所有水手中年龄最小的,高中没念完就辍学了,父母为我操碎了心。回过头想想,这个年龄除了在学校念书,还能去哪里呢?他们很担心我学坏,比如跟着别人去吸毒。我母亲听人说,现在的社会很容易接触到毒品,而且用零花钱就能买到毒品。她担心极了,一遍一遍地对我唠叨,不要去碰毒品,碰了毒品,全家都跟着我喝农药。其实她并不知道,我对毒品也充满了恐惧,我只是烦她唠叨,她只要一张口,我就想堵住耳朵。越是不想听,他们就越紧张,他们四处托人送礼,给我安排了很多就业岗位,我去上几天班,兴致消磨完了就辞职,所以回想起来,我好像一直在换工作。

我喜欢玩,这点我承认,经常跟着一伙人在外面彻夜不归。一般情况下,第二个晚上,我会接到我母亲的电话,电话一接通,她就逼问我晚上回不回去,我说不回去,她说,不回去她就报警。于是好多次,警察来喊我回家。后来,我学乖了,母亲只要一威胁报警,我就回到那个囚禁我的屋子,一进门,把自己锁在房间里,昏天黑地地睡觉,睡到睡不下去了再次出门找乐子。

这样的日子一直持续了两年多,前不久,一个家里开中介的朋友跟我说起招募水手的事。他说有个船老大委托他父亲,想招募一批远洋渔轮的水手,开出的条件很优渥,吃住全包,一年还给好几万工资。我的眼睛顿时放了光,听到"水手"两个字,我就心动了,我觉得这是一个牛皮哄哄的职业,听着就让人激动。我朋友很爽快,他说他可以替我报名。我问他:"你不一起去试试吗?"他皱皱眉头说:"家里不会同意我去的。"我说:"大家不都一样?我家里人恨不得在我脖子上拴一条铁链,让他们同意干吗?去就是了!"我朋友无奈地说:"这次不一样啊,我一有风吹草动,家里就全知道了。"我觉得他说得也有道理,只好作罢。

其实我心里特别想有个伴,跟我一起去海上当水手,但我们那伙人最终一个都没去。这期间,我也犹豫过,但听说是去太平洋上钓鱿鱼,我就铁了心去应聘。我觉得这会是一次很有意思的冒险,据说那片海域鱿鱼多得钓不完,没有饵料的鱼竿放下去,灯光一打,就不停地起竿,鱿鱼活蹦乱跳地离开海面,往甲板上跳,像一场狂欢的盛宴。

招聘面试的时候,船老大说这一趟会出去很远,我说越远越好。船老大打了预防针,他说,越远越想家哦!我说我没有家。他又问我,那你知道有多远吗?我摇摇头说不知道。他看着我说,说出来怕吓着你,有半个地球那么远。

我并没有被惊吓到,其实他不知道,我正是冲着这一点去的。我说,绕地球一圈可能还要有意思。船老大笑笑说,别着急,有你留恋的时候。

我爽快地签了合同,合同上明文写着需要两年后才能返航,我也觉得挺好的,干一趟活花两年时间,感觉人生就像块肉,"咔"一刀下去,切去了几分之一。我就需要这种大块头的活法,三下五除二,把眼前的生活对付了。

身旁的灯塔"啪"一声亮了,黑夜被挤开了一条笔直的路,看不到尽头是什么。我一直以为灯塔是有人值守的,也没见人上去过,这灯像是神拧亮的,光束在海面上规律地打转,远处传来轮船的马达声,如同一头铁牛在黑夜中嚎叫着经过。

这个灯塔,我曾经在电视上看到过,白天的时候,能看到白色的墙体上画满了各种涂鸦,都是像我一样闲得无聊的人留下的。奇怪的是,这里的涂鸦很少有脏话,也几乎见不到"XXX到此一游"的牛皮癣,大部分是爱情表白,一箭双心的涂鸦随处可见,大家称这里为"爱情角"。据说在这里许下心愿会很灵验,很多人慕名而来,把心愿写得到处都是。我在灯塔旁的石头上看到粗黑的签字笔写着这么一句话:偷完这一次,我希望做个干净的人。

看到那句话,我有种莫名的心酸和感动。不知道那个小偷后来怎么样了,如果让我遇见他,我觉得我们会成为很好的朋友。我也想类似地写一句话,拿起笔又放下了,我觉得我想说的,他都已经帮我写出来了。

船舱里灯火通明,东北人一喝酒,嗓门就像高音喇叭,打个牌都会闹出很大的动静,也许快要出海了,大家都有点末世狂欢的味道。这条船一共有三十多号人,船员来自四面八方,东北一伙,青海一伙,其余都是沿海本地的,一般都是托朋友介绍来的。大家彼此也不熟悉,但口音是最好的纽带,两句话一说,扯上老乡关系就自觉地凑到一起。我看得出来,每个团伙都有一个小头目,大家众星拱月地围绕着他。船老大、大副、二副这些管理层都是本地人,彼此间用方言说话,像防着谁似的。

这条船上,王武和我走得最近,进驻船舱那天,船老大带着我们认领自己的床铺,我第一次跟王武打了照面,他住在我上铺。当时我看着脏兮兮的被褥,浑身感到奇痒无比,杵在那里一抬头看到了王武,他正用一种慈祥又带点恶作剧的眼神看着我,"怎么?你没出过海?"我点了点头。

他笑得不怀好意,有点挑逗的意思,他说:"船上跟陆地上不一样,淡水是稀缺资源,难得洗一次澡,被子都是黑的。如果睡不惯,买床新的也可以呀。"我没有去买新被褥,主要是手头拮据,还有我觉得迟早有一天会沦落为邋遢户,倒不如从头开始适应。

我问王武:"出海是什么感觉?"

王武牛皮哄哄地说:"这个跟结婚一样的,对男人来说,没出过海跟没碰过女人差不多。"

"这么说,容易上瘾?"

王武哈哈大笑,他说:"看你是个小鬼,懂的还蛮多的。"

我问他:"海水蓝吗?"

"这还用说?比天还蓝,蓝得发黑,蓝得你都不敢盯着它看!"他话锋一转说,"只有你这样的小鬼才关心这个,谁会去在乎海水蓝不蓝？每天都在海里泡着，就希望能平平安安，不要碰到台风。海上的风暴不同于陆地上，你躲在船舱里，心里也是揪着的。"

"有这么恐怖吗？"

"呀！这用得着骗你吗？"

"说说！有多恐怖！"

王武眯了一会眼睛说，"你看这船还大吧？在风暴里，你会觉得它小，小得如同躲在火柴盒里，摇摆厉害的时候，你抓什么都感觉要被掀翻到海里去。浪头有四五层楼那么高，一下一下地扑上来，夹在两个浪头之间，就像处在两座陡峭山峰之间的峡谷，感觉船会被吸到海底去。"

我故作轻松地说："有那么夸张？"

王武嘴上发出了"啧啧啧"的声音，旁边出过海，有过相似经历的人纷纷附和王武，瞬间，我仿佛成了众矢之的，能感受到周围气势汹汹的嘲讽。王武接着说，"这还不是最恐怖的，躲在船舱里吓一吓就过去了。最危险的是船进水，那时候每个人都得削尖了脑袋上甲板，站都站不稳，还得跟风浪抢时间，把甲板上的水舀出去。那时候，再勇敢的人都会颤抖，你想想，在世界末日的场景下，谁敢死？死无葬身之地就是那个意思。"

我明显地感受到了一种压迫感，这种感觉让我脸上的温度也随之上升，我站在那里，再也没有说话。王武大概也觉察到了我的窘迫，他没有接着往下说，而是善意地拍了拍我的肩膀说，"夸张了些，这样的海况难得一遇，不是每个水手都能碰到的。你跟我儿子很像，这个年纪都喜欢自己拿主意。我要是你大人，不会让你出海，海里讨生活可不是开玩笑的事。"

说实话，我正在犹豫怎么跟父母说这件事。当初报名的时候，我是这么考虑的，如果早早地告诉他们这件事，他们执意阻拦，计划很可能会泡汤；如果临走前说，他们要干涉，我就逃跑，船一出海，他们后悔也白搭。我觉得这一趟玩得有点大，卖身契已经签了，硬着头皮也得去。

手机一直没离过身，我知道母亲迟早会打来电话。这两年来,她虽然每天都绷着神经在过日子,但似乎对我也放心了一些。电话有点姗姗来迟,她在电话里问我,这几天在干什么。我说在做一件靠谱的事。她在电话那头笑了起来,她说,如果真如我说的那样,她就不操这个心了。我听了有些生气,他们似乎从来没有信任过我,好像我生来就应该是个浑蛋,只有我不靠谱,他们才觉得是正常的。母亲支支吾吾的还想探我的口风,我知道她是关心我回不回家,我直截了当地告诉她明晚回去,然后很快地挂断了电话。

让我意想不到的是,当我跟父母摊牌的时候,他们竟出奇的平静。要出去两年,母亲虽然有些不舍,但她听说我已经签了合同,不去得赔钱时,她也默认了。父亲坐在椅子上说:"让他出去吃点苦也好的,这两年譬如去当兵,磨磨回来就像个人样了。"

他们开始为我收拾行李,母亲什么都想让我带上,茶几上不知道放了多少天的缩水苹果,褶皱像百岁老人的皮,她也一股脑儿都装进了行李箱。我呆呆地看着他们收拾,这几年来,在他们面前,我都习惯这么一副不死不活的样子。我看着父亲点了一支香烟,犹豫了一下,我跟他说:"你家里放着的香烟都留给我吧。"这是我第一次向他们公开承认自己抽烟,父亲愣了一下,也没发怒,他站起来去屋里拿了香烟,一共是三条,还有几包零星的散烟,他都帮我塞进了箱子,只说了一句:"少抽点。"

我没有跟他们透露王武给自己准备了二十多条香烟,距离太远,我怕他们反悔。他们问过我去哪里捕鱼,需要两年时间。我只说在公海,我猜他们理解这两年能经常回来,只是因为工作的性质,不让回家。

他们还给我备了许多干粮,也给了我一些钱,让我在船靠岸的时候可以采购点日用品。也奇怪,这次他们谁都没有多唠叨,我还一直以为他们会担心我的安全。说实话,真的要走那么远的海路,我自己心里也开始犯嘀咕,但我不能说出来,我希望他们能叮嘱我几句,但他们谁也不说,似乎说出来会不吉利。

他们一直把我送到了码头,我说别送了,都回去吧。他们在灯塔下站住了,看着我一个人进了船舱。我一点都没有因为逃离了他们的掌心而高兴起来,这样的机会我等了很多年,没想到真的实现了,却是这么复杂的心情。

透过舷窗,我看到他们还站在码头上,我冲他们不耐烦地摆了摆手,父亲却径直朝船上走来了,父亲一动身,母亲也跟来了。他们进了船舱,我有点恼火,我说:"不是叫你们回去了吗?"父亲说,他临时想见王武这个人。我一下子没控制住嗓门:"你们又不认识!"父亲说,他一定得见见,不然心里不踏实。

争执不下的时候,王武进来了,他得知我父母要见他,有点诚惶诚恐,但他知道我父母想见他的意思,他说:"你们放心,我会照顾他的。"我猛然间发现母亲的眼眶里有泪花在闪烁,这让我有点猝不及防,为了让氛围不至于太尴尬,我连忙说:"好了好了,又不是生离死别,都回去吧。"他们才开始拖拖拉拉地往回走。

我看着他们走出了船舱,在灯塔下又站了一会,母亲似乎才注意到了我们的船,仰着头仔细地打量着,渔轮气势恢宏,这让她有了些自豪感,我看到她和父亲热情洋溢地谈论着,指手画脚的模样有些夸张。之后,她朝船舱方向看了一眼,似乎知道我在看着他们,两个人像做错了事的孩子,相互催促着,急急离去。

汽笛响了,我才知道这声音原来跟大海螺一模一样。船身散架似的抖动了几下,缓缓地离开了码头。我站在顶层的甲板上,拿出手机,往港口方向拍了几张照片。王武走过来,一副欲言又止的样子,我回头看了他一眼说:"有话想说就说呗。"

"没什么没什么,就看看。"王武兀自害羞了起来,这让我很不习惯。

"看得出来,你父母很在乎你。"王武没头没脑地来了这么一句。

"越在乎,越想离他们远一点。"

王武眼睛盯着船尾翻腾的泥浆水说,"你跟我儿子一样,我也时常反思,怎样才能做一个称职的父亲?"

"这是一个人生难题。"我轻浮地笑了笑。

"确实难,站的角度不一样,看到的东西就不一样。我也年轻过,年纪大起来会慢慢地妥协,我希望你能早点跟你父母讲和,这样僵持着,相互都别扭。"

我无话可说,背过身去,看着两岸的青山缓缓地掠过船舷,又一次举起手机。王武盯着我看了一会,像在看另一个人,他徐徐地冒出一句话:"出海你还带手机?"

"有什么不可以吗?"

"等会你就知道了,这东西到了海上就是个废品,打电话得用海事电话,直接连卫星。"

我低头看了看手机,信号果然弱了,我惊叫起来:"你怎么不早说?"

"这又讲不到边的,到了海上,即使有信号,你敢用手机吗?国际长途,贵死你!"王武仿佛有点生气,语气硬邦邦的,他说甲板上太冷了,他要回去睡觉了。于是丢下我,顾自己回了船舱。

甲板一下子变得冷冷清清,船舱里是另一幅景象,不时有嬉闹声传出,似乎暖和不少。我裹紧了身上的衣服,又坚持了一阵,才回到船舱。王武已经坐在床铺上,他看到我进来,晃了晃手中的色情杂志,"看不看?"

我没有理他,这本杂志据王武说是从一艘外国集装箱驳轮上要来的,国外很容易弄到这种杂志,海员出海都带着一大摞,上面全是裸体女人的图片,清晰得能看到人脸上的粉刺。王武一边翻着杂志,一边飞了飞眉毛说,"洋妞都不要?"我坏笑起来,"留着你自己用吧。"

几天后,这本杂志成了船上的紧俏品,好多人过来跟王武借阅,借阅的时候都挤眉弄眼的,只说想借本书看看,打发打发时间。王武知道他们的心思,有时候故意装糊涂,把海员手册翻出来给他们,有的人憋不住,气急败坏地纠正:"不是这个,把老婆借我用用"。在这个全是男人的地方,这本杂志上的女人顺理成章地变成了大家的老婆。

连续热闹了几天,公海上航行的日子渐渐失去了色彩。大家都处于懒散的状态,变得不愿意多说一句话。船上除了马达声和海浪拍打船舷的声音,几乎听不到别的动静。刚出海的时候,看着浑浊的海面渐次清澈起来,我还抑制不住内心的兴奋,这会儿,也懒得去甲板上眺望,除了深浅不一的蓝色,没有一缕多余的颜色。船舱里虽然混乱不堪,倒还有些生活的气息,有时候会错以为还在陆地上,一出舱门,那种摇晃的感觉会像影子一样跟过来。

船上的人都在克服这种困难,想找点事做做,排遣一下眼前的无聊。王武有个记航海日志的习惯,虽然字写得粗鄙不堪,每天睡觉前都会记一笔。那天,他边记边嘀咕,说出来一礼拜了,还不开张,这倒有点奇怪的。我说,不是要去智利钓鱿鱼吗?王武没有理会我,顾自己翻着老黄历,翻了一阵后说,明天是个黄道吉日,肯定得开张。我说捕鱼都挑日子吗?

王武看着我,若有所思了一阵,说:"这里有大讲究!"

我不知道这算不算一个玩笑。第二天,阳光宁静,一丝风也没有,海面如同镜子,置身这样的环境中,祥和的感觉油然而生。船老大一大早就站在了甲板上,他像一头刚睡醒的猛兽,看着海面伸了个夸张的懒腰,然后高声叫道:"好天气!撒一网!"

后来我发现船老大对第一网还是挺在意的,那天还特意开了搜鱼雷达,船老大坐镇驾驶舱,看了很久,才同意下一网。拖网从渔船的尾部抛入了大海,跟着渔船跑了好几海里,收上来后,发现除了一些不能吃的海泥鳅,什么也没有。船老大一脸疑惑,他嘀咕了一声,说二十多年了,头一次碰到这样的怪事。

第二网下去了,这次拖得更久了些,拖上来后,除了一些锈迹斑斑的瓶瓶罐罐,竟然还是一窝海泥鳅。船老大的脸色变得有些凝重,他恶狠狠地骂了一句:见鬼了!

每个人都不说话,船老大自我安慰道,可能附近有大鱼。他神神叨叨地说了很多以前的经历,似乎想告诉大家,他的判断没有错。大家都等着他发信号,看看这糟糕的情况会不会有所改观。船老大似乎下了很大的决心,他说:"再来一网,如果还是空的,我就……"所有人都安静了,想听听船老大发怎样的毒誓,他却突然合上了嘴巴。渔网又抛入了大海,跟着船走了一个多小时。

收网前,船老大示意我们去掂掂渔网的分量,大有分量不沉誓不罢休的架势。王武有经验,试了一下,冲船老大做了个起网的手势,船尾的机轮慢慢地开始收网,绿色的渔网一圈圈地从海面上浮出来,绷得紧紧的,看上去分量还挺沉,似乎让船的航速也跟着慢了下来。水面上迟迟不见水花,大家都屏住了呼吸,仿佛随时会有大动静发生。船老大喊了一声,停!马达停了下来,他从顶层甲板上跑了下来,来到船尾,盯着海面看了一阵,就骂开了。人家都凑上去看,渔网确实网到了东西,黑乎乎的一团,还很大。

我问王武那是什么东西,王武说,树墩。我很好奇,树墩怎么会跑到大海里去。王武悄悄地说,大海就是个大痰盂,那些江河湖泊,发一次洪水就相当于排泄一次,最后全冲到了大海里,能吃的都被鱼吃了,不能吃的就留下来,随着洋流乱漂,某一天又被送回陆地上。

树墩有几个人那么大,把渔网也撑破了,船老大骂了好一阵,突然泄了气,再也没有吭声。大副问他,要不要再试一网?船老大坚决地摇摇手说:"不试了,今天算了。"

连续三次空网,船上出现了一股怪异的氛围,谁也不愿意多说一句话。我们像丢了魂,横七竖八地躺在甲板上。我瞥了一眼海面,蓝得发黑,让人心悸,恍惚间还看到了若有若无的地球圆弧。太阳从头顶上急匆匆地滑过,像有人在天空中拿着手电筒逗我们。船老大说,照这么下去,我们都得饿死在大海上。

带着渔网饿死在大海上,这听起来像个笑话,如果有人告诉你,一只老鼠饿死在粮仓里,你信吗?我们都觉得船老大在危言耸听,但是没有一个人站出来反驳。船上最大的储备是淡水,用大号的塑料箱装起来,都沉得吓人,食物只够维持半个月的航程。如果真的半个月捞不到鱼呢?我想到这里,突然觉得眼前很不真实。

船老大提议,晚上喝点酒,冲冲晦气。甲板上这才开始有了点零星的生气。

那天晚上,带去的酒喝了不少,我看到好几个人喝醉了,趴在船舷上,往大海里呕吐。我中途上了趟厕所,在过道里听到船老大压低嗓门在喝斥一个人。

"跟你说过多少次了,下次再这样,不用来我船里了。"

"……"

"多少人指望着我吃饭,你担得起这个责任吗?"

"……"

"用屁股想想都知道犯忌讳,你还这样,让我怎么说你?"

我就听了这几句,不想再偷听下去,万一被撞见了,大家都尴尬。我迷迷糊糊地去了厕所,隐约间觉得船老大说的事好像跟白天的事有关,会是哪个倒霉蛋惹恼了船老大?

我也不知道是喝了酒,还是海上起了风浪的缘故,逼仄的厕所摇晃得厉害,尿撒到一半,喉咙口就有了反应,憋了一下没憋住,厕所被吐得一地狼藉。王武悄无声息地出现在门口,他捋了捋我的背,还说了我几句,大致意思是不能喝就不要喝那么多。语气像极了我父母,我甩开了他的手,说不要你管。他唉声叹气的样子也像我父亲,我轰他走,他犹犹豫豫地走了又回,折返了几次,还是把摇摇晃晃的我地扶回了床铺。

他给我去打了盆热水,拧了块热毛巾,往我脸上胡乱地擦了几把。热毛巾擦了以后,迷糊的状态有了缓解。船舱里到处都是醉汉,笨拙的舌头激烈地议论着白天发生的事。大家都觉得怪异,公海上舀一瓢水都可能捞到鱼,怎么可能连续三网都颗粒无收呢?有人猜测,是出海前忘了祭妈祖,有人反驳道,船老大在海上生活了二十多年,不可能犯这样低级的错误。有人说,可能这趟船被人做了手脚。至于是什么手脚,大家都没往下说,我感到气氛一下子变得森然诡异。

我突然想到船老大在过道里教训一个人,可能跟这个人有关,但他到底是谁呢?他对船做了什么手脚呢?想着想着,睡意全无。那些大舌头像被突然拔了电源的收音机,前一秒还喋喋不休,后一秒就安静了。安静了之后,呼噜声就起来了,起初是一两个人，一唱一和，渐渐的又有了第三个、第四个，变成了大合唱。

那天晚上，我翻来覆去地睡不着，记忆中好像从来没有睡不着觉过，直到后半夜，我还在心里默默地数着绵羊。王武似乎也没睡着，他一直在发出一些微小的动静。我从床铺上起来，看了他一眼，他好像又睡得挺沉的。

我去了趟厕所，过道里的风挺凉的，一吹就直打哆嗦。

直到天快亮的时候，我才迷迷糊糊地睡了一小会，感觉只闭了一下眼睛，王武就把我叫醒了。他说："赶紧起来，都出活去了。"我发现船舱里只剩下了我们两个人，外面的天气骤然间变了，船身摇晃得很厉害。我问他："是要出去捕鱼吗？"王武说："这鬼天气还捕什么鱼！得去固定船上的东西。"透过舷窗，我看到海浪翻滚，已经汹涌地扑上了甲板。我说："怎么会起这么大的风浪？"王武说："可能导航出了问题，以前也有这样的情况，船瞎了，到处乱开，挺危险的。我先去了，你赶紧来。"说着，他打开舱门，一闪就不见了。

舱门一开，风就灌进了船舱，小小的船舱像个布袋，"呼呼"直响。我赶紧套上衣服，站起身来那一刻，我看到了惊悚的一幕，王武床头拉着的藏青色帷布被风吹了起来，透过晃动的帷布，我看到后面的角落里竟然摆放着一幅遗像。我确定，那就是一幅遗像！黑白两色，似乎还透着点紫，就那么晃动了一下，我浑身起了鸡皮疙瘩，赶紧移开了目光。虽然没看清楚遗像上那人的模样，但心里狠狠地揪了一下，那种被人盯了一眼的感觉让我久久平复不了。

我狼狈地逃出船舱，关上舱门的那一刻，仿佛里面有人在拉扯那扇笨重的舱门，我喊人，声音被风刮得支离破碎。好不容易旋紧舱门，我来到甲板上，恍惚的状态让我在人群里像个无头苍蝇。那时候，我并不知道这样的天气里，摇晃的绳索是能杀人的。手臂一样粗的绳索看似很轻地在空中荡来荡去，其实都吸饱了雨水，沉得像截木头。我听见有人喊我名字，随后被重重地一击，我成了一口笨钟，"咣"一声之后，被撞入了大海。

栽进大海的时候,我想完了。无边无际的深蓝一口吞没了我,我拼命地往海面上挣扎,紧跟着上面有救生圈抛下来,风浪太大,小小的救生圈显得飘忽不定,让人绝望,我抓了几下都扑空了。眼看着救生圈漂得越来越远,船舷上跳下了一个身影,据船上的人后来描述,当时王武像发了疯,很多人都拉扯不住他,那场景就像看到亲生儿子掉入了大海。

王武挟着救生圈呼啸而来,他一把揪住我,把救生圈套进了我的脖子,我被一股强大的力量拖离了海面。回到船上,大家都紧紧地趴在船舷上往下张望,那场景仿佛依附在绝壁顶上,望着崖下。我后来才知道他们从甲板上放了软梯下去,王武却迟迟没有上来。

那段时间里,我整个脑袋都是懵的,我只听到他们趴在船舷上发出一阵阵的惊呼。据说一个巨浪把王武的脑袋拍在了船舷的钢板上,他随后就失去了知觉,靠着救生衣的浮力,在吃水线附近反复飘荡。后来有人腰上绑了很粗的绳子,下去捞人。王武被拽上来时,人就不行了,他左侧的脑袋豁了条大口子,血汩汩地往外冒。船老大摸了摸王武的脑壳,愣了愣神说,碎了。旁边站满了呆若木鸡的人群,过了一会,船老大冲大家喊:"愣着干什么,快发求救信号!"人群闹哄哄地散去,而此刻的我被一股强烈的愿望包裹了起来,满脑子都是回家的念头。

船老大抱着王武,冲我喊:"你站在这里干什么,还不去看看?"我这才缓过神来,跑向了驾驶室,"SOS"信号一遍遍地发出去,没有无线电信号返回过来。透过驾驶室的玻璃窗,我看到苍茫的海面上深蓝色的海浪在愤怒地翻滚,也很奇怪,这次在摧枯拉朽的气势面前,大家似乎都忘记了害怕,每个人都焦灼地等待着。我无声无息地愣在一旁,有人过来安慰我,声音听起来非常遥远。

有人提议,别都挤在驾驶舱,再去看看王武。我们又回到了甲板上,船老大的眼睛布满了血丝,他大喊着问我们:"怎么样?有没有信号?"我们面面相觑地摇了摇头,船老大搂紧了怀里的王武,我第一次看到这个体重超过两百斤的男人眼睛里有了惊恐的神色,他喃喃道:"那怎么办,那怎么办?"

没有人能回答,整条船都处于迷途中,船老大率先从抓瞎的状态中醒过来,他冲我招了招手说:"你过来!"我赶紧凑上前去,船老大说:"你的命是王武拿自己的命换来的,跪下,给他磕个头吧!"我激灵了一下,顺从地跪倒在甲板上,郑重地向王武磕了三个头,那一瞬间,所有的愧疚和感激仿佛找到了出口,堵了很久的情绪从身体里倾泻而出。

在我磕头的时候,原本像面条一样耷拉下来的王武开始在船老大怀里挣扎,他大概想阻止我这么做。我上前握住了王武的手,哭着说:"磕头不算什么,真的没什么。"王武看着我,他想说话,嘴唇嚅动了一下,发不出任何声音。他伤得太重了,痛苦的表情像电流一样,闪了一下,又消失了。他的眼睛眨巴着,恍如遥远天际的星星。那时候,我依稀记得这眼神仿佛在哪里看到过。我拍了一下脑门,跳起来说:"等一下!"

我跌跌撞撞地冲进了我们住的船舱,掀开那块藏青色的帷布,把那幅遗像取了出来。这下我看清楚了相框里的人,他长着和王武一样的眼睛、鼻子和脸庞,唯一的不同是他如此年轻,仿佛刚刚满二十岁,嘴唇上的每一根绒毛都清晰可见。

我跑到了甲板上,很多人看到这幅遗像后都错愕不已。我双手捧着那幅遗像蹲在王武身前,他的目光落到了遗像上,仿佛看见了年轻时的自己,之前那种挣扎痛苦的表情一下子消失了,他的目光变得柔和起来,我看到他的嘴角开始微微地上扬,像若有若无的微笑。所有甲板上的人都在窃窃地议论遗像上的人是谁,为什么跟王武长得这么像?船老大突然高着嗓门喊了一声:"王武走了!"

(原载《人民文学》第3期)

白耳夜鹭

艾 玛

我住到崂山脚下这背山面海的小渔村有些年头了,还是头一回碰到从C城来的人。

怎么说呢?C城其实是我故乡,距小渔村有三千多公里,两地间没有直达的飞机、火车。我在那里长大。当然,C城其实并不叫C城,和其他古老的小城一样,它也有个文雅好听的名字,只是我暂时还不想在这里说出来,就用C城来称呼它吧。记得有位大师曾说过,讲故事时连真实的地名都不说出来,而用A、B、C、D之类的字母代替,或是笼统地称为滨城、山城,这样的行为是怯懦的。有点道理,我打小就不是个胆大的人。

从C城来的人叫秦后来,没错,后来。起初我以为是"厚来"什么的,他将杯子里的茶水倒了些在桌上,用手指蘸着那些茶水在桌上写了两个字,原来是"后来"。我就笑了。我的发小叫柳明天,高中时有个女同学叫林开端,我大学时还有个同学叫杨终于。有叫"明天"、"开端"、"终于"的,当然就会有叫"后来"的,这么想就不觉得奇怪了。秦后来是个摄影家,我到村里的小酒馆喝酒时遇到了他。那几天天气奇冷,夜晚气温都到了零下二十度。酒馆外的防波堤上,冰壳子一层层地堆得老高,有人说这是这地区二十年来的最冷天。我倒没觉得特别冷,冷到一定程度,所有的冷在我看来都差不多,无所谓更冷最冷。C城在长江以南,"你们南方人真抗冻",这是我到北方后听得最多的一句话。再抗冻,渔村的冬天也不好过,没有集中供暖。集中供暖一直是城里人的事。我不串门,不知道村子里其他人是如何度过冬天的,但我在租住的小屋里用 C 城人的方式取暖:一个两根导热管的电炉子(我一般只开一根),上面加一个木头架子,架子上铺块小棉被,棉被上搁块木板(可以当桌子用)。没活干的时候我整天坐在炉子边,将小棉被盖到大腿上,看电视,上网,或是听窗外寒风呼啸。傍晚时分,我会顺着村里那条新铺的水泥街道,到海边李照耀家的小酒馆去喝一壶。

那天傍晚,我走进李照耀家的小酒馆时,秦后来正坐在临窗的一张桌子那喝酒。连续两个晚上,我走进酒馆时他都在那,桌上两碟小菜一瓶酒,一个人坐在窗边吃着喝着。

"一盘白菜海蛎肉饺子,一壶老酒。"我走到他对面的一张桌子边坐了下来,对坐在柜台后玩手机的李照耀喊话。

酒馆里没什么客人,安静得很,只有空调嗡嗡的轰鸣声。天气冷,不是双休日,也不是节假日,这海边除了鸟,难得见到几个人。我朝秦后来看了看,碰巧他也抬眼看我,我就掉转目光,看窗外。防波堤上的冰壳子比昨天又高了不少,海水已退得老远,露出一大片黑黝黝的泥滩,一群海鸥嘎嘎叫着,在泥滩上飞来飞去。据说,它们中的常住居民很少,大部分都是从西伯利亚飞来过冬的。

"这样的冷天对它们来说也许不算什么。"我望着窗外,想。

十多年前,岛城的海鸥只有几千只,现在已达数万只。"海鸥通人性,岛城市民为挽留海鸥做出的努力肯定是被海鸥们记住了,所以每年它们都会带着它们的后代来这儿过冬。"岛城的鸟类专家曾在电视上这样说。专家这样说过后,去栈桥、音乐广场喂海鸥的居民越来越多了,鸟食也越来越讲究。我来岛城郊外这个叫雕龙嘴的渔村也有十来年了,与海鸥不同的是,没人为挽留我做过努力,我也还没有后代。

李照耀的老婆把热气腾腾的饺子和酒放到了我面前。她掉转臀部离去的一刻,我照例闻到了一股子热乎乎的带着些酸味的气息,像是发过头的面食的味儿,这股气息打着旋儿从我鼻尖前掠过。天寒地冻的,女人身上的这股子热气有些让人馋。

"明天,也许我可以去趟蓝泉墅,宁兰芬家的那棵粉茶不知道怎么样了。"

这么想着,我为自己倒了杯酒,剥了颗大蒜。来这后我学会了吃生蒜,不过我从不在去蓝泉墅的那天吃。李照耀家的饺子不错,酒是加红枣、枸杞、姜片煮过的即墨老酒,这样冷的天,热乎乎的老酒和女人一样不可或缺。我打小跟着我老娘喝米酒,冬天用带盖小壶煮米酒喝,几杯下肚,便可驱尽一天户外劳作所受的风寒。来这后我开始喝老酒,即墨老酒加姜片、红枣和枸杞煮过后,与C城米酒的味道非常相似。记得我刚来的那年,找李照耀要这酒时,李照耀笑话过我。他露出黑黑的牙根,笑道:"怎么天天这酒?跟个娘们似的!"现在他早不笑话我了。凡事都是习惯了就好。就像我,离开C城多年后我已习惯了成为另外一个人,我把一个真实的自己留在了C城。

秦后来不时看看我,几番欲言又止。终于,他站起来,满脸堆笑地问我道:"请问这位朋友,你是不是C城人?"

我马上意识到我的口音出卖了我。我们C城人说"一壶老酒"时,会把"壶"发成"浮"音。离开C城的最初几年,我说话很注意,毕竟不把"壶"啊"湖"什么的说成"浮"也不是什么太难的事。这些年来我有些懈怠了,随着时间的流逝,我渐渐觉得即便把"壶"啊"湖"什么的说成"浮"好像也不是什么大不了的事。

酒馆的空调不太好,秦后来穿着羽绒服,前襟大开,露出里面满是口袋的摄影背心。近年来,来岛城拍海鸥的摄影爱好者越来越多,他们大多去栈桥、音乐广场拍摄,也大多选择气候宜人的时候来,很少有人来雕龙嘴一带的海域,更不用说在大冬天里来。不过,在冬天里来雕龙嘴以及附近的会场村、黄山村拍海鸥的摄影家我也碰到过几个。他们都是些厉害的家伙,多半善饮、健谈,有那么一两个甚至还相当有趣。我把酒杯放下,点头答道:"没错。"

秦后来很兴奋,他指了指他桌子上的东西,又指了指我的桌子,意思是可不可以坐过来。有什么不可以?同是天涯沦落人,相逢何必曾相识。我做了个请的手势。秦后来把他桌上的一盘驴肉、一盘葱拌八带端过来,他喝的是小瓶的七十度琅琊台原浆,这种酒喝下去时就像喝了一把剃刀。

"我叫秦后来——"他说着,两只手就去身上各个口袋里摸,摸了一阵后,他有些歉疚地看着我,说,"抱歉,忘了带名片。"听口音他不是 C 城人。

"叫我小赵好了。"我从未有过名片。我伸手过去,他握了握。

"秦是秦始皇的秦,后来嘛——"他说着,拿起茶杯往桌上倒了些茶水,然后噌噌在桌上写了两个字。对于一个摄影家来说,他的手指白了些。

我对他的名字没什么兴趣,不过等他写完我还是伸长脖颈看了看。

"你去过 C 城?"我问。

"我刚从那过来,"秦后来很兴奋地说,"好个漂亮的小城!"

是的,C 城。我端起酒杯向他示意,然后一口干了。这样寒冷的天,在异乡,能听一个陌生人谈谈故乡也是件不错的事情。

"你是来旅游还是——"秦后来又问。

"我在这工作,是个园艺师。"这是真的,我替附近各园艺场工作,帮他们打理卖出去的杜鹃花树、茶花树和桂花树。因为我,园艺场的老板们在卖这些南方花木时可以理直气壮地打包票:包活。我问秦后来:"你呢?来干什么?"

"家里有点事,回家路过这,你知道的,城里的宾馆实在是太贵了。"秦后来苦笑了下,问我,"来这多久了?"

"有些年头了。"我夹了一筷子驴肉塞进嘴里,问,"去 C 城拍什么?"

"国庆的时候,C 城有个网友给我打电话,说他们那里新开了座火电厂后,他们有两个月没见到太阳了,那时我正在凤凰,想着也近便,就过去了。"

"是个女网友吧?"我笑问。秦后来点点头,也笑了。

C城附近有家很大的水电站,当年它竣工的时候,报纸上说它发的电可以满足十个C城之用。十多年过去了,现在C城又需要一座火电厂了?

我给自己把酒杯满上,敬了秦后来一杯。

"C城人真的两个月没见太阳?"我偶尔也上网搜搜C城,从未见过什么两月不见太阳的消息。不过,雾霾嘛,岛城这样的海滨城市也时不时有雾霾的,C城有,又有什么可奇怪的?

"差不多吧,你知道的,C城地形南北高,中间低,有西北风顺沅水河道刮来时,雾霾才能散,没风确实不好办。"说着秦后来停下来看着我,"很久没有回去了么?"

"是啊。"我说。双亲都已埋在了山岗,在C城我没什么亲人了。"哪里有钱赚,哪里就是家。"我问秦后来,"去拍烟囱?"我曾遇到过一个摄影家,特别喜欢拍古力井盖。

"嗯,烟囱。"秦后来直接用酒瓶跟我碰了碰杯,他的心思明显不在烟囱上。果然,他喝了一口酒后,看着我问道:

"〇四年你在C城么?"

"我〇六年才来这。"

我不喜欢撒谎,有时候我几乎要把我所有的智慧都用在说实话上。我确实是在〇六年来这的,但〇四年夏天我也还在C城。

"啥时候方便,让我看看你拍的C城烟囱嘛。"喝着酒,我开起玩笑来。但这话说完我自己都有些恶心了,听上去像是我和他有多熟似的。

"现在就可以。"秦后来竖起一根白白长长的手指,指着天花板说,"我就住在楼上。"

我对C城烟囱不感兴趣,当然不会真的跑到楼上去看什么烟囱的照片。喝着酒,秦后来跟我聊到了〇四年发生在C城的一件怪事。一辆黑色的帕萨特轿车在沅水大桥桥头小广场停了许多天无人问津,直到车身上积满灰尘才引起人们的注意。这辆车的主人是尔雅音乐学校的校长木歌。车在人不见,自此无人知道木歌去了哪里。

"这件事我也听说了。"我淡淡道。

时隔多年,突然听人提到这桩陈年旧事,让我颇不习惯。木歌失踪案发生时全城沸腾,众说纷纭……〇六年底我打电话给柳明天,委托他帮我卖我们家那套位于丝瓜井民主巷园艺公司职工宿舍区的房子(我没打算再回C城)。两年过去了,人们还在谈论木歌的失踪。不过,相比案发时的情形,人们谈论这件事的语气已变得十分肯定,众口一词,大家认定木歌是因为一个女人,被人装进麻袋,扔到沉江里去了。"色字头上一把刀,牡丹花下死翘翘。要问木歌何处寻,麻袋一装到洞庭。"小孩子们甚至编出了这样的童谣。柳明天跟我说到这些时我就只有呵呵。

"我下了火车见到网友。她先带我去吃了一碗牛肉米粉,安排我住下后,带我去诗墙公园转,我们从渔夫阁、武陵阁、春申阁一直走到排云阁,一路树木成林,桂子飘香,左手江水右手诗,真是个好地方!"秦后来声情并茂地说道。

我不置可否,埋头吃菜喝酒。他说的这些我都再熟悉不过了。从我家所在的丝瓜井出来,穿过箭道巷,过了步行街,就是诗墙公园的武陵阁。从前C城并没有什么诗墙公园,那里只是一道防洪大堤,堤下是船家和附近市民竞相开垦的菜地。我老娘也曾在那搞了个小菜园,种些萝卜青菜苦瓜豆角之类。从前,我常常在游完泳后扯一把青菜回家烧晚饭,一年四季几乎不用买什么蔬菜吃。诗墙公园不过是后来的事。大约是在木歌失踪的前两年,政府拿出一大笔钱,请了些有名的书法家誊写历朝历代文豪和外国诗人的好诗,镌刻在青石板上,再将青石板镶嵌在大堤上的一堵带檐砖墙上。那是那几年C城最出名的一件事,创造了一项全新的吉尼斯世界纪录:世界上最长的诗、书、画三绝艺术墙。从前我去江里游泳,将衣服脱了卷起来用石头压在江边一棵樟树下,防洪大堤变成诗墙公园后,我将衣服卷起来用石头压在一首外国人写的诗下。"我触碰什么/什么就破碎/服丧之年已过去/鸟的翅膀耷拉下垂/月儿裸露在清冷的夜里/杏与橄榄皆熟透/岁月的善举。"我没来由地喜欢这首诗。诗墙公园有那么多诗,我喜欢的就只有这首,刻着这首诗的石板端端正正地对着那棵大樟树,字也写得很板正,比其他青石板上的好认。要是不离开C城,没准现在我去游泳还是会将衣服压在这首诗下。有可能我会这样干一辈子。仔细想想,真要这样干一辈子的话,那也是蛮有趣蛮牛逼的一件事。

秦后来的网友为何会带一个对烟囱感兴趣的家伙去诗墙公园?这个问题让我一时很有些困惑。但有一点我很清楚,排云阁再往前走,就是沅水大桥了,顺着河边石阶上去,就到了桥头小广场。木歌的那辆帕萨特,就停在小广场那儿,最靠江边的位置,视野非常好。十多年前,有私家车的C城人并不多,有些先富起来的家伙喜欢在夜晚开车去江边打野炮,沅水大桥桥头小广场是个不错的地方,临江空旷地,地势高而平坦,有片小树林将之与马路隔开。木歌办音乐培训学校,赶上了一个人人都怕孩子输在起跑线上的时代,他也算是C城先富起来的人之一。那时候好像还没有什么车载定位系统,木歌老婆在他失踪两天后就报了案,可找到车,却是在他失踪二十多天后的事了。

秦后来喝着酒,问我:"那件失踪案,你怎么看?"

我没什么特别的看法。C城人对这件事早有定论:有个晚上,木歌开车带着他学校一位教古筝的女老师去桥头小广场欢会,被女老师的男友抓了个现行。女老师的男友和他的几个哥们直接将木歌用麻袋装了,扔进了沅江。木歌失踪后,警方做过大量调查,寻找目击证人,约谈嫌疑人,在沅江下游拦网,还租船在江里捞了好几天……白忙一场。尸体没找到,什么都没找到。当然,C城市民对警方为何什么都没找到,也有自己的看法:古筝老师的那位男友,是市委副书记的儿子。

秦后来点了点头,道:"我听到的也是这样,可是——"他转动着手里的酒瓶,"什么都没找到,这是很不正常的。"

"木歌失踪了,因为搞女人。警方什么都没找到,因为女人的男友是市委副书记的儿子。"这些话听上去毫无逻辑,也全是无凭口说，可全城人都信。在有些事情上，舆论的想象比证据的真实更能深入人心。其实唯一可以确定的是，确实没人知道木歌去了哪里。古筝老师受不了人们的指点议论，后来也离开了C城，当然，也没人知道她去了哪里。

木歌这家伙我不陌生，他比我略大几岁，家住黄金台，距民主巷一步之遥。不过我和他没什么交集。我们是不同的两种人，他一出生就手握一把好牌，只不过后来他打得有些烂。我跟着我老娘在马路绿化带上种草种花时，不止一次见木歌搂着妹子路过——这点他结婚后也没什么改变。妹子们大都年轻，长得好看。木歌办培训学校有钱后才有的大肚子，曾经也是好看的，像他老娘，眉眼清秀。其实我老娘和他老娘还是小学同学，我师专中文系毕业后，我老娘异想天开想让我留校，听信木歌老娘和某位大领导相好的传言，拎了两条芙蓉王就去找木歌老娘托关系，被木歌老娘骂了个狗血喷头，大耳刮子扇出门，我事未成。我老娘是园林工人，木歌老娘是C城曲艺团唱丝弦的，台柱子，两人小学毕业后就无来往。也不知我老娘中了什么邪。这件事后我老娘嗜酒日甚，夜夜把自己灌得烂醉，没多久就得肝癌去世了。我老娘过世后，我买了张黄牛票去C城大剧院看木歌老娘唱《宝玉哭灵》，只见她头戴嵌宝束发带，身穿白底竹纹排穗褂，脚蹬青缎粉底小朝靴，一句一跺脚："妹妹呀，我来迟哒，我来迟哒……"聚光灯下，声情并茂，光彩照人。木歌老婆坐在舞台一侧拉胡琴，一身黑衣裳，头发低垂，全程面无表情。木歌是省音乐学院钢琴系毕业，听说会唱丝弦会拉胡琴，我没见过木歌唱丝弦，也没见过他弹钢琴拉胡琴，但见过他唱歌。诗墙公园还是道防洪大堤的时候，我见过他在河边练声，长身玉立，声音婉转嘹亮，引来一大群妹子围观。我精赤条条从水里钻出来时也没这么多妹子看过我。"疯子，该死的疯子！"有时候她们还会骂我，朝我吐口水。在女人一事上木歌可谓得天独厚，C城人说他死于男女之事，也不全是空穴来风。据说那位古筝老师也非凡品，她在C城一度名头很响，裙下之臣众多。坊间传她有天生的奇趣，会射精，按现在的说法，大约就是潮喷。记得我第一次听人这样说古筝老师时,一时震惊无语,只觉一股热气从丹田直冲脑门,半截身子都硬了。那会儿我还年轻,见过多少世面呢?其实古筝老师在床上并不像传说的那样神乎,不过,她什么都愿意做,这倒是真的。她长得也不怎么好看,就是身材棒,肤色好,胸大臀宽,脸白圆如汤团——这些我当然不会和秦后来说。韶光逝如水,迢迢不可追。如今在这海边寒冷的冬夜想起那些陈年旧事,我只有兴喝酒,已无兴谈论。

第二天,我去了蓝泉墅。蓝泉墅小区里有七百多棵一人高的山茶树,都是我在维护。入冬前,我带领蓝泉墅的园林工人把它们用草席包了起来。在这场寒流到来之前,我又指导他们在草席上裹了层塑料薄膜,想来那些山茶树应无大碍。那晚和秦后来喝过酒后,回到小屋我很快就睡着了。可半夜里我忽地惊醒,心里突然就觉得不好了。我摸过手机百度秦后来,秦后来——确实是搞摄影的,生于六十年代初,是东北某市摄影家协会副理事长,获得过摄影家协会德艺双馨优秀会员称号,什么题材都拍,并非只对烟囱有兴趣。我稍稍松了一口气。最大的成就是拍到过一只早已被认定灭绝的鸟,白耳夜鹭,一种稀有鸟类,没有亚种分化——也就是说,跟我一样孤独,连个表亲都没有——不喜群居,白天深藏于密林,夜晚独自出行,飞翔时无声无息,宛如幽灵。存世时数目就极少,多年前就上了世界灭绝动物名录的,居然还给秦后来拍到一只⋯⋯这世界上尽是些没个准头的事。我再也无法睡着了。屋子冷,身子更冷,一肚子热酒也无济于事,末了我只好又从被窝里钻出来,把电暖炉打开,趴在桌上熬过了一夜。早上醒来,窗外寒风呼啸,惨白的太阳光从窗外斜斜刺入,更觉长日寒苦难捱。在这度过十多个年头了,头一回有了呆不下去的感觉。我起身熬了点小米粥喝了,又上了会网,网上屁事没有,也可以说都是屁事,无聊得叫人难以忍受。

在网上游荡了一阵后,我想了想,摸过手机给宁兰芬发微信:

"宁老板,今天我要去小区做养护,你家茶花需要养护么?"

过了约摸一顿饭的工夫,宁兰芬回复我道:"急需养护!!"

我笑了。"操,女人!"我在心里骂。

我换了双干净袜子后,从冰箱里拿出一袋湾仔码头速冻水饺煮来吃了。吃完饭我收拾好工具,又把半袋磷酸二氢钾混入一袋鸡粪中,和一袋砂土拌匀,拿只麻袋装了,开着我那辆长安面包去了蓝泉墅。来去多次,我和保安都很熟了,一路畅通无阻。我开着车在小区里转悠,不时停下来看看那些裹得严严实实的茶花树。这别墅小区里种的都是红茶,物以稀为贵,宁兰芬家那棵粉茶的价格是红茶的十倍。查看的结果令我满意,蓝泉墅的园艺工人还是尽职的,浇水适时,情况不错,来年三月,想必是一片嫣红。

到宁兰芬家门口时,入院的电子门已打开,虚掩着,她家的保姆想必又被她支使出去遛狗去了。我把鞋脱在门外,自己开门进去,穿过宽大的金碧辉煌的门厅和长长的走廊后,我在宁兰芬家的阳光房里找到了她。宁兰芬衣衫轻薄,坐在那棵粉茶下的一张贵妃椅上等我。像往常一样,我对她笑笑,把工具和半袋肥料放下,拍拍手上身上的灰,一句客套话都没多说。我们一向如此。宁兰芬年过四十,虽然青春不再,但浑身充满北方女人特有的柔韧力道,像团发得恰到好处的筋道十足的面团。而且,跟小妹子相比,她还有一样特别的好处,就是懂事知味,一旦飞身上马,你就只管快马加鞭,卯足劲儿往前冲,她铁定回回都能跟上你,一步都不落的,就有这么好。

完事后,宁兰芬将一张红扑扑汗涔涔的脸从我肩膀下探出来。她喘了几口气,用尖利的指甲挠着我的后背说:

"疯子!你真是个疯子!"

我忍着痛,笑而不语。我翻身躺到她边上,看着头顶上那一片枝繁叶茂,那些小小的花蕾像星星一样散布在绿叶中,花蕾上细细的一线杏红十分肉感、诱人。

"什么都没找到,这很不正常……"秦后来的话在我耳边回荡。这到底是个什么人?

宁兰芬拿起我的一只手把玩,嗤嗤笑道:"真是一把好手!"

我把手抽出来,女人坏起来男人可真招架不住。

"疯子,说说看,怎样才能杀了她?"

宁兰芬家的暖气太热了,阳光房里的温度也不低,我出了一身大汗。我爬起来擦汗,漫不经心地应道:"那还不是小菜一碟!"我以为她说的是她老公,这段时间她想杀的基本上都是她老公。跟木歌一样,她老公也是个大块头。我嘴上应付着,心里却在盘算如果来真的,也只能巧取,真要硬生生放倒那么个大个子可不是件容易的事。

"那婊子太可恶了,过年都不放他回来,现在我撕碎这婊子的心都有!"宁兰芬坐起来,伸手拂了拂头顶的山茶树叶,愤愤地道。

我这才明白这回她想杀的是她老公的小三。现在的汉语就是这点不好,说起来"她"、"他"不分。难怪有些人要怀念民国,怀念从前。"伊底眼变成忧愁的引火线/不然,何以伊一盯着我/我就沉溺在愁海里了呢?"瞧,伊,好听吧?而且谁也不会把"伊"想成个男人。

我去宁兰芬家一楼的卫生间冲澡,宁兰芬上楼到自己房间收拾去了。我穿上衣服后就成了宁兰芬的花匠。洗完澡后我们都神清气爽的,宁兰芬的怒气也消了许多。我给那株粉茶上肥时她就坐在边上跟我说话,一肚子的不甘心。宁兰芬的老公有两个家,平时跟小三住,逢年过节回宁兰芬这儿。宁兰芬生的是儿子,在北京上大学,往年不管怎样男人都会回家陪宁兰芬和儿子过年。那小三前面生的是女儿,今年也生了个儿子,于是得寸进尺,不想让男人回宁兰芬这儿过年了。

"哎呀你是不知道这个贱货,她还给他定规矩,说就是回来也不能跟我睡一张床!"宁兰芬气得要死。这些年来,屈辱和憎恨像个牢笼,把她变成了困兽。

宁兰芬说归说,我就听一听,一个整天怒气冲冲的人其实是安全的,干不出什么出格的事。再说了,她和她老公的事我也帮不上什么忙,没人能帮上忙。宁兰芬也可怜,看上去锦衣玉食,可一个人和一个老妈妈、两条狗守着栋三层高、七百多平方的大房子,日子又能好到哪里去?可惜我只能让她高兴一阵儿。

"疯子,说说吧,怎样才能干掉那婊子?"

宁兰芬其实大部分时候想干掉那女人,偶尔才想干掉她老公。

"那还不容易。"我又开始哄她高兴,杀掉那么个娇滴滴的女人少说也有一百种方法。我说,"最简单最经济的办法,就是制造一起车祸,哐一下——"我从网上看到,全国每年有二十多万人死于交通事故,平均每天六百多人,车祸撞死人再正常不过,都不用跑路。那女人还是农村户口,撞死她后赔的钱也不会比一个城里人花在一辆代步车上的钱更多。说着说着我挥起了手中的花铲,谈论这样的事我偶尔也会兴奋起来。

"别开玩笑。"宁兰芬皱着眉看着我,"你好好想想!"

她如此认真,让我有些不自在起来。她凭什么认为我干得了这种事?我就把她的话当玩笑,冲她笑笑,起身干活,尽起我作为花匠的本分来。

"一个人不可能凭空消失,总要留下点什么。"秦后来喝着酒,说。

这晚我和秦后来很自然地又坐到了一起,只不过我把老酒换成了琅琊台原浆。秦后来一个劲劝我喝原浆,就像当年李照耀嘲笑我那样,秦后来也说:"怎么跟个娘们一样!"

"这么多年了,是时候恰到好处地醉一次了。"我这么想着,就招呼李照耀上原浆。"出息了嗬!"李照耀拿酒过来时取笑我。我就笑,没接他话茬儿。

"调查了三个多月,C城警方居然一无所获。"秦后来直摇头。

他的语气里还透出股与他的年龄、阅历不相称的天真。他为何对这个案子如此感兴趣?一个摄影师而已。但很快我就理解了他,也许跟他的职业有关,想想吧,手端相机拍照,大都举到眼睛的高度,视角长期没什么变化,就这样,还得坚信自己能发现、抓住与众不同的东西……摄影师应该都是迷恋这种坚信的人。

"马航飞机那么大,不也什么都没找到?"我说。凡事无绝对,我不喜欢太较真的人。

"怎么一样嘛!"秦后来道,"在一个有限的时间内,飞机能去的地方多了去了,不过……"秦后来若有所思地说,"历史上倒有这么个人,早期电影之父路易斯·普林斯,你知道这个人吗?"

"没听说过。"

"他用十六个镜头的照相机拍摄了世界上最早的电影,《朗德海花园》,才两秒钟,记录了他老婆在花园里的一转身,了不起的两秒钟。一八九〇年九月十六日,他在第戎搭乘下午两点四十二分的火车回巴黎,准备到巴黎与朋友会合回英国,他的朋友没有等到他。他在火车上失踪了,连他的行李也不见了。后来有人怀疑是大发明家爱迪生找人干掉了他。当时普林斯正在英国申请电影放映机的专利,成功的话爱迪生的申请就要泡汤了。警察搜寻了火车站和铁路沿线,也是没找到尸体,什么都没找到。"秦后来摊开双手,做了个无可奈何的表情。

爱迪生我倒是知道的,不过,一八九〇年的事了,当年高考前背历史口诀,"一八九八,戊戌变法",比戊戌变法还早了八年呢。一百多年前的失踪案经秦后来之口说出来仿佛发生在昨日。

窗外夜色深沉,隐隐传来"哗——哗——"的海浪声。

"这个案子,你怎么这么有兴趣?"我有些不耐烦了,干脆单刀直入。我是一个总是往前看的人,不喜欢谈论过去的事情。过去没有意义。申公豹有几千年道行,就因为他老往后看,所以最后只能填填海眼。

"我那个网友……"秦后来说着,停下来,有些不好意思地笑了。

"是个女网友?"

秦后来点点头,两手在腿上蹭来蹭去。看来秦后来去 C

城,与其说冲烟囱去的,不如说是冲女网友去的。我喝了口酒,和秦后来要笑起来:

"怎么样,女网友?"

"你这小老弟!"秦后来用一根手指指点我,"不错,不错的。"他搓着手,想说点什么,他想了一阵子后,简单重复道,"不错的。"他的表情都近乎羞涩了,看来也是个老实人。

我给自己和秦后来都满上一杯。沅水水好,C城就没有难看的女人。我问秦后来:"你在C城住哪家酒店?"

"住什么酒店!"秦后来挥了挥手道,"网友有套房子,是她老公的。"秦后来看着我,一只眼微微眯起来,就好像他眼前有只隐形照相机,"说来你可能不信,她老公就是你们C城那个失踪了的人。"

"操!"我十分意外,但还是装出一副特别兴奋的样子,"难怪你……"我笑着摇摇头,欠身隔桌搠了他一拳。说实在的,这些年来,没人提起过木歌老婆,我自己也几乎忘了他曾有过一个老婆,她长什么样,我竟一点都想不起来了。

"她老公出事后她就搬回了娘家,这房子一直空着。"秦后来满脸笑容,道,"那几天我就住在那空房子里。"

"操!"我笑,不停点头,装出一副羡慕嫉妒恨的样子。

"房子在江边,很大很空,啥也没有,不过,有样好东西。"秦后来脸上露出向往的神情。

"什么好东西?"

"一台老钢琴!"

"哦?"

"琴盖上刻着外国字,是什么牌子来着?"秦后来看着我,奋力思考着,一脸期待我能帮他想出来的样子。

我看着他,不语。古筝老师曾跟我提到过,那是台德产老钢琴,伊巴赫,产于一九〇四年,花梨木琴身,象牙键。低音透明稳定,中音醇厚温润,高音清脆明亮,应该是C城最好的钢琴了。"论权,他没有。论本事,"有次古筝老师偎在我怀里,淘气地拨弄我,"他比不上你哟……论钱,他也就那台钢琴值点钱,比他荷包鼓的人能从武陵大道北排到武陵大道南。"古筝老师摸着我的脸,愤愤不平道,"他也就敢欺负你!"这倒是的,跟古筝老师相好的男人那么多,可他也就打了我。

"你信吗?那钢琴的琴身……"秦后来探过身子往我这边凑了凑,压低声音道,"是花梨木的!"显然,秦后来不懂钢琴,但应该懂木头。说到花梨木,他的眼睛都红了。

"她不相信她老公死了。"说着,秦后来喝了一大口酒,不小心呛到了,像遇到猝不及防的一击,他的脸一下扭曲起来。一阵猛烈的咳嗽过后,他抹了一下脸,道:"妈呀这酒!"

我不动声色地吃菜喝酒,暗地里十分吃惊。整个 C 城,恐怕只有这个女人不相信木歌死了。

"十多年了,她每天都在等他回来……"

我的胸口一下被什么东西堵住了。窗外漆黑一片,没有月亮,大海与黑夜完全交融在了一起,墙一样矗立在灯光所不及的地方。

"不过……"秦后来咧嘴一笑,意味深长地道,"我觉得她也不是那种认死理的人。"

我喝了口酒顺了顺,问秦后来:"你是看上钢琴了,还是看上人了?"

"钢琴好,女人也好。"秦后来厚颜无耻地笑。

一条想吃屎都没胆的狗。我不无讥诮地道:"你想把那钢琴搞到手,是吧?"我盯着秦后来的眼睛,道,"我看还是算了吧,这女人够可怜的了,再说,万一她老公没死,哪天回来了呢?毕竟就像你说的,什么都没找到嘛。再说,一台钢琴啊,那么大个东西,真要追查起来可不难。"

秦后来两手撑在腿上,有些羞惭而茫然地看着我。他抹了下嘴,有些苦恼地道:"实不相瞒啊老弟,摄影可真他妈烧钱啊!"

这一次我喝多了,怎么回到小屋的后来我一点都想不起来了。接下来的两天我就像生了一场大病,醉酒的感觉可真是糟糕透了。人在这种时候会变得脆弱,我在窗口一站半天,看着窗外顺坡而下的村舍和远远的那一片海发呆。我觉得有些受够这样的日子了,开始想念起C城来。这么多年来,我还是头一回想到木歌老婆,她在C城也算得上是个名女人,有大把粉丝。她是个出色的琴师。听说她十三岁起就给木歌老娘拉胡琴了,与木歌老娘是绝配,都说她是嫁给木歌老娘的,不是嫁给木歌的。我隐约记得在街上也碰到过她几次的,回回都是一身黑西装,一头清水短发半遮面,目不斜视,低首疾行。现在我连她长什么样是一点都想不起来了。

我从床底下拉出一只旅行箱,当年我拖着它来到了这,十多年后,如果离开,我能带走的还是只有它。我把箱子踢回到床底下。

我上网搜了搜路易斯·普林斯,一百多年了,他依然是个鲜活的存在。

我决定再去一趟宁兰芬家。我把院子里剩下的花肥都装上车,找了张纸仔细写上隔多久浇水施肥,什么时候整形修剪。当然,宁兰芬可能都懒得看,找个花匠又花得了几个钱呢?

这一回是保姆开的门,两条金毛跟在她后边。见是我,她笑着把门拉到一边让我进去,什么也没说,两条狗也没吭声。我分几趟把花肥、工具都扛进了宁兰芬家的阳光房。宁兰芬大约是听到动静,脸上贴着张面膜,从楼上下来了。

我看着宁兰芬,她也默默看着我。

"怎么,你还是决定回家过年?"宁兰芬问。

这些年来,每到春节,我就出门逛几天,美其名曰"回家过年"。今年宁兰芬情况特殊,她对我说过,如果她老公不回来过年的话,"那你就留下来过年吧。"

"是啊,回家过年。"我说着拍拍身上的灰,"这些花肥,够用到春上。"

"逄姐,给赵师傅泡杯茶。"宁兰芬扭头吩咐保姆道。

"昨天我跟你说的事,你考虑得怎么样?"她坐下后,剔着指甲问我道。

我不知道她到底了解我多少。我想了想,把手里的活放下,坐到了宁兰芬脚边的地板上,"有件事,我才在酒馆里听来的,有个叫普林斯的家伙,你听说过这个人吗?"

宁兰芬摇摇头,"是个什么人?"

"是个外国人,发明家。"

"他撞死人了?"

"没。有一天,他在法国第戎搭火车去巴黎,准备到巴黎与朋友会合回英国,他的朋友没有等到他。他在火车上失踪了,连他的行李也不见了。警察搜寻了火车、火车站和铁路沿线,没找到尸体,什么都没找到。"

"怎么可能?一个大活人,飞了不成?"

"这人在法国出生,在他父亲朋友的照相馆长大,学过绘画,大学学的是化学。大学毕业后,他应一个同学的邀请去英国利兹工作,两年后他娶了他同学的妹妹,这女孩是个出色的画家,夫妻俩开办了一所美术学校。他们还发明了一种将彩色照片印在金属器皿和陶器上的技术,这让他们有了名,还有了很多的钱……"

"男人有钱就变坏,对不对?"宁兰芬的语气听上去非常忧伤。

"他可能有过一段为时短暂的婚外恋,和他办公室的一个年轻女雇员。"

宁兰芬咬着牙,道:"哪个时代都不缺贱货啊!"

"他最后露面是在第戎火车站,有人看到他上了下午两点四十二分去巴黎的火车,后来再没人见过他。"

"可能他故意让认得他的人看见他上火车,或者故意碰掉一个陌生人的行李,然后捡拾,道歉,聊两句有的没的,好让人记住他,然后在火车开动前偷偷溜掉,回到利兹,去见那个婊子。"宁兰芬撇着嘴,一脸的不屑,"他们私奔了,对吧?"

不得不承认,女人的直觉和想象力都不一般。

逢姐一脸微笑地把茶端给我,又一脸微笑地出去了。等她走后,我接着说道:"普林斯失踪一个月后,人们发现那位女雇员在利兹郊区一家度假旅馆的房间里服毒自杀了,之所以说她是自杀,是因为她自杀前从利兹给她在伦敦的家人拍了一份电报,说自己做下了不名誉的事情,生无可恋。"

"哈哈!渣男干的,是不是?她要很多的钱,逼他离婚娶她,威胁他,男人受不了她了,想彻底摆脱她。"宁兰芬一下兴奋起来,"贱人能有什么好下场?!"

听闻此言,我不由佩服起宁兰芬来。看来,伤害会让人变得疯狂,也会让人变得敏感。

"当时可没人这么想,过了一百多年后,才有个喜欢钻故纸堆的家伙勉强把普林斯的失踪与那女孩的死联系起来。"不能不佩服这个叫普林斯的家伙,做下的事,过了一百年才有人看出一点端倪。说着我都有些嫉妒他了。

"当时大家都认为普林斯遇到了不测,因为在普林斯失踪前,巴黎警方刚破获了一起火车谋杀案,所以……"我笑着摇了摇头,这种运气真是可遇不可求的。一个失踪了的人,或是被推定死亡的人杀了人是不需要担心被怀疑的,因为他已经不存在了。百度百科关于普林斯的介绍中有句话是这样说的:他的性情极其温和敦厚,任何事都激怒不了他。当时看到这句话时,我的心嘭嘭地跳起来。没来由的,我认定这个历史谜团的答案,就藏在这句话里。

宁兰芬的眼睛闪亮起来,她兴奋地道:"这招真是高明啊!那份电报不是那女人拍的,一定不是!"她看着我,"哈,如果……"宁兰芬难掩兴奋,她站起来,两臂环抱,嘴里咬着一根手指在屋内走来走去。她停下来,两眼直直地看着我说:"假如……"

以前我会为许多事发疯,现在能让我发疯的事已屈指可数。我笑着,迅速打断她道:"我可不行!"我耐心地等着宁兰芬眼里疯狂的火苗一点点黯淡下来后,用了心平气和的语气对她说道,"普林斯,他在照相馆长大,会画画,懂化妆术。他还是个化学硕士,一定懂得怎么配制毒药。他智商很高,发明家嘛,史书上还说他心细如发,考虑事情非常周到,不是一般人。"我摊开双手,再次笑着对她说,"我只是个花匠。"杀死一个人很容易,但要干净抽身,让人不怀疑到自己,而且还让人相信那是别人干的,那就难了。人不可能两次踏进同一条河流,再说,凡事还得看看大环境,讲究个审时度势。陈胜吴广时代,你在鱼肚子里塞块布条,上书"陈胜王"几个字,会有成千上万的人追随你。现在你试试?人们只会拿你当个神经病。这些事跟一个女人怎么说得清?

宁兰芬沉默了,表情看上去相当沮丧。

"其实普林斯也没赚到什么。如果那女人真是他杀的,那同时他也杀死了他自己,从此世上再无普林斯,他要忘记与自己有关的一切,彻底成为另外一个人。"我看着宁兰芬,无比真诚地道,"相信我,这可不是什么好玩的事,划不来嘛!"

"我就是咽不下这口气。"宁兰芬叹了一口气,幽幽道,"我们本来过得好好的,这贱人跑来不择手段勾引他,先是对他说爱他,不会破坏他的家庭,结果呢?该死的贱人!渣男也该死,最初被我发现后,各种求饶啊,对我说什么只进入她的身体,不进入她的生活,要我看开点。可现在你看,他彻底跟这贱人搞在了一起!"宁兰芬骂着骂着眼睛突然又一亮,目光像刷子一样将我从头到脚扫了两遍后,她说,"不如,你想个办法,先睡了她再说,恶心恶心这对贱人,让我也出口恶气。"

我起身干活,没接她这个话。我认识宁兰芬时她还是个单纯的家庭主妇,才几年工夫,她就变成了这样。

宁兰芬走过来,轻轻捅了捅我腰眼,"事成后给你一百万。"

又是一百万。宁兰芬常常对我说:"疯子,替我杀了她吧,给你一百万。"有时她也说,"杀了他也行,杀一个一百万,杀两个两百万。"屁!什么世道,有钱就这么任性?

"好嘛。"我忙着手里的活,说,"等年前我去园艺场赊它一车子花,摆她家小区门口卖……"

"赊啥呀,我给你钱!"

"好嘛。"我说,"君子兰郁金香蝴蝶兰仙客来风信子,什么好看我卖什么。要过年了,她总归要买点什么的吧?她又不缺钱——"虽然我看到宁兰芬半边脸都抽搐起来,但还是狠心问道,"你男人喜欢什么花?"

"粉茶。"

"那就卖粉茶!"我把那几袋花肥堆到墙角后,拿起剪子去剪那株粉茶上多余而羸弱的枝桠。我一边干活,一边说道:"你男人喜欢,她肯定要买,买了就会让我送到家里去,买了就需要养护……"说到这,我停下来,看了宁兰芬一眼,宁兰芬却毫不在意,伸手在我肩上猛击了一掌,道:"就这么定了!我先去网上买个针孔摄像头。"说着她就扭身出去了。

我手里拿着花剪,看着宁兰芬丰腴婀娜的背影,一时有些发愣。她真打算这么干?钱谁不想赚?可我只是个花匠。其实,睡了那女人杀了那女人都不算什么好办法,最好的办法是宁兰芬和她老公离婚,财产平分,然后她和我结婚,她老公和那女人结婚,家庭重组,财富再分配,共同富裕,利国利民,皆大欢喜。可惜宁兰芬她从来都不这么想。

那株粉茶倒是不错的,满树花蕾,含苞待放。宁兰芬原本想让它不早不晚地赶在春节开,一直让我控制着它的生长速度,掐着日子施肥,浇水。但现在她已不关心它什么时候开了。

从宁兰芬家出来,天色尚早,我就开车直接去了李照耀家的小酒馆。李照耀两口子赶晚集去了,都不在酒馆里,只有村里两个经常来打短工的体格粗壮的大婶在。她们面对面坐在一张桌子边包饺子,一见我,就开起玩笑来。渔村的女人都糙得像海边的礁石,她们嘿嘿笑着,问我为什么不找个老婆过日子,是不是有什么毛病。她们总这样,有好几次还当众提醒我,憋久了家伙就不好用了云云,引得酒馆里掀起一阵巨浪般的大笑。"好不好用试试不就知道了嘛。"以往我都这样说。

"傻子才养老婆!"这一回我这样回答她们。我指了指楼上,问大婶们:"那位拍照片的秦先生在不在?"

"你找那个二尾子做什么?"

我只是笑。谁也别指望从她们嘴里说出什么好的来。

"过午见他往园艺场方向去了。"她们不依不饶地问,"你找他做什么?"

看来这他妈的摄影师对什么都好奇。我一下也真说不出找他做什么。我懒得再跟大婶们费口舌,就来到屋外钻到车里抽烟。抽着抽着,我突然就点着火,启动了车子,挂到两档,我让车子靠边慢慢动着。通向园艺场的是一条双向四车道的马路,但是不直,歪歪扭扭地往前延伸。我不时左右看着,路上的闲人真不多,偶尔一两个,都显得有点怪异。往前开三公里,就是一大片园艺场,再往西开两公里,就到了蓝泉墅……作为一个花匠,这条路我来回走过多少趟了,没什么好看的,摄影师……摄影师又能有什么新发现?一个喜欢拍烟囱的摄影师,最大的成就却是拍到了一只灭绝的鸟,这事有点好玩。

不久,我又回到了原地,重新点燃了一支烟。

我看着前面的海,海水倒比昨天退得更远,坐在车里能闻到海滩淤泥咸腥的腐臭味儿。夕阳冷而昏黄的余晖洒在远处灰白的海面上,防波堤上的冰壳子在黯淡的暮色里泛着幽蓝的光。一大群海鸥收拢翅膀,安静地栖息在一艘搁浅在泥滩上的旧船上。十多年了,木歌坟上——如果他有——他坟上长出的青草都能喂大一群马了,可C城还有个女人惦记着他,还会跟一个陌生人谈起。这让我委实有些烦恼。

天快黑的时候,李照耀两口子拎着一兜兜的蔬菜、海鲜回来了。我跟着他们进屋,翻看李照耀袋子里的海鲜,海蛎壳上结着冰碴子,可肉又肥又新鲜。

"来个韭黄炒蛎子。"我说。我有种预感,有天我会非常想念这一口。

我从腋窝底下掏出一瓶极品琅琊台立在柜台上,对李照耀说:"换箱老酒喝。"这酒是宁兰芬从她家地窖里拿给我的。宁兰芬说她家地窖里的酒能淹死一头鲸鱼,都是她老公收藏的。现在他都不怎么回来了,她一个人几辈子也喝不完,所以她时不时会拿一瓶给我。那个蠢男人丢掉的好东西可真不少。

"成！"李照耀高兴地说，"昨儿个，你可是喝多了啊，被老秦那家伙灌得！"李照耀又开始打趣我。

"切！多什么多！"

"你可别不认账！见谁都胡咧咧。"李照耀摇晃着身子，拍着我的肩膀道，"朋、朋友，你若去C城……翻来覆去就这半句话，你抱着我门前那石墩子，也这么咧咧，哈、哈哈！头一回见你这样，怪不得你这家伙只喝老酒，白酒你一碰就醉啊！"

一个人酒后还能说出什么正儿八经的事情来？不过是胡咧咧。"朋友，你若去C城……"我也不明白为何我会在酒后冒出这半句话来，到底什么意思？我摇摇头，笑着，当胸捣了李照耀一拳。

"来壶老酒。"我对李照耀说。

这一回我把字咬得准准的，毕竟不把"壶"说成"浮"也不是什么太难的事。

（原载《收获》第2期）

黄昏料理人

冯　唐

一

"我的手艺要比师父更好。"

拜师的当夜,雪霏做了一个关于未来的梦,梦见自己的手艺比师父更好。他在梦里笑出声来,还大声喊出了这句梦话。

雪霏被自己梦里的笑声和梦话惊醒。

醒来,四下宁静。已经是后半夜了,月亮把床铺刷得月白,抬头望去,月亮比窗户还大,占据了四分之一的天空,圆圆的,像师父炸天妇罗的油锅,上好的油倒进去,月黄,比黄月亮还透明,火猛烧,油温上来,圆圆的油面上升起白色的烟气,比月光还缥缈。

一阵静寂之后,隔壁房间又响起窸窸窣窣的声音。

房间小,和隔壁的距离短,木结构的墙不隔音,雪霏听得非常清楚。

隔壁住着一对偷情人,男人在渔码头工作。每夜,雪霏下班之前,女人已经躲进男人的房间;每晨,雪霏上班之前,女人还不出来。尽管住得这么近,住了这么久,雪霏从来没见过这个女人。雪霏熟悉的只是她的声音。

声音持续一段时间之后,她不由自主地小声叫喊,全是没有具体意思的喃喃,构不成句子,像小孩儿刚会说话时自言自语的那些谁也不懂的话。

雪霏听不出女人是痛苦还是欢乐。

完事后,男人通常睡得很香,打呼噜。后半夜,男人起夜,通常和女人再来一次。这次的时间比睡前的短很多,女人非常安静,只有窸窸窣窣的声音。

雪霏在这窸窸窣窣的声音中再次睡去。睡去之前,嘴里念了四个字:"技胜于师。"

二

晚乙女哲哉师父是藩国人尽皆知的"天妇罗之神"。

晚乙女哲哉师父十三岁开始学徒,拜他父亲为师,到现在七十三岁。

持山居传到他这辈,已经第六代,专门料理天妇罗。店的位置一直没有变,就在进出藩城必经的路上,出了城门往南走,不到五百米路西,店门口一棵很大的柳树。

持山居的格局也没有变。

进门很小的玄关,玄关墙上一幅字:"持山为寿"。小桌上一支瓷瓶,瓶里一只花。瓷瓶,每天不同;花,每天不同。

从玄关进去,是店的主体。围绕着一口炸锅,是安排紧凑的操作区。围绕着操作区,是一圈桧木吧台。沿着吧台十个座位,每餐最多招待十位客人,每个客人都能看到那口炸锅。

炸锅是第一代持山居家主置办下的,当时花了普通人家一栋房子的钱。

炸锅活得比历代家主都久。四十年前,晚乙女哲哉开始执掌持山居,炸锅传到了他手里。四十年来,他每天站在炸锅前,感受到上五代家主留在锅里的气息。不同的五双手,在铁锅的不同部位,留下细微的划痕。油热,开始炸天妇罗,他在油锅里看到上五代家主的面容和身形,看到他们炸的天妇罗的相同和不同。他们就活在周围,或者活在不远处,经常会回来看看他,回来的频率和他梦见他们的频率类似。

晚乙女哲哉站在炸锅前,距离吧台两拃半。客人坐在座位上,距离吧台两拃半,距离晚乙女哲哉三尺。多少代料理人反复摸索出,这个距离,人和人之间最舒服。

炸锅背后的墙上凹进半尺,沿墙形成了一个长长的龛,平行于地面,高度和客人坐下后眼睛的位置大致平齐。这个龛型空间,摆放着历代持山居家主收集的古美术。碎玉、瓷器、琉璃、砚台、青铜、石雕佛像残破的局部,每月换一次陈列,每月一个大致的主题,比如材质、年代、地域、禽鸟、瑞兽、团花、文房。

客人背后的屋外,是个很小的院子,草木繁盛。客人的眼睛扫过去,常常有看不到尽头的绿的错觉。

三

执掌持山居的四十年,每天卯初,晚乙女哲哉师父起床,去渔码头买海鲜;然后,去集市买蔬菜和调料;然后回到店里,和徒弟们一起收拾食材。

午初,第一台开始,晚乙女哲哉师父做天妇罗料理。

未初,第二台开始,晚乙女哲哉师父做天妇罗料理。

申初,第二台结束,晚乙女哲哉师父到二楼睡一小下。二楼藏了持山居历代家主收藏的古美术,剩下一点点地方,可容一个人身躺下。

申正,起床,晚乙女哲哉师父洗把脸,飞到五条街外的赌场,小赌三把。他飞的速度不快,但是真的是飞,脚跟比手指高,沿街的邻居都是人证。邻居里有一位书法家,每天看到晚乙女哲哉师父飞向赌场的欢快场面,每天用毛笔和墨描绘那种感觉,最终写出"雀跃"两字,一举成名。

赌博无论输赢,酉初,晚乙女哲哉师父回到持山居,晚上第一台开始。

戌初,第二台开始。

亥初,第三台开始。

子初,散场,晚乙女哲哉师父换了便装,在镜子前仔细梳头,戴上心爱的软呢帽子,尽量帅一点,离开持山居。

天黑了。他天黑了不飞,小跑,到有妇女陪坐的居酒屋,喝茶、喝泉水。他酒精过敏,滴酒不沾,去居酒屋喝茶、喝水、给酒钱、给小费,和普通酒鬼们一样。如果那天持山居的生意好,三把小赌输得少,他就多喝几杯,多给点小费。偶尔还转场,再去另外一家居酒屋,再见另外一些妇女。

近十年,持山居的生意一直很好,小赌也输不了多少,晚乙女哲哉师父每晚都喝不少杯,给一个妇女很多小费。

妇女叫早桐光,十四岁出道,长驻山下馆,今年二十四岁,一直很美丽。

出道第一年,早桐光号称本藩第一美;十年之后,还是。远在江户的藩主亦有耳闻,常常说回来见识一下。

遇到早桐光之后,晚乙女哲哉师父晚上不再转场,长驻山下馆。喝多,小便,回住处,冲个热水澡,睡三四个小时。又到了卯初,起了床去渔码头,新的一天开始了。

每旬休息一天,每年新年休息三天。其他的每一天,无论天气如何、身体如何、心情如何,晚乙女哲哉师父的四十年都是这么过的。执掌持山居之前学徒的二十年,也是这么过的,只是没有花酒,小赌偶尔。

"站在柳树下,戴着我心爱的软呢帽子,料理着鲜活的鱼儿,这样的光景,日日似春日啊。"师父常常和雪霏这么说。

雪霏听多了,觉着他的确是在做一份挺有诗意的工作。

四

自从说服贪恋繁华生活的年少藩主长住江户藩邸,在藩里,首席家老井上有二逐渐确立了绝对的核心地位,恨他的人也越来越多。

当上首席家老第二年,井上有二开始严格执行以下治理原则:

第一,在藩城里,所有人必须听他的。不听的,威逼、利诱、赶走、杀掉。

第二，在想象力所及的范围内，可能和他竞争首席家老的人不能存在。任何潜在竞争者，赶走，或杀掉。

第三，企图联系藩主或是其他外在力量改变藩城力量平衡的人，杀掉。

第四，帮助维持上述三项原则的人，给足容忍和好处——哪怕他们干了很多又傻又坏的事儿。

第五，无论遇上什么情况，坚持上述四项原则。

其实，井上有二从来没有总结过这五条统治原则，其他人也没有总结过，只是越来越感觉到这五条原则在暗中永不停歇的运行。

五

家老门胁佑一喝了一口抹茶，嘴里没什么味道。

他叹息了一声。

手里的唐物钧窑手把杯，一条早年形成的深深的裂痕从口沿儿深入杯底，虽然没有贯穿，虽然已经仔细金缮好了，还是让人忍不住叹息。太太已经习惯了他的叹息，没多问。

家老饮尽茶，反复看着杯子的伤口，嘟囔道："我不想走，也不想被杀掉啊。"

六

在第四代家主也就是晚乙女哲哉的爷爷手上，持山居变得世人皆知，在晚乙女哲哉师父手上，变成了传说。

尽管是同一口炸锅，和前五代家主不同，晚乙女哲哉尝试过他能找到的一切可以炸的食材，甚至在多数料理人眼里不是食材的食材，比如：很多种花、很多种虫子、很多种蘑菇、很多种草药。他还尝试过各种搭配、各种油温、各种摆盘的方式。

十年前，晚乙女哲哉师父炸尽全藩的物种，创立了"超理论派",把天妇罗的菜单固定下来。终极菜单包括——

车海老、沙锥鱼、鱿鱼、紫苏叶包海胆、白鱼、小香鱼、银宝鱼、海鲶鱼、雌鲔、鳕鱼白子、星鳗。从炸虾开始,到星鳗结束,每个季节,固定的食材七、八种,随着四季的变化而变化的食材三、四种。初春,白鱼;初夏,小香鱼;晚秋,海鲶鱼;冬天,白子。

尽管是油炸,一点都不腻,绝不会一咬一嘴油。食材被持续高温的面衣包裹,被蒸、被煮、被烤、被熏,蒸煮烤熏出的多种味道被面衣锁住;食材表面微缩水,味道浓缩,缩出来的水蒸发不走,反过来蒸、煮、熏、烤食材本身。

"这才叫原汁原味。"晚乙女哲哉师父如是说。

海鲜之间,穿插一些蔬菜,也是四季不同。春天,山野菜,比如香椿、老刺芽;秋天,野生菌,比如松茸、松露。点缀的花和调料,又是四季不同。春天是花山椒和紫苏花;到了炎夏,备有特制的天妇罗酱汁、蓼草榨汁,配以昆布,出汁,加盐,有点酸,微苦,口感清爽。

所谓"超理论派",意思就是"天下物种,好吃就好"。晚乙女哲哉师父如是又说。

"超理论派"也放弃了刻意的摆盘,把新鲜炸出的天妇罗,随意立在古董碟子上——"自然就是好看",晚乙女哲哉师父如是再说。古董碟子都是世上独一无二的,客人失手碰坏,就金缮,缮的次数多了,痕迹像树木枝条般繁复,像时间影像般若隐若现。偶尔,有客人会指着一条痕迹,说起某个晚上,吃了什么、喝了什么、聊了什么、碟子如何失手、破碎的声音如何渐渐在持山居里美丽地消失。

持山居的天妇罗价格贵,很贵。食客们列出了安慰自己的七大理由:

第一,又不是每天都吃。攒攒钱,三个月吃一次,还是可以接受。

第二,价格中三分之一是食材钱。这些食材如果自己去买,一定比晚乙女哲哉师父买的贵很多,还有可能买不到。即使买到了,家里的油锅也不够热,手艺就更别说了,怎么也做不出晚乙女哲哉师父的味道。

第三，晚乙女哲哉师父已经七十三了，每次看他炸一个时辰天妇罗，内心就宁静一个时辰。

第四，晚乙女哲哉师父也没积攒什么钱财。三分之一花在食材上，三分之一花在员工和房屋上，三分之一花在古美术、赌博和早桐光身上，实在没什么积蓄。去持山居吃一顿饭，就算是对他的烟霞供养了。

第五，你不去，还有其他人去。你想去，还不一定订上位。

第六，一段时间不去，会想吃，会很想吃。

第七，晚乙女哲哉师父敬业。父亲去世时，他上午参加葬礼，晚上回来炸天妇罗。做包皮切割术的第二天下午，他回到持山居准备食材。他是怕我们这些食客等得太久啊！

晚乙女哲哉师父更愿意把自己的流派称为"今日流水派"。每一席天妇罗宴，都是一缕流水，一枚一枚天妇罗落肚，就像屋外不远处的鹅川，经眼飘过。

"不是吗？最令人伤感的是流水，最美的也是流水，最好的珍惜方式就是享受今日的流水啊！持山居每天的天妇罗，就像当天的美丽流水，向您流淌过来。"

七

自从做了井上有二的贴身侍卫长，鸟居龙藏戒掉了很多爱好和享受，既不再喝大酒，也不再喝花酒，只有一个习惯照旧保留——每月下旬第五天，雷打不动，坐在持山居吧台最靠里的角落，吃一次晚乙女哲哉师父的天妇罗。

"如果我做天妇罗，我会成为晚乙女哲哉。如果晚乙女哲哉学武，他会成为我。我看他做天妇罗，我学到很多，我的武功精进了很多。"

他如是训诫武馆弟子。

八

藩城修葺工程在有条不紊地进行。

家老门胁佑一路过刚刚修好的大殿,看到周围又搭起施工的架子,不顾腿脚不便,执意爬了上去。工人正在清理瓦缝里的灰浆,原来,刚修好的屋顶又漏了,需要返工。清理出来的灰浆堆在一旁,颜色和门胁佑一熟悉的常用灰浆不同。

看到工人里有个面孔眼熟的,门胁家老叫道:"权五,你不在田里收稻子,跑到大殿顶上做什么?"

叫权五的男人停下手里的活儿,一句话不说。

门胁家老派随从去请丹玉中老。丹玉织秀是藩里的中老,组织过几个大型工程建设,三年前被幕府借调到江户重修浅草寺,回藩后一直赋闲。

大殿前,门胁家老和丹玉中老面无表情,相互看了一眼,又看了一眼,再看了一眼,同时微微摇摇头。家老示意中老,一起沿着鹅川方向走。

九

樱花季即将过去,鹅川两岸的樱花树枝影婆娑,纷繁的花瓣一半陷进泥土,一半贴在地面。鹅川不宽,水急,水声喧哗,家老和中老走在河边,头肩被花瓣遮披,话声被水声淹没。

"你看到大殿的情况了吧?几个月前还在种田的农民,现在修葺藩城最重要的建筑。"

丹玉织绣沉默。

"用的材料也完全不对,等级低了太多了。"

"在藩里,花大钱的地方,都由井上家老安排人负责,这个大工程当然也是。因为还有大监察,大工程一定要满足两个条件。第一,造价不能贵,至少不能比以前贵。第二,不能不挣钱,否则没有好处分给跑腿的官员。这些官员也是花了钱才当上的,需要收回成本,捞取利润,还需要钱维护自己周围的官员。于是,经手人买最便宜的原材料,找最便宜的施工队,施工队找最便宜的工人。人工、物料与预算之间的差价,就是各个环节可以安排的利益。"

"事情是一步步才走到今天这样的,惯例是井上当了首席家老后形成的。表面看,一切正常,打开看,全烂了。"

"可是,各级官员都念井上家老的好处啊。他们挣到了大钱。"

"他们都怕井上。井上随时可以有选择地查这个系统中的任何一个人,查不出事儿的可能性为零。对于井上有二,这个体系里的所有人,都是又爱又怕。他想干什么就干什么。"

"最惨的是藩主和百姓!这块土地越来越不美好了!"丹玉织秀叹息。

"我不想再等下去,也不能再等下去。再这么下去,藩里就没有人能对井上有二做任何事情了。到那时候,只有等待天谴来收拾他了。但是,这个等待非常漫长。你知道吗?某些人对这个世界最大的贡献,就是早点死掉。"

丹玉织绣沉默。

"你是对的,最可怜的是藩主和百姓。我们吃了这么多年俸禄,也应该为藩主和百姓做些事儿了。你说,井上有二到底是什么人啊?拼命压榨,坏了当下的人心。他们这一辈儿过去了,子孙呢?我们的子孙怎么办?他们为什么这么恨这块土地和未来的子孙,毁之唯恐不及?!"

丹玉织秀握紧拳头:"我们早就在等您这个决心了。这样隐忍地活着,还不如玉碎。"

可是,井上有二知道很多人恨他,把自己保护得很好,从来不让无关的人靠近身边,睡觉时也一样;几乎从来不离开官邸,几乎没有任何爱好。他的周围随时都有十个以上顶尖武士,侍卫长鸟居龙藏更是藩里第一高手。

门胁佑一说:"过去几年,我们的高手被赶走的被赶走,被杀的被杀。这样的行动需要十几个人,我们没有那么多武士可以信任。"

一枚花瓣落在袖上,丹玉织秀眼睛一亮:"每年樱花落得最凶的那天,井上有二都会散步一个时辰,沿着鹅川樱花最灿烂的一段。这一个时辰,他尽可能孤独,他觉着比去任何寺庵都凝神。一年里,只有这一个时辰,他的身边没有被护卫环绕。"

"可是,即使在这个时辰,鸟居龙藏也会在他看不到的地方远远跟着。"

鸟居龙藏是黑密宗派的创派宗师。开山立派之前,是大野短刀的第一高徒。整个藩里,一对一,没人能赢他,即使两个顶尖高手的袭杀,胜算也是一半对一半。过去的十年承平,武士们没事儿做,只能杀狗、杀鸡、杀鱼,练刀练胆。而鸟居龙藏成长的那些年,正逢乱世,藩阀攻战,他的刀是从死尸堆里实战出来的。

"必须想个办法,让鸟居龙藏在那一个时辰里消失。如果做不到,我们就在自寻死路。"

十

雪霏做了晚乙女哲哉师父十二年的学徒,学了十二年的手艺。

雪霏记得,第一天面试,他觉得师父长得很滑稽,笑起来,嘴部表情夸张,仿佛是从古画上面直接走下来的,很和善、很陈旧、很遥远。

雪霏问了一下持山居的工作性质。师父说,和其他料理店没什么两样,就是要做得精细些,"因为要做得精细些,要辛苦,零用钱也多些。"

雪霏问了一下零用钱,不是多一些,而是多一倍。雪霏挺满意:"如果您对我满意,我可以马上上班。"

"我这里零用钱多,但是也会累啊。"

"我年轻,不怕累。也没有女人,留着力气也没地方使。没有女人,力气留多了也是徒增烦恼。"

"你最喜欢这里什么啊?"

"我喜欢听油在天妇罗炸锅里的声音。噼里啪啦,好像雨水落在屋顶上。"

师父说:"那你就明天来上班吧。"

十一

子夜,最后一场天妇罗结束,晚乙女哲哉师父觉得格外累,左胸前隐隐发紧。

"年岁大了,明天下午不去赌钱了,多睡一下啦。"

洗手,慢慢洗脸,精神好了些,对着镜子,拿着梳子,仔细梳了头,晚乙女哲哉师父往山下馆走。尽管累,他还是想和早桐光坐一坐,喝杯水。昨天,早桐光告诉他,在京都的西阵定做的和服送来了。他想坐在近距离,细细看看。

长时间站着准备食材,站着炸完天妇罗之后,他最喜欢坐在两个地方。一个地方是持山居门口的大柳树下,另一个地方是早桐光身体的左侧。这两个地方最让他舒服,第二个地方给他更大的滋养。

距离山下馆二十步,已经望见门口的灯笼,两个武士拦住晚乙女哲哉师父:山下馆今晚包场,闲人免进。

这样的事情,还没遇到过。

十二

家老门胁佑一对早桐光说:"我需要你帮一个忙,整个藩国需要你帮一个忙。"

早桐光满上一杯酒,递给家老,正坐而答:"您需要我做的,我一定尽力。整个藩国需要我的,我很可能就做不到了。我只是一个小女子,和鹅川里的鱼,和山下馆门口的枫树一样,没有本质区别啊。"

门胁佑一早已听过早桐光的艳名,今晚却是第一次见。鼻子里吸到的空气似乎甜美很多,房间里的光线似乎明丽很多,自己所有动作的节奏都慢了下来,每个动作似乎都在跳舞。

门胁佑一干了杯子里的酒,看着早桐光的眼睛,说:"我的人翻阅了藩里几家最好的居酒屋的记录,也翻阅了你的陪酒记录。你最勤奋,每天都工作。藩里有两个人,在你身上花的钱最多,一个来得次数少一点,一个几乎天天来。一个亥正来,一个子初来。"

早桐光低下头:"大人费心了。不用翻这么多记录,您直接问我就好。亥正,鸟居龙藏来,子初,晚乙女哲哉来。"

"你很坦诚。"

早桐光还是低着头:"在您面前,我越老实越好。"

"拜托你的事儿并不复杂。后天,鸟居龙藏来。他要走的时候,你多留他一杯酒的时间。你说,等一下,我换一套西阵和服给你看,你是第一个看到我穿新和服的人。我已经把西阵的和服带来了,很好看。"

早桐光还是低着头。

"对你来说,这件事不难。其他的,都和你没关系。你说了之后,他留不留,留多久,都和你没关系。"

早桐光抬起头:"大人,鸟居龙藏是我的衣食父母,人高马大,我觉得他能带我去最高的山、最远的湖。至于其他,我并不了解。我在西阵定做的和服也刚刚送到。抱歉啊,我不能答应您。您涉及的事儿,一定非常复杂,我的智慧理解不了,所以,我不参与。"

"我来了,开口和你谈了,你就已经参与了。你已经知道得太多了。"

早桐光的头还抬着:"大人,您是想让我消失?那么,鸟居龙藏后天来了,找不到我,他会怎么想?"

"你说得有道理,但是你还是知道的太多了。"

早桐光低下头:"大人们的事儿,我哪里能搞明白。如果不是脑子不好使,只有七刹那的记忆,我怎么会活到今天?虽然脑子不够用,但我喜欢我自己,我也喜欢鸟居龙藏。我希望他好,至少不因为我而不好。至于其他,我会做好我自己的。大人如果不放心，我也没办法。我再陪您喝一杯吧，您实在是太辛苦了。"

十三

雪霏跟晚乙女哲哉师父学徒十二年，师父没让他在正常营业时间碰过一次那口炸锅。只有每旬休息的一天和每年休息的三天，雪霏可以用那口炸锅，做点天妇罗便当，便宜地卖给平时吃不起的客人。

零用钱比其他店多一倍，工作时间却是其他店的两倍。雪霏没抱怨一句，恨不能尽量压缩睡眠时间，尽量在持山居里多待半刻。雪霏反反复复从各个角度研究持山居的细节：食材、面粉、油、温度、时间、手法，每次能上炸锅操作，就尽量模仿，有机会就和熟悉的客人印证。

"我和师父差在哪里了？"雪霏一边做便当，一边问。

"你炸的虾放到吸油纸上，啪啪两声响。你师父炸的虾放到吸油纸上，啪啪啪三声响。"等便当的客人随口答道。

雪霏精心做了一个便当，送去给月经来了第二天的早桐光。

早桐光道了谢，趁热吃了一口，问："你师父病了？"

"你怎么知道不是我师父做的？"

"我知道是你做的。你太着急，太体贴。你担心我痛经，没胃口，肚子饿，虾还没到最完美的时候，你就起锅了。你是个心地善良的人。你太照顾其他东西了。在那口炸锅前，除了做出最完美的天妇罗，你师父不想任何其他。包括其他人、其他事儿。包括他自己。包括我。"

"你说师父为啥来居酒屋啊？他又不喝酒。"

"喝酒可以在家喝啊，在持山居关起门来自己喝啊。为什么要到山下馆找我喝水？"

"说得也有道理！我一直想不通，师父为什么把钱和时间花在你身上。你很美，但是天天看也就那样了吧？"

早桐光笑了："雪霏，你好可爱。你是不是常计算你师父在我身上浪费了多少个海老天妇罗挣的钱？"

雪霏脸红。

"我的胴体和心神每天都在变化，和鹅川的水一样。不一样的是，鹅川两岸每天开不出不同的花，我每次见你师父，都换一套新的和服，都和他聊点新的话题。从这点看，我比鹅川的流水和四季更丰富和美好。我每天的变化，也有很高的成本。我每天洗脸的水，都是从江户运来，一点不比持山居的食材便宜。"

雪霏惊诧。

"不好色的男人成不了大师，因为不好色的男人体会不到极致的美、苦、孤独、趣味和狂喜。雪霏，你要记住我这句话。"

雪霏眼神散漫。

"我再给你倒杯酒好不好？喝完回去帮你师父招待客人去，酉初那台的客人应该快到了。你师父滴酒不沾，真是一个遗憾。你师父好色，你好酒。如果又好酒又好色，你做的天妇罗就可能比你师父做得好吃了。如果在好酒的基础上，你和你师父一样干净、认真、持久地好色，你会技胜于师。"

十四

听着早桐光慢慢说着似乎含义复杂的话，雪霏的脑子没有去思考。

雪霏的眼睛里，早桐光还在痛经困扰中的胴体开始摇曳，仿佛花树就要开放，仿佛她每多说一句话，他距离满树的花开就更近一点。

不用思考，他就知道她是对的。

不想思考，他想一直听她说话，直到花开满树，再开满树。

走出山下居，雪霏深深吸了吸空气。空气里都是樱花和梨花混合在一起的味道。

十五

家老门胁佑一说:"晚乙女哲哉师父,今日的流水天妇罗实在是太好吃了。我实在想不出,如何还能更好吃。"

晚乙女哲哉师父露出灿烂的笑容:"您平时太忙了,脑子里装着全藩的事儿。我今天找到了一种好食材,好几年都没见过了的,您要是能再多待片刻,我做给您尝尝。您吃过或许会认为,刚才吃过的天妇罗还是可以被超越。我很想在八十岁之前,再多试试更罕见的食材。"

门胁家老多待了一个时辰。吃完这枚新炸的天妇罗,他沉默了一刻钟,回想天妇罗的味道,仿佛在听一声神奇的鸟叫在空气中一寸寸消失。

家老问:"这是什么?"

"这是黑松露白子天妇罗。"

"在你这里,我吃过这么多年这么多次,从来没吃过这样的美味。人间怎么会有这样的滋味?怎么做的?"

晚乙女哲哉师父回答:"这枚天妇罗做起来麻烦,材料又贵。把白子切两片,沾鸡蛋黄,夹一片厚厚黑松露在当中,放两刻钟,黑松露的味道才能深入白子的肌理。料理时,面糊比常用的厚三倍,油温沸到一滴可以烫出铜钱大的疤。"

"为什么以前没有?"

"因为黑松露要切厚片,合适的很少。食材成本高,提前准备至少两刻钟。客人如果不点,我就很麻烦,总不能自己吃掉吧,罪过罪过啊。所以,我极少做。"

家老又沉默了很久,说:"这枚天妇罗好吃到神畜合体,已经超越了语言表达的界限。明晚我的好朋友鸟居龙藏也会来你这里,也请给他做一枚吧。他最近非常辛苦,他应该尝尝。钱算我的,我现在付账。"

晚乙女哲哉师父的笑容更灿烂了:"不用您给钱。鸟居龙藏大人照顾我生意很久了,他很懂我。明天,我会给他做这枚天妇罗,他不应该错过这种美味。错过这次,下次不知道什么时候才有。"

十六

鸟居龙藏吃完那枚超越语言形容能力的天妇罗的时候,首席家老井上有二缓步在鹅川左岸的樱花树下。

他非常享受这片刻超越语言形容能力的孤独,无尽的大团大团樱花瓣随风落到地面的孤独。尽管他知道,在某片看不见的树叶上,或在某片稍厚的云团里,鸟居龙藏像鸟,像龙,尾随着他,他依旧试图把这一刻想象成空无一人,绝对孤独。

鸟居龙藏起身告别晚乙女哲哉师父。夜色笼罩藩城和鹅川,风不大,持山居门口的大柳树突然抖动得厉害。

从樱花树上、流水中,两个人飞起,两把刀同时刺入井上家老的身体。

十七

井上有二遇刺,家老门胁佑一升任首席家老,中老丹玉织秀升任家老,重新主持藩城的修葺工作。他找来最好的工匠,不惜工本,希望修葺之后,藩城能再用上一百年。

井上有二遇刺当晚,鸟居龙藏剖腹自杀,用的是他最常用的短刀,没费什么力气,也没多少痛苦,就像坐在鹅川畔樱花树下,等待试新衣的早桐光。

早桐光依旧留在山下馆,只是再也不换新衣了,身上一直穿着最后一次见到鸟居龙藏时的那件和服。

晚乙女哲哉师父戒了赌博,每天下午一直睡,不再飞行,子初去居酒屋,开始喝酒,酒量竟然一点点变大,但是不再坐在早桐光身边,而是坐在更年轻的小姑娘身边。

每月的后半月,师父让雪霏炸天妇罗,自己躲在二楼睡觉,睡美了或者睡忘了,晚上连居酒屋都不去了。

客人们渐渐有了共识,后半月的持山居更好吃。已经著名的书法家写下四个字,送给雪霏:

技胜于师。

(原载《天涯》第 4 期)

皮　婚

南　飞　雁

相框是皮雕的,时间一久会有股味。三年前,穆成泽和王雅琳挑相框,影楼的人一味地说皮质的大气,有质感,性价比高。挑到一半,王雅琳捂住肚子,颤声说不舒服。这次去省医院检查,还是流产的问题。大夫解下口罩,对他说,快点办住院吧!

大夫见他还愣着,又不客气道,要是你还想当爸爸……

王雅琳住着院,影楼打电话说东西都做好了,问什么时间送,送到哪里。穆成泽心烦意乱,就说明天吧,送家里。等他挂了电话,对桌的小查提醒他,说明天厅里义务植树,八处就你一个男丁,你不去不好吧?

穆成泽一听就火了,说狗屁,老范他不是男的么?

小查忍不住笑,说人家是处长,我说的是干活的。

穆成泽就说,凭什么处长就能不干活,不劳动?

小查笑道,可你是八处的人啊!

穆成泽更火了,说你才是八处的,你们一家都是八处的!

同办公室的还有付晓冉,她一直在听歌看书,此刻抬起头,看了看他,还是不说话,又低下头去。穆成泽气哼哼拨通了影楼经理,说明天有事,今天晚上送。他说话之际,付晓冉笑了一声,小查和他都下意识看过去,却见她看得很投入,一点没注意到两人的目光。

其实穆成泽发火是有道理的。大学毕业,他公考到七厅研究院,在八处帮忙好几年了。研究院是参公事业编,八处是公务员编,时间一久,他就不想再回去。八处编制共五人,穆成泽是帮忙的,不在五人之列。在编的有处长老范,副处长老金,副处调付晓冉,科员小查和老赵。老赵老金二老常年生病在家,来上班的只有三个,除了老范都是女同志,有点阴盛阳衰。穆成泽骂老范狗屁,也没有冤枉他。老范再有两个月退休,之前承诺过解决帮忙的问题,看来已经是狗屁了。刚来帮忙那两年,他表现相当积极,老范鼓励他只要好好表现,解决帮忙的问题就不是问题。七厅办处委室二十多个,几乎都有下属单位帮忙的,穆成泽农家子弟,一介书生,跟其他帮忙的相比毫无优势,只能靠表现。在他眼里,结婚、生孩子和好好表现,当然是不可调和的矛盾。所以在造人的事情上,他只想享受过程,不想弄出人命。他这样想,王雅琳却不。王雅琳在省直一幼当班主任,擅长连哄带骗,如果哄骗都不管用,还会一招吓唬人。两人经同事介绍认识,交往不久,王雅琳就怀孕了。穆成泽无奈答应领证结婚,条件是这孩子不能要。王雅琳问原因,他说文件上整天讲"基础不牢,地动山摇",最近烟酒无度,生孩子只有这一次机会,不能太随意。王雅琳倒算配合,但也提出一条,说拍了婚纱照再去做手术。他觉得多此一举,不耐烦道证都领了,还怕我反悔?

王雅琳慢慢地红了眼圈,断断续续抽泣道,我不怕你反悔,我是想以后看照片,知道肚子里有过一个孩子。

穆成泽听了这话,就没法再说什么了。不过婚纱照是拍了,手术却不太成功。两人上网搜了家女子医院,王雅琳进去时脸色苍白,出来时脸色更苍白。到挑婚纱照的时候,后遗症终于发作,只好住了院。穆成泽医院单位两头跑,还得招呼着家里换家具、家电,像是被马蜂叮了一头一脸的包。骂过人,出了气,下了班,他还是去了影楼,领人把相册、摆件、壁挂等搬上车,又搬上楼,挂的挂,摆的摆。墙刚刷过,还能闻得到潮气,堵在鼻孔里湿嗒嗒的,让人忍不住用嘴呼吸。他看着墙上的婚纱照,目光落在王雅琳的肚子上。她很瘦,很白,笑得也很明媚,根本看不出来那里有过什么。

手机响起,穆成泽看过去,是一条信息。他叹口气,随手删掉,来到了门口。门开处,一个娇小的身子闪进来。两人默默看着对方。过了一阵子,付晓冉才把手放在他脸上,几根手指轻触着他的胡楂,像是在雾气腾腾的玻璃上抹开一小块清晰。她发长及肩,穆成泽的手把住她的脖子,发梢就轻撩在他手背。

付晓冉说,真怕你做傻事。

穆成泽摇头一笑,不就是骂了几句老范嘛,没什么。

付晓冉却摇头,说不是他,是她。

付晓冉说着,下意识去看墙上新挂的照片。皮雕的相框,相框里新娘挽着新郎,一脸的笑。付晓冉也笑了,说,拍得不错啊。

摄影师是她学生的家长,穆成泽手上悄悄用力,把她的脸颊贴在自己胸口。

付晓冉的声音低了下去,说我不该来的,还是这个时候。

穆成泽叹了口气,抱紧了她。她的头发乌润,却又有股焦焦的气味,仿佛火柴熄灭后短暂腾起的那截烟。对,就是烟火气。这是穆成泽第一次拥抱她时的感觉,那该是多久之前的事了?

付晓冉慢慢地在他怀里融化,说这是最后一次吧?

穆成泽不敢回答是,或者不是。他也看向那张照片,看着上面完全陌生的自己。付晓冉当然感受到了,也知道他在看什么,所以一动不动,又轻轻问他,她是不是很漂亮?新娘子都很漂亮的。

穆成泽仍不吭声。她闭着眼,让他闻着她的烟火气,看着他的新娘子。他也一动不动,很长时间之后,她才感觉到他一直在哭。他的哭泣和呼吸一样缓慢,但有节奏。

付晓冉叹口气,仰脸道你看你,跟你受欺负了似的,乖,不哭了。说完,她笑了起来,眼睛眯缝成了两道弯月,笑眯眯地看着他。穆成泽也看着她,也笑了,泪却一直在,他又把着她的脖子,揽住她,却只能在她耳边轻声说,对不起。

第二天一早,穆成泽去了医院,带了王雅琳喜欢的枣糕。枣糕买得有点多,她吃不完,就分给病友。病友姓乔,五十来岁,也是妇科病。妇科病这东西,男的都不愿来,你老公还真不错,老乔一边说,一边吃着枣糕,又笑眯眯问,在哪里上班啊?

七厅。穆成泽谨慎地一笑。

公务员啊,老乔赞不绝口道,公务员好,公务员好。

老乔说着,拿目光剜了剜旁边伺候她的女儿。乔女年纪不大,身材跟老乔的热情一样饱满。乔女冷笑了一声,说既然知道好,那你怎么还离了?

老乔也冷笑一声,说你娘我好歹还算嫁过,你呢,三十多的人了,嫁过一回没有?

穆成泽一时没适应这个场面,王雅琳拉了他一下,两人悄悄出去。

这两天吵了好几次,吓着你了吧?王雅琳抱歉着,好像这是她的错。他一笑,没接话,他心里还在轰隆隆的,不知到底因为什么。医院离七厅不远,他说可以再多待一会儿。她就问,你们今天忙什么?

义务植树,穆成泽点了支烟,说明天还要下地市——

你忙你的,不用管我,王雅琳挽住他的胳膊,说我跟我妈打电话了,她过来几天,等你出差回来了,正好说说婚礼的事。

穆成泽点头,想说点什么,这或许真是他最后一次机会了。然而他终于什么也没说,或者是想说的都没有说出来。王雅琳像是知道这一切,一直有些惊慌地看着他,见他最后只是沉默地点了点头,这才放下心,满足地、默默地挽着他,直到把他送到医院门口。

植树地点在郊区一处公园,园中埋着一位唐代的大诗人,随处皆是金石碑文。穆成泽学的是中文,隐约能认出一些。他来七厅帮忙的第一天,就是到这里义务植树。那天他还心潮滚滚,忍不住念了几句,旁边的人便都夸他有才,说八处这回来了个才子。只有八处的副处调付晓冉一声轻笑,揶揄说,显摆!

这大概就是他们初见的一面。当时吓了他一跳,因为她是他的领导。但次数多了,他也懒得再显摆,因为显摆也无用,该帮忙还是帮忙,该没机会还是没机会。记得当时付晓冉指着一块残碑,问他写的是什么。穆成泽看了一眼,恭敬道付处您这是明知故问,高中毕业生都知道这两句。付晓冉也笑起来,却坚持

着要他念,穆成泽只得念道:

此情可待成追忆,只是当时已惘然。

这两句都被用滥了,付晓冉点评说,不过,还是很动人。

那次植完树,两人前后上了班车。穆成泽刚到八处帮忙,厅里没有熟人,算起来付晓冉是最熟的,又是他的领导,便步步紧随,唯恐她不带他玩儿。可能是累了,付晓冉很快打起了盹,头便歪在他肩上。他推了推她,低声说我女朋友看见了,会生气的。她便一笑,也低声说,那就让她生气去吧。

穆成泽那时候还真有个女朋友,不过很快分了手。之后陆续又谈过两三个,直到年纪过了三十岁,家里也一再催,这时他认识了王雅琳,各自都没有太多不满意,就稳定下来,不过也不到非嫁非娶的地步。付晓冉看了照片,说是幼儿园阿姨,多好,跟你很合适。

穆成泽之前的两三个女友,付晓冉都看过照片,评价也都是"很合适"。这简直就是个诅咒。他有点赌气地拿回手机,说那我就跟她结婚算了。

付晓冉笑起来,抱紧了他,说你长大了,要结婚了,姐送你什么礼物好呢?

他的确比她小,大约小六岁,但他天生显老,她又娇小,两人在一起并不突兀。他曾经试过对她说,其实年龄不是问题——

付晓冉当时就打断他的话,说,那还有什么是问题呢?

穆成泽后来才知道,她说的那人不是他。一次出差,老范喝多了,他殷勤地前后照顾,老范很满意,借着酒劲说的。付晓冉的男朋友是三厅的一个老处长,年纪大她十好几岁,跟妻子常年分居,一直拖着没离婚。孩子小的时候离不了,孩子大了,懂事了,更离不了。付晓冉就被拖了下来。老范醉意道,别看他比我小几岁,没戏,副厅级也没戏,可惜小付喽。穆成泽回到房间,点支烟,心想原来是这样。难怪她会如此在意年龄。他记得她说过,她有一个比较固定的男朋友。没有固定下来的时候,也有很多男人跟她聊过,不管从什么聊起,聊不几句,都会及时找到由头讲到自己。某些在她看来不能说的,甚至是细节,他们也能娓娓讲述,还一再强调说"我不是跟谁都讲这些"。

但是你就不同,付晓冉认真地笑着,说你跟他们不一样,你不是嘴里讲着尊重和欣赏,眼神却要把人剥光,这就让气氛一下子掉下来了。

穆成泽就说,那是因为他们级别比你高,居高临下而已,我是你的下属,又是帮忙的,我可不敢。

说完这句,他忽然委屈得想哭。也不知道怎么回事,他在她面前总是泪腺很发达。这句话是有潜台词的。其实在她面前他也想撩骚,但因为级别低,连撩骚一下的勇气都没有。不过他不好意思说,她却听得懂。所以她就无声地凑过来,轻轻擦着他的脸,像是那上面已经有了些眼泪。她接着说,可我不喜欢他们呀。

这次谈话发生在穆成泽结婚前两年。某次下地市,本来老范带队,前一晚喝大了,下楼时一马当先,摔断了鼻梁骨,出不得门,见不得人,只好让付晓冉带着穆成泽去。又碰巧原来安排的司机家里有事,其他司机又都派了活,厅办小管就有点作难,问穆成泽能不能自己开车。那时他刚拿了驾照,不知哪里来的胆子,张口就答应了。小管拿钥匙之际,半开玩笑半提醒道,小心驾驶,安全第一。

小管在厅办管车队,也是下属单位来厅里帮忙的,比他早两年,两人关系一直不错。穆成泽一时不解,小管这才神秘道,你们付处,可是个有故事的人哪。

穆成泽一见车就傻了眼,竟是辆别克商务,在新手面前跟一艘船差不多。他上了车,揣摩着找到了挡位、手刹,尝试各种按钮,后悔得万箭穿心。付晓冉在副驾驶上只是微笑。等上了高速,她笑着摘下墨镜递给他,说戴着吧,像个老司机的样子。

墨镜是她的,隐隐还有些体香。穆成泽抱歉道,真对不起付处,我其实是个新手。

付晓冉笑出了声,点头说,这个,我还看得出来。

半小时后,两人换了位置,因为付晓冉说,你这样开法,中午都到不了。但快到高速出口时,他坚持又换了回来,说哪里有领导开车、下属安坐的道理,在市里车又开不快。她拗不过他,只得照办。不料到了收费窗口,他停车停得太远,后边的车又跟得太近,只好下车去交钱。等他面红耳赤回到车上,付晓冉早已经笑出了眼泪。

知道你是新手,不知道是这么新,付晓冉擦了眼泪,又笑起来,说,不过很可爱。

晚饭很丰盛,是按照老范在的标准准备的。地市局领导班子都来了。局长敬酒时一再表态,说范处在或许都来不齐,但是付处在,一定都要来。于是宾主皆笑。那时穆成泽到八处帮忙一年多,表现的劲头正足。付晓冉有他帮忙,喝酒上也不落下风。等回到宾馆,他强撑着送了付晓冉,这才回到自己房间,趴在马桶上吐得肝胆相照。

一晚无事,第二天是调研。因为还要下乡,付晓冉办事仔细,请地市局给安排了一个司机。穆成泽找机会表示感激,她却一本正经说,主要是考虑到你要喝酒。在地市待了三天,他觉得一年都不想再闻到酒味了。返程的时候,他坚持要开车,她也不拦,坚持的结果是开出去好几十公里,才发现手刹没有松彻底,车里全是烧焦的煳味。穆成泽把车停在服务区,找技师检查了半天,又换了机油,这才提心吊胆对她说,付处,咱们走吧?

付晓冉看着他笑,点了点头。

这时候天已经快黑了。付晓冉开的车,并没有上高速。出门才两三天,洋相出尽,丢人到家,穆成泽也不敢问她是要去哪里。路不平,也不宽,两旁都是树影子,车灯亮处,涂了白石灰的树干飞快退后,串成一排灰白色的墙,衬托得小路很神秘。路的尽头是一个大院子,由一道真正的围墙圈着。车停下,付晓冉放松地喘了口气,扭头看着他僵硬的脸,笑道下车吧,今天不走了。

晚饭是付晓冉点的,很清淡,全是清爽的小菜,还有白粥。穆成泽喝得一头一脸汗,又感觉出来的不是汗,是湿淋淋的宿醉。

她问道,电话打了吗?

穆成泽一时不解,等明白过来,不好意思道,现在没有女朋友。

付晓冉说,今年多大呀?

二十八了,穆成泽老老实实说,毕了业在研究院干了三年,在八处帮忙了一年多。

你看那两个人,付晓冉的声音忽然低了下去。

一旁沙发上是一对中年夫妇,男人在看杂志,女人一手挽着他,另一只手拿着手机,不时地笑两声,举给男人看。男人扭头看了看,也跟着笑了。

他们是夫妻吗?

应该是吧。穆成泽不知该怎么说,心想难道是偷情的?

付晓冉却摇头,说不是的,肯定不是,你看不出来吗?

穆成泽不好意思地摇头,说我还没结婚呢付处。

付晓冉就笑起来。那晚几乎全是她在问,他回答。吃饭的时候是,散步的时候也是。直到夜深,穆成泽送她回房间,觉得已经被问得寸缕不挂。两人道了晚安,各自安睡。这一晚他睡得很安稳,这大概是那次失恋后他睡得最踏实的一觉。

第二天早上,穆成泽食欲很好,吃了好几个煎蛋。他把煎蛋搅碎在粥里,看着嫩滑的蛋黄流出来,稠稠的,黏黏的,再舀起来放进嘴巴。度假村有些冷清,厨师比客人都多。旁边就是那对中年夫妇,女人还好心地看着他,指了指嘴角。他赶紧擦了擦,有点不好意思地看着他们,三个人于是都笑了。离得近了,男女眼角的皱纹都很显眼。他吃完好久,付晓冉才到,话不多,吃得也很少,跟昨晚的活泼迥然而异。

穆成泽很惊讶,不过他想,这才像个副处级的样子。上车之前,他小心翼翼道付处,您来还是我来?

她没有说话,径直走到副驾驶门口,开门,坐了上去。

穆成泽赶紧上了车,打火起步。一路上她不说话,他也不敢说,就这么沉默着开车,连音乐都不敢放。昨晚经过的神秘小路,白天看起来却也寻常。人很少,树不高,也不茂密,甚至树干上的白石灰也不是车灯下那么鲜明。原来夜色可以遮住很多东西,更会强调很多。她一直沉默,墨镜挡住了心事,风衣领子竖着,整个人蜷在里面。穆成泽想,昨晚到底发生了什么呢?会让她完全变了样子。

小路上有一起车祸。中年夫妇被撞了,不远处是一辆面目全非的双人自行车,肇事车不知踪影。经过的时候,穆成泽本能地减速,超过去,握着方向盘的手剧烈地战栗。

付晓冉显然看到了他们,猛叫起来,停车!

车停下,她冲下去,朝出事的地方跑去。他紧紧跟着。男人在地上爬着,一条胳膊明显地变了形。男人身上都是血,呜呜地叫,断臂搭在身上,松松地歪着。女人距离男人有好几米远,一动不动,头和肩膀的角度超出了常识的范围。男人凄厉地叫,那声音像从脚底下钻出,顶裂了厚厚的地表,钻透穆成泽的耳膜。男人终于爬到了女人身边,拼命地摇着女人,像只挣扎的虾。女人的头、男人的断臂,钟摆般来回晃,仿佛即将脱离他们的躯体。

穆成泽扶着付晓冉,低声道我报过警了。

付晓冉忽然哭了,哭得很伤心,抽噎着推他,你救救他们,快去救救他们。

有车在旁边减速,又飞驰过去,像风从身边经过。外边的悲哀和呼号,被钢铁和玻璃严丝合缝地拦住了,没有一辆车停下来。穆成泽去搀扶男人,弄得自己也是一身的血,男人抓着他的手,要他去救女人。

你抓疼我了,穆成泽强忍着,对男人说,我不是医生。

男人依旧是哼哼地喊着,只是声音不断地嘶哑下去。女人还是一动不动。付晓冉软软地跪在地上,失声痛哭。她的头发在风里很凌乱,像一只黑乎乎的大蝴蝶。

做完笔录,又是下午了,又是那条神秘小路。其实回省城也就三四个小时车程,但省城里又有什么呢?有高楼大厦,有人来人往,有七厅,有八处,唯独没有家。他没有,她应该也没有。不然一个女人,经历了这样惨烈的一幕,是要回家的,是需要男人的怀抱的,但这些省城里或许都没有。所以,当车在黑暗的大院子里停下,当付晓冉毫无征兆地扑进他怀里的时候,他没有感到意外。

他想象着心目中熟练的男人的样子,抚摸着她的头发,让那些乌润的丝丝缕缕在他指尖不断滑过,一股烟火气在他鼻孔盘旋。他安慰着说,别哭了,没事了。她的泪水却一再地打湿了他的衣服,尽管那里还有血迹,还散发着一丝腥甜的血的味道。付晓冉不停地哭,不停地吻着他,她的薄薄的嘴唇很冰凉。她时而吻着,时而停下来,看着他说,她死了,那女人死了。他再不知怎么安抚她,只有用力地去回应她的亲吻。

这天晚上,他们只开了一个房间。

两年后,他跟王雅琳结婚,依旧在七厅八处帮忙,依旧经常陪领导出差下地市。领导是老林和付晓冉。老范老金都退休了,处长换成老林,付晓冉成了副处长。出差时,偶尔老林不在,一时心情好了,气氛到了,有需要了,他会和付晓冉在一起。其实结婚后这三年,在一起的次数屈指可数。平常上班,有时小查离开,只剩他和付晓冉,也是他在噼噼啪啪打材料,她在听歌看书,总是相安无事。他甚至怀疑到底跟她有没有过一些事情。回到家,王雅琳已经做好了饭,两人就一起吃吃饭,散散步,或者看个电影。说来也奇怪,他们是因为有了孩子才结婚,如今结婚都三年了,却一直再未有过。三年里似乎什么都没变,只是客厅墙上的皮雕相框微微发乌,擦拭的时候,王雅琳总是皱眉,说怎么有一股味道?

那该是什么味道呢? 穆成泽想,却什么也没说。

因为都住七厅家属院,穆成泽经常能碰见老范。老范退休后身体大不如前,一年前轻微的中风,有点不良于行。一次穆成泽两口散步,王雅琳正讲着幼儿园的趣事,忽见老范挂着三条腿的拐杖迎面过来,一个买菜的布包搭在胸前,葱叶子顽强地从包里钻出来,绿油油的顶住下巴颏。他赶紧上去帮忙。走着走着,老范忽然老泪纵横,说我工作几十年,想来最对不住的就是你小穆,但现在还能叫我一声范处,还能帮帮忙的,只有你。

穆成泽就笑起来,范处瞧您说的,我本来就是在八处帮忙的嘛。

想了一会儿,他终于替老范找了个好事,说其实您也帮过我,要不是您说了话,我一个在厅里帮忙的,怎么能分到厅机关的房子呢?没这房子,跟小王怎么结婚?

他们送过老范,回到家,洗漱上床,王雅琳暗示今晚可以。在造人的事情上,现在的他对过程和结果都不太重视了。云雨已毕,王雅琳两腿高高地支在墙上,说这样有利于受孕。床头墙上也有一张结婚照,也是皮雕的相框,他坐着,她站着,从后边搂住了他的脖子,下巴搭在他的头顶。按照她的说法,她的肚子里正有着一个孩子。

穆成泽靠在床头,看着一本书。书是付晓冉借给他的,据说现在不少干部都在读。

王雅琳忽然说,你们付处那个事,差不多搞定了。

穆成泽放下书,说那太好了,想进你们省直一幼真不容易,比进省直一监都难。

王雅琳笑起来,打了他一巴掌,说去你的,你们七厅才是监狱呢!

第二天上班,穆成泽找了个机会,对付晓冉说了入园的事。她也很高兴,立刻出去打电话。穆成泽知道她是打给谁。那人姓平,三厅五处处长,她的男朋友。转园的是老平的外孙女。老平女儿离了婚,从外地带孩子回家住,点名要转到省直一幼。老平不敢违背女儿的意思,找了很多关系,但都回复说早就满了,总不能把别人孩子撵走。老平跟付晓冉约会的时候,大概说了这事,她就上了心,请穆成泽帮忙问问。王雅琳听他一讲就笑了。省直一幼是全省重点,资源很稀缺,是要搞点创收的。而老平托的人大多是领导,园里没人敢张口开价,索性就撒谎说没有。有王雅琳牵线,老平也乐意掏钱,再加上内部职工,还给打了个不小的折扣。事成之后,老平非要请吃饭,穆成泽再三推辞。付晓冉心情很好,说要你去就去嘛,你还没见过他呢。说这话的时候,付晓冉眼角眉梢都是笑。

那顿饭气氛很融洽,老平还给王雅琳送了礼物,是一套香水,据她说不便宜。她对付晓冉的印象也很好,说看不出已经四十岁了。穆成泽心里一动,可不是嘛,都四十岁了。晚上回家,穆成泽忽然来了兴致,王雅琳却扒了扒日历,发现不是排卵期,要他再坚持两天。穆成泽顿觉索然无味,书也懒得再看,脑子里全是老平和付晓冉。他是第一次见老平,跟他接触过的处长们差不多,谈吐之间,举手投足,全是高高在上的平易近人。他觉得付晓冉等他等了十几年,有些不值得。不过看她兴奋的样子,可能是帮了老平女儿的忙,会给未来增加些砝码。说来也可笑,她帮了老平的忙,他帮了她的忙,而给他帮忙的,却是王雅琳。环环之间,勾连往返,过眼滔滔云共雾,算人间知己吾与汝。

再过几天就是结婚三周年,王雅琳送给他一条皮带,因为网上说,结婚三年叫皮婚。送皮带,看来是想拴住他。穆成泽琢磨半天,也没能想出来回送什么。付晓冉想了想,说送她一双皮手套。

有什么含义吗?穆成泽皱眉踩住刹车。车缓缓地停在了收费窗口。

有一年冬天,我下了班,给他打电话,刚说了几句,他就跟我说——付晓冉有些不好意思地笑起来,他说别说了,手冷。她又重复了一遍,别说了,手冷。

前方的栏杆抬起,穆成泽接过发票,松开了刹车。他真的不想再说什么了。他忽然觉得身边这个女人在慢慢远离。她却全然没有意识到什么,依旧低着眉,浅浅地笑。他放缓了车速,鼓足勇气,抬起右手去摸她的脸。大概是她眼角余光发现了,本能地倏忽躲开,于是他的手在空中停顿下来。一秒钟后,他就收回了手。

就手套吧,好吧?付晓冉不敢看他,有些慌张,也有些内疚,说我这就下单,她喜欢什么颜色?

嗯。穆成泽点了点头,就不再说话了。

地市局的办公室主任在高速口等着,早早地挥着手,一脸喜庆地上前来。这次出差是参加地市局的一个评比,老林有更重要的事忙,就让付晓冉带穆成泽来当评委。晚饭结束后,地市局局长抱歉说,现在规定严,有点太简单了,付处不要见怪啊。

简单好,付晓冉笑盈盈道,能早点回家陪老婆孩子呀。

于是大家都笑了,说省里领导体恤民情,应该多下来走走。穆成泽不远不近,站在她背后,也礼貌地跟着笑起来。

评比要两天时间。本来按照穆成泽的想法,这两天里,总能有机会在一起。但车里那落空的一摸,却让他感到再无可能。不但是现在,今后也是。其实这样也好。就像曲水流觞,文人们兴致再飞扬,溪流却终有尽头。尽头也就是结束了。他现在诚心诚意地希望她好,能嫁给老平。至于他自己,也就好好跟王雅琳过日子了。以前一起出差,到了晚上,他总会跟付晓冉发个信息,说几句话,而后再睡;如果没有旁人,两人会默契地聊几句,然后再默契地在一起。从这一次起,他决定不再这样。

评比很辛苦,要在两天内看完几百份稿件,并不是一件轻松的事。地市局局长跟他们交过底,说基层的同志们不容易啊,得个奖,对评职称、晋级都有好处。有了局长的关照,他们也就尽量配合,工作量却也大了不少。辛苦之余,付晓冉几次跟他说些放松的笑话,他都彬彬有礼地一笑,或是提醒她稿件还有很多。他有些分不清这是决然还是赌气。在一个年长的有过性关系的女人面前,男人往往容易变成孩子。

到了晚上,吃自助餐的时候,付晓冉像是命令似的说,陪我散散步吧。

穆成泽为难地看了看表,说我有个同学在市里,约好晚上喝茶聊天的。

那我跟你一起去,付晓冉一笑,看着他,说你不会不方便吧?

有一点,穆成泽只好说,是个女同学。

付晓冉放下筷子,静静地看着他,说你们好过吗?

穆成泽看着她,点了点头。

那也好办,付晓冉说,你把她约到这里来,跟她聊完了,陪我散散步。

那会很晚吧?

付晓冉拿起筷子,继续吃饭,说不是天亮就行。

穆成泽还真有个女同学在这里,也的确约了她来聊天。当然,她丈夫也来了,因为三个人都是同学,两个男的还住过一个宿舍。女同学摸着凸出的肚子,说赶紧要个孩子吧,过两年再要一个,政策放开了嘛。

他就说,你们打算再要一个?

这个还没卸货呢!男同学一本正经说,她爱跟谁生就跟谁生去,反正我是不生了。

穆成泽的笑声很大,因为是笑给付晓冉的。大堂吧人不多,付晓冉果然朝笑声这里望了望,又低头去看书了。看来她是真的要跟他一起散散步。等老同学夫妇告辞离去,已经将近子夜。

穆成泽在她面前坐下,打了个哈欠,说付处,还散步吗?

付晓冉放下书,说不用了,其实就想说几句话。

穆成泽没吭声,点了支烟。他确实不知道她会讲些什么。

付晓冉说,你真跟那个女同学好过吗?

就这个啊?穆成泽忍不住笑起来,说我跟她老公更好,我们一上一下睡了四年,他老大,我老八。

付晓冉也忍不住笑了,她站起身子,又是命令似的对他说,走。

那天晚上,他们又在一起了,依旧很默契。他记不清上一次是在什么时候。两人共同回忆,发现竟是一年前。像之前的每次一样,都是她在他的房间,而后天亮之前离去。不一样的是,两个赤身裸体的人融在一起,相互许诺着今后不再有任何性关系。最后,她告诉他,老平离婚的请求,得到了妻子和女儿的认可。说这句话的时候,她刚刚站了起来,正面对着他,一手横在胸前,准备穿衣服了。他看得到她身心的满足。

第三天上午是颁奖,付晓冉代表七厅给获奖者发了奖状。穆成泽坐在台下,真真切切地意识到,这次是真的结束了。想到这里,他蓦地放松下来,笑着跟随大家一起鼓掌。为付晓冉,也为他自己。

回到省城,付晓冉从网上订的皮手套到了,他送给了王雅琳。她显得很开心,说她戴着手套,就像一直有他的手在握着。穆成泽到底被这句话感动了。其实早在三年前,他就被她另一句话感动过。而这三年来,他几乎从未给过她对等的爱和关心。如今纸婚过去了,棉婚也过去了,皮总比纸和棉更柔韧。他下决心要跟她好,尽快生出个孩子来,他已经三十三岁了,在八处帮忙固然是看不到终点,就拿孩子来安慰一下自己吧。

于是,穆成泽开始在皮婚这一年,真正爱上了王雅琳,喜欢上了婚姻生活。他继续每天上班,在七厅八处帮忙,而后下班,回家,跟王雅琳一起吃吃饭,散散步,偶尔看个电影。她的排卵期到了,两人还能再造造人。挺好。

老林是最先发现他的变化的,处里例会的时候,当众表扬他踏踏实实,办事用心。其实老林表扬他也不是因为有变化。老林说老也不老,不到五十岁,二婚太太给他生了个儿子,到了上幼儿园的年纪,也来找穆成泽帮忙。按理说,省直一幼就是给省直职工服务的,老林堂堂七厅八处处长,亲儿子入园并不难,但因为省直一幼名头太响,莘莘家长之中,处长并不醒目。而老林太太还年轻,一心为儿子好,非要挑班,这就有些困难。不过这个困难,穆成泽还真能帮上忙。他和王雅琳请老林夫妇吃了个饭,王雅琳的表现让他很意外。她巧妙地拔高了挑班的难度,又得体地表示今年本来不接小班,如果老林太太信得过,她就向园里申请带小班,孩子这几年就跟着她。老林太太喜出望外,心情当然大好,夸她做事上心,有条理,有办法,靠得住。老林太太表扬了小穆太太,所以说老林要表扬穆成泽。表扬之后,老林又找付晓冉商量,说小穆在处里帮忙这么多年,就给解决一下吧,正好老赵刚退休,编制也空出来了。付晓冉就说,早该解决了,领导真英明。

调动手续办起来也快。八处给主管厅长打报告,厅长批示同意,再由厅办转给五处。五处管全厅人事教育,下个文给厅属研究院提档案,调动就算完了。科级干部而已,原本也不算什么。厅办小管看到文件,母鸡般咯咯叫着传播消息,厅直帮忙的诸人很快就都知道了,纷纷祝贺穆成泽终于熬出了头。其实在他来看,公务员编也好,参公事业编也好,实际也没有太大区别。只是在八处帮忙这么久,像是多年沉冤一朝昭雪,不可及的终点蓦然眼前,一时有些恍惚,失去了生活的固有节奏感。

之后的某天,小查去省政府办事,办公室只有他和付晓冉。她依旧是看着书,听着歌。两人也没什么话。他忽然想问问她跟老平,又不知怎么开口。想了半天,给她发了个信息,说整天见你听歌,共享一下咯?

他看着她拿起手机,看了看,脸上带了笑,却没有回头看他。很快,她回复说,那就过来听听吧。

穆成泽就走过去,接过她的耳机。里面却并不是音乐,而是某种他从未听过的外国语。

付晓冉看着他,哧哧笑道能听懂吗?

穆成泽只好还给她耳机,摇头。

德语,付晓冉见他还是一脸蒙,说是考博用的,比考英语竞争的人少。她静了静,又笑起来了,说我跟老平分手了,就忽然想换个生活环境。你说咱们在机关这么多年,又不懂做生意,离开了机关,那点人脉也就没什么用了。除了考博,也没别的机会改变自己——你看你,怎么哭了?奔四的人了,动不动还要哭鼻子,还要姐哄你。

其实他没有哭,只是有点想哭的意思,而她跟他又太熟,这点意思也就瞒不过她。穆成泽缓了一下,说什么时候的事?

就是他外孙女转园不久吧。你记不记得那次地市局搞评比?就那次回来,我们约会的时候,他很兴奋,告诉我有个机会提副巡视员,所以希望我再等他几年。其实我能等,十几年都等了嘛。但是我想,如果他是因为妻子、女儿,我会等的。说真的,有时候我想就算是他落马了,被抓了,妻离子散了,我也还是会等他的。但是为了一个副厅级——就算了。这样的人我就不等了。

泪水终于落下,不过哭的是付晓冉。穆成泽走到门口,关了门,反锁上,又转回来轻轻搂着她,闻着她头发上的烟火气,多熟悉的烟火气呀,熟悉得荡气回肠。

你该早点跟我说,他责备道,这么多天,你是怎么熬过来的?

付晓冉笑起来,说就像死了一回呗,现在不又活过来了。对了,给你们家小王的礼物,她喜欢吗?

喜欢。

其实送皮手套已经很久了。穆成泽意识到她是在提醒什么,便认真地看着她的眼。那里雾霭苍然,却也明亮得吓人。付晓冉轻轻推开他,说把门打开吧,就咱们俩在,多不好。

她走的时候,全处聚餐给她送行。退了休的老范、老金和老赵也都来了。聚会的气氛很融洽,也有些伤感。作为告别,付晓冉跟每一个同事拥抱,而跟穆成泽拥抱的时间,也并不比任何人多一秒。

付晓冉考上了北京一所大学的博士,入校之后,她给他发了一张照片,秀了一下她的校园卡。卡是淡蓝色的背景,上面是学校名字,照片在右侧。照片上的付晓冉笑得很开心。他回复了两个字:显摆。

这两个字,也是他们第一次见面时,她对他说的,好像是在郊区公园义务植树的时候。好几年前了。不久他到北京出差,付晓冉请他在学校东门吃烤串喝啤酒,还带了男朋友,也是博士,也比她小六岁。回到宾馆,他实在想给她发个信息,却终于没有发。

这时候已经是年底了。皮婚就要过去了。他特意上网查了一下,皮婚之后是丝婚,据说比皮婚还要不牢靠。他倒不这样想。其实皮婚这一年,他的婚姻才是九死一生。他决定送给王雅琳一条围巾,冬天了,能让她暖和一些。

从商场出来,穆成泽提着袋子,围巾盒就装在袋子里。他想时间还早,是直接去省直一幼呢,还是先回家等她?这时他手机响了,屏幕上显出一张照片。他就回拨过去,接电话的是个男人,两人约好了见面的地点,一个他不常去的咖啡馆。

男人头发很长,脑门的却不多,其余的在脑后扎起,下巴和嘴角都是灰灰的胡子,年龄要大他很多。他和男人面对面坐下,气氛一时很沉闷。还是他先开了口,说你是哪位?

你见过我的,男人的声音很厚,像是从胸口发出来的,三年前,你和王雅琳的结婚照就是我拍的。

他皱眉想了想,终于有了印象,点头说是的,你是她班里孩子的家长。

对,我想告诉你的是,那时她肚子里的孩子,是我的。

嗯,我知道了。他平静地看着男人,说你还有什么要说的?

男人很奇怪地看着他,半天才说,我现在离婚了,请你把王雅琳还给我。

你去找过她了?

男人摇了摇头,说我觉得应该先找你,请你把她还给我。

这是不可能的。他摇头笑起来,又郑重地重复了一遍,说这是不可能的。还有,如果你敢去纠缠她,我会杀了你。

男人走了之后,穆成泽想抽烟,这才记起为了要孩子,戒了好久了。他就打开手机,告诉王雅琳他在一个咖啡馆,晚上一起吃饭,他还有新年礼物要给她。王雅琳正给孩子们排练元旦联欢的节目,显然很惊喜,马上说她这就过来,让生活老师先带着孩子们排节目,她迫不及待要见他。

他挂了电话,又翻出来那张照片。只有她一个人,应该是他出去抽烟的时候吧,那个时候她能和摄影师单独相处,能肆无忌惮地望着她孩子的父亲。照片上的她穿着婚纱,两只手本能地护着肚子,一脸的憔悴和凄苦,眼睛亮亮的,应该是蓄满了哀求的泪水。他从未见过一个女人能如此悲伤难过,如此深情绵邈。

他删掉了图片,给付晓冉打了个电话。她那边气喘吁吁的,兴奋地高声叫着你知道吗,北京下雪了,我跟同学们在打雪仗呢!

他笑着,眼泪却流下来,说那好,别说了,手冷。

王雅琳来了之后,穆成泽让她打开礼物盒,她欢喜得像个分到糖果的孩子。他亲手给她系上围巾。旁边的人讶异地看着这个刚才无声地痛哭、现在又柔情万端的男人。他本想点一瓶红酒,王雅琳不让,脸红着小声说今天是排卵期。他就懂了。晚上回到家,云收雨住,她又是把腿支在墙上,还搓热了手,反复揉着小肚子。他一边翻着书,一边看着她笑,这个女人该是多么想给他生个孩子啊。

她忽然说,老林儿子表现得不错,得了小红花,明天上班记得跟老林说一下。

他说是啊,老林现在最爱听的就是这个,还是老婆能干。对了,后天我不在家,陪老林下地市一趟。

王雅琳就笑了笑,把手搭在他的腿上,热乎乎的。穆成泽又翻了会儿书,再看她时,却发现她睡着了,已经有了浅浅的幸福的鼾声,两条腿却还高高地架在墙上。她的脚尖指向了那个皮雕相框。三年了,相框和照片都有些发乌泛黄。

(原载《人民文学》第 4 期)

盛隽怡的午后时光

钱佳楠

一

人一旦吃过些盐,走过些桥,就会被周围认作可授人以渔的导师,有的人养了个考上北大的孩子,就被所有家长奉为教育界楷模,孩子当然也被捧为明星,引无数人来讨经验。盛隽怡也常是被讨教的对象,因她的婚姻家庭异常美满,丈夫在外企任技术高管,一根筋的工科男,从不沾花惹草,除了工作挣钱甚至全无其他爱好;儿子懂事乖巧,读书很用功;他们的家也经过学区房、郊区别墅等几番折腾,现安在市中心的高档小区里,俯瞰徐家汇;她打儿子出生后就做了全职主妇,相夫教子,因为从不需操心,年岁在她脸上雁过无痕。在外人看来,这一切的圆满首先都源于隽怡眼光很"氿",卯准了个好男人,而后才有顺风顺水的人生。

怎么说呢,隽怡也常感慨老天爷待她不薄。她天生丽质,有着江南女子的婉约俏丽,面不露骨,宽额、鼻头和双颊都有肉,有些女子给人如水般的温柔之感,说的就是这种面相。外加她有中国人向来重视的雪白肌肤,使得有些人第一次见她,又听闻她姓"盛",不由多问一句:

"您该不会是盛宣怀的后人吧?"

确实,她的美让人觉得是好几代人都过好日子才能修来的。

隽怡面对这样的提问,会爽朗一笑,而后似有若无地接一句:"都是陈年往事了,提它做啥?"

隽怡心里为自己这个满分的回答偷笑着,倘若说实话"不是",人家对你就失去了兴趣,你也跌了几分身价;倘若直接说"是",那是明晃晃的撒谎,如果碰到懂经的,要拷问你是盛家哪一支的后人,岂不穿帮?只有这样,欲盖弥彰,欲说还休,人家也不会再问,却对你更添几分好奇。

不过隽怡当初也说过老实话。第一次被问这话是在大学里,1990年代的华师大,问话的那个男人是隽怡拒绝过的男子中最聪明的一个,数学系,安徽人,他们是在大学的交谊舞社团里认识的,不是舞伴,那个年头大家的思想还未完全解放,虽然都怀着蠢蠢欲动的激情投报这个社团,但真开始了还要装矜持,女生硬要和女生结对,男生见这情形也傻眼,只好先和同性配对。也没有正规的舞厅,大家就像现在退休阿姨跳广场舞那样,在食堂旁边的一块水门汀空地上跳,由教跳舞的老师喊拍子,昏黄的灯光打在每个人的脸上,会有种照片糊掉的效果,然而就是这样,那个男人还是一散会就走到隽怡面前,问隽怡是不是学过?跳得好极了!

这人真会说话呀。现如今隽怡虽为自己的生活感到满意,但闲来无聊的午后还是会翻想这些有趣的往事,想想那些喜欢过她的人,这些回忆让她快乐,而这个人是所有回忆中让她最快乐的一个。

喔,我没有学过,也是头一趟来。隽怡说,那时的她是怯生生的。

然后这男生就大大方方地介绍了自己的名字,所在院系,问了她的芳名和专业,一听她的名字,这男生就问:你该不会是盛宣怀的后人吧?

说实话,那时的隽怡连盛宣怀是谁都不晓得,她推说不是,回来问了博学的室友才知道盛家的气派,心情又多一番起伏,这人太会说话了。

过去的已经过去了,回想完,隽怡会从落地窗旁的沙发椅上起身,打开冰箱,琢磨晚饭做什么。真碰到沾亲带故的生人熟人领着自己的女儿、侄女、外甥女来盛隽怡这里做客讨教,她也会传授她们一些心得:

阿拉上海人有句言语:吃相勿要太难看。记牢,吃东西咪咪一小口就好了,不用吃饱。过日子也是这个道理,勿要追求刺激,安稳就好,日子过到中上,比一般人好,心里惬意。选人也一样,如果小姑娘拼死拼活巴结一个条件特别好的人,就算被你搭上,人家也不会珍惜,因为你吃相难看;要选一个,自己放低一点身段正好适合的人,这样对方会珍惜你。

话虽这样说,隽怡忍不住瞅瞅那些后辈们,小鼻子小眼的,连头发都不舍得花钱烫,也不照照镜子,就凭你们,也想过上盛隽怡那样的好日子?下辈子吧。

她当然不会说出口,而是顺手给几案上的茶壶添上开水,看壶底的洛神花再度怒放,翻腾,眯眯笑着给诸客的杯盏里添茶。

来,喝茶,当心烫——还有一点,隽怡告诉那些后辈:寻男人还是寻上海男人好,脾气好,体贴。不管男人有钱没钱,看他是不是真的疼惜你,就看他是不是愿意让你管钱。

隽怡的老公当然是让她自己管钱的了。

二

近来,隽怡有了些新的烦恼,本来应该更高兴才是。她动了点脑筋,让儿子通过一些门路考进了上海著名的私立初中长中,引那些沾亲带故的生人熟人又来讨教,这不是她的烦恼,她可以优雅地推脱:"我们家彦林通过正规招生考试进去的,长中每年四月都招生,你们让孩子去考考看好了,说不定能进呢?"

她喜欢自己最后说的那句"说不定能进?"似乎留了些余地,但其实杀得他们片甲不留。她知道那些亲戚挂上电话免不了怂恿:"如果我带孩子去考试能进长中的话,那还要问你吗?"但她不介意她们的羡慕和嫉妒,她们的羡慕和嫉妒使她欢喜。

隽怡烦恼的是另一件事,儿子彦林自从进了长中,总有些不开心。回家话少了，一吃完晚饭就回房做作业，关上门。该说不会是因为成绩，彦林的成绩属中上，她和丈夫都觉得中上就可以了，也不用拔尖，反正她家也不是巨富，打算让他上美国的公立大学，万一成绩太好，非要上常春藤名校就更麻烦了。隽怡疑心是早恋，他儿子昨天放学回家带了个硕大的橙，说是班上一个同学陈小乔送给他的，陈小乔，一听就是小姑娘的名字。不仅如此，那个大学里最会说话的男人曾经跟她说过，他最喜欢读的书是《三国演义》，如果他们将来有了女儿，他要给女儿取名作"小乔"，更糟糕的是，那个男人也姓陈。

"人家送你橙，你要不要带点什么回赠给人家啊？"隽怡有意压着自己，不让自己问"人家为什么送你橙"，而是提醒自己要站在儿子的角度不露声色地套话，她觉得自己真是聪明极了。

"不用，她给班上所有人都送橙。这个橙是她家里的果园结的。"儿子说完，把橙往隽怡手心里一放，就回房了。

饭后，隽怡把橙切成四瓣，她、她丈夫王渊、彦林先各取一瓣，鲜甜多汁，确实与市面上的不同，她有意说了句："你同学家种的橙真好吃，你多吃一片。"

不想彦林不领情，嘟囔说不吃了，起身回房。

她有些困惑，把剩下的那瓣放入口中，真是甜。

隔了一周，彦林又带了袋武夷岩茶回家，独立包装，纸袋上有插画，上系绿色丝带，一问，又是那陈小乔送的。这次隽怡没有问要不要回礼，而是顺着儿子气鼓鼓的神色问："这陈小乔家里还有茶园？"

彦林似乎早等着有人和自己说说这陈小乔了："她家里不仅有果园、茶园，还有葡萄酒庄、农场，她说她从来不喝外面买的牛奶，都是抗生素，她喝的牛奶都是自家农场里的奶牛挤出来的。"

不仅如此，隽怡还听说，这陈小乔每天都是一辆奔驰G级来接，有穿制服戴礼帽和白手套的司机给她开门。每到月中的时候她会在班里嚷嚷：我爸下周又要去香港和李二公子吃饭了，你们有什么想我爸从香港带的吗？就在前一天，她还说：我爸上周去美国跟巴菲特谈生意,巴菲特你们知道吗?世界首富!但他的办公室超级小,车子常年不洗,我爸说,一股可乐和芝士汉堡的味儿!"

陈小乔就坐在彦林的前排,躲也躲不掉。

隽怡先前给彦林转学的时候没料到这一点。她一直觉得他们家的条件在上海属于一流,甩她和王渊的所有亲戚好几条街呢,就算在之前的公立小学,他们家也算全校上等,他们付学区房首付几乎没花什么大力气,挂个户口,他们自己还在市郊的连栋别墅里住着,她知道很多同学的家长是"大出血"才按揭了这么一栋房子。长中果然不同凡响,隽怡疏忽了。

"彦林,好好读书,做你的事情,不用管人家家里条件有多好。别的都是假的,只有书读进肚里是自己的。"晚饭时分,王渊如是对彦林说。隽怡早猜到她丈夫会这么说,这话的口气老得简直像出自她父亲那代人之口,但除了说这些空洞的大道理他还会说啥?她看到彦林低头"喔"了一声,彦林或许可以像他爸一样心无旁骛地读书,但或许也会因此自卑。无论如何,这事情还是得隽怡来想办法。

隽怡决定要会会这些家长,知己知彼,百战不殆。她穿上了最好的行头,挎上最近香奈儿打折时入手的手袋,先去见见彦林的班主任郭老师。

这不是隽怡第一次来长中,但这一次她特别留心观察学校的环境,校园内外都是暖色,整座教学楼回廊设计,走廊很宽,办公室不大,洋溢着咖啡的香气,这是在彦林的小学所看不到的情形。

她一进办公室,所有的老师都回头看她,她从他们的目光中知道今天的这套装扮是成功的。郭老师看起来三十不到,OL打扮,一见她就立刻起身,迎她到同楼的会客室,真皮沙发,透明茶几,茶几上的鱼缸里栽着绿萝,问她要喝点什么?

隽怡只要了一杯水。郭老师给她拿了瓶依云矿泉水。

"郭老师,我来找您是因为,我们家彦林不是从长小升上来的,我感到他融入班级似乎有一些问题。"隽怡开门见山地说。

"我感到王彦林特别好,他作风踏实,学东西很快,同学都很喜欢他呢。您不用过多担心。这样吧,如果您还是担心他融入班级会有困难,我已经在考虑了,下个月我会安排他做轮值班长,这样他会有更多表现的机会,他的优点也能够让更多同学看见。"郭老师说,语速很快。

长中的老师确实不一样,我还没来,就已经准备好解决方案了,效率真高。隽怡心里想着,但想着再扳回一城:"感谢您,郭老师,您想得太周到了。我来还有另一件事,我想问问如何成为家委会的核心成员?作为家长,我很想为学校尽一份力。"

这个请求一定出乎郭老师所料,郭老师愣了一下,打起官腔来:"是这样的,家委会主席团每年十一月改选,同时也吸纳新的成员,我们特别欢迎新生的家长加入。您看这样可以吗?等这一届改选细则出炉,我跟您详细说?"

"好,感谢郭老师。您一定记得我很愿意尽力,您看,我姓盛,是盛宣怀的后人,我们盛家历来重视教育,也重视取诸社会,用诸社会,我也是这样教育我们彦林的。"

隽怡不知道这番鬼话怎么会自个儿从嘴里蹦出来的,好在年轻的郭老师似乎被唬住,一双眼睛滴溜溜地打量她,满是敬意,临别时还重重握住她的手,要她放心,家委会会为有她这样的家长而倍感荣耀。

十一月,盛隽怡成为长中家委会主席团的一员。

三

山外有山,人外有人,这道理隽怡打小就明白,但那山、那人从不在她的现实经验中,因而所谓的"有",也几乎等于"无",但自从加入长中家委会的主席团后,她才一下子看到了那山,那人,如此密集地横亘在她面前。

家委会的主席叫谭李惠芬——这里有种效仿香港人在妻子姓氏前挂上夫姓的趋势,似乎这样可显示某种身份,谭太未做主妇前是央企的高管,在京任职,她喜欢勾起手指说:"你们都知道,在我们央企,不兴说职位,兴说行政级别,我没辞职前,已经是正局级了,为了我的仔,牺牲很大。"

这种牺牲很快又变作一种炫耀,"不过现在哪家不为孩子牺牲呢?我当初和我先生商量过,谭部当时已是正厅级,风头正劲,现在回头想自己的决定很对。"

听到这里,隽怡才明白谭部不是名字,而是谭部长的简缩。很快,她又得知,这些人几乎各个都有来历,有满蒙八旗子弟的后人,也有曾国藩、李鸿章的后裔,还有的和港台的豪门贵胄是旁系亲属,这些人中,甚至只有她和另一位母亲是上海人,其余都是外地人,而那位上海母亲,公公是革命先烈。

隽怡怀疑自己该不会是因为扯了盛宣怀这面大旗才进的家委会主席团吧?如果这些人到时候和自己套些近乎,岂不露馅?

只有一个人没有任何来历,而且是主席团里唯一的男性,隽怡看到印刷出来的名单时就默念道,不会这么巧,不会这么巧。

可偏偏就是这么巧,陈洪志,陈小乔的父亲,追求过隽怡的男人中最让她惦念的那一个。他穿着熨烫整齐的条纹衬衫,领口敞开,衬衫的袖口有非常精致的手工袖扣,在会议室的灯光下闪着撩人的光芒。

陈洪志不需要来历,整个学校都知道他,谭李惠芬主席甚至要给他让上座。但凡有人提议了什么,谭太都会问一句:"未知陈先生以为如何?"

陈洪志把搁在二郎腿上的双手一摊,说:"我没意见,我什么都不懂,是专程来学习观摩的。"

"陈先生真会说笑。"那些太太笑起来,笑得脸上被粉盖住的细纹露了出来,只有盛隽怡笑不出。

她早该知道陈洪志会有今天的地位,她当初就没怀疑过。陈洪志会用暑假推销电视机赚来的钱,请她在学校附近的鸡粥店吃半只白斩鸡,一叠鸡心,喝鸡粥,他吃着吃着会把老板叫来同坐,很认真地跟老板说:你这儿的东西好吃,实惠,要考虑到别的地方开分店，做成全上海乃至全国鼎鼎有名的品牌，这样你以后就不用管店了，主要经营你的牌子，请人来看铺子。

老板是个上海老爷叔，看了看陈洪志皱巴巴的 polo 衫，土里土气的黑框眼镜，听出他浓重的外地口音，有些不屑，回敬他一句：小阿弟，开分店，要本钱，我哪有这本钱啊，我有这本钱早就退休了，还起早摸黑干活！

说完，老爷叔就回去当他的掌柜了。

陈洪志对隽怡说：你看，这个老板，一辈子就是小饭馆老板的命。不入虎穴，焉得虎子？

当初隽怡也不过对陈洪志笑笑，继续就着调羹小口小口地喝粥，她母亲要是知道她和个安徽人下馆子估计早就要跳起来，想方设法拆散他们，不会等到后头。她有好些叔婶经历过上山下乡，说外地穷得很，她的成绩可以报考分更高的复旦，但她母亲执意要她填报华师大，因复旦是全国分配，离开上海的可能性很高。

隽怡说不清，陈洪志身上的某些气质很吸引人，他早就是校园里的风云人物，各个院系的教授同学都认识，而他在鸡粥店里说这些的时候，还没有振鼎鸡连锁店，肯德基麦当劳也没有开到中国来，甚至于，"连锁店"这个名词都是陌生的。

"你会说我是开地图炮，但上海很不教我喜欢的一点是，这里的人太保守了，小富即安，没有大志。"陈洪志说，"现在全国各地都是机会，我简直不能在学校里待下去，我想去深圳看看。照我看，上海很快也会改头换面，但如果上海人还只是守着自己的四亩三分田，机会都给外地人占去。"

隽怡听不懂这些话陈洪志是替他自己鼓劲呢，还是站在她的立场上惋惜，她只是眯眯笑，说：上海人只求安稳，日子过到中上，比一般人好，心里就惬意了。我家里也是这样教我的，枪打出头鸟，吃相勿要太难看。

是在那样的傍晚，陈洪志会跟隽怡谈起他的理想，他们饭后在黑黢黢的校园里沿着丽娃河畔一圈圈地走，陈洪志说他要做最有钱的人，他说你没有穷过，你不知道穷的滋味，我小时候饿，有一次偷了家里母鸡生的鸡蛋出来吃,但那个时候小,不知道鸡蛋是要煮熟吃的,我就直接往石阶上磕破,结果蛋液流了一地,第一次知道心真是能揪着疼。所以我对自己说,将来一定要出人头地,让我的家人、孩子都能昂起头做人。

是在那样的傍晚,陈洪志会说,他要把老婆、子女捧在手心,让他们过最好的日子。1990年代的校园男女之大防还很明显,谈恋爱多数是谈理想,但他们也偶尔在丽娃河畔的小树林里瞥见过情侣相拥接吻,隽怡一瞥见这情景就会侧过头去,涨红了脸,陈洪志自然也看到了,但他至多停下,双手牵起隽怡的手,说:我希望找个和我一起奋斗的人,我希望那个人是你,我会把奋斗的成果全部归给你。我也是个很传统的人,我以结婚为前提谈恋爱,我跟你说过我喜欢"三国",如果我们将来生女儿,我会叫她小乔,把她宠成公主,她要什么,我给什么;如果我们将来生儿子,我会叫他陈瑜,儿子要吃苦,我可能还会考虑让他读军校。

隽怡念的是英文系,但因为陈洪志的关系她真的课余从图书馆借了《三国演义》来看,她很高兴能接话了:万一不巧生了龙凤胎,人家不要笑死我们,古时候是夫妻,现在成了兄妹。

"你这么说是答应我了?"陈洪志兴奋地要搂隽怡入怀,隽怡作势轻柔地捶了两下陈洪志的胸:"答应你什么了?别瞎说。"

两人都不说话,听着河边的草丛里噗噜噜噜的秋虫叫得正欢。

四

家委会散了后,陈洪志被其他成员团团围住,换名片,奉承寒暄,久久没有散的意思。这是很少有的一次隽怡觉得她打扮如此得体竟无法引起旁人的瞩目,她没有名片,更怕别人盘问她跟盛宣怀的关系,早早地离开,去取她的福特。

她有意走得很慢,她说不清,心里的某个位置在期盼陈洪志急切地追出来，像很多年前那样，问她要不要一起找个地方聊聊。

可她显然是看了太多烂俗的电视剧，没一个人出来，她们可能还聊在兴头上呢，隽怡踩油门，开车回家。

王渊问她家委会怎么样，她把那些家长的资历都介绍了一遍，心不在焉的，像在念旁白，王渊并没有什么大反应，只是说：没关系的，我会跟彦林再沟通，我们当初什么都没有，不也一样靠读书有了今天的成就？

现在的时代和我们当初不一样了，隽怡说，我们当初大家都差不多，多少都是公平竞争，现在贫富差距悬殊。我们里面有个麦太，她说去年长中毕业考进哈佛医学院的那个孩子家里世代行医，奶奶是林巧稚的第一批学生。

你要相信这是极少数人。你也要相信我们给彦林创造的条件已经比绝大多数人好了。王渊说。他几乎永远这么温和，平静，从没有什么能让他发火。

这是一个连架也吵不起来的男人，想到这，隽怡忽然有些气，没来由的，她不说话。她不说话，王渊以为她被自己说服，叫她给自己剃一下头。

这是王渊另一个让很多亲戚匪夷所思的地方，即便现在收入不菲，他也从不去理发店理发，他小时候的头发是母亲帮他剃的，结了婚这差事就由隽怡承担下来，第一次剃还闹过笑话，后脑勺削掉了一块，像斑秃，王渊也没因此而转去理发店，而是说没关系，没几天就可以长出来。

结婚十多年了，隽怡已练就了一副好手艺。

可今天隽怡觉得王渊这个怪癖让她丢脸，他的节省、内敛、温顺都让她不舒服，以至于她把王渊递过来的一包理发工具往床头柜上嗖地一丢，说：“自己剃！"

王渊看隽怡心情不好，就真的把理发工具拿到盥洗室，对镜给自己修去前额过长的头发。他不跟她顶嘴，但也不懂得如何安慰她，讨好她。

他向来不懂得，连当初结婚也都是隽怡提的。

第二天隽怡被谭李惠芬加到家委会主席团的微信群里。陈洪志也在里面,微信名就是名字。

她忍不住私下加了对方作好友,很快陈洪志就通过了验证,但却没有像她预想的那样,主动和她打招呼。

或者他在忙吧。

她先留言给他,说她参加家委会压力很大,大家的来头都不小。

是到晚饭时分,陈洪志回复给她:你的来头也不小。

她写:你知道的,我的"盛",和那个"盛"没有关系。

他则回复到:你以为,她们的姓氏,都和她们说的那些有关系吗?

还在她惊讶的时分,陈洪志另一条微信让她的手机响起来:被打倒的牛鬼蛇神又统统跑出来喽。

她闹不明白陈洪志对那些人的态度,他在群里异常活跃,问所有人要联系地址,说他在法国波尔多酒庄的酒快好了,回头给每人寄两瓶让大家给点意见。

几乎是隽怡收到葡萄酒的同一天,彦林带回来一盒酒心巧克力,彦林果真是像他爸的,已经习惯了陈小乔这个小公主的存在,不再像先前那样一提起就生气,他把巧克力塞到隽怡手里,说:陈小乔家的,我尝了两颗,挺好吃的。

微信群里大家开始说想投资陈洪志的酒庄,"或者不一定是酒庄,我们就掏点学费,跟陈总学习学习。"谭李惠芬留言。

陈洪志推荐大家投资农场,包一头奶牛,每月几千块,不仅每月家里有安全的牛奶喝,还可以把剩下的牛奶做成奶制品拿出去卖,赚点零花钱,比理财产品强。

群里的家长几乎各个都说好,而后陈洪志把他手下的一个投资顾问的微信名片转到群里。说已经打过招呼,大家直接找他的这个得力助手就好。

隽怡也跃跃欲试,他们虽然还要还房贷,要付彦林高昂的学费,但每月几千应该还匀得出,可她最终还是犹豫着,不知怎么和王渊商量,王渊最看不起投资,说那是一群机会主义者,她也可以不和王渊商量,反正钱由她管,每月不见了几千下个月补上,不是什么大问题。

可她最后还是决定不这么做,她犯不得为这点小钱有事瞒着她丈夫,他们结婚以来向来都是有商有量的。

虽说决定是决定了,隽怡仍须面对后一个月开始的微信群里的兴奋,那些家长在夸奖有机奶的味道就是和超市里买的不一样,说他们正在说服身边的亲戚也认购奶牛,划算。

她们感谢陈洪志,每个人发着风格各异的表情,刷屏,陈洪志的回复姗姗来迟,他写道:不客气,因为我家小乔特别喜欢喝牛奶,所以我想还不如为她专门买个农场,她放假了还可以带她到农场去看别人挤牛奶。

两个月以后,陈洪志的回复消息已经是:不客气,因为我家小乔特别喜欢喝武夷岩茶,所以我想还不如为她包一片茶林,自己种,放心点。

隽怡眼红着,从微信里只言片语的信息中拼凑着,计算着大家大概一个月能赚多少。她虽然入了主席团,但显然是边缘人,有时大家会一同讨论某几支股票,隽怡也同样插不上话,她的丈夫不玩股票,至多在年末买些保本的理财产品。

隽怡开始学习,她从网上买了些书,又找了些在线的视频课,学习看 K 线图,重新做数学题,这是继《三国演义》后她第二次为陈洪志读书,有时候甚至太投入了,连晚饭也忘记做,常常是儿子回来了她才胡乱下个面,她丈夫和儿子看到了也不起疑,咕噜噜把面送到嘴里去,说:"好久不吃面了,面挺好吃的。"

大概是半年以后,隽怡自觉已经学到了足够的投资常识,自己跟自己说,这次陈洪志那边再有什么投资机会,她也要下海试水,分一杯羹。

不用她着急,每个月谭李惠芬都像来例假那样准时,在群里艾特陈洪志,问他最近有什么好的投资介绍。

陈洪志说,如果大家手头有闲钱,他手下正好有支私募基金要上市,大家是自己人,弄几支玩玩,上市之后随时翻一番。

隽怡看着手机上的绿底黑字有些傻眼,她原本盼望着投个果园什么,忽然变成私募基金,她在网上看到过,私募基金近些年很抢眼,确实如陈洪志所说,上市后随时赚几倍,但她也知道,本钱很大。

群里的太太们表现得一如既往的殷勤,说这是千年难得的机会,说承蒙陈总不见外。隽怡盘算着,家里每月的可支配收入恐怕是够呛,家里的存款早就在换房的时候砸首付里了,哪里还有闲钱呢?她打起父母的主意,她和王渊每月供给父母两千生活费,他们还有养老金,他们生活向来节衣缩食,她去年年底陪母亲去银行买过理财产品,知道他们的存款有四十万,和其他阔太太虽不能比,但四十万大概可以买张入场券了,如果上市之后翻一番,那就是八十万,不仅父母开心,也让其他人知道,她盛隽怡也是个可以跟她们一同玩投资的角儿。

她用了很简单的方式就问父母把钱借来了,她没说借钱,说买一个长期的理财产品,投资收益比银行利息高多了,父母就问了一句牢不牢靠,隽怡骗说是工商银行的一个新产品,长中的一个家长是银行经理,原本是内部认购,因为认识,所以才破例。父母一听是国有银行,放心了,很快就把钱转到了隽怡的户头。

隽怡私下发微信给陈洪志,问他,她手头只有四十万,不晓得够不够入场。

"你这周末什么时候有空,我们找个地方聊聊。"陈洪志回复道。

五

隽怡跟丈夫儿子说是去和大学同学"太太聚会",两人都不疑心她的隆重赴宴(提前一天做头发,美容,当天中午几乎不吃饭,下午穿一条束腰的真丝碎花连衣裙外搭白色真丝披肩出门),父子俩都是隽怡无论打扮多么精致都不会多看一眼的木头人,但今天王渊有意无意地说了句:哎哟,今天看起来很年轻嘛。

隽怡笑笑,不搭话,当是对今天这套行头的肯定。

和陈洪志约在多伦路上的茶馆,老式的竹帘把落地窗折进的阳光筛成几缕,撒在古拙的清水泥紫砂壶和紫砂杯盏上,陈洪志点的是铁观音,香气扑鼻。

"你没怎么变,"陈洪志说,"可见你日子过得不错。"

隽怡微笑,说自己的先生是个吃技术饭的,不懂得浪漫,但是个过日子的人。

陈洪志没有礼尚往来,介绍自己的妻子,而是问隽怡:"你很缺钱吗?"

隽怡的杯子过重地扣到了茶碟上,发出哐的一声,她忙着摇头,问陈洪志怎么会有这种想法?

"我看你之前都不投资,忽然这次要投资,觉得奇怪。"

"是不是数额太小?主要是我和我爱人的钱都在房子里了。"隽怡说,"如果数额小,你就看在老熟人的面子上让我入个场,玩一玩。"

陈洪志低头不看隽怡,喃喃道:"数额不是问题。"

隽怡不知道为何,只感到面前这个男人忽然变得羞涩腼腆起来,连正眼看她都似乎不敢。为化解这尴尬的沉默,隽怡逼迫自己担负起活跃气氛的角色,反而弄得更僵,像个在做财富访谈的新闻记者。

"你大学毕业后去了深圳,在那里工作顺利吗?"

"什么时候开始投资的,怎么会开始投资的?"

"现在公司的业务覆盖了大陆和海外?一定很忙吧?"

"现在这么成功,你已经达成了当初的理想了吧?"

最后那个问题,引陈洪志抬头,长时间地凝望她,望得她装作喝茶低首回避。"可以说达成了,也可以说没达成。"他没再细说,了结了这个问题。

"你太太是做什么的?"隽怡终于问出了这个她一开始就想

问的问题。

"她原来是中学老师,我让她不要做了,专心照顾儿子。她不肯,转到常熟联合书院的小学做老师去了,我把儿子放在那里读书,她说这样也能带小瑜。我的小儿子。"陈洪志说。

"你真的给女儿取名小乔,给儿子取名陈瑜。"

"陈小瑜,我改了一点。"说到儿子,陈洪志嘴角带笑。

"为什么在常熟读书?不一起放在长中?"

"这么说吧,我现在对投资有点走火入魔,我觉得未来的教育市场大有可为,但是长中弹丸之地,我跟校长见过,鼓励他经营长中这个品牌,到郊区乃至上海之外开分校,我可以帮他,但他似乎不太感兴趣,很满足现状。后来我就听说常熟有个新的世界联合书院,或许那边可以下点功夫,但我对投资很谨慎,知己知彼才行,最好的办法莫过于让儿子到里面读书。"

隽怡想起那家鸡粥店的老板,但她没提,没必要让他觉得她把和他一起的点滴记得这么分明。

"你的家人都好吗?"隽怡问。

"爸妈都在,已经在蚌埠城里安了家。姐姐姐夫我介绍点生意给他们,他们做得很好,两个外甥读书很争气,一个去年考了北师大,另一个明天高考,估计考哈工大不是问题。我弟弟六年前就故去了。"

"对不起。"

"没什么,都是陈年往事了。"

一周后,盛隽怡来到陈洪志位于陆家嘴的公司,把四十万钞票换作了一纸投资合同。

六

陈洪志答应私募半年内上市,然而半年来国内一直流传着小道消息,说证监会要关闭私募上市的通道。

微信群里人心惶惶,偶尔有人问陈洪志,陈洪志都打保票,说不会关死,只是会更严。谭李惠芬也说,她听老同事也说,关死政府也没钱赚,不上算,内部的消息是严格把关,可能周期会更长。

半年过去,私募还没上市,却传来了一个爆炸性新闻:北上广深暂停私募公司注册。隽怡看到消息时整个人瘫软,抓救命稻草一般抓住手机,在微信群里打字:北上广深暂停私募公司注册。

这时候才发现,真正加入陈洪志这次投资的人才三个,她,谭李惠芬和麦太,谭李惠芬和麦太的投资金额都比她大得多,但却没她这么紧张,她们似乎很相信,陈洪志一定有本事搞定,大不了上不了市,撤资,钱不会短她们。

只有隽怡整天坐立不安,睡觉也睡不踏实,她睡到半夜会一身冷汗地醒来,拿夜光的电子闹钟看才三点不到,万万睡不着,她想很多东西,为何谭李惠芬和麦太都这么笃定呢?莫非她们是陈洪志的托儿?不可能。还有另一种可能,她之前听一个旧同学说,她的一个有钱朋友碰到金融诈骗,最后只有那个朋友去报案,其他人都全当没事发生,因为那些人的钱可能来路不明。

隽怡翻来覆去,越想越害怕,她不一样,她拿的可是父母的棺材本,万一打了水漂,她如何向父母交代,如何跟王渊解释?想到这,她瞅瞅身旁的丈夫,她甚至手执闹钟的夜光面凑近王渊的脸,王渊浑然不觉,均匀的呼吸分毫不差。

"明天发微信问陈洪志,明天就问。"隽怡需要这样再三说服自己,才能在倦了的晨曦再合眼眯一会儿。

然而第二天起来她又不敢了,怕陈洪志觉得她大惊小怪,觉得她缺钱,看不起她,她说服自己再等一宿,于是又熬过难眠的一宿。

就在她熬过十天后猛然发现自己苍老憔悴了许多,并且她听到一个更惊人的消息,彦林放学回来告诉她,他换到了前面一排,因为陈小乔已经一个礼拜没来上学,似乎到美国去了,说是她爸给她找的交流项目,这学期都不会回来了。

莫非是卷款潜逃?

隽怡这次真的怕了,心里打着鼓,却还是不敢问陈洪志,而是先私下问谭李惠芬和麦太,知不知道陈小乔已经不来上课了?

谭李惠芬和麦太似乎早就知道了。她们却还很镇定,说:陈洪志的投资公司是上市财团,犯不着为两三百万的小钱骗她们,投资这事,放长线钓大鱼,反正不等钱用,当是交他这个朋友。

这下隽怡可再也忍不住了,她深知自己和那些人有着天壤之别,她累了,不想再去装什么淑媛阔太,装盛宣怀的后人。她豁出去了,给陈洪志留了很长的言,说那四十万是她父母的棺材本,说她丈夫收入虽高,也只是打工,说他们的房子现如今每月还要交好几万的按揭。求他不要骗自己,把钱还给自己。

陈洪志没有回。

隽怡白天一个人在房里哭的,老公儿子都不在,可以自己可怜自己。她想起上回跟陈洪志喝茶,陈洪志欲语还休的样子,原来不是心里还惦念她,还觉得没娶到她是人生的最大遗憾,而是挣扎着要不要骗她,要不要背着良心连旧情人的钱也骗。

那晚,她又发了很长的微信给陈洪志,内容差不多,只是用词程度更激烈,说这些钱足以毁掉她的人生。

陈洪志仍然没有回。

她万念俱灰,半夜偷偷在被褥里抽泣,忽然想到陈洪志有老婆儿子在常熟。或者去常熟找他老婆儿子也行,求他们把钱还给她,他们会不会也早逃到美国去了?她不清楚,但好歹是条路。她这么想着,决定第二天早晨八点乘火车去常熟,下午三点回程,神不知鬼不觉。

她说服着自己这样能行,因为陈洪志主要行骗的区域在上海,不会影响到常熟,他的老婆儿子不需要跑路。他老婆是老师,老师知书达理,把实情告诉她,她一定会同情自己,设法还钱。

次日,丈夫一送儿子去上学,她就匆匆收拾好行李,平生第一回顾不上服饰搭配,焦急地赶去火车站。她已经有些日子没乘火车了,近些年总和丈夫儿子每年暑假搭飞机出国旅行,简直忘记了坐火车的感觉。

高铁很空,这一排只有她一个人,这情形很让她想起大四那年的春节,她在大年初一的中午搭火车从安徽蚌埠回上海,火车也是这般空,春运的高潮已经过去。

她是逃回来的。她本来是随陈洪志回家见家长谈结婚的,拥挤的火车以及火车上泡面、汗酸、脚臭交杂的气息她忍过去了,坐着轰隆隆响的拖拉机颠簸到农村她忍过去了;陈家那些满脸蚀刻般皱纹的亲戚她忍过去了;厕所在屋外,小解时旁边的女人撅着屁股用一口土话问她就是陈洪志的上海女朋友吧,她忍过去了。但是这一切到她看见陈洪志脑瘫的弟弟倚床口水淋漓的时候,她受不了了,她很勉强地在他家吃年夜饭,看他家把最好的收成悉数拿出做了丰富的晚宴,苦笑着接受他父母的祝福。第二天早晨,她要陈洪志送她去火车站。

两个礼拜后,她母亲托旧同事帮忙,介绍了当时在交大念研究生的王渊给她认识。

隽怡下了火车打的赶往常熟国际联合书院,好巧不巧,正好是家长开放日,她被迎进学校。这所学校比长中气派,设施也更一流,有网球场和壁球馆。教学楼的一楼大厅正展示学生的科学作业,恰好看到了陈小瑜的名字,他做的是计算机的历史,名字旁边写着:二年级一班。

隽怡是坐到二年级一班教室里才收到陈洪志的微信的:"我一整天飞机上,刚看到你的留言。抱歉我的投资给你造成这么大的困扰,如果你早跟我说,我绝不会接受你的投资。这支私募会转到美国上市,但我可以立即把四十万退给你,麻烦给我账号,我转给手下处理。"

隽怡很窘,脸发着烧,她不知道自己为什么来这里,为什么坐在这个教室里。这节是生物课,生物老师教孩子用筷子和手工纸做一朵百合,然后为自己的百合上色,并认清花各个部位叫什么,有什么功用。学完后大家有个现场抢答,得分最高的学生可以得到老师手里的真百合,赠给自己的家长。

有个胖嘟嘟戴眼镜的小男孩表现特别抢眼,在掌声中接过一支鲜嫩欲滴的百合。

"陈小瑜,现在你可以把百合献给你的母亲了。"

隽怡看着这个小男孩朝自己的这个方向走来,眉目活脱是陈洪志的样子,花最后送到了隽怡身旁这个女人的手里,她的相貌特别平凡,浑身上下没一个地方出众的,而且脸显得比隽怡苍老很多。

如果是以前,隽怡一定沾沾自喜——这个女人跟自己哪里能比?而今,她只想在下课铃一响就避到走廊上,回复银行账号给陈洪志,搭高铁回家,快点结束这荒谬、无地自容的一天。

(原载《小说界》第2期)

调整呼吸

裘 山 山

一

她一上来就说,我好心好意的。

她说的时候,嘴巴向前努起,有些委屈的样子。

我好心好意地让她加入我们,好心好意地想跟她沟通一下。我哪晓得会发生这样的事。霉哟!

我感觉我必须和她沟通了,沟通是很重要的,你晓得吗?有一篇文章专门谈沟通,说得太好了,我还在朋友圈转发了的,人与人之间……

别扯那些没用的!身边一老头吼了她一句,直接说事!

她不满地瞥他一眼,是警察让我从头说的嘛,你又不是警察……不行不行,我要调整下呼吸,心里面太乱了,太乱了。

说罢她闭上眼,就好像身边没人,深吸一口气,然后慢慢吐出,再吸一口,再吐出。如此五六次,终于睁开了眼睛。

好了,现在你问嘛,警察美女。

语气里好像忽然有了底气。

时间?大概就是下午两点的样子。我本来以为个把小时就可以了,但是很不顺,谈了半天都谈不拢,我把啥子道理都给她讲了,她都听不进去,哪有那么犟的嘛!老辈子经常说,听人劝得一半,她一点儿都不听,四季豆油盐不进。

我们？就是我们三个嘛，我和孙姐，还有李美。孙姐叫孙玉芳，比我大一岁。李美叫李艳萍，比我小几岁。在我们菩提馆，比我大的我都叫姐，比我小的我都叫美女，跟过去在单位上喊小张小李是一回事。

好长时间？可能有两三个小时吧。反正一直在谈，就是谈不拢，跟她沟通实在是困难，后面就吵起来了。其实我不想跟她吵，我们晚上还有重要的事情。我只是想说服她。哪晓得我说什么她顶什么，还不耐烦地站起来要走，我只好把她按住。

我承认，大家情绪都有点儿激动。主要是她嘲笑我们，说我们脑子进水了，盲目崇拜。简直是太过分了，明明是她不对！孙姐和李美很生气，我也很生气。她一个人肯定吵不过我们三个嘛，到最后气得话都讲不出来了，脸发白，还冒冷汗。太小气了。我喊她调整呼吸，她也不理我，气成那个样子。

说到这儿，女人竟然笑起来了，好像赢了什么似的。这让坐在她对面的郭晓萱觉得不可思议。毕竟，发生了这样不幸的事。

女人叫牟芙蓉，六十岁，真看不出她有六十了。说话的时候，腰背笔直，头发一丝不乱地盘在脑后。衣着整齐干净，虽然质地一般，却很时尚，立着的领子还镶了一道亮边儿。立领下挂着一串珍珠项链，看那么大颗粒，应该是人工的。唯一能显出她年龄的，就是右脸颊靠耳朵的地方，有一块斑，俗称老年斑。拇指指甲盖那么大一块儿。

当然，她搽了粉。这个一眼就能看出，还抹了口红，搽了胭脂。额下的眉毛漆黑坚挺，一看跟眼睛鼻子就不是原配。

整个谈话过程中，她就那么笔直地坐着，神情淡定。两只手掌上下叠握着，放在腿上，郭晓萱总觉得她那不是随便握的，是经过训练后的样子，好像是坐在舞台上表演。

相比，她身边的老头就老相多了，佝偻着背，一脸倦容。

她翻来覆去说得最多的一句话就是，我完全是好心，我好心好意地想帮她，好心好意地喊她来沟通。哪晓得……

老头又一次训斥道，你啥子好心好意？纯属多管闲事。你又不是她妈，管那么宽！自己家里的事不管！

郭晓萱制止了老头的牢骚，让女人继续说。她想听。不仅仅是为了要弄清情况，还有几分好奇。这个女人，尊重一点儿说，这个阿姨，真是稀罕，是她从没见过的稀罕人物。她和自己的母亲年龄接近，却像是待在两个不同的世界里。

本来郭晓萱有些懊恼，她晚上八点才回家，奔波了一整天，真的是累惨了。她打算早点儿烫个脚上床，看部韩剧放松一下。可是刚擦了脚，就接到所长电话，说他们所辖的万福小区有人报警，某住户在家里发现一具尸体。所长说他已经派简向东和田野过去了，叫她也过去协助一下。她无奈，只好重新穿上袜子裹上羽绒衣赶过来。

到了后得知，这家就老两口，下午老两口都不在家。男主人打麻将去了，女主人参加文娱活动去了。晚上九点多，男主人先回家，进门就赫然看见客厅的沙发上躺着个女人，不认识，喊也不答应。好像不对劲儿。男人就一边打120，一边给老伴儿打电话。老伴儿电话一时没打通，120倒是很快来了，一看，说女人已经去世了，并且有可能去世两三个小时了。你们还是直接联系殡仪馆吧。120丢下这句话就走了。这下男人紧张了，就给派出所打了电话。

等简向东他们到达时，女主人已经回来了，就是这个牟芙蓉。她一回来就说，死者是自己的朋友，而且是自己今天下午叫到家里来的。

霉哟，我走的时候她还好好的，就是说头晕，想躺一会儿。咋个就死了呢？我以为她躺一会儿就会回家，我还叫她走的时候把门碰上呢。咋个就死了呢？

她说头晕，你们怎么不陪她，或者送她回家？简向东问。

哎呀，我们有急事的嘛，时间搞不赢了。任何事情都有轻重缓急的嘛。我哪晓得她会死呢，还死在我家里头。

牟芙蓉一副责怪死者的神情。

简向东感到事情蹊跷，虽然医生初步诊断，死者死于突发性心肌梗死。可是，这个牟芙蓉，怎么会让一个身体不舒服的朋友躺在自己家里，自己外出呢？

简向东就让郭晓萱带女人回派出所去了解情况,录个口供。自己和田野留下来等法医鉴定,并联系死者家属。

简向东嘱咐郭晓萱问详细点儿,看看是怎么回事。

郭晓萱点头,略有些兴奋。分到派出所两年,她还是第一次遇到这样的案子。考虑到牟芙蓉上了年纪,郭晓萱让她老伴儿陪着她一起去所里。老头儿满脸怒容,一直恨着老婆,一看那恨意就是储存了很久的,还带着好几年的利息。

郭晓萱对牟芙蓉说,你接着说,为什么把她叫到你家来?

哎呀,我都说了好几遍了,就是为了沟通。沟通在人与人之间就像血永那么重要。

血永?郭晓萱略略顿了一下,反应过来,她大概是说的血脉。

说实话,我忍了她好几天了,实在忍不下了。她刚参加我们两次活动就起幺蛾子,说这门儿那门儿的闲话。今天中午吃了饭,我和孙姐,还有李美,就决定要和她沟通一下,不能再让她这样下去了。

我晓得我一个人说不过她,她文化高,我就叫了她们两个一起谈。

哪晓得……

二

唐佳开门进屋,屋里漆黑。她拉亮客厅的灯,叫了一声妈,没人答应。屋里安静得过分,是那种安静了很久,尘埃都一一落定的感觉。她又叫了一声妈,这次音量提高了一些。还是没人应。

她依次走到卧室厨房厕所看了个遍,的确没人。卧室里整整齐齐,床上的被子像宾馆那样平铺着;睡衣叠好放在枕头上,没有丝毫入寝的意思。厨房干干净净的,洗碗池里一个脏碗也没有,筷子筒里的筷子,照例朝一个方向斜着。看感觉,晚饭就没在家吃。厕所地面清爽,马桶盖盖着,没有任何不好闻的气味儿。

至少房间显示出的气息是,没有外来闯入者。

唐佳稍稍放了点儿心。来之前她曾担心母亲一个人倒在屋子里。去年体检,发现母亲有冠心病。她也怕母亲洗澡的时候,发生煤气中毒什么的。总之独居老人可能发生的事她都想到了。当然,母亲不能算老人,刚退休一年,五十六岁而已。

看来母亲是出门去了,屋里没一点儿人气。拖鞋也端端正正地摆在门口,鞋尖冲墙。

可她上哪儿去了,这么晚还不回来?平时她去朋友家做客,再晚都要回来的。她说在别人家睡不着。前些年工作的时候,不得已出差,她会带上枕头,哪怕枕头占了她小半个箱子,她说那样好歹能找到一点儿家的感觉,不然无法入睡。

母亲是个过分有条理、过分爱干净的人。

唐佳掏出手机,再次拨打母亲的电话,她真希望铃声从某个房间响起。但是没有,电话依然是通的,屋子却听不到一点点声音。这个号码,她今天已经打了七八遍了。每次都通,每次都一直响到断。您所拨打的电话暂时无法接通,请稍后再拨。

从来没发生过这种情况,偶尔没有接,很快就会打回来的。一种不好的预感在她心里冒出。她发了条信息过去:妈,求你赶紧给我回个话,急死我了。

本来唐佳大白天是不会联系母亲的,她们母女通常都是晚上睡觉前联络一下,互相问问情况。但是今天下午,单位上一个同事说晚上要请大家吃火锅,过生日。这个同事跟她关系不错,她想去。于是她给母亲发了条短信:妈,下午帮我接下叮当可以吗?我们单位有饭局。母亲没回。她就打过去,电话通了,却没人接。

唐佳估计母亲是在参加什么活动。母亲有个习惯,每次开会或者参加活动,总是把手机设置成静音。她认为当众手机响铃很没教养。也许母亲今天有活动。

她想了一下,又发了一条:算了,我还是让叮当他爸去接吧。你安心参加活动。于是她转而给丈夫打了个电话,把任务交给了不太情愿的丈夫。

饭局结束,她连忙赶回家收拾残局,把儿子弄睡觉。等消停下来,才忽然想起母亲一直没回她电话,这不像母亲的做派。母亲看到未接电话,怎么也会给她打一个的。于是她再次打过去,母亲还是没接。怎么回事?再有活动,也不可能持续到晚上啊。再说这长时间,母亲就不看看手机吗?

母亲家里早已取消了座机,手机是母亲唯一的通讯工具。手机联系不上,她就不知道该怎么联系了。

挨到晚上九点多还是打不通电话,唐佳有点儿不放心了,就索性打了个车赶到母亲家。她甚至想好了,见到母亲就要说,不要老把手机搞成静音,让人着急。

可没想到,家里没人。

唐佳纠结了一会儿,给父亲打了个电话,支吾半天说,我妈她,有没有和你联系?父亲很不满地说,你哪根神经搭错了?你妈恨不能把我吃了,怎么会和我联系?唐佳说,我不知道她上哪儿去了,从下午开始就联系不上她了。父亲说,这才不到半天,那么紧张干吗?唐佳说,可是很奇怪,她手机通了一直不接,我都打了七八次了。我跑到家里来,也没人,感觉不对劲儿。

父亲略微停顿了一下说,你去看看她柜子里的枕头在不在?就是大立柜靠里面那扇门,你妈有时候发神经,会突然去别处住的。

唐佳一边拿着电话,一边打开柜子,一眼看到了那个小枕头,包在一个透明塑料袋里。她说,枕头在。旅行箱呢?父亲又说,床下的旅行箱在不在?唐佳弯下腰看了一眼说,箱子也在。父亲说,那我就不晓得了。嗨,不会有事儿的。她又不是青春美少女。

爸!唐佳生气地叫了一声。

父亲连忙说,反正她没联系过我,从去年她把我撵出来就再没联系过了,我打电话她都不接。她退休的事儿我都是听你说的。你妈就是犟,好歹让我解释一下嘛,连个解释的机会都不给我。

唐佳心里恨恨地想,谁让你五十多了还在外面瞎搞?!

她不满地挂了父亲的电话,又打给丈夫,丈夫手机占线,打了两次他才接。干吗呢?大晚上还跟谁煲电话?唐佳有些不满。丈夫敷衍说,单位上的事。怎么样,你妈在家吗?唐佳顾不上追究,急急地说,家里也没人,电话还是不接。会不会也是单位有饭局,太吵了听不见电话?丈夫分析。我妈都退休了,参加什么单位饭局啊。再说,有饭局也不可能这么晚吧?

会不会突发奇想,参加什么旅行团了?丈夫又提供一思路,完全不对症,也是,他和唐佳母亲,更是隔着几层。

唐佳说,不可能。就是参加,也该告诉我一声啊,没必要不接电话嘛。

丈夫说,那倒是。噢,肯定是手机掉了!

唐佳说,哎,这倒有可能……可是,也不对啊,她知道我每天晚上会跟她联系的,如果手机丢了,她该找个朋友的电话告诉我一声嘛。我妈不是那种大大咧咧的人。

丈夫说,手机一丢,六神无主,忘了呗。

唐佳还是觉得不可能。她了解母亲,母亲是个非常有条理的人,到退休,都没有发生过丢三落四的事。父亲有外遇被她撞上那天,她都还是做好饭,吃完饭洗了碗,把桌子抹得明晃晃的,才坐下来和父亲谈话。

三

问询已进行了半个小时,还没什么实质性进展。

虽然牟芙蓉很健谈,不需要引导就滔滔不绝,可是经常跑题。郭晓萱不得不打断她,一次次把她叫回来。

你说走的时候,她还是好好的?

是啊,我还给她倒了杯水,是蜂糖水哦。我不晓得她有心脏病,刚才那个医生说是心肌梗死,这种病我听说过,死得飞快。

死因还没最后确定。郭晓萱严肃地说,你们争吵很激烈?

只是吵,有没有……

你的意思是说打她吗？没有打。绝对没打。我就是推了一下她的肩,孙姐戳了一下她脑门儿。那个李美嘛,比了一下扇耳光的动作,也没扇。这根本不算什么嘛。我们上课的时候,青师经常这样对我们的,推两下拍两下都是经常的事,有时候青师还踢我们呢。是真踢哦,她火起来,一脚就踢过来了。

说到这儿,牟芙蓉竟然笑起来,是一种甜蜜的笑,仿佛诉说某种幸福:青师真的要打我们,你信不信？

青师是哪个？青师就是我们老师嘛。大名赖青青,年轻的时候是杂技团演员,得过好多奖呢。我们都喊她青师,多亲切。

噢,先说明哈,这件事和青师无关,青师完全不晓得。

牟芙蓉再次漾开笑容,仿佛刚才那一笑,波纹太强,一时散不开,必须再推送一次。

青师真的要打我们,我挨过几回。太好笑了,刚开始的时候,她喊我做塌腰,我整死塌不下去,只晓得把屁股撅起来,她冲过来就踢了一脚,踢到我屁股上,还好我站得稳哦。

牟芙蓉呵呵地笑出了声。

我们那儿老一点儿的学员,没有哪个没挨过打。为什么打？肯定是着急嘛,嫌我们动作不到位嘛。

生气？才不生气呢,她是为我们好,真心为我们好。不管以前是做什么的,不管是公务员还是老板,在青师面前都是学生,打了都不会生气,都认。

这件事她上课的时候跟我们沟通过的,她说如果她不严格,就是害我们。我们完全理解,现在哪里有那么负责的老师哦。我好感动哦。我读书的时候,老师张都不张我一眼……

那么,病故的那位应女士,跟你说的青师是什么关系？郭晓萱又一次把她拽回来。

你说应美哇？肯定也是师生关系嘛。

应美？她不是叫应学梅吗？

我刚才跟你说了呀,比我小的学员我都叫美女。应学梅还是比我小几岁的,我就叫她应美。应美也是学生,我们都是学生,青师是我们的老师。我们都是菩提馆的学员。只不过应美是刚加入的,我介绍的。

我和她是咋个认识的?早就认识了,我们是初中同学。国庆节同学聚会,她主动过来和我打招呼,说她也退了。难怪,她原来多骄傲的,根本不参加我们班聚会。

为啥子骄傲?成绩好嘛,加上她妈妈就是我们学校的老师。我们那个时候因为"文革"耽误了课,学校就把好几个年级的学生伙到一起上课。我们班有大有小。她是最小的一个。但是她太会读书了,成绩好得很。后来就考起了大学,毕业又当了干部,清高得很。

现在退了休,大家都一样了。晚年生活还不见得有我好呢。真是像我们青师说的,活下去就是胜利,你只要一直往前走,就有可能超过那些原来比你走得快的人。真是这样呢。当年那么骄傲的学霸,那天多谦虚地听我摆龙门阵。你简直想不到。

一旁的老头似乎已忍无可忍了,掏出一包烟向郭晓萱示意了一下,走了出去。

牟芙蓉毫不受影响,再次挺了挺脊背,她夸我气色好,显年轻。我就告诉她我是练瑜伽练的,原先也是黄皮寡瘦的,从开始练瑜伽就改变了,现在我的水平都达到专业水平了。她开始还不信,我就马上站起来给她比了两个动作。

牟芙蓉站了起来,似乎想当场表演,被郭晓萱止住了。她坐下,掏出手机来,翻开照片给郭晓萱看——

我那天就是给她看了我练瑜伽的照片,我说刚开始的时候,我弯腰都摸不到脚背,现在我随便弯腰都可以摸到脚背了。瑜伽的二十个基本体式我都可以做了,我还可以做两个高难度体式,上轮式和下轮式。这个在我们菩提馆只有五个人可以做。

郭晓萱看到照片上,这个女人真的可以把腿搬起来靠在脸颊上,还可以把身体朝后弯成一张弓,还可以把两只手在背后合十。她吃惊地瞪大了眼睛。莫说六十岁,她二十多岁也做不到的。

牟芙蓉非常骄傲地说,她当时看到照片就目瞪口呆了,就像你这样,眼睛鼓起多大。

郭晓萱连忙收回目光。

她问我练了好久,我说练了九年。她简直不相信。她说九年前你也五十了呀。我说是哦,我们菩提馆一多半学员都是五十多的,还有六十多的。我们青师说,任何时候开始都不晚,就怕你不开始。我们菩提瑜伽馆不但练瑜伽,还排练舞蹈——但是我们跟那些跳广场舞的大妈完全不同哦,我们很专业的,每天忙得要命,简直不得空。

她听了我讲这些,不是一般地崇拜,看她的眼睛我就晓得。

唉,我就是不该问她想不想参加,主要是当时太兴奋了,没忍住。其实我们馆早就满员了,除非有人退出才能进新人。但是我看她那么崇拜地看着我,就主动说,来嘛来嘛,和我们一起练。

她还是有点儿银(矜)持的,她说等我哪天有空去看看吧。

郭晓萱听见"银持"想笑,又忍住了。

有什么好银(矜)持的,不就是一个科长吗?她越银(矜)持,我就越想把她拉进来。唉,就是从这儿开始扯拐的。我不该带她去看。简直不该。那天她一看到青师就大惊小怪的……太过分了。

四

唐佳在手机通讯录里翻了半天,也没找出一个母亲的朋友。丈夫刚才建议她联系一下母亲的闺蜜,她才发现她根本找不到母亲的"闺蜜",一个也找不到。她知道母亲有几个要好的姐妹,有两次在家里遇见,还叫过阿姨,但她没有她们的联系方式。谁会想到去要父母朋友的联系方式呢?

唐佳很后悔,那个时候为什么不记两个阿姨的电话呢?

说来,她都不知道母亲的生活是什么样的。虽然每天晚上通电话,但从来都只有几句。吃饭没有?早点儿休息。偶尔都懒得打电话,发个微信,今天还好吗?母亲就说,还好。或者母亲说,降温了哦,不要感冒。她就回一个知道了,你也要注意保暖。

刚才她一边跟丈夫通电话,一边在屋里来回走,这才发现客厅有变化,长饭桌被移到了靠窗的地方,上面铺着宣纸摆着笔墨,看来母亲在练习写毛笔字。然后又看到凉台的晾衣架上,挂着青花布的衣裤。她从没见母亲穿过花衣服,而且连裤子都是花的,让她很是好奇。看来母亲有新的爱好了。

自打自己结婚后,她就没和母亲好好交流过。各忙各的。父亲发生外遇后,唐佳觉得,母亲怎么也会跟她哭诉一次,就做好了准备,到母亲家来住了一晚上。哪知母亲依旧很淡定,说其实她早有感觉了,只是不想去探究真相。顺其自然吧。唐佳说,这种事怎么能顺其自然?你应该敲打一下他。母亲说,敲打一下,他只会藏得更深。唐佳说,那你怎么察觉的?母亲说,嗨,老夫妻了,说话一个尾音不对都能露馅儿,何况……我发现他在偷偷吃壮阳药。母亲说到这儿居然扑哧一下笑了起来。那个晚上,母亲还是跟她聊了好一会儿,谈了自己对婚姻的感受。母亲说,夫妻之间,装糊涂很重要。我本来一直想装的,但是运气不好,撞上了,再装就是耻辱了。

母亲退休后,唯一的支撑没了,眼看着精神气儿散掉,唐佳就动员母亲去参加社区活动,或者上个老年大学,或者约上以前的女友去旅游。母亲都以各种理由拒绝了。唐佳真是不明白,她看到人家那些母亲,要么在家晒孙子晒饭菜展示天伦之乐,要么穿得花红柳绿的在风景区自拍,自己母亲却是两样都不参与。

母亲说,唱歌跳舞我都不会,看书写字我自己可以在家做,至于旅游,一定得找到称心的同伴才行。

母亲过于清高,大学毕业,事业上并不顺利,始终是个小科长。但还是这个瞧不起那个看不上,即使退休了,也放不下身段。就连网上的朋友圈儿母亲都不参与,只是偶尔为女儿发的照片点个赞,自己从来不发。唯一的社交,就是偶尔跟大学里的两个女同学一起喝茶。有两次唐佳有事找母亲,她说她在外面跟同学喝茶。

可是，唐佳也不知道那两个同学的电话。

实在无奈，唐佳只好打给母亲原来单位上的一位女同事，那个女同事的电话唐佳是有的。

对不起呀黄老师，这么晚打扰你。那个，我妈妈她，今天有跟你联系吗？

黄老师叫黄槐，曾和唐佳母亲一个办公室。黄槐说，应老师吗？没有呀。我最近一次遇见她，还是中秋节的时候，她来领月饼，在单位门口碰到的。我们搞活动请她来，她也不来来。

黄槐说话依旧是慢条斯理的，和母亲有几分相像。

唐佳迟疑了一下说，黄老师，你知不知道我妈好朋友的电话？黄槐说，不知道呢。唐佳又问，那你知道她最近参加什么社团了吗？问完觉得不好意思，自己都不知道，怎么指望单位的同事知道？黄槐果然说，没听说。可能不会吧？她不喜欢那些，原来一说起老年大学什么的她就撇嘴。唐佳想，没错，母亲是那样的。

黄槐问，怎么了，你跟应老师联系不上了吗？

黄槐一直叫母亲"应老师"，即使母亲当科长的时候。如今还是这么叫，这让唐佳有几分亲切。她和母亲差十二岁，和自己差十三岁，所以都以老师相称。

唐佳说，就是。她今天下午一直不接电话，我觉得奇怪，就到她家来了，家里也没人。这么晚了，平时这个点儿，她早就回来了。她不喜欢晚上出门的。

黄槐说，哦，那是有点儿奇怪。

是啊，我打了好多次电话了，响断了都没人接。她不会生我的气吧？

黄槐说，不会不会，应老师不是那样的人。我上次给她电话她当时没接，后来就回过来了，还跟我道歉呢。应老师特别有教养。

黄槐一边说，一边拿起手机拨通了唐佳母亲的电话，的确是，响断了都没人接。

您所拨打的电话无法接通，请稍后再拨。

唐佳也听见了这个声音，越发焦急起来，这样的情况从来没发生过。我老公说可能是手机丢了，手机丢了也应该回家呀。都这么晚了她能跑哪儿去嘛。我看了家里，箱子什么的都在，不像出远门。我感觉有点儿不对劲儿。

黄槐也急了，那是不是应该报警？

唐佳忽然就带了一丝哭腔，我都不知道该上哪儿去报警。

黄槐说，要报警的话，应该到应老师户籍所在地的派出所。不过，我听说起码要四十八小时。除非是小孩儿走失。

唐佳说，那怎么办啊，我就这么干等着到四十八小时吗？为什么非要等四十八小时？

黄槐说，我也不知道，大概失踪的人很多吧。我觉得应老师不会有事的，她那么平和的一个人。这样，我现在过来陪你一起想办法。

唐佳软弱地说，好的，谢谢黄老师。

五

牟芙蓉终于有些累了，提出要上厕所。

郭晓萱注意到，她底下穿的居然是毛裤，跟上面的旗袍完全是两个世界，用她的话说，完全不能沟通。大概再想时尚，也架不住老关节出毛病拖后腿。

从厕所回来后，她的精神气儿好像泄掉了一些，没那么振作了。她坐下，又开始闭上眼睛，吸气，吐气，如此三次。然后睁开眼对郭晓萱说，我们青师说，调整呼吸很重要，不然心就乱了，心乱了魂就没了。我现在遇到啥子事，都要先调整呼吸。

郭晓萱拿纸杯给她倒了杯水，她喝了几口，然后很仔细地擦了嘴角，拉了拉衣服的下摆，坐正，仍然把两手叠好，放在腿上。

她注意到了郭晓萱的目光，又说，我们青师说，任何时候，人都要坐有坐相，站有站相。尤其是女人，一辈子就是活个样子，活个形象，你要让别人看到你最好的样子，你才会好上加好……

比如你，警察美女，肩胛骨就没打开，本来那么漂亮，一含胸就掉分了,晓得不?

话锋突然转向自己,郭晓萱有些尴尬,她下意识地挺了挺背,甚至暗地里想,自己要不要也抽空去练练瑜伽?

看来青师是你们的偶像喽?她讪讪道。

肯定嘛。我们青师任何时候出现在我们面前,都是女神范儿。你根本看不出她六十岁了,真的,比我还显年轻,从后面看像二十多岁。我这件衣服,就是比着我们青师的款式做的,太有范儿了。青师那天穿起走进菩提馆,我们简直惊呆了,就跟林青霞张曼玉一样。青师手巧,她身上的衣服都是她自己做的。我们的瑜伽服也是她设计的,跟其他瑜伽馆的不一样,其他瑜伽馆就是土白布,我们是青花……

应美那天一报到,青师也给了她一套青花瑜伽服。她也是,不但不感恩,还恩将仇报。本来我们菩提馆都满员了,青师看在我的面子上破例收了她。她倒好,才去两次就生是非……

我好心好意跟她说,穿上这身青花,走路的步子一定不能太大,也不要哈哈大笑。她居然说,不就是装淑女吗?这咋个是装呢?是修养嘛,唉,简直是没法跟她沟通。

沟通个屁!你就是多管闲事!老头抽完烟进门,又是一声吼,啥子家务都不做,一天就在外而惊风火扯地乱整。

我咋个是管闲事呢?毕竟是我把她介绍进来的,看到她不对就应该管。她反驳老头,神情很坚定。

她那样做很不好!对青师不好,对我们整个团体都不好。我们这个团体像个大家庭一样,那么和谐、友爱,不珍惜怎么行?我们每个人都有责任爱护它保护它,我们又不是跳广场舞的大妈。

再说了,她那样做,连带把我的名誉也搞坏了,本来我在群里头还是很有威信的。青师经常叫我做示范。真的,她太不应该了。我必须告诉她,她那样是不对的。我如果不说,她自己简直意识不到。她能加入我们,是她的福分……

老头又吼了起来,到现在还在说这些没用的,你个老太婆!一天到晚神癫癫的,做些莫名其妙的事!我早跟你说过要出事!

这下好,人死在你家里,看你咋个交代!

牟芙蓉神色突然黯淡,那两条本来正上扬的眉毛,突然耷拉下来。文过的眉毛如黑剑一样,毫无缓冲地刺向两颊。

但很快,她又振作起来,我又没做什么违法的事,我就是好心好意介绍她加入我们。我看她退休了,很无聊,天天在家窝着,脸都是刷白刷白的。她比我小几岁,看起来比我还显老,我走出去,没有哪个看得出我要六十岁了,是不是嘛警察同志?

郭晓萱差点儿点头。

昨天我婉转地说了她几句,要她尊重青师,她多尖刻地给我顶回来,说我盲目崇拜,没有原则……啥子原则不原则的,她就是喜欢居高临下。都退休了,还端起干啥子?我们学员里还有个局长呢,都不像她那么端起。

我只好约了孙姐和李美一起来帮助她。她也是,那么小气,吵不赢我们脸就气得发白。还是大学生哦……

郭晓萱不想再听她唠叨了,开始总结性地帮她梳理——

是不是这样,下午你把她叫到你家,和她谈话,谈话过程中你们发生了争吵,大家情绪都比较激动,然后她感觉身体不舒服,你就让她在你们家躺着,你们就走了,是这样吗?

是的就是这样。她点点头,忽然叹了口气。脸上的粉有些撑不住了,没有弹性的黄皮肤显露出来。真相毕露。

我好心好意地喊她来谈,哪晓得根本谈不拢。我不知道她有心脏病,要是知道我都不会叫她练瑜伽。瑜伽不适合心脏不好的人。我真是太倒霉了,本来是好心好意的。我们正在批评教育她,不是,我们正在沟通,她突然说头晕得很,不想说话。我估计她是不想听我们说了,装病。

我想既然说不通,就不能让她参加晚上的活动,免得她在会场乱说。我就喊她在我们家休息,我真的是好心好意的。

你们没给医生或者她家里人打个电话?

搞不赢了,我们五点半要赶到酒店做准备。慌慌张张的。

你的意思是,你们把她一个人丢在你家里了?

她顿了一下说,我哪想到会那么严重?头晕嘛,我也经常头晕,喝点儿蜂糖水就好了。我想她休息一会儿就可以回家了嘛,我跟她说,你走的时候把门关好……

于是你们走之后,她就心脏病发作,去世了。郭晓萱的声音和表情,都变得严肃起来。

牟芙蓉听到这话,把本来已经坐得很端正的身子,再次调整了一下,挺了挺脊背,虽然面容上已经显出疲倦和衰老。但看得出她在努力撑着——

我还不是后悔得要命。要怪就怪我当时太心急了,生怕影响到晚上。孙姐和李美两个也觉得是不应该影响晚上,我们就先去酒店了。路上好堵,还好我们没迟到,晚上的活动很成功,老头打电话的时候我们刚刚结束。我那个独舞还被青师表扬了的。

牟芙蓉说到这里,两只手下意识地比出了兰花指。

六

值夜班的年轻警察,像是刚毕业的大学生,一张脸尚未刻下岁月的痕迹。他一边在电脑前坐下一边问,失踪的是老年人吗?

唐佳连忙说,不是老年人。

警察说,多大年龄?

唐佳说,五十多。

警察瞪了她一眼,五十多还不是老年人?喊!唐佳愣了,她从来不觉得自己妈妈是老年人,顶多是中年人。她苦笑着看了眼黄槐,心想,自己这个三十多的人,在这个年轻警察的眼里一定是中年人了。

什么时间失踪的?

唐佳说,嗯,今天下午就联系不上了。打电话一直不接,刚才,就是我们来的路上又打,还是不接。太奇怪了。

警察说,打电话没接很正常嘛,我也经常顾不上接电话。

唐佳说,但是对我妈妈来说是不正常的,她从来不会这样。

警察的眼神完全是不以为然的,似乎是说,凭什么你妈妈不接电话就是不正常？但他说的是，下午到现在，也还不到十个小时嘛。

唐佳连忙说，我知道要四十八小时，我就是觉得太反常了。我怕她出意外，她一个人单身生活……万一……

警察摆摆手，没事没事，你既然来报警了我们肯定会接的，肯定要登记的。

警察依次问了姓名、年龄、地址、身份证号，以及失联的时间、地点，还有她妈妈的电话号码。然后依次录入电脑中的一张表格上。

唐佳看到那张表叫"失踪人员登记表"，还有编号，心里稍稍安心一点儿。

智力健全吧？我的意思是，有没有老年痴呆症状之类，走出去记不到路了？很多来我们这儿报失踪的都是这种情况。

唐佳连连摇头，没有没有。她脑子很清楚。关键是她以前没出现过这种情况。

黄槐也在一旁证明，她刚退休一年多。退休前是我们的科长。就是因为她平时做事很有条理，一点儿不糊涂，我们才会着急。

年轻警察登记完了，按了个保存。好了，先这样，我们这里有情况的话，会马上联系你们。

唐佳说，你们不马上采取措施吗？

警察说，采取什么措施？现在就组织警力满大街去找吗？

唐佳忽然按捺不住地喊了起来，如果是你妈妈找不到了，你会这样吗？眼泪一下就出来了。

黄槐连忙搂住她的肩膀。

警察愣了一下，然后态度很好地说，我理解你的心情，大姐。但是，你知不知道，每天都有很多人来报告失踪，其中大部分两三天后就找到了。尤其是老年人，一时找不到家了，这种情况很多。我们不可能每个都立案。除非你有证据证明对方可能存在人身安全危险，或者说对方可能会受到侵害……刑事立案是非常复杂的事情，立了就不能撤，而且需要拿出大量的警力。如果你不能提供足够的涉案理由,公安机关缺乏立案的依据,是不会立案的,报案后只会给予公民必要的协助。

唐佳感觉他在背书。但还是起到了作用,她平息下来。

黄槐替唐佳回答说,好的,我们知道了。

警察索性转向黄槐,放心,我会把刚才登记的信息发布到我们的平台上,让其他派出所一起关注的,一旦有消息,我一定及时联系你。我建议你们自己也通过网络平台发布一下消息,发动亲友找,可能效果更好一些。有线索的话也及时告知我们。

黄槐连连点头。

两人从派出所出来,互相道别。黄槐安慰唐佳,也许明天就会有消息的。唐佳忍着眼泪谢谢黄槐,陪自己那么久。然后各自上车,打算离开。

唐佳刚刚发动汽车,电话就响了,她忙不迭掏出电话,真希望是母亲的。真希望母亲说,不好意思啊,我电话关了静音,一直没听到。

可是是丈夫。

丈夫说,那个,刚才警察来电话,说他们在一个人家里,发现了妈妈……

在哪儿?谁家?

嗯,他们说,妈妈她,心脏病发作,已经不行了……

七

郭晓萱接到田野打来的电话,说法医已经确定应学梅是死于心肌梗死,没有其他外力因素。

我们已经联系到了死者家属。你们走后,在她家沙发下面发现了死者的手机,手机是静音,一闪一闪的,已有十几个未接电话。估计她是想打电话求救,掉到了地下。

还有,那个牟芙蓉离开的时候,的确是给应学梅倒了一杯蜂糖水。这点可以证明当时她们没有恶意,是没料到会发生不测。虽然她的举动有点儿不可思议。

你问完了,就让他们回家吧。

郭晓萱说,好。

牟芙蓉似乎猜到了电话的内容,她盯着郭晓萱的脸问,搞清楚了哇?我可以回家了哇?

郭晓萱点点头。

她马上站了起来,胜利似的跟老头说,我就说不怪我嘛,是她自己身体出问题了嘛。其实也没什么,一下就走了痛快,不受罪。我还希望我以后像她这样呢。

老头依旧是怒气冲冲的样子,完全不搭理她,转身出了门。

郭晓萱说,那个,我想再问你两个问题可以吗?

牟芙蓉说,问嘛。

郭晓萱说,你一直说死者说了不该说的话,她到底说了什么?

牟芙蓉的怒气又上来了,嗨!她一来就说她认识青师,认识就认识嘛,又说青师年轻的时候……做过那些事,被单位除名了。

什么事?

算了,我不能讲,不能传播。我才不信青师会做那样的事,我们都不信,她肯定是听到谣传了。青师怎么可能像她说的那样嘛。

再说了,不管你从哪儿听到的,都不应该乱说。谣言止于智者。警察美女,你说是不是?

郭晓萱说,还有个问题,晚上你们到底有什么事,那么着急?

牟芙蓉顿时云开雾散,两条漆黑的眉毛挑了上去,哎呀,今天是青师生日啊,六十大寿!我们早就计划好了,半年前就计划好了,今天晚上要为青师庆生。

我们都不说她六十岁,我们在蛋糕上给她插十六根蜡烛,祝她永远像少女一样美丽。

我们排练了好几个节目,我有两个舞蹈,其中一个还是独舞,把瑜伽动作都用上了,还有莲花手倒立哦。

我们为这次生日晚会准备了很长时间,我还专门订了一套纱裙,效果之好……不摆了。我们肯定不能因为她影响了呀。

还好晚会非常成功。青师说,她感到非常幸福。今天是她最幸福的一天。我们也感到非常幸福,今天是个开心的日子。

郭晓萱觉得后背发凉,这个女人,揣着的那颗心,如同她那条能竖起来贴脸颊的腿一样不可思议。

她站起身,示意她可以走了。

牟芙蓉挺着背,深吸一口气,吐出,然后走出门。

推开门的一瞬,她又回过头来说,警察美女,记到哈,把肩胛骨打开,像我这样,不要含胸。

(原载《上海文学》第 5 期)

汝今能持否？

叶　舟

尽形寿，不杀生，汝今能持否？

"会死么？"

"呵呵，不会。还没死过，这算头一次。"

王旗按住了陈丙君，将他摁在枕头上，抚了抚脸，令其闭眼。这还不算，王旗又拍了他的胸口，让他放缓呼吸，别那么七上八下的。另一侧的牛富田抖开了一块白床单，哗地一下，苫住了陈丙君。后者脚上发凉，有人在替他穿袜子，从动作上猜，陈丙君知道是马五七，这跟他出牌的节奏吻合，有些颟顸。现在，陈丙君算是死了，离这个花花浮世虽咫尺之距，却仿若天涯。他安心地关上了全部的窗子，心里昏暝一片。

死就要有死的样子，不敢马虎的。安顿完了陈丙君，大家消停下来，才有心气对付功夫茶。茶具是牛富田带来的，便携式，一共四只茶盅，东西南北，摆在几案上。目前暂时死了一个，牛富田便没收了一只，装回兜里。茶要趁烫，马五七吹着嘴说："生旦净末丑，干啥就要像啥，要入戏。记得有一年夏天，轮到我值班，天热得跟澡堂子一样，我就在厂区楼下的阴凉地里丢盹儿。动力车间的那个二流子在跑步，他经常在跑步，冬练三九，夏练三伏。但那天开始他有些怪，他张开胳臂，一步一挪，身体像个十字，我以为他在做扩胸运动，也没在意。连着半个月，他天天如此。科长找了我，说产品丢得厉害，肯定出了内贼，让我多加提防。这不,我的瞌睡打消了,猫一样警觉。出事那天下午,他又在做扩胸运动,一步一挪,十字状。恰巧,天上飘过了一朵黑云,把日头遮住了,这才泄露了秘密。狗日的,原先他的怀里抱着一整块玻璃,正要往大门外偷运。先前日光那么强,玻璃干么不反光,我想了几十年了,也没想明白。他做得真好,他入戏了,他找见了窍门。所以嘛,陈丙君今天要死得像那么一回事,千万别露马脚。"牛富田停下茶,唏嘘说:"刚才上楼时真冷,天色不好,恐怕要下雪的。"他的话无人应和,只好萧索地捂住嘴,整理了一下假牙。王旗说:"在玻璃厂工作了几十年,奇的怪的都见识过,但最有一件事令我困惑,一直折磨了我几十年了。我不敢说,怕我是不是有反动的苗头。不管了,我豁出去了,说出来你们听听。七六年,丙辰龙年,那一年真是流年不利,先是周总理走了,又走了朱总司令,中间有一个唐山大地震,死了那么多人,活生生的一座人间地狱。到了九月,毛主席也没了,痛煞人也。那天下午集中听广播,晚上人们都去了反修馆吊唁,只安排我一人在仓库里值班。值班有啥了不起的,我没当一回事,可到了后半夜时,我就被吓呆了。为么?原先仓库里成箱成捆的玻璃,开始一块接一块地炸裂。不是碎,注意听,是炸裂,炸成了指甲皮大小的渣子,没一块完整的。那是二季度的产品,没有一百吨,少说也有四五十吨吧,就那么炸了。第二天我汇报了上去,但无人在意,国丧期间,谁也懒得操心玻璃的事。后来有了各种传闻,说玻璃也悲伤过度,那么一炸,当然是心碎的结果。我揣摩了许久,难道玻璃也有心,万物也有灵,像人一个样子?我后半辈子做的梦,基本上和玻璃有关。一闭上眼,我就能看见那些尖锐的玻璃碴子,明晃晃的,像一把刺那样。哦,说出来我就轻松了,不需要你们安慰。总之一句话,陈丙君今天要死,但他心里有刺,一根大刺,咱们得帮他拔出来才是。"照例没人应和,王旗也不难为情,吹着汤面上的茶叶。假牙是新植的,磨合不太成功,总得适应一段时间。上一副假牙好,用了差不多九年,牛富田在露水市场买菜时,不小心打了一个喷嚏,假牙飞了出去,掉在了下水道的井箅下,着实生了一礼拜的闷气。牛富田瘪着腮帮子,絮叨说:"外面的天阴得厉害,风也大,估计不是中雪,就是暴雪。"马五七剜了他一眼,面呈不悦,沏茶时走偏了,水漾在了几案上。马五七想让气氛愉悦一些,便说:

"陈丙君这一死,咱们三缺一,凑不成一桌了,咋办?"

问题太尖锐了。自从退下来之后,天天打牌,打了这么多年,谁也没想起这个难题。三缺一,等于此刻的茶桌,缺了一位,总感觉别扭极了。你跟我碰杯,另一个追了过来,究竟该跟谁先碰?打牌却不一样,形成了有效的上下级关系,上家防你如贼,你视下家像草寇,玩的就是一个瘾头。沉吟片刻,牛富田兀自笑了:

"三个人也可以呀,最适合掀牛九了。"说着,掏出一副陌生的牌叶子,扔在几案上。

王旗问:"啥是掀牛九?"

"河西走廊一带的土麻将,只能三个人玩。"介绍说。

马五七今天跟牛富田戗上了,怎么看都过不了眼。马五七没接话茬,继续献疑说:"嘀,那万一再死一个,剩下两个人咋办?"

"这简单,剩下两个的话,就下棋嘛。"王旗道。

"那再折掉一个呢?"

"哦,谁落在最后面,谁就真的悲苦了,一个人孤零零的,没人跟他玩了。"王旗郁闷地泼掉了杯中的残茶,续了一水烫的,哑巴说:"如此看来,谁死在前头,谁就有福报啊。"

"对,福报都是平时积攒下的,修来的。"牛富田附和道。

一群笨蛋!陈丙君眯了片刻,醒来时,恰好听见了工友们的谈议,心里厌倦地嗔骂了一句,笨蛋加蠢蛋,再加一窝混蛋。这么便宜的问题,居然让他们想破了脑壳,唉声叹气的。但因为现在死了,陈丙君不好突兀地坐起来,给他们上上课。躺在苦布下,陈丙君尽量让自己僵硬下来,不许动,也不能插话,死就要有死的样子,必须入戏。但人有三急,尿脬慢慢地鼓胀了起来,像一枚定时炸弹,由不得他。陈丙君暗中动了动,找见了一个惬意的姿势,遂安定了许多。这时,附近八中的报时钟响了,北京时间十四点整。声音里有一种金属味,破窗而入。阳台的门不严,凭着脚上的凉意,陈丙君知道下雪了,一定不小。

完了,完了完了,计划又泡汤了。

既然天气糟糕,陈丙君便宁愿陈燕子不来,哪怕自己这么白死一回,也别让她一路上顶风冒雪。陈燕子在科技街的一家小公司当会计,原先的单位改制后效益太差,还是托了关系,到了这个岗位的。专业丢了,一切都得从头学习。女儿没讲关系是谁,但陈丙君不用猜,就知道肯定是左军。公司朝九晚五,中午只有一小时的吃饭时间,现在没来,肯定还在怨恨当中,气性太大。一年前,父女俩失和,陈丙君几乎是被女儿逐出了她家的门,连春节也没回过娘家。其间,陈丙君发过短信,打过电话,但都泥牛入海,没了音讯。到了孙女生日的那天,陈丙君买了巧克力和水果篮,让同城快递送到女儿家的小区,却被收件人退了货。一来二去,双方冷战至今,居然未曾谋面任何一面。用王旗的话讲,这他妈就是一桩人间奇迹。马五七则用了委婉的说法,说这父女俩果然是一对超级奇葩呀。

陈丙君是见过死的,还不止一次。当初他响应国家的号召,从河北易县到了大西北,在黄河岸边的玻璃厂里当技工。接到了父亲病危的电报,他一路嚎哭地到了老家,父亲却早已停灵五日,只等他这个孝子回去。母亲亦是,只不过停灵七日,原因是天兰线塌方了,火车耽误了几天。陈丙君后来悟出,电报里所谓的"病危"二字,实则是已经咽了气的意思。到了二十七八,本厂的一个兰州姑娘看上了他,托了妇女主任从中说媒。姑娘是天车司机,体态端方,浓眉大眼,脸蛋上镶着两坨红晕,高原紫外线晒过的痕迹。陈丙君糊里糊涂的结了婚,很快就有了一个女儿。陈燕子读五年级时,陈丙君负责押运一个车队,去了青海的格尔木送玻璃。这回他没接到电报,却是长途电话,说他妻子得了急症,目前病危。待陈丙君跟跄地回到了家里时,一切都为时晚矣,没见上最后一面。妻子并非急症,而是从天车上摔下来的。陈丙君一直捂着这个秘密,只怕给女儿的心里留下恐怖的阴影。前天晚上,陈丙君出了病房,还在走廊上认识了隔壁的一个病友。年龄相仿，一说开，话题也多，迅速亲热了起来。次日，两个人又聊了半小时。孰料，今早上病友迅速恶化，呜呼哀哉，一下子被推走了。陈丙君站在阳台上，看见殡仪馆的车子来了，突然受了刺激。

入冬后，陈丙君就思忖，与其守株待兔地等女儿来，不如主动出击。他在电话里哀告了半天，王旗说他最近三高，牛富田自称染了风寒，光佛慈的枇杷露就吃了六瓶。更绝的是马五七，发来了图片，说他在郊区的水库里冰钓，分身无术。三个老家伙不仅回绝了他，且讥诮说，病胎子没事，你平时病病歪歪的，还没见你死过一回。这话等于施咒，让陈丙君失望了一夜，又心悸了一天。终于，他捂住心口窝，躺在了沙发上，叱令保姆呼来了急救车，动静很大，广而告之。检查了一番，也无大碍，都是一些老年性的小病小灾，但陈丙君坚决申请住院。住了三日，同病室的那位刚出院，陈丙君正觉得人情如纸、世间寒凉时，伙计们杀了进来。陈氏父女的失和，也像一块磨盘似的，让他们长期不爽。虽说家务事难断，一定有鲜为人知的因素，但陈燕子毕竟是叔伯们看着长大的，决不至于如此的铁石心肠。三个人剑走偏锋，拿出了一份紧急预案，决定让陈丙君立刻死掉。

死之前，大家征求了陈丙君的意见，让他掏掏心窝子，把该说的话先交代一下，别留遗憾。陈丙君哀恳说，拜托了，等一下给陈燕子挂电话时，千万别讲病危什么的，就说我处于弥留之际吧，别吓着了我女儿，让她心碎。弥留是什么境界，大家并不追究，反正中心意思就是喊陈燕子来医院，站在父亲的病床前，最好有一个拥抱，泯灭恩怨，重归于好。叔伯们的号码都是陌生的，陈燕子乖巧地接听了。王旗口头通知了她。马五七和牛富田还追发了短信，以强调病情的严重性，不啻于下了十二道金牌。这以后，陈燕子那边就哑巴了，但陈丙君这边不得不做出逼真的样子，把戏演下去。

尿脬一旦鼓胀，陈丙君便开始后悔了。死不是那么容易的，尤其保持住一个姿势，任人摆布，每一个骨缝与关节里的酸楚和难过，像酵过的面团发了出来，不堪其累。什么福报，什么谁先谁后地去死,那都是活着的人杜撰的。这一刻,陈丙君宁愿女儿不来。医院坐北,女儿位南,少说也有十几公里,拉倒吧。这么想时,忽然听见马五七暴怒了,质问说:

"老牛,你干么一直在说这该死的天气?"

"真下暴雪了。"

"天哪,闭嘴吧!下雪就不能死人了,陈丙君就能把魂儿拾回来么?"

牛富田嘿嘿一笑:"我担心陈燕子,这天气,不来也好。"

"嗯,堡垒最容易从内部攻破。"王旗总结道。

叶鹤是咋进来的,谁也没看见。一帮人乱作一团,嘴上逗能时,叶鹤就站在门口吃吃地发笑。叶鹤是陈丙君家的保姆,小个子,五官精致,肤色质朴,连上帝见了心情也会好转的,遑论这帮老家伙了。等他们住嘴后,叶鹤才将保温饭盒搁在几案上,一掀盖子,一股饭香缭绕不散。陈丙君年轻时娶了本地姑娘,几十年间,口味被逐渐修正了过来,偏向于面食。此前,陈丙君答应女儿雇保姆,唯一的要求就是会做面食。叶鹤的茶饭好,在玻璃厂的家属院里人尽皆知。这不,一闻味道,大家才明白午饭没吃,开始咽唾沫。叶鹤盛了一小碗,用小匙舀起,慢慢吹凉。陈丙君继续躺在苫布下,耳食着外面的动静,有一丝激动,亦有一种忐忑。陈丙君心说,一定是叶鹤来了,但万一是陈燕子呢?

果然,叶鹤笑说:"瞌睡装死呀,起来吧,起来吃饭饭。我可只有几分钟的时间,炉子上坐着一壶水,我忘了。"

"他死了!"王旗说。

"我呀,今早上买了一斤扁豆,撒了碱,炖在火上炖烂了。这雀舌面是我手擀的,撒在扁豆汤里,起锅后用葱花一炝。啊啧啧。"进门时,叶鹤的头上敷了一层雪花,现在开始消化了,眉眼上罩着一团雾气,又说:"我可警告你,过了三分钟了。"

陈丙君刚要开口,却听马五七说:"肃静些!刚死不久,正准备联系你和陈燕子呢。"

"死了,真的!"牛富田也确认。

"叔!"小匙晃了晃,汤洒了出来,溅在脚面上。叶鹤熟悉这帮人,平时嘻嘻哈哈的,一小撮老顽童,从没这么正经说过话。窗外天色凝重,暴雪袭来,似乎死当其时,死必须恰如其分。叶鹤真信了,陈丙君一早上都没来电话,现在挺尸了,她不得不信。叶鹤忽然扔下碗,后退了几步,哭噎说:"昨晚上还好好的呀。燕子姐呢,燕子姐来了么?"

"已经通知了她。"马五七再次坐实了。

"节哀顺变吧。"王旗补刀。

不承想,叶鹤瞥见了真相,陈丙君的脚趾动了一动,怕凉似的。叶鹤扭头便跑了,跑到了门外,哇地一声,嚎哭了出来。叶鹤走了,跟她刚来时一样迅疾,容不得旁人思考。王旗他们慌了,追了出去,但叶鹤并没坐电梯,顺着应急楼梯没了人影儿。三个人互觑着,明白这下玩笑开大了,但覆水难收,一时语塞。待他们返回病房,打算跟陈丙君讨一个补救良策时,却遇见了一个后生。也算活该,他们不由分说,将一肚子的怨怼和愤懑,发泄在了这个替死鬼的身上。

那一刻,陈丙君听见喊叔的声音,又知道叶鹤见了死的他,绝对受了惊吓。但陈丙君挣了挣,始终锁不住全身的骨骼和肌肉,没力气起来。唉,陈丙君心说,死真的是一件很窝囊的事,一盘散沙,却又僵硬如石。人活一口气,力气又慢慢回来了,先醒了指尖,醒了腿脚,接着浑身的窗子都打开了。陈丙君揭掉了苫布,白色的被单,上面有医院的名称。这时,他发现几案前坐着一个小伙子,正端着饭盒,认真地吃着那一碗叶鹤做的扁豆葱花面。

奇了怪了,什么世道,这简直算是跟死人抢饭吃嘛。陈丙君坐着不动,心里失笑极了,看着这个后生狼吞虎咽的样子,不免悲悯。也难怪,后生穿了件松松垮垮的工装,脚旁是一个巨大的帆布口袋,帽檐很低,浑身上下镌满了快递公司的大红标识。十指皲了,冻得裂开了口子。鞋底的积雪化了,地板上洇满了污迹。陈丙君抱膝看着,后生不像在吃饭,因为他没有咀嚼,而是直接吸进了喉咙,长鲸饮水似的。吃毕了,后生将舌头卷起来,将散落在饭盒上的几粒小扁豆抿在舌尖上,忽地松开了气息。

后生也看见了陈丙君,没丝毫的惊讶,亦无夺人饭食后的惭愧。相反,他收拾好了饭盒,用袖子拭了拭嘴巴,腼腆一笑。

"味道好么?"

后生说:"饭甜了,再搁一撮盐就合适了。"

"清汤寡水的,你一定没吃饱。"

恰在此时,去追叶鹤的三个人折身返回,样子怏怏的。马五七进了门,蓦地盯住了那个后生,盯得后者慢慢站起来,敛住了笑,内心发毛。马五七本来长相凶,此刻金刚怒目,把一碗水也能烧开。他们瞥见了刚才吃喝的那一幕,直觉得酥油被叫花子糟蹋了,焉能不怒。后生怯生生地退后,退到了门背后,被匦在了死角里。马五七突然伸手,一下子擒住了后生的喉咙,将他压在了墙根里。当然,马五七自有他的一番道理,医院的走廊和电梯里贴满了告示,告诫病员和陪护人员,最近年关将至,小偷猖獗,千万要防范自己的贵重物品丢失,否则医院概不担责。即便如此,每天都有大大小小的失窃事件发生,院方的保卫科也徒唤奈何,简单登记一下就走人了。陈丙君清楚,昨天傍晚,同病室的那个老头就丢了一个肥肥的红包。红包是侄儿来孝敬的,刚压在枕头下,转瞬就没了,害得老头给自己打耳光,还挂了一瓶水。陈丙君为刚才的善心自责了几下,好歹只损失了一碗面,危害不大。其他人也没吱声,任由马五七独自处置这一桩突发案情。他们知道,马五七身板硬朗,一直在练拳,还会气功,手上的确有两下子的。

"我认得你,你早上就来过一趟。对么?"

后生点头。

"当时你是便装,就坐在那张床上玩手机。嘀,现在你化装来送快递,三只手呀?"马五七逼问。

被识破了,后生登时泄了气,不再抵抗。

陈丙君的确入了戏,觉得沉疴在身,加之剧情陡变,世上的事情与自己关系不大。他痴痴地笑看着,牛富田堵在了门上,王旗拿着手机,打算报警。马五七松开了姿势,却见后生从墙壁上滑了下来,瘫坐在地。也不知他使了什么擒拿手段,后生搓着喉哝,找刚才的那一口活气,脸像紫茄子,呼哧呼哧的。马五七聪明,知道擒贼抓赃,有了具体的物证,便是铁板钉钉。马五七打开了帆布袋子,一股脑地倾在了地板上,花花绿绿的。果然,这都是快递公司的寄件品,真实无误,与后生的口径一致。这一瞬,一个毫无包装壳的相框吸引了大家。王旗拿在手里,用袖子擦掉了灰尘,突然哑了。牛富田接过一瞧,也哑了,递给了马五七。马五七只瞄了一眼,便审问说:

"哪来的?"

后生嗫嚅:"同城快递。交寄的时候就这样,没包装。"

"人都不来,干么送这个?"

"寄件人走得急,说去机场,怕误了飞机。"后生起身,将帆布袋子整理完,背在身上,冲着病床上的陈丙君鞠了一躬:"谢谢你的一饭之恩。喏,雪太大了,我还得去忙了。"

现在,相框递到了陈丙君的手里。他不用仔细端详,便知道那是自己和女儿最好的一张合影。那一年,陈燕子放了暑假,他恰好去德令哈送玻璃,便将女儿塞进了驾驶室。路过青海湖时,还特意去了一趟鸟岛。宽阔的海面,像一块无垠的深蓝色的玻璃,鸥鸟翔集,天开地阔。他将女儿扛在身上,陈燕子双臂舒张,犹如一只展翅的小鸟。出嫁时,女儿带走了这个课本大小的相框,这么多年过去了,居然还簇然一新。陈丙君环望了一眼老伙计们,忽然说:"抱歉,辜负你们了,我决定不死了。"

"乌鸦嘴,你本来就没死。"王旗说。

"哦,接你们刚才的话。如果你们仨先走了,抢完了福报,只留下我一个人的话。那时候我孤零零的,干不了别的,我就一个人去摆摊,去算命。"话已至此,陈丙君蓦地热泪扑面,哽咽说:"可是,我给别人去算命了,谁又能把我的命给算出来呀?"

无人释解。

陈丙君又说:"她始终就没原谅我,一直没有。"

尽形寿,不淫欲,汝今能持否?

左军不在状态,陈燕子瞧得很准。

不是别了其他车,就是骑在双黄线上,还连闯了两个红灯。这不,刚进了滨河大道,交警的摩托车贴上来,示意停车。人倒霉,鬼吹灯,放屁都砸脚后跟。左军这么嘟囔时,陈燕子却打开了车门,去跟警察交涉了。左军看见,陈燕子解开了围巾和口罩,还有鼻梁上的墨镜,跟对方嘀咕了几句,警察便开恩放行了。还是女的好使,你给他许了什么诺?左军发动了车子,调侃道。陈燕子不回答,只说,二子哥,咱去对岸的滩涂上说话吧,你今天不在状态,怕你开车。左军依言,将沃尔沃驶停在了黄河边的芦苇旁,摸出烟,慢慢喂火。

风雪益然,犹如天空飘下的大片芦花,落在了大河两岸。

车里开着暖风,左军脱了外套,但陈燕子仍旧缠裹着围巾,戴了口罩,臃肿不堪。更让左军郁闷的是,这么冷的天,陈燕子居然扮酷,戴着墨镜,一改她往日的清纯路线,像个前来接头的女谍。中午时,左军接到了她的电话,要求立刻见面,一秒钟都不能拖延。丫头片子,口气很冲,左军还是头一回听见。左军刚要揶揄几句,却见大片的泪水涌出了墨镜框,敷在陈燕子的脸颊上,脖子也一梗一梗的,开始抽噎。左军知道事情不妙,忙掐了烟,将窗子关上了,递上纸巾。陈燕子稍事平静后,方说:

"二子哥,你对我不好了,不像从前那样了。"

左军微笑。

"我急死了,从昨晚上听见这个消息,我就一夜没睡。早上打你电话,中午才打通。"陈燕子拭着泪,握住拳,愤恨地说,"你告诉我老实话,你是不是快破产了?"

"对呀,没告诉过你呀。唉,我这个破脑子。"左军凿了自己一个栗子。

闻听此话,陈燕子的泪又汹涌起来,难以自持。恍惚中,她觉得左军的头发狼藉不堪,又白了许多,眼袋下来了,皱纹深了。这不,就连脱下的西装上也丢了一粒纽扣,半个月没熨烫的样子。以前的左军可不是这样。他注重仪表,衣着得体,江湖人脉广,无论钱财还是言谈,慷慨得一如及时雨宋江。要知己短长,须听背后言。昨天临下班前,陈燕子去找经理签字,冷不丁听见他们在谈论左军,说他投资的几个矿被查封了,血本无归;说他的资金链断了,他哥大子也不愿替他输血了;说他在城里开的几家4S店要低价打掉,才能补上这个窟窿。陈燕子当时就发急了,推门进去,却见经理等人纷纷住嘴,改口聊起了马云和阿里巴巴。她是左军介绍进公司的,左军当时还红火,说一不二,但现在却成了他们私下里的笑料。陈燕子没质问经理,即便质问也轮不到这几个搓毛票的小老板。整整一夜,陈燕子辗转难眠,半夜里偷偷钻进了卫生间,给左军写了几条信息。不承想,后来就出了事,糟践了自己。

左军也是玻璃厂的子弟,跟陈燕子在一个大院里长大的。左民左军是双胞胎,刚落地时,左民多重一两,叫大子,后者便屈居二子。这兄弟俩性格迥异,一个安静,一个闹腾;一个捉了博士笔,开了一家高科技企业,另一个三教九流,哪里火旺,就在哪里取金。左军比陈燕子大四岁,到他上高二时,他爸因为工伤,夫妻俩返回原籍休养去了。于是,左军就成了一只散养的狐狼,在学校里打架斗殴,跋扈异常。左军最为玻璃厂的职工们称道的一点,在于他从不欺负一个大院里的同伴,相反还罩着他们,在外绝不吃亏。高考在即,左军清楚自己没戏,也未告知家长和大子,自己报名参了军,应了他的名字。部队真是一个大熔炉,左军在临潼的军营里锻炼了几年,等回来时,整个人都变了,还带回来一枚闪亮的勋章。左军没服从安排,自己当起了老板,小打小闹了一阵子,后来在哥哥的襄助下,盘子忽地做大了,在业界也是响当当的一个人物。成人后,脱离了大院,左军只和陈燕子一人来往。这倒不是因为他阔了,有了头脸,而是一段宿愿,一个诺言。左军对陈燕子的好是无条件的,彻头彻尾的,不光当她是一个妹妹,甚至还当公主一般对待,言听计从,绝无二话。陈燕子这么一问,左军心里趔趄一下,见她快哭了,忙破笑说:

"傻瓜,哄你哪。哥我会破产呀,这种屁话你也信,白疼你了。"

"你骗过我。以前你说跟嫂子还好,后来不是离了嘛,鬼话连篇的,连眉头都不皱一下。"陈燕子抢白,又说,"你这个邋遢相,跟张国立去演《1942》都不用化装。"

左军说:"瞧这个车,我刚买的,最新款。"

"嗯,你没事就好,我揪心了一夜,肉都在跳,心慌死了。"陈燕子笑得很模糊,捂着口罩,只能从眉宇间看见,又说,"我还欠你几十万,我怀疑自己拖垮了你,我答应五年之内还你的,我保证。"

"哼,那点儿毛票是我当初送你的,让你首付,别瞎想了。"

陈燕子说:"为了那钱,我把我爸轰出了家门。今早上几个叔叔打电话,说他弥留了。"

"别提你爸!"呵斥道。

"他可能真的快不行了,我想去陪陪他,又怕惹他生气。"

窗外,暴雪依然猖獗,落在挡风玻璃上,雾腾腾一片,一定是车内燥热的暖风所致。左军心生不祥,逼视着陈燕子,忽然伸手,扯掉了后者的口罩和围巾,也将墨镜打落了。此刻,呈现在左军眼前的,不是那一张清纯的面庞,却是一只吹胀了的气球,鼻青脸肿,瘀血斑斑,带着夜晚暴力的痕迹。左军的指尖抚在陈燕子的脸颊上,拭掉一滴泪,却有更多的泪水扑了下来,如泣如诉。左军的脑子里虚构了如下的情节,陈燕子走上前去,解开了围巾和口罩,用自己受虐的脸,求得了交警的谅解,交警没准儿还以为她去急诊呢。真的,谁见了这一张破绽百出的脸,谁就会相信,这世上所有的庙宇,其实都不是替苍生做主的。左军的心里腾起了一团火,火光肆虐,杀人的心都有了。陈燕子忽然擦了泪,咧嘴一笑,将左军的手攥在了怀里,怕他动怒。但怕啥来啥,左军怒火中烧,对着仪表盘一顿铁拳,犹不解气,抄起一只钢化杯,砸在了挡风玻璃上。玻璃花了,比外面的雪花更显狰狞。陈燕子哀嚎起来,喊了一声二子哥。左军不管不顾,将额头撞在方向盘上,喇叭也凄叫了几下。左军知道凶手是谁,却又束手无策,眼睛里充了血,大骂自己无能。

半夜时,陈燕子乱极了,偷偷跑进了卫生间,给左军写信息,询问他究竟发生了什么事。一条发出去,又追了几条,却始终没有回复。买这套三居室时,虽说是月供,但首付比例高,陈燕子短好几十万。没别的,因为是学区房,考虑女儿从寄宿小学毕业后,明年升初中,她才咬牙签的字。陈燕子第一次开了口,左军当即转了账,还声称这些毛票是馈赠的,一点小意思,不用还了,简直一副土豪的口吻。五年之内,陈燕子设定了还款的期限,但左军破产的传言袭来,令她立刻怀疑自己的任性与颟顸,觉得罪孽不已。丈夫在一家旅行社工作,副总,时常不着家。最近几年,为了接一些大单,常常把自己喝瘫在酒桌上,对妻子也疑神疑鬼的,慢慢开始了家暴。陈燕子心有余悸,提前防了一手,针对这笔首付款的来历,她谎称是借父亲的。百密一疏,也或者是对父亲早有戒备吧,陈燕子居然忘了沟通。入住的那天,陈燕子做了一桌饭,请父亲过来暖房。吃喝到了半途中,陈燕子在厨房里忙,女婿给丈人敬酒,说感谢他的借款。丈人一头雾水,不明就里,信口说,我那点退休金还不够塞牙缝的,钱一定是左军的,陈燕子只信赖那家伙。丈夫在外是条虫,在家却是一位山大王,问左军是何方神圣?丈人干刀万剐地说,还能谁呀,一个二流子,小流氓,原先一个厂的子弟,纠缠我家燕子多年了,要不是我这个法海呀。刚走出厨房,陈燕子闻听此话,一条清蒸鳜鱼从碟子里滑脱了。陈燕子面色平静,打开门,对父亲下了逐客令。

  这不是真的,他给我栽赃,在抹黑我,我发誓。在丈夫频次越来越高的拳头下,陈燕子一遍遍地哀告。丈夫却说,他是你爸,他怎么会栽赃你,抹黑你,你以前肯定很浪。浪是本地的一个淫词,佛头泼粪,让陈燕子一下子掉进了泥淖,无力辩解。此后,只要双方稍有不快,这个奇怪的逻辑便会重演,而左军这个名字就是一枚磷火头,一擦即燃。等不来回信,陈燕子就睡在了女儿的卧房里,忘了插门。傍晚醉归的丈夫起夜时,冷不丁闯了进去,拿起妻子的手机输了密码(女儿的生日),发现了给左军的信息。丈夫掀掉了被子,陈燕子赤裸裸地横陈眼前,无遮无拦,任由拳头和皮带山崩似的落下,她几乎昏厥了过去。现在,左军也仿佛从昏厥里抬起了头,将全部的怒火积攒在脸上,咬牙说,我卸了他一条腿,我保证。陈燕子抬手,摸了摸左军胡子拉碴的下巴。不承想,左军蓦地张开嘴,一口叼住了她的手。舌头是湿的,舌头在说话,一直在掌心里吮来吮去。陈燕子听懂了他的意思,却抽回了手。

"二子哥,不行。我要听了你的话,就坐实了我爸当年的话。"

左军说:"他那个咒,跟了你我半辈子。"

"他在弥留之际,我却这个样子。我不能去医院,不忍心他看见我。"

"他的确该死。"

"哥,你没事就好,我也安心了。"陈燕子打开车门,站在弥天的风雪中,墨镜上映现出左军沮丧的脸,又说,"二子哥,你小心点儿,我散散步,自己走回去了。对了,你给电影室打个电话,我顺道去坐坐,现在还早。"

言毕,门被碰上了。

左军枯坐了许久,车窗大开,任罡风和暴雪灌了进来,直到遍体冰凉,成了一根冰棍似的。后来左军打了三个电话,第一个断喝说,找一帮人来,带家伙。接着又说,算了,拉倒吧。第二个说,抱歉,玻璃碎了,来取你的车吧。最后一个打给了电影室,温和地说,哦,我妹妹等下去一趟,记得把空调开开,别省钱。

一小时后,陈燕子坐在了黑暗中,才觉得安全。黑暗真是一种好东西,让人目中昏瞑,抹平了身上的伤痕、惊悸与恐惧,不再畏葸。电影室不大,顶多摆放了三十几张凳子,另有麻将桌和棋牌席,临窗有几个健身器械,煞是寥落。这个空间属二楼,毗邻紧急通道,但出口靠着河道,怕出什么危险,后来砌墙堵住了,成了死角。好几年前,社区领导很热心,想给附近一带的老人们寻一个集体活动的场所,便去找了社区所辖的最大的4S店的老板左军,开口央求。左军没二话,掏钱装修了这里,不仅铺设了轮椅车道,还购置了全部的娱乐设备。说是电影室,其实就是墙上挂了一块幕布,播放一下投射影像而已,但老人们怕独处,总爱往这里扎堆。电影室保存了成百上千的碟片,除了老电影外,大多以京剧、秦腔、道情和昆曲为主,满足了各种胃口。虽说现在是互联网的时代，全球同步，拿着一个手机也可以边走边看，但电影室始终没被裁撤，一个礼拜总会播放一两次。报章上多次宣传过这里，墙上的奖状和锦旗可以为证。陈燕子来过几次，本来是找左军的，又怕去了店里惹人注意，左军便带她来此，一边瓜子茶水，一边看部片子，顺便把闲章也就说完了。电影室的钥匙挂在一个中年妇女身上，左军的电话很管用，她对陈燕子也客气。这不，等电影开始了，她便坐在窗下，边打毛衣，边嗑瓜子。

　　陈燕子挑了一部老电影，李连杰的《少林寺》，老得没牙了。空调很热，她脱了外套，解下围巾，忽地有了一种释然和轻松。在黑暗中，没人会窥视你的累累伤痕，也无人操心你的遭际。但暖风也带来了另一个麻烦，疼痛慢慢苏醒了，犹如无数只蚂蚁，在噬咬，在撕扯。刚才在外面，伤口冬眠了，现在却浑身游走，尖厉无比。陈燕子尽量专注起来，不去悲苦，尤其当少林寺的钟声传来时，感觉有一种清凉，一份熨帖。怎么说呢，之所以挑了这部片子，就因为当年的左军跟电影里的小和尚觉远长相一样，不仅骁男英武，还顽劣不堪，简直称得上一个混世魔王。

　　刚上初二，陈燕子就被选拔出来，代表子弟学校去了区少年宫，进行强化培训，参加秋季的一场舞蹈大赛。百里挑一，陈丙君的脸上天天灿烂，特等奖给陈燕子一辆女式单车。有半个月的时间，大院的人们看见在灯光球场上，女儿骑在车上，父亲在后面稳舵，温馨无比。但佛脚不是随便可以抱的，车技太烂，有一次在回家的途中，陈燕子便闯了祸。

　　祸不大，但足以引发后来的一系列事端。

　　那一阵，附近几个大厂的子弟们流行弹玻璃球，一个个趴在地上，从这个洞，射向那个洞。练完舞蹈，陈燕子绕近道回家，刚穿过飞控厂的院区时，撞在了几个小子的身上，连人带车摔倒在地。小子们太横，撕扯住陈燕子，不依不饶。一个塌鼻子认出她是玻璃厂的子弟，便提出了交换条件。这时，陈燕子才发现单车不见了，哭了一路的鼻子。

　　彩色的玻璃球是厂里的坯料，入库和出库均有严格的手续。陈燕子没敢回家，躲在楼角的阴影里抹眼泪，恰好被阳台上的左军看见了。问完了原因,左军乐了,喊陈燕子上了楼,从床下拽出了一个麻袋,居然都是。球体里缤纷无比,有的是拉丝,有的是云絮,还有五角星、动植物以及灵动的水滴什么的。陈燕子的难题破解了,嘴很甜,第一次喊了二子哥。但左军并不领情,让她去通知飞控厂的小子们,带着单车来,在黄河半岛上交换。

半岛一带蒿草遮天,灌木丛生,鲜有人迹。约好的那天,飞控厂的小子们果然带着单车,前来索取战利品。孰料,左军换了装扮,一身短靠,手执梭镖,腰间系着一根链条锁,就像电影里走下来的觉远和尚。事实上,左军跟他们早有旧怨,陈燕子被欺负只是又一个导火索罢了。一个回合下来,飞控厂的大多数青皮少年都跑了,但左军圈禁了为首的几个。左军带了一书包玻璃球,让他们随便拿,但不能用手和脚。在左军的淫威下,几个小子只好张开嘴,往肚子里吞。和吃葡萄一样,挺滑溜的,还不吐葡萄皮,左军当时这么催促。擒贼擒王,左军对那个塌鼻子没客气,让他吃的是黄河岸边的石子。这一切,陈燕子一概不知,她先骑着单车走了,事后左军显摆时,她骇然不已。左军却轻描淡写地说,没事儿,从肛门里拉出来洗一洗,照旧能玩。结果,那个塌鼻子胃穿孔,送进医院后捡了一条命。厂保卫科和辖区派出所开始缉拿左军,去他家扑了个空,只缴获了半麻袋玻璃球。

其实,左军哪儿也没去,就躲在玻璃厂最僻静的一座仓库里,昼伏夜出,饿不了肚子。最先发现异常的是陈丙君,因为家里先丢了一条褥子,又丢了一只枕头。夏夜的一天,当陈燕子带了吃剩的馒头榨菜,说去灯光球场背诵课本时,陈丙君留了心。他跟踪女儿,摸准了目标,而后马不停蹄地去告了密。这还不算,当厂里的军代表和警察围住了仓库,破门而入时,陈丙君居然当着众人的面,声嘶力竭地喊,流氓窝点就在那儿,他拐骗了我女儿,他该死,枪毙他。在成箱的玻璃制品上,的确铺着褥子,搁着枕头,陈燕子和左军正在说笑。见此情状,陈丙君扑了上去,抱住了女儿,左军却跑了,猴子似的站在了天车上。在上下对峙中,左军申辩说,瞧我这个样子,就是一个和尚,我没动她一个指头。陈丙君叫骂说,你最好去刑场,你欺负了我家的燕子。

左军赌咒说,听着,我这辈子如果动她一根指头的话,那我去死。言毕,左军居然跳了下来,在众目睽睽之下。

一声脆响,成箱的玻璃碎了,分崩离析。

幸亏木质箱体间的缓冲力,左军没有大碍,狼狈地爬了出来,被砸上了手铐。众人离开后,陈丙君犹不解恨,一把火烧了被褥,一边烧,一边往火中啐唾沫,撇清了自己。这以后,左军的案子不了了之,两个厂之间各自护短,互相扯皮,所以没在他的档案里填上这一笔。回了家,陈丙君再没发作,女儿也不哭闹。陈燕子清晰地记得,就在那天晚上,她发现自己身上流了血。她不知道那是少女的初潮,血的突然袭来,压倒了其他任何的恐惧。

等血走了以后,陈燕子看人的态度变了,仿佛她心中有一块透明的玻璃,已然碎了。

悲催了一夜,又折腾了半天,陈燕子昏昏欲睡的。片子早就烂熟于心了,多一遍,少一遍,对记忆也没什么裨益。但这天下午,陈燕子仿佛专来做梦的,梦很暖和,也短暂,短得像一声哈欠。在梦中,她和二子哥趴在地上,正在玩玻璃球。她眯缝着眼,瞄准了对方的那一颗,看见球心中镌着一颗五角星。她越是焦急,指尖上却越无力,自己的那一枚始终射不出去。恰在她快哭的一刹,片子播到了尾声。幕布上,方丈在佛龛前询问小和尚:

"尽形寿,不杀生,汝今能持否?"

身后传来答案:"那干么呀!"

"尽形寿,不淫欲,汝今能持否?"

"NO!"

陈燕子腾地站了起来。薄暗中,看见电影室的那个中年女人站在身后,一边嗑瓜子,一边在配音。虚笑了一下,说了谢谢,陈燕子抱起外套,簌簌簌地出了门。天已经黑了,但雪花让天空泛滥出一层飞絮般的微光,犹如一块更为巨大的电影幕布。马路对过是公交车站,想了想,她攥住了口袋里的IC卡,踏实地向前走去。七公里外,那里有一家市级医院,住院部三楼四十二床,一个老人正处于弥留之际。

岂料,刚过马路时,脚下一滑,陈燕子整个人被掀翻在地。倒下去的一刹,陈燕子看见一辆车子从狂雪后面冲了出来,刹车声让耳朵彻底聋了。

尽形寿,不偷盗,汝今能持否?

下午的雪如果是白熊,那现在的雪一定是恐龙,来自侏罗纪。

听见门外的脚声,王跌果肃静下来,倚在沙发上,面色平淡。门开了,一团寒风送进来,女人的脸冻得发紫,一直在搓手。"老媳,回来了!"王跌果喜欢这么称呼媳妇,觉得有历史感,也有共度时艰的沧桑意味。女人伸出脚,王跌果忙替她拔下了靴子,立在门后。鞋底里的积雪开始融化,冒出一些污水来。女人搓热了手,解下臃肿的外套,忽地俏丽了许多。王跌果觉得,这才像自己的女人嘛。女人都是狗鼻子,她亦不例外,问什么味道呀?王跌果也在空气里嗅了几下,哦,狗皮膏药,我今天摔了一跤。女人问,摔哪儿了,要紧么?王跌果慨然回答,男人不摔跤,那还能叫男人嘛,放心吧。女人惜疼地在王跌果的脸上掐了一下,打开包,从里头拎出来一袋子吃食。不用问,又是番瓜包子,王跌果立时想吐。连着吃了三天的番瓜包子,胃里肃杀极了,打出的嗝都酸不拉唧的,但他没当场反对。待女人在炉子上坐了锅,将包子熘了进去后,王跌果方说:

"老媳,我就想吃一顿你手擀的雀舌面,葱花一炝,再来一小碟腌韭菜。"

女人说:"早打电话呀。"

"嗯,如果下一点儿扁豆,那就再美不过了。"

"哎哟,你不知道我今天忙疯了,骨头架子快散了。"女人爱干净,淘了抹布,开始上天入地地擦拭,又讲,"幼儿园快放假了,但一些家长走后门,先把娃娃送进来,说适应适应,下学期再正式上课。一下子进来了七个哟,我得多做一锅饭,多弄几个菜。园长对我不错，我不好驳她的面子。"擦完了，女人又蹲在地上，擦那双靴子。靴子是入冬前刚买的，他送给她的生日礼物。她说："我现在先练习一下，等我怀上了，生下来后，我就知道给娃娃咋搭配营养，咋拉扯了，我等于偷偷学艺吧。对了，园长说放假前要发年终奖，这两个月的房租不用发愁了。"靴子很难伺候，越擦越花。女人又唠叨："去年过年跟你回的家，今年回我娘家吧，我妈的眼睛麻了，可能是白内障。"见没有响应，女人生疑地抬头，看见王跌果讳莫如深地笑着。包子熘热了，女人盛在碟子里，让王跌果先吃。掰开一个，那种熟悉的番瓜味寡淡极了，但王跌果仍旧塞进嘴里，腮帮子浑圆。夫妻俩每天回家，总要唠一唠各自的工作，像规定的课业一样。现在该轮到王跌果了，便说："我今天把店长搞定了。他以前一直给我穿小鞋，横竖看我不顺眼，我的电动车老坏，一坏，业务量就上不去，没挣头。他丈母娘死了，大家都凑份子，我多给了一百，他脸色立马好了，答应给我修车。我赚了，一百块看透一个人，我真小看他。"女人做了一个蘸碟，醋和辣椒，摆在桌上。王跌果又说："没征求你的意见，我给你爸寄了一个护膝，治治他的老寒腿。今天路过一个药店，搞促销的说是高科技产品，二百五一套。"女人噘嘴，对这个数字不感冒。王跌果又掰开一个，继续："检讨一下，我今天犯了两个错，我不是故意的。先拣小的说吧，中午去市第一医院，我居然……"闻听此话，女人刷地一下变了色。王跌果看在了眼里，却不动声色，忽然转换了话题，哀恳道："老媳，跟你结婚以来吧，在你的英明领导下，我修理了自己的很多毛病。我以前脚太臭，我现在天天洗。我以前爱耍赌博，耍得不大，但毕竟不是好德行。现在就算他们喊我亲爹，我也手不痒，心不贪。我后来也不吹牛了，吹得天花乱坠，兜里没有一个钢镚，那就不是吹牛，是放屁对吧。"女人假了过来，王跌果将另一半包子塞进了她嘴里。女人投桃报李地说："也不能全怪你，有时候我也不对，真的。比如身上的这件大衣，我撒谎说是我表姐穿剩的，其实呢，我买了两块钱的彩票，中了八百，我就奖励了一下自己。薛红从老家来，非要见我，没办法，毕竟同学一场吧，我就请她去食凹火锅吃了一顿,心疼死我了。我弟弟那个不争气的货,在烧烤摊子上跟老板争执,把人家的头打破了,要么赔偿,要么拘留。央求了好几遍,我给他卡上打了一千,限他今年还给我。我也不好,我这么偷偷做主,还不是怕你生气嘛。"王跌果发现以退为进真是一步好棋,先自黑,挖下一个坑,由不得女人不跳,全盘招供。于是,王跌果进一步说:"中午时候,我去了一趟市第一医院,我居然当了一回间谍,当了特务。"

"特务?你干啥了?"女人瞪大了眼睛。

"说来话长。"

王跌果在快递公司当小哥,腿脚勤快,有眼色,天天和客户们打头碰面的,算得上陌生的熟悉人。这天早上,他刚送完了所辖小区的快件,买了两根油条,躲在门洞里咀嚼,忽然被一个打算出门的女人叫住了。女人裹得很严,这么冷的天,她还戴着墨镜,急吼吼的。听声辨音,王跌果知道了她也是自己的客户,一嘴一个小王的。女人请王跌果到了家,在微波炉里烧了一杯牛奶,让他暖和暖和,别干吃了。吃毕了,王跌果意欲出门,另有一家写字楼的大堆快件等着他呢。这时,女人开口问,能不能请他帮一个忙?王跌果一时血勇,拍了胸脯,当即就答应了。女人这才交代说,请他去一趟市第一医院的住院部三楼,查看一下四十二床那个叫谁谁谁的患者如何了。当时,王跌果不解其意,如何是啥意思,我可不懂医学呀,我胜任不了。女人打消了他的顾虑,说你只需要去看看是死是活,回来告诉我一声就可以了。王跌果惦记着时间,说我看完后给你一个电话吧,快下雪了。女人却很坚决,非要他当面来汇报一下病房的情况,嫌电话里讲不清晰。王跌果便装进了病房时,恰巧碰上查房刚结束,大夫们刚离开,进来了三个老头,大呼小叫的,跟目标人物玩笑不断。一个问,还没死呀,早死早托生呗。一个伸手,给目标人物一个抽脖子,比兄弟还亲。另一个长相凶,盯着王跌果,究问他是干么的。王跌果声称在等病人,旁边的这张空床已经登记使用了,这个借口在理,所以多坐了一会儿。当他回来,把这些话原原本本描述出来时,女人问,你看他是不是插了氧,处于弥留之际,过不了今天？王跌果用了乡下人的比喻,不辱使命地回答,暂时死不了的,他就像一只青蛙,活蹦乱跳的。

事实上,王跌果的话有所保留。

那一阵儿,他在病房里翻看手机时,耳食了他们的计划,也大致了解了这一段父女之间的宿怨。王跌果掂量,一个人决定去死的话,阎王也拦不住。王跌果想起她叫陈燕子,坦承道,可万一是回光返照呢？我爹死前就是这么活蹦乱跳的,我错失了机会,结果没见上他老人家最后一面。陈燕子犹豫着,徘徊着,突然就哭了,说我不能去探视他,他看见我这一副模样的话,死得会更快的。陈燕子解开了围巾,王跌果当场吓了一跳,那简直不是一张人的脸,而是一副乡下傩戏的面具,疙里疙瘩,鼻青脸肿的。后来,王跌果知道该咋办了,他擅自做了主。

趁着陈燕子去擦泪的一刻,王跌果将茶几上的一只相框带走了,也顺便将陈燕子赠予他的辛苦费,起码有五百块吧,压在了茶壶下。王跌果不想让一位老人失望,一个女儿的相框,可能会带给他一丝慰藉吧,所以他送完了写字楼的快件后,径自去了医院。这些事,王跌果自然不会和盘托出,他有他的目的。

"我做了贼,偷了人家的相框,心里一直不安。"

女人说:"那么多钱,你都不要呀？"

"后来我还撞了她。她现在就在咱楼下的小诊所里输液,我扶她回来的。"王跌果撸起衣襟,龇牙说:"我的腰闪了,刚回家贴了狗皮膏药。等吃完了这一口,我去请她。"

"那个爷爷呢,他最后死没死？"女人问。

王跌果狡黠一笑:"你不知道呀？"

"笑话,我咋会知道。"

"嗯,他没死,他在演戏呢。"王跌果慢慢亮出了底牌,又说:"我带去了那张相片,他高兴坏了,他赏了我一碗饭,扁豆雀舌面,葱花炝的,我吃舒坦了。"

女人借故离开了,背对着他。王跌果心猜,她的脸一定红了,比红辣子还红。

"老媳,那碗饭真的太香了,绝对输不给你的茶饭手艺。"

"就是我做的。"

"什么?"故意一叫。

女人蹒跚过来:"我在医院里看见你了,我躲着你,上楼送完饭就慌忙走了。你肯定也发现我了,对吧?"女人伸手,揉搓着王跌果的腰,哀怨起来:"我一直在给你撒谎,我主要不想让你担心。其实,我早就被幼儿园辞退了,连做饭婆都当不了了。我不想在家吃白饭,让你养着,后来我就去陈爷爷家里当了保姆。他对我很好,当女儿一样看待,给的工资也不错。"女人累了,停了手,莞尔一笑:"这算虚荣吧?反正也瞒不住了,你要怪就怪我。"

"呵呵,我吃了第一口,就断定是老媳你做的。"

"你怪我几句吧!"

王跌果将双手抚在了女人的肩上,坦然说:"你没偷没抢,靠自己的本事吃饭,我怪你做什么?再说了,干保姆有啥丢人的,老人小孩,小孩老人,跟干幼儿园没什么区别。"

女人的眼泪下来了,敷在脸颊上。王跌果凑上前去,用舌头舔干净了。

恰在此时,楼下传来了一声接一声的喊叫,叶鹤,叶鹤你在家么?女人赶忙起来,打开了窗户,看见陈丙君站在风雪中,朝自己招手。叶鹤慌了,问陈丙君怎么了,赶紧上来吧,别冻着了。陈丙君瑟瑟地回答,他出院了,他完全康复了,他没病。不远处,停着一辆出租车,频打喇叭,似乎在催促客人抓紧时间。陈丙君扯着嗓子喊,你把家里的钥匙扔下来,我的钥匙不见了,所以才来找你的。叶鹤翻了翻包,找出来一串钥匙,让王跌果先送下去,她自己开始穿靴子。王跌果也认出了楼下的人,遂衔命而去,好在是二楼,距离不远。

但王跌果并没有去交钥匙,拐下楼梯后,先去了小诊所。

到了夜里,雪并不是碎花的形状,而是一粒粒子弹,抽着冷子,让脸颊分外刺痛。陈丙君的一只胳膊护着脸,另一只胳膊抱在怀里,怀里是那一个课本大小的相框。叶鹤比较肉,一直在磨蹭,好半天也没下来。出租车不叫了,叫也没用,陈丙君押了一百元,让司机消停了下来。——这时,陈丙君讶异地看见女儿从对面走了过来,立时僵住了。陈燕子一瘸一拐的,王跌果扶着她,另一只手耸然高举,握着一瓶液体。陈丙君刚要张口喊一声燕子时,怀里的相框啪地落地,磕在了路肩上,玻璃碎了。陈丙君慌了,俯下身,伸手在雪地里去拾相片。陈燕子喊说:"爸爸,别碰!"陈丙君直起腰,在空气中摊开了手指,灿烂地说:"瞧瞧,已经破了。"陈丙君忍着痛,盯看着陈燕子那一张狼狈的脸,惜疼地说:"看把你摔的,咋摔成这样了。"陈燕子回说:"嗯,怪我,我下次注意。"

(原载《天涯》第 5 期)

最短的白日

迟子建

是冬至的正午,我在古兰甸附近的一家乡镇卫生院做完三台肛肠手术,搭乘一辆破旧的运输水果的货车,赶往大连。

货车司机是我第二台手术的患者的哥哥,看上去五十上下,虎背熊腰的。他见了我先问吃了没。我摇摇头,告诉他我去高铁上吃。他一抹嘴说:"咳,早知道把剩下的半盘饺子给你带来好了,冬至的饺子夏至的面,不吃的话,就觉得这日子没过似的!我老婆今儿包的饺子,是鲅鱼韭菜馅的,可鲜亮呢。我吃了满满一盘,还抿了两盅酒呢。"

我坐在副驾驶的位置上,抽了抽鼻子,我的过敏性鼻炎发作了。司机以为我是在闻他酒气大不大,说:"放心,我喝了一两不到,你没看脸都没红吗。这点儿酒对我来说,就跟女人抹口红差不离,沾沾唇,表面光鲜,肚里还素着呢。"说完,他打了一个悠长的呼哨。

司机的快乐不是没来由的。他顺路载我去大连,我们少收了他弟弟几百元钱,他就不用给他弟弟钱了。不然照当地风俗,亲人进医院做手术,哪怕只是摘除个阑尾,也得出个三头五百。

我从早晨八点进手术室,平均一小时一台。手术间隔我不过喝口茶,抽支烟,做做深呼吸,略解疲劳。所以现在两腿酸痛,双手僵直,手脚有被捆绑的感觉。

货车离开灰蒙蒙的小镇,驶上高速公路了。

我想趁此打个盹儿,可司机不知是生性好说,还是酒精作用,谈兴很浓,他一边开车一边问:"你头晌做了几台手术?"

我懒得用言语答他,伸出左手,竖起三根手指。

"我弟说他比进城做手术少花不少钱呢。就是这样,在镇卫生院,也得花四五千,你得分掉其中一多半吧?你是外请的高手,主刀的,肯定拿大头!"他用右掌拍了一下方向盘,像法官在宣判时落下法槌,给我一锤定音了。

我含糊地"哦——"了一声,算是回答。

他"咳"了一声,说:"技术跟技术的命真不一样啊,握手术刀的,就比我这握方向盘的吃香!你割仁屁眼儿,四五千块钱到手了吧?我起早贪黑地干,活儿好的话,半个月才能挣这么多哇。"

虽说我外出做的这类手术风险很小,患者术后在卫生院监测一下体温、呼吸,如无感染和其他并发症,一周内即可出院,但我毕竟是肛肠病专家,司机称我为"割屁眼儿的",让我不爽。我白了他一眼,身体后倾,头搭在座椅靠背上,抱起胳膊,耷拉下眼皮,身体呈现出一种为他闭幕的状态,他只能长叹一声,专心开车了。

从哈尔滨西站到大连北站,再从大连北站到哈尔滨西站,这两三年来,我数次往返于这段旅程。通常来说,我从哈尔滨出发是正午,四个多小时后,就置身大连了。如果是夏秋时节,我会在黄昏时分先去泡个海水澡,然后吃顿海鲜,踏实睡上一觉,第二天清晨奔向手术地。我付出精湛的医术,受痛又受惠的,是那些亟待手术却在大城市医院排不到床位的人,是对大医院的手术费望而却步的人,是小病终可小治的普通患者。我与乡镇卫生院有约在先,收取足够丰厚的专家主刀费。要是一天能做四五台手术,我的钱包就是被蜜浸润的蜂巢,叫人心甜。有时赚个千头八百的,我也乐意跑一趟。为患者解除病痛,毕竟能给我黯淡的生活带来一丝明媚,让我觉得自己是个有用的人。当然,到了冬季,寒流就把我泡海水澡的享受剥夺了,而冬闲下来做肛肠手术的人,却如涨潮的海水,汹涌而至。到了此时,我抵达大连后,会直奔手术地的乡镇(它们多在古兰甸周遭),吃一顿农家饭,在异乡的夜晚,关上房间的灯,坐在窗前吸烟看星星。古兰甸在我眼里就是葵花的花蕊,而那些乡镇是四散的金色花瓣,温暖地照耀疲惫的我。

我像我这个年龄的绝大多数中年男人一样,上有老,下有小。父亲十五年前去世了,如今八十多岁的母亲跟弟弟一家生活。同在一座城市,自从我儿子进了强制戒毒所,母亲见我就生气,每年只允许我看她两次了。一次是七夕节她生日的那天(她会数落我为父失职,害得她长孙没法给她拜寿),还有就是腊八节的那天,她会赐我一碗粥喝。母亲有严重的肺心病,一到冬天病症就加剧,尤其是雾霾天。她声称要活到长孙出戒毒所的那天,代我教育儿子。母亲与我老婆一样,说是养不教父之过,把儿子吸毒,完全归咎于我。这时我会心虚地辩解:"养不教,父之过"中的"父",不单是指父亲吧。母亲和老婆闻听此言,总是将双目瞪向我,像要发射子弹一样,令我脊背发凉。

我也的确比较娇宠放任孩子。他自幼想干什么就干什么,想要什么,我就尽量满足他。我以为一棵不经修剪的树,才能顶天立地。可我忘了,他生活的现实丛林,远比真实的丛林要物质和险恶。

我以前在某医科大学一家附属医院的肛肠科工作,作为常上手术台的主刀医生,工资奖金外加患者送的红包,日子过得很滋润。而我收红包,总要还给患者一半。虽说我知道即便这样,我也不是个正人君子,但至少良心稍安。

我的职业让我看多了说死就死的人,医院的太平间从没冷清过,就像妇产科病房总是人满为患一样。不同的是一些人彻底在这世上闭嘴了,一些人则哭喊着来了。不管人生多么悲苦,没谁死后会为自己哭上一场,所以我对灵魂的有知始终持怀疑态度。死了便死了,如同空中的一朵云,散了就散了,不会有同样一朵云的复原。这也决定了我对人生和金钱的态度,该挥霍就挥霍,因为人可以大把大把地赚钞票,却不能大把大把地赚时光。我不讲究穿戴,以我的职业,一件白服得穿大半辈子。我曾跟人说过,要是人人皆是医生,布店的老板就得哭晕。而我穿白服的时候,总觉这是给自己在提前吊孝。除了穿,其他的享乐我都注重:住得舒适,吃得可口,开一辆自己喜欢的车。所以我们家很早就卖掉安发桥下的旧居,在道外买了一套可以看松花江的房子。

说起道外,我老婆不喜欢那个区。我是外县人,可她是在哈尔滨南岗的俄式老房子出生的,那一带原是俄国人的中东铁路高级职员居住区,每幢房子都是带庭院的花园小洋房。虽说后来居于此的中国人是两三家共用一幢,但出生在那儿,她总有点儿跟贵族沾亲带故的优越感,瞧不起旧时下里巴人居住区的道外。如今的道外虽然大加改造了,但依然杂乱,达官显贵极少居此,所以房价相对便宜。而我要的就是道外的这种世俗气,街巷不规整,小店小铺四处开花,夜市吆喝声不绝,古玩市场前是卖糖人和烤红薯的,花街前趴着打盹儿的狗,载货的三轮车夫一边蹬车一边哼着小调,剃头的依然在盛夏时赤膊在街角招揽生意,生活不就是在这乱象中,才活力毕现吗。我最爱道外老字号的小吃店,一个豆腐馅包子,一碟酱牛舌,一瓶啤酒,便是我周末的好享受了。

我老婆在一家事业单位工作,是园艺设计师,收入虽没我高,但也不错。她的工作节奏是:上班绘图,下班搜包。这时的她像个训练有素的医生,而我的钱包则是病灶,她总能不留死角,干净利索地将钱一扫而空。当然,有时她下手慢,会被我儿子先行搜罗去。儿子懒于学业,高中时就三天两头逃课,打网游,泡酒吧,最后只考上了一所郊区的民办大学。他有宿舍却不住,而是租房,和女友住一起。当然,他的女友是不固定的。

我老婆拿了钱,最热衷的是买貂皮大衣。寒风凛冽时足蹬高跟长筒靴,身披款式花色各异的貂皮大衣,"咯噔——咯噔——"地走在中央大街的石子路上,是她最惬意的时光。在哈尔滨这座城市,园艺设计师冬天多半闲起来了,她有充裕的时间炫美。

因妻儿搜我钱包成瘾,迫使我在办公室的抽屉里放私房钱,还在工资卡外,另开了一张卡,不定期存些钱,以备不时之需。

密码他们很难破译,747474,就是"起死起死起死"的谐音。一个医生用这样的密码,等于为自己立下了"救死扶伤"的座右铭。我明确告诉老婆儿子,这张卡是我的日常消费卡,休得惦记。除了吃喝和养车,每月支付给母亲一千五百元生活费(打到弟弟的账户上),我还有不能公开的花销。因为除了老婆,我还有一个女人,她是道外开馄饨馆的,丈夫因病去世了,有个上大学的女儿。我先是被她家的馄饨诱惑住,接着是她。虽然她也告诉我,她不止我一个男人。她说不再婚了,哭男人的感受,她不想经历第二次。我和她并不常见,有时彼此忙,或是都没有情人在一起本该有的需求,我们会两三个月也不见一面。有时我有心情了,去馄饨馆找她,赶上她食客不绝,或是她突然渴望我了,冒充病人来挂我的专家号,见我无暇抽身,我们只能在陌生人的包围中,热辣辣地对望一眼,无奈走开。

一个多小时后,货车驶入大连。司机一进城就把我甩下了,说是卡车限行,让我自己打车到北站。我在寒风中等了近二十分钟,才打到一辆车。抵达北站时离开车只剩一刻钟了,我加塞儿取票,走急客安检通道,才没误车。

上车后未等坐稳,车就开了。高铁列车从海滨城市驶出,就像一条闪着银光的带鱼,是我童年唯一在过年时能吃到的那种鱼,扁头,身形如长剑,异常雪亮。得益于我第一台手术的患者,他是乡企老板,给我在网上订下一个特等座,否则我自购的不过是一等座的票。

特等座与一等座在同节车厢,以车厢门为分割点,由磨砂玻璃幕墙,隔成了两个独立空间。特等座占这节车厢的四分之一吧,一共八个座位,却只有两名乘客。另一位乘客是个中年男人,他坐在临窗座位上,哇啦哇啦打电话,与人说玉米的价格,看来是个生意人。列车驶出大连后,他扫了我一眼,嘟囔道:"高铁不让人抽烟,真能把人憋屈死。"见我未应,他又开始打电话,这次他是打给家人的,他想家里的狗狗了,非要听听狗狗的叫声。大概狗狗不太配合吧,只听他骂道:"真是白疼你了,等我回家,不打烂你的狗头,不算完事!"

列车员进来验过票,分发给每人一份牛皮纸袋包着的食品。我打开一看,不过是两块饼干,一小包花生米,三颗山楂果脯,根本不顶饿。我问列车员,特等座给提供餐食吗?他"哼——"了一声,说:"想吃正经饭,你得掏钱买。"我问怎么买,他语气和缓了一些,说:"谁下午两点了还不吃饭?饭口早过了。不过我可以帮你问问,看有没有剩下的盒饭。"

列车员走后不久,果然来了个服务员。他像医生一样穿着白大褂,手持托盘上是三份卖剩的盒饭。他问谁要,我说我要。他说了声二十块,让我自取一盒。我付过钱,把手伸向三份盒饭,摸了一份稍微温乎的,捧在手中。饥饿的肠胃立刻开足马力,将半生不熟的大米粒和憔悴不堪的青椒肉片,卷入囊中。吃过盒饭,倦意袭来,我斜倚车窗,朝外望去。

天空灰蒙蒙的,原野一片苍茫。飞速掠过的风景中,是光秃秃的庄稼地,三三两两的牛羊,低矮的房舍,火光中烧麦秸的人,以及坟场。是冬至的缘故吧,这些景物在大地折射出长长的影子,与实物相映,看得我眼花缭乱,很快就睡过去了。

我醒来时天色已昏。那位乘客不见了,不知他是在营口、鞍山还是刚经过的沈阳下的车。

一个穿制服的小伙子,与我平行坐在过道另一侧,低头摆弄着手机。他虽坐着,但看得出他身形高大,一双长腿斜伸着,阔背宽肩。他见我伸着懒腰站起来,笑眯眯地盯着我说:"叔,你可真能睡,从鲅鱼圈一路睡到沈阳。"

他四方大脸的,宽额、浓眉,不大不小的眼睛,敦厚的嘴唇,圆润微翘的下巴,元宝耳。那挺直的鼻梁,在他平和的面目中,就像一道坚毅的墙,彰显着他温柔中的强悍。

"是啊,我一觉就把天睡黑了。"我对他说。

"叔,这不怪你,这得怪冬至。今天是白天最短的日子,太阳不待见咱,回得太早了。你说太阳相当于天庭的 CEO,它又不用打卡,谁管得了它啥时来啥时回呢。"他幽默地说。

我问他是特等座的服务员吗,他摇摇头,说:"我是设备维护和故障处理的。"

我说:"那就是技工了?"

他点点头。

"怎么特等座这么少人坐?到了沈阳这样的大站,也没人上吗?"我说。

"叔,这车从起点到终点,才四个来钟头。搁过去,站都能站下来,现在二三等座的也挺不错,坐一等座的人都少,别说特等座了,这么贵,谁花这个冤枉钱啊?"小伙子摆了一下手,说,"要是我,就买三等座!省下的钱,下车后找家馆子,吃了它。"他吧唧一下嘴,大概想起某种美味了吧。

我说:"我当年上大学,寒暑假回家,总是坐硬座,也没觉得苦。现在呢不管岁数大小,屁股都娇气了,知道挑座了。"

小伙子说他观察了坐特等座的,商人和官人多,还有就是"小姐"多。他说那些一身名牌,目光空虚,颐指气使,身上散发着浓烈香水味的女孩,都是不知被什么人包养的人。

我说:"你怎么那么肯定?"

他说因为特等座多半闲着,所以他常来此歇歇。这样的女孩上车后,就煲电话粥,他能从女孩的话中,听出端倪。

我问他:"你今年多大了?"

"二十五,跑车都三年了。"小伙子说。

我叹息一声,说:"你比我儿子才大两岁哇,就自食其力了。你一个月能挣一万吗?"

小伙子把自己的耳朵当风铃了吧,轻轻拨弄了一下,说:"叔,一听你就是做大买卖的,挣一万哪能呢!每月最多时开七千,平常也就五六千块。在同学眼里,他们还羡慕我挣得多呢。他们不知道我遭的是啥罪啊,在车上吃不上一顿好饭,能像现在这样清闲坐上一会儿都是少的。有时赶上我休班,领导一个电话又叫你上岗,你要是不来,得罪了领导,哪有好果子吃啊,就得硬挺着上。谁都知道透支身体,不是好事啊。我们段上有个跑车的,比我大四岁,刚结婚两年,连着跑了一个月的车,下车后坐公共汽车回家,结果卖票的发现有个乘客趴在座上睡觉,老不下车,就扒拉他,问他哪站下。结果发现人都硬了。"小伙子叹息一声,说:"幸亏他还没孩子呢,要不把媳妇可坑惨了。"

"那你成家了吗?"我问。

"叔,像我这样的人,哪好找啊。我处过一个对象,第一次约她吃饭,就跟她吹了。"小伙子跟我细说原委,"我点菜时,客客气气地叫服务员过来,结果服务员走后您猜她怎么说?她说你又不是不花钱吃饭,对服务员那么恭敬干啥?我一听就觉得这女孩素质不好。结果大师傅把鳇鱼炖土豆做咸了,她吆喝过来服务员,一顿训斥。挨了骂的服务员通告了后厨,大师傅满头大汗出来道歉,说昨夜没睡好,手感不如往日好,盐搁多了些,这道菜他来买单,不收我们钱。可她不依不饶,非要人家重做。我一看哪,她一点儿同情心都没有,不想再见她第二面。吃了饭,我买了单,出了饭馆把她送上出租车,就把她电话列入我手机黑名单了。我想找个朴实的女孩,不张扬,善解人意,能尊重人的,要不将来我妈都得跟着遭罪。"

小伙子的话刺痛了我。我儿子的女友,我见过两个,都是穿奇装异服,满嘴脏话,玩世不恭,喜欢抽烟喝酒的女孩,可他却欣赏她们,称其活得明白。他就是带第二个女友泡吧时,沾染上的毒品。那个女孩无论冬夏,都穿超短裙。等我发现儿子的脸色和精神出现异常时,他已染毒两年了。因为从我这里得不到足够的钱,他和女友借高利贷吸毒,所以他进戒毒所,我得为他们偿还近百万元的债。我被迫放弃过去的工作,去了江北一家条件虽一般,但收入和自由度更高些的肛肠病专科医院,这样能外出多揽些活儿。当然,一个人该有的享受我还是要的,吃顿海鲜,看场电影,偶尔去快捷酒店开个钟点房,和馄饨馆的情人私会,短暂快乐一下——而哪种快乐会长久呢。

我曾问儿子:明知毒品有害,为什么要吸?他说生活太无聊了,毫无想象的空间,有钱没钱都空虚。可他吸食毒品后,在幻觉中却无限充实。他想当皇帝就是皇帝,可以锦衣玉食,嫔妃成群,想斩谁就斩了谁。他想做风雅的乞丐呢,就怀抱酒壶,破衣烂衫地穿行在飞舞着蝴蝶的桃花林中。他在幻觉里可以舀银河之水泡茶,可以捉一个地狱的小鬼给他当马夫。当然,他那时还可以给我当老子,发号施令,而我是跪在他面前俯首帖耳的儿子。我根本不知他的空虚从何而来,在我想来,他衣食无忧,即便学业荒疏,不成栋梁之材,也该做个正常人,过个安稳日子。

小伙子见我沉默着,说:"叔,是不是你觉得我不该跟那个姑娘吹?反正现在的女孩太多这样的了。不看人品,认钱的多。还有就是爱耍性子,好像不'野蛮'点儿,就不可爱似的。像您这么有钱的,您儿子身后的小姑娘,肯定一帮一帮的,您是不愁找儿媳妇的了!不像我妈,四处托人给我找女友,五十出头的人,都成白毛女了!"

"那你爸不管你的事?"我问。

"我十岁时,爸就没了。他那时在粮库上班,有一年刚上冻时,他赶着毛驴车运粮,为了抄近路,贸然上了一条还没冻严实的冰河,结果冰裂了,他连人带车一起掉进冰窟窿。我爸真可怜啊,驴扑腾着上岸了,他和粮食却沉下去了。我妈憎恨那头驴,她说好牲口能在危难时救主,坏牲口却是扛着招魂牌的小鬼,把主人出卖给阴间了。"

列车到达铁岭西站了。小伙子起身忙他的活儿去了。他起身的一瞬,我看清了他的身高,至少一米八零,真是魁梧。天已黑透,上下车的旅客不多,站台看上去有些冷清。

我心底喜欢上了这个阳光而结实的小伙子,期待着再和他聊聊,可自铁岭起,直到四平和长春,来特等座的,是其他乘务人员了。他们坐下来摆弄一下手机,小憩片刻,也就走了。这样又剩下了我一人。

车窗外是滚滚夜色,如墨流淌。有时经过有灯火的地方,这墨里就撒了星星似的,闪闪烁烁。在时速三百多公里的列车上,窗外所有的风景都仿佛长了腿,拼命在奔跑。所以即便灿烂的灯火,转眼也成了"昨夜星辰"。

列车到达终点站前,小伙子又来了。他见了我亲切地笑着,说:"叔,再过一站,就到哈尔滨了,您快到家了。"

"听你口音也是东北人,你家在哪儿呢?"我问。

"已经路过了——"小伙子有点儿惆怅地说。

他没有告诉我他家具体在哪儿,只说那地方在他高考的那年,出了著名的舞弊案。他和作弊的考生在同一考场,知道他们作弊,一直在答卷过程中与自己斗争,是否向监考老师举报(他说怕同学报复,最终选择放弃),所以发挥失常,只考上了一所铁路专科院校。而他的梦想,是学艺术。

"学艺术?"我有些惊诧。

"我爱电影。"他说,"最喜欢伊朗的马基·麦基迪、阿巴斯,还有日本的黑泽明、北野武,他们拍的片子太牛了!"

"那你喜欢黑泽明导演的《德尔苏·乌扎拉》吗?"我问。

"那还用说嘛!"小伙子如遇知音,兴奋地竖起大拇指说,"叔,您是我跑车以来,遇见的最有文化的商人!"

小伙子告诉我,他并不喜欢目前的工作,累,枯燥,还危险。有一回列车高速行驶着,雷电突袭,列车紧急停车,车厢也停电了。外面是黑咕隆咚的夜,他打着手电下去查看,站在高架桥上,看着坠落的高压线,就像看着要扼住自己咽喉的绞索,直打哆嗦,差点儿掉下去。危险还不止于此,小伙子说高铁的高压电线是2.75万伏的,他感觉头上悬着一把看不见的利剑,担心常年工作会受到辐射,虽说专家说不会对乘务人员的身体有害,但他就是怕。他曾想着不干了,购置点儿专业设备,和几个志趣相投的朋友,一起做微电影,卖给大的网络平台。小伙子边说边从手机中,翻出他用手机拍的一部微电影,点给我看。

这是一部时长只有五分钟的片子,一个三轮车夫在风雨中运货,他穿过一条泥泞而逼仄的小巷,镜头追踪的是车夫的背影,与他并行的,是个打着黑伞拎着一只鸡的紫衣女人。鸡的翅膀被别在一起,像是打了死亡的蝴蝶结,它的冠子在雨中那么鲜艳,可它的腿却在无力地挣扎着。而与车夫相向而行的,先是个披着蓝雨衣一瘸一拐的老汉,跟着是一条垂头丧气的黄狗,再跟着是个挎着一把胡琴,将一块塑料发泡当雨布擎在头顶的赤膊男孩,他仿佛顶着一团雪白的云。三轮车夫所经过的房屋,低矮破旧,有的屋顶还生长着碧草。他就这么蹬着车缓缓向前,越走路越高,也越艰难。到了一个高坎的时候,那个紫衣女人蹚进一家小饭馆,大约是卖鸡去了;而先前那条黄狗,不知何时掉过头来,追上三轮车夫。车夫攀越高坎的时候,它在其后,用嘴顶着货物,拼力助推。镜头就此戛然而止。车夫是否越过高坎,黄狗是否帮上大忙,雨最终停了没有,影片都没有交代。

"真好。"我觉得这两个词,不足以说明它对我的震撼,又加了一句:"走心。"

他说:"谢谢叔。可惜设备不行,要是有专业的,我会做得更棒。我积累了不少这样微电影的素材呢。"

"这里的人物是真实的,还是你找的演员?"我问。

"你看他们像演员吗?"小伙子对我的判断力有点儿失望吧,他略带嘲讽地翘起嘴角,说,"你能看出演的成分吗?这是我前年夏天休假去乡下玩时,雨中抓拍到的。"

"那你怎么没按照自己的想法辞掉工作,做喜欢的事情呢?"我问。

"叔,正当我想这么做的时候吧,半年多前,我妈有天突然上不来气,浑身出汗,嘴唇比茄子都紫,话都说不出来了,幸好那天我休班,见她不好,赶快送到医院急救。一做心脏造影,发现冠脉有堵塞的地方,得放俩支架。医生就问一句'进口的还是国产的',这话听着这个冷哇,就好像人到了鬼门关,小鬼说有钱的升天堂,没钱的下地狱一样,我都想哭。国产支架一个一万多,进口的两三万呢。咱当儿子的,咋能说不用进口的呢。就这样,我妈一场手术,把我上班后辛辛苦苦攒的六万块钱给整没影了,哪还有钱购置设备啊。叔,我觉着没啥,妈就一个,得好好待她;微电影嘛,我用手机可以先拍着玩儿,就当是练手啦。再说了,万一我真的置齐了设备,鞍子行了,马却没动力跑起来了,也许还拍不出好片子呢。万一创业失败,我拍的微电影在网上没人点击,得不到报酬,吃饭都会成问题。到了那时,我妈看着我得多闹心啊,还不如跑车呢。"

小伙子从他所崇拜的大银幕电影导演,聊到他的微电影梦,意犹未尽,又谈起了读书。他说喜欢纪实类作品,尤其是艺术家传记,让他有梦里见到隔世亲人的感觉,说不出的温暖和忧伤!

他说曾在一家读书网站,按照畅销排行,买过几本排在前列的虚构类小说,中国的外国的都有。小伙子调侃道:"那种书翻了开头就知结尾,它的功用就是骗骗小姑娘,让睡不着觉的人看三页打个盹儿,让——"

小伙子话未说完,一个面色寡白、表情严肃、身材瘦小的中年男人进来了,他穿制服,佩戴"列车长"臂章。小伙子见着他霍地起身,打了个立正,歪头冲我扮个鬼脸,迅疾离开了。他走到玻璃感应门前时,那自动弹开的玻璃门,在他硕大的身躯面前,就像毕恭毕敬的仆人。列车长漠然扫了我一眼,旋即离开。

我不知列车到达终点后,在万家灯火时分,我到哪里能吃上一顿冬至的饺子。我老婆热衷于逛商场,说是节假日时一些名牌商品,可以低至三折出售。她逛累了,就在商场的快餐店吃碗过桥米线或是砂锅丸子。儿子进了戒毒所后,她依然爱逛商场,但她一样东西也不买。以前她从商场回来,总是英雄凯旋似的,手中大包小裹的,满面荣光;现在则跟乞丐一样,面色凄苦,空空而归。我渴望着这个夜晚,她或者馄饨馆的女人,能唤我吃碗她们做的水饺。然而没谁给我打一个电话,或者是一个温柔的短信问候。也许老婆正漫无目地地逛商场,而馄饨馆的老板娘,在这个生意红火的夜晚,满脑子是赚钱的念头,哪能想到在她生命中本就不很重要的我呢。

我心灰意懒地用手机上了一会儿网,浏览了一下当日新闻,昏昏沉沉睡去。等我醒来时,列车已驶入哈尔滨西站。

终点站到了,酣睡了一路的手机,此时却苏醒了,来电铃声悦耳地响起来。我接起电话,是我做手术的那家卫生院的院长打来的,他告诉我上午做的第三台手术的那位环形痔患者,术后本来一切正常,但半小时前他突然肛下大出血,陷入昏迷状态,现正紧急送往大连途中。

我大声问:"怎么会这样?我的手术可以说是天衣无缝的。"

对方只得实言相告,说患者术后感觉良好,因为冬至,亲属送来一饭盒饺子,他一高兴,全吃了不说,还喝了一瓶啤酒。

"刚做完肛肠手术,这么大吃大喝不是找死吗?"我走下列车,站在喧闹的站台上,与对方吼着。

"不管怎么的,手术是你做的,你最好返回看看。虽然我们有护理责任,但要是出了人命,你我都没好日子过了。"

"本来我就没有好日子过。"我气咻咻地挂断电话。

"叔,你咋还不出站?人都走光了。"小伙子拉着一个精巧的黑色拉杆箱,从我身边经过。

"出了点儿事,我还得返回大连。"我沮丧万分地说。

小伙子停下来,从兜里掏出手机,察看着什么,说:"叔,那您赶快去二站台。再过十五分钟,有一趟车去大连。"他指点给我,该怎样转往二站台,然后又嘱咐道:"您没票,跟验票的列车员说有急事,先上车后补票吧,特等座不是在车头就是车尾,您放心,肯定有空着的!"

小伙子挥手与我告别。他拉着行李箱,走进哈尔滨冬至的夜晚,而我则在抵达故乡的一瞬,又开始了夜色中的旅程——我们奔向的都是异乡。

(原载《十月》第3期)

少女的舅妈

张　者

　　舅妈的骨头疼有好长时间了。舅妈在县医院看了,在省人民医院也瞧了,拍片子花了不少钱,还是不知道啥病,当地医生不敢确诊呀!不过,舅妈却坚信自己得了癌症。舅妈说:"俺得的肯定是癌症,俺做梦都梦到了。"

　　这话舅舅就不爱听了,就和舅妈吵:"你那是啥梦吗?"舅妈说:"你别讲啥梦,反正俺梦到了。"舅舅说:"梦都是反的,这说明你没得癌症。"舅妈说:"那不一定,俺做梦都是真的,俺曾经梦到发鸡瘟了,结果全中国都闹禽流感。"舅舅不想和舅妈解梦了,最后决定去北京。舅舅说:"咱干脆到北京找外甥女,咱外甥女在北京大医院里上班,让她看看到底是啥病。"舅舅和舅妈的子女都在外地打工,地交给老两口种了。老两口守着一家人的地,日出而作,日入而息,过着鸡鸣狗吠的日子,简单而又平静。平常没有啥娱乐的,舅妈和舅舅就守着电视看,不追韩剧也不追美剧,只追新闻联播后的天气预报,最关心三个地方的。一个是北京,那是外甥女上学的地方;一个是重庆,那是儿子打工的地方;另一个就是新疆,那是女儿打工的地方。

　　舅妈生病后平静的日子被打破了,先是跑县医院,然后去省城。舅舅要带舅妈去北京看病了,舅妈同意了。舅妈还从来没去过北京呢,有点小激动:"咦,临死了去趟北京见见外甥女,看看天安门,死了也闭眼了。"

　　就这样,舅舅和舅妈去了北京,只不过两个人的目标不同,舅舅是为了给舅妈瞧病,而舅妈是为了去北京开开眼,见外甥女,看天安门。

舅妈的外甥女是一位美丽的少女,叫毛秀,在北京读医科大学,正在某医院实习。少女听说舅舅和舅妈来北京看病,不敢怠慢,让同学开着车到火车站接。少女见舅舅满脸愁容,舅妈却乐呵呵的。少女就问:"到底是谁得了病呀,是舅舅还是舅妈?"

舅妈说:"你瞧耶,你姥死了十几年了,你舅他妈还得啥病?"

少女知道舅妈误会了,连忙解释说,"在北京讲普通话,不叫妗子,叫舅妈。"舅妈哈哈笑了,说:"普通话好,知道亲,叫舅妈比叫妗子亲,舅妈毕竟是妈呀。"

舅舅见舅妈和外甥女斗嘴,就说:"看你贫的。"

舅妈瞪了一眼舅舅捶着后腰对外甥女说:"俺骨头疼,得了癌症。"

舅舅有些火了,说:"整天怀疑自己是癌症,饭也不吃了,活也不干了,气死人。"

少女笑笑说:"没什么,没什么,不就是腰疼嘛,北京积水潭医院的骨科是中国最好的,肯定能治好。"

舅妈说:"俺不想治,癌症治不好。"

少女说:"哪有那么多癌症,你说是癌症就是癌症了?是啥病到医院拍片子检查一下就知道了。"

舅妈一听说又要拍片子,急了:"俺不拍片子,在家拍片子都花了三四千了,光照相不治病。你带俺去天安门瞧瞧。"

少女笑了,说:"先看病,看了病再带你去天安门,"少女见舅妈不高兴了,又说,"你们原来拍的片子带没?先到医院找专家看看。俺找熟人,不花钱的。"

舅妈听说不花钱就能看病,笑了:"哎哟娘呀,俺外甥女当了大医生,看病都不用花钱了。"少女的同学开车带舅舅、舅妈到了积水潭医院,挂了专家号,不用排队,通过朋友直接找到了专家。专家把带来的片子看了看就让舅妈一个人出去了。大家见专家这样,气氛一下就沉重了。专家对少女说:"不太好,"专家指着片子上的一截发黑的骨头说,"你看这阴影,第五节脊椎,可能是骨癌。"少女看看那截发黑的骨头,说:"这也太腹黑了,怎么可能呀?"专家说:"骨癌在我国的发病率越来越高了。"少女愣了,望望站在一旁呆若木鸡的舅舅。专家问:"患者今年多大年龄了?"舅舅回答:"五十多了。"专家点点头,说:"这个年龄段是骨癌发病最常见的年龄。"少女说:"医生,你看仔细了,不应该呀?"同学碰了碰少女介绍道:"这是咱的骨肿瘤专家刘教授。"

刘教授望望少女说:"你们俩都是学医的,正在实习?"刘教授的言外之意是说,是学医的就不可能不知道我这骨肿瘤专家。少女有些不好意思了,点点头,恭恭敬敬喊了一声老师。刘教授说:"其实当地省级人民医院根据这些片子完全可以确诊。"

少女问:"那他们怎么不确诊呢?"

舅舅突然骂:"日他姐,你不知道俺老百姓在基层有多难。他们不确诊,就是让你一次次去拍片子检查,让你花了钱还不治病。"

刘教授说:"也不排除当地的医生不敢确诊,确诊为癌症就意味着宣布了死刑。"

少女捂着嘴,都有哭腔了,说:"刘老师,这,你能确定吗?"

刘教授回答:"差不多。可以再拍个片子核查一下,最好做个切片。"

舅舅很敏感地问:"那要多少钱?"

刘教授说:"这个不多,只要三四千。"

刘教授望望少女,手却没停,开着复查的单子。刘教授说:"我把单子给你开了,这种事最好和病人商量一下吧,需要她配合,瞒也瞒不住。"

少女手里拿着单子,出门见到舅妈正在一棵树下发愣。少女见了不敢直视舅妈的眼睛,更不知道怎么开口。舅妈望着少女却笑了。说:"俺说是癌症吧。"舅妈说这话极其轻松,还带着愉快,完全是以一个胜利者的口吻,望着舅舅得意地笑。

少女把情况如实告诉了舅妈。舅舅这时从腰里掏出一沓汗浸浸的钱,说:"再拍片子复查一下,医生说做个切片。"舅妈一把把钱抢了去,说:"这钱是咱一年的辛苦钱,光照片子也治不了病,还不如俺买好的吃了。"

舅舅说:"你就知道吃,看病就看病,吃不吃的有啥关系。"舅舅坚持要复查,舅妈急了,说:"这钱就算你给俺复查用了,钱就是俺的了。"老两口起了争执,少女连忙劝,对舅妈说:"咱应该听医生的。"舅妈说:"那中,俺也要听听医生咋说,要是能治病花钱也值,要只拍片子不治病,那不中。"

一行人回头又找到了刘教授。舅妈问:"俺这骨癌能治吗?"刘教授说:"要动手术。"

舅妈问:"那得花多少钱?"

刘教授回答:"要十几万。"

舅妈说:"俺没钱。"

刘教授叹了口气,说:"借借,病还是要治呀。"

舅妈说:"这病俺不治了,把俺活剥了也卖不了十几万。临死了俺不挨那一刀,到时候俺蹬蹬腿走了,借的钱咋还?"

刘教授问:"有医保吗?"

舅舅愁眉苦脸地说:"有新农合。"

舅妈说:"那有啥用。俺在北京看病,有医保回家也报不了呀。"刘教授望望舅舅和舅妈,自言自语地说:"想办法让当地医院开个转院手续。"舅妈道:"那比登天还难呢,哪个医院也不会把俺往北京转,在当地一刀下去,把你开死了去。"

刘教授说:"你别急,总理都承诺了,2017年底前全国医保联网,到了2018年就好了。"舅舅掰着手算,说:"现在不就是2017年腊月里嘛,过了年就是正月,那也没多少日子了。"舅舅说着脸上露出了希望之色。

舅妈说:"还不知道俺能不能等到那一天。"

刘教授很平易近人地笑笑,说:"骨癌虽然扩散得慢,也不能等,越早动手术越好,后期会很疼。"刘教授沉了沉又说,"这病动手术晚了,就不能正常劳动了,可能要一直躺在床上。"舅舅说:"只要能保命,躺着就躺着,总比死了强,俺伺候她。"

少女和同学互相望望,似乎被舅舅的话感动了。

舅妈却冷笑了一声,说:"那活着还不如死了。"

少女说:"钱不是问题,大家可以想想办法,还是要尽快做手术……"少女话还没有说完,舅妈转身就出了门。少女连忙和刘教授打了个招呼,去追舅妈。舅妈径直出了医院大门,头也不回,坚决不复查,更别说做手术了。

回旅馆的路上,舅妈说饿了。少女在路边找了个馆子吃饭。舅妈点了一大桌菜,说:"俺请客,谢谢外甥女带俺看病。"舅妈点的菜,鸡就有三种。红烧鸡,清炖鸡,宫保鸡丁。舅妈吃得特别香,说:"从小到大最喜欢吃鸡,可一辈子也没有好好吃过鸡,来客了家里杀一只鸡,最多能吃一个鸡头,这回好了,过瘾了。"舅妈一边吃还一边夸这大城市的馆子就是会做,好吃得很。

望着满桌的菜少女和舅舅连拿筷子的力气都没有了。

舅妈在北京住了几天,少女带他们在北京转了转。舅妈一路上啧啧称奇,说:"北京真大,北京真好。得癌症真好,不得癌症肯定来不了北京,也看不到天安门。"少女带舅妈和舅舅在天安门拍照,先是和舅舅合影,又和少女合影。最后一定再照一张单人的。舅妈说:"这一张一定要照好了,背景有天安门,等俺死了,就把这张照片挂在恁舅的床头,想俺了就瞧瞧。"舅舅见舅妈这样说,很不满,嘟囔着:"把死挂在嘴上,这是在天安门又不是地安门。"

舅妈说:"那咱到地安门瞧瞧。"舅舅坚决不同意。

舅妈和舅舅走的时候,舅妈拉着少女兴高采烈的,少女却垂头丧气。少女的同学问:"到底谁得了癌症?是舅舅还是舅妈?"少女无语。

舅妈回家后,少女时刻关注着舅妈的病,打电话问舅舅情况怎么样?舅舅在电话中说:"她现在啥活也不干,除了看电视,就是吃鸡,把吃鸡当成家常便饭了。"舅舅还说,"我们这一带又闹鸡瘟了,大家都不敢吃,她吃。"少女问:"是不是禽流感呀,那可不能吃。"舅舅说:"那谁知道,乡下人也不懂。老百姓在鸡还没发病前,急着卖鸡,鸡便宜得很。你舅妈一个集就买十几只,一天杀一只。"

舅妈见舅舅正和外甥女打电话,把电话抢了过去。说:"人家不敢吃,咱吃。都得癌症了,还怕啥鸡瘟?禽流感也不怕,狠劲吃,吃够,死了也闭眼了。"少女在电话中不响。舅妈说,"过年回来呀,今年你老表、表妹都得回来,咱热热闹闹地过个年,过了年俺就死。"

少女说:"舅妈,俺今年回去陪你过年,你不准胡说,你那病还能治。"

舅妈说:"俺的病你别对你老表、表妹说,等过年回来了再说,省得他们惦记。"

少女挂了电话,心中稍稍有点安慰,舅妈还能吃鸡,这说明舅妈的病情还没有恶化。少女心中暗暗给舅妈使劲,希望舅妈能多坚持一些时间,最好能坚持一年,到了2018年,那时候全国医保就联网了,舅妈就可以来北京做手术了。

少女是学医的,心里明白,这病在当地医院做手术没有把握,到时候钱花了,人也没了。相比来说,在北京的把握要大得多。可是,如果没有医保,这十几万的手术费舅妈肯定是负担不起的。表哥和表妹都在外打工,表哥要娶媳妇,表妹要买花衣裳,根本没有钱给舅妈治病。如果舅妈四处借钱,手术做了,家庭也就破产了,借的债无法还上,这让舅舅今后的日子怎么过?要是走医保就不同了……

少女上网查了一下总理的承诺,少女在网上搜,发现总理在两会期间确实向全国人民有一个承诺:"争取用两年时间,2017年底前,使跨省异地住院费用能够直接结算。"也就是医保卡全国联网,直接刷卡结算。这是一个振奋人心的好消息,而且卫计委已经开始了工作,向社会公布了进展情况,已经基本实现了省内异地就医联网结报,部分地区开始了跨省就医结报试点。

少女在网上看到了有关报道后,给表哥、表妹打了电话,觉得应该早点把舅妈的病情都说了,让表哥和表妹有个心理准备,趁着舅妈状态还可以,过年回家团聚一下。表妹还在新疆拾棉花,一听舅妈的病情就哭了,说:"俺妈命苦,这病哪有钱治呀。"

少女说:"你也别急,骨癌扩散慢,只要能坚持到2018年,全国医保联网了,就可以到北京做手术了。费用至少可以报销70%以上。"表妹问:"能熬到那个时候吗?"少女回答:"坚持一下应该没问题。"

表妹叹了口气说:"2018年快点来吧!"

少女挂掉电话,不由嘴里哼起了艾敬的一首老歌《我的1997》。少女哼着歌打开了电脑,把艾敬的那首歌又听了一遍。少女感觉歌词已经过时,便把歌词改了,其中有这样的句子:

2018 快些到吧!医保联网会怎么样?
2018 快些到吧!我就可以救救舅妈
2018 快些到吧!让舅妈住进积水潭医院
2018 快些到吧!俺的舅妈要做手术
2018 快些到吧!让我为舅妈陪病床呀

少女抱着吉他自弹自唱,声调忧郁而又伤感,曲子虽然还是艾敬的,词改了,想表现的内容也就不一样了。少女用手机录了一下,发给了表妹和表哥。中午的时候,少女突然接到了表妹的微信语音,说你火了,成网红了。表妹让少女看她的朋友圈。少女看了表妹的朋友圈,发现表妹把她改编的歌公开在朋友圈里。表妹还写了一段话:"妈妈是骨癌,没钱在北京动手术,要等到全国医保联网的那一天……2018快些来吧。"表妹的朋友圈有很多点赞和留言,转载率极高。少女心中很温暖,觉得网友心情都是一样的。在一个国家里,为什么要有那么多限制呢。医保联网是每个人的愿望,特别是家中有退休老人的。有多少家庭因为医保不能联网,老人和子女不得不分离呀。

少女和舅妈是有感情的,从小是舅妈带大的。少女父母离异,各奔东西,少女成了孤儿。少女小的时候被妈妈交给了舅妈,说让帮助带几天,从此就杳无音讯了。

舅妈可怜这被爹妈抛弃的孩子,视为己出。小毛秀怕冷,早晨舅妈总是把衣服烤热了才给穿上,相比表哥和表妹就没有这个待遇了。过年过节舅妈要杀鸡,舅妈不让毛秀吃鸡爪子,说女孩子吃了鸡爪子写不好字,写字像鸡挠;也不让吃鸡头,说吃鸡头嘴里藏不住话,喜欢传闲话。只让毛秀吃鸡翅膀和鸡大腿,说毛秀长大了要展翅高飞,要走向全中国。可是,小毛秀就不明白,为什么让表哥和表妹吃鸡爪子和鸡头呢,他们就不怕吗?毛秀长大了慢慢就懂了,舅妈这是对自己好,这种好是亲生的表哥和表妹都没有的。

晚上,同学朋友圈里也转了少女改编的歌。其实,少女并没有贴在自己的朋友圈里,也没有转发,没想到表妹的朋友圈通过一个神秘的渠道转到自己同学的朋友圈了。少女就抱着吉他又唱了一遍,唱着泪就出来了。这时,同学应声而来,说:"我猜就是你唱的,别人唱的没你这个味,你都可以上中国好声音了。"少女苦笑了一下,说:"我哪有那个心情,我只是为舅妈加油、祈福。"

过年的时候,少女和表哥、表妹都回到了家。舅妈很高兴,要起床,让舅舅拦住了。

舅妈说:"过年了你也不让俺起来,俺死后还睡不够吗?"

舅舅说:"你刚打了杜冷丁,药劲一过,你又直不起腰。"

舅妈说:"过年了,不让它疼了。"

舅舅说:"办理麻卡时,在派出所都备案了。领取杜冷丁是有数的,不能打太多,要不就不管用了,会越打越勤。"

舅妈说:"过年了,我不管,只要疼就打,过了年再说。"

少女和表哥、表妹就来到床边。少女说:"我们都来陪你,你不用起床。"舅妈不干,坚持起床,说:"恁不让俺起来,那咋过年?"舅妈就起来了,和大家一起忙年夜饭,像个好人。这时,大家几乎把舅妈的病都忘了。当然,只有舅妈自己知道,疼痛就像窗外的鞭炮声一阵紧似一阵。舅舅一直观察着舅妈的表情,舅妈却平平静静地收拾那几只刚杀的鸡。舅妈的儿子在重庆打工,学会了做川菜,带回了辣子鸡、口水鸡的做法。舅妈很期待,说:"辣子鸡是鸡和辣子炒的,口水鸡难道是鸡和口水炖的?"舅妈一下把大家都逗乐了。表哥说:"口水鸡的意思是,那鸡让人看着就流口水。"舅妈说:"那不成黄鼠狼了。"少女笑得不得了,笑着和表妹打成了一团。

舅妈收拾完鸡,号称去解手,忙着向里屋走,舅舅连忙跟上了。舅妈把舅舅推了出来,说:"俺解手你也跟上,让孩子看见。"舅舅出来时,少女也笑舅舅,说:"过年这段时间,你就别管了,由我们照顾舅妈。"少女就进去了,少女见舅妈没有解手,正往胳膊上注射。少女吓着了,这一幕简直和电影里吸毒的镜头差不多,舅妈的胳膊上有密密麻麻的针眼。舅妈见少女进来了,连忙让少女噤声,说:"要吃年夜饭了,我再打一针,你别告诉恁舅。"少女说:"舅妈,你要是很疼,就躺在床上。"舅妈说:"那咋行,要吃团圆饭,再疼也要坚持,打一针就好。"

舅妈打完针和少女谈笑风生地出来了。

要开饭了,舅妈让儿子去放炮。少女扶着舅妈站在门前,望着舅舅和表哥放炮。舅妈听着鞭炮声,望着天空中炮火连天的除夕夜,脸上极为满足和平静。

过了正月初五,表哥、表妹、少女都有了去意。门口的国道上开始有了各种各样的告别和短暂的鞭炮声,这是当地的风俗习惯,过年后亲人离去要放一挂开路鞭。少女开始和表哥、表妹讨论行程。

晚上,舅妈把一家人喊到床边,说:"哪个也不许走,过了十五再走。"

表哥不干,说等到十五再走,就很难找工作了。舅妈眼圈有些红,说:"俺不想拉你们的后腿,就是不舍得你们。"少女说:"舅妈,我相信你没问题,你只要坚持到 2018 年,全国医保就可以联网了,到那时我回来接你去做手术。"舅妈摇头,说:"俺坚持不到那个时候了。"少女就坐在舅妈身边,帮舅妈算时间,说:"现在年也过了,2017 年还剩下 10 个月了,我相信你能坚持到 2018 年。"少女说着把耳机给舅妈戴上,让舅妈听自己唱的那首歌。舅妈听着十分惊异地望着少女,说:"这闺女唱得真好。"舅妈叹了口气,"唱得再好也没用,俺等不到 2018 年了。"

表妹在一边说:"这是毛秀唱的。"

舅妈欢喜地望着少女,说:"你咋都进手机彩铃了。"少女笑舅妈:"还知道手机彩铃呢,这可不是手机彩铃,这是我专门给舅妈录的。"舅妈让少女教自己录音,少女说:"这很简单呀,要不你也唱个歌录下来。小时候你不是经常给俺唱歌嘛,俺是在舅妈的歌声中进入梦乡的。"舅妈说:"那不是歌,那是小时候俺娘教俺的。"少女说:"对,那不是歌,那是民谣。"少女就轻轻地唱那《喜鹊出嫁》:

> 出嫁那天早上,
> 日头挂在树上,
> 十二头猪,
> 十二只羊,
> 十二峰骆驼排成行,
> 前面抬着花花轿,
> 后面还有顶子床,
> 顶子床上一碗油,
> 姊妹三个来梳头,
> 大姐梳得呱呱悠,
> 二姐梳成看花楼,
> 就数三姐不会梳,
> 一梳梳个燕子窝,
> 燕子去喝水吓得乱瘪嘴,
> 燕子去垒窝吓得乱跺脚,
> 燕子去下蛋吓得乱叫唤……

少女唱着引得表妹哈哈大笑,表妹说你要是用吉他谱曲,就算原创了。少女连连点头把手机交给了舅妈,让舅妈把肚子里的民谣都录下来,将来俺给舅妈谱曲,变成彩铃,这也是非物质遗产呀。舅妈高高兴兴地把少女的手机接过来,让大家都出去,要不就唱不出来了。舅妈还让舅舅出去找人打打麻将。舅妈对少女说:"你舅过年过节喜欢去搓几把,今年俺这病的,你舅过年连麻将都没打。今晚俺给你放大假了,好好去玩,打个通宵。"少女也让舅舅去玩玩,家里有我们三个呢。舅舅高高兴兴去了,临走还给舅妈打了一针杜冷丁,让舅妈别累着。夜里,少女和表哥、表妹在外屋打扑克斗地主,三个人时不时听里屋的动静,听到舅妈还在嘀嘀咕咕地录音。少女喊舅妈别累着,舅妈回答:"累不着,你们都睡吧。"

第二天,大雾。天刚蒙蒙亮的时候,舅舅蹬着浓雾回来了。舅舅见舅妈隐隐约约地站在堂屋门口等自己,穿了一身新。舅舅还说了一句,这么冷你站在这干啥!舅妈却不吭声。舅舅走近了想把舅妈拉回去,一用力,舅妈晃悠着打了个转,整个身子却硬着,悬空在那里。舅舅大吃一惊,打开房门灯,发现舅妈用一根麻绳把自己悬在门头上了。人早就去了。

不久,哭声穿过浓雾从院子里扩散开来。

邻居们三三两两地上门了,大家好像一点也不意外。乡间的一场极为普通的葬礼按照惯例有序而又如泣如诉地展开了,这和乡下无数的红白喜事一样,就好像早有预案。乡亲们私下里当然有议论,说都得了癌症,死是早晚的。她舅妈是上吊死的,真会死呀,趁着孩子还没走,把事办了,要是孩子都走了,又赶着回来办事,那要多花多少钱呀。她舅妈会过日子,一辈子都替孩子着想。

少女不愿意听村里人的那些议论,连忙把手机打开,想听听舅妈录的民谣,那可是舅妈最后的声音呀。少女一听就哭了,舅妈没有录什么民谣,舅妈录的是向每一个亲人告别的话。其中一段是对少女说的:"2018俺就不等了,俺这病做了手术也是一个废人,瘫痪在床有啥意思。就是国家给俺报销,那也是钱呀,花那钱干啥,把钱花在更有用的人身上吧……"

(原载《当代》第3期)

人人都应该有一口漂亮的牙齿

张　楚

　　一天晚上，三个人走着回家。其中一个说，真冷啊，不如我们去吃宵夜吧，暖和暖和。另外两个没吭声。提议的人见没有动静，就说，巫山烤鱼、麻辣小龙虾、麻辣香锅、滚烫的涮羊肉，或者新疆红柳烤串，再来瓶红星二锅头，天哪，光是想想就过瘾。她说话之前，可能隐约预感到将会冷场或被婉拒，因而底气不足，腔调不免显得疲弱，甚至有些冷清的温柔。没想到另外两人中的一个，不妨称之为男1吧，接茬道，也好也好，说实话，我根本没吃饱，光顾着喝酒了。说完男1和她都忍不住去看剩下的那个人——只好叫他男2了。男2龇着牙说，整就整呗，谁怕谁啊？

　　她笑了，说，听口气你挺能喝啊？男2竖起大拇指说，不是哥们吹牛，想当年在铁西区，我喝倒过三个酒罐子，一个把屎尿都拉裤裆里了。她转过头凝望着他，说，真的？男2说，啥真的假的，待会试试不就知道了！她又去看男1。男1把烟头掐灭，眯眼看她。男1眼小，眯起来时似乎单剩下眼睫毛了。她说，瞧，那不就是家烤肉店吗？哇，我最喜欢吃爆烤大鱿鱼了！男2说，都是福尔马林泡的，有啥吃头，要吃就吃鲜羊腰鲜羊宝鲜羊眼，一嘴下去，血都噗嗤噗嗤滋出来，那才过瘾。她捂着嘴笑。捂着嘴笑，又不说话，就表明她的确是有些害羞了。

　　他们找了个靠近落地窗的位置。是男1选的，他说这个角落最亮堂，又能看到窗外风景。男2没说话，不过男1似乎知道他想说什么,是不是觉得我特矫情?他看着男2。男2一愣,说,整啥呢大哥,别婆婆妈妈的,点菜吧!

他们没点小龙虾,没点肥羊腰,而是点了条梭边鱼。也忘了谁点的菜,反正端上来时红艳焦酥,鱼背铺了千层椒,鱼身下煨着黄豆芽、芹菜丁、紫甘蓝、春笋干、金针菇和咸豆皮。这才有冬天的样儿,她愣愣地瞅着氤氲的热气说,整个冬天都没吃过像样的饭呢。说完她瞥了男1和男2两眼,我以前老不明白,北京的这些年轻人为什么都喜欢吃川菜湘菜。冬天这么干燥,身体像草纸一擦就点着了,现在是明白了……男2问,明白啥?她慢悠悠地搛了一筷子鱼肚,说,吃完你就懂了。男2说,我很少吃辣,我一直觉得,天下最好吃的东西,不外乎"东北三炖"。她问,咦,哪"三炖"?男2掰着手指说,能有啥,血肠炖酸菜、西红柿炖肥肠、猪肉炖粉条呗。

从烤鱼上来男1就没说过话。本来倒了一口杯二锅头,也没见怎么浅。只皱着眉头,右手捂着腮帮。男2问他,咋了哥们?想到啥不省心的事了?跟咱唠唠?男1朝他摆摆手,仍是副不耐烦的模样。她就问道,是不是牙疼了?男1猛地点点头,眼神里满是感激的神色。这神色似乎鼓舞了她。牙疼是怎么个疼法,她说,只有深夜里痛哭过的人,才真正晓得。说完她伸手触了触他的头发。他的头发有些扎手,仿佛刚落树的栗子。

他端起酒杯,笑了笑,笑也是歪的。没错,他吸溜着牙齿说,疼得让人感觉连人生都没了意义。可能他对自己用了"人生"、"意义"这些词颇感意外,讪讪地喝了口酒。酒似乎也滞留在齿间,让他的半边脸都僵硬狭促起来。她轻声问道,去医院看过没?蛀牙还是智齿?吃药了吗?哎,不过,吃药也是白吃。

来几颗花椒,服务员!男2扯着嗓子嚷道,麻溜点!服务员大抵被这嗓门惊到,忙不迭地小跑着走开。顷刻用勺子扛了几粒花椒过来。男2低头瞅了瞅说,咋都这小?没大粒花椒吗?服务员不语。男2将花椒递给男1说,哪儿疼用哪儿咬着,别老吸气,别老说话,咬上几分钟就好了。土法子,管用着呢!

男1犹犹豫豫地接过花椒,塞进嘴里,看着她和男2。店里本来人就稀少,此时便显得格外静。他们似乎能听到男1急促的呼吸声。她问道,好点没有?男1没有点头,也没有摇头。男2说,老灵验了,我奶牙疼,疼得用头撞墙,一个老中医给了这个偏方,才安稳了。话说是偏方,可也是有来处的。《神农本草经》上都有记载呢。知道不?花椒味辛、温,主治邪气,除寒痹,还能坚齿明目。如果再喝口白酒,见效更快!好点没兄弟?男1没吭声,喝了口白酒,强笑着看男2,说,你喝酒的套路还挺深。

男2撇了撇嘴说,咋这么说话呢兄弟?啥套路啊,不都是为了你嘛。还有个法子,你也试试。左边牙疼,找右手的合谷穴,使劲掐几分钟就行。知道合谷穴在哪儿不?喏,就在大拇指和食指中间,离虎口边二三厘米。说完他举起双手示范了一下。如果是右边牙疼,就掐左手。他盯着男1问,是不是好多了?也就是你,别人要这个偏方我可是要收费的。

她扑哧一声笑了。男2长得极瘦,头发看样子几天没洗,眼睛有点斜视,眼镜的镜片碎掉了也不换,跟他凸出的两颗大门牙倒是般配。羽绒服脏兮兮的,若是细细察看,领子油腻,胸前还破了几处,明显是被钉子或利器勾划开,鸭绒毛都钻了出来。这样一个人,说话声该是柔和的、慢条斯理的、慵懒的,不成想却是铜锅爆炒豆子般。她忍不住跟他碰了杯酒。男2一大口下去,一拇也有了。她就问,你到底能喝多少?男2乜斜着她说,酒再能喝,也算不得好汉。要是再逞强撒个酒疯啥的,就更被人瞧不起。酒这玩意,说白了就是个助兴的,类似软性毒品,是不大姐?

她一愣,不明白为何跟她叫大姐。自己很老吗?难道比他还老?这时男1说道,喂,你们瞧,下雪了。他声音轻柔,他们还是不禁将脖颈甩向窗外。整个冬天,北京也没下一场像模像样的雪,倒是雾霾整日罩着。尽管戴口罩上班,她还是感觉到那些肉眼看不到的颗粒透过口罩弥漫进她的鼻腔,然后顺着咽喉沉淀到肺部。有段时间,她老是咳嗽,尤其是深夜,响亮的咳嗽声简直遮盖住了野猫的叫声。她老想去医院拍个胸片,可一想到那些比蚂蚁还密集的病号,往往就先胆怯。她想,肺叶跟自己一起慢慢地衰老、死亡,其实也没什么可遗憾的。

窗外的雪很小,零零碎碎。男1说,终于下雪了。明天终于可以去故宫拍雪景了!来,我们走一个!说完先将杯中酒干掉。他的牙齿似乎已经不疼了,她想,他牙齿间的花椒粒肯定也被酒精冲到了胃里。男2说,干就干!谁怕谁啊!一抬手也把酒给干了。她犹豫了片刻,喝了一半,说,高兴归高兴,这酒我是不能干掉的。男2问,为啥?她说,我酒量不好,喝醉了,你们谁背我回家啊?不如这样,我给你们讲个关于牙齿的故事,就当我把剩下的酒给喝了。

男1说,这主意不错,我同意。她瞅了男1一眼。男1眯缝着眼睛也在瞅她。她朝他扬了扬眉梢。这个动作似乎有点突兀,可并不显得轻佻。男1说,人说汉书下酒,今天我们就牙齿下酒。男2径自又倒了满杯,倒完后大约怕人说他贪杯,又忙给男1斟满。他们俩,男1和男2,都肃穆地盯着她。

她说,好吧,这个故事是关于我祖母的。她是北方人,虽是北方人,却没用奶奶、嬢嬢或者婆这样的称呼,而是用了"祖母"这个词,似乎唯有如此称谓,才能让她的讲述显得庄重雅肃。她说,我祖母只有我父亲一个儿子,我父亲早年当兵,后来转业到地方当公务员。父亲一直孝顺,祖母六十六那年,牙齿不知怎么都掉光了,父亲便把祖母拉到县医院,配了副假牙。那时候父亲一个月的工资不过百十块钱,这副假牙就花了八十块。父亲一点也不心疼,他拉着祖母的手说,以后你就又能过上好日子了,有什么能比有副好牙齿更幸福的事情呢?

于是,祖母便有了幸福的假牙。可是,那副假牙她只戴了一天就偷偷摘掉了。她觉得这副牙齿太昂贵了,如果整日里戴着,不仅要咀嚼大米小米、谷子高粱、花生红薯,还要咀嚼黄豆、绿豆、蚕豆、野枣跟核桃,逢年过节了,还要咀嚼猪排、羊排、牛肉和鱼刺,就是老鼠的牙齿也禁不住如此折腾,何况是副洁白的瓷牙?除非父亲在场,吃饭的时候她从来没有戴过假牙。可这并没有妨碍她的好胃口。一日三餐,她就用她的牙龈喝粥吃馒头,嚼茄子豆角辣椒和白菜,即便是嘴馋了吃核桃,她也用牙龈直接啃。那副假牙呢?那副假牙被她藏在柜子上的搪瓷缸里,闲来无事了,她把它攥在手心里不停地摩挲。她喜欢手指抚摸瓷牙的感觉。那些牙齿如此光滑、细腻,像是婴儿娇嫩干爽的皮肤。她最喜欢的是那两颗门牙,坚硬顺滑,仿佛一口能咬断牦牛的脊骨。后来临睡前,她也将那副假牙放置于枕边,拇指食指有一搭无一搭地蹭着,像是老尼深夜里盘着心爱的佛珠。也许,祖母真的将这些排列齐整、摸起来凉滑的牙齿当成手串或挂链了。那些年,哦,应该是那三十年,祖母一直用牙龈咀嚼食物和药物,那副假牙,变成了她最珍贵的玩物。你能想象吗,后来她的牙龈也都变成了牙齿的样子,红色的肉和神经下垂,像是古怪的赘物,咬起老黄瓜或者脆骨来,倒比牙齿还要干脆利落。

九十六岁那年,祖母身板一直都还硬朗。有一天,是冬天吧,她突然发觉那副假牙不见了。开始并没在意,以为落在灶台或者炕沿下,寻了三两天仍是没有下落,这才有些着急,钻蜊蜊蛄窟窿捣耗子洞,连厕所都翻遍了,仍是没有找到。隔不几天,她就躺在炕上不能动了,饭菜咽不下,药也不肯吃。父亲找了最好的医生来家里看,只说受些风寒并无大碍。不成想半月未足,就离世了。咽气前方才拉着父亲的手说,她的假牙丢了,肯定是阎王派牛头马面将她的牙齿偷走了。阎王嫌她活得太久长,就偷了她的假牙。父亲一直哭。父亲也快八十岁了,牙也全掉光了。他安慰祖母说,你就别骗我了,我老早就知道你从来没戴过那副假牙。有没有它,你不照样吃香的喝辣的、照样活得比谁都滋润吗?祖母说,你个傻小子,什么都不懂……什么都不懂……将头扭向墙壁,叹息了声,再也没有醒过来。

她一口气说了这么多,仿佛有些疲乏,夹了块春笋慢慢地嚼,嚼着嚼着脸上似乎才有了光泽。男2愣愣地问道,然后呢?她说什么然后?男2说,这就是你要讲的故事吗?她说是啊。男2似乎有些失望,半晌才说,那你奶的牙齿到底丢哪疙瘩了?她说,你问我,我问谁呢?反正祖母下葬那天,父亲又买了副假牙,放进棺木里。他可不希望祖母在另外一个世界,连一颗牙齿都没有,哪怕是颗假牙。

男2挠了挠头,目光转向窗外,说,你这故事神叨叨的,我也没听懂。既然说到牙齿，那么，我也给你们讲个关于牙齿的故事吧。

她说好呀好呀，我感觉你是个特别会讲故事的人呢。他嘿嘿地笑了两声说，咱是实在人，不会拽词，讲完了你们可别笑话我。这时男1说话了。他很久没有说话了。她在讲故事时他只是托着腮帮，两条黑线木木地看着锅里的金针菇被小火翻滚上来。他说，你讲吧，讲完了我也讲一个。这么冷的天气，锅是热的，雪是新的，故事是没听过的，挺好。

男2没有接茬，径自说道，你们好好瞅瞅我，发现我哪里有不一样的地方没有？说完他转动头颅，先是朝左，后是朝右，然后脑门朝天，再是下颌朝地，末了，龇牙咧嘴地目视着她和男1。

她和男1委实没瞧出什么异样之处。他颇为得意地摇了摇头，没瞅出来吧！他敲敲自己的两颗门牙说，这俩牙是假的！假的！烤瓷的！

我要讲的就跟这两颗假门牙有关。那年初冬我进了剧组。在这之前，我刚摔掉了两颗门牙。咋摔的？老倒霉了！晚上喝酒回家，走着走着走到了下水道井盖上。妈的，井盖是半掩的，我只觉得脚下一空，身子猛然一坠。幸亏老子打小就练跆拳道，四肢灵活，往下沉的瞬间我下意识地张开大嘴，想要咬住点啥东西。没错！你们猜的没错！我用牙齿咬到了井盖的边儿，当然，也只是咬了一口而已，随后就他妈的落进了下水道。真是两眼一抹黑，英雄无用武之地啊。幸亏有好心人路过，把我拽上来。我那时完全蒙逼了，直接打车到了医院。检查完了，只是掉了两颗门牙，脸浮肿得跟井盖那么圆。躺了几天就出院了，医生建议我到牙医专科去镶牙，我打听了下，死贵死贵，种一颗牙要两万块钱，一般的烤瓷也得五六千。就有些犯寻思。这时恰好有个导演朋友让我去给他当助理。镶牙也来不及了，就这么着，一个没有门牙的人来到了海边。

这朋友本身就是个腕儿，演了老多电影电视剧，可他老揣着导演梦，这次从网站搞了些钱，要拍部文艺片。文艺片成本小，剧组也就百十号人。第一次拍片，朋友特别卖命，他一卖命，别人就得卖双倍的命。那天在海边拍武戏。刚下过雪,零下十摄氏度,武行现从北京调过来,晚上十点才下高铁。一个镜头拍了二十遍才过,这时都快凌晨一点了。多冷啊,我穿了两件毛衣,外面还套了羽绒服。有个化妆师,却穿着条呢裙,时不时哆哆嗦嗦地给男主角补妆。我当时想,傻逼,臭美啥,冻成冰棍了吧。完事了她就钻进一辆大巴。为了省钱,大巴也没开暖风。我老觉得不落忍,就过去问她,要不要穿我的羽绒服?车里黑漆漆的,估计她也没认出我是谁,只死劲摇头,说不怎么冷。一听她说话的声音就是南方人。也只有南方人才敢穿条呢裙来海边拍戏吧。我也没说啥,继续忙活我的。心里想,这就是典型的死要面子活受罪,好心当成驴肝肺。

第二天中午,正吃盒饭,走过来一个女的,问我吃不吃水果。我一瞅,不就是昨晚那个差点被冻死的化妆师吗?这天太阳好,明晃晃的,我仔细瞅她。长得不赖,瘦,胸大,就是腿有点短。我就说,我是肉食动物。我说话的时候她明显一愣。我想她可能看到我的牙了。如果不是,她为啥要笑呢?捂嘴笑,皱纹也不少。我说笑屁啊,没见过说话漏风的人吗?她还是笑,说,这是莲雾,你尝尝。我是头次听到这种水果的名字。就拿了个,歪着嘴用槽牙啃。她也没说啥别的,靠墙喝咖啡。我问你叫啥啊?她说,我叫若彤。她说话的声音好听,尤其是白天,感觉耳朵都酥了。

戏拍得紧,常常凌晨一两点才收工,清晨七八点又要赶赴拍摄地。有天拍室内戏,收工早,回到酒店死狗似的睡着了。睡得正香有人敲门。开了门,却是她。她说,我们化妆组要去吃宵夜,你去不去?我迷迷瞪瞪地点点头。等去了有点后悔,他们四个娘们一个爷们,都不喝酒,就是饿死鬼似地猛吃肉。她就说,你好像很喜欢喝酒的样子。我说咋啦,男人不喝酒不抽烟不赌钱,活着还有屌意思?她让店家拿了两瓶小刀酒,说,既然你喜欢喝,我陪你哦。我说,就你那小样,作死啊。她笑了笑。她笑的时候特别好看,我的心动了一动。你们笑啥?无论男人女人,来了电,都一个操性,恨不得立马把对方扑倒。那天我把她扑倒了没？拉鸡巴倒吧，我被她灌倒了，一人一瓶白的，又整了七八瓶啤酒原浆。断片了，早晨醒来，都十点了，爬起来，发现桌子上有早饭，一盒粥俩包子。旁边放着张纸条，写着：改天再比试。操，有啥牛的啊，不就是黄鼠狼子被母鸡咬了口么。他妈还装逼，字条是用繁体字写的。

  那天之后跟她见面的机会越来越多。见了面也不一定有机会说话，看对方一眼，笑笑。心里真爽啊。是啊，咋那么爽呢？晚上收工了，她会来我房间坐坐，别想歪了，啥都没有，就是坐坐。我才知道她是台北人。一个台湾人，干吗跑到大陆来当化妆师？没整明白，也没问过她。只记得她偶尔说起，在厦门读的大学，毕业后就再也没回台湾。能干啥？瞎聊呗，跟她说我小时候的事。我们那时候，都喜欢打架，仿佛要是不打架，就对不起保卫科，怕他们失业。书包里都揣着刀子上学。他们管我叫"四眼狗"。为啥叫"四眼狗"？妒忌呗。我是好学生，只揣书，不揣刀。有天跟七八个男孩刚进校门，就被保卫科的拦住，要挨个检查书包。前面几个逼崽子，哪个也没放过，可书包里根本没凶器。到了我，保安说，不检了，进吧。妈的，他根本没想到，那几个崽子的砍刀全藏我书包里呢。

  我说得吐沫星子乱溅，这时她走过来，一把搂住了我。我当时跷着二郎腿坐在椅子上，只好仰头看她。我们对视了足足三十秒，她才低头亲我。没错，她先亲的我。她的舌头咋那么软呢，来来回回在我门牙的位置舔来舔去，舔着舔着她就笑。我脸有些红。不光脸红，别的地方也红了，站起来，抱起她，扔床上。没料到她又坐起来，说，你要干什么，我们好好聊天不行吗？我听她的语气有些急，就怂了，没敢乱动。这样，她光脚坐在床上，抱膝，下巴靠在膝盖上，继续听我胡侃。到了凌晨一点，她抱了抱我，说，晚安，没有门牙的帅哥。转身回宿舍了。

  说实话，我没搞过几次女人，大多数时候，都是自己搞自己。也没正经谈过几次恋爱，哥们这么帅，眼高，但是手不能低。每天晚上，无论多晚，她都会来敲门。一听到敲门声我就硬了。硬了就硬了，憋着，跟她说话，啥都说，小学说完了说初中，初中说完了说高中大学,然后说咋入的影视这行,剩下的就是娱乐八卦,明星丑闻,音乐文学,除了两岸关系,我们啥都谈,性也谈,SM,轰趴,口无遮掩。她要是高兴了,还会给我读诗。谁骗你们谁孙子。读的都是外国人的诗,我可一首没记住,什么我喜欢你是寂静的,我远离于黑暗与爱啥的,整不明白。整不明白也得听,瞪着大眼睛竖着大耳朵听。她声音绵绵的,有一点点沙哑。她读的时候,我就用手机给她配乐。找的《冰血暴》里的一段,花腔女高音那段,她老喜欢了。她可能都没听出来,她读了那么多首诗歌,我就用了一首音乐。

我跟她在一起快活不？这不和尚头上的虱子么。能憋住不？咱也不是柳下惠,可是,人这玩意,有时候就是会被一种特别美、特别好、说也说不清的东西罩着,操,这时欲望就显得贼他妈低级。当然,我们会接吻。只是接吻？也不是,有回我忍不住将她的上衣脱了。她没说啥,我就亲她乳房。可别往歪里想,就这点干货,别的没了。咋可能扯犊子呢！她别看长得柔柔弱弱,性子倔着呢。当然,有时候她也主动亲啊,亲得我云里雾里的。剧组的人知道不？不能让他们知道,省得成谈资笑柄。戏拍到一半,眼瞅着情人节了,我那时候想,咱也浪漫一次,等那天了,我就向她求婚。真的,她是这辈子第一个让我有结婚念头的女人。

这中间我悄悄回了趟北京。干啥去了？镶牙呗。你说我总不能豁着两颗门牙向一个女人求婚吧？多磕碜。贵就贵呗,恋爱中的人,从来都觉得金钱是粪土。我跟牙医说,镶德国进口的烤全瓷。情人节上午,我赶到片场,先一路忙活,后来我把她单独叫出来,说有点事。她看到我时明显有些吃惊。她说,你的牙齿怎么了？我得意地说,没咋地啊,我只是让它们变成了以前的样子。她默默地看着我,不吭声。我说是不是更帅了？她说,我不是说过吗,缺两颗牙齿也不影响什么。我说咋不影响呢,影响老大了,两边的牙齿没了支撑会倒的,经常用槽牙嚼食,会让我的两腮越来越大,到时候鞋拔子脸变梯形脸,没准鼻子也会跟着歪掉,你不得把我甩了？她说,我都不认识你了。我说,你只是不认识我的牙龈了。她笑了笑,说,记得你跟我说过,如果我喜欢,你就永远不去镶牙。我说,没错,你还说过,如果我能做到,你就嫁给我。

　　说到这里,我忽然觉得哪里不对劲了。我的手一直揣裤兜里,手心里攥着那枚钻戒。可是,我完全没有勇气将它掏出来了。我感觉手心里的汗已经将戒指打湿了。她看着我,说,新牙很漂亮。没错,她就说了这么句,转身就走开了。

　　那天晚上,我们照例在宿舍闲聊。我叨逼叨逼时,她一直盯着我的门牙,盯得我有点瘆得慌。她的眼神就像一个刚懂事的孩子目不转睛地盯着一头母猪,或者一条死鱼。我故意将她的注意力转移到别的上面,比如我给她变魔术,变出了一只小花栗鼠,她虽然大笑着将花栗鼠捧在手心里摸,可我觉得她的眼神还是在偷偷打量我的门牙;比如我学卓别林跳舞,我多希望她能专心地盯着我的大头皮鞋我的黑色礼帽或者手里用来当拐杖的衣架,可,可是,妈呀,她的瞳孔仍然死死盯着我的门牙;比如我学单田芳讲《隋唐演义》,边讲边将程咬金的三板斧一招一式演示给她看,操,她还是盯着我门牙……整得我老不爽了。后来我喊了一嗓子,你他妈神经病啊!真的,或许只是心里瞬间的念想,可却被我喊了出来,不仅喊了出来,还又加了一句,再看再看!信不信我把你门牙打掉!

　　没错,你们说的没错,她起身就走了,关门时,她扭头笑了笑。台湾人就是有礼貌,虚伪的礼貌。她为啥不狠狠骂我几句?那样的话不是更解气吗?我还能顺坡下驴,把兜里的钻戒掏出来,跪在地上,顺便把婚给求了。你们是不是觉得,我一个大老爷们特别事逼?没错,我就是一事逼,就是一傻逼。第二天开戏时,我们一起吃盒饭,可她一句话都没说。是的,一句话都没说。我老想道歉,可这嘴像是被线缝上了,那两颗门牙怎么都露不出来。那天晚上她没来找我,我也没找她。第三天,我们导演让我跟生活制片去上海的外景地看景。看了三天景,回去时,却没看到她。我跟化妆主任问,若彤去哪里了?化妆主任说,制片人在横店还一部戏,将若彤抽调到那里去了。

男 2 说到这儿,不知怎么就打住了。男 1 和她对视了一眼。她问道,后来呢?男 2 说,有个屁后来。我给她打电话,她也接,说两句就不知道说啥好了,只好挂掉。逢年过节的,我都给她短信问候,她也回,就两个字,谢谢。你说我还能咋办?我他妈还能咋办?

男 2 扫了眼她和男 1,举起杯子,抬了抬下巴,意思是,喝酒吧。她看到男 2 的眼睛有些湿润。如果身旁无人,男 2 或许会哭吧?她已经多年没有见过男人哭泣了。男人的眼泪,向来只留给黑夜和阴道。男 2 这口酒喝得不少,或许,此时的酒跟水已然没有多大分别。她盯着男 2 乱糟糟的头发和破碎的眼镜片,竟然有些许难过。这难过是属于男 2 讲的故事,还是属于她自己,她委实也分辨不清。她看了看男 1,男 1 绷着脸指了指窗外,吞吞吐吐地说,你们看,雪越来越大了。到了明天,无论红城墙,还是黑色柏油路,都是白的了。男 2 说,有啥看头,想看雪了就去东北。这点破雪,不够塞牙缝呢!男 1 揉了揉腮帮子,扭头跟服务员说,你好,再帮我拿些花椒粒。

等花椒粒再次塞进齿缝,男 1 的脸色和缓些,他用公筷将豆皮从鱼肚下翻上来,你们吃些东西吧,他说,点了条这么大的鱼,却干坐着喝酒,真是犯罪啊。

男 2 说,你担心啥,我几筷子就能把这条鱼干掉。你还是讲你的故事吧。她瞄了男 1 一眼,给他夹了块鱼眼附近的嫩肉。他点点头。他应该知道,鱼身上最好吃的就是那里。

男 1 的语速有些慢。当然,他想快也快不起来,让一个正犯着牙疼的病人讲一个关于牙齿的故事,也许是一种变相的惩罚。他无疑很享受这样的惩罚。他的语速虽然缓慢,但是吐字清晰,他或许并不想拿腔捏调,可事实是,当那些句子断断续续地从他厚重的嘴唇里吐出来时,确实有一种话剧演员背诵台词的效果。他可能也意识到这样的说话方式有些不妥,然而又有什么办法?此时他只能以这样一种姿态镶嵌到两个陌生人关于夜晚的记忆中。

有个女人,男 1 说,这个女人嫁给了她的高中同学。能有多少女人顺利嫁给情窦初开的恋人而且生一对龙凤胎？从世俗的角度理解，这个女人是个幸福的女人：有个高大健壮的男人，有份公务员的工作，还有两个刚蹒跚学路的孩子和一套一百八十平米的房子。她已经不太年轻，但是也不老，化完妆后，可以称得上是美女。对她来说，唯一的遗憾就是丈夫在外地工作。丈夫是做什么的呢，也许是在太平洋大西洋跑船的水手，也许是野生动物摄影师，总之，男人半年左右才回来一趟。父母知道带孩子是件大事，便搬过来同住。每天下班时，母亲把饭做好了，父亲陪着孩子们玩耍，吃完后，碗也不用刷，地板也不用拖，她只需负责躺在沙发里看看电视，或者逗逗孩子们。她似乎又回到了少女时期。有时候她照着镜子梳头，听到父母嘀嘀咕咕着拌嘴，恍惚又回到了十七八岁。没错，她的心一点没老，也许可以说，她可能从来就没长大过。

有一天，父母带着孩子们回家了，她一个人吃饭、看电视。闲来无事就开始玩手机。她很少上交友软件。可那天，她不知怎么就上了，不仅上了，还跟一个男人聊了许久。是男人主动加的她。视频里的男人长得很帅，她想，她还从来没有见过这么好看的男人，不但好看，嘴巴也甜，妹妹妹妹地叫着，说话声音清脆干净，笑起来眼睛就变成了两瓣桃花。他自称从外地来此公办，一个同事没有，一个朋友也没有，饭也懒得吃，到现在还饿着肚子。他说饿着肚子的时候，眼神那么失落，让她不禁想到那些没有人管的孤儿，忍不住就说了句，你要是饿了，我做给你吃。男人说，真的吗？男人说话时没有丝毫的惊喜，这让她有些不舒服，就说，给朋友做顿饭，有什么大不了的呢。男人的眼神就亮了，说，你真的把我当朋友，真的愿意为我做一顿晚餐吗？她说，是啊。男人说，那把你地址发给我，我去吃妹妹做的大餐。她想也没想就将地址发给了男人。发完之后就后悔了，说，我在开玩笑呢。可男人并没有回话，这样，她反倒有些失落，丢了手机，躺在沙发上看韩剧。没多久门铃就响了，她以为是父母又带着孩子回来了。开了门，才发现，门口站着个陌生男人。

她刚想说什么，男人将食指放在唇边"嘘"了声，进门，将门锁好,脱鞋脱外套,仿佛到了他自己的家一般。说实话她当时吓坏了,以为进来的是劫匪。不过瞄了两眼,才发现这男人,竟然是刚才跟她聊天的人。她嘟囔着说,你真来了啊?又嘟囔着说,怎么这么快呢。男人说,我饿了啊,想吃妹妹做的饭。她这才心安些,偷偷打量着他。他比视频里还要清俊。当时她以为他是个电影演员。

她为他做了一碗蛋炒饭,放了一碗紫菜汤。他吃饭的样子很安静,嘴唇边没有一滴汁水,而且没有半点声响,完全不像自己的丈夫那样狼吞虎咽。她竟然看得有些呆了。她或许一直是个花痴,只是自己没有察觉而已。反正,男人吃完饭,他们又在客厅里看综艺节目,看着看着,男人的手就伸过来。她说,你老实一点啊。或许她说话的声音过于轻柔,或许她那时心里委实在荡漾,反正男人并没有将手拿开。也许在男人看来,那更像是一种羞涩的暗示。他将她的手指放进嘴里吮吸起来。她当时是怎么想的呢。也许什么都不敢想。他将她抱进卧室,将她衣服褪掉,然后像她的丈夫一般覆盖了她。

她从来没有遇到过这么温柔的男人。那天夜晚,他们至少做了三次,事毕歇息片刻,男人的欲望就又如生铁般坚挺起来。他还是个有情调的人,从卧室到客厅,从客厅到卫生间,从卫生间到厨房,再从厨房到阳台,总之,他的脚步和汗水几乎遍及了她家的每处角落。她想大声喊叫。她从来没有大声喊叫过。但她只是用手狠狠捂住了自己的嘴巴。倒是他,间或轻吟或淋漓着轻呼,对不起……对不起……她听到他不知是愧疚还是兴奋的喃喃声。

男人离开时是凌晨三点。她沉沉睡去,醒来时看着镜子里的自己,懊悔和羞愧让她的泪水不由自主地流满了脸颊。她竟然做了这样的事情,还是跟一个连姓名都不晓得的男人。她在浴室不停地清洗着自己的皮肤,想把男人身上的味道全部冲洗掉。然后,她又开始清扫房间,把厨房、客厅、卧室、阳台的犄角旮旯打扫得干干净净。她可从来没有如此勤快过。当她气喘吁吁地坐在床铺上小憩时,偶然垂头间,在床脚,是的,在床单几乎覆盖的床脚下,她发现了一颗牙齿。

那是一颗洁白的牙齿,没有烟渍,没有饭渍,也不是四环素牙。她当时的第一反应就是,难道自己的牙齿掉了?舌头舔了半天,根本不是。那么,她想,这是谁的牙齿呢?

这是一颗成人的牙齿,绝对不会是孩子的乳牙。难道是丈夫的?一想到丈夫,心又抽搐起来;可是,从来没有听他说掉过牙齿啊。更不可能是父母的,他们虽然老了,可牙齿比老虎还要尖利,况且他们从来没有进过她的卧室。难道,这颗牙齿是……那个男人的?想到那个男人,她的脸就红了。然后,她想到了一系列让她可能一辈子都不能忘记的事情。

她和男人视频。男人说,牙齿怎么可能是我的呢?我牙口好着呢。我要开会了,宝贝,改天再聊。他的声音很淡然,完全不如昨晚那般急切。她支支吾吾地说,我把手机号码给你,你忙完了,记得打给我。男人说,没问题啊宝贝,想死你了。他的嘴唇贴到屏幕上,亲了亲她。

那么,这颗突如其来的牙齿,就只能是丈夫的了。他掉了颗牙齿,却从来没有告诉她。这么想时,她有点难过。到底难过什么,她自己可是一点都不懂。那天晚上,她吃过晚饭,想给丈夫打个电话问候,可鬼使神差地,她没有联系丈夫,而是连接了跟男人的视频。让她意外的是,男人将她拉黑了。他怎么能这样呢?她有些愤怒,在房间里不停地走动、揪头发、哭泣、擤鼻涕。慢慢地,愤怒就像暗夜天空中的鳞爪闪电,很快被黑暗吞掉。她手里呆呆地攥着那颗牙齿,整整在床上坐了半宿。

丈夫半个月后回来了。丈夫还是以前的丈夫,吃饭狼吞虎咽,做爱像发动机。她跟他躺在床上,汗水淋漓。事后她想了想,从枕头底下掏出那颗牙齿,柔声问道,这颗牙齿,是你掉的吧?又镶了颗新牙吗?丈夫将灯打开,拿过来,审视了半响,问道,什么我的牙齿?我换牙后就没掉过一颗。他龇着牙齿说,你敲敲,你敲敲,我的牙口比牲口的都瓷实呢。她看着丈夫说,怎么可能呢,怎么可能呢,怎么可能不是你的呢?不是你的,又是谁的呢?丈夫说,管他是谁的,爱是谁的就是谁的,难道你不想我吗?说完又卷土重来。她目光呆滞地盯着天花板,手指死死捏着那颗牙齿,任男人要着他想要的。

男1讲到这里就停了。他一口气说了这么多话,说了这么多话似乎也没有让他的疼痛减轻一分。他蹙着眉,又去看窗外的雪。男2已经没有气力看雪了,他趴在桌子上睡着了。他的鼾声时大时小,涎水一条条耷拉到油腻的桌面上。

后来呢?她问道,那颗牙齿到底是谁的?

男1仍望着窗外,说,后来,那个女人魔怔了,无论是上班还是下班,无论是在卧室还是在厨房,无论是在床上还是在床下,兜里都揣着那颗牙齿。有时候她会突然翻开她母亲的嘴唇,问道,你是不是掉了颗牙齿?有时候她会盯着同事的嘴巴,听人家说话,听着听着她走上前,拉着人家的手问,张美玲,你掉了颗白齿吗?如此反复几次,家人才发现她有些异样,只好强行带她到医院检查。医生说,女人得了抑郁症和深度焦虑症。说到这里,男1突然站起来说,我们撤吧,很晚了,明天还要出差的。

她着实有些意外,指着男2磕磕巴巴地说,那他……他怎么办呢?

男1说,他会醒来的。没有回不到家的男人,只有回不到家的女人。

她没有跟男1抢着结账。她觉得这是对男1的尊重。出了酒店,才发现窗外的雪跟从窗内看到的雪不一样。她想到自己喜欢的一个男作家,经常在小说里写到雪。他为何那么喜欢雪呢?每次写到雪,他都会用到"肥硕"两字。这一晚的雪,倒是真的很肥很硕。北京已经四五年没有下过这么仓促这么漫天的雪了。她打了个寒噤,脚底一打滑,险些就摔倒,幸亏男1一把拽住了她的手。他的手比她的手还要热。她犹豫着问道,你贵姓?

他没回答,而是反问道,你想知道我讲的故事,是如何一个结局吗?不等她吭声,他就自言自语地说起来。他的声音在雪色中有些游离,也许是那些胡乱飞舞的雪花让一切都不真切起来。他说,后来,那个在外地工作的丈夫,与一个同事在某个酒局上相逢。这个同事以前是他的哥们,关系铁得很,只是有一年,同事忽然辞职去了南方。这一次久别重逢,真是让人惊喜。同事那天跟他喝了无数的酒,后来又去酒吧喝,他们把那个酒吧所有的 1664 全干掉了。后来同事不停地吐,吐完了抱着他不停地哭。他安慰同事说,人生何处不相逢,何必如此伤感呢。同事断断续续地问道,大哥,你还记得有一年……我去你老家出差吗?丈夫想了想说,记得啊,本来该我去,本乡本土的,可老总非要我去杭州。对了,我还把你嫂子的手机号给了你,嘱咐你有空了联络她,让她请你吃顿便饭来着。同事哭得就更厉害,说,我嫂子啊,确实请我吃过饭呢。我只是没跟你提起过。丈夫说,我怎么从来没有听你嫂子念叨,哎,这个女人,从来都是稀里糊涂。同事就在酒吧的椅子上睡着了。丈夫盯着同事,恍惚想起来,这个同事,就是去他老家之后辞职的。当时身为副总的丈夫还甚是惋惜,同事名校毕业,精明能干,又是花样美男,人气爆棚,他的离开,让公司损失还真是不小呢。

男 1 讲到这里咳嗽起来。她看到男 1 身边的雪瓣都被咳嗽声震飞了。在雪中,男 1 的身材显得格外魁梧。她拍拍他的后背说,不知道我们什么时候,才能再聚一次呢?说实话,她本来想要他的手机号码,转念间又觉得有些冒昧。只不过是一场莫名其妙的酒局上碰了一面,顺路步行回家途中,又吃了顿宵夜而已。这么想时,她不禁匆匆往前赶了几步。再回头,男 1 的身影已然模糊。他喝多了?在呕吐?不过,喝多喝少都跟自己没有干系。北京这么大,每晚喝醉的人可能比欧洲某个小国的人口总和还要多。想到这里,她不知怎么就下意识地摸了摸自己的牙齿,自嘲地笑了笑。后来,她忍不住回头又张望了几次。什么都望不到了,无论是立交桥还是楼厦,树木还是人迹,都被凛冽的白色裹挟遮蔽。她走在城中,却如走在旷野中。隐隐约约地,她还听到了旷野上的风声。

(原载《江南》第 3 期)

朋　友

苏　方

陈年拐进地下停车场,把车顶进车位,紧贴墙面熄火,关紧车窗,点燃第一支烟,大口猛吸。

他一边吸烟,一边辛勤操作着手机,删除一些消息、来电、评论和照片。

第一支烟很快燃尽,陈年点上第二支。他意识到没有脱掉外套。他应该脱掉外套,让烟味浸染贴身衣物及皮肤。他衔着大半支烟,在狭小的空间里身体向前,两手在身后拽掉大衣。烟气冲进鼻腔和眼眶,辛辣刺激。陈年憋住呼吸安置好大衣腾出手取下烟,才耸动肩背大口咳嗽起来。他的眼睛完全红了。他摆弄镜子,看见自己流下眼泪。

车里已经漫成灰白色。陈年大叉开双腿,解开几颗衬衫扣子,捻着胸前一角扇动着,让烟味持续攻占。姑娘,他的姑娘,并不使用香水在身上。她家里的沐浴露,也在几个月前换成了陈年家同款。可你不得不承认,味道,你会带上一种味道它是独特的,陌生的,欣快并且可疑的。陈年注意到了这种味道,他每次都用烟味盖住它。

幸亏他抽烟。

〔零〕

陈年用钥匙拧开家门。家门里四处大敞大亮,幼黄色大块方砖有刺眼的反光。

　　王麦倚在客厅沙发的一头,手捧着一本书。她仿佛耳朵动了动,眼睛仍然盯在纸面上,喉咙里发出含混不清的一声:嗯。

　　陈年朝王麦的方向走过去,掏出手机、烟和打火机放在茶几上。

　　王麦一皱眉头:这一身味儿。

　　陈年脱了外套,在厨房洗手。

　　王麦:今儿是和谁,烟这么勤。

　　陈年:就那一帮子呗。

　　王麦:老七他们?

　　陈年:没都来。没注意。

　　王麦:非得抽烟?

　　陈年:一帮男的在一块儿,干聊,烟都不抽,那不出问题了么。

　　王麦把书扣在腿上:陈年。

　　陈年:嗯?

　　王麦:我问你。

　　陈年:嗯。

　　王麦:这些人里头,你和谁最好?

　　陈年:最好?没有。

　　王麦:相对好?

　　陈年:都一样。

　　王麦:一群人在一块儿,总有亲疏远近吧。

　　陈年:没有。我们不像你们女的。

　　王麦:你这句话就特像我们女的。

　　陈年歪着头看王麦:怎么像?

　　王麦:觉得自己所在的阵营比对面儿优越。

　　陈年摇头:不对,你理解有误。我光觉得不一样,没觉得优越。

　　王麦一笑。

　　陈年:你不信?

王麦：不全信。有不同的地方，但大部分是人的共性，这你逃不了。我就不信你没有一个最好的朋友。说二十几个人老混一块儿，都是朋友，那是划大圈儿，但你心里一定有小圈儿，小圈儿里头还有小圈儿，最小的圈儿里，就是最亲近的朋友。

陈年点上一根烟。

王麦也点了一根，看着陈年。

陈年：那你最好的朋友是谁？桔子吧？

王麦：不一定。有阶段性。

陈年：现在是谁？

王麦：现在，你吧。

陈年刚吸了一口烟，存在嘴里，眯眼笑。

王麦也笑起来：我可不是逼你说我，你可以说别人。

陈年：我之前是谁？

王麦：桔子。

陈年：什么时候变成我的？

王麦：前年，我妈走之后。你一直，在我身边儿。

陈年：那我觉得你这个对桔子不公平。我是你丈夫，我当然一直在你身边儿。

王麦不好意思地：不。"在身边儿"是我轻描淡写了，因为羞愧。我当时很糟糕我知道，你把我接管了，拖着我往前走，一小步一小步，没有过一次不耐烦。后来每次回想我都觉得我不配。换个位置我不一定做得到。

陈年：桔子跟你不耐烦过？

王麦：那个时候？所有人都跟我不耐烦过。

陈年按灭了烟：那我想想，我最好的朋友……就老七吧。

王麦：嗯。为什么？

陈年：老七是个聪明人。

王麦：笨蛋就不配有朋友？

陈年嘻嘻笑：笨蛋不配有我这样的朋友。

王麦拿起腿上摊着的书，折好页放到一边儿：你最好的朋友要离婚了。

陈年:谁?老七?

王麦:是啊。你刚说的。

陈年:为什么?谁告诉你的?

王麦:当场抓获了。

陈年:什么当场抓获?

王麦:和一姑娘,就今天下午。你不知道?

陈年:我不知道。今儿晚上没他。

王麦:你不知道他有一姑娘?

陈年:我们也不是什么都聊。

王麦一笑:是,你们和我们女的不一样。

陈年:老七提的离?

王麦:这还有他提不提的余地?七姐提的。这没什么可商量的。

陈年:七姐和你说的?

王麦:晚上一直在这儿来着,哭了,刚走没一会儿。

陈年:你也没劝吧?

王麦:这会儿旁人没什么有用的话。七姐就是伤心没想到。

陈年:那你都说什么了?

王麦:帮着想想下一步呗。她要搬出来,我帮着找找房子。

陈年:还行,没说让来家里住啊?

王麦:你以为七姐现在看你能顺眼?

陈年:和我有什么关系,我真不知道。

王麦:知道也没你的责任。

陈年站起来:睡觉了。我洗个澡。你开会儿窗户换换气。

王麦抬头望着陈年:我挺嫉妒老七的。

陈年:嫉妒他外头有姑娘?

王麦:不是,我嫉妒……你坐下行吗,咱们再说一会儿。你也别天天光跟外人说话,你也跟我说两句。

陈年坐下,点了根烟。

王麦:我嫉妒他和你有秘密。你别说你不知道,我也不可能信。朋友是什么,就是有共同的秘密,别人都在外围。小孩儿最开始怎么交上朋友的？——"我告诉你个秘密你不能告诉别人。"对吧？

陈年：那你觉得这事儿，我知道了就该告诉你？

王麦：倒不是。这事儿是属于你们俩的。我们俩应该有点儿另外的，我们之间的秘密。我们之前是有的。

陈年：我不同意。你觉得我跟老七，比我跟你更亲密？不可能。

王麦：物理距离是更近，心理上就不好说了。

陈年：今天是要斗我吗？你是不是让老七这事儿给刺激了。我跟你说他们真不一定离，七姐也不一定猴年马月搬出来。我要是你我就先观望着，不急给她找房子。

王麦：你记得我们俩谈恋爱那会儿，有一回，扎小树林，太黑，你绊了一跤，小腿骨折了。

陈年：嗯，怎么了。

王麦：回家不好意思说，跟人说打球扭的。

陈年：嗯，怎么了呢。

王麦：就那会儿，我们俩还算有个秘密，你爸妈不知道，老七不知道。谁一问候你腿，你就脸一红，悄悄看我，我们俩心里一起乐。

陈年：嗯。

王麦：再就结婚，结了婚真是近了，天天一块儿起一块儿睡，可是近了以后倒再没有一句跟一句地聊了——"我就是这样，你不都看见了么"——你说是不是别人也都这样？家家都这样？

陈年：你意思是我跟你说话少了？

王麦：你看，误会也更容易了。

陈年盯着王麦：你敢说你现在不是在埋怨？

王麦：不是。我是在跟你探讨。

陈年：好。探讨。你表达吧。

〔负十七〕

王麦等了几个小时才被允许走进检查室,她两眼放光满心喜悦。

喝水了吗?医生问她。

喝了喝了。

什么时间喝的?

就大概,刚才,半个小时?

再喝一瓶。

现在?噢。王麦手忙脚乱地翻包。

快点儿。医生的低音天然威严。

好了上去吧,脱外套。医生对咕咚咕咚的王麦说。

她简直是蹦跳着,爬到台上躺下。等医生按下开关,就会把她送进舱里。到时候一切就都清楚了。这种叫作PET-CT的检查,将把她置于一种高级力量的目光之下,将发现那个真正的问题,使她知道自己究竟得了什么病。

真相未明,是多么困扰人啊。我们感受到混杂、长期、轻重不一的症状,可原因是什么我们总是不知道即便是自己的身体。现在好了不用等了,不用再猜测和犹豫。王麦感到兴奋和庆幸她能够在这台机器上交出自己、交给一双专业的、经验丰富的眼睛,交给那种她的医学常识不足以精确理解的穿透力。她感到庆幸,可以等待答案。她是即将得到答案的幸运儿,不是每个人都能。我们究竟生了什么病?等我们知道了,我们就能够解决了。

机器轰响起来,王麦被送进舱里。

你笑什么。医生说。把嘴闭上。

〔负零点五〕

王麦:还要纸吗?

七姐:不用,我没哭。我就是体热,有点儿流鼻涕。

王麦:七哥这会儿,在家呢?

七姐:我让他收拾东西走。这几天我先住家里,然后再说。他反正有地儿去。

王麦:不再谈谈了吗。

七姐:要搁你身上,你还谈吗?

王麦:我不知道。

七姐:你知道他们俩好多久吗?四年。四年啊。四个春节,四个情人节,四个生日,我生日,他生日,他们俩的生日,一千几百天,就这么一天一天……我一点儿都不知道,谁也没让我知道。

王麦:我也没听陈年……

七姐:别提陈年。他们那帮人,一个也别提。一伙儿的。

王麦:我还是觉得,这么多年夫妻

七姐:又怎么样呢?刀子都是从这么多年夫妻那儿来的。外人也伤不着你。

王麦:七哥什么也没说吗?

七姐:我忘了。他吞吞吐吐说了几句,我根本没听见。我脑袋里就俩字儿,四年。四年是什么你知道吗?四年就不是一不小心了,四年也是个家了。天呐。他有了另一个家了。

王麦:离婚也不是件简单事儿。

七姐:我问你,你和陈年,还有性生活吗?

王麦:我们,有时候有。

七姐:如果永远不能再有了,做不到了,还算是夫妻吗?看到对方就想起另外一个人,需要换上一张脸过日子,这种生活你要吗?

王麦走到厨房,倒了两杯水回来。

王麦:我理解你现在,愤怒。

七姐:失望。过去也有好时候,可是突然都不算了。连个体面的通知都没有,悄悄地,就不算了。四年。他晚上回了家躺在我旁边心里想着别人,四年。为什么不能告诉我呢!我连句实话都不配吗。

王麦给她递纸:心里还有你,想要这个家,和你的家。

七姐摇头:我要不了了。谁也不能怪我。

王麦:不怪你。

〔负三百一十七〕

老七:全怪我。

陈年:说不出口?

老七:说不出口。

陈年:真决定要说了?

老七:不知道。

陈年:嫂子就一点儿没察觉吗?

老七:不知道。可能吧。不知道。

陈年:不能再拖了。

老七:马上四年了。

陈年:真是一晃儿就……

老七:一千三百天。

陈年惊奇地笑:你算的?

老七:她算的。

陈年:要不就断了?

老七:难。

陈年:难在哪儿?

老七:在我吧。舍不得。

陈年:人家催你吗?

老七:越来越不催了。越来越像是早晚的事儿了。

陈年:还真是全怪怪你。

老七:你要是我你怎么办?

陈年:反正不能两头儿难。选一头儿,选完了怎么难都能办。

老七:你怎么选?

陈年:我不能替你选。

老七:你那边儿呢?你选了吗?

陈年:我一开始就选了。

老七:你选了。呵。你觉得都是由着你选的么?

〔负零点五〕

七姐:都是他选的。房子,车,地板,挂墙的画儿,和你们吃饭我穿什么衣服,都是他选的。说不要就不要了。

王麦:七哥没说过不要。

七姐:还得怎么说!他就是不要了。他选了别人了。

王麦:还是偷偷的,瞒着你的。

七姐:感人吗?是吗?值得同情吗?

王麦:七姐这四年,你一点儿都没察觉吗?

七姐:没有。

王麦:你想过这是为什么吗?

七姐:我缺心眼儿。

王麦:不。

七姐:我不称职。

王麦:不,不是。

七姐:我活该。是吗?你是这个意思吗?

王麦:不是我完全不是这个意思。我的意思是……你应该、咱们应该考虑到这一点——七哥得是做了多少努力,才能让你毫无察觉。我意思是,他也很辛苦,他在保护你

七姐:他在欺骗我!

王麦:是。

七姐:他保护的不是我,是他自己。

〔负三百一十七〕

老七:累了。

陈年:是。

老七：都他妈是陷阱。

陈年：还假装不是。

老七：废话。

陈年：后悔了吧？

老七：别走到我这步。

陈年：我没打算。

老七：由不得你。

陈年：我和那边儿讲得清楚，我不暧昧。你情我愿的事儿。

老七：情愿，情愿是要变的。

陈年：我是说好了的。

老七：你结婚的时候，不也说好了。

陈年：你怎么跟女的似的。

老七：我真希望我是个女的。

陈年：女的就不犯错儿吗？

老七：女的比男的有资格。

陈年：她们还不犯。

老七：她们不心慌。

陈年：对，她们不害怕。

老七：她们总知道该怎么办。

陈年：天生的吗你说？

老七：天生的。

陈年：要是跟七姐离了，你想她吗？

老七：想。

陈年：她要是再结婚

老七：受不了

陈年：那要是你再结婚

老七：我有病吗我还结婚

〔负零点五〕

王麦：我有病了。

七姐:什么意思?

王麦:不好的病。

七姐:大病?

王麦:淋巴瘤。

七姐:陈年知道吗?

王麦:刚查出来。

七姐:陈年不知道?

王麦:不知道。

七姐:你们俩

王麦:我们仨

七姐:陈年

王麦:有一个姑娘

七姐:有一个姑娘……

王麦:我只知道有这么个人。我想应该是个姑娘。

七姐:说开了?

王麦:没有。

七姐:说吗?

王麦:我不知道。我有病了,他有个姑娘。这是两件事儿。我只能说一个。说了这个,另一个就不用说了,不能说了。我还没,我还没想好。

七姐:你想说哪个?

王麦:我没想好。要是他知道我这个病

七姐:肯定不会离开你

王麦:义务

七姐:同情呢?

王麦:也没好到哪儿去

七姐:你不要吗。

王麦:我不知道。

七姐:那这姑娘,他们俩现在是……

王麦:我不知道。

七姐:你知道多久了?

王麦:我不知道。不好说。我也不知道。

七姐:那你是怎么知道的?

王麦:我就是知道。这种事儿,女人不会不知道。

七姐:跟他谈吗?

王麦:我不知道。

七姐:害怕吧。

王麦:我怕。我怕他撒谎。

七姐笑起来:他们的努力。

王麦:维持原状。

七姐:世界和平。

王麦:变心没什么。变心我能接受,可是撒谎,撒谎才是背叛。

七姐:轻蔑。好像你并不配知道。

王麦:"我变心了",有那么难吗,我变心了。

七姐:也许没变呢。

王麦:肯定有什么东西变了。

七姐:没意思了。

王麦:忘了。

七姐:忘了。所以再去找。

王麦:不在家里。

七姐:不在家里。

王麦:那家有什么用呢?

七姐:家不变啊。

王麦:家里有我。

七姐:女人,现成儿的。

王麦:在他眼里我不是女人了,我应该没有性别。我是他的朋友。

七姐:你不是。他们是朋友。你们是夫妻。

〔负三百一十七〕

陈年:你说夫妻,到底是什么关系?

老七:制度,所有权。

陈年轻蔑地:你结婚的时候是这么想的?

老七:当大人,负责,性生活许可证。

陈年:你结婚的时候是这么想的?

老七:我忘了。我是一步一步,按前人脚印儿走的。

陈年:不结能怎么样呢?

老七:不结不行。

陈年:怎么不行?

老七:就是不行。

陈年:现在还这么想吗?

老七:还这么想。

陈年:结了不也是对不起。

老七:谁能一辈子对得起。

陈年:谁规定的非得一辈子?

老七:你结婚时候就这么想的?

陈年:我结婚的时候……以为前头还有。

老七:没有了。越来越没有。

陈年:从什么时候开始到头的?

老七:从所有秘密都说完了的时候。

陈年:榨干了。

老七:透明了。

陈年:还不能结束。

老七:不能。人家是跟你一辈子的。都说好了。

陈年:一辈子。

老七:还好久呢。

陈年:七。

老七:嗯。

陈年:你害不害怕?

〔负四十二〕

　　老头儿给老七开了门,回身就往里走。老七跟在后面,看见父亲的棉毛裤上,在屁股的位置,有一个窟窿。

　　有拳头那么大。老七心想。不,比那还大,有碗口那么大,抻平了的话。不是那种大碗,是那种小号儿的饭碗。我的父亲,屁股上有一个碗口大的窟窿。

　　还行啊?这些日子?父亲问他。

　　还行。父亲坐下了,老七环视着屋里。没什么可看的,这屋子几十年没有变。不过是越来越旧,越来越乱。老七知道自己看不出什么。七姐比他来得勤。

　　前两天上趟医院。父亲拿出一沓纸,给他看。

　　老七接过来,以为是病历,一看是收费单。

　　都查了?大夫都怎么说的?

　　老三样儿。现在是检查越来越贵,药越来越贵,吃完也就那样儿,也没见好,也死不了。

　　岁数到了,该吃的药都得吃——我妈锻炼去了?老七问。他心里设计着,待会儿临走该怎么留钱。

　　锻什么炼,扯闲天儿去了。父亲点根烟,把火儿扔给老七。知道老七不抽他的烟。

　　老七数着,和父亲分别抽了四根烟。他知道今天可以了,四根烟的时间对父子双方都不造成负担。他站起来,痛痛快快地出门。

　　钱我放柜儿上了。他在关门的同时大声说。

　　他没去听父亲的回应。他感到复杂的羞耻,感到前途无望。他跟在父亲身后。父亲七十多岁,屁股上有个碗口大的窟窿。

〔零〕

　　王麦沉默。

陈年:你表达吧。表达啊。
王麦:你这样我有点儿害怕。
陈年:你害怕?
王麦:有一点儿。
陈年:我觉得你不怕。你什么都不怕。咱们现在探讨的是什么,你知道吗?探讨完了有没有解决,你想过吗?我们俩结婚多少年你记得吗
王麦:八年,快九年了。
陈年:八年,两个人结婚八年相处方式有变化了这不正常吗,不普遍吗,你认为这就有问题了需要解决对不对?我不这么认为。我认为这是现实,需要适应。必须适应。如果你适应不了
王麦:怎么样
陈年:我不知道
沉默。
王麦:所以你承认有变化。
陈年吐了口气:行。我承认。
王麦:你不跟我说。
陈年:你每天每天都看着我。
王麦:你也没说。
陈年:这不是很大的问题——这不是问题,是现实。
王麦:陈年,你跟我是朋友吗?
陈年:不是。我跟你是夫妻。
王麦:夫妻也是伙伴。夫妻也不该隐瞒自己
陈年:我没隐瞒
王麦:你也没袒露
陈年:我害怕
王麦:你害怕?
陈年:我害怕。
王麦:害怕什么?
陈年:我怕你问我害怕什么

王麦:你不信任我

陈年:你埋怨我

王麦:我信任你

陈年:我怕失败了

王麦:假装没事儿不代表成功

陈年:你妈走那年,一直到第二年,你是另一个人你知道吗

王麦:我知道

陈年:我当时就想,别的不管,一定把你救回来,别的都不管

王麦:救回来以后呢?

陈年:就像现在这样。生活。

王麦:现在这样更好吗?

陈年:它至少是生活。

王麦摇头:顺流而下的。

陈年:日复一日的。

王麦:有口无心的。

陈年:就是生活。

王麦:你对它满意吗?

陈年:我接受。

王麦:你不当我是朋友了。

陈年:我们是夫妻。

王麦:总好过路人,是吗?

陈年:你这么认为?

王麦:你不?

陈年:我举个例子,我给你一万块钱,路人给你一万块钱,哪一笔你记的时间长?

王麦:这当然不一样!你是日常,路人是特例。

陈年:再举——我猜到你心思,陌生人猜到你心思,哪一个你更感动?

王麦:听懂了。结论呢?

陈年:这是生活。

王麦:那我想你成功了。

陈年:尚未失败吧。

王麦:咱们还不老。

陈年:在变老。

王麦:你恨我吗？我看着你变老。

陈年:证人。

王麦:对。

陈年:是。只有你。我也看着你变老。

王麦:我因此感激。

陈年:变老,变无能,变平庸。

王麦:谁的世界都不新鲜了。

陈年:我害怕。为什么你就不害怕？

王麦:我不怕死。

陈年:我也不怕死。我怕老。

王麦:你怕生病吗？

陈年:变老就是最大的病。

王麦低下头。

陈年:你喝茶吗？

王麦:你喝吧。

陈年:要是还说话,我就喝杯茶。

王麦:你记得第一次吗,第一次晚上不喝咖啡,改喝茶。

陈年点头又摇头:嗯。哦不,不记得。

王麦:你记得你第一次对熬夜感到难受吗？

陈年仰起头:我记得……我记得第一次喝不了冰水——好几年前了,在老七家,一口下去牙就僵了,脑袋里头嗡一声。那还不到四十岁。

王麦:也不愿意冒险了。

陈年:大多数冒险没什么乐趣。

王麦:我记得一个第一次——逛街看一条裙子,真好看。知道好看,也知道不该我穿了。

陈年:你也没比从前胖,一点儿都没有。

王麦:和胖瘦没关系。你知道是什么吗是眼睛,穿衣服的不是皮肉,是眼睛。衣服不能再穿,是因为眼睛衬不住了。

陈年:七姐从这儿走以后,去哪儿了?回家了?

王麦:说是回家了。老七应该不在家。

陈年:去哪儿了。

王麦:我不知道。你是不是想给他打电话?我可以不听。

陈年:不打了。他要是想说就给我打了。

王麦:你看,这就是我说的,你们互相信任。

陈年:我如果也这样对你,就变成不够关心了。

王麦:给我也倒一杯吧,我想喝了。

〔负五百七十九〕

七姐辗转反复许多天才下定决心独自去看一场电影。那是资料馆的一场小型放映,《霸王别姬》。她的丈夫老七不会陪同——她没开口问过,怕换来惊异和揶揄而不是鼓励。也没有邀请女伴同去,人选她在心里过了一遍,觉得谁都不合适。她四十岁,坐办公室,从来不网购,每周探视两家父母,做饭顺口好吃。她的社会属性并配不上这样一次行动,她不希望任何外来因素打扰了好不容易建立起来的勇气。

于是七姐独自去了,看那场电影。她喜欢年轻时候的张丰毅,喜欢年轻时候的陈凯歌。她自己坐在第一排,避开身后的大学生。"我本是男儿郎"挨了狠揍的时候侧门儿迟到一个人,猴着腰虚着腿进来坐在了她身旁。

七姐恼,她蓄积已久的又孤独又自由的短暂世界,让这个人给破坏了。她的呼吸频率变得紊乱,时而短促时而深长,不敢再全心入戏,怕遭到暗中取笑。他们两个要共同经历这部电影了,即便是本不相识的观众即便一声不吭。他们在无声地分享,无声地相互作用。他们毫不知情地决定着对方的感受和反应,用出生以来的所有经历,秘密的爱情。七姐不得不挪用一部分注意力来观察对方,以确认对方是否观察她:是一张年轻的脸,年龄几乎是她的一半。鼻翼挺括,嘴唇丰劲,那么像,年轻时候的陈凯歌。在诡秘的光影里,他离她那么近。七姐感到舌根发胀,心上泛起一股甜味,像二十岁,忍不住想要笑。

年轻陈凯歌发现了七姐的目光。他狐疑地瞧了这位大姐两眼,掏出手机漫无目的地划了两下,站起来去后排找了个座儿。

在黑暗里七姐的脸像炉火一样烫。她坚持了数分钟,猛地起身走出放映厅。门外有冷风,帮助她回到今日的年龄。她压下久违的羞愧,抹掉眼角的泪水,只有一滴。

〔零〕

七姐捏着钥匙,锁拧了一半听见门里有声音,又拧回去半圈儿,抽了出来。老七站在门里,两人都不动。

七姐抬手敲了敲门。老七马上打开了。

七姐低着头往里走。

老七:怎么敲门了?

七姐冷冷地:我不知道家里几个人。

老七:一个人。我。你回来,就是俩人。

七姐:你别往我身上推。我回不回来跟你无关。你也不用回来,我不盼你回来。你怎么还不走?

老七:你是上陈年那儿去了么?

七姐:王麦那儿。

老七:一回事儿。

七姐冷笑:不是一回事儿。

老七:咱不吵了,行吗?

七姐:我想跟你吵吗?我看都不想看见你。你怎么还不走?

老七:我特别累。我有点儿困了。想睡觉。

七姐气得身僵:郑宏利!这么多年我才发现你是个流氓。

老七:你喊我大名儿干什么……不是赖着你,我不是赖,我就不想今天……明天再说行吗?就再过一天。

七姐:不行。百害无一利。

老七：怎么无一利呢，咱们都好好睡一觉，明天再……

七姐：不行！我看着你睡不着。我恶心。

老七：都说了不吵。

七姐拎起包和衣服：你走不走？

老七拿了把椅子，堵门口坐着：不走。

七姐突然哭起来，哭了几声断然止住：你说吧。我听。你捅死我吧。

老七：你知道我没话说。

七姐：那你还不走，我就问你，你为什么不走？你为什么不走？你为什么不走？你为什么不走？你为什么

老七截住她：我害怕。

七姐：是吗

老七：走了就完了

七姐：你以为完是今天完的？我告诉你，完是从你伸手第一天完的，四年了，咱们俩完了四年了。

老七：之前……没看见这一天。

七姐：别装了！我就不信你没想到有这一天，我敢说你这四年天天想着这一天！总算来了。不用盼了。过年吧。放炮吧。我成全你，我解放你。

老七：不是。

七姐：你没盼着？

老七：我没盼。

七姐：你没盼，有人盼。你也替人家想想吧。我告诉你，咱们俩肯定是完了。你别白忙，你赶紧捡一头儿，别到了最后两头空。

老七：我不怕。几头空我也愿意。

七姐：你愿意的事儿太多了。

老七：你可以骂我。动手也行。

七姐：我不稀罕。

老七：我没撒谎，真的——才知道回不了头，才知道不要不行了。

七姐:要的时候不知道?

老七:不知道。真的。不知道。

七姐:也没想到有这么一天。

老七:没想到。

七姐:以为爱都是好的,爱一个没必要不爱另一个。

老七:……是。

七姐:就奉献,周旋,表演,苦了你一个,幸福千万家、两个家。

老七不说话。

七姐:你管她那儿,叫家吗?

老七:谁那儿? 不。

七姐:那叫什么?

老七苦恼地:咱别说这个

七姐:不说你就走。

老七:叫"她那儿"。就叫"她那儿"。她管她那儿叫"我这儿"。

七姐:那你如果要去,就说,我晚上上你那儿?

老七:嗯。

七姐:她如果找你,就说,你来不来我这儿?

老七:嗯。

七姐:难不难受。

老七:习惯了。

七姐:图什么。

老七:咱不说这个

七姐:她图什么? 爱情是吗?

老七不说话。

七姐:你图什么?

老七:咱不说这个好吗。我说不出口。我不知道。

七姐:就为上床吗?

老七:我不想说我不想让你难受。

七姐有了点笑意:我觉着你比我难受。

老七:你想让我好过一点儿我知道。

七姐:我想让你认清现实。你心里有她,老想看见她,看不见就想她,不光为上床说说话也高兴,你爱她——这有什么不能承认的?爱人不是错儿,不是爱上谁就立马变混蛋了我没那么狭隘。

老七:行。我承认。

七姐:你们多久见一次面儿?

老七:不一定,看我的时间。

七姐:你看我的时间。

老七:对。

七姐:都在哪儿见?

老七:她那儿。

七姐:来过家里吗——来过这儿吗?

老七:没有。

七姐:为什么?

老七:规矩。

七姐:她想来吗?

老七:没说过。

七姐:她想结婚吗?

老七:想。

七姐:跟你?

老七:跟我。

七姐:你怎么说的?

老七:忘了。

七姐:你让人等着你,对不对?

老七:……对。

七姐:她理解你,她还心疼你,对不对?

老七:有时候不。

七姐:也闹过,要分开,找别人,对不对?

老七:对。

七姐:你不同意?

老七:嗯。

七姐:求人家别走,等你,保证离,对不对?

老七:对!

七姐:看不见她时候天天想吗?

老七:天天想。

七姐:那怎么办?

老七:打电话。

七姐:怕她找别人,查岗。

老七:对。

七姐:她找过别人吗?

老七:找过。

七姐:你发火儿了吗?去人家门口堵了吗?动手打她了吗还是苦苦哀求?你哭了吗?

老七:对!我发火儿了我去找她了我天天堵门口等着她我一见她就哭了!我不是人!我比谁都丢人!

七姐:有过孩子吗?

老七:什么

七姐:你们俩,有过不小心吗?怀过孩子吗?

老七:……怀过。

七姐:打了?

老七:打了。

七姐:你可真混蛋。

老七:我没说我不是!

七姐:你现在可以走了。

老七:我不用你给我自由。

七姐:你根本不想要自由!你要人捆着,要人拽着,你要不知所措,你要焦头烂额,不然就心慌。你要天天有好事儿,还要天天有坏事儿。你要做业绩,还要搞破坏。又想骗人,又想说实话。一边干坏事儿,一边充好人。你太贪了,天底下没人比你贪。

老七:是是是。你说的都对。

七姐:你走吧。我不成全你。你不就想要有限的自由吗,在我这儿你找不着了。

〔零〕

王麦抬起头:陈年……我找不着你。

陈年:什么意思。

王麦:你就在家里可我找不着你。

陈年:我不就在这儿跟你说话呢吗,已经说了(看表)一小时四十分钟了。

王麦:你不在家的时候家太大了,你一回来,它又显得太小了。

陈年:在哪儿都一样。只要有人,在哪儿都一样。你们太拿家当回事儿了。

王麦:我如果在客厅,你就进卧室。我要是在卧室,你就去书房。

陈年:分头做事儿,分头活着。

王麦:你们在乎的,永远是外人。

陈年:不是外人,是外面,外面有正经事儿。

王麦:你别躲,行吗,我就求你今天别躲我。

陈年:从来没想躲你。

王麦:去年冬天去三亚,你记得吗?

陈年:行,记得。你们不是玩儿得挺好的么,女的凑一块儿,买一堆东西。

王麦:行程是谁安排的来着?谁秘书?

陈年:周游,老周秘书。

王麦:对,那小姑娘。

陈年:你是又觉得人家俩有事儿了?

王麦:没有。我是要说那小姑娘,糊里糊涂的,给我们俩订了两间房。

陈年:噢。是。我拿了房卡才发现。

王麦:我也是。

陈年:你也没提出来退一间。

王麦:你也没提。

陈年:你也没提。

王麦:我觉得你更愿意自己睡,更自在。

陈年:我觉得你也是这么想。

王麦:对,你说的对。是的。那几天我睡得很好,特别好。

陈年:我也是。

王麦:你说这说明什么?

陈年:说明……咱家应该换大房子?

王麦:你又躲了。

陈年:好,我回来。说明人都需要自由。

王麦:人只有在不自由的时候才需要自由。

陈年:我没有这个意思。你又上纲上线。

王麦:除了自由,你就没有别的需要了?

陈年:我当然有,吃饭,睡觉,挣钱,过日子,休息,我需要休息。

王麦站起来:休息好哇,那上床吧,咱们现在就休息。

陈年顿了顿:你先去,我电脑上还有点儿东西我先

王麦:不!今天谁也别先。要睡就一块儿睡。你说得对,人不是都有需要吗,太巧了我也有。走吧。

王麦大睁着眼睛,盯住了陈年。

陈年:我今天太累了。

王麦走近他:我帮你。

陈年笑:别闹了,听话,你先去,我再忙一会儿

王麦:那我跟你一块儿弄。

陈年:你这不是捣乱吗。我就还有一点儿事儿,一会儿就完,完了我还得洗个澡,你就别等我了,你先睡

王麦:对。你又要洗个澡。然后就是——"睡吧,我已经洗澡了""睡吧,今儿累了""睡吧,明天有事儿呢"!到底怎么了陈年?你讨厌我吗?我让你觉得恶心吗?

陈年:你怎么突然之间开始纠缠这个

王麦:突然之间？多久了,你算算。

陈年:我算不出来。我不是小伙子了,我心思没在这些事儿上。

王麦:十个月。

陈年:我觉得没那么重要。

王麦:我觉得很重要。既然咱们是夫妻。

陈年:就应该互相体谅。

王麦:那么请你体谅我。我需要你,我今天晚上就需要。

陈年:那对不起了,我不行。

王麦:我帮你。

陈年:不是帮的事儿……没有用。

王麦伸手抚摸陈年的脸,肩膀,手臂:我们,试一试。

王麦贴近陈年的脸,去亲吻他。

陈年一下子站起来,挣开她:我还没洗澡呢。麦子对不起,对不起,行吗？你就放过我今天。

王麦看着他:为什么？

陈年:我累。

王麦:在我面前。

陈年:就是现在,累。

王麦:我让你觉得累,对不对？

陈年:我不知道。我不愿意想了。

王麦:你该想。为什么和老七他们在一块儿就不累,为什么一回了家,看见我,就疲惫不堪躲躲藏藏。

陈年:老七他们,不一样。

王麦:对！不一样！你知道哪儿不一样吗？我们是夫妻！你应该想我、操心我,你应该有没完没了的话跟我说,你应该总想留在我身边儿,应该每天晚上和我一块儿睡觉！

陈年低着头,半晌:你怀疑过吗？

王麦:什么？

陈年:一切。

王麦：一切什么？

陈年：一切你被承诺过的东西，明天，下一站，从小认定的天赋，每天晚上的睡眠。

王麦：我选择不怀疑。

陈年：我忍不住。我不行，人不能停止怀疑。

王麦：停止怀疑就老了，是不是，你就是怕这个？

陈年：停止怀疑就死了。

王麦：连我也要怀疑么

陈年：连你也要怀疑。

王麦：我们在一条路上陈年，我和你，我们是一条路，只有我们俩是一条路。

陈年：不，每个人一条路。伙伴，朋友，都是假想的。每个人都是一条路。

王麦：那你为什么救我？

陈年：从哪儿？

王麦：从坑里，你把我从坑里拉上来的，我们俩是一条路。

陈年：我必须那么做。我是被要求的，被我自己选的路要求的。每个人的路是自己的。

王麦：没有伴儿？

陈年：没有。

王麦：你不想要一个同路的朋友，即便是我。

陈年：即便是你？天呐，尤其是你！我们俩永远不是朋友，我哪怕和所有人成了朋友和你也不会是。你在哪儿？你看看你在哪儿？你在家里，你在我的沙发上，在我床上。

王麦：我们俩的。

陈年：我们俩的！你在我们俩家里，你在家里生根发芽了，家就是你，你就是家。你在离我最近的地方，我干什么你都看着。我喝一口水，你看见了，我喘一口气儿你听见了，我笑两声儿你问我为什么，半天不说话你就问我想什么，我夜里做了几个梦你都看见了！我活着你就盯着我，我们俩没秘密了对吗你觉得，当然没有了！我身上还有什么是你不知道的？你还想要什么？我已经是你丈夫了,我没有再多的能给你了!

王麦:我想要你是我的朋友,我想要你。

陈年:朋友,太遗憾了我告诉你,我们俩,是夫妻。夫妻最不是朋友!夫妻是什么你知道吗？夫妻是最不公正的审查者,最严厉的判官,最前排看热闹的群众,最势利自私的小人!你看看你给老七用的词儿,当场抓获,天呐。陌生人你们都同情,但你永远不会同情我。

王麦眼圈红了:你会想念我吗？

陈年:什么时候？

王麦:每一天。

陈年:今天？

王麦:现在。就现在,天呐陈年,你离我太远了,我很想念你,你会想念我吗？

陈年:我没法想念你。你就在家里。你哪儿也不去。

王麦:你不会再努力了。

陈年:你想过吗,万一努力加速死亡？你从来没想过。

王麦无力地摆手:好了。好了。我知道了。

陈年:不说了？

王麦:不说了。都清楚了。

陈年:我可不是为了赢你。

王麦:我知道。

陈年:我今天本来很累了,没想和你聊这些。

王麦:我知道。

陈年:睡觉吧。都别想了。

王麦:我知道。

陈年站起身,一一关掉厨房、客厅、阳台的灯,只剩一小盏矮胖蜡烛的光,在沙发边上王麦的脸旁,此时才显出存在。王麦偏过头去。

陈年走向卧室。

王麦:现在告诉我吧。

陈年转身:什么。

"你今天晚上去哪儿了?"
在黑暗里,王麦说。

(原载《小说界》第 3 期)

风 油 精

赵 松

一

1996年夏天,封游清飞去布拉格的时候,不知博得了我们多少同情的眼神。她离婚了。那个叫她"风油精女士"的男人,在携款潜逃的途中被警方捕获,这倒没什么,令她无法接受的是,他竟然还带了个有夫有子并不算貌美的女人。这真是狗血淋头啊,她几乎是一字一顿地对我们说道。身材高挑的她穿着黑丝衬衫、黑纱长裤,蹬着九厘米高跟的皮鞋,戴着墨镜钻进她哥的那辆奥迪A8后座时,厂门口那些旁观者都觉得她像是要去参加一场葬礼。

我们都喜欢她。她每天上班时都会换上不同款式的衣服、首饰和墨镜。她从不穿裙子,只穿长裤。她的颧骨有些高,肤色略黑,但还是能看得出颧骨上的雀斑,当然这丝毫不影响她在我们心中的飘逸形象。我们经常会开玩笑,她老公怎么受得了这种风情而又强悍的女人啊,可是没说多久,他就逃了。这位采购处的新晋主管,白面书生,真是出乎所有人的意料。我们都记得,消息传来后,她站在办公室走廊尽头,抽了半包烟。

布拉格什么样啊?从她寄回来的几张明信片来看,它陈旧而又阴郁。但在长途电话里,她却欢快地对我们说,这里人气很旺,到处都是阳光啊。捷克斯洛伐克的首都啊,人人都有汽车,无所事事,悠闲懒散。不是分了吗? 分成了捷克和斯洛伐克? 我们问。1993 年啊。我管不着这个,她笑道。我找到了好生意才是真的。没等我们细问,电话就断了。

　　1997 年春节前,她回来了。在欢迎晚宴上,她自豪地宣布,姐姐我这回真发了。布拉格,100 多万人,有 20 万男人穿上了她贩卖过去的大裤头。这是什么概念啊? 她抽着烟,摇头叹息,你们真的没法儿想象,这有多么的简单。她从沈阳五爱市场,每条 5 块钱批发,每次发货 2 万条,到了布拉格,再批发给当地人,5 美金一条,三个月卖了 20 万条……你们算算吧。说到这里,她深呼吸,然后抽完了那支烟,摁灭在满是烟蒂的烟缸里。确实,我们都被深深地震惊了。我们宁愿相信是她疯了,而不是真做成了这生意。我们用心计算着,把美金换算成人民币。这数字,对于月薪六七百块的我们,实是天文数字,令人虚无。这件事随即变成了不断发酵的传闻。跟我们一样,很多人都不信。但接下来发生的事,让我们不得不信了。她把她姐一家人都派到了布拉格,因为她在那里开了个饺子馆,她姐姐姐夫,外加一个邻居大妈,在那里包饺子,每人月薪 1500 美金。

　　从那时起,谈起她时,我们就都叫她"风油精"了,就好像人人都是那个傻乎乎地逃跑的小白脸。可是,她为什么不去布拉格定居呢? 我们百思不得其解。她的回答每次都有所不同。最后大家终于明白了,她是想在这边再找个男人,真正爱她的。香港都他娘的回归了,她恨恨道。我难不成还找不到个像样的男人? 我们都点头,心里暗想,悬。想想她那一米七二的个头,那种傲慢,气势迫人,那副老烟枪的派头,还有那双尖锐的高跟皮鞋……我们都觉得能罩得住她的男人,至少我们单位这几万人中是没有的。整个城市里想来也不会有了。残酷的现实。

　　没文化的,她是看不上的。没有男人气概的,她更是看不上。那些混在面儿上的油腔滑调、蝇营狗苟之徒,就更不用说了。可是没人能想到,她会喜欢上厂办副主任老瞿。不过细一琢磨,老瞿跟她至少有两个共同点,身材高大和傲慢。这位老兄年方四十,虽副职坐穿,但依旧目中无人,永远眯着眼睛看人,不给个正眼,不知得罪了多少人。他仕途不顺,是因为他超生,有了个儿子。他最拿手的事儿,是写报告。一万多字的年度工作报告,他一个通宵就搞定。无人能及。党委书记曾有一句名言,要在机关混,要么能办事,要么能办文,至少占一头,否则就赶紧挪窝。他是能办文的笔杆子。

风油精对老瞿这支笔,是半点兴趣都没有,称其为废话大师。她说每次年终大会上,听着领导念那一万多字的报告,她都想笑,因为想到老瞿被虐成了狗,才写出这漫漫长文,再通过领导的嘴,把大家虐成狗。所以吧,她笑道,我们大家其实都是狗男女。说这话时,她正跟我们在一个酒桌上,半杯半杯地喝白酒。她的酒量是家传的,喝一瓶52度的白酒,在她只是基本量。那些酒场老将,对她也是敬畏三分。要让她喝醉,很难,除非她成心想醉。

老瞿的酒量,跟她般配。有一回总公司搞活动,在本地最豪华的夜总会。有舞台,有乐队,有歌手,装饰奢侈华丽,灯光旋转、令人目眩。他们把一桌人都喝得趴了。老瞿兴致不减,几个大步跳上舞台。他抓过麦克风,对乐队致意,说要唱几首歌给在座的朋友们,人生何处不相逢,相逢何必曾相识?大家热烈鼓掌。他唱了一组《小白杨》之类的歌曲,震惊四座。原来,他早年在公司文工团待过,系统学过美声和民族唱法,唱起歌来字正腔圆、底气十足,手眼身法步,无不到位。最后一首,唱的是《月亮代表我的心》。他始终朝着一个方向。当然,风油精正侧着身子,在那叼着烟,歪着头,似笑非笑地拍着巴掌。歌声落下,全场掌声中,她披上大衣,冲他竖了竖大拇指,转身走了。

他十六岁时,就演过样板戏。多年前的唱词,他仍能一字不落地唱出来。但他最爱的,是话剧。在市总工会的职工业余剧社里,他演过《雷雨》。导演是外行,他演得再好,也没用。他的理想,是有朝一日能进京,跟人艺的飙场《茶馆》。人都笑他,他却说燕雀安知鸿鹄之志。风油精说这事儿没准真能成,出钱托几层关系,搞定人艺领导,让你演一次!他沉默不语。后来他承认,自己被感动了,人生得一知己足矣,斯世当以同怀视之。于是风油精就投入了他的怀抱。他们经常约会,晚上开着单位领导的那辆卡迪拉克,围着这座城市转。他喜欢边开车边唱歌给她听,她说她始终都不习惯这种方式,妈的听他这么近唱歌,浑身不自在,起鸡皮疙瘩。据说他有时还会跟她朗诵诗,比如郭小川的《祝酒歌》,每次都听得她笑岔气儿。太夸张了,她说,简直。不过她喜欢他。就是他了。

他的人生充满了阴差阳错。比如他想成为作家,却成了写报告的;他想演戏,却成了领导的走卒;他想找个浪漫的爱人,却娶了个贤妻良母;他想遇到一个灵魂伴侣,却偏偏碰上风油精。他把"风"字改成了"疯"。有次喝酒,他低声对我说,真的,你不知道她有多疯狂。每次深夜里,他想回家时,她都会大闹一场,逼他当场写封情书才可以走。每次他因故不能赶到她那时,都要给她写封悔过书,忏悔自己的无能。有一次他拒绝再写这种东西,她就拿烟头在左臂上烫了朵梅花。真的,他说,我气哭了。

他们折腾了半年多。在年中会后的晚宴上,她喝多了。当众宣布,她要跟他在一起。领导拉住他,低声为他指明出路,我给你放个长假,你不是想进京么?去吧,去人艺体验一个月,算你出差。他给领导鞠了一躬,转身就走了。风油精找不到他,大病了一场,在医院里住了一个多月,其间还用脑袋撞碎了病房的窗玻璃,额头留了道疤痕。后来她又去了布拉格。她想卖了那个饺子馆,然后周游世界,至少去美国看看。她姐姐拒绝了。布拉格是个鬼呆的地方,她说,处处让人透不过气来。她走遍了那里的所有酒馆,喝遍了所有洋酒,认识了好多酒鬼,都是些可怜人。后来她认识了个朋友,此人滴酒不沾,是个准备移民美国的汉学家。她那天晚上喝多了,坐在马路边上差点吐死。这人开车经过,就问她需不需要帮助。她就上了车,然后不省人事。这位汉学家不会说中文,却能看懂古汉语,能写半文半白的中文。他最喜欢中国的《诗经》。她醒了之后,才发现是在他家里。她喝了杯浓咖啡。他想借助拼音给她读《诗经》里的第一首诗。她说,NO。他家有好几个房间,她睡的是顶楼那间有天窗的。她躺着看星星,直到天明。

回国后没多久,她收到了他写来的信。她也听说了老瞿的一些事,比如在北京认识了几个攒电视剧的,回来后就开始张罗一部四十集电视连续剧,写剧本。双方约定,一旦开拍,他演男二号,说他的样子像个解放军团长。他请了三个月病假,完成了初稿,还找到了赞助。那几个人收了他的钱,就没了踪影,当时他已找好了所有群众演员。这事儿黄了,他在单位的位置也丢了,成了个闲职人员,整天灰头土脸的,躲在办公室里不见人。

这时风油精前夫也保外就医出来了。靠倒卖汽柴油,很快发了家。然后也没跟那个女的在一起,而是找了个中学英语教师,住在河东新城。她才不在乎这些破事儿呢,在她眼里,他们都是随时可进五院(精神病院)的浮云。她忙着学英语,每晚都去夜校。还经常跑到友谊宾馆那里,找老外练对话。老外都喜欢她,说她有语言天赋,其中有个老头儿还夸她的英文有美国东部口音。她把这事都写在了信里,用磕磕绊绊的英语,写给远在美国的那个汉学家。每封信都不长,都要等很长时间才能抵达纽约,过了很长时间才能收到回信。她觉得这样的节奏最好。她每天上班都是想来就来,想走就走,因为她哥哥已升任单位领导副手了。

有一回,她在市政府办事,在大厅里忽然碰到了老瞿。操,她忍不住骂道,见鬼了这是。老瞿一脸茫然万分委屈。两人四目相对,无语半天。最后还是她先开了口,你怎么混成了这副德性?他说你能听我解释么?不能。临走时,她问他是不是女儿住院了?他说是。还挺严重的?他说是。要花很多钱?他说是。你有个屁钱啊?他不言语了。"You are hopeless!"她咬牙切齿地说道。他当然没听懂。她出去到银行取了十万块钱,交给了傻站在外面的他,这是给孩子治病的。我还不起,他低头道。她说,欠着!

半年后,她办好了签证,去了美国。跟那个汉学家结了婚。婚后他们去了芝加哥。她在那里开了家饺子馆,汉学家则在大学里教汉学。他是个犹太人,有虔诚的信仰,每天都会祷告。在电话里她告诉我,她胖了。你想想看,她说,就我这个骨架,胖起来会有多吓人,完全像个美国女人了。她觉得汉学家老公有很多招人烦的地方,比如他的信仰,还有他那半吊子中文,以及一些生活习惯,难以忍受……可是,他爱她,哪怕是她拒绝生孩子,他也还是深深地爱着她,就像爱中文那样,甚至爱她变成了一个无可救药的大胖子。

二

上面的这个故事后发表没多久,我就收到了一封厚厚的信。是走邮局来的。看到信封上的字迹,我立即就知道写信的人是谁了。他就是故事里的老瞿的原型。十几页的信,是用钢笔写的。字体一如我记忆中的,不好看,但整齐有力,有些地方把纸都快要划破了。纸用的是单位的便笺,上面印有单位的抬头,绿字,没有格子,底下的印制日期还是2003年11月。这封信显然是打过底稿后再抄上来的,因为从头到尾没有一处涂抹的,也没有笔误,甚至连标点符号都没有用错的地方。这位老笔杆子出身的老哥至今还保有当年的严谨公文习惯,着实让我有点意外。我至今还记着当初他坐在那里准备动笔写年度报告之前时的样子,点上一根香烟,泡上一杯好茶,抖了抖右肩,眯起眼睛,深呼吸,动笔。他喜欢一气呵成,不喜欢拖拖拉拉去写。他喜欢边写边念念有辞,仿佛是先讲出来的,然后才写下的。把稿子交给打字员的时候,肯定是干干净净的成稿。打字员开始打字了,他也不马上离开,会在那里站上一会儿,甚至会小声哼唱几句。然后他还会跑到窗台那边,拿起喷壶给那些花浇水,有时候还会找把剪子剪枝。有一天他对我说,办公室要是能养猫就好了,没事儿放在腿上摸一摸,会比较惬意。我说那你可以在家里养嘛。他摇摇头,你嫂子最讨厌猫了,她觉得猫这种动物有种妖气,怎么用心养它都不会有感情的。他老婆出身政府官员家庭,虽然相貌平平,但知书识礼,待人接物都很得体,就是身体一直不大好,生了个女儿之后就更不好了。女儿生下来就听不到声音。于是后来他们就托关系要了个二胎指标,又生了个儿子。他特爱这个儿子，说这孩子长得像爷爷。

爷爷当年在部队里是团政委，转业到地方后当了中学校长，没多久就被下放农村，后来落实政策没多久就去世了。谈起父亲，他总是肃然起敬而又颇为自豪的神情。他说老爷子当年是部队里为数不多有文化的，因为参军时已经读完高小了，写得一手好字，还能写古体诗，平时不管行军打仗走到哪里，随身行李里总带着那套《鲁迅全集》和《资本论》。老爷子当年的老部下，解放后好多都当了师长、团长。其中一位还成了我们单位第一任厂长，非常正直能干，是个人物，只可惜后来被打成了反革命，在被押解进京途中，跳车身亡。老爷子是唯一敢去死者家中吊唁的，当然没多久也因此受了牵连。老爷子膝下三子两女，他是最小的，也是最聪明的。老爷子对他有很高的期望。可事与愿违，他喜欢的事，老爷子都不喜欢，反之亦然。希望他将来当老师，要么就进部队，他却喜欢各种乐器和唱歌，还喜欢写小说。他十三四岁时，好说歹说，进了少年宫的合唱团，老爷子就此下了结论，这小子，将来注定是诸事无成啊。他少年时的偶像，据说是演员赵丹。电影《哈姆雷特》里丹麦王子的那些台词，他都能倒背如流。老爷子下放农村时，一家人都跟着去了，他当然也不例外。好在下放的村子山清水秀，物产丰富，村子还是当年老爷子手下的连长，对他们一家多有照顾，才没受什么苦。可老爷子蒙冤心苦，天天借酒消愁，那时有粮吃就不错了，哪里还有酒给他天天喝？酒瘾发作时，老爷子连煤油都喝过，虽说没喝死，可身体却垮了。在他那里，这段下放日子留下的，却多是美好的记忆，什么上山采榛子、野果、蘑菇，下河摸鱼、捉虾之类的，少年不识愁滋味，又不用上学，天天优哉游哉的，也没人管，快活得不得了。苦日子是回城后开始的。老爷子病故了，两个哥哥都还没上班，家里六口人全靠老妈一人工资养活。整整苦了四年多。直到两个哥哥先后上了班，日子才开始好过起来。他没考上大学，上了中专。毕业后进厂没多久，就因文笔好，直接被调到了厂办室当秘书，当时才二十岁，前景一片光明。他跟老婆谈恋爱时，岳爷还在位。结婚不到一年，岳爷就退二线了。用他的话讲,就是一点力都没能借上,这就是命。

三

××兄:

说来话长。看到你发来的这个故事,或者说小说吧,我其实是有点恍惚的。你写的那个老瞿,显然就是我了,这个没什么可怀疑的。不少细节,我都记不得了,还有些细节,我可以断定不是我的,不过也没什么,故事嘛,总归就是这么出来的。毕竟是二十年前的事了。很多事儿,我也得想想,再想想,才能想起来当时的情形究竟是怎么样的。想得多了,心里就觉着像堆起来很多旧物,自己像个仓库似的,被塞得满满的。本想打个电话给你说说的,可转念一想,倒不如动笔写下来好。能写多少算多少。要是电话里说呢,可能就有点像为自己辩解了,我不喜欢这样,估计你也还能记着我的脾气,向来不喜欢为自己的所作所为辩解什么。

有些事情,我要是不说,别人是不会知道的。你写出这么个故事,我一点都不奇怪,因为你知道的有限,怪不得你。而且你写故事嘛,本来就不是要写什么真相,只要你觉得有意思,你就写了,我明白这个,你哥我多少也算是写过东西的。说实话我还是挺喜欢这个故事的。我甚至挺喜欢里面的那个封游清。要是当初我遇到的是这个人物,那我敢肯定地讲,后面的故事就不是那个结果了。可惜,她不是我认识的那个女人。在很大程度上,也不是你认识的那个。她是你想象出来的一个人。我喜欢你的这种写法,能让一个不存在的人活现眼前。这活儿你干得不错,那接下来我要写的,就是你我都认识的那个女人,写写她的那些事儿,我不说你就不会知道的,还有些你可能曾经知道的,但现在估计也记不得的。

我认识她,是因为她哥是我老同学的朋友。有个喝酒的局,是我老同学张罗的,她哥、她、我,都在。当时她还没结婚呢,也没后来那么张扬,还是个不怎么喜欢说话、也不喝酒的小姑娘。

当时我对她的印象,就是人高马大、眼大无神,说话不张嘴,哼哼唧唧的。再见面,已是五年后了。就是你写的那个年会上,但有一点你写错了,我不是唱给她的,而是唱完之后,才看到她的。当时我并没有马上就认出她来,因为她的穿着打扮什么的都变了样,完全是个成熟女人了。我跟她也没坐一桌,而是隔了好几桌。我唱完歌,经过她身旁时,她叫了我一声瞿哥,我才发现她。当时也只是简单聊了几句,知道她已调到我们单位了。她给我的印象,跟以前完全不一样,已经是个眼神热辣、性情开朗、举止大方的漂亮女人了。我跟她哥倒是一直都有来往,虽说谈不上深交,但也算得上关系不错。我知道她一年前就结婚了,老公就在我们单位的销售处,是个小白脸。我当时还逗了她一句,怎么就跟他了呢?她笑道,好看呗。后来我才知道,这是实话,而不是说着玩儿的。

　　后来,是她先找的我。她想学开车。我们办公室管车,司机我都熟,随便用哪台车都可以。差不多有一个多月左右,我们每到周末就到附近中学的操场上练车。她并不是那种大脑小脑都发达的人,开起车来笨笨的,学得很慢,但胆不小,喜欢乱开一气,故意对我露出她那幼稚的那一面。我承认,我确实是在那段时间里渐渐喜欢上她的。练完车,我们也不马上就离开操场,而是坐在车里,闲聊天,天南地北的,人情里往的,什么都聊。她是个话多的人,喜欢一句赶一句地讲,连珠炮似的,都不给你匀空儿。后来,不知道从哪天起,她忽然又变得话少了。没话说,两个人也没怎么觉得尴尬。我们就放音乐,抽烟。她说她是结婚那天开始抽烟的。她喜欢把音乐声开到最大,对音乐本身倒是不挑剔,听什么都行,主要是喜欢车子在重低音里轻微晃动的感觉。有一天临送她回家时,我想对她说点什么。她淡定地问我,你了解我么?我说应该算是吧。她笑了笑,我自己都不了解我自己呢。其实,这也是实话。

　　我算是被她这种很屌的调子迷住了。这是我比较幼稚的地方。我总是会不由自主地喜欢上那些莫名反常的东西。她拿到驾照的当天晚上,就开车带我出去了。她什么都没说,直接就把车开上了高速公路,去了五十公里外的省城。说实话,车子停在市中心那个最豪华的大酒店门外时,我还有点恍惚。她早就订好了房间。那天晚上,我们几乎都没怎么睡。她像头野兽似的,在我身上咬出了很多牙印儿,有的都渗出了血丝。有那么一会儿,我觉得我们都疯了。天蒙蒙亮时,我在窗前站了一会儿,心里有种古怪的感觉,就是觉得从此以后,再也没什么事情是有意义的了。我站在洗手间的镜子前,看着自己一身的牙印儿,感觉每个都在隐隐作痛。她忽然出现在我的背后,诡异地笑道,这是礼物。什么礼物?我没明白。不是给你的,她说。是给嫂子的。你疯了吧?我忍住了火气。没错,她说。你不想跟我一样么?我沉默了片刻,不想。那我会让你想的,她说。

确实,有那么一段时间,好像我体内的某种东西被她激活了似的,我变得跟她一样疯狂了。现在想想,都觉得不可思议地可怕。但我知道,这事儿,快要到头了。那时候,我已经发现,她实际上是个特别爱说谎的人。十句话里总有七八句是假的。就拿你写到的那件事儿来说吧,布拉格的那段,就是她把别人的事装在了自己身上的。卖大裤头的,开饺子馆的,是一个男人,而不是她。她是跟他去的布拉格,但在那里没待几天,两个人就翻脸了。据说是因为她不相信他对自己的感情是发自内心的,而他呢,也根本无法忍受她的喜怒无常。那个老外,那个所谓的犹太汉学家,倒确实是在布拉格认识的,但是在机场里。后来她到美国后才知道,这个根本不是什么汉学家,更不是什么大学教授,只是个中文爱好者,在芝加哥有个不大的农场。当然这都是后话了。

这么多年了,我很少会想到她。你可能想知道,我会不会恨她?一点都没有。我已经有点想不起来她的样子了,与其说她是我记忆里的一个人,倒不如说是个影子,像个幻觉留下来的痕迹。接下来我只要忘了她就可以了。当然这也需要一个过程。我现在活得多舒服,什么麻烦事儿都没有,每天只要以办公室里一坐,泡杯茶,看看报,翻翻书,也就过去了。那些离退休老干部也就这样了。我小儿子都高二了。我女儿现在是个剪纸艺术家。等哪天我发给你看看她的剪纸,相当不错。我对自己的生活,对这个世界,一点意见都没有,非常的满意。因为我是过来人了。看透了。

不过说句实在话,她对不起我。当年我对她,是真的用心了。她生病住院那阵子,我天天那么忙,可晚上还是会去陪她,经常到后半夜才眯一会儿,第二天一早照样上班,跟没事儿人一样,别人都看不出来我整个晚上几乎没怎么睡。可她怎么对我的呢?她给我的都是谎话。你能想象得到么,她暗地里交的,都是些什么人?我也是后来才知道的。当时我已经看透了她这个人了,一个没心没肺的非常自私的充满占有欲的女人,你知道她怎么放话么?她说我想要的东西,要是得不到,我宁愿砸坏它也不会留给别人。我决心跟她断绝来往之后,她到处讲我坏话,说我引诱她,占她便宜,玩够了就想拍拍屁股一走了之。她就是想让我名声扫地。是,她做到了。有一天我在厂门口的那个广场上偶尔碰到了她,我就对她鼓掌,你赢了,恭喜你,我输了,我认输。她上来就给了我一个嘴巴,然后又一拳打在了我脸上,把我鼻子都打出血了。我没动。回办公室洗把脸,我继续上班,跟没事儿一样。我没什么可怕的了。领导找我谈话,我就谈,把这事儿从头到尾原原本本讲一遍。人家一听是这样,也就不说什么了。不管几个领导找我,我都是这样。我不怕烦,也不怕丢人,我是君子坦荡荡。

再后来,她就去了布拉格。其实这是她为了掩人耳目。因为她头脚走,后脚就有一帮人闯进了我家。看得出,这些人都是黑道上混的。他们每天吃在我家,睡在我家,就在那个客厅里,抽烟,喝酒,打牌。我的孩子们都不敢出房间。要不是我老婆是见过大世面的人,还不知道会有什么样的后果呢。她每天照样买菜做饭做家务,就当他们不存在。后来,我一黑道上的兄弟看不过去了,就带人过来,跟他们摊牌,到底想要怎样?最后,他们开出了条件,要我拿十万块钱,算是补偿。我老婆当天晚上就回娘家凑足了钱,给了他们,这事儿才算了了。然后没几天,她也从布拉格飞回来了,跟没事儿人似的,还到处讲自己的旅行。有人跟她提到我家里这出戏,她还装糊涂,说跟她半毛钱关系都没有,是我坏事干多了,自找的麻烦,说我睡了黑道大哥的老婆,不然人家怎么会那么兴师动众找上门来,还住家里?就凭我,她反问道。我有这魅力么?!愣是说得听者差不多都信以为真了。她真是个天生的演员。

  我跟你说这些,不是要给自己当年的愚蠢导致的后果做什么辩解。有人说我之所以会跟她这种女人好上,不外乎两个原因,一是想借她哥的光,二是变态的欲望。听得我都想笑了。怎么着我也算是半个文人吧?她呢,有什么?她就是毒药。谁沾上她,都没好下场,只有死路一条。她睡过多少男人,可能她自己都算不清楚。对,我是什么都没有了,但我还有个幸福的家庭,有爱我的老婆,有两个好孩子,她有什么呢?她一无所有。她赢得了谁呢?她每赢一次,就剥去她一层皮,最后剥下她的整个画皮的,不是别人,就是她自己。我闷了这么些年,没说过她一句不好的话。她还跟人说我诅咒她,说我找人下了诅咒符在她家里,让她事事不顺,不断地走霉运。真是天大的笑话。她真该去写写电视连续剧的剧本,好好施展一下她编瞎话的天赋。她临去美国之前,还把我写给她的那些信贴在了厂区公告栏里。我根本不在乎这些,谁爱看就看去吧,好好看看我都写了些什么?它们是这个城市里的人所能写出来的最美好的文字。它们只能证明我是个天真而又浪漫的人,当然,也是个愚蠢到极点的人,因为我选错了对象,写给了一个魔鬼。有人劝我去把它们撕掉,我拒绝了。我甚至希望它们永远都在那里,不要被撕掉,也不要被别的公告盖掉。至少,让大家看看,我是怎么表达我对真爱的执着追求的。我不怕变成一个笑话。我本来就是个笑话。谁又不是个笑话呢?她不是么?你不是么?大家都是。早晚而已。不要介意我的激动,其实我很平静。我相信我的日子,会比她长久。我就在这儿看着。

你哥哥,老×
201×年12月12日

四

封游清到美国后,除了那个电话,就再没有音信。又过了一年左右,春天里,她寄的两张明信片到了。一张是旧金山的金门大桥,后面写了密密的小字:"这里有很多华人,是个到处都是坡的城市,我住在一个朋友家里,每天出门都是上坡下坡。我发现黑人也挺多的。那座桥,据说是自杀胜地。站在桥上,看着风景,吹着风,还是多少能理解那些人为什么要跳下去的。那是一种美好的眩晕感,尤其是对于那些活得苦逼兮兮的人来说,这种感觉太奢侈了,就留在这儿好了,就跳了。估计也就是这么回事儿。我买了几本红色日记本,准备没事儿写点什么。但我发现,实际上好多事儿都不记得了。想想这个,我就顿时轻松了起来。还好,我长这么大,没做过什么对不起别人的事儿。吃得下,睡得香。我记着你说过,能这样,人就大有可为。谢谢。"

另一个明信片上的邮戳日期,是半个月后的。以色列的海法街景。后面仍旧是很多字:"我跟他到以色列了。这里据说是他的亲戚最多的地方。他父母也住在这里,都八十几岁了,真能活,整天笑眯眯地看着我。他想从美国迁回到这里,跟亲人们在一起生活,然后也可以继续他的汉学研究,说是这里的一个大学里也开了这个专业,负责人是他的同门师兄。这里人不多,街上白天里也见不到几个人影。我是不喜欢这种地方的,除了适合养老,等死,我实在想不出还有什么好处。后来我跟他说,要是你想留在这里,我不反对,可我得回芝加哥。我还有我的那个饺子馆呢。另外,我还要买个农场,在那里养鸡养鸭养猪养羊。他说他要想想。那就慢慢想好了。我明天就飞回去了。"字都是用削尖的钢笔写的,真称得上是蝇头小字。

(原载《小说界》第 4 期)

你的位子在哪里

范 小 青

六点差五分钟。

办公室只剩我一个人,想溜的都提前溜了。我也想溜,可我不溜,因小失大的事情我也做过,可是吃一堑长一智,我的智就是这么长起来的。

我们主任最擅长的就是突击查岗,在你不防备的时候,他就来了。有一次查岗的电话就在下班前一分钟打过来,那时候我刚关上门到走廊上,隐约听到办公室电话铃响,我还是蛮小心的,赶紧回来,电话已经挂断了。我还谨慎地看了一下来电显示,是个陌生号码,就没有回拨过去。

这就给逮住了。

我还是嫩了。

后来主任说,你可别说你是提前一分钟离开的,反正我没看见,我也不会相信你,我只相信事实,事实就是当时你不在办公室。

我又不笨,学得乖,下班不贪那几分钟的便宜,但是同样还是会有漏洞的。比如有一次主任生病住院,我前脚去医院看过他,后脚出了医院我就拐到朋友的茶室去了。

刚刚坐定,茶还没泡开,手机响了,是办公室来的电话,一接,居然是主任他老人家的声音,我大惑不解,一下子对时间和空间起了疑心,我说,主任,你什么意思?

没什么意思。

只是因为我去医院看望主任的时候,主任已经办了出院手续,但他没有告诉我,等我一走,他就出院回到单位去了。

事情就是这么简单和正常,没有变异,没有时间错乱,也没有另外的空间。

但是我又给逮住了。

其实在单位里我算是比较安分守己的,至少表面上是这样,就这都被逮了几回。冤吗?不冤的。给逮住后,主任是不会客气的,他当着其他部下的面,直接给我上眼药。我这人虽然不算太爱面子,但我好歹是个副主任,毕竟脸上有些挂不住。以后我就常提个小心,常捉摸主任的心理,会在什么时候突击查岗,至少我知道,下班前这几分钟,必定是最危险的时间段。

这两天主任陪着局长出差在外,那是山中无大王也无二王了,小猢狲纷纷逃走,但我不会逃的。我时刻准备着。

这么想着,我又下意识地瞄了一下墙上的钟,六点差三分。

电话响了起来。

电话果然响了起来。

事先我早想好了,我接了主任的电话,我会说是呀,小张小王小李小什么什么的都走了。我干吗不卖他们一下。

我真庆幸自己没有提前几分钟离开,赶紧提起话筒,却不是主任,是一个很刻板的声音,只有三个字:接传真。

我摁下传真键,嘎嘎嘎传真件就来了,取来一看,顿时头皮一麻。

明天上午重要会议,要求各单位一把手参加,不得请假,下班前报名。

我又看了一眼钟,六点差两分,下班前报名?还有两分钟,这是什么节奏?我心里一喜,差点笑出声来。我虽然觉得有点可笑,但我的思路还是清晰的,赶紧给主任打电话,电话叫了半天,主任才接了,听得出来主任很不高兴,说,你不知道我今天在干什么吗?有多急的事非要这时候打来?

我赶紧说事情是很急的,只剩一分钟了,可不敢耽误,尽量简洁地汇报,明天大会,要一把手正局长参加,不得请假,今天下班前报名。

那头主任愣了一下,爆了粗口,说现在几点了？今天下班前报名？我赶紧捧他说,对的主任,是今天,是今天,还有半分钟。

主任一愣之后忽然笑了起来,他又反过来问我：你觉得局长能赶回去参加明天的会吗？

当然不能,局长今天陪着首长在基层搞调研,那个基层是真正的基层,十分偏远,是首长亲自指定的,真正的下基层,而不是到近郊走马观花一下。

就算一夜不睡,驱车赶回来,但总不能把首长抛在基层吧,所以局长是无论如何不可能参加明天的会议。

我请教说,那怎么办呢？那么主任你呢,你能赶回来吗？

主任气得说,你说呢？亏你问得出口,我把局长一个人扔下我回来？

主任都没有办法,我能有什么办法,只好给那边的值班室打电话,替局长请假,理由是局长陪同上级领导在基层搞调研,那边只听了"请假"两字,立刻问：请假？你局长去的那个基层,是在国外吗？

我哪敢说谎,老实报告,不在国外。

那边说,只要不在国外,都必须赶回来参加,不允许请假。

电话挂断,我又能怎么办,重新再联系主任,再问怎么办,主任说,还能怎么办,替会吧。

我才当上副主任不久,还没机会处理替会这样的事情,得问清楚：替会？谁替？

主任说,还能有谁,副局长啊,你找找看,哪个明天空着的就哪个替。

我遵命,一一找了副局长,结果是四个副局长三个没空,唯一一个空着的,却是个老油条,还老资格,不买局长的账,打官腔说,嗯,现在是不允许替会的哦,要不就报我的名字,否则我不替会。

但是办公厅值班室那边不要他的名字,只要一把手局长的名字。

问题再一次抛给主任,主任候在首长和局长身边,应该是紧紧闭嘴、无声服务的,偏偏我不停地打他电话,好像显得他比局长和首长还忙似的,主任火冒三丈了,说,没人去,你去!

火冒虽然火冒,但事情还是要关照到位的,否则会出纰漏,所以又补充说,报局长的名,你去。不等我有什么反应,他又再吩咐:记住,到会场不要和别人说话,低头,低声,低调,现在替会抓到了是要处分的。

替会处分,也处分不到我,所以我有心情跟主任调侃,我说,我可以低头低声低调,低什么都可以,但是我的脸长在这里,我又不能戴面具,万一有人认出我来怎么办?

主任失声一笑,说,会场那里都是各单位一把手,你觉得他们会认得你吗?

可是我还有疑问,我说,但是他们应该认得孙局长呀,坐在那里不是孙局长,他们会不会——

主任打断了我说,你想多了。

事已至此,我当然得接受事实了,赶紧打电话报名,再看一眼墙上的钟,早已经过了下班时间,当然那边值班室并没有下班,他们正等着各单位报名呢,接到我的电话,听到了"孙一涵"三个字,没半句废话,电话就挂断了。

可能是因为主任的一再强调,替会的事情倒成了我心里的一团疙瘩,晚上也许还做了梦,梦见自己找不到会场,迟到了,本来替会这事情就见不得人,我却在那么多人的注视下走进会场——无论我有没有做这样一个梦,反正我醒来的时候,感觉心脏在怦怦乱跳。

因为怕迟到,早早出了门,结果到得太早了。我先依着别人的样子,先到报到桌那儿领取了会议须知和座位表,却没敢先进会场,躲在外面一个角落,假装打电话,一边装出一副很忙很着急的样子,一边将座位表看仔细了。直到第一遍铃声响起,才匆匆进会场,迅速找到自己的位子,刚要落座的时候,后排的一个人伸出手和我握了一下,前排的一个人回头朝我摆了一下手,算打过招呼。

位子的左边是过道,右边的这个人,正用笑脸迎接我的到位,我不免心一慌,回了一个尴尬的笑容,还好,会已经开始了。

领导讲话进入到三分之一以后,大家开始放松一点了,有的喝水,有的看看手机,有的翻会议手册,也有低声交头接耳一两句的。我可没那么自在,从坐下来以后,我就感觉自己的右半边身子的肌肉特别紧张,好像我的右侧不是坐了个人,而是坐了一头野兽,随时可能扑过来咬我一口。

我悄悄地把会议须知和座位表对照了一下,知道这个名叫许长明的人,是某单位的一把手局长,不过我可不敢和许局长的目光有一点点接触,如果都是各单位的一把手,他们之间应该是认得的,所以许局长肯定知道我不是孙局长。

这可是一个最重要最关键的问题,主任不仅没有教我,还让我不要多想。

也许替会是个心照不宣的事情,大家都能体谅,所以整个会议期间,许局长并没有再和我多说什么,只是偶尔朝我笑笑,像是很宽厚的那种笑。

我心存感激,本想套个近乎,感谢几句,但是一想到主任提醒过言多必失,赶紧忍住了,闭嘴听会。

终于熬到散会,继续牢记主任教诲,低头冲出会场,果然十分顺利,大家都走得匆忙,没有人再和我点头握手。

隔了两天,局长和主任回来了,我以为主任会了解一下替会的情况,主任却始终没有提起,大概忘记了,或者并不算什么事情,不值得重新提起。

过了一阵,我在机关大院里走路,听到身后有人喊:孙局长,孙局长。反正我又不是孙局长,没当回事继续往前走,结果喊的那个人追上了我,说,咦,您不记得我啦?

旁边路上走着的几个人,朝我们点头,微笑。

我有些迷糊了,我确实不记得这个人。这是我的一大弱点,基本上是个脸盲,有的人明明见过多次,但如果此人长相普通,没有什么特别的地方,我都记不住。这可是得罪人的毛病,只是自己没有能力改变。我也曾了解有没有办法克服脸盲的毛病,上网一查,网上办法多的是,千奇百怪,但是试下来一个也不管用。幸好我在单位不是负责接待工作,做后勤要好多了,反正都是为自己单位的人服务,不需要去记住什么新面孔。

所以,现在这个人虽然站在我面前,像是老熟人,很亲热,我却完全不记得他。

这个人就笑了,说,孙局长,那天会议结束,您走得快,我还没有来得及谢谢您,您知道我是替会的,却没有戳穿我,孙局长,您是位厚道的领导,不多见。

我肯定是张口结舌,一脸死相,因为我实在不知道说什么好,说我也是替会的?不行,主任的教导牢牢记住,打死也不能说。那么,说不客气,应该的。那就等于认了自己是孙局长,而且是一位难得的厚道的领导,那岂不是在替会的基础上向假冒又迈进了一步?可是,我如果坚持不说话呢,那个假许长明就一直盯着我,笑,套近乎。

我只能来个死不认账,赶紧说,你认错人了,我不认得你呀。

假许长明又笑了,他真是喜欢笑,他笑着说,哎哟,孙局长,我又不是有什么事要麻烦您,我只是谢谢您而已。

我说,我确实不太记得,我记性不好。

假许长明也不勉强我,反而顺着我的口气说,哎呀,您这是属于脸盲呀,我呢,恰好相反,我记性特别好,尤其是记人的能力特别强,差不多就有超忆症那么厉害,不管什么人,我看一眼就永远不会忘记,那天开会,我们紧挨着坐了半天呢,我怎么会忘记您呢。

我被他缠上了,有一种逃不过去的感觉,差一点脱口坦白说,我也是替会的。可是话到嘴边,惊出一身冷汗,收了回去,紧紧闭上嘴。

假许长明显然性格蛮开朗,虽然碰到一个记性很差的"领导",他却一点也不在乎,临走时又紧紧握了我的手,说没事的,没事的,不认得也无所谓的。

等假许长明走后,我松了一口气,这才慢慢回想起来,这应该是个替会的。虽然开会那天我大气不敢出,不敢正眼看人,也无法知道旁边的许局长是什么作风,但是刚才面对的这个假许长明,看起来确实是个假的,这么主动热情,才不像领导的派头。

幸好自己牙关咬得紧,没有暴露,否则以这个假许长明如此开朗,不定哪天一顺嘴就把我卖了。这时我一抬头,发现道上有个陌生的人正朝我笑着,我吓了一跳,赶紧扭头走开了。

好在我记不住人脸,那张令我有些懊恼的脸,很快就被我忘记了。

过了几天,碰到另一个单位管后勤的同志,我们工作上有来往,比较熟,他跟我说,哎,孙主任,听说你们孙局长,架子蛮大的,别人和他打招呼,他爱理不理的。

起初我听了也没当回事,局长有点架子,那也是正常,怎么说得那么严重呢。那人又说,听说他以前还是可以的,是不是最近要想提没提起来,所以情绪不佳噢。

其实最近一阵,在办公室里,也听到同事私下里议论,说孙局长最近心情不好,机关大院有不少人在背后编派他,说他架子大,眼睛长在额头上,目中无人,别人和他打招呼,他都不理不睬,甩手就走,等等。

不知怎的,我心里隐隐有些不安起来,但我又觉得奇怪,这种不安从何而来呢,人家又不是说的我,难道因为我也姓孙,我还真以为自己是孙局长了?

我呸。

我呸了自己一口后,做回了自己。

晚饭后,我老婆要去遛狗,我也趁机去朋友家走动走动,两人一起下楼后分头而去,刚走了几步,就有个人迎面过来,站定在我面前,我不认得他,但这个人停在我面前,恭恭敬敬地喊了一声孙局长好。

我可吓得不轻,没理他,赶紧走开了,一边走一边回头看老婆,还好,老婆牵着狗往前走呢,并没有在意身后的事情。

这天晚上回家晚了一点,我打算着看老婆的脸色了,结果却发现老婆的态度很好,一点也没有责怪我晚归的意思,十分和颜悦色,还体贴地说,天冷了,用热水泡泡脚吧,有助睡眠。就自说自话替我打了一盆水来泡脚,差一点就要帮我脱鞋脱袜子了,我实在受宠若惊,有点不适应,赶紧说,我来,我自己来。

我们夫妻之间可真是有时间没有亲热了,我有想法的时候,我老婆不是来例假,就是没情绪,每次都推三托四,今天我老婆等我泡过脚,就主动暗示要过夫妻生活,我真是十分惊喜,这种惊喜一直持续到第二天早晨,我从梦中醒来,听到我老婆在批评孩子,让她动作轻一点,说这么大的孩子,都不知道心疼大人,你爸还没醒呢。女儿说,咦,妈你以前不是让我有意弄出动静把老爸轰起来吗?老婆说,以前是以前,现在是现在。女儿哼了一声说,我晕。出门上学去了。

我老婆的满面春风,让我越来越不安了,后来我终于忍不住了,提着小心说,你是不是有什么事、是不是有什么事情瞒着我?

老婆笑道:是我有事情瞒着你,还是你有事情瞒着我呢——孙局长。

这下我真急了,赶紧说,你别瞎说,你别瞎喊。

老婆仍然笑,嘿,你还瞒着我,我早就知道了,那天在小区里遛狗,我就听到有人喊你孙局长了,你那德性,我还不知道吗,文还没下来是吧,文没下来,你是决不会说出来的。

我能怎么样,我肯定又是张口结舌。

老婆说,本来一大家子亲戚朋友都要来家给你庆祝的,我劝住了,你是非得亲眼看到那张红头文件才肯说出来,就等一等你吧。嘿嘿,你知道他们说什么,他们都夸你素质好,有教养,不骄傲,低调,这样的素质,别说局长,再往上升的空间也很大噢。

我赶紧抓起手机出门上班去。

我知道是那个假许长明惹的事,径直就跑到他单位找他算账去。到了门口,站在人家门卫室里,人家问:你找谁?

我这才愣住了。

我要找的人,我并不知道他叫什么名字,许长明并不是他的名字,他只是一个假的许长明。

但是除了许长明,我又不知道他们这个单位其他任何一个人的名字,尴尬了半天,只能说,我找许长明。

两个门卫的脸色都严肃起来,其中一个说,许长明是我们局长,你是谁?你和许局长有约吗?

没有约。

没有约恐怕不行,我们局长很忙的,一般事先没约的人,没有时间接待的,何况今天、今天局长好像在外面开会,没来局里。

门卫很机灵,一句话说了几层意思,总之他是告诉我,无论如何我是见不到许长明了。

我只得另外想办法,改口说,哦不,对不起,我刚才说错了,我不是找许长明。

那你到底找谁?

我找、找那个、那个假许长明。

假许长明?门卫咧着嘴大笑起来,有这样的名字吗?四个字的名字,姓假吗?

另一个门卫没有笑,板脸了,严厉地说,你到底是什么人?来捣乱吗?

我赶紧把工作证拿出来给他看,这个门卫仍然警觉地盯着我的脸,两手反背,不接我的证,另一个停止了笑,接过去看了看,说,哦,是某某局的,还副主任呢。

他们这才相信我不是来找事的,后来就打电话进去了,说,有一个人,是某某局来的,要找许局长,但是没有预约,他也不说什么事,能让他进去吗?

电话那边说了些什么,看起来是对我有利的话,因为这边门卫的态度好些了,放下电话说,你进去吧,到二楼,找办公室钱主任。

我赶紧到里边二楼,很顺利地找到了办公室的钱主任,钱主任说,你要找我们局长?你认得我们局长吗?门卫说你没有预约。

我已经学乖了,我直接说,我找假许长明。

钱主任张着嘴,无声地笑了笑,说,我们单位没有假许长明,别说我们没有,我想哪个单位也不会有姓假的人哦。

我强调说,有,肯定有,我见过他,我认得他。

钱主任态度十分诚恳,说,我们的办公室都在这一层,要不,你一间一间地看一下,有没有。

钱主任不仅说了,还陪着我一间一间办公室看过来,虽然我脸盲,看不出这些人里有没有假许长明,但是假许长明却是个超忆,他如果看到我,一定能认出我来,他又那么热情,一定会主动上前相认,所以我尽可能把自己的脸放到每一个陌生人的眼前。

但是始终没有人认得我,更没有人承认自己是假许长明。

眼看着一间一间办公室都走完了,我有些急了,我对钱主任说,肯定有的,肯定有的,就是那天开会,你们许局长没有去,他去替会的,他是假许长明,后来他还到处乱喊我孙局长。

我这话一说出来,一直很和气的钱主任一下子翻了脸,说,你说话要负责任哦,替会?我们单位从来就没有替会现象,许局长每次都是自己亲自去开会。

钱主任这么理直气壮地一说,我确实被镇住了,有些蒙了,我挠了挠头,嘀咕说,那难道那个假许长明不是假许长明,而是真许长明?一边嘀咕,一边我脑洞开了,赶紧对钱主任说,那你让我去见见你们局长吧。

钱主任犹豫地看了看我,说,你又不认得我们局长,你要见他,什么理由?

我只好说,我也是没有办法的办法,既然找不到假许长明,我就看看你们局长,真许长明。

钱主任又是无声一笑,还耸了耸肩,我知道他不可能让我越过他这道关去找许长明,但是我也是固执的,我又是灵活的,我还急中生智了,我抓起钱主任办公桌上的一份材料,就进局长室了。

我进去就说,许局长,钱主任让我送一份材料给您。一边说,我一边紧紧盯住许长明的脸,可惜的是,我看了也等于没看,因为那个开会的许长明脸上没有什么明显的特征,而眼前的这个许长明脸上也同样没有明显的特征,所以我一点也吃不准,不知道到底是不是他,现在我们两个人,脸对脸,眼对眼,就这样,许长明也没有认出我来。

许长明显然对我这个假部下没有察觉,也没有看一眼我送的是什么材料,他倒是对我说的钱主任让我送材料这话愣了一愣,说,哦,钱主任回来了?

我也没听懂这是什么意思,钱主任就已经追进来了,连拖带拉把我弄了出来,说,好了好了,你已经见过我们局长了,你还想干什么?

我说,如果不是这个许长明,那就必定有另一个许长明。

钱主任听我这么说,完全不能同意,反对说,我们单位怎么可能有两个许长明,就算原来真有另一个人叫许长明,但是我们局长叫了许长明,他也会改名的,所以,我们单位不可能有两个许长明。

我尽量保持着耐心说,我不是说你们单位有两个许长明,我是说,你们单位可能有一个真的许长明和一个假的许长明。那天开大会,席卡上写的许长明,但是座位上坐的不是许长明,是假许长明,你们替会的那个人,就是假许长明。

钱主任真生气了,急切地说,不可能,绝对不可能,我告诉你,我再对你说一遍,说三遍,说一百遍:我们单位从来没有发生过替会的事情。

他一着急,也急中生智了,他知道反被动为主动了,他盯着我看了一会儿,怀疑地说,你不是某某局办公室的吧,你是机关工委的?

不是。

纪委的?

不是。

机关作风建设暗访组的?

真不是,我就是某某局办公室副主任。

那你到我们单位找什么真假许长明?我们许局长碍你什么事了?

我也感觉自己语塞了,因为再说下去,只有暴露自己替会的事情了,我可不傻,以眼前的情况看,就算我坦白了我自己,人家也不会承认他们替会。

最后钱主任说他头都被我搞昏了,他甚至怀疑我有病,不容我分说,把电话直接打到我单位办公室,问我们主任:你那儿有没有一个姓孙的副主任,此人有没有病?

我听到电话里我们主任的声音了,他还是向着我一点的,说,是孙建中?除了不靠谱,其他倒没什么毛病。

这边钱主任还在疑惑,我主任电话就来追我了,说,单位这么忙,你还有闲暇跑别处去瞎逛,赶快回来。

我走出去的时候,听到背后有人在笑着说,小金,你小子冒充钱主任比钱主任还钱主任哟。

连这个钱主任也是假的?

耍我?

耍就耍吧。

我回到单位,刚进办公室,主任就冲我说,你混到那边去干什么,怎么,想攀高枝啦?

我撇了撇嘴。

我估计主任会和我计较一下,结果主任却说,生命太短暂,我没时间计较你。他真没跟我计较,直接交给我厚厚一沓需要填写的表格,指了指说,这些,这些,所有这些,都填零,记住啊,是零啊,我们单位什么也没犯啊。吩咐过还不放心,又补充说,你填好了让我看一下再报上去。

我所填的表格,其中有一栏就是自报替会现象,本单位一年有几次替会,是哪几次,是谁替了谁参会。

我毫不犹豫地填了零。

据说在最终的统计结果里,这一项,所有单位都填了零。

在全机关的年终总结中,重点表扬了会风的改进,其中之一的替会现象,从去年的大大减少、降低,到今年的全部绝迹,总数为零,实现了巨大的飞跃性的进步。

新年伊始,又要开会了,孙一涵局长又出差了,而且是刚刚出发,虽然已经通知到他本人,他本人也确实不想再让别人替会,正在往回赶,但是恰好遇上雨雪天气,能不能赶回来还说不准,这边得做两手准备,报孙一涵的名,替会的人随时准备替会。

主任终于想起了去年我替会的事情,与其去厚着脸皮麻烦其他副局长,不如仍然派我去。

我去就我去。

虽然这只是我生平第二次替会,却已经熟门熟路了,我坦然得好像我真是孙一涵局长。

前排和后排,有人和我握手、微笑,我旁边座位的席卡上仍然写的是许长明,许长明仍然朝我笑着,只是我并没有认出这张脸,毕竟可能只是去年一起开过一次会,可能后来在路上偶遇过一次,也可能在他们单位看过他一眼,都只是可能而已。对于这样一张普通的平常的脸,我这样的脸盲,是不可能记住的。

认得出认不出并不碍事,反正他叫许长明。

不管这个许长明是真是假,我都笑着和他打招呼,许局长好。

许长明也回应我说,孙局长好。我从容坐下,离会议开始还有几分钟,我们聊了一会儿天。许长明说,现在会真多啊。我说,是呀,一个会连着一个会。我们深有同感。

在离开会还剩一分钟的时候,孙一涵局长匆匆赶到了,他在会场的过道里远远地已经看到前面他自己的座位了,可是座位上却已经有人坐着了,从背影看,孙一涵局长看不清他是谁,只是看到他和旁边的人有说有笑。

孙一涵局长顿时蒙了,有些不知进退,会务工作人员眼看着主席台上领导已经就座,第二遍铃声都响了,孙一涵局长还傻傻地站在走道中央,赶紧把他拉出来,说,你哪个单位的?你的位子在哪里?孙一涵局长仍然蒙着,想了一会儿才说,我?我好像没有位子。

孙一涵局长被请出了会场。

(原载《中国作家》第 4 期)

蕉鹿记

张怡微

一

那天我清晨就起床,开始陪母亲梳化妆点。前一夜我没有去扰她,她也不来问我。我们就这样隔着一道墙,夜晚显得有些过于漫长。半夜两点的时候,她起夜上了一次厕所。我也并没有真正睡着。

早晨见她穿了一件我给她买的浅蓝色喀什米尔大衣,擦了一点豆沙色的口红,她佯装镇定,其实我看得出来她有些紧张。

大衣可以两穿,她穿了烟灰那一面,翻领才透着浅蓝色。我对她说,你还是反过来穿比较好看,显得比较年轻。她很惊讶地问我:"真的吗?"却很麻利地赶紧换了一面。又问我:"这样好吗?"

"都好。"其实我随便说说,她听后却有些惘然。

在她的年纪,样貌并不算显老,却也不显后生。一切都寻常得要命,好不好其实全赖精神气。而精神气,她显然是挺好的。

父亲过世以后,很令我意外的是,母亲并没有我以为的那样难过。她十分平静地适应着本应不怎么适应的日常,似乎也没有丝毫要孤独终老的决心。我当然知道她这样并没有什么错,但不知为何总觉得特别感伤。

记得父亲合眼前,母亲对他说:"老李啊,你再亲亲我好哇?"于是自己把脸贴到父亲嘴边。父亲的嘴唇一直在颤抖,不知是不是真的听见了。但他们都没有流眼泪。看到父亲血压数字啪啪往下掉,无可挽回,我倒哭成了泪人,脑海中席卷过他一生的碎片。我想,我好多年都没法忘记父亲最后几秒在世时的情形了。因为这一幕令我想到,他的生命也许并不是像断电一样突然终止的,而是一种颇有速率的诀别,十分催心的舍不得,又无可奈何。我知道,这个世界上最懂得我的人没了。只剩下好多需要我去懂得的人。多到刺眼。

父亲的大殓也办得十分寻常,可能是因为我太爱他的缘故,这样的寻常虽然说不出什么错,却让我觉得不适。我母亲甚至还穿得挺体面。在一片兵荒马乱中,她挤出时间来给自己做了一套新衣服,烫了新的头发,问我要了优惠卡。火化时,我看到电梯反光镜里的自己,站在她身边,简直像个帮佣。

许多人走到母亲身边安慰她,说父亲在世时待人慈悲,去了天堂一定会得永福,听这些话我的心都能挤出很深一坛酸水来。其实他们更应该安慰的人是我,因为显然,我母亲并没有那么难过。她甚至有一点如释重负,我看得出来,她早就做好了面对这些安慰的准备,因而流利地说了很多场面话,类似于"我会好好的",或者"他走得很平静,最好不过了"诸如此类。但那样的话我一句也说不出来。母亲一直很得体、很优雅。在哀伤的音乐声中十分平静地读完了她那份悼词,父亲的生平宛如简历一般从她的唇齿间掠过,显得是个活得没有什么遗憾的人。

在那份悼词里,也基本看不到她的一生。我甚至看不透她出于什么缘故愿意生下我。在我心里,母亲一直是一个活得山青水绿的女人。虽不那么自私,但自我显然是极大的,我羡慕她。父亲在世时,表面上他们也是不那么般配。父亲走在母亲身边,像我和母亲站在一起时说不清哪里怪,我们跟着她,都显得有些掉队。但生活里,他们两人看起来就和普通的老夫老妻无异。

那时,我一周回家吃两次饭,他们特为一起出门为我买菜,会有小小纠纷、又小小讲和,我听过算过,挺温暖。我还想,母亲真是比我走运,年轻时代能遇到父亲这样的老实人,共此一生,算没有吃上苦。几次我都说要给他们办一个结婚纪念,母亲很期待,但父亲都拒绝了。父亲说,开心给别人看都是假的。他说得挺对。但婚姻好不好这件事,到底也不会是个永恒不破的谜语。

父亲走后,母亲常让我感到我从未了解过她。即使我们有那么相像的神态,有那么契合的生活习惯。我不太问她。那些要紧的事,她也不太烦我。我们彼此尊重得像外国人一样。我甚至怕下一次见到她时,她会踮起脚在我脸颊亲吻一下。我怕母亲孤单,就提出搬去和母亲一起住。母亲没有反对。其实是我比较需要她,哪怕她未必是我最想日夜相处的人。她将父亲的遗物都放在了我原来的房间。她自己则依然睡在他们的床上。一晃也两年了。

一年前,卧室突然添了佛台,母亲每日会给父亲上炷香。

二

天还有些微凉,虽然已经立春了。我是在那个节气之后生的。母亲说,过了我的生日,天才会真正热起来。这使得她这身衣服显得格外适宜得体。父亲走后,母亲反而白胖了些,她参加了社区大学的几次旅行活动,学会了发朋友圈,也渐渐累积了新生活的情趣,故而终于又能撑起这样粉嫩的色彩,好像什么事也没有真正发生。我为她开心。

上我车的时候,她有些紧张,居然坐在了后排。我犹豫要不要请她坐到副驾驶座,但想想也无妨。后来才知道,她也许想与我隔开一段距离。我想起来差不多十年以前,我刚考完驾照时,她还曾兴高采烈说,"以后妈妈可以一直坐在你旁边啦!"

"你很开心吧。"我不知是问她,还是问自己。

"哎呦你不要开小差,好好开车,不要取笑妈妈。"

我觉得她害羞的样子挺可爱。其实我很久没见过她这样的表情。

严格意义上来说,是从没有见过。

到饭店的时候,我问她"蒋先生到了没有?"她居然认认真真地问我:"你说的是哪个蒋先生?"我心下略有些好笑,脱口而出"什么哪一个,还不都一样啊。"

母亲好像受到了一点惊吓,沉默了,又忽然说,"对不起,琛琛,妈妈不好,让你为难了。"

"你说什么啊?我又没说什么咯。"

其实我也觉得自己有点不太好,脾气不好。只是我的驾车技术,尚不足以在兜兜转转寻找车位的途中还能与她聊上一个如此复杂的天。我透过后视镜看她,有时看来车。她不知从何角度可以看到我,于是我们之间的顾盼显得有些隔阂。我知道她有点紧张,又有一点期待,甚至害怕失望。很久以前我要去见某些人时,也曾是这样的。

"你还会想爸爸吗?"其实我特别想问她。以及,"你们是什么时候联系上的呢?"……但最终,我还是吞下了这样尴尬的问题。在此时此刻,好像所有普通的问题都会显得分外不合时宜。

饭店是蒋先生的儿子找的。比我想象的要喧闹。天花板上都是契丹样式的图案,复古又显得缭乱。我想他特别找这样声势的地方,理当是与我一样觉得今天的饭局最好不要太安静、太典雅,以至于我们可能都会没话讲。外部的喧闹能为我们的尴尬布置起礼貌的伪饰。

我们俩初次见面,特为握了握手。他们俩明明是认识的,反而矗在原地,一句话也不说。我们都知道他们紧张。

"我叫蒋翼。这是我父亲蒋时青。"他友好地说道。

"我叫李琛。这是我母亲曹幸芳。"我说道。

于是我们各扶着一位老人进了包间,很好的视野,很松散的座位,我们简直像一家人一样,久别重逢。我母亲略有些恋恋不舍地脱去外衣,里面那件薄绒衫,还是父亲在世时我送她的礼物,我父亲也有一件。他若在天有灵,看到这样的画面,不知道会不会为我们开心。

听母亲说,蒋先生的夫人若干年前车祸脑死亡之后,就一直养在家里。近来情况不太妙,是不是会走,总是较前两年有希望。蒋翼愿意陪他父亲来和我们见面,我开始以为到底也是有心肠的人,将心比心。我父亲毕竟走了,他母亲还在世呢。我母亲却好像对此毫不在意。她的阅历足以吞下这些问题,所有这些敏感的事,她都用碗碟声搪塞过去。也许她是对的,反正与她无关的事,她一概不操心。不操心,人生也许才有云开月明的契机。

老年人重逢到底和少年人不同,他们就好像已经私下见过很多次一样,甚至完全没有问对方"这么多年你好吗。"我们只是有一搭没一搭的聊天,他们还说起从前一起上学的事。"老弄堂都拆掉了呀,但那也没什么可惜",我母亲说。她一点也不想念那里,我并不意外,我不知道她到底在想念什么。蒋先生却说,他现在做梦还能记得脚踏车铃声划过的清晨。我母亲与蒋先生,其实从未真正在一起过,也许曾经还是努力过的。母亲插队那会儿,蒋先生还去看望她许多次。我母亲结婚以后,还收过他不少信。但细节我完全不清楚。

"你知道吗,我爸爸还不好意思直接跟我讲这事,是让我太太跟我讲的。他想见见阿姨。其实直接跟我讲也没有什么,我很开通的。他一个人也苦了这么多年。没什么对不起我妈的。经济方面,我也都可以的。只是我常常在国外,照顾不到爸爸妈妈。"

一旁,蒋先生一脸严肃,没有接话头。我母亲也没有说什么。我更没话可说。讲实话我没有在我母亲和蒋先生脸上看到两人有生活在一起的可能,但事实上,我们坐下来,仿佛就昭示着我们都认同了这样的意图。

母亲后来告诉我,蒋太太也不是他原配,不是蒋翼的亲妈。

"蒋先生应该是希望我能照顾他们俩。"我母亲说。

"哪个蒋先生?"我问,自己也笑了。

"你想好了吗?"回来后我问母亲。

"这样的事想不好的。怎么想都要看运气。但你不要害怕。我们未必会结婚,只是搭个伴。我没有那么天真。"她把大衣熨烫好,收起了熨烫板,摘下了老花眼镜。

晚上,蒋翼就将我们吃饭的照片传给我,拍得很不错。

这是我们四人第一次见面,为了他们三人。

后来我们有了越来越多的合照,晒在朋友圈里,大家都夸老人好福气。好在,我和母亲没什么共同好友。这样尴尬的评论,我也不常看见。

三

我母亲和蒋先生第一次单独旅行,去了苏州。蒋翼给他们叫了专车。那之前,我和蒋翼分别带他们玩了七宝和嵊泗。我们俩都忙,他们俩一来一去也熟悉了。我陆续听母亲说起,蒋太太插管的现状。才知道这世界上居然有那么多人,仅仅是留着一口气,苦熬阳寿未尽。

有段日子我常出差,便不太住家里。突然回去,从没见过蒋先生。但我知道他来过。我一看父亲的遗像,就知道他有没有来过。于是给父亲上炷香,想在心里跟他说说话。可惜闭上眼睛的时候,什么话也说不出来。偶尔在家洗澡时,捂着毛巾眼睛就热了,整个人都瘫软下来,好像遇到了什么不好的事。但我知道,我并没有我以为的那么不高兴。

股票好的时候,母亲甚至问我想不想再买一个房子,家里都那么旧了,我住着也不舒服。又劝我其实可以再找个人,离过婚也无妨,最好没有孩子,万一有其实也没什么,人好就可以。她说,"一辈子那么长,妈妈陪不了你太久。"

我拉着她的手,就像小时候一样,特别希望她收回这些话,但她却没有像小时候那样摸摸我的头,把我搂在怀里说,"妈妈永远都会跟你在一起。"然而在这个世界上,最疼我的人好像只有她了。我又不在乎什么新房子。

翌年过年,我和母亲、蒋先生、蒋翼一家三口在一起吃饭,这是我们第一次大团圆。蒋翼说,"医院有规定,不能强行拔管,中国目前就是这样。不过又接到病危通知,医生说不会等太久,也许半年吧。"仿佛宣布什么好消息。蒋翼总是能将最关键的话开诚布公,早早先通知一番,随后再进行派对。但这并未影响我们团圆饭的和乐气氛。

我们家原本人丁并不兴旺,父亲过世以后,我已经很久没有见到这样老、中、青三代同堂的局面,所以我母亲也挺高兴,一直笑一直笑。蒋翼的女儿很漂亮,他太太做网购,两人是大学同学。毕业就携手创业,开始是卖女装,从淘宝进货卖去 E-BAY,现在又做亲子装,在网上也算红人,生意红红火火。

小女孩常常爬到蒋翼身上,踩着他的膝盖就像踩着台阶,展开拥抱的双手环住蒋翼的脖子,而后又用小小的双手在他脸上滑来滑去。蒋翼想要排除干扰和我们说上几句吉祥话都有困难,却显得格外温柔。让我想到自己,想到童年。

有一刹那我觉得蒋翼甚至比我要幸福得多。即使他好像也做出了一个挺艰难的决定,有许多尴尬的细节需要适应调整,毕竟这样的事,我们谁都没有经验。但我们在一起相聚的时间毕竟变得多了。开网店非常忙碌,蒋翼太太常常要顾店而迟到,蒋先生对她颇有微词,觉得她就知道赚钱,也不教育小孩。我母亲就劝他,儿孙自有儿孙福。有时我出差,他们俩就自己吃饭。有时我想回家吃饭,他们又出去玩了。再后来,我若有酒店可以报账,其实不再每天都回家。我也有些适应了现实,适应了我有一个"蒋先生""蒋翼"一样的亲眷。适应了我有一个素未谋面、却主宰着我和母亲未来命运的女性,她也活得很辛苦,甚至不能自己选择去死。

有时蒋家有些什么琐事,蒋翼会传微信叫我帮忙。好几次我载蒋先生去医院检查身体,他有些蛋白尿。他和我母亲坐在后排,我右边则是空的。我也习惯了。然后我会去市场买一些水果,把他们送回家。偶尔想上去看看爸爸,又觉得算了,我既没有话,也没有脸见爸爸,就目送他们俩走。有时还真想生个自己的孩子,转移一下注意力。然而我的孩子一出生可能就要叫蒋先生外公,我心下觉得讽刺,便不再多想了。

然而这些年我并不是没有遇到合适的机会,并不是没有遇到合适的人。但我常常怀疑自己是不是真的适合婚姻、适合家庭。我的父亲母亲，就好像一个极美的画框容纳着完美的画像，它瞬间崩塌之后，我实在需要一些时间来收拾碎片。就仿佛过往的每一帧画面都足以将我刺伤，又需要我亲手重建真相。

四

故而，当听说蒋先生猝逝的时候。我们所有人都崩溃了。

他死于心肌梗塞，对老年人来说也不算什么。他本来就有心脏病，一直靠药物稳定着，还以为蛋白尿的问题比较严重。

最悲痛的居然是我母亲。她哭得死去活来，自责睡在他身边却不知他痛苦到把胸口抠到血印斑斑。她没有烫头发、没有做新衣服，只是穿着我给她买的、他们重逢时她穿过的喀什米尔蓝灰大衣。她穿了灰色那一面。

我很久没见她那么悲伤。其实是从未见过。这令我不禁又想到我可怜的父亲。

蒋翼读悼词的时候，我发现他太太和女儿并没有来。或许他们的问题，比我们当时目及的还要严重一点点。后来听说，蒋翼太太认为让小女儿过早参加葬礼会造成心灵的恐怖。于是我、我母亲两个不会有心灵恐怖的人，傻傻地矗立在蒋先生的老同事、老朋友队伍里。

也有人问我们是谁，也有人答："是蒋先生的女朋友和她女儿。"

这真是离谱。离谱又悲伤。

很难说我对蒋先生一家没有建立真正的感情。有一度，我甚至以为，蒋先生未来会和我母亲葬在一起。他们会携手走完并不完满的人生路。而蒋翼的继母，说好的早晚要走，居然也一直没走。她携着腔子里的一口气，等到了最后，等出了一个对她相对公平的结果。人算不如天算。

又住回母亲家时，我每天都能看到父亲了。却比之前更没有话想要对他说。夜里我常常听到母亲哭泣，但白天她又跟个正常人一样,看看股票,听听滑稽戏。她比以前更期待我回家,总是等我吃饭,令我好像回到青春期。我有时觉得她是爱我的,有时又觉得她只是寂寞。羞愧。惘然。我甚至有一点怀念我们俩和蒋先生一家在一起团团圆圆的几次饭局。有些怀念契丹图案的餐厅天顶,有些怀念背靠人来人往的喧闹。

蒋先生走后一年,蒋翼发了微信给我。我们有很久没有联络,他也很久没有更新朋友圈。他说:"我继母走了。"我说:"节哀。"他说:"如果是继母的话,我更喜欢曹阿姨。"我说:"谢谢。"

那是我们最后一次联络。其实若不是父母的缘故,也许我们会成为挺好的朋友。在我们还很相熟的那几年中,我并没有在蒋翼身上找到任何我讨厌的部分。但现在想起他,想起蒋先生,想起母亲、父亲,不知为何,心上总是涟漪。

(原载《山花》第5期)

故乡人事·左镰

莫　言

小　引

各位读者,真有点不好意思,我在长篇小说《丰乳肥臀》、中篇小说《透明的红萝卜》、短篇小说《姑妈的宝刀》里,都写过铁匠炉和铁匠的故事。在这搁笔多年后写的第一篇小说里,我不由自主地又写了铁匠。为什么我这么喜欢写铁匠?第一个原因是我童年时在修建桥梁的工地上,给铁匠炉拉过风箱,虽然我没学会打铁,但老铁匠亲口说过要收我为徒,他当着很多人的面,甚至当着前来视察的一个大官的面说我是他的徒弟。第二个原因是,我在棉花加工厂工作时,曾跟着维修组的张师傅打过铁,这次是真的抡了大锤的,尽管我抡大锤时张师傅把警惕性提到了最高的程度,但毕竟我也没伤着他老人家。张师傅技艺高超,但识字不多。他的儿子当时是个团参谋长,我代笔给他写过信。后来我当了兵,进了总部机关,下部队时见了某集团军司令,一听口音,知道是老乡,细问起来,才知道他是张师傅的儿子。

一个人,特别想成为一个什么,但始终没成为一个什么,那么这个什么也就成了他一辈子都魂绕梦牵的什么。这就是我见到铁匠就感到亲切,听到铿铿锵锵的打铁声就特别激动的原因。这就是我一开始写小说就想写打铁和铁匠的原因。

一

每年夏天,槐花开的时候,章丘县的铁匠老韩就会带着他的两个徒弟出现在我们村里。他们在村头那棵大槐树下卸下车子,支起摊子,垒起炉子,叮叮钼钼地干起来。他们开炉干的第一件活儿,其实不是器物,而是一块生铁。他们将这生铁烧红,锻打,再烧红,再锻打,翻来覆去的,折叠起来打扁打长,然后再折叠起来,再打扁打长。烧红的铁在他们锤下,仿佛女人手中面,想揉成什么模样,就能揉成什么模样。他们将这块生铁一直锻打成一块钢。我小时候从我哥的中学语文课本上读到"百炼钢化为绕指柔"这样的句子,脑海里便浮现出铁匠们的形象,耳边便回响起铿铿锵锵的声音。这块钢,最终会被铁匠锉成一条一条的,夹到村里人送来修复的菜刀、镰刀等农具的刃口上。被加了钢的农具,只要淬火的火候恰当,使用起来锋利持久,得心应手,会大大提高劳动生产率。这就是我们村的人从来不去供销社购买县农具厂生产的劣质农具的原因。这就是老韩每年必来我们村的原因。当然,我想,在高密东北乡的许多个村庄里,大概都会有像我这样的孩子,每年在槐花盛开之前或之后的日子里,思念着老韩的到来并成为他们的忠实观众。

老韩的两个徒弟,一个是他的侄子,大家叫他小韩。另一个名叫老三。老韩瘦高,秃顶,长脖子,永远是眼泪汪汪的样子。小韩大个子,身材魁梧。老三是个矬子,身板浑厚,腿短臂长,有点猩猩体型。老三性格开朗,爱说爱笑,与沉默寡言的小韩成为鲜明对照。干活时,老韩掌钳,小韩抡大锤,老三拉风箱、烧件,并在干大活的时候,提着一柄十二磅的锤子上阵助战,形成三锤轮打的热烈的劳动场面。小韩使用的大锤是十八磅的。

二

我爷爷是个技艺高超的木匠,手艺人,对活儿挑剔。我能明显地感觉到铁匠们对我爷爷的反感,心里很是遗憾。我爷爷拿着一把斧头,要求铁匠们给加钢。那把斧头已经用了很多年,大部分刃儿都化为元素渗透到木头里了。老韩接过那把斧头看了看,说:"这还叫斧头?"

我爷爷问:"那你说该叫什么?"

老韩说;"另给你打一把吧。"

"另打的我不要,"爷爷说,"如果你们干不了这活,我另找别人。"

"老爷子,"老三道,"你就放心吧,大到铡刀小到剪刀,没有我们干不了的。"

我爷爷问:"绣花针能打吗?"

"绣花针打不了,"老三笑着说,"老爷子,咱们不是同行吧?您是木匠。"

"新打一把,一块钱;这旧斧头儿翻新,一块五。"老韩道。

我爷爷说:"你们三个别打铁了,去劫道吧。"

"中就放下,不中就拿走!"老韩斩钉截铁地说。

"好,"我爷爷说,"你们可要看好了,我这把斧头可不是一般的斧头。"

"鲁班用过的?"老三嬉笑着问。

"鲁班是个传说,管二是个真人。"我爷爷说。

我爷爷就是管二。

老三歪着头,用一块粉笔头儿,往那块倚在柳树干上的锈铁板上写字:官二,福头加钢一块五。

我说:"写错了!是'管'不是'官',是'斧'不是'福'!"

没人理我。

饲养员赵大叔将一把旧铡刀扔在地上,问:"老韩,今年来晚了吧?"

"不晚,跟去年一天一到。"老韩闷声闷气地说。

"翻新,加钢,快点,等着用呢。"赵大叔说。

"十块!"

"老韩,"赵大叔道,"穷疯了吧?"

"十块！"

"我不敢应承，"赵大叔说，"待会让队长来跟你说吧。"

"队长来了也是十块。"老三道。

"老三，我给你说个媳妇吧。"赵大叔说。

"老赵，"老三道，"有熏鸡熏鸭的，没见过熏人的。去年你就说过这话。"

"去年我说过吗？"赵大叔道，"今年是真的，我老婆娘家有个远房侄女儿，白白净净，大高个儿，模样周正，就是眼睛有点毛病儿。"

"眼睛有毛病儿不碍事儿，"老三道，"只要能摸索着办个饭儿就行。"

"那你就放心吧，"赵大叔道，"这闺女，别说能办饭了，连鞋都能做。"

"那你赶快去说，"老三道，"我什么都不想，就是想个媳妇儿。"

老韩看了老三一眼，重重地叹了一口气。

田千亩阴沉着脸来到铁匠炉前，说："打张镰。"

"旧镰呢？"老三问。

"没有旧镰。"

"是胶县镰还是掖县镰？"老韩问。

胶县镰窄，掖县镰宽。胶县镰轻，掖县镰重。有的人爱用胶县镰，有的人爱用掖县镰。

"左镰。"

"左镰？"老三问，"什么叫左镰？"

"左手用的镰。"

"左撇子啊！"老三道，"左撇子也可以用右手拿镰的呀！"

"知道了。"老韩说，"我们会给你打张左镰。"

刘老三的傻儿子喜儿光着屁股从大街上跑过来，他的妹妹拿着一件衣服跟在后边追。

老三道："去年不是请了一个游方神医给治好了吗？"

"什么神医，"赵大叔道，"骗子！"

田千亩低垂着头,一声不吭。

"去年我就提醒你们,神医没有摇着铃铛走街串巷的,瞧,上当了吧?!"老三说。

"干活!"老韩把一块烧红的铁从炉中提出来,恼怒地说。

三

那个手持左镰蹲在树林子割草的少年名叫田奎,是田千亩唯一的儿子。田奎比我大五岁,是我二哥的同班同学。我二哥考上中学,到距家十八里的马店上学去了。田奎的学习本来比我二哥好,但他不上学了,每天割草。

村子里有很多孩子割草。放学之后,我也割草。我们割了草送到生产队的饲养棚里。十斤草换一个工分。工分是人民公社时期社员劳动的计量单位,也是年终分配的重要依据。当时流行的话叫"工分工分,社员的命根"。

我天生不是个割草的料儿。我姐姐一天能割一百多斤,挣十几个工分,比男劳力挣得还多。有一天我只割了一斤草。当我把那一斤草提到饲养棚时,在场的人大乐。饲养员赵大叔用食指挑着我那一斤草,说:"你真是个劳模儿!"——从此我有一个外号"劳模儿"。

晚饭时,全家人聚在一起批评"劳模儿"。

我爷爷说:"想不到我们家还能出'劳模儿',你割的是灵芝草吧?"

我爹说:"你坐在地上,用脚丫子夹,一下午也不止夹一斤草吧?!"

我娘说:"你到底干什么去了?"

我姐姐说:"肯定是偷瓜摸枣去了。"

我哭着说:"我跑了一下午,到处找草,但是没有草……"

我姐姐说:"明天你跟着我,不许乱跑。"

但我不愿意跟我姐姐去割草,我愿意去找田奎。

田奎永远在那片树林子里活动。树林子里有几十个坟墓,他就在那些坟墓间转来转去。坟墓上生长着一些低矮枯黄的茅草,还有菅草。这些草我瞧不上眼。田奎蹲着,有时也弯着腰站着,用那张左镰,像给坟墓剃头一样,耐心地割。我们割草,都是右手挥镰,左手将割下来的草抓在手里。他用左手挥镰,因没有右手,右胳膊上绑着一个铁钩子。他用铁钩子将割下来的草拢在一起。我感觉到他那个铁钩子比我的手还灵便。我也曾尝试用他的左镰割草,但感觉非常别扭。我问田奎:"你从小就用左手吗?"

他说:"刚上学时,我拿笔都用左手,后来老师不允许,逼着我改过来。但不当着老师的面我还是用左手。左手写得快,右手写得慢。左手写得俊,右手写得丑。"

"我二哥说你学习很好。"

"也不是很好。"

"你为什么不考中学呢?"

他用右手的铁钩子指指前面一座坟墓,低声道:"那座坟里有一条大蛇。"

"多大?"我恐惧地用手摸头发。因为传说蛇一见儿童就会数头发,只要让它把头发数清魂就被它勾走了,因此,遇到蛇必须迅速将头发弄乱。

"想看看吗?"

我犹豫着,但还是跟着他向那座坟墓走去。

那座坟墓上有几个拳头大的洞眼,他指指其中一个。

我屏住呼吸,摸着头发,凑近那个洞眼。起初看不清,渐渐地看清了。那里边确有一条茶碗般粗的大蛇。黑皮白纹。看不到整体,只看到部分。我感到周身冰凉,悄悄地退下来。一直退到离这座坟墓很远的地方,才敢与他说话。

"你见过它出来吗?"

"见过两次。"

"有多长?"

"像挑水的扁担那样长。"

"它,它什么样子呢?"我问,"它头上有冠子吗?"

"有。"
"什么颜色?"
"紫红色。"
"像熟透的桑椹?"
"对。"
"你听过它叫吗?"
"听过。"
"像什么声音?"
"咯咯的,像青蛙的叫声。"
"你一个人天天在这里,不怕吗?"
"自从我爹剁掉了我的手,我就什么都不怕了。"

四

我经常回忆起那个炎热的下午,那时候田奎还是一个双手健全的少年。

我们聚集在村南的池塘边上,衣服挂在树上,我们光着屁股,戏水,摸鱼。

池塘里生长着蒲草、芦苇,我们在里边钻来钻去。突然有人喊:

"喜子来了!"

喜子是我们村刘老三的独生儿子,是个傻子。

喜子一丝不挂,沿着小路朝着池塘这边跑来了。他的妹妹拿着他的衣服,跟在后边追赶。

喜子当时就有十七八岁了,身体发育很好。阴毛漆黑,生殖器很大。他跑到池塘边上,站住了脚,对着我们,傻哈哈地笑。

我确实记不清到底是谁先喊了一声:

"打啊,挖泥打傻瓜啊!"

我们从池塘里挖起黑色的淤泥,对着喜子投去。

有一团泥巴打在了喜子的胸膛上。他没有躲避,还是傻哈哈地笑着。

有一团泥巴打在喜子的生殖器上。他双手捂住了生殖器。我们感到很开心,嘻嘻哈哈地笑起来。

"打啊!打啊!打傻瓜!"

有一团泥巴击中了喜子的脸。喜子双手捂住了脸。

喜子的妹妹拿着喜子的衣服赶上来。她挡在喜子面前。有一团泥巴击中了她的胸膛。她哭了。她哭着喊:

"你们不要打了,他是个傻瓜!"

一团泥巴击中了她的头,她哭着喊:

"你们不要打了,他是傻瓜,他什么都不懂……"

喜子的妹妹名叫欢子,她的岁数跟我二哥差不多。她是个很好看的小姑娘。喜子是个仪表堂堂的小伙子,村里人都说,真可惜,他是个傻子。

欢子用身体掩护着喜子,身上中了很多泥巴。她哭着骂起来:

"你们这些坏种,欺负一个傻瓜,老天爷会打雷劈了你们的……你们这些坏种……"

也许是惧怕老天爷惩罚,也许是良心发现,也许是累了,大家突然停了手,有的喊叫着,有的不出声,钻到蒲草和芦苇中。

五

当天晚上,我们还在院子里吃饭的时候,刘老三怒冲冲地撞进来。

"三哥,您来了,正好吃饭。"我父亲对我姐姐说,"嫚,找个板凳来,让你三大伯坐下。"

刘老三冲着我爷爷说:"二叔,咱两家老辈子没仇吧?"

我爷爷愣了一下,说:"老三,你这是说得哪儿的话?我跟你爹,多年的兄弟,俺们俩一块去沂蒙山给八路出伕,我得了痢疾,要不是你爹一路照顾,我这把骨头,都要扔在山沟里了。"

"既然如此,"刘老三对我父亲说,"那么我倒要问问这两位大侄子,今天中午为什么要对喜子和欢子下那样的狠手?"

"怎么回事?"我父亲呼地站起来,指着二哥和我,怒道,"你们两个,干什么啦?!"

我和二哥站起来,紧靠在一起,支支吾吾地说:"我们……没干什么……"

刘老三带着哭腔说:"我刘老三,前辈子一定是干过缺德事儿,生了个儿子是傻瓜,十七八岁了,光着腚满街跑。跑出来丢人哪,用绳子拴着都拴不住,这是老天爷惩罚我……可再怎么着他也是个傻瓜啊,他要不是个傻瓜,能光着腚往街上跑吗?你们打个傻瓜干什么?欢子都给你们跪下了,你们还不住手……"

刘老三捂着头蹲在地上。

我父亲抄起板凳对着我们没头没脸地砸下来。

我爷爷说:"过来,给你们三大伯跪下!"

我们赶紧跪在地上。我二哥哭着说:"三大伯,你饶了我们吧,我们错了,不是我们领的头……"

"是谁领的头?!"父亲停下手中的板凳,厉声问,"是谁领的头?!"

"是……"我二哥支吾着。

"说!?"父亲高高地举起板凳。

"是田奎,"我二哥说,"是田奎领的头儿……"

父亲用板凳重重地敲了我一下,厉声逼问:"你说,是谁领的头?!"

"田奎……"我说,"是田奎领的头,我们不干,他就打我们……他劲大,我们打不过他……"

"如果你们敢撒谎,"父亲说,"我就割掉你们的舌头!"

"没有撒谎……"我二哥说,"我弄坏过田奎的手电筒儿,我不打喜子,他就要我赔钱……"

"你听到过田奎这样说了吗?"父亲问我,口气已经缓了很多。

"我听到了,"我说,"他说,你们要是不打,咱们新账旧账一起算。"

"老三哥,"我父亲提着凳子说,"我教子无方,向您赔罪。

你看这事……"

"兄弟,"刘老三道,"咱们两家是生死的交情,这点事儿不算什么。我只是不明白,田奎为什么要挑这个头?他家是地主,俺家是贫农,这不差,但斗争他爷爷老田元时,如果不是俺爹站出来做保人,老田元当场就被拉出去毙了,这不是恩将仇报吗?不行,我得去田家问个明白!"

刘老三怒冲冲地走了。

我感到脖子上热乎乎的,伸手一摸,是血。

父亲十分严肃地说:"我再一次问你们,是不是田奎领的头?!"

借着月光,我看到父亲的脸像暗红的铁。

母亲用石灰敷着二哥头上的伤口,说:"孩子都快被你砸死了,你还有完没有?!"

我呜呜地哭起来,说:"娘,我的头也破了。"

"这个刘老三,"我姐姐气愤地说,"仗着个傻瓜儿子欺负人呢!"

我父亲将凳子扔到地上,说:

"闭嘴!"

六

许多年过去了,我还是经常梦到在村头的大柳树下看打铁的情景。那把已经初见模样的左镰在炉膛里即将被烧白了。不,已经被烧白了。那块即将加到镰刃上的钢也烧白了。老三奋力地拉着风箱,他的身体随着风箱拉杆的出出进进而前仰后合。老韩用双手攥着长钳先把左镰夹出来,放到铁砧上。然后他又将那块钢加到镰刃上。他拿起那柄不大的像指挥棒一样的锤子,对着流光溢彩的活儿打了第一下。小韩抡起十八磅的大锤,砸在老韩打过的地方,发出沉闷得有点发腻的声响。钢条和镰已经融合在一起。老三扔下风箱,抢过二锤,挟带着呼呼的风声,沉重地砸在那柔软的钢铁上。炉膛里的黄色的火光和砧子上白得耀眼的光,照耀着他们的脸,像暗红的铁。三个人站成三角形,三柄锤互相追逐着,中间似乎密不通风,有排山倒海之势,有雷霆万钧之力,最柔软的和最坚硬的,最冷的和最热的,最残酷的和最温柔的,混合在一起,像一首激昂高亢又婉转低回的音乐。这就是劳动,这就是创造,这就是生活。少年就这样成长,梦就这样成为现实,爱恨情仇都在这样一场轰轰烈烈的锻打中得到了呈现与消解。

左镰打好了。这是一件特别用心打造的利器,是真正的私人订制,铁匠们发挥出了他们最高的水平。

七

很多年后,村子里的媒婆袁春花,要把寡居在家的欢子介绍给田奎。那时,她的爹刘老三和她的哥喜子都死了。她先是嫁给铁匠小韩,小韩死后她改嫁给老三,老三死后,她就带着孩子回来了。袁春花说:"人们都说欢子是克夫命,没人敢要她了。你敢不敢要啊?"

田奎说:

"敢!"

2017年8月16日定稿于高密南山

(原载《收获》第5期)

指　南

房　伟

一

　　我想起马波,起因是那次冬天返乡。父亲告诉我,马波的父母,晓得我回来了。我和马波从小要好。他们让我有空去劝劝马波。
　　父亲的掌心缓缓地转动着两颗青绿色健身球。我和马波是同学。马波高中成绩很不错,和我差不多,都是工厂学校的尖子生。后来,我考上扬州大学,毕业后留在大学当专职辅导员。马波考上省城师范大学,毕业回到聊城,成了中学历史教师。马波每天除了备课,上课,就是打网络游戏,钻进民国史的故纸堆。他吵着考研究生,被父母阻止了。马波的父母都是普通工人,九十年代中期,双双下岗。老爸开出租车,老妈在饭店帮佣。后来,老妈还得了哮喘病。家里依赖马波那份稳定薪水。
　　父亲说,马波和父母大吵一顿,越发孤僻。他上课也敷衍了事。学生们不满,多次反映。马波家里没背景,又不会巴结,自然地被劝退了。可怕的是,马波从光荣教师变成无业游民,精神垮掉了。他彻夜上网,钻研稀奇古怪的东西。
　　两天后,我到了马波家。大白天,屋子也拉着窗帘,只点着台灯。一台破旧电脑亮着,一个长发如草,浑身恶臭,瘦如野鬼的男人,趴在电脑桌上,旁边堆满方便面袋和吃剩的零食。他长长尖尖的指甲,类似甲虫节肢,敲打着键盘,发出"咔咔"声响。指甲塞满污垢。荧光屏闪烁,男人青白的脸,不停地发着异光,好似海底被潜水灯照亮的沉尸。

马波?我喊了他一声。他抬起头,呲呲牙,露出笑容。我有些心酸,眼睛也湿润了。上中学时,我们常相约到录像厅看录像。每次都是他偷父母的钱请我。他那时的笑容,就是这样,清纯,羞涩,还有几分迷茫。

人家宏伟都是大学教授了,看你……马波妈妈嘟哝着。

马波脖子青筋暴起,脸涨得紫红,笑容消失,鼻子发出急促粗重的呼吸声。

我赶紧解释,辅导员,不是教授,就是一般教辅人员。

马波妈妈抹着泪,退了出去。她带马波看过医生,想尽办法,都不管用。马波学习好,被父母宠坏了。这种自命不凡的古怪家伙,我当辅导员见多了。有的学生每天在QQ空间发动态,称"朕的起居注";有的和寝室同学闹矛盾,嚷嚷着学马加爵,天天在宿舍磨斧子。我要是把这些事写出来,准保比瞎编乱盖的作家强。但对马波的事,我心里真没底。

好一会儿,马波缓过劲,慢慢地和我聊天。我没想到,他和我谈穿越历史的事儿。我基本没插嘴,都是他在说。我佩服他丰富的文史知识。他对抗日战场大大小小数十次战役如数家珍。但是,有什么用呢?马波神秘地对我说,他要穿越回抗战时期。

他的眼炯炯有神,散发着庄严的光芒。我赶紧拿出辅导员循循善诱的劲头儿说,波子,你是成年人,不要老看穿越网络小说。没有穿越。你信得过我,我给兄弟介绍个工作。你看如何?马波从兴奋变为失望,最终成为冰冷的模样。他缓缓地说,地球存在很多时空奇点,喜马拉雅山,渤海湾湿地就有。很多科学家都在实验。总有一天,他们会找到那些地方。

根据虫洞理论,穿越历史是可行的。马波盯着我,露出固执的神色。

你是不是先走出这个小屋?我接着劝。他终于翻起了白眼,不再理我。

二

半年后,我再听到马波的消息,是在遥远的扬州。父亲在电话里讲了马波的死讯。他消失在这个世界,无声无息,像臭水沟冒出的水泡。没人关心这消息,连父亲也只是略带惋惜。他告诫说,可惜了,都是网络小说闹的。你没事别老泡在网上。我连忙说,整天忙学生工作,没闲工夫捣鼓这个。

父亲又说,马波走前,嘱咐说写了东西,一定要送你。他没什么朋友,打小你俩就好。我的思绪,似乎又回到90年代后期,那个肮脏热闹的录像厅。我们挤在一起,吃着手抓饼,看港台的武侠电影。这样的日子,再也不会有了……那天,扬州没下雨。我很奇怪,扬州是湿润多雨的南方小城,当我需要点气氛,它竟如此不给力。我打开窗,空气干燥得几乎要把人烤干,太阳仿佛熔化的粪团,臭烘烘,软塌塌,憋得人喘不过气。不就是穿越吗?谁都有幻想。马波的灵魂,是不是已活在金戈铁马的抗战岁月了?

我甩着脑袋,为胡思乱想感到惭愧。我是挺正常的"屌丝青椒"。个子不高不矮,身材不胖不瘦,既没有帅得像刘德华,也不是丑得像王宝强。我在高校拿着刚够养家糊口的工资,学生家长请顿饭,送张购物卡,我高兴得屁颠屁颠的。我就想活着,有空蹭个酒,或者还能旅游,装装"小清新"的资产阶级。

过了几天,我收到包裹。薄薄的一册,打印装订的本子,封面工工整整地用仿宋字写着:"穿越指南",想来是马波"写的书"了。马波的仿宋字漂亮,常被老师抽来写黑板报。

《新手必读》:"我们的一生是单程旅行。在严冬和黑夜之中,我们寻找着自己的路径,在全无光亮的天空。"朋友们,让我们开始这段奇幻之旅吧。你想穿越到民国二十六年,参加热血沸腾的抗战吗?请参照指南,将提供"基本装备、场景环境、物质属性"分析,提高生存能力,还特别提供多种特殊武器装备与功能,帮助你在抗战年代,名利与美女,唾手可得!我们还有魔法奖励,如果你打通关,就能真正实现穿越梦想!

该游戏为战棋回合制,穿越英雄A:马波,英雄B:胡宏伟。两位英雄武力值和智力值配比见详图,可配合完成任务。按回车键,渡过一个革命日。小地图:显示角色位置、地点名称等信息;任务追踪:显示任务进度;功能栏:GM、竞拍、耐久度等;道具栏:添加药水等消耗品;菜单栏:角色信息、修炼、系统等;经验值到100%后,角色自动升级。

马波真有点文史天赋,网络游戏指南,写得挺有味道。他还把我也写到了他的指南。他活着,可以给出版社写文史类时髦读本,说不定能火。我把小册子装进手包,没事的时间,拿出来看看,毕竟这是马波的"遗作":

《游行指南》:身为穿越客的马波和胡宏伟,要在这个情境单元中参加游行。潇洒的行头,是游行的重要装备。那是民国二十六年初夏,抗战刚刚打响,马胡二人,都正是英俊少年。蓝色长衫,自来水笔,都是标准配置(比较而言,马更帅,而胡个子矮)。马是北京大学国文系三年级学生,校学生会主席,来自山东聊城;胡则是辅仁大学二年级学生,普通爱国学生,也来自山东聊城。女生人物的设计,要有深蓝色布裙,黑布鞋呀。兄弟二人组的游戏辅助为传单、横幅与话筒。游行场景为北京铁狮子胡同。那里段祺瑞枪杀过刘和珍等革命学生,绝对有纪念意义。如果你选择马波的角色,就要收集10条演讲词,就有10分,会有100人听演讲。演讲词就藏在街道隐秘处,需要你仔细地找。要善于使用大词和新词,如民族危亡之际:偌大中国,安放不下一张书桌;平津危急,中国危急……如果你选择胡宏伟的角色,就要熟练使用新诗,要收集10首诗,调动大家情绪。还要有调动舞台的动作性,弧形强有力挥手,甩头发,瞪眼直视,下跪,痛哭流涕,扯头发等。

你还要对抗军警和特务。这也是得分项呀。旧社会军警,代表腐败官方势力,狗特务都是丑角,獐头鼠目,尽显阴暗本质。军警道具是警棍,水龙和哨子。狗特务持有小手枪和刀子。你的武器是石灰包,木棍,燃烧瓶,车锁。要求打中10名警察和特务,烧毁门前汽车,将政府门口涂改为"积极抗日,卖国者死",突出军警重围。该场景单元便为通过啦! 不过,要小心呀,特务就暗藏在游行的群众之中,如果10次被他们打中,你就OUT出局啦。

朋友,想象一下。初夏的热情,瞬间被点爆。马波在人群最高点,在海洋中心,在风暴的漩涡。胡宏伟在他的身边,成为忠实的革命战友。马波帅气的长衫迎风飞舞,犀利严肃的眼神,犹如穿透远方的利剑。马波挥舞的手臂成为鲜明的旗帜。无数群众在欢呼,喊叫。他们的力量汇成巨大的吼声,中国不会亡! 在这万众瞩目的时刻,你的血液都要燃烧了,你的灵魂将铭记这伟大的历史,你也将成为历史的见证者,实现你的人生最大价值。

要在抗战时期收获爱情,请看《革命恋爱指南》……

三

这非常傻逼无聊。晚上,我在床上看马波的《穿越指南》,被老婆骂得狗血淋头。她催我给儿子检查初中英语作业。我懒洋地爬起,正好抓到儿子玩平板电脑。这个小混蛋沉迷于网络,恨不得24小时在网上发动态,写微信,贴照片,聊天,看电影。相反,他对学习得过且过,敷衍了事。屋内黯淡着,我看到儿子从透着光亮的被子伸进去头去,像被引诱进了发着光的坟墓。我走到他跟前,他都没发觉。儿子紧紧地盯着窄小荧光屏幕,动也不动。那副被抽空的样子,像极了马波。前几天,学校考试,儿子又考了全班倒数。他不觉得丢人,照样和同学们看电影《美国队长》,去肯德基聚餐。

我恨不得把他的平板电脑摔碎。但我忍住了。我看到儿子和我抢电脑时激动的表情。我常年搞学生工作，明白不能硬来，否则适得其反。儿子心目中，我这个老爸的地位，可能不如平板电脑高贵。我淡淡地责备了他，让他把电脑收起，逼着他去睡觉。我年轻的时候，也是游戏迷，经常和马波溜出学校，偷偷地打"街头霸王"的游戏。

这几天，我给儿子弄完功课，继续偷偷读指南，这个章节更刺激：

《革命恋爱指南》：战争的爱情，与和平时期有很大差别。战争让情感脱离正常社会阶层选择。一个屌丝，无房，无车，无钱，再没有好爹，在当代社会很难有出路，但抗战中社会阶层流动加快，屌丝有可能撩到较优秀的妹子。

建议你这个场景继续选择马波的角色。胡宏伟将作为打酱油的爱情辅助者出现。此时的马波，是边区鲁迅艺术学院的教员，风流倜傥，受到很多女孩子青睐。胡宏伟分配在抗大，成了一名管后勤的干部，油水还是不少的。马波各项属性值高。但你要先健身，锻炼好身体，以利于抗日时期长途奔袭，撤退，隐蔽，还要忍受饥饿。那时的女孩，都喜欢敢拼命的男子汉，军事素质是必要的，还请自备鲁迅的《呐喊》，巴金的《家》，及《论持久战》等经典著作，要耳熟能详，甚至背诵。如果要约会妹子，最好以谈工作，讨论革命理想等宏大名义。如果遭到拒绝，不能恼羞成怒，而要庄严大义，循循善诱，不断以美好革命图景，劝说她，感染她，让她心甘情愿地将对革命的情感，转移你的身上。

这个单元依然是完成任务，场景就定在延安枣园窑洞后面的小石桥。初秋的天气有些凉了，这片"圣人传道偏遗漏"的革命圣地，美丽的塔山，苍凉阔大的黄土高原，都是你施展革命才能的舞台；艰苦的生活，严峻的自然条件，还有频繁的战事，都在考验着你的革命意志。今天晚上，你将在小石桥约见梦中情人，边区后勤医院最美丽的护士"小白鸽"。天黑了，延河水缓缓流淌着，哗哗地响着，小石桥在又大又黄的月亮下,闪现着"小白鸽"曼妙的身姿。马波的心情既甜蜜,又激动,革命的爱情纯洁高尚,又令人感动!

当然,从窑洞到小石桥,会有很多限制和陷阱,要格外小心喽。你要在约会过程中,收集10本《呐喊》,10本《家》,15本《论持久战》,20把鲜花,10个小圆镜子。高级化妆品为SUPER级奖励,可抵上面任何二项总和。你须避开军官审查,还要防备掉入河边深坑陷阱、桥上的翻板。如果你失败8次,将被淘汰出局,就只能换B角马宏伟上啦。你最终会在河对岸发现"小白鸽"。她甜甜地对着你笑,鲜艳的围巾,迎着夜风飘荡。但愿这一刻能永恒。我们永远年轻,革命爱情永远纯洁。我们永远热泪盈眶。

看到这儿,我禁不住笑了。一个从没把到妹的loser,一个靠小A片和双手度过漫长黑夜的家伙,居然设计了款游戏,教人在抗战时期把妹,还有比这更荒诞的事吗?

四

我回到家,发现写字台被推倒了,书丢得到处都是。一个大花瓶被狠狠地砸在地上,地板砖都裂了。妻趴在客厅哭泣。吊灯摇曳着。青绿色的光,在妻起起伏伏的身影上来回游动,好似枉死的冤魂。妻和儿子大吵了一架。她发现儿子在平板电脑约同学打网游。妻很辛苦。每天照顾全家饮食,为儿子找家教。她居然厚着脸皮,找到儿子学校的教导主任,以高价求得单独辅导英语的机会。可儿子的学习起色不大。老婆忧心如焚,彻夜难眠。她是小学教师,对孩子的学习成绩,看得比天还大。为让儿子上好高中,我们倾其所有,买了学区房。但儿子是慵懒懈怠的孩子,不笨,但也谈不上聪明。

老婆不承认。她是苦学出身,从农村考到城市。她太相信天道酬勤、笨鸟先飞之类的励志鸡汤。她不能承认,自己的儿子只能成为普通人。她几乎把所有精力,都用在和儿子的斗争上。

儿子摔门而去,她在屋里哭泣,说着寻死觅活的话。她不停地用手拍打地板。地板砖碎渣,深深地嵌入手掌,顿时染成鲜红颜色。

学习好不代表有前途。我举出马波的例子,没等说几句,就被妻"不能输在起跑线上"之类的话淹没。丈夫成功,儿子优秀,生活优越,这是老婆憧憬的。但现实却没有一件可实现。她又开始哀叹命苦,没好车,没大房子……我不能忍受,再次消失在茫茫黑夜。

我蹲在路灯下,拿出了那本《穿越指南》,想起在天堂或地狱的马波,有些伤感茫然,随便翻到一页,读了起来:

《战场指南》:号角已吹响!隆隆的炮声就在耳边。子弹游过天空,成千上万的人在厮杀搏命。时间开始了,伟大壮丽的战争开始了。

这个场景单元,我们有十种战争板块模式供选择,一是大会战模式,如武汉会战,上海会战,徐州会战,百团大战;另一种,是坚守孤城的悲壮模式,如常德血战,藤县血战,南京血战;还有一种,是边境战役,有盟军加入,如血战仁安羌,缅甸战役,最后一种,则是敌后游击模式,如东北抗联活动区,沂蒙山,晋冀鲁豫边区等。

你可以挑选你愿意与之战斗的日军部队。日军十二个师团任选,还可搭配伪军部队。你可以自己设计敌我双方的大致兵种,性能和对抗模式。马波在不同的场景中,可担当不同的身份。比如,嫡系中央军的连长,晋绥军的营长,共产党八路军的武工队长,专门针对铁壁合围打"翻边反击"战术。作为基层指挥官,你需要的是谋略和胆识,指挥部队,还要贴身肉搏。国共日伪装备不同,作战属性也不同。如共军速度更快,准确率高,抗击打能力强,但装备差,尤其后勤供应差。胡宏伟是马波的副手,基本担任连指导员,国军政训主任等政工的工作。他和马波互相掩护,在枪林弹雨之中,向敌人发去决死的冲击。

亲爱的朋友,这些战场设计,孤城模式最惨烈,敌后模式最紧张,边境模式最诡异,会战模式最血腥。设计者最偏爱南京保卫战。这是我们民族的耻辱和隐痛。这个场景单元,马波将带领南京教导总队直属特务连的兄弟,和入侵南京的谷寿夫第六师团,在雨花台展开殊死血战。他还会率领着这些弟兄,追杀入城落单的鬼子,从鬼子手里救出金陵女子学院的女学生,偷袭鬼子的营地,解救被押往草鞋峡的国军战俘等任务。这简直就是一部穿越的史诗!注意,你中弹十次,将失血而亡,且只能复活三次。胡宏伟和士兵则只能中弹五次,就会死亡。去战斗吧,注意转换各种作战武器,鬼子可以爆头的,这样打才爽呀!

当战友在血肉横飞的战场死去,无疑是勇士们最伤感的时刻。在南京中央银行的断壁残垣之间,硝烟和日军的毒气,弥漫在地狱般的情景之中。金库被炸开了,无数被炸飞的纸币,纸钱般飞扬在铅灰色的天空,还带着墨味的香气。衣衫褴褛的马波紧紧地握着手中的中正步枪,手心也汗津津的。尽管十二月份,南京阴冷肃杀。胡宏伟战死了。马波悲伤地为他合上愤怒的双眼。他冷静地躲着,精准无比地向日寇射出最后的子弹和怒火……

作为资深游戏迷,我只能说,这款游戏设计得还不错。但很显然,我在这款游戏里,明显是猥琐的龙套和替死鬼,这让我很不爽。但我和死人还计较什么?我当下最大的任务,是熄灭香烟,从冷风中走出去,寻找离家出走的儿子。

五

爸爸,我不是不想学习,就是学不会。

我找到儿子的时候,他可怜兮兮地坐在麦当劳的座椅,大口吃着汉堡,又要了些可乐和薯条。一会儿,那点委屈也不见了。尽管,他已长到快一米八,但心智还是小孩子。他不明白,为什么他嘟哝几句,就让母亲寻死觅活。他还年轻,不了解世界的残酷。

吃完东西,回家吧。我催促他。

要是不用整天考试,想玩什么就玩什么,那多好。儿子抹了抹嘴,天真地说。我苦笑着,说不出话。我们离开麦当劳,儿子发现我的牛仔裤后兜放着本书,好奇地要过来。他央求我看着玩玩。我架不住软磨硬泡,勉强答应了。

回到家,天蒙蒙亮了。妻正在床上掩面而卧。正是周末,不必太早起床,我让儿子休息,自己却没了睡意。我想,到底怎样的社会挫折感,才能摧毁一个人的自信心和活下去的勇气？我打开冰箱,拿出几罐冰镇啤酒,还有昨天吃剩的鸡爪。我偷偷打开电视,声音调到很小,上午有欧洲杯小组淘汰赛转播,意大利对阵西班牙。我很快被球赛吸引住了。

不知不觉,一个上午过去了,球赛结束,我的倦意也上来,就在客厅睡着了。醒来已是下午,妻出去购物,儿子上数学辅导班。他们看我睡着,中午没叫我。我慢慢爬起,肚子不饿,却灵机一动,正好趁着儿子不在,偷偷地检查了他的日记本,这小子居然工工整整地抄了段《穿越指南》,字迹比考试还要工整:

《暗杀指南》:该单元一共三个场景,上海百乐门,哈尔滨霍尔瓦特大街的法国餐厅和北平鬼子宪兵司令部门口。只要杀掉鬼子和汉奸,任务就算OK啦！

军统头号杀手,号称"孤狼"的马波,带着他的战友,军统上尉胡宏伟,正在紧张地等待着猎物。华灯初上,上海百乐门前热闹非凡,各种型号的轿车,打着鸣笛,在湿漉漉的小雨之中,缓慢地行驶着。亮亮的雨点,敲击在汽车的黑色前盖上,发出"噼噼啪啪"的声响。马波和胡宏伟就趴在百乐门对面的一家德国旅馆的窗前,狙击枪死死地锁定着那些西装革履的男人和穿着暴露性感的女人们。日军情报部门菊机关的五十岚大佐,就要出现了……

军统杀手的配置:带瞄准镜的三八步枪,近距离的毛瑟手枪、日式手雷、德国野战匕首。基本移动速度必须加快,调整至八。射击能力为十,徒手格斗能力为七。暗杀行动的关键,在于神不知鬼不觉。作为军统死士的马波,行动对象可能是日本军警,伪政府高官,还有可耻的革命叛徒。要暗杀,要勘测好地形,时间选择点也要精心设计。要偷偷地潜伏到预计地点,一击而中,迅速撤退,安排好逃跑路线。暗杀最困难的,不是暴起发难的一刻,而是如何确认暗杀成功。最后,要准备氰化钾,这是行动失败后,对革命暗杀者最后的奖赏。

五十岚大佐走下汽车的瞬间,是狙击的好机会。但他非常机警,下车的时候,总是有人在前面掩护,也会竖起衣领。大佐是个面容冷漠的矮个子,瘦小但硬朗。要准确地击中他的额头,只有三次机会。如果三次不中,马波和宏伟就暴露啦,大量日本兵就会冲过来,包围旅馆。如果能成功逃离,隔一天,就会有下一次狙击的机会。但是,要注意,逃离也是很高难度的动作呀。祝你好运!

下一页日记,我发现了儿子的批注(穿越好哇,我也想回到抗战,这款游戏什么时候才能上市?一定买来玩玩。我的生活就是大监狱!!!)下段是《监狱指南》。在这个单元,我更加不堪了,居然成了革命叛徒,怎么也想不到,马波为啥对我这么大的怨气:

《监狱指南》:有三个不同选择项。PLAN A:刑罚关。革命者在所难免进监狱。难熬的是严刑拷打。代号"老枪"的中共地下工作者马波,打入敌人内部,担任上海七十六号大特务李士群的秘书。因为好友胡宏伟的出卖,他被抓到了日本虹口宪兵司令部死牢。看似简单的刑罚,也包藏巨大凶险。比如灌辣椒水,非常痛苦,犯人往往在刑罚之初,就窒息而死。还有鞭打,有经验的打手,会将鞭子对神经的刺激发挥到最大。肉身与意志的较量,理论上说,没人能熬过去。水牢是腐烂之刑。受过刑罚后的伤口,最容易成为蛆虫的家,当任何活人看到身上爬满这些东西,都会崩溃。胡宏伟奉命去劝降,被马波咬下了半个鼻子。意志的重要作用就出现了。熬过恐惧和疼痛,接着是麻木,然后是幻觉。你会幻想革命成功后的社会主义天堂。人和人充满友爱,信任。人类进入新时代。周围飘满鲜花,掌声,还有纷飞的白鸽。你会感到光柱射向你。恭喜你,你离下一次穿越很接近了。

PLAN B:越狱关。中共地下党决定不惜一切代价营救马波,但叛徒胡宏伟和日本人已经设了天罗地网。马波在监狱里建造了自己的团队,寻找可靠的同志,组成地下党支部,严格党的纪律。只有纪律才是战胜强大敌人的法宝。配角将根据喜好来定,暴力莽撞型,沉稳多智型,古怪邪恶型,还有性感可爱型等。马波甚至有内应,内部帮手,这也要求有人牺牲。这也由马波选择,看谁长得较该死吧。工具和科学性,也必不可少。马波穿越场景基本标配为,牙刷制造的匕首,挖地道用的铁勺2把。智力能力要求10,速度9,耐力为9。马波要潜伏入长长的粪坑,才能到达终点。这将是惊心动魄的挑战之旅。

PLAN C:逃离关。有的穿越客说,你的指南有自虐情节,我们穿越是来找刺激的,不是来找罪受。注意,这里不能满血复活。死亡就是真正挂掉了。不用担心,你可调整疼痛属性,加大抗打击能力属性,如果你想找到逆袭的感觉,建议时空门。尽管,这是一个作弊方式,启动NWC+KING,你会迅速移动出监狱,还可以搭乘监狱的其他同志。

六

第二天,我接到院郝书记的电话,学校要搞演讲比赛,还有大学生迎新晚会。这些任务,责无旁贷地落在了我的头上。刚留校那会儿,我还年轻,喜欢和一群孩子,嘻嘻哈哈地搞工作。如今,快四十了,儿子也老大不小,没心情再搞这些事。可不弄也没办法。我在学校开会到九点多,刚回到学生会,想布置工作,屁大的功夫,就出事了。

我先是听到有人喊,跳楼了,跳楼了!我隐约听着,跑出来,耳边是"轰隆隆"脚步声,一群学生向教学七楼的顶楼疯跑。楼下也有很多围观的学生,都在喊。我昏头涨脑地跑到天台,看到一个穿蓝裙子的瘦小女生,瑟瑟地站在水泥板上。风吹动她的衣衫,她摇晃了几下,下面又是惊呼。周围有几个人劝她。她没什么反应。我喊她,同学,有话下来说。她瞥了我一眼,嘟哝了几句,依稀听着是,你不懂。我再上前,她张开双臂,一下子就消失在我眼前。我凑到天台口,只见一个小小的黑点,卧在冬青丛旁,好似渺小的芝麻。我眼前发黑,嘴里发苦,恨不得跟着跳下去救她。但我明白,没用了,这么高,死定了。

我垂着头,慢慢地踱下楼。救护车赶来,人抬上车,冬青丛旁还留着暗红色血污,乳白的脑浆。我坐在冬青旁边,喘着粗气,抖抖地掏出盒将军烟,抽出根,点上火。我狠狠地嘬了口,叹着气把烟喷出去。烟雾笼罩在初夏的空气,阻挡了脑浆和血污的腥味。我盯着那块最大的,不规则四边形的脑浆,想着女生的样子,小声说,同学,怎么不听我说完?到底有什么想不开?人死了,没来世,没穿越,没奇迹,就他妈的一片空……

我正絮叨着,郝书记板着脸走过来,严肃地说,宏伟,你和死者说了什么?我愕然,说,没什么,就是劝她下来。郝书记接着说,那是咱们院的张曼丽,考试作弊,没拿到学位,听说家里挺困难。你是不是刺激她了?

我没有呀!我莫名其妙,我刺激她干啥?我都不认识她!

你不带她那一级的学生?郝书记狐疑地盯着我,是不是有什么个人恩怨?有学生说,你和张曼丽说了句什么,她才跳楼。

我不认识她!我怒吼,丢了烟屁股,离开了冬青丛。我晓得郝书记为啥故意把这事往我身上扯。我做了十年辅导员,按规定可申请转教师岗,只要参加考核就可以,但郝书记想让郭菁菁上。郭当辅导员比我时间短,但人长得漂亮,又会拍领导马屁,大家都传她和郝书记有暧昧关系。郝书记要情人转岗,最好的办法就是把我搞臭。

回到家,我青着脸,一句话也不说。妻问我缘由。我不想和她掰扯这些。她是暴脾气,弄不好又和郝书记吵架。我郑重其事地说,我想辞职。老婆倒没闹,只是安静地说,你辞职后想干点什么?我郁闷地说,干啥都行。忙点挣钱的事,忙着,啥都不想。这年月,不能想太多,累得慌,心里害怕。

儿子上晚自习去了。我踱到了他的屋,看到桌上还摊着《穿越指南》。我想着郝书记恶心的嘴脸,心想,如果穿越回抗日时期,找个机会把狗日的老郝做了,再搞死他的情人。这样想着,我的心情快乐了不少。

《清洗指南》:来自内部的威胁最可怕。清洗动摇分子、叛徒及其家属,也是革命的重要部分。穿越客朋友,最惊险的单元来了!场景是 A 会议室,B 住宅区,C 刑场,中央保卫局的马波同志,首先要在会议室识别叛徒,叛徒标志是有颗黑色的心。识别过程,注意不能让叛徒触碰你的身体,否则血会减少哟。马波有个魔方装备,是识别器,套在叛徒脖子上,就会嘟嘟地响个不停。第一个场景,马波识别十个叛徒,就能完成任务。

第二个场景,马波需要抄家,将叛徒家属和党羽一网打尽。马波要抓捕二十个犯人家属才可以过关呀!要注意,犯人家属隐藏在普通人中,也可能藏在床底,天花板等隐蔽地方,他们伪装成可怜的老人和孩子,产妇,伺机对革命者进行致命打击。马波必须无情地予以严厉打击。特别是叛徒胡宏伟的家属,更是不能放过。

第三个场景是枪决,你要将这三十个破坏革命的坏家伙,全部枪毙。记住,要一枪爆头,处理完后,会有革命美酒和蛋糕相送。这个场景,考验的是革命者的出枪速度和严酷无情的组织纪律性,特别是对老人和孩子出枪,不容易呀。当那个扎着辫子的小姑娘,对你可怜楚楚的哭泣的时候,请记住你的使命,就是对叛逆分子绝不留情,斩草除根。这个环节,最艰难的考验,就是马波同志要枪毙叛徒,他曾经的好友,同生共死的战友胡宏伟。如果马波不能在 20 秒内出枪,胡宏伟就会用暗藏的小刀片割断绳索,和马波同归于尽。马波曾经可以为宏伟去死,但如今,宏伟却背叛了他。叛徒不可饶恕。

　　游戏注意事项：该单元有时间限制，如果你不能在四十个革命日完成以上规定的惩罚叛徒指标，你将出局！

　　特别加持：叛徒显形液、血药剂。

　　书的最后一页，是指南的结尾，《革命胜利指南》，却只有一个大大题目，上面有一朵大大红花，背景是深深的洞穴。下面写了行英文（Secret cave, Wearing bright red flowers, you can through time）。我不太明白什么意思，难道这是一个秘密的地球奇点的坐标，需要在这片纸中寻找蛛丝马迹？

　　夕阳下，我踱到露天烧烤摊，要了烤肉串，蹲在小桌旁，喝起了闷酒。不过是偶然的事件，我被牵扯到了学生跳楼的事，我的那些自认为安稳的小日子，就破碎了，脆弱得像鸡蛋壳。仿佛回到和同学们撸串的大学岁月。我很久没来这种地方了。不知怎的，这些天心里堵得慌。有些东西时间越久，越变得更大更重，好像血红的落日。我就在落日血红的光辉余照下，痛苦地喝啤酒。烧烤摊坐满兴高采烈的男女。烟火升腾之处，我仿佛又看到马波俯身在电脑桌旁的鬼样子。这世界都怎么了？

　　天渐渐全黑了。我仰头看着黝黑天幕，想起大三那年，我失恋了，天天酗酒。马波不远千里，从省城师范大学，跑到扬州看我。我们抱头痛哭，相约互相扶持。毕业后，我们各自都局在小圈子，交集的越来越少。马波被辞退，我正被学校嘉奖，也刚生了儿子，春风得意，却没想着帮老朋友一把。我真是自私王八蛋。我又突然想到，几年前，依稀马波曾给我写过信，说要发明款抗战游戏。他说，如果成功了，我们就能实现美好幻想。我那时已不写信，早已习惯发邮件和微博，当时还有些奇怪，也没多想，就忘到脑后了。马波当了真，也真写了那本指南。他不相信，我这个可以和他一起喝酒、撸串，指天骂地的好兄弟，成了友谊的叛徒。但我想说，并不是我背叛了友谊，而是环境的改变，让我不知不觉地重新划定了友谊的圈子。我没有背叛友谊，我只是淡漠了马波。时间，就是时间，时间才是最大的叛徒。

　　我痛哭流涕，不知为自己，还是马波。

电话响了。我接通手机,那边传来父亲不紧不慢的声音:"你那里很闹呀,刚才你媳妇说,你跑出去喝酒。你是大学教师,要注意仪表和影响……"

我毫不客气地打断了他的话,问,马波到底怎么死的?

父亲沉默了几秒,我的耳边又传来"咣啷""咣啷"健身球转动的声音。许久,父亲说,那天是八一建军节,听说小波死在北京革命历史博物馆旁边。小波这孩子,吞了一百多片安眠药,就蜷缩在博物馆花丛的角落。怪得很,他双手做挥拳状,像具僵尸。没人发现他,直到第二天。这真是太不正常了。嗯,不正常。

(原载《红豆》第7期)

殊　途

沈　念

　　引擎的嗡鸣像把钢锯，把冻结一宿的寂静锯成裂碎。一楼的北方男邻居打开窗户，冲着车尾嘟囔，投诉他吵醒了他们的睡梦，女邻居恐怕听到了他家发生的变故，细嗓门，把丈夫劝回了床上。他犹疑了一下，伸出的手半空缩回，嗡鸣继续锯动。嗡鸣贯耳，他才觉得虚荡的内心像吹胀的气球，变得充实而有力。

　　儿子出事的第二天，他的睡眠就变得混沌起来。每天比闹钟还要早醒来。闹钟是退线前的上班通牒，过去他睡眠重，必须靠那玩意儿叫醒，没了单位的纪律框囿，他却不愿把闹钟键给OFF，任其雷打不动地在那个点上叮当叮当响起。

　　儿子钟爱的这台别克英朗保养得很好，他也喜欢美国车，沉稳庄重，像他向往的为人之道。钥匙插进去，轻轻一拧就发动了。嗡鸣之音像水流一样漫延，紧接着是车内的音响，自动播放罗大佑的歌。这是儿子读高中上大学时的偶像，延续至今，从未改变。儿子恋旧，这是个谈不上好坏的习惯，他是这么认为的。每次坐儿子的车，他嫌声音大，就将音量旋钮打到最小一格，眼前浮现的是一个戴茶色眼镜的男人，站在演唱会的大舞台上，抱着吉他，忘乎所以，独自陶醉。镜头拉远，台下黑鸦鸦一片，罗大佑成了聚光灯下的一枚黑点。去年有一天儿子指给他看电视里，罗大佑演唱会，北京工体。当时他定定地看着，隔着屏幕，看到那张双颊下凹的脸上，有明摆的时光刻痕，一刀一刀镂空的沟壑就再也抹不平填不满。他正和这个同龄的男人一起老去。他叹息一声,像心里的一块大石头滚落水中,把岸上的角角落落溅得透湿。

他不会开车,过去单位配了车,但他用得少,家里离单位就两站地,溜达几步就到了。他喜欢坐儿子的车,好像看着另一个自己,英姿飒爽地一路奔跑。每年回老家扫墓省亲,多数会选周末与儿子同往,他就坐在副驾驶座上,和儿子聊天,叮嘱儿子注意前方车况,像个经验丰富的教练。他从部队转业前是在工程连,新兵训练结束,被挑选去学习开挖掘机,那时"文革"刚结束,祖国河山百废待兴,那几年辗转于广西贵州郴州的深山老林,开山挖石,打洞辟路。儿子听他不知念叨过多少回当年的艰苦历程,每次似笑非笑,仿佛已探知父亲的言外之意。他是不愿开车,不然凭借当年娴熟驾驶挖车连立几次部队功勋这一点,驾驭大货车都不在话下,还能被普罗大众的 C 照小车难倒。

他是个要强的人,做儿子的把住了他的脉,凡事也都顺着他的意。儿子读高中选的理科,读大学念的建筑设计,参加工作先到建筑设计院锻炼两年,再借一次干部选拔之机进了市规划局。都是按照他设计的路线走的,但他既喜欢这种乖顺又时常流露不满,男人该有的专断和叛逆,在儿子身上看不到一点踪影。儿子高中时有早恋苗头,妻子发现后悄悄跟他商量,听说那女孩单亲家庭跟着奶奶生活,他暴跳如雷,二话不说就百般手段掐灭了刚擦燃的火花。没拗过他的儿子暗中赌气,读大学,设计院两年,压根看不到有恋爱的迹象。男大当婚,少不了有人上门牵线搭桥,他又铆定在教师医生这两个职业,二选一,儿子最后结婚的对象是一个医生,而他更偏向在一中教书的老同事家女儿。儿子第一次带那姑娘回家,他看到这个身上夹杂着医院味的姑娘姿色一般,畏畏葸葸,脸上就有些挂不住,为此阴了好些天,很长一段时间心里拖着沉甸甸的挫败感。

更大的挫败在他离开单位后接踵而来。起初个把月还有几个部下来电话请他酒聚,渐渐他就淡出了。这种淡出是相互的,他知道这一天迟早要来。儿子谙知他的窘境,不声不响帮他报名参加了老年大学的书法班,一周上两次课,家里摆了张桌子,笔墨纸砚毡布一应俱全地买回来了；逛了一次苗圃，运回十几盆各色花草，占了大半个阳台，颇为壮观；陪他去了几次千亩湖散散步，傍晚沿湖走一圈正常时间要花一个半小时。他随儿子的安排，过上了属于退休老人的健康生活，好歹把那些无聊慢慢打发了。儿子再忙也少不了每天一个电话，走过路过也会登门瞅一两眼，得闲的话，父子俩就一起吃个简餐，喝杯小酒。有时他心里发笑，父子俩的状态如今掉了个，这也就是所谓的人生吧。

　　这些天阳台上的花草少了打理，蓬头垢面，失了颜色。他有时恍惚过后，拍拍脑袋，然后拿起水壶，浇了些水，又把几盆不耐寒的垂头丧气的花搬进儿子过去睡的房间。房间里还有儿子身上的那缕气味，他深深地呼吸一口，然后赶紧吐出来，关上门，生怕这气味都跑没了。气味在，也许儿子的魂灵还会回来看一看。

　　儿媳就回来过一次，而且那次她没有敲门就进来了，钥匙是留在儿子手上的。看到他望着她，她叫了一声，爸。他顺口就说了一句，回来了，言是呢？当他发现说错话，心里变得水流湍急，眼眶迅疾湿漉了。吃过了吗？他无话找话。她点了点头。她大概坐了半个小时，她的沉默让午后变得格外漫长。他在猜测她回来的目的，过去她从未单独到过这个家，每次都是跟在儿子身后。他们结婚五年多，却没打算要孩子，他提过一次，儿子回答是正在计划中，两人刚调整新岗位，有些忙碌。忙碌就是不要孩子的借口吗，单位上也有这样的年轻人，他是越来越看不懂现在的年轻人了。他那个时候在部队，回来探亲时经人介绍认识了妻子，通了一年信，第二年回来就打了结婚证，很快也就生了儿子。绝大多数家庭的完整都靠孩子这根定海神针，这是他的体悟，也是埋在心底多年的一个秘密。从前的事，他也不太多想，若不是儿子，也许他就是另外一个他了。

　　那天儿媳孤独地坐在左首的双人沙发上，头微低，眼睑一圈是浮肿的。他想问她是不是又听到什么流言了，但终是不开口。她想问什么想弄清的事，其实他也不清楚。一个妻子，面对丈夫和另一个女人在一起发生的意外事故，要去抵挡外界纷纭的流言蜚语，需要多么坚强的心性。真相像只夜鸟消失在那个晚上。这也是他要承担的，他过去多年经营建立在儿子身上的自豪感，已经撒落成一地碎玻璃，他和她，注定要光着脚从上面踩过去。

她呈现在大众眼前的冷静，既是他希望看到的，又是令他疑惑的。她没有去儿子单位无理取闹，甚至对后事处理没提出过半点要求。也许，她是以为他的在场，能把一切事情都安排好。过去，儿子的一切不都是按照他的安排走的吗？此时面对，他竟然找不到一句有分量的话来安慰，纾解她心中的压抑和悲痛之情，如果她有的话。

最后从嘴里挤出来的，居然是这样一句，他走了，你要把自己的生活过下去。活在世上的无奈和悲凉，跟随这句话山呼海啸般涌来，一浪一浪地拍打着他心中的那块巨石，他听到身体收缩的咪吱声，缩得紧紧的，像是只有这样，才能保护心中那块石头不被拍成四分五裂。

爸，你多保重。儿媳起身走了，门关上，没有了过去那种咔嗒的响声。出事的那天傍晚，儿子把车停在楼下，匆匆进屋聊了几句，说晚上有个应酬，有车来接，晚上应酬完了，再趸转取车。这种情形就是要喝酒，不是一次两次了，他并没在意，只是随口说了句，喝酒有度，没意义的应酬就早聚早散。儿子出门的时候，特意拧了拧门锁，说这锁用旧了，改天他叫换锁的来给换个新的。门很笨拙地咔嗒关上了，他没想到，这是儿子跟他说的最后一句话。门锁突然奇怪地好了，如果不是她在门口扭头投来的哀怨眼神，他怀疑是儿子回来把门锁修好了。隔着门，能听到她的高跟鞋叩打地面的叮叮声。钥匙，门钥匙，车钥匙，她把门钥匙放在了沙发扶手下，她是特意留下的，还是无意忘记了。还有别克英朗的钥匙，这是他们的共同财产，该交由她去处理的。他跑到阳台上，向楼下的林荫道张望，隔着树枝间的疏朗空隙，没有见到她的身影，也没有听到叮叮的鞋跟声。小区这个点上是最安静的，他看到别克英朗的车顶，覆盖密密实实的一层落叶。再趸转进屋子里，他嗅到一种掺和的新的气味，若有若无。他闭上眼睛，用力地嗅了嗅，又似乎是触碰到不该触碰的，赶紧呼出来,用更大的力呼出来。

要不要去那个叫韩丽莉的女孩家,他纠结了一整天。这个名字听起来很俗气,这女孩像个旋涡,一下就把儿子卷没了,旋涡也消失了。他有必要去找一个消失的旋涡吗?

扳住座位上的按钮,把背靠打倒,仰面躺下,他看着天窗里映现的那一小方天空。楼下那几棵老樟树,在肃杀寒风中依然绿意葱郁,风吹下的树叶,有几片飘落在天窗上,拼在一起,看久了就像镜子般照见自己的脸,双鬓白发,执戈林立,一会儿又变成儿子的那张国字脸,浓眉大眼,五官周正。他的一些老友观过儿子的面相,都说将来必是前程锦绣。人人都爱听这种漂亮话,事实也是显而易见,人年轻、学历高、业务精通,为人谦和,哪里都需要这样的干部。这几年房地产开发、城镇化进程,规划局成了权势部门,仅容积率那几个数字的调整,就关联到几千万上亿元的财富。他也有过担心,规划局关系千丝万缕,水浑且深,老马过河尚且要摸着石头,何况没经验的小马。于是他多次叮嘱儿子,多请示多汇报,多听领导尤其是一把手的,哪里都还是一把手政治,绝不自作主张,把该干的分内之事干好,但别的事一定要心中有数,机巧斡旋,不要被人当工具耍了。儿子也不嫌他絮叨,默默地听,点头,最后就说一句,记住了。

有这么一个儿子,这也是他过天命之年后内心的些许慰藉。妻子五十岁那年因病离逝,接着儿子结婚,搬出去单独住了,家里丢下他一人,那种孤独寂寞不用多言。单位安排他分管机关事务,想都不用想,全是一地鸡毛扯皮结筋的事,幸好他是一个人的状态,也愿意不急不慢地捋顺,几年下来,市级、省级的文明单位创建都拿下了,大家都说他劳苦功高。他的腰板果真挺得更直了,只有回到家,钻进那种冰冷的虚无里,瞬即就像气球跑走气,蔫快快的。

那一年妻子体检发现子宫肌瘤,回来跟他说,他也没在意,女人长肌瘤的多了,做个手术拿掉就完事了。他当时回了句,再找家医院看看,能保守治疗就保守治疗好了。妻子讳疾忌医,也不吭声,拖了半年多,情况变严重了,腹痛加剧,医生诊断估计转移成子宫癌了。箭在弦上,还是得手术。糟糕的是手术,出现了那种十万分之一的例外,大出血,心跳骤停。当时他在手术室外的走廊,儿子没回,在省城准备学位答辩的事,几分钟前还来电话问情况,他说找了熟悉的医生,会了诊,问题不大,安心做你的毕业答辩。手术室的灯突然就一闪一闪,门里门外医生护士急急慌慌,他预感到了不妙。但没有人跟他说话,直到他找的熟悉医生出来,戴着口罩,声音很低地抱歉,然后示意他进去看看妻子最后一眼。

妻子弥留之际,她的手和脸一起都变得又瘦又白,但皮肤依旧光滑发亮。他哄骗妻子,坚持住,没事的。旁边没有医生,只有一个不知所措的护士傻愣愣地站在一边。他想攥住妻子的手,却不知道她是哪里来的那么大的劲,指甲抠进了他的皮肤里,一直到现在手心还留下两个细月牙的瘢痕。血像春天返潮时墙缝渗出的水,那是她对他的恨意。他知道,妻子对他的恨意终于爆发出来了,他的心如刀绞,如果有可能,他当时愿意为这个跟他多年吃苦受累的女人去死。

他竟然在驾驶座上睡着了,那些过往,在梦中胡乱拼贴。去一座陌生的山,人声喧哗,人影幢幢,但一个都不认识。走着走着,巨大的泥石流凶神恶煞般涌来,他奋力抓住一棵树,树上的每片叶子都跳动着一张女人的脸,他抓着的妻子的手突然就挣脱了,女人也消逝不见了。记忆之树摇动,枝叶尽坠,从车天窗落下来盖满他全身,惊出胸前背后涔涔冷汗。

准备上班去的男邻居在敲车窗,眼睛里愠怒在跳动。他慌乱地按下玻璃,想跟邻居致个歉,玻璃和嘴唇却像胶住了动弹不得。男邻居终归没好脸色地转身走了,他拧回车钥匙,紧紧地攥在手心里,冰冷的匙齿深深地嵌进肉里,一点都不疼。

走出小区门,他上了一辆出租车,司机也不问,好像知道他要去哪里,沿着宽阔的道路往前走。煤化厂,煤化厂,他慌乱地冲司机说。躺在别克英朗里的梦醒后,明明放弃了的那个莫名其妙的念头又突然撞进来,他决定去韩丽莉的家里看看。

前天晚上,以儿子好友身份来家中探望的小董,有点紧张地说起一件事。他的老战友程副市长在市长主持召开的市重大项目调规会上发飙了,不同意那个深圳地产项目的容积率调整,会没散,摔了文件,先行离去。小董在规划局执法稽查大队,说的不会有假。众人面面相觑的场景,他能想象得到,但他没见到过。老战友行走官场,素来有那种王城如海一身藏的清高和决裂,但这也不影响其与市长之间的密切,同乡之谊、性情之交,虽各自起点不同,但他们一路走来颇有打虎亲兄弟的架势。他不知道这次争吵给老战友带来哪些负面的纠缠,场面上的有些争执,有的能过去,有的就是给自己埋的一颗地雷。但小董告诉这个信息的另一个玄机在于,规划局局长老周和儿子郑言是都在事后被程副市长叫去喝酒了。然后,深夜的护城河畔出了车祸。

交警出具的事故报告他历历在目:小车超速坠入护城河,冬天护城河里虽然水非常浅,但车子撞到了一块景观石上,车头毁坏严重,驾车男性当场死亡,副驾驶座上的一名女性送医院抢救无效死亡。冰冷的字眼剜着他的心。但老战友从没有讲那天的局是他程副市长的局。在场却不明说,老战友和老周还一再强调,韩丽莉的出现是在酒局后的唱歌厅,撇清之意昭然若揭。他生气就在于此,但转念一想,小董为何要来神秘兮兮地讲发生在规划局的那场争执,有什么企图,希望他能刮阵风吹开这团迷雾。吹开了,又能改变郑言是死亡这个结局?他从心底发出冷笑,他可不想成为任何人的工具。韩丽莉的地址是小董发过来的,他觉得小董不简单,是给他布了个局,他就偏要走进这个局里。最坏的结果已经摆在眼前,儿子已经死了,那还有何畏惧。

路过政府大院,那些官员的车辆鱼贯而出,他感觉有手机铃响,掏出来看只是耳朵的错觉。一周前,老战友打电话的情景又跳了出来。老郑,我程克明呀,言是的事你不要再难过了。还是那句老话,人死不能复生,我们都尽力在把这件事的负面影响降到最低。

我之前跟老周讲明了,言是是组织上一直看好的年轻干部,出的这场车祸纯属意外,首先要在全局上下讲清楚,别让谣言从内部向外传播;其次是要去做好女方家属的安抚工作,该花钱的地方就花钱。

老周刚才回了话,都处理得差不多了,但嘴长在人家身上,有些不好听的话传来传去,老郑你要有思想准备,要有清楚认识,要相信组织,退一万步说,你要相信我这个老战友。

老郑,你多保重啊,忙完这段,我们聚一聚,我请你喝杯酒。

从头至尾,都是老战友一个人说话,条理清晰,逻辑严密,依然是领导腔调,这些年他耳朵都听出茧了,可又不知道自己开口能说些什么。

出事那天晚上他说不上有没有不良预感。他坐在沙发上打着瞌睡,等儿子来取车。儿子离家时上了趟洗手间,把车钥匙落下了,他不想半夜睡得太沉,儿子敲门听不见。打了个瞌睡醒来,电视里播放着午夜药品广告,墙上的大钟显示时间是零点一刻,他心想儿子估计是让人直接送回家,就关了电视,脱了衣服上床。但他后半夜几乎是半寐半寤,翻来覆去,松弛的皮肤和松动的骨骼里,不时发出奇异的响声。过去他睡眠不错的,他很纳闷这次失眠,一想到大半夜的,给儿子电话的念头就给打消了。家里的电话和手机后来差不多同时在天色透出微光时响起。儿媳哭着说,爸,爸,言是出车祸了。手机是老周打来的,声音有点低沉,言是出了点事,在东城医院,你过来一下吧。

他的膝盖一阵阵地发软,穿裤子,套进裤腿却拉不上来,大黑棉袄也和毛衣纠缠在一起。这真应了平时上老年大学时大家说的一句话,人老不中用,穿个衣服也不利索。手变短,脚却变长,身体和衣服总是掐着架,他在这天凌晨有了特别深刻的体验。他在这天凌晨彻底老去了。

电话里他们都没讲出那个已经变成现实的结果,他的心里却有了不祥之感,但又不愿朝那方面想。走出小区大院,他辨认几次才确定往东城医院的方向,他从没在这个时间点上走在这座城市的大街上。空空荡荡,寒冬的冷雾像冻结的薄纱,他只身闯入,把纱雾撞碎一地,发出乒乒乓乓的惊心声响。后来他不知是走了多远打到的车,又是怎样走进医院的。老周眉头紧锁地迎上来,紧紧搀扶住他,好像生怕他摔倒一样。儿媳泣不成声,几个医院同事用力地托着她瘫软的身体。没有一个人跟他说任何一句话,他在来的路上祈盼的那根最后的稻草,一点一点地燃烧成灰烬。只要一张嘴,哪怕是轻轻呵口气,灰烬就无影无踪了。

他终归是未能撑住,医院的过道那么迢远,只有尽头的门里晃动着一线白光,腿脚完全不听使唤,他眼前一黑,跌倒在地。他合上眼睛的一瞬间,看到老周满脸的汗珠,一颗颗圆滚滚的,这里面有一颗属于眼泪的吗?

丧事都是儿子单位全权处理的,低调庄重,考虑周全。几个市领导来吊唁慰问,对一个组织上极其看好的年轻干部的英年早逝,表示了内心的悲痛和遗憾。哀悼会是老周主持的,程副市长自始至终在场,并以一个长辈的身份说了一段感言。又是一番高度评价,好像儿子如果不去世,就必然有一个无比光明的仕途在等着拥抱他,这座城市的建设又因他的过早离去而逊色。他默然接受着来自认识或不认识的人送来的劝慰。有两个医护人员身着便装,提着一个印着红十字的银色药箱,陪在他身边。他知道,这些面部表情哀戚的人都在盼着仪式早点结束。

进行到追悼会遗体告别这个环节时,殡仪馆门外发生了一点小骚动。有人想闯进来,并在大声吵闹。这边规划局的几个年轻人似乎早有准备,涌上前拦住来者。他隐约听到说,规划局办事,想得轻巧,一条人命,几万块钱就打发掉,没这么简单。要彻底查清楚,背后还有什么见不得人的都要弄出来。他瞥见老战友朝老周剜了一眼,老周急火火地赶去了。到底说了些什么,达成某种协议,几分钟前来的那几个人就喋喋不休地走了。骚动像海浪一般,很快波及迈着碎步正与遗体告别的人群里。他听到两个人低语交谈。

是一起死去的那女的家属,还不是想善后多赔点钱,把规划局当冤大头耍呗。

那女的很漂亮,有名的交际花,你见过吗?

人死了,漂亮都成灰了。

听说那女的是老程的情人,怎么又跟小郑在一起出了事,这关系蛮乱。

自古英雄都难过美人关。

谁说得清,黄泥掉裤裆不是屎也是屎。

这些话语像堆乱石,从山顶坠落,眩晕再次砸中他,幸好身边老周托了他一把。他深呼吸一口,稳住心绪,绝不能在这个场合丢脸。单位行走多年,他何尝不知流言繁殖力的强盛,像铺天盖地的蝗虫飞过麦地余下狼藉一片,而绯闻也随时能搭起一座富丽堂皇的宫殿,根本不需要任何材料的准备。他望了躺在冰棺中的儿子一眼,像是看着一个陌生人。那张整容后的脸涂了很多粉,但仍可看到盖不住的额头上的几处瘀伤。他在心里凄凉地冷笑一声,儿子的人生如此结束,竟以这种方式与世界告别,不知道"郑言是"这个名字还要和那些流言摸爬滚打在一起多久。让儿子受困荒芜杂草般的流言,他再次感到老去之后的无能为力。他咒骂自己,当年若是任由儿子选择专业更对口的工作,选择不回到这座城市,也许就不会有今天的变故了,是他给儿子铺就的一条死亡之途。

丧事结束,只剩下少数亲友,在等着迎接儿子的骨灰出炉。走到圆形停车场,他看到远处耸立的高高烟囱里,儿子在焚化炉里化成灰烬,变成淡绿色的烟雾飘出,现在好了,儿子和妻子去相聚了,孤苦凄冷的绞痛从肋骨里挤撞着,他趔趄了几步,老周再次用力抓住了他的胳膊。

老战友把他和老周都叫到了自己的越野车内。这场三人之间的谈话,他首先听到的是道歉。老周嗓音嘶哑地说,这件事的前因后果必须跟他有个交代,郑言是参加单位的一个接待宴请,当晚喝了酒,他和另一个副局长先行离开,留下郑言是陪同客人继续后面的唱歌活动。估计是结束后,郑言是开着韩丽莉的车,行驶到护城河路段却没注意到维修标志,一头滑下去,又撞到一块景观石上。交警查看了现场,郑言是酒驾,但现在跟交警协商把这事压下来了。问题出在韩丽莉的家属吵着要提高赔偿价码,之前的十万少了,他们提高到三十万。

老战友皱着眉头,把话接过去,外面把事情传得沸沸扬扬、走形变样,对规划局的影响很不好,这个意外是谁都不愿看到的,老郑你是老党员老干部,也知道每个单位发生这样的事情都很棘手。换位思考,你体谅体谅老周。好在言是的后事都已顺利办完了,老郑和你的亲属不要受外面那些谣言的迷惑。老周,我明天再跟移动公司的老总通个电话,要他们也主动点,把韩丽莉家属的心给稳定下来,管她是不是正式员工,要加钱,不能都让规划局背,移动公司一起负担。

老周连连说,谢谢领导,这样最好。

事情说到这份上,他还能说什么呢。老战友和老周的话,入情入理,在给他和言是的脸上涂脂抹粉。他对流言也有猜疑,这样的事情一旦发生,真相就永远被掩埋了。谁说过一句,这世界从没有过真正的真相。

韩丽莉家所在的煤化厂,穿过老城区就到了,他在厂门口下车,径直向一片灰蒙蒙的建筑群走去。煤化厂连续十来年经营亏损,工人下岗,市场的寒冬把这里的一切冻僵。黑乎乎的楼道,没有一盏灯是亮的。他爬得很吃力,眼睛缓慢地适应着黑暗。他莫名地忐忑,要找的这幢楼似曾来过。他在脑海里使劲搜索,想起二十年前来这里看过脚踝受伤的同事苏可君。这只是一种巧合吧。他怅惘地敲响那扇生锈的防盗门,很长时间,屋里的主人一边询问着是谁呀是谁呀,一边慢吞吞地走过来开门。他差一点就转身走了。屋里的灯亮了,门被打开的瞬间,他抬眼就看见正面墙上挂着的一张彩色照片,那是个年轻的女孩,她略含微笑,右嘴角是上扬的。

你是谁?门口站着的是一个颤颤巍巍的老太太,她脸上的皮肤素白匀净,只有皱纹的褶子像一道道深色的沟堑。老太太定定地盯着他,他嗫嚅着不知要说些什么话来回答这个哲学之问。他脑子里闪回着看望苏可君时的那个姑妈,如果不出意外的话,她完全有可能还倔强地活在这世界上。

他本想退到门外道歉离开,但身不由己地走了进去,说,我是韩丽莉的中学老师,听说她出事了,我来看看。这是他早就想好的一个托词。老太太给陌生的来访者让座,又转身去沏茶。他庆幸她的短暂离开,让他可以稍稍平复一下繁杂的心绪。

放下茶盅,老太太在左侧沙发坐下,他细细察看,她的脸上并没有他想象中的那些悲伤。她向他这位中学老师对丽莉的惦记表达谢意,并说起她中学时的几件有趣往事。他有些难堪,这些往事是她和韩丽莉的,他唯有不时用"丽莉很乖""老师同学都很喜欢她"来回应。老太太像是受到鼓励,突然问了一句,言是也是您的学生,您都知道了吧。

儿子的名字被老太太亲切地唤出,他像是被针刺了一下。他不知怎么就问出口,听说言是和丽莉很早就恋爱了,为什么没走到一起?

他们读书时还太小,太早开花生命都不长久。老太太叹息一声。

我听说是他父亲的阻挠吧。

那是他们的命,谁也阻挠不住。

呃。丽莉的爸妈呢?

那又是一代人的命,很早离了婚,把丽莉丢给我,就天南海北各活各的潇洒。

丽莉出事也没回来?

怎能不来,见了面还是吵,丽莉死了他们也解脱了,还吵着闹着找言是的单位要了一笔钱,造孽。

他顿生悔意,对当年毫不留情坚决抵制的这个女孩,他多了些怜悯。他抬起头,迎向墙上的照片,他以这样的方式与她第一次见面,女孩嘴角上扬略带笑意的目光,眨眼变了,仿佛又回到那天给苏可君换药时,姑妈的刀子般冷冽的目光。老太太说,大概有一年了吧,言是和丽莉又偷偷在一起了,出事那天,是丽莉的生日,她在家一直等他,但言是有个应酬,后来丽莉赶过去了,却不知道最后会出车祸。这还是他们的命,唯有死才能让两个人在一起。

他心里一片黯然,尿意突然向身体发出指令。他起身问了一声,能否借用一下卫生间。老太太指了指南边的门,他走进去,轻轻地把门关上。窄小的卫生间不协调地放了一个刚安装不久的新浴缸,他一眼就认出来,那是和他家里一样的品牌。滴答,滴滴答。龙头没关严实,水一直在滴,恍惚是回到自己家里。

昨晚,他又陷入在家里手足无措的状态。不知从哪个角落发出针尖般扎疼心脏的滴答声,他四处寻找,竟然是卫生间浴缸的水满了。水汽云遮雾绕,水沿着洁白的缸壁,洇湿了一大片地板。他关水龙头时一个趔趄,差点跌倒,仍然是头重脚轻,像大病未愈般软弱无力。这一惊吓,后背渗出一层细汗,他扶着浴缸,慢慢蹲下。浴缸和坐便器都是儿子新买的,说是老人站着淋浴和蹲着大便都容易摔倒,老人骨骼酥脆,一摔轻则伤筋,重则动骨,都是不省事的麻烦。他试着接受,但对这号新式浴具不太习惯,也用得极少。他却不记得搭错了哪根神经,竟然把浴缸的水龙头打开有了泡澡的念头。

他在腾腾热气中脱去衣服,老年人身上那种黏滞的浑浊气味跟着揭开,他过去在公共澡堂经过老人身边时都会对这种气味犯恶心,可笑的是他如今也成了这种气味的来源。他抓着缸沿,慢慢蹲下,坐好,伸直双腿,斜躺下去,水摇晃着往外溢,又发出滴滴答答的声音。他舒展着皮肤渐渐松弛的四肢,努力放松自己。手脚看上去毫无血色,头顶的毛发孔却仿佛有热气往外蒸发。他迷迷糊糊又看到儿子那张掩盖不住瘀伤的脸,被粉饰得苍白的脸,父子之间还有很多话没说完,殡仪馆门口的争吵,老周的解释,陌生人的非议,嗡嗡嘤嘤地响在耳畔。他费力地想爬出浴缸,水压在身上像层层梦魇,使劲也掀不掉。哐啷一声,他侧翻倒地,浴缸里的水嘲笑似的摇荡个不停。

屋里格外安静,他从卫生间出来,老太太不知进哪间房待着了。他打量了一圈屋子,还是那一张旧沙发一排旧家具,长年累月地积蓄着生命迟暮的气息。他走到一间门半掩的卧室前,床和书桌的位子似乎没挪动一毫一厘。桌子上搁着一个手机,他认出是交警清理遗物中的一个。摁开这个属于韩丽莉的手机,他的手指挪动了一下,如果这个手机打出去,电话那头的人会是什么反应,可以打给谁呢?打给自己的老战友,他按出了一串数字,却是拨出的儿子的电话,很快响起录音提示,您的手机已停机。

如果他没记错,二十年前,这间房子里是住着一个叫苏可君的女人。墙壁上现今贴满了韩丽莉的很多照片和合影,他扫视一圈,没见到一张有苏可君存在的痕迹。他对自己的记忆产生怀疑,那个女人在他的生命中,不是早就被遮蔽了吗?

苏可君到他们单位来的时候,他才三十九岁,刚当上科室副处长,也算得上前程可期。转业几年,他扎着头干事,但若不是得益老战友的蒸蒸日上和用心照应,怕难跨上这个台阶。处长带她进来介绍说,这是上面安排到我们科室实习的研究生。她很大方地伸出手,自我介绍,苏可君,学大众传媒的。他那天莫名地没有伸出手,只是一本正经地说,欢迎。后来苏可君问他第一次见面为什么没把手伸过来,知道她有多尴尬吗?他撒谎抵赖,见到美女太紧张了。实际上他当时想的是,进这个单位实习的,谁没点关系背景,只是把实习当作一个跳板,等待一个成熟时机再顺理成章地调进来。他年轻时心高气傲,不愿跟他们表现得太密切。

当年,他办公室的同事参加为期一年的下乡扶贫工作组去了,空出来的办公桌就暂时性地换上新主人。原本面对面的办公桌,苏可君未与他商量,就把朝向掉了个头,搬到离门近的地方,把背影留给坐在里面的他。她每天会早到,一进办公室,就里里外外清扫一遍,烧茶倒水,杯盖是斜侧放在杯口,可以看到一缕若有若无的热气往外升腾。他每天按点进班,心照不宣地享用着同事们羡慕不已的美女服务待遇。有时看着那缕若有若无在眼前摇晃,看着苏可君秀发垂落仿佛坐定的背影,偶尔是双手托着腮,望着门口发呆的侧面,从这两个角度看上去,苏可君会显得比正面更有吸引男人的魅力。但他一个已婚男人,清醒地知道,办公室恋情对他的杀伤力,极大可能就是一触即亡。何况,她的年龄、学历,还有那不确定的家庭背景及与上层的复杂交际,经纬交织一张网,觊觎的热望就浇灭了。

他们在办公室坐着,去参加下级单位的检查或宴请,相处久了仍相敬如宾,连玩笑也没开过。直到有一次他喝了点酒,有所歉疚地向她委婉解释初见时的冷漠,这一道歉像是催化剂,不显形地推倒了横亘在他们之间的那堵芥蒂之墙。苏可君的活跃度明显提升,这个本就大方热情的女孩,偶尔在无人时会向他喷发一下女人的娇柔,但她懂得分寸,一到正式场合就盖住了上蹿的火焰。也许这会是一段特别纯粹的情谊,可在四个月后发生的一件事改变了它的走向。那年七月,离市区两个多小时车程的涟源山漂流重新开发后火爆起来,很多外单位漂过的回来传得沸沸扬扬,刺激得不得了,好像漂过一次涟源山就成了真正的勇士了。单位工会组织前往,漂流是两人一组,苏可君自然不自然地和他上了一条皮艇,救生衣、头盔、划水棒,穿戴完毕,山上蓄水池就开始放水了。他那天有点小兴奋,苏可君的手紧张地抓着他问,要是落水了你能救我吗,我不会游泳。他说,放心吧,我从小就在水边上长大的。她把手松开,他能感觉到被抓过的手臂上特别清凉。

皮艇从四十五度的坡道滑下去,在前方的第一个关隘口,就跟没有及时通过的皮艇打架似的堵在了一起。他着急地拿着划水棒推别的艇却无济于事,上面的工作人员并没观察到这一状况,坡道上继续有皮艇放下来。像连环撞车一样,他们的皮艇在强大的冲撞力下,在空中翻转,反扣水面,他和苏可君沉落水中。迟缓了那么几秒钟,他意识到苏可君说过的不会游泳,来不及凫上水面换气,就扎进水中寻找并救起了苏可君。兴致勃勃的漂流以他俩的落水结束,严重的是苏可君的脚踝磕到水下的一块大青石,外侧皮肤迅即就划开一道血口,流血不止,伤口不浅,脚踝动脉突突地跳动。她惊吓过度,又呛了几口水,脸色发白,软弱无力地倒在他怀里。他把苏可君抱到岸边,一只手用力捂住撕开三四厘米长的血口,一只手向山坡上的工作人员招手。伤口必须缝针，山上没有医护点，通信工具全都集中在漂流出口停车场的车上，新运营的漂流公司显然毫无应付受伤游客的经验，员工傻愣愣地站在一旁。好不容易有个农民站出来说离此两里地有个赤脚医生，他恳请农民带路，两人湿透透的，他背起苏可君就往山下走。找到那户赤脚医生家，却被告知没有麻醉药，弄了点酒精消毒，医生三下五除二就把伤口缝合起来。伤口在水里泡过，又流血过多，早已发白麻木。缝合时苏可君倒不觉疼痛，只是害怕地紧紧躲在他的怀里，伤心地哭诉着，你不是答应了要保护我的吗？他俯身抱着她的头，任她把恐惧的眼泪流走。终于等到山下漂流公司的人骑摩托上来，接他们下去回到车里，他才发现自己也赤着脚，脚板被划割得布满印痕，身上的湿衣都已穿干。

回城的车上，同事们了解事情经过后，半开玩笑半啧啧称赞他的英雄救美。苏可君惊魂甫定，斜靠在座椅，他给她在胸口盖上她的长丝巾，顺势坐在她身旁关照她。苏可君的手突然就把他的手紧攥过来，缩回到丝巾的庇护之下。他们一路上沉默，假寐，任两只手掌散发的湿热之气热烈交谈。

苏可君脚伤休息了半个月，他以同事的身份去看过两次，她其实不是本地人，只是寄居在姑妈家。姑妈是北方人，眼睛里却闪着南方人眼中才有的刀子一样的清冽。第二次去，刚寒暄几句，听到姑妈说，可君，要换药膏了。他自告奋勇说他来。苏可君脸上一热，玩笑似的说，就让公仆给人民服务一次吧。他接过姑妈端过来的药盘，小心翼翼地用消毒溶剂冲洗，揭开与伤口结痂粘在一起的纱布，缝针的伤口像极了一条扭动的小蜈蚣，嫩红色的新皮格外耀眼。他轻轻搽匀油腻的黄色药膏，又覆盖上一层新的纱布，再用细胶带固定。这只是很简单的换药，小时候儿子摔伤滑跤，他不知换过多少回，但这次却笨手笨脚。他紧张的是站在一旁的这个被她喊作姑妈的女人，不吭一声，死死地盯着他，他能感受到头顶上那两道目光，好像两把刀子深深扎进他的身体。去了这两次，他就再也不敢登门。那段日子，苏可君的那句责问和那团湿热之气搅得他心绪不宁，办公室的那个背影和美丽的侧面不在了,短暂的别离,越是加深他内心的焦虑和疼痛,他是跌落爱的陷阱之中了。他已不再介怀姑妈刀子般的眼神,一味任自己滑落,即使那是个黑暗的无底洞。

情欲的那张纸撕破,你抬头看见我,我睁眼就可望见你。苏可君回来上班,他却比以往要早去半小时,烧茶倒水,杯盖是斜侧放在杯口,可以看到一缕若有若无的热气往外升腾。不久,苏可君跟姑妈撒谎,以给一个出国的同学看房子为由搬了出来。之后,他以各种理由,应酬、加班、下乡、出差、开会等等,从家里消失了。他只想藏匿在专属两人的空间,一走出那扇秘密之门,他就变得无比焦虑、彷徨和失魂落魄。

妻子是何时敏感地发现其间的异常,他尚不清楚。某一天她有意无意地道出与他的同事偶遇的谈话,巧妙揭穿了他的谎言。起初他想遮掩,结果自然是有太多的无法自圆,情感的出轨昭然若揭。妻子早已明确了战略方针,不到万不得已不能掀翻家庭这艘风浪中的船,她那不可名状的悲伤一半来自受伤的心,一半是投向误入歧途的丈夫的烟雾弹。而他知道,他也还没强大到可以睥睨一切庸俗的地步。他退缩了。

那也算得上是他此生中最困厄的日子吧。妻子和正准备念初中的儿子,单位里将制造的地震,所谓仕途可能遭遇的劫难,他每天要和很多的自己斗争。苏可君已经察觉到他的退缩,也在试图理解和宽宥他的退缩,那时家人正好帮她把省城的工作单位落实好,她选择了回去。在酒店的沙发上,那是他们之间的最后一次交谈,他被告知有一次选择的权利,他选择离开的那一刻,她就把这段情事埋进坟墓。

他沉默了很久,看着纱帘遮挡的窗外,天色一点点晕沉凝固成一团夜墨,却没有做出任何回答。苏可君拎起行李箱,去追赶深夜开往省城的火车。他们连最后告别的拥抱也没有。她走了,他在酒店足足睡了两天两夜。

他复归家庭,时常带着哀伤地庆幸后面的生活。儿子的学业顺利行进,妻子看似不能如初,却渐渐与他和好。他在努力让妻子忘记这件事投下的阴影,虽然他知道永远是不可能的。他手心所保存下来的妻子弥留之际掐出血的两个月牙指印。那团湿热之气已经散没了,指印仍伴随终生。

坐在这间二十年前到过的屋子里,那些早已模糊沉寂的往事又活了过来。他的心情已不能简单地用懊悔来形容。老太太敲了敲门,他慌乱地退出。老太太并不禁忌,说,这是丽莉的房间,你看这些墙上的照片,我想让它们保持原貌,这样我会感觉到她还一直陪着我。她在省城的表姑明天来家里住几天,她表姑在这座城市实习工作时在这间房住过一些日子。他更加慌乱起来,他从来没萌生过再遇见苏可君的想法。他怔怔地看着老太太重新给他的茶杯续了水,杯盖斜斜透出一丝缝隙,热气在缥缈地升起,然后消失。

他不知道自己是如何告辞并走出那扇门的。门在身后并没有立刻关上,他转身下楼,脚步却像灌满了铅,迈一步要使出全身的力气。他不敢回头,害怕回头就碰到老太太刀子般冷冽的目光。他突然之间没有了任何好奇心。那些存在过或子虚的秘密,都必然有它们的归宿。这次来访,他又是在做一件愚蠢的事。

老战友公务繁忙再没联络是情理之中,而小董没来回访却在意料之外。时间在他心里没了清晰的概念,他每天会在墙上的挂历重重画上一横或者一竖。密密麻麻的"正"字,变成了儿子的头发、眼睛、眉毛、鼻子和嘴,有时他会想,这张脸也是那个叫韩丽莉的女孩的。他又恢复了上老年大学养花护草傍晚去千亩湖散步的习惯,即使有熟人遇见,也不会问起儿子的事,若是问到,他也是淡淡一笑,礼貌告辞。有天遇到表情木然的小董,小董说他职务提升了,但调动到农机局这个清水衙门了,又冷惋地说程副市长可惜了。他才知道自己的老战友几天前被检察机关逮捕了,罪名是涉嫌受贿和滥用职权,据说涉案金额上千万。这些事,他听了,心里那根铁索摇荡几下,就无动于衷了。

别克英朗还停在楼下,虽然他想过让儿媳开走它,但始终没打这个电话。他无缘无故地喜欢上了做一件事,每天清早下楼发动那台沾满尘灰和覆盖落叶的别克英朗,坐在车里,嗡鸣贯耳,他会倏尔间全身放松下来,好像儿子依然坐在身边,而驾车的人是他。

(原载《十月》第5期)

刺　虎

马　拉

　　海城最出名的活物,不是市长,也不是书记。认得他们的人多是政府系统的,走到街上,平头百姓认得的少。要是说起公园里的那头老虎,就不一样了,海城没几个人不认得。每个家庭,难免会有小孩。即使现在没有,以前也该有过。有了小孩,和遛狗一样,你得带他们出来转转。海城不算小,但是城区不大,市中心寸土寸金,拿来建公园,想起来都觉得奢侈。城区的公园占地面积颇大,一个人在里面绕个圈子,怕是得用整个上午。公园建成有三四十年了,那会儿房地产开发还是没影的事儿。占那么大片地,市民没意见。等房地产火了,开发商想打公园的主意,又不敢。你这不是建房子,你是断了全市人民的乐子。眼看街道越来越挤,城区就剩下这么块开阔地,一到周末,公园草地上到处是花花绿绿的野餐垫,其乐融融的样子。

　　公园大,除开花草树木、游乐场,还有个不小的动物园。到底还是小城市,动物园有了,稀奇的动物没几样。多的是爬行动物,蛇啊、龟啊,还有兔子、狗什么的。沿海城市,不养几个海洋动物似乎说不过去,所以有个海洋馆。鲨鱼养在玻璃缸里,长度嘛,不骗你,有三十多厘米呢。有两年,海洋馆里来了一对海狮,顶球,跳圈圈。那个热闹,一到海狮表演时间,人山人海的,大人小孩兴奋得尖叫连连。热闹不长,海狮没了,水池的水干了,落了一池的叶子。海狮表演场边上,有个二十来平方米的水池,先后养过海龟、中华鲟、鳄鱼。都昙花一现,也许是死了,也许是卖了。动物园还展出过"世界上最大的老鼠",门票三块钱。进去一看,果然肥肥胖胖的,大约有五六斤,看起来挺吓人。后来,有见多识广的人说,这他妈哪里是老鼠,明明是竹鼠好不好。公园大概自知理亏,很快停了这个项目。竹鼠也不见了,估计是卖到酒楼去了。动物园里全是小打小闹的东西,大象、狮子、长颈鹿等大型动物一概没有。不过百鸟园倒是值得一去,起码还养了几十只各色的孔雀,还有一群金刚鹦鹉,至于小鸟,密集如麻雀。带孩子逛公园不要钱,动物园单独售票。来到公园,不去动物园,孩子不乐意。他们要看老虎。老虎只有一头,离动物园进门处不远,拐个弯就能看到。站在动物园门口,老虎毛都见不到一根,这设计也是缺了大德。就为看一眼老虎,爷娘老子得掏十块钱。平日里,老虎多是懒洋洋地趴着,一动不动,像个标本。偶尔起来走走,也是一副心不在焉的样子。要是运气好,碰到老虎发脾气,跳起来,吼起来,声音也蛮吓人,让人不敢靠近。再怂的老虎毕竟还是老虎,杀气不减。动物园靠这头老虎赚了不少钱,名气也出去了。老虎在动物园门口守了十几年,被一批又一批的小学生写进作文里,成了海城人民共同的记忆,自然也成了海城最出名的活物。

  张大力小时候看的是这头老虎,先后把它写进《记一次有意义的春游》《我最喜欢的公园》《小老虎和它的妈妈》等文章。那会儿,他的理想是成为驯兽师,不光驯老虎,还要驯狮子和大象。理想破灭得很快,初中阶段他的理想改成了工程师。再后来,他的理想先后是考大学,考公务员。时至今日,他不爱谈理想,这他妈操蛋的玩意儿,有什么好谈的,还不如好好上个班,做个饭。他结婚了,生了个儿子,取名张爱球。为了这名字,胡丽芬和他吵了一架,说取什么名字不好,取个爱球,以后他还不得被同学笑死。胡丽芬是东北人,人高马大,浑身上下一身腱子肉。张大力摸着胡丽芬的乳房像是捏自己大腿,结实倒是结实,也够大,这东西他妈不应该是软软乎乎、细细嫩嫩的吗?和胡丽芬谈恋爱那会儿,亲嘴、上床都是胡丽芬主动,他像个处男,不懂事的样子。等结了婚,家里事情里里外外都是胡丽芬做主,他倒是省心了,家务活儿却免不了,带孩子做饭,一样不落。闲来没事,他看球,篮球、足球、羽毛球,只要是带球的,没他不看的。他看球,不打球。胡丽芬嘲笑他,你这是太监爱好,光说不练有个屁用?张大力懒得争,他说,你整天想着挣钱,也没见你挣钱回来。胡丽芬说,你懂个屁,就没见过你这样不上进的货。等生了张爱球,胡丽芬想给他取名张耀威,说这名字霸气,一看就是能成大事的。张大力不同意,他说,儿子随我姓,名字得我取。胡丽芬说,他还是我生的呢。张大力说,那我不管,反正名字得我取。张大力想好了名字,告诉胡丽芬。胡丽芬指着张大力鼻子骂,我就知道你取不出什么好名字,爱球,还爱个鸡巴呢!张大力说,你不懂,鲁冠球不也带了个球?胡丽芬气笑了说,你强词夺理。张大力说,别的事依你,名字必须听我的。从张爱球出生,到拿出生证,其间大半个月,为了名字,张大力和胡丽芬吵了几次架。换成别的事情,张大力早妥协了,省得麻烦。这次,张大力不退不让,胡丽芬见张大力丝毫没有妥协的意思,大概想到平时欺负张大力欺负得过分了,有些于心不忍,松了口勉强说,好吧好吧,依你,爱球就爱球,以后他要是问起来,就说这名字是你取的,别往我身上赖。张大力说,行,我负责。

等张爱球大点,张大力带他去公园。公园还是那个公园,动物园也还是那个动物园。不同的是,公园里的树木更茂盛了,长得更高了,动物园里的动物换了不知道几拨。张爱球刚会走那会儿,还不知道要去动物园,张大力和胡丽芬用车推着他在公园散步。湖里的荷花开了一次,又谢了一次,张爱球大了一岁。张大力在单位还是个普通科员,和结婚前一模一样。用胡丽芬的话说,婚都结了,孩子都会走了,你还在原地踏步,一点进步都没有。张大力说,我是没有进步,也没觉得有什么不好,你要是后悔,还来得及。胡丽芬说,我当初瞎了眼,怎么会看上你。张大力不紧不慢地说,好像不是我求你的。胡丽芬看上他,原因不说,张大力清楚。他是本地人,家里有房有铺面,有工作单位,旱涝保收。至于胡丽芬,高中毕业从东北一个凋落的工业城市来到南方,孤身一人,吃了不少苦头。她长得一般,家庭条件一般,自身素质也一般。总之,方方面面都一般,能找到张大力算是不错了。和胡丽芬结婚前,张大力问过胡丽芬家里的情况,胡丽芬支支吾吾的。张大力没往心里去,那时候他想得简单,又不是和她家人结婚,管它呢。再说了,隔了几千公里,有什么事儿也顾不上。领了结婚证,张大力随胡丽芬回东北。娶了人家女儿,不去看一眼,道理上说不过去。临行之前,胡丽芬第一次表现得怯生生的,她对张大力说,东北和南方不一样,习惯和气候都不同,怕你不适应。张大力说,又不是常住,没事。尽管胡丽芬给他打了底,张大力还是没想到会那么糟糕。整个城市像是浸在废气中,天空乌蒙蒙的,高大的烟囱一刻不停地冒着黑烟,街道上到处都是煤灰。低矮的平房一排一排地摆过去,单调乏味。进到胡丽芬家里,张大力顿感自己胖了,房间太窄,转身都困难。吃饭时,岳父在客厅支了张小桌子,小桌子上摆了六个菜,饭碗都没地方放。坐的小板凳只有两个巴掌大,又矮又小,蜷曲的大腿压迫着肚子,吃饭得梗着脖子,鸭子似的。岳父给他倒了酒,喝了两杯,絮絮叨叨地讲城市光荣史。讲完又骂道,现在的领导太傻逼了,好好一个城市,硬生生被他们搞坏了。以前我们这儿是全国著名的钢铁城市,现在倒好,满大街下岗工人。岳父和岳母是其中两个。在东北的那几天是胡丽芬对张大力最好的几天,她乖,听话。晚上,听凭他在小床上用力地搞。

回到海城,摆完喜酒,生完孩子,胡丽芬牛逼起来,完全不把张大力看在眼里。带张爱球逛公园,胡丽芬找到机会就损张大力两句。张大力无所谓,当没听到,他眼里只有张爱球。张爱球第一次去动物园是张大力带他去的,他逗张爱球说,儿子,我们去看大老虎好不好?张爱球说,大老虎。张大力说,巧虎里面的大老虎,很可爱哦。张爱球说,我要看巧虎。张大力抱着张爱球去买票,胡丽芬讽刺道,没本事赚钱,花钱倒是挺有办法的。张大力说,儿子看看老虎怎么了?这么大的孩子,没看过老虎的,全海城就剩下张爱球了吧?胡丽芬没吭声。结婚几年,胡丽芬烦人归烦人,却省,日子过得近乎抠门儿。在张大力看来,没什么必要,他们家不穷,不是花不起这几个钱。胡丽芬是穷怕了。

站在售票窗口,张大力说,两张。胡丽芬说,你带爱球去吧,我不去了,走累了,我在外面等你们。售票员问,到底一张还是两张。胡丽芬说,一张。说完,从钱包里掏出十块钱。

　　站在笼子边上,老虎趴在远处角落睡觉,张大力突然觉得索然无味。他小时候看的是这头老虎。现在,他带着儿子来看这头老虎。老虎老了,他结婚生子。老虎十几年生活在这几十个平方里,他呢,似乎也差不多。儿子指着笼中虎说,老虎,老虎。张大力凑合着说,大老虎,喜不喜欢大老虎？儿子拍着手,想喊老虎站起来,老虎还是趴着一动不动。看了一会儿,张大力对儿子说,我们去看孔雀吧,花孔雀。逛了百鸟园,又逛了海洋馆,儿子累了。张大力抱着儿子,从里面出来。走到笼子边上,张大力看到老虎起来了,正在笼子里踱步,它的样子看起来很不耐烦。张大力走到动物园门口,背后传来老虎低沉压抑的吼叫,张大力一愣。它叫了。出了动物园,张大力对胡丽芬说,你听到老虎叫了没？胡丽芬说,叫了？张大力说,叫了,我刚才听见了。胡丽芬看了一下手机说,我没听到。

　　看过老虎,再来公园,不用张大力提醒,张爱球指着动物园门口说,老虎,我要看老虎。胡丽芬心疼钱,对儿子说,上次刚看过,今天不看了,我们去别的地方玩儿。张爱球哭,闹。胡丽芬没办法,还得去买票。每次回来,胡丽芬都会怪张大力,现在好了,说是逛公园,每次来都是看老虎。这个破老虎有什么看的,还十块钱。话是这么说,隔几个礼拜,还得来。海城就这么块宝贝地方,去别的地方更费钱。几年下来,看老虎的费用从十块到二十块,门票没涨,是张爱球长高了,要买票了。这成了胡丽芬一块心病,不去公园吧,没什么地方可去。去吧,白白花二十块钱。道理她明白,去别的地方更花钱,可每次花二十块钱看老虎,她觉得亏了,这他妈算什么事儿。她对老虎深恶痛绝,好像老虎抢了她的钱。张大力无所谓,去哪儿都是花钱,相比较逛商场,他更愿意看老虎。陪儿子看完老虎,儿子会陪他喂孔雀。两个人买两包鸟粮,一人一包,各喂各的。动物园人少,百鸟园人更少,他们父子俩一高一低,十几只孔雀围着他们,没胡丽芬在身边唠叨,舒服得很。张大力还能抽根烟,发会儿呆。孔雀,美丽的孔雀,有的孔雀站在树梢上,拖着长长的尾巴。

和在家里一样,张大力在单位也是闷声不响,他不爱说话,不擅交际,吹拍逢迎更是一窍不通。好在他是本地人,虽说海城外来人口多,本地人在社会上还是占了上风。单位里外地人和本地人斗得厉害,张大力两边不靠,升迁自然无望,倒也落了个自在。都把张大力看成没有威胁的人,说什么话,做什么事,也不避着他。办公室是开放型的办公室,分成一个个小格子,每个人埋头在自己的格子间里,做了什么没人知道。张大力工作清闲,一个月的工作,认真做的话,一个礼拜做完绰绰有余。时间多,也不好拿着书看,玩游戏又太显眼,张大力刷新闻,看小说,这个没人管。几大门户网站,各个版块张大力烂熟于心,他想,如果他去做互联网内容设计应该问题不大,他在上面花的时间太多了,各种风格都研究透了。办公室平时寂静无声,偶尔有人来,稍稍有点响动。等人走了,又是一片寂静。同事们坐在办公桌后面想什么,张大力不知道,他也懒得知道,这和他没什么关系。

那天,张大力正埋头看新闻,他看的是网易,主要看评论。网易评论是张大力最喜欢的内容,那里都他妈的人才啊。他看得正来劲,突然听到同事叫了声,我操!张大力吓了一跳,从电脑前抬起头来。只见一个同事拿着手机说,我操,太猛了。张大力皱了一下眉。另外一个同事说,什么事情?大惊小怪的。同事说,我发给你,我操,太猛了。过了一分钟,另一人也叫了起来,我操,不会吧,真的假的?张大力忍不住问了句,什么大新闻?这么激动。同事说,有人把老虎杀了。张大力说,你说的是武松吧。同事说,鬼扯,武松个毛,动物园的那头老虎被人杀了,就公园里那头。张大力说,不会吧。同事说,什么不会,我发给你,有图有真相。张大力拿起手机,同事发了一个链接给他,点开一看,果然是那头老虎,他太熟悉了。不说化成灰都认识,换几个角度肯定不会认错。图片上老虎躺在笼子里,龇着牙,满地的血,死不瞑目的样子。新闻说,老虎应该是昨天晚上被杀死的,行凶者用的是弩。张大力想了想老虎被杀死的场景,它中箭,在笼子里跳跃、吼叫,但是没有用,又一支箭射到它身上。它终于没有了力气,血流干了,它死了。它可能没想到自己会是这个死法,张大力也没有想到。他以为它会在哪一天中午,晒着太阳,慢慢闭上眼睛,再也睁不开,死得安详而有尊严。它是百兽之王啊,怎么能死得这么窝囊。

回到家,张大力对胡丽芬说,你听说了没？胡丽芬问,听说什么了？张大力说,老虎被人杀了。胡丽芬说,听说了,朋友圈都快刷疯了,满屏满屏的全是老虎。张大力说,你说谁这么神经病,老虎好好的,又没招惹谁。胡丽芬说,我看死了好。张大力说,你还真是没心没肺,毕竟是条命。要是换成人类的年龄,怕是七八十了吧,还没落个善终。胡丽芬不屑地说,我看它是享福享够了,一辈子啥事儿没干,有吃有喝的,还有人伺候着。我要是有那个命,死了也情愿。张大力说,你去坐个牢,吃喝国家养着。胡丽芬说,狗屁,那能一样嘛。张大力说,这老虎可不就坐了一辈子牢。胡丽芬说,我懒得和你扯,做饭去。张大力提着菜去厨房,他多炒了两个菜,烧了他喜欢的啤酒鸭。菜上桌,张大力倒了杯酒,白的,二三两的样子。胡丽芬一边夹菜一边说,今天不喝啤酒了？张大力说,想喝点白的。喝完一杯,张大力又倒了一杯。胡丽芬说,今天兴致很高啊,别喝多了。张大力说,没事,不到半斤。吃完饭,张大力往沙发上一躺,打开电视,看海城新闻。和他预料的一样,海城新闻播放了老虎被杀的消息,时长接近一分钟,欢迎广大市民提供线索,争取早日破案。张大力又看到了老虎,它被抬走了。临到睡前,张大力对胡丽芬说,你说,什么样的人会去杀老虎？胡丽芬说,你神经病啊,没完没了的,又不是杀了你爹。张大力说,你就一点都不好奇？胡丽芬说,不好奇,杀了就杀了嘛,又不是杀了人。张大力说,杀虎的人要是被抓住了会不会判刑？胡丽芬说,那肯定的,老虎是保护动物,估计还判得不轻。张大力说,好好一头老虎,就这么死了。

刺虎案牵动了海城市民的心,这是一头有故事、有记忆的老虎,它可是海城的大明星。海城两百多万人,有几个人不知道这头老虎？怕是寥寥无几。办公室里同事的话多了起来，谈的全都是老虎，猜测作案者的动机。杀人，要有个理由。杀虎，总不能是无缘无故的吧。至于作案，大家一致认为不难，公园管理松弛，不说晚上，白天也没几个人。进动物园容易，搞掉监控同样没什么难度。老虎关在笼子里，杀死它从理论上讲，难度不大。张大力想，老虎中箭后肯定会叫，他听过老虎吼叫，杀气腾腾的。如果它往笼子上扑，那还是蛮吓人的，一般人得吓得腿软。老虎挨了四箭，两箭在脖子上，另外两箭在前胸，都是要命的位置。由此可见，行凶者非常镇定，每一箭都不是乱发。这些张大力其实不太关心，他想知道行凶者为什么要杀虎？如果是冲着虎骨、虎肉、虎皮去的，杀虎之后，应该把它运走才对，要做到这点不难。他没有。在刺虎案上，公安机关和市民关注点略有不同，公安机关关心的是破案，市民关心的是他为什么要杀虎，动机是什么？老虎在笼子里待了十几年，它能干什么坏事，能得罪什么人？真是让人想不通。同事说，这他妈肯定是个变态。

　　到了周末，张大力对胡丽芬说，我们去逛公园吧。胡丽芬说，上个礼拜刚去过，去别的地方吧。张大力说，还是去公园吧，我想去看看。胡丽芬想了想说，也行。进了公园，走了几百米，到了动物园门口。张爱球说，爸爸，我要看老虎。胡丽芬笑了起来说，老虎死了，没得看了。张爱球说，我不信，你骗我。胡丽芬说，真死了，有人把老虎杀了，不信你问你爸。张爱球望着张大力，张大力说，你妈说得对，老虎被人杀了。张爱球还是不相信的样子，胡丽芬指着售票窗口说，不信你去问售票员。张爱球信了，他不高兴。张大力停住脚步，对胡丽芬说，你带儿子玩吧，我想去动物园逛逛。胡丽芬说，有毛病。张大力说，就当我有吧。张大力买了票，进了动物园，他走到笼子边上，笼子空了，地上还有淡淡的紫黑色血迹。他仔细看了看四周，笼子上还有擦痕和血斑。张大力脑子里闪出一个画面，老虎中箭后，在笼子里绝望地跳跃、吼叫。它可是到了人类七八十岁的年纪，却只能眼睁睁看着自己被人杀死。张大力在老虎笼子边上抽了根烟。抽完，他又从烟盒里拿出三根烟，点燃，摆在笼子边上的石头上。他又去了百鸟园,买了两包鸟粮,十几只孔雀围着他,啄食地上的鸟粮。旁边十几米处,一只孔雀正在开屏,发出"咯咯咯"的叫声,慢慢挪动着身体,看起来有些费力,又很得意。撒完鸟粮,张大力出了动物园,那些狗屎般的海洋动物他一点兴趣都没有,还没有酒店养的个儿大呢。在动物园门口坐了一会儿,胡丽芬带着张爱球回来了。胡丽芬揶揄道,心里踏实了?张大力说,踏实了。胡丽芬说,有毛病。张大力说,谁还能没点毛病。

  到底是谁杀了老虎,这个问题在张大力脑子里盘旋了大半个月。他想象了很多种可能,甚至想象过行凶者的样子。人高马大,满脸的络腮胡子,目露凶光,像电影里的屠夫。答案揭晓那天,张大力有些失望,他没想到是这样的。还是在朋友圈,他看到了一条信息"震惊,杀虎者原来是他!"——大半个月来,刺虎话题在本地媒体圈持续发酵,还有不少人写了分析文章,从公园的管理谈到动物权益,从刺虎者心态谈到生命权。张大力看得有些烦,这些狗屎文章到底有什么意义?他只需要一个答案,凶手到底是谁,为什么要杀了老虎?他看着手机上那张照片,怀疑公安机关是不是搞错了。那是一个面色苍白的中年人,四十五六岁,头发稀稀落落地顶在头上,低眉顺眼,一副懦弱无能的样子。张大力不相信他能杀了老虎。视频里有对凶手家人、同事的采访。记者问凶手的妻子,你知道你丈夫为什么要杀老虎吗?女人一脸茫然地说,我怎么知道,我要是知道能让他去?记者问,他在生活中有没有暴力倾向?女人回答,没有,他平时连杀鸡都不敢,看电影看到杀人吓得捂眼睛。记者说,他杀了老虎,这种事情一般人做不出来。女人说,我不相信,我不相信他敢杀老虎。记者又问,你们经常去动物园吗?女人说,孩子小的时候经常去,你知道,小孩子都喜欢看老虎。自从孩子上了初中,我们好像没去过动物园。记者说,你们以前去动物园,你丈夫有没有什么反常行为?女人努力地想了想说,这么多年了,记得不是太清楚,也没什么反常。看老虎就看老虎,趴在笼子外面看,还能怎么样?不光是凶手妻子,他的同事也纷纷证实,凶手平时为人非常和气,胆小怕事,从来不和人争吵。说他杀了老虎，实在让人难以置信。有人甚至反问记者，会不会是公安局搞错了？张大力看了凶手的资料，机关职员，副科级，无犯罪前科，无不良记录，这种人大街上一抓一把，一点也不显山露水。

　　张大力的好奇心被勾了起来，他想知道凶手为什么要杀死老虎。他想方设法找到了给凶手做讯问笔录的警察，约了一起喝酒。酒喝到恰到好处，张大力借机说起了刺虎案。他说，案子是破了，感觉还是古怪得很。警察问，哪儿古怪了？张大力说，刺虎总得有个原因吧？无缘无故的，有点说不过去。警察笑了起来说，要说这个，确实有点古怪。不过有一点可以肯定，案子绝对是他做的。他从哪里买的弩，什么时候作案，怎么处理作案工具，整个证据链非常清晰，不可能冤了他。张大力说，案子是他做的，这个我信，但是为什么？你做讯问笔录没问这个问题？警察说，怎么可能没问。张大力说，他怎么说？警察说，他说，没什么原因，就是想把它杀了。张大力说，就这样？警察说，就这样，怎么问，都是这句话。张大力说，那你们没深入追查？警察说，我们要做的是把行为证据查实，至于动机这种说不清白的东西不是重点，它主要在侦破过程中起作用。分析作案动机，有利于破案，不是说破了案子，再去查证作案动机。张大力说，我觉得事情没那么单纯。警察说，我也想过。案子破了之后，我看了一些其他资料，还有媒体报道。我猜测，这人是个极度自卑的人，但他心里可能有强烈的破坏欲、表现欲，他一直处于压抑的状态。他做这件事，也许是想引起关注，以此证明他不是别人以为的那么没用。张大力问，你没问他？警察说，问了，他不承认。再说了，这是心理分析，和案子没有太大关系。

　　开庭审理那天，张大力找了法院的朋友，又找了媒体的朋友，他戴着媒体的工作证混进了庭审现场。对张大力的好奇，胡丽芬嗤之以鼻。她说，有人杀了你爹，你怕是也不会这么上心。张大力说，你懂个屁。胡丽芬说，我不懂，你最懂个屁了。凶手被带上法庭时，张大力盯着凶手死死地看。和照片上一样，他瘦，弱不禁风的样子，身高不过一米七。如果不是在法庭上，而是在酒桌上，凶手告诉他，他杀了一头老虎，他肯定以为他在吹牛。这么个货,怎么可能杀死一头老虎。

案情陈述和媒体报道大同小异。某天夜晚,凶手带着弩进了公园。在此之前,他多次踩点,将公园的监控位置摸得一清二楚。来到老虎笼边,他坐下来抽了两根烟。射第一箭时,他有点害怕,老虎叫声很大,他怕被人发现了。射出第二箭,老虎的吼声低了下来,一阵阵地喘气。他说,其实他想多了,即使老虎叫声再大,也不会有人来。深夜的公园,鬼影子都见不到一个,老虎叫得这么凶,谁还敢来。射完四箭,他站在笼子外面看着老虎流血,抽搐,直到确认老虎死了,他才离开。

法官问,你为什么要杀老虎?

张大力望着凶手,他看到一道柔和的光从凶手眼里飘过,他原本弯着的腰挺了起来。他说,没什么原因。

法官又问,那你怎么想的?

张大力以为凶手还是不会说什么。没想到凶手望着法官,缓缓吐出几个字,它老了,很可怜。

媒体席一阵躁动。

法官问,怎么讲?

凶手说,一头老虎,关在笼子里几十年,死也要死在笼子里,太可怜了。

法官问,就因为这,你要杀了它?

凶手说,我不是杀了它,是我解救了它,它获得了自由。

凶手被带下法庭时,张大力注视着对方的眼睛,他没有看到恐惧,没有看到悲伤,也没有喜悦和幸福。那个人如此平静,像深不见底的一潭水。

和破案前的热闹相比,真相让海城人民失望,这算什么事嘛,一点都不刺激。他们想象了几百种可能,独独没想到这个,实在太无聊了。

为了安抚海城人民受伤的心灵,公园又买了两头老虎。据新闻报道,这两头老虎是体型最大的东北虎,虽然目前还是儿童期,但它们终究会长大,长成世界上最大的老虎。

再去公园,胡丽芬说,去动物园看看吧,虽然我是东北人,我还没见过东北虎呢,何况还是两头。张爱球想去。张大力说,我不去了,你带儿子去吧。胡丽芬说,你这人有毛病。以前一头破老虎,老得爬都爬不动了,你倒看得津津有味,这会儿有两头东北虎,你倒不去了。张大力说,老虎不就是那个样子,有什么好看的。胡丽芬说,你爱去不去。她带张爱球去买票,张大力坐在门口的榕树下点了根烟。

  他想念被杀的那头老虎。有些事情,胡丽芬不知道,要是知道了,怕是会发疯。以前,张大力经常借口单位要值班,趁着月夜翻墙爬进动物园,他怀里揣了三斤牛肉。三斤牛肉几十块钱,胡丽芬舍不得买。张爱球要吃,也只买个半斤八两,凑着辣椒炒上一盘。张大力每次偷偷去动物园,一买三斤,够张爱球吃上几顿了。进了动物园,张大力坐在老虎笼子边上,将牛肉切成三块,一块一块扔进笼子里。老虎像猫一样踱过来,脚下悄无声息,它咬起一块肉,吞下。又咬起一块,吞下。老年的老虎,吃肉也力不从心了。它望着张大力,月光下,它眼里的光由明亮转为暗淡。张大力永远记得老虎眼里的光,黄绿色,非常迷人。老瘦的老虎趴在笼子边上,像一只温顺的大猫。有好几次,恍惚间,他觉得他其实就是笼中的那头老虎。

(原载《青年文学》第9期)

别忘了你是谁的孩子

阿　宁

端午节那天她打来电话,眼前便闪出一张粽子脸,下巴尖尖的,两只眼睛分得有些开,这路眼睛往往有些愚拙,她却异常精明。声音也像粽子,甜、软、糯,她的声音迷倒过老板,公司里人不喜欢她,她太精了。

她说:好长时间见不着你,想你。我说:也想你。嘴里应付着,心里又想起粽子。她说:咱们见一面吧,我请你吃饭。我知道她有事,说:不用。她说:我一定得请你,有好些话想跟你说。

约了时间、地点,带好了钱。真心不打算让她请,一个人如果谁都不想欠她的情,人品就可想而知了。

约的地点是刚刚建成的一座大厦,本市最高建筑,楼顶的旋转餐厅仿照上海东方明珠。餐厅里的侍者一律是长腿妹子,着中式旗袍,胸垫得很高,腰束得极细,满眼都是风景。从这里眺望整个市区,很像大城市。不由让人想起人生呀、历史呀什么的!

她还没来。她穿着曾经跟这些妹子差不多,我指的是时尚。眉精心修过,细细的,轻轻扬起来。眼影不太重,肯定涂过,不然眼睛不会那么亮。还有她的腰,明明是刚刚生过孩子的,显然束紧了,带着狠劲儿,带着要强。她每天挺着胸上班,男同事忍不住多看几眼,对老板的恨便增加了。

现在她显然泄了劲,急匆匆赶来,用一块手帕冲着脸扇风。脸上没有化妆,或者说只是匆匆抹了两下。看一个女人要不要强就看她化的妆,要强的女人化妆不肯凑合。

她先道歉,说外面堵车。我在想她是不是故意,她得意时别人请她,她从来都要晚到一会儿,然后道歉。现在她不会这样了吧?

一见面就说孩子的事。我以前在教育界,爱人至今还是个校长。她说:我想跟你说说佳佳的事。我松了口气。说孩子的事好办,说她自己的事我肯定帮不上。一段时间,公司里人叫她二老板,因为她跟老板关系不一般。

那时,她说了话比几个副总都管用,都说她要提拔为副总,报上去了,就是批不下来。我们是国企,提拔要报发改委,还要报组织部门,每次上报,后面都跟着一批告状材料。一度老板想让她当新加坡公司的副总,上面也没有批。孩子的事不会这么麻烦吧?

我说:对孩子,不能要求太高。让他们像树一样自然生长。

她说:我不想让孩子输在起跑线上。佳佳是个优秀孩子,品学兼优。我听着不舒服。想一想所有母亲都这么想,鸡皮疙瘩便退了下去。

我说:是,你孩子一定优秀,小时候我还抱过她呢!

她说:我不能让她走我的老路,一定要做个优秀的人,鹤就是鹤,鸡就是鸡。

我打断她:有什么问题吗?我指的是孩子。

她说:有问题,问题不小。有些问题不处理在萌芽,以后就麻烦了。接下来的叙述有些零乱,一会儿是事件,一会儿是感受,我终于听明白了,是班里选班长,孩子也报了名,她对孩子寄予了很大希望。

结果呢?

她说:我要跟你说的就是这个,老师不公平,这叫什么民主选举。她说着竟然流了泪,她拭着泪说:你看,我现在太脆弱了,佳佳只差三票。你知道这三票怎么回事吗?那个孩子在班里拉票,放了学,他请班里同学吃KFC,把半个班请去了。要不是他搞小动作,佳佳能领先二十多票,这叫什么民主选举。

我笑了,这些孩子。

她说:你别笑,他们还没走上社会,刚上小学,我们给孩子上的民主第一课,就是这个样子,怎么是小事。

我收了笑,以示对她的尊重,心里却不以为然:不就是小孩子选个班长吗?有什么大不了的。

她说:我不甘心,我不能让孩子受这种打击。这些天我观察孩子,她不爱说话了。以前回到家就喊,妈妈,我回来了。现在回来静悄悄的。以前她的脸蛋儿是红润的,你知道吧,就是孩子的红润,像苹果一样,现在脸色发黄、发锈。她走路总是贴着墙,躲着别人。实在躲不开,就冲人笑一笑,笑得也不自然。

我的心跟着揪起来,这就是妈妈,一个妈妈的观察多细,不是用眼睛看的,是用心体察。我想起董事长刚退下来时,她就是这么躲着别人,实在躲不开了,就笑一笑,那时她见了我,也是这个样子。我很想宽慰她,还不等开口,她就把话岔到了别处。她连同情的机会也不肯留给别人。

那时她跟我说,她生活多么如意,多么丰富,她在练瑜伽,每周三次,周末还和爱人一起游泳。她在为突然的消瘦做出解释,说她瘦了,却更健康了。

我把同情掖起来,表达着对她当下生活的羡慕。我知道,董事长一退,她的事就算彻底告吹了,没人会重用前任的情人。有一次我去董事长办公室,敲了门,半天才开,看到她在里面,眼睛红红的,分明是刚刚哭过。看到我进来,她退了出去。

董事长解释:来跟我说她提拔的事。

我说:咱们公司有人太能告状了。

董事长愤愤地说:提拔谁都告,干脆一个也不提就没人告了。

我说了很多话以响应董事长的怨愤,事后想起来有些无地自容,不过请相信,面对老板谁都虚伪,特别是面对有问题的老板。你能告诉他,让一个漂亮女人当董事长秘书是失策吗?现在,连私企老板身边都不用美女了。你能告诉他这女人很会弄权,下面不知道她传达的是老板指示,还是她自己的意见吗?你能告诉他,人们把对这女人的愤怒,都归到了老板身上吗?

不能。不光不能,还得告诉他,这女人在公司有威信,能力强,工作起来兢兢业业,奋不顾身。我不明白,人们恨一个女人为什么远远超过恨她的主人,杨贵妃是千古罪人,唐玄宗却是风流一帝。

那时候她脸色红润,见人就笑。她声音很好听,像粽子,甜甜的、软软的、糯糯的。人们也愿意跟她说话,虽然背过身都在议论她,当面却表达着欣赏和好感。谁都希望她把好感带到董事长那里去。

现在她坐在我对面,说着说着就哭了。董事长退休,已经是几年以前的事了,她的伤痛该已平复下去,是孩子的事勾起了她的伤感。她说,她想请孩子的班主任吃饭,跟老师说说这事。

那个班主任我不认识,不过认识校长。为这么点儿事找校长似乎小题大做了,不找校长,我显然请不出来。现在的班主任牛得很,什么样的家长没见过。

再说,这事真那么重要吗?回想我小时候也争过班长,争没争上我已经忘了,后来同学聚会,早忘了谁是班长。我把这个道理讲给她,告诉她不必争这些。

她说:不是,我在乎的不是班长,是孩子受了伤害。佳佳比那个孩子优秀,为什么少了三票?为什么他把半个班的孩子请出去吃饭?

我只好答应了她。

我疑心痛苦一直在她心头,孩子的事勾起了她的记忆,一些事永远忘不了,只是被掩盖了,轻轻投一块石头,就可以让涟漪泛起。我极力把话题引向别处,说这个大厦的气派,说从这里鸟瞰全市的感受。

我问她现在忙什么,公司里很少看到她,办公室主任和董事长秘书早不当了,改成了调研处处长,她很少上班,现任领导照顾她,让她在外面调研。她跟前任董事长也不来往,一个退了的领导,已经帮不上她,就像一块石头,自然是要抛开的。

她说她在研究教育,看了许多书,都是关于成才的。

我听出来,这是无所事事,瑜伽早不做了,从身材就能看得出来,游泳恐怕也很少,她说没有时间。她爱人现在特别忙,她要照顾他。

　　一度我担心过,她跟董事长的关系会不会影响她的家庭,她丈夫我见过,一个很有气质的小伙子,一所大学的数学教师,讲《概率论》,据说学问做得不错。他研究过老板和秘书发生关系的概率吗?

　　在她遭受打击的日子里,常常看见他们夫妻结伴散步,我为她庆幸,她是个明白人,找了个好小伙子,一个拥有稳定家庭的人,生活坏不到哪里去。现在她在抓孩子。我答应了她,请她放心,你的孩子就是我的孩子,我们分手时她双手合十,看得出来,她是真心感谢我。

　　我找到了小学校长。我在教育局工作时,校长是教育局团委副书记,一度传言让我到下面当校长,领导最后选了他,我释然。我不喜欢有压力的生活。我从教育系统调到这家公司,是一个机缘,跟这件事没有关系。校长对我登门拜访感到意外,热情地说:只要能办的事,我一定遵命。

　　我说了佳佳的事,想请班主任吃饭。校长说:吃饭就算了,我干预一下。说着给那个班主任打电话,让她来一趟校长室。

　　我有些尴尬,好像我来告了班主任的状。果然,班主任听到是佳佳的事,眼睛里满是戒备。她盯了我一眼,问我是佳佳什么人,我说:孩子的妈妈是我的同事。班主任说:你这个同事有问题,她找了我十几次,为班里一件选举的事,这么反复找有意思吗?

　　我说:孩子的家长可能了解到一些情况,跟您汇报一下。吃顿饭的事,你吃了饭,她说了话,也许就什么事都没有了。校长也说:吃个饭不算什么,我陪你去。班主任冲动地说:要吃,你去吃,我不去!班主任的脸涨得通红,校长尴尬在那里。

　　她走后,校长跟我打保票,说:你先回去,我跟班主任再谈谈,吃个饭算什么,这个老师是优秀班主任,是我的骨干,她一定听我的。

校长显然高估了自己,班主任的执拗令人意外,她对家长有了成见,坚持不吃饭,只答应跟家长再谈一次。

我特意陪她去了学校,校长把谈话安排在小会议室,以示对我尊重。他再三向班主任介绍,说我是教育界的老资格,家中两代人都搞教育,父亲是省政协委员,等等。校长的话起了作用,班主任谨慎、客气。

她也很客气,少有的谦逊,语速比平时慢,声音低而沙哑。她说班主任很优秀,有责任心,当初我们选这个班选对了,这是尖子班。班主任有些不安,眼神充满了戒备。果然,一说到班里选举的事,她语速加快了,再三说佳佳如何优秀,班主任不冷不热地说:母亲都觉得自己孩子优秀,不少人愿意以孩子优秀证明自己优秀。她顿了一下,说:也许吧!我对孩子很满意,不过这也是事实,佳佳在班里学习拔尖。

班主任客气地打断她,说当选的孩子在班里同样优秀,数学、外语成绩更好,教育局禁止搞大排名,要是排名,他是全年级第一。

老师的话显然让她意外,眼睛里闪出几分怀疑,班主任回到教研室,拿来了几次考试的成绩单,她看了不再说话。我接过来看,那个孩子每次都是第一,佳佳的成绩在四五名左右。这比选班长还打击她。在我看来,第一名和第四名没多大差别,都是前十名的好学生,她不行,她要的是最优秀,她盯着成绩单脸上一阵红一阵白,接下来她有些不能控制,就像在公司里没有得到提拔,气急败坏,觉得每个人都在跟她作对。

她说:佳佳学习成绩是不如那个同学,但为班里做了不少工作。哪怕耽误了学习,我也认为值得。我不认为学习成绩最重要,重要的是培养孩子的能力,鼓励孩子竞争班长,就是让她从小锻炼自己。

班主任说:锻炼当然好,不一定都得当班长。小学就争班长,大了怎么样?是不是都要当市长?那么多老百姓不也活得挺好?

她说:你怎么这么说话?孩子要求进步有什么错,不是提倡竞争吗?

班主任说:竞争就有成功与失败,不可能都是成功,让孩子学会接受失败,和争取成功一样重要。

她说:我不那么想,我们这一代人就这样了,孩子不应该。失败也看什么样的失败,如果是公平竞争,当然我们接受。不公平的竞争,让孩子怎么接受,那个孩子把半个班请出去吃饭,这不是贿选吗?!

班主任眯着眼睛,显然在压抑着情绪,我看见校长一直冲班主任使眼色,正在冲动中的她没有注意到这些,还在说着不公、委屈。

直到她说完了,班主任才告诉她:请班里孩子吃饭的事,你以前反映过,我调查了,是你的孩子先请班里同学吃饭,分三次,请了二十几个孩子,她还给班里每个孩子赠送礼物,如果说风气不正,同学们倒是对刘佳有意见,说刘佳带了坏头。

她好像被人抽了一耳光,脸唰地苍白了,她看着我,眼神中似哀诉,又似乞求,希望我支援她。我不知如何反应。她快速把眼神移开,脸色这时才慢慢红上来,涨成酱紫色。校长突然插话,让班主任先回去把班里秩序整顿一下。校长说无论是谁,贿选都不对,既然发生了贿选,原来的选举就不应作数,要重新选。校长这么说是给我面子,却在我意料之外。

班主任走时没有道别,气冲冲的。我看着她。她冷静下来,眼前的结局她不愿意看到,毕竟孩子还在班里学习。我对校长表示感谢,她低着头不说话,显然受了打击。校长主动跟她握手告别,说:欢迎对我校工作多提宝贵意见。在我看来,这是屁话。不过校长给了我人情,我也得找机会还他人情。这是人情社会,佳佳就是请过他们班的同学,也不能算错。大人传递给她的就是这些。

我们离开了学校,一路上她不说话,低着头沉思。我看了看表,快到放学时间了,我说:你接孩子吧,我先回去。

她说:我得问问孩子,到底怎么回事。

我们正要分手,忽然看见孩子站在马路边。她跑过去问:怎么回事,你怎么一个人在这里?不是跟你说过,不让你到处乱跑吗?

　　我也走过去,毕竟孩子独自在马路上,挺让人担心的。我还担心,是我们找到学校,使孩子处境更糟了。不远处有个冰吧,我说:别着急,咱们到那里休息一下。

　　我带着她们进入店里,里面是火车座,我点了冷饮,付款时她要抢,我拦住了,说:今天我请你们。

　　她问孩子:怎么这么早放学?

　　孩子说:班主任老师刚才气冲冲地说,自习课不上了,提前放学。本来自习课还要讲上次考试答案的。

　　她看了我一眼,说:这个老师不像话。

　　孩子说:老师不知道在哪里生了气,跟我们说完就走了,一边走,一边还擦眼泪。

　　我和她互相看了一眼,心里想:今天这一趟不太妙。本来想给孩子争一争,反而把事情办砸了。我没想到校长这么给面子,她也没想到班主任这么固执。

　　她问孩子:老师说,你给班里同学都送了礼物,还请他们吃过饭,有这回事吗?

　　佳佳说:不是你让我送的吗?

　　她的脸又成了酱紫色,也许她随口说过,早就忘了。我急忙说:给同学买礼物不算什么,同学之间本来就应该互相友爱。

　　她说:对呀,我让你给同学买礼物,是让你平时跟同学相处好,不是让你选举时给他们送。

　　佳佳说:你就是为选举,你说谁会白白投票,社会都是有代价的。

　　"啪"!她给了孩子一个耳光。耳光太响了,也太出乎意料,店里人都朝这边看,有些座位上的人还站起来,以为是两个大人打起来了。

　　孩子没有哭,眼泪在眼眶里打转。她没见过妈妈这样,这个妈妈让她陌生。

她就是这样,气急败坏时什么都干得出来,记得我到外面参加一个新技术推介会,回来差旅费她不给报销,她说这个会她不知道,她不知道的会就是不合理的会,就不能报销,我气得浑身哆嗦,想跟她吵,别人拉开了我,他们告诉我她提拔的事又告吹了,不知谁向上面反映了她,说她跟董事长关系不正常。正在火头上,谁找她都得碰壁。

当时我是那么厌恶她,现在我在帮她的忙,还要花一百多块钱请她和孩子吃冷饮,最糟糕的是,我得看着她朝无辜的孩子发泄。我把佳佳拉过来,紧紧拥在怀里,我抚摸着孩子被打的脸说:别怕,没事,没事。妈妈只是跟别人生了气。

孩子终于哭出了声,紧紧依偎着我。她也哭,眼泪不住地汹涌而下。她一定想起了自己的事,想自己多么无辜,多么委屈。她想不到公司里还有七八个等着提拔的中层干部,有比她资历老的,有比她工作出色的,由于上级部门对我们集团公司有了看法,她不提拔,别人也不提拔,就像打麻将一样,打了一圈儿谁都没有和,都白打了。

一个礼拜后她找到我,说那天的差旅费你拿过来吧。我说算了。她说:别计较我,我那天心情不好。她的道歉还算诚恳,我原谅了她,我就是这么个人,别人说我没心没肺,其实我心里都明白。从那以后她把我当成了朋友,我知道我们不是一路人,我是那种不愿意参与竞争,参与也能接受失败的人。

她不是。她把孩子从我怀里拉过来,说:对不起,妈妈不该打你,妈妈今天心情不好。这话怎么听着耳熟,原来她的心情既可以影响工作,也可以影响亲情。听说董事长离职那天,她把办公室好些文件烧了。公章她一直当宝贝似的拿着,交接时摔在了地上,接任的办公室主任从地上捡起来,把上面的土冲洗干净。她对权力曾经的渴望,一瞬间变成了蔑视。

孩子在哭。大人这么复杂的心态她怎么体察得到,她看着一个穷凶极恶的母亲变回到充满爱意的母亲,把身体投进母亲的怀里。

我想劝她,不知道从哪里说起。语言苍白无力,只好说"天凉好个秋"。其实不是秋,盛夏还没有完全到来,蝉还没有爬到最高处,自然也就无从歌唱成功。这些蝉不知道藏在哪块土里,正为蜕变痛苦,其中的焦虑只有土壤知道。我说:咱们回去吧,让孩子也好好休息,你也放松一下。

她朝我做了个手势,拳头紧握,在空中挥着,以示她的不屈不挠。我佩服她,她身上有股劲儿。公司里人不明白我为什么跟她走得近,她像个战士,不达目的誓不罢休,这股劲儿我没有。现在她要把这股劲转移到孩子身上,也算对她人生的补偿。她跟我一说我就明白了,我愿意帮助她。

分手后我又给校长打了电话,说了她的情况,也说了孩子的情况。校长答应做班主任的工作,让班主任理解家长的心情。她也是家长嘛,会理解的。校长口气轻松地说。实际结果是:班里打算重新选举,原来选为班长的那个孩子,坚决不再竞选。听说那个孩子的家长是K大经济系的老师,刚刚三十岁就成为了博导。他们自始至终没有出面,只是让孩子写了一张纸条,声明对班长一职没有兴趣。

佳佳也要退出竞选,她说:不行!我们不退!那个学生退,就是想让你也退。我们没有错,为什么要退。妈妈这一生,从来没有退缩,只是命不好。别忘了你是谁的孩子!妈妈希望你要强,希望你进步!

稳住孩子,她又来找我,说想到班主任家看看,我明白看看是什么意思。我说:没必要吧?

她说:有必要,不管孩子能不能选上,咱们都得跟班主任搞好关系。后面还有三年呢,对孩子的影响太大了,跟班主任搞不好关系,孩子心情不舒畅。

她的意思是,不是为选举而去。谁信呢?我信!她身上有种气场,假话说得自然、轻松,让人信以为真。我觉得我们前任董事长,就像我现在的状态,她说得那么诚恳,两只眼睛直直地望着你,眼睛里面清澈见底,没有一丝灰尘,里面满满的都是信任、期待。我是女性,一样禁不住她的信任,稀里糊涂地答应了她。

我带着她去了班主任家,地址是校长告诉我的,班主任看见我们有些意外,不太情愿地把我们让进屋里。里面不太宽敞,是那种老式的房子,三居室,比现在的二居室还小。屋里很乱,杂物到处都是,有没法下脚的感觉。班主任把沙发上的毛绒玩具、痒痒挠、中南海香烟一一拿开,我们两个并排坐下。班主任把椅子上的锅拿开,拉过来坐在我们对面。

班主任什么都没有说,只是听她说。那个孩子退出竞选的事,班主任不肯亲口证实,只是微笑。尽管笑容满面,一副亲切的样子,坐姿却是戒备的,表情也是拒绝亲近的。我感到有些不妙。

她开始向班主任倾诉,首先是道歉,说我们给班主任找了麻烦,母亲的心嘛,没有别的意思,就是盼着孩子健康成长。她又说了自己的经历,却把在公司的失败删去了。还说了对班主任的感谢、佩服,等等。她的话能打动我,也能打动老板,但对这个班主任显然不灵。

班主任不附和也不反驳,厨房里飘来煳味儿,班主任急匆匆跑过去关了火,回来接着听。电话响了,班主任接了电话,说:你们先照顾一下爸,我一会儿就过去。我看了她一眼,再待下去显然不合适。她还在说。我只好催她。她站起来,还在说着佳佳如何如何。班主任说:我明白你的意思!

这算承诺吗?可以理解为是,也可以理解为不是,全看拿来的东西肯不肯收下。班主任拉住我们,让我们把搬来的箱子、提兜都拿回去。那是一箱子鸡蛋,两瓶刘伶醉酒,两箱蒙牛特仑苏。

她说:也没什么,是给老人买的。

班主任说:你也有老人,你来看我老人,我就应该也看你老人。全班这么多家长,要是都来看,我一一回访太累了。希望你体谅我。我也是快五十的人了,没那么多精力。

这话含义丰富,里面有骨头。我示意她算了,她却坚持留下。说:这是我的一点儿敬意。班主任说:我当了二十年班主任,你打听一下,没收过一个家长的礼物。你要是真的是敬意,等孩子毕业了再来。现在我绝不会收!

我们只好灰溜溜地搬着东西离开,班主任送我们到楼梯口,冲我们挥手,表情轻松,亲切,我知道:我们完了!

选举结果是,退出竞选的孩子拒绝了全班同学的提名,虽然班里同学一遍遍地喊着他的名字,他就是不参加。佳佳也没当选,选上的是另外一个孩子,佳佳比人家少了四十多票。这不是她告诉我的,是校长说的。

听到这个结果,我没有给她打电话,就当我不知道这些,永远不知道才好。只是不可能不见到她,毕竟天天在一个楼里上班,每次见面都有些尴尬。为我的故作不知,也为她的刻意掩饰。她脸色灰灰的,见了面却故作阳光灿烂,让你格外难受。她朝你亲切地笑着,回过头还要做一个只有你能看见的小表情,要是以前,你会被这表情融化了,现在你的心却在紧张地抽搐。

又过了半年,她给我打电话,告诉我佳佳当了班长。我有些意外,她是怎么把班主任搞定的?我不敢问,只是听她说孩子在班里多么有威信,成绩多么出众。她说:佳佳的成绩全年级第一,校长和老师见了我们,都特别热情。我由衷地说:你家佳佳迈出了成功的第一步,她是个优秀孩子,跟你一样优秀!

她不简单,许多事情就像变戏法。她能从一个普通销售员,变成办公室主任、董事长秘书,她不可能让考试成为戏法吧?也不可能让选举成为戏法!我见过好些考试,也见过好些选举,都是戏法,毕竟那是大人们的事,在孩子那里不应该那么复杂!不过我不能问细节,只是把一分好奇压在心底。

几天后我见到校长,他先是道歉,说没有把我托付给他的事情办好,然后说:你那个同事真行,把孩子转到了另外一所小学,可惜不是重点学校。

看着我惊讶的样子,他说:你不知道吗?

(原载《十月》第5期)

酒鬼汪扎

伊熙堪卓

一

汪扎醒来的时候,天还没亮,章谷县城街头一个人影都看不见,也难怪,现在是冬天,要七点过后天才会麻麻亮,他看看路灯,心里估摸着时间,五点才过,肯定不到六点!

这就奇了,人都说看日头能估摸出时间来,从没听说有人看路灯能估摸出时间来的。没办法,汪扎就是这么神,长期混迹于黑夜,不管醉成什么样子,只要看着路灯他就能把时间猜出个八九分来。

人一醒来,寒气跟着就袭来,汪扎发现自己居然靠着一堵墙半蹲着睡了一夜,神了嗨!自己居然还有此神功,他撑起身子想站起来,得赶紧去找个勤快的早餐店家,假装要吃早餐蹭碗白开水喝。他觉得身上冷不说,宿醉一夜嗓子都快冒烟了。

汪扎挣扎了两下,忽然吃惊地发现自己的左手居然无端消失了,他唬得睡意全消,脑子里一片空白,魂儿吓得差点飞出了身体。

糟糕!老子的手被人砍了!

刹那间,他脑子里万千念头流转,为什么我感觉不到疼痛?他在馆子里听人说过,现在有人专门贩卖人体器官,是不是贩卖器官的趁我喝醉把我的手给卸走了?是不是他们给我打麻药了所以我还不疼？难道他们还卸了我身上别的什么零件？他无法阻止脑袋里各种疯狂的念头。

一阵尿意袭来，猛地提醒了他，他赶紧用剩下的右手伸进裤裆，佛祖保佑，那玩意儿还在，卖器官的好歹把他的根儿给留了下来，否则汪扎喝醉了被人卸了小鸟的事传回村里，他汪扎可活不成了。

汪扎庆幸着自己的小鸟还健在，左手虽然很可惜，但是比起小鸟来，算个球，他心稍微有些安慰。

他用剩下的右手，撑着身子站起来，两条腿又冷又麻。他龇牙咧嘴地扶住窗台，忍不住哎哟哎哟叫唤了两声，他听见窗户里有人在咳嗽，他踮起脚尖偷偷往里瞧，想看看自己有没有惊动里面睡觉的人。

这当口，汪扎忽然找到了他以为已经失去的左手。

此刻，他的左手正被一副亮晃晃的手铐铐着，安然无恙地挂在窗户外嵌着的钢筋条上，钢筋有大拇指那么粗，即使汪扎全身吊在上面它也不会有丝毫动摇，他忽然感觉这个场景是如此的熟悉，他摇摇沉重的大脑袋瞬间顿悟，啊哈！原来又被抓到派出所了！

难怪这场面这么熟悉，汪扎更加庆幸，他妈的太好了，没有人体器官贩卖者。腿上的麻劲儿过了，他站直身体对着派出所门口下水道上盖着的网状井盖，撒了一泡热热的尿，热尿奔出身体的时候他打了个哆嗦，一阵寒意又袭来。

此时，他终于开始感觉到那只左手有了一丝疼痛，啊！又麻又痛，又痛又麻。

很快这种疼痛像是一只被唤醒的小兽，开始大口撕咬他的手腕，他诅咒着那个把派出所窗户修得那么高的建筑工人，他简直想抓住这个人问问他，难道不知道派出所会用窗户来铐人么？

他哆哆嗦嗦拉好裤链，凑合整理整理自己的裤子，对着窗户凄惨地叫唤起来：

"警察叔叔！放了我嘛，我以后再也不犯了！"

"警察叔叔！求你了嘛！我冷得不行了！"

"叔叔,我的手要吊断了,谢谢你嘛!那威(藏语跪求之意)把我放了嘛!"

他尽可能地踮起脚尖,这样他刚失而复得的左手才能稍微轻松点,他本想踩在脚边墙面凸起的那根水泥槽线上,可是他太冷了,刚踩上去就滑了下来,左手被拉扯着撕心裂肺地疼。

他疼得倒抽了一口冷气,转头看见自己身边还挂着一个人,这人跟他一样浑身酒气,半吊在窗户上,右手也被挂在铁栏杆上,人却睡得很欢实,不停地打着呼噜,嘴里还含混地嘟哝着梦话。

不知为什么,看见自己边上还挂着的一个酒鬼,他心里顿时升起一种说不出的踏实感来,他被这样的踏实感觉弄得想笑。

不过左手老被这样吊着可不是办法,他继续依照惯例,对着窗户里面的人喊起来:

"叔叔!警察叔叔!谢谢你嘛,把我放了嘛!"

初冬的章谷街道空旷安静,街道放大了汪扎的声音,狭窄的街道高耸的楼房给他粗重厚实的嗓门增加了扩音器的功效,但似乎这幢楼里的人们都已习以为常,不动声色地保持着睡眠。好半天,他才听见窗户里有人拉开了门里别着的铁门闩。

"汪扎,才过五点,你吼吼个屁!你要把楼上的住户都吵醒么?"

汪扎得意地看了看路灯,果然不错,就是五点才过,老子从来没有看错过路灯。

从门里走出一个年轻的警察,借着路灯,汪扎觉得他的皮肤很白,个头蛮高的,他赶紧讨好地说:

"警察叔叔,我以后再不犯了,你把我放了嘛!"

"切!酒鬼汪扎,这是这个月你第几次到我这报到了?你说下嘞!"

年轻的警察用力揉着自己惺忪的睡眼,昨晚上两点多,他和值班的同事刚睡着,就接到报警说有人在饭馆里闹事,好不容易把两个酒鬼抓回来,三点多他才睡着,这还不到六点又被这个酒鬼闹醒了,他有些生气。

年轻的警察走下台阶,抬腿朝汪扎屁股上踢了两脚,汪扎哎哟哎哟叫起来:"谢谢警察叔叔,你不要打了嘛,我再不躁事了。"

"呀!你还好意思喊我叔叔,你都五十多岁了,我要不是看你们两个岁数大,早把你们关到拘留所了。"年轻的警察气呼呼地说,"再铐你一个小时,免得你不长记性,你说你喝酒就喝酒,还跑到人家馆子里面闹事,还好人家老板大方,没让你两个赔砸坏的东西,要不然我看你们两个龟儿子咋脱得了爪爪。"

小警察说完,准备回到值班室去继续睡。

这小小的县派出所,是租借某个机关宿舍楼一楼临街的公房做了办公室兼值班室,大概是章谷县城山坡地形的原因,大门入口与马路之间还修了三级水泥台阶,如此一来,窗户的位置就无端高出了一大截。又因为是一楼,所以开得高高的窗户上都嵌着钢筋用以防盗。所里之所以把喝酒闹事的酒疯子铐在钢筋条上,只因这些都是处理起来十分让人为难的人,除了酒鬼还是酒鬼,你说将他们抓去拘留吧,罚得太重了,罚款吧,又一分钱交不出来,一点不管吧,这些个酒疯子还真不管不行,大家没辙,就琢磨出了抓到酒鬼就铐窗户上醒酒的这招,醒了酒认了错,就全给放了。

值班室不到五十平米,只有三间办公室,没啥值钱的家当,除了三张老旧的书桌和五把质量不大好的人造革翻板椅外,就只有两张值夜班用的单人行军床。家具不多,却已经把三间房塞得满满当当的,所里八九个人在职,全来齐了就得挤在小小的办公室里。

汪扎见小警察要走,连忙更加凄惨地叫起来:

"警察叔叔呀!我在喊你叔叔嘛!叔叔呀!你可得饶我这一次呀!"

他痛心疾首追悔莫及的模样并没有引起小警察的同情,他打着哈欠厌烦看着这个胡子拉碴,头发凌乱的老男人。

汪扎身材中等,顶多一米七三左右,干巴瘦削。自从在县城胡混,他就不穿藏装了,虽是冬天,他也只穿了件黑色的棉夹克,下身是一条看不清颜色的裤子,被一根烂皮带系在腰间。除此之外,汪扎跟所有酒鬼一样,长着一只巨大的酒糟鼻,这只带钩的酒糟鼻在路灯的掩映下,神奇地泛着金黄的光。

小警察不为所动地冷笑了一声说:

"汪扎,你又来了,只要被抓,全世界哪个都可以当你的爹。你少给我来这套,你说我放过你多少次了?我寻思着你和我老汉儿(四川方言称父亲)岁数差不多,不想为难你,结果呢?我值三天夜班,有两天要抓你,你当真是老二流子么?给我老实待着,再乱叫我把铐子再给你铐紧点。"

"警察叔叔!警察孃孃!警察阿爷!你放了我嘛!我真的要冷死了!"

他继续装可怜,那副献媚讨好的表情配着他凌乱的头发让人觉得既滑稽又可笑。

小警察被汪扎闹得睡意顿消,转身蹲在大门的台阶上,从衣兜里摸出一包烟点上,嘴里嘟哝着:"酒鬼老头,搞得老子觉都睡不成了。喂!汪扎,你抽烟不?"

"嘿嘿,警察叔叔,烟嘛我不会抽,酒嘛老是会喝!"

"啊波!你看你那个样子嘛,说到酒都要疯了的样子,你老婆看到要气死。"小警察学着藏人说话的语气讥讽道,"对了,汪扎,你老婆呢?咋个从来没看到你老婆来接过你呀?"

汪扎低下头不出声,一道阴暗的云飞上他嬉皮笑脸的面容,他低着头定定站在窗边不再叫嚷。

"咋啦?说到老婆就不吭声了,是不是你一天喝大酒,老婆跟人家跑了?"小警察见他不吭声,揶揄道。

"你——放屁!"汪扎抬起头,满眼血红,他恶狠狠地吼道,"不要再提我老婆!"

他真的被激怒了,爆发出令人恐惧的凶狠神情。

"哎!好好好!算我说错了嘛!我也不是故意的,算了,你这个酒鬼老头,不提不提。你是哪里人嘛?"小警察问道。

"梭坡的。"汪扎立刻恢复了酒鬼特有的样子,懒散猥琐。

"梭坡好嘛,那么安逸的地方,老百姓都富裕得很,你不好好在梭坡待着,天天在街上臊个啥子嘛?"

小警察十分不解,梭坡离县城只有几公里的路程,气候十分和暖,经济作物又多,给人感觉那里的农民都挺富裕的,至少家家都是衣食无忧的。

"我是烂人嘛,烂人就不想在村子里老实待着,警察阿哥,口干得很,给杯热水喝嘛!"汪扎央求道。

小警察看着他叹了口气,起身走进门里,不一会儿,他端出一只一次性纸水杯递给汪扎:"注意点,我们水瓶保暖好,开水烫。"

水是很烫,在冰冷的冬日凌晨,汪扎贪婪地用右手抱着纸杯,一阵温暖在掌心和胸口那小片地方渗透。

"啊啧啧!你们警察才幸福哦,天天有开水喝,我天天喝人家财政局门口自来水管里的冷水。"他羡慕地说。

小警察扭头看他,想从他脸上找出谎言的成分,不过这句话汪扎是真心发自肺腑说的,没有丝毫装蒜的意思。小警察心中一动,语气稍微温和了点,他有些恨铁不成钢:"那你是自找的,好好的梭坡不待,现在的农村,只要稍微勤快点,那日子好过得很,比我们这些公务员还安逸。"

汪扎嘿嘿笑着不说话。

"汪扎,这次就这么算了,你以后不要再闹事了,你一天到晚在章谷县城闹事,你家里人、村子里的人晓得好丢脸嘛!回去好好种地去,不要到章谷县城来了,岁数那么大了也该晓得爱惜身体。"

小警察叹息着走下台阶,解开汪扎的手铐。

那只吊了几个小时的左手终于回到了原处,手腕被铁铐磨破了皮,火辣辣地疼,肩膀也酸痛难忍。

汪扎双手捧着开水杯喝了一口,嬉皮笑脸地望着小警察说:"警察阿哥,你嘛,好人一个是了,你贵姓啦?"

小警察忍住笑,掩饰地摸着鼻子说:"张曦,我叫张曦!"

"哦!扎西,你叫扎西,你是我们藏族娃娃嘛,藏族娃娃咋个那么白?"汪扎仰头看着小警察,一副恍然大悟的表情。

"我叫张曦,是汉人,内地人,不是藏族!"小警察严肃地纠正道。

汪扎却不管他,揉着破皮的左手,端着水摇头晃脑向大街上走去,嘴里叨叨着:"扎西,是个好名字嘛!"

"喂!汪扎,你等下!"小警察叫住自鸣得意的小老头,跑上前去,"拿去,给你五十块钱,你赶快回梭坡去,章谷不是你待的,吃了早饭你就回去,不要再在街上臊事了。"

小警察说完,扭头钻到值班室去。

汪扎望着手中热乎乎的几张钱,心里乐开了花,他计算着,一瓶六十度高粱白酒三块钱,一斤散装白酒两块钱,五十块可以买多少瓶酒呢?他高兴地揣着钱,对着值班室喊了声:

"谢了!扎西警官,你是派出所里面,长得最帅的帅哥!"

说完,笑嘻嘻摇头晃脑向县城中心那家早餐店走去。

二

"唉!老板,来耍嘛,舒服得很,便宜得很哦!"

清早,汪扎走到沙子坝下面的沿河路,一个打着哈欠头发蓬松的胖女人热情地招呼道。

"老板?老个铲铲板哦!我一分钱莫得,还是老板不?"他歪着头嘲讽地望着胖女人。

胖女人仔细打量了他一眼,厌弃地说:"莫得钱耍个屁,滚远点!"

"好的,美女,我滚了哦!"

他嬉皮笑脸地拖着那双皱巴巴的皮鞋,比了个下流动作扬长而去。

"呸!烂酒鬼汪扎,你以为我认不得你!"

胖女人恨恨地吐了一口唾沫,扭动着肥胖的身子,像只肥胖的白虫子钻回屋去。

汪扎摇摇晃晃走在章谷街头,因为左边裤兜里揣着一瓶散装白酒,他的皮带有点承受不了如此沉重的负担,整个裤腰已经跑到了胯上。他不得不用一只手提着裤腰,免得那只皮带一不小心就断了,他可丢不起这人。

"汪扎,你又醉了?现在才中午嘛!"

汪扎扭头看见县城的清洁工王阿姨抱着扫帚,脚边立着一只铁簸箕,坐在街边的台阶上晒太阳。

"王阿孃,我没醉,没醉!昨天晚上醉得凶,今天不敢喝了。"他笑笑挥挥手往前走去,走了两三步,又转过身得意地对清洁工说:"王阿孃,我在派出所有朋友,他叫扎西,以后有啥事来找我,我帮你摆平!"

"咦!汪扎,你可以哦!派出所也有熟人了,这下你就可以放心臊事了,是不?"清洁工不屑一顾反唇相讥道。

"真的!我汪扎不骗人,派出所扎西,我兄弟,上次还给了我五十块钱嘞!"

他在衣兜里拼命搜寻那五十块钱的证据,可是掏了半天只掏出一张十块钱和几张块票,他不好意思地挠挠头笑着说:

"钱被老子花光了!"

"啊哟!汪扎你这个酒鬼败家子!"清洁工起身提着铁簸箕躲瘟疫似的躲开了汪扎,她害怕汪扎来跟她借钱。

汪扎晃到银行对面的小吃店,店老板是个年轻瘦小的龅牙女人,她见汪扎进门,顿时黑了脸。

"汪扎,你这个酒鬼,又来吃白食来啦?出去,出去,我不欢迎你!"

"翁姆老板!不要慌嘛!口干得很,把你的面汤给碗喝嘛!"

"没得!没得!赶紧爬开点!"

"哎呀!老板,你不要生气嘛,人家都在说这条街上最年轻漂亮,最心善的就是你了,你是刀子嘴巴酥油心嘛!菩萨一样的好人哩!"汪扎涎着脸皮夸奖着店老板。

"唉!汪扎,要不是看到你岁数大了,我理都懒得理你。"女老板无可奈何地取出一只碗,准备给汪扎倒面汤。

"老板,丢几颗葱花嘛,再撒点盐巴。"

女老板回头刚想骂人,看着汪扎坐在自家店铺门槛上,悠闲地望着街上的行人,嘴里轻快地吹着口哨。她叹了口气,抓了一撮葱花又撒了点盐,倒了滚滚一大碗面汤给汪扎。

"唉!阿爷(祖宗之意),你是我的阿爷,阿爷嘞,你慢慢喝,面汤烫得很。"

汪扎端着面汤,坐在小店门槛上,慢慢喝起来,他眯着眼睛,像是在喝一碗龙肉熬成的汤。

张曦下班后约着同事仁青去派出所附近吃面,所里就他们两个是单身汉,一人吃饱了全家不饿。吃完饭他们会去附近的城区小学打打篮球,天黑了就回单位宿舍去洗漱,然后躺在床上看看小说,听听音乐,闲聊……这样有条不紊的生活已经好几年了。

两人到那家熟悉的面馆里叫了两碗牛肉面,老板娘热情地跑来给两人倒茶水。章谷镇除了偶尔有酒鬼闹事,治安还算不错,极少有打架伤人的事,商户们也都挺尊敬派出所民警。

"张警官,你们所里面来了个叫扎西的新干警哇?"

老板一边在店门口的大土灶上煮面,一边跟两个民警闲聊。

"扎西?没有哇!"两个民警莫名其妙。

"哎!那就是汪扎在胡乱说,他到处给人说他在派出所有朋友,叫扎西,那个酒鬼,他龟儿子尽是爱哄人耍。"

"汪扎,扎西?"张曦想了想,恍然大悟,笑着说,"唉!汪扎那个酒疯子,他说的是我张曦,说了一百遍他就是念不清,左右就是叫我扎西,今天还给我提了一包花生来,说是来看我。这个酒疯子,他是梭坡那边人,我让他回家去,他弄死不肯回乡下。"

仁青哈哈大笑起来,弄得张曦哭笑不得。

"笑啥笑,有啥可笑的,汪扎风光的时候你们没有见到过,见到了你们就不笑他了。"邻桌一个胡子拉碴面色黝黑的圆脸中年人,吃着面头也不抬地说。

"咦!多吉大叔,今天没有照顾阿昌婶子吗?怎么这么有空?"

章谷县城太小了,作为工作了几年的片警,张曦和仁青几乎认识县城里长期居住的所有人,就算有的叫不出名字,也是看着脸熟的,大家相互间遇着也会点点头算是招呼了。多吉大叔也是梭坡人,从张曦工作以来就知道,他跟自己的残疾老婆阿昌一直在县城住着,靠他打零工赚钱度日。

"她嫌天气冷不想出门,我出来将就吃点。"

张曦好奇地挪到多吉大叔对面,招手让仁青也过来,两个年轻人围着他询问:"多吉大叔,你是梭坡人,你清楚吗,汪扎家里究竟是什么个情况?我那天问他老婆的事,他马上冒火了。"

"你呀!最好不要在他面前提他老婆的事,那是他的心头血,小心汪扎跟你拼命。"扎西多吉喝着碗里放了辣油的牛肉汤说。

"咋的?他老婆当真跟人跑了是不?"

"跑?能跑了就好了!你们现在看着汪扎是个酒鬼样子,想当年,汪扎在梭坡,那真是最会赚钱的人,他聪明啊!我们那个村子不管出产什么农副产品,他都可以找到买主。我们村从解放后到现在,第一个有钱盖新房的就是汪扎家,第一个买车子的人也是汪扎,他天生就是个做生意的料。"

"他这么厉害,咋就变成今天这样子了?"两个小警察更加好奇了。

"特巴(命运)啊!特巴!一个人的命全写在这里了。"扎西多吉指指自己的额头,叹息道,"我还记得汪扎的老婆,个子瘦瘦高高,皮肤白白的,是个美人啊!汪扎最爱这个人,他那么拼命做生意就是为了老婆和他的女娃。那女娃十五六岁,生得跟她妈妈一样好看。那个时候,村里人都说,再没有比这家子更好福气的人了,他们一家人,那是互相心疼互相爱到命里面去了。"

"我们村里好几个老人都说过,这一家人太过相亲相爱了,散得就快,结局不会太好。"

"那个时候,我们听到这些话都笑啊!想着这怎么可能,这家人就是拿棒子打、刀子砍也不可能拆得散呀,怎么可能嘛!唉!"

扎西多吉叹了口气,有些伤感。

"那是汪扎买车刚一个多月,那个季节,章谷的槐花刚开,满城都是香味,每天都是大晴天。汪扎带着村里人一起做生意,那回人家一个外地工厂老板几乎预定了村里所有苹果树的果子。"

"大家都很高兴,汪扎回家后看着他老婆操持家务太辛苦了,就想趁着休息的这段时间,带老婆和女儿出去玩玩,我们村除了转经,谁走出过家门呀?他想带她们去阿坝玩,从大小金川一路玩到马尔康再慢慢转回来。"

"那时候,大家都羡慕啊!汪扎是个好男人,对老婆孩子那简直没话说。他老婆本是不想去的,那是个贤惠的女人,担心圈里的畜生没人喂,又担心地里的庄稼和菜园没人浇水,汪扎为了让她放心玩儿,还专门请了个人住在家里帮忙干这些活儿,每天给工钱呢,硬把他女人拽出去旅游了。"

"谁知道,老天不长眼!一家人开车刚出章谷地界车就翻了,从山腰翻到路边的悬崖下面,我们一共下去七个人,找了两天才找到他们。那个场面,啊啧啧!太惨了。"

"庸措,他老婆叫庸措,庸措和孩子应该是当场就死了,我们找到她们的时候,早就冷透了,两个人活活是被甩出车摔死的。身上也没找到其他太多的伤口,可能是颈椎断了还有内伤吧。"

"汪扎是我们最先找到的,他系了安全带,车翻下去撞到一棵大松树上,屁股着的地,但奇怪的是他只受了点擦伤,脑袋有脑震荡,其他就啥事也没有。"

"我们当时觉得奇怪呀,后来听他说,那天其实是他老婆救了他,他本来没有系安全带,你想想,我们这边的司机哪个有系安全带的习惯?再野的路都是那样开。他老婆好像有预感一样,他不系安全带,她就死活不上车,咋说都不行,后来汪扎没法,只好听她的,结果呢,幸好这根安全带哦,要不然这家就死净了。"

"唉！汪扎叔技术不好不该开车，太不安全了。"仁青叹息着说。

"他开车技术不好？他如果技术不好就再没技术好的人了，他耍盘子的时候，你们连汽车是咋回事都搞不懂嘞！他们本来开得好好的，一个放牛的把牛赶到了公路上，吃错药了似的，忽然给那头牛一石头，结果头牛受惊窜到路中间，汪扎根本没有反应过来，路那么窄，他本能的反应是不想撞牛，一盘子（方向盘）打过去，车子直接冲了下去。妈的，汪扎到现在也想不起那个放牛娃长什么样子，要想得起，他早就去把那小子给宰了。"

"哦——！"

"原来汪扎的经历竟然如此坎坷！"

两个小警察不说话了，默默望着自己眼前的茶水。

"事情一出，汪扎算是废了。你想想，当时他老婆不肯去，是他硬拽着她和孩子去的，而且不知道翻车时，他是晕了还是做梦，他说车子飞下去的时候，他看到一个穿白衣服的老头轻轻在他身子下扶了一下，像是在保护他似的，后来他迷迷糊糊地看见妻子和女儿手牵着手，慢慢跟着那个白衣老头走了。他说可能本来该死的是他自己，是老婆和女儿用命换了他的命。"

"他把责任全怪到自己头上，那些老人都说过了，他们一家人就是太相亲相爱了，才招来命运的劫数。唉！一点都没说错啊！那真是汪扎一家人的劫数。"

"他在梭坡养了一年多，都不怎么出门，大家以为他伤好了就没事了，哪知道他心里惦记着死呢！他死过很多次，没死成！回回都奇奇怪怪被人发现了。最奇怪的一次是，他晚上去跳大渡河，晚上应该没啥人看见他嘛，他跳下去，被河水冲到一个回水沱岸边，刚好村里面有个人老婆怀孕了，不早不晚就那天闹着要喝鱼汤，人家三个朋友晚上去收白天下的网，其中一个人水性又是村子里最好的，大渡河上凫水打来回跟玩似的，几把就把汪扎捞上来了。"

"你想想，不是他老婆护着他会有其他原因吗？怎么死都死不掉,他老婆是不放心他呀!后来村里人没办法,帮他请喇嘛来打卦,人家喇嘛说了,他老婆就是因为放心不下他,迟迟不肯去投生,他如果再这么惦记自己的妻子,那个世界的灵魂就不会得到安生,人间的人有多痛苦,阴间的魂就有多痛苦。喇嘛还说出了几件只有他们夫妻才知道的事情,还描述他妻子在阴间的模样,喇嘛告诉汪扎,他妻子根本就没有怪他,相反一直感激着汪扎,因为在阳世的日子汪扎让她很幸福。"

"那天,我第一次看见汪扎哭了,从出事到伤好,我没见他流过一滴泪,我们只是觉得这个人虽然活着,但是灵魂已经死了,那个聪明能干的汪扎已经在车祸那天就彻底死了。可是,喇嘛打卦那天他哭了,一个男人哭得那样的撕心裂肺,我活了几十年,没见过。"

扎西多吉说着,眼眶渐渐变红了,他端起面前的茶杯,喝了口茶掩饰着自己的伤感。

"从那以后,汪扎再也不寻死了,他开始喝酒,每天喝得烂醉,第二年他把家里所有值钱的东西都捐给村里的孜木寺,单单留了座房子在梭坡,他独自背着一个糌粑口袋去拉萨朝佛赎罪去了。这一去就是几年,这不,前年他才回来,回来就不行了,可能是看见家就想起老婆孩子,村里待不住,他就跑到章谷来乱混,我遇到他一般都会给他一点钱,我们村里人只要见到他都会给他钱,当年他风光的时候没有亏待大家,带着大家一起找钱,这情义大家都不会忘。他这个人重情义,因为太重情义才回不了头了,唉!你们要是抓到他喝酒闹事,批评教育一下就算了,别下力气弄他,汪扎啊!能活着就太不易了!"

扎西多吉站起身,叹着气,步态沉重地走出了面馆。

两个小警察没再说话,老板端来香气扑鼻的牛肉面,两人忘了道谢,默默吃完付了账,向宿舍走去。

三

"阿波波!汪扎!酒鬼老汉!又是你!"

两个中年警察走进卡拉OK厅,一眼就望见了烂醉如泥的汪扎歪歪斜斜伏在一张廉价沙发上,地上全是酒瓶碎片和不明液体。汪扎四仰八叉的腿边,一张小茶几歪歪扭扭放在一边,茶几上倒着一只透明塑料瓶,瓶里插着一枝塑料玫瑰,假玫瑰红艳艳地倒在沾满啤酒的桌上,像一个喝醉了的小舞娘,塑料瓶子倒像是拯救它的恩客,牢牢把俗气的玫瑰小姐揽在怀中。

　　如今,卡拉OK快过时了,歌厅生意不大好,估计老板也是实在没有办法才放汪扎进来消费的。

　　这家廉价卡拉OK厅,除了墙上挂着几张普通的酒水海报外,谈不上任何装修,整个房间统共不过十来平米,里面靠墙摆着一台大电视,电视下面是一组搞不清品牌的功放,上面插着两只话筒线,话筒牢牢被服务员抱在怀里。全场只有三张桌子,就算爆满也只能容下十一二个人,不过此时,除了坚守吧台惊魂不定的女服务员,只剩下汪扎一个人,其他人估计是乘着他闹事直接就逃了单。

　　"谁报的警?"

　　女服务员战战兢兢从吧台走出来:"谢天谢地,警察阿哥,幸好你们来了,这个叔叔在这里大闹天宫,我已经没办法了。"

　　服务员年轻而清秀,十八九岁光景,头上搭着嘉绒藏族的绣花头帕,上身穿着一件运动服,下身穿着一条深色裤子围着嘉绒藏族特有的两片绣花围裙。

　　"嘿嘿!两位警察同志好!汪扎给你们敬个礼!"酒鬼汪扎摇摇晃晃想站起来,可他喝得实在太多了,根本站不起来。

　　"汪扎,你这个酒鬼,你每星期要在街上膁多少次事?我们硬是管不到你了哇?"两位警官没好气地问道。

　　"呵呵,周警官,帅哥阿旺警官,我……我汪扎可是大……大的良民,不信你们问扎西警官,他……他是我的朋友,我的小……兄弟……真的!"汪扎的舌头不受控制地缠绕在嘴里。

　　"阿波,你还好意思提张曦,他快被你害死了,你哪次闹事不是张曦保你?他和仁青两个回回都护着你,我说汪扎,人家张曦是警校毕业的高材生,前途好得很,你不要一天到晚拖他下水,人家那么好个年轻人尽在你这个酒鬼身上犯错,我们领导都警告他好多次了,你这个害人精!"

"怎么……怎么可能嘛,扎西是我……我的小兄弟,我咋能够害……他哩?周……周警官你怕是喝醉了。"

周警官白了汪扎一眼,被噎得无言以对。

"小妹妹,你还告他不?不告我们就把他弄走,他砸坏的东西,明天有个姓张的警察会来赔给你。"

两位警察无可奈何地扭头问服务员。

"没事没事,酒钱他给了的,唱歌的钱就算了,你们帮我把他带走就行了,没砸烂啥子值钱的,只有几个酒杯,不用赔了,麻烦你们快点把他弄走,我们生意本来就不好,他再臊事生意更秋(惨淡)了。"

小姑娘巴不得两位警官赶紧把酒鬼汪扎弄走,连声道谢。

两位民警架着汪扎,走出卡拉OK厅,汪扎垂着头哼哼唧唧嘴里嘟囔着。

"汪扎,今天晚上你住在哪里?快说,我们送你回去。"

两位警官被汪扎身上的酒气熏得快站不住了。

"嘿嘿……两位阿哥,你们把我放到干……桥桥,我……我自己晓得回去。"

"妈哟,汪扎,我算是服你了。"

周警官哭笑不得。

干桥桥是章谷县城的一座石桥,过去桥下没水,也不知什么年代开始叫干桥桥,现在桥下长期流淌着一股附近居民的生活污水,但人们还是习惯了叫它干桥桥。

两位警察把汪扎扶到干桥桥上,汪扎斜靠在桥上的条石围栏边,傻呵呵冲路过的行人打招呼,他笑嘻嘻地冲两个警察行行礼,学着香港警匪片里的台词说道:"两个阿……阿 sir,桑口油(thank you)了。"

两位警官面面相觑,摇头叹息着准备离开。

酒鬼汪扎又叫住了两人。

"两……两个阿 sir,麻……烦你们帮我给扎……西带句话,最近章……章谷县来了一伙亡命的,那伙娃……娃岁数小不省事,想靠胆子大到城里操……操社会,他们心狠手毒,喊我的扎西兄弟不要管凶了……免得惹祸上身。"

"唉!我说汪扎,你自己先醒了事再来操心别人,自己碗里的稀饭都没吹冷,还担心人家张曦,再说了,我们警察不管这些小二流子,哪个管?"

两位警官哭笑不得,笑着走了,临走也没忘叮嘱汪扎:
"你不要再喝了,赶紧回去睡觉,不准再闹事哈!"
"Yes sir!"
汪扎勉强立起身来,冲两位警察挥挥手。

"臭小子,终于抓住你了。"
张曦牢牢摁住正在指挥一帮孩子闹事的孩子头儿,那孩子气哼哼挣扎了几下,却奈何不了压住自己后背的那只膝盖,只得放弃。张曦将他两只胳膊反扭到背上,摸出手铐将他铐上,才松了口气。

最近不知从哪里冒出一伙十五六岁的小孩子在章谷县城胡闹,他们到处偷鸡摸狗,在各个饮食摊点、娱乐场所打架斗殴、酗酒惹事,警察一到就全跑得没影儿了,抓也不易抓。

晚上,所里提前安排了蹲点,大家穿着便衣,分头在各个地方执勤,偏巧那群孩子的头儿领着这帮坏小子来张曦蹲点的小店吃霸王餐,正闹得不可开交,他通知其他同事集结,大家很默契地包围了这帮正在胡闹的孩子。

张曦早瞧准了那带头闹事的孩子,他很聪明,几乎从不主动出手打闹,但明显能感到所有孩子都在听他指挥。他使使眼色努努嘴,那些孩子就明白了该干什么。

张曦在旁边不动声色将目标牢牢锁定,等干警们各个站好抓捕位置,他悄悄上前,三两下就率先拿住了那孩子头。他知道擒贼得先擒王,抓住孩子头,其他孩子就好办了。果然不出所料,这帮一直在街头闹事的孩子被干警们包了圆,一个不漏全给抓住了。

这个年龄的少年人，正值青春期叛逆的阶段，个个脾气犟得不得了，都认为自己最讲义气，问啥啥也不肯交代，干警们只得将他们分开单独审问，审到半夜才审出他们大部分是从402那边跑出来的单亲家庭的孩子。这帮孩子跟县城一伙小混混裹在一起，也没大人管教，已经快把章谷县城闹得底儿朝天了。

402是某地质勘探大队的番号，驻扎在县城北边几十公里外。那地方本来也是有地名的，却因为402大队在那里驻扎年月太久，时间一长人们都记不得它以前的名字了，只管那一片叫402。季节好的时候，章谷县城的人偶尔没事，也会去402附近踏青郊游，但402的人与县城人往来是不多的。不知是因为地勘大队全是外省人还是他们有规定，除了采购日用品、食品蔬菜之类的东西外，402的人几乎是不会到县城来做过多逗留的。

那领头的孩子大名叫陈仕权，绰号"刀子"。

八九个孩子被抓进派出所问话，除了刀子不开口，其他孩子最后扛不住，还是各自交代了自己的情况。刀子坐在翻板椅上，死盯着办公桌愣是没有说一句话，直到被送出派出所，干警们都没听到他有任何声响。

孩子们交代，刀子的父亲是个地质工程师，原本给儿子起这么个名字，是希望他长大了能光耀门楣，怎知儿子压根儿就没打算让爹称心如意，自小脾气暴躁、顽劣成性，像一匹野马，无人能驯。

刀子这个绰号源于他的腰间常年别着一把不知从哪里弄来的锃亮的军用匕首。

张曦不知道，被抓那天亏得刀子的匕首被另一个小孩借去玩，否则他一定会吃些苦头。

刀子看着很瘦，身体却十分结实，十五岁的少年，瘦小的身躯上顶着一头凌乱的头发。他的皮肤很黑，厚厚的嘴唇上长着一层浅浅的绒毛，常年穿着一身洗得泛白的帆布工装，这是父亲单位发的劳保服，他也不知穿了多少年了。

刀子虽然个头不高，动作却十分灵活，他之所以成为这帮孩子的头儿,是因为他打架下手极狠,别的孩子既害怕又佩服他。

父母离婚时,他曾经因为跟父亲吵架,拎起板凳朝父亲头上劈下去,所幸父亲被自己绊倒在地,那一板凳只是砸在了腿上。他父亲那只右腿却生生被刀子给砸碎了,落下了残疾的毛病。这一板凳彻底砸凉了父亲的心,读了一辈子书的知识分子终于意识到,刀子是头野狼崽,除了监狱没有任何地方可以驯服他,自此以后他再也不管刀子,任随他天南海北地胡混。

初中没毕业刀子就不再上学了,临离开学校的晚上,他偷偷跑进教室砸毁了班上大部分桌椅,还放了把火想点燃教室,还好没有引发大火就自动熄灭了。身上没有一分钱的时候,刀子想到了章谷县城,县城比402大,弄起钱来也方便些,于是他带着自己的几个死党跑来闯世界。他们白天到处混,晚上就四下翻墙,偷到东西就胡乱贱卖了赚几个钱花。

张曦三两下就制服了刀子,刀子的双手被反剪着扣在背上,整个身体匍匐在地,年轻警官的膝盖死死压着他的后背,令他丝毫动弹不得。这个举动让刀子极窝火,刀子一直在这帮孩子跟前是呼风唤雨说一不二的横人,这是他第一次在自己的小兄弟面前如此狼狈。他气得快要发疯,心里咒骂着,我刀子是什么人?你敢把老子像条狗一样踩在地上。刀子挣扎着低声吼叫着,旁边几个小孩知道,刀子的火已经燃到了极限,若不是小警察反手将他两只手铐上,这个小警察今天不挂彩才怪!

所里开来一辆面包车跑了两趟,才把这群孩子全部带回警务值班室。

所长一瞧抓来的都是十五六岁的孩子,有些犯难了,这样半大的孩子处理起来最麻烦,拘留不行罚款更不行,挂到窗户上那就更别提了,根本不可能。

大伙儿只得分别对孩子们进行批评教育,末了,让每个孩子写了封检讨书,就打电话通知各人父母。一群孩子里只有刀子没有家长来领人,她母亲自从跟父亲离婚后就回到内地,再没了音信,他父亲从单位打电话来说,这孩子他管不了,请派出所严肃处理。所里没办法,只好又把刀子拎出来狠狠批评了一顿,然后派车把他送回了402。

走出派出所大门的时候,刀子看了一眼坐在里间值班的张曦,冲他笑了笑,便吹着口哨走出了大门。

"臭小子,回去好好听话,好好孝顺你爸,你看你把你爸一个读书人气成什么样了。"

张曦追出去,对坐在后座的刀子说。刀子没有回话,只若无其事地给张曦竖了个大拇指。

"唉!家里有个这样的孩子,比遭一场大火还让人烦心。"大伙儿看着刀子一副无所谓的样子,摇头叹息着。

经过派出所批评教育,孩子们的胡闹算是顺利解决了,县城里再也没有402的孩子来闹事,整个章谷又恢复了宁静安详的老样子,张曦和仁青也跟所里的同事轻松地打了几场篮球赛。

四

天气开始慢慢变暖,黄昏时分,街上散步的人也渐渐多了起来。偶尔,人们能感到风是温热的。春暖花开始终是人们最喜爱的季节,槐花又开了,满城飘过阵阵淡淡的清香。

汪扎依然在章谷县城晃荡,醒一天醉两天。

入夜两点后,张曦处理完一场小吃店的纠纷,打着哈欠穿过猪屎街。

猪屎街,顾名思义这是条肮脏的居民区小街,这里住的大部分是县城的低收入人群,狭窄的路边挤满了居民们自己搭的猪圈,大部分猪的排泄物都没有正常的疏通渠道,混合着各种生活用水,生生把一条黄土路沤成了臭水道。这个时节不下雨路面尚是干燥的,若是夏天,没有砖头铺垫根本没人敢从这里通过。

猪屎街的路灯也跟其他地方不同,整条街区只有两三盏是正常的,其他的都被打得稀烂。一入夜,整个街道便被笼罩在一种若明若暗的晦暗气氛里。

如是平常,张曦是不愿走这条路的,若走着走着踩到一堆不明物体,能把人恶心好几天。但今天太晚了,只有这里是回所里的捷径,他只得就着昏暗的路灯慢慢往回走。

"喂！张曦！"

张曦听见背后有人在叫自己,回过头,没看见人,他吼了声:"哪个？半夜三更,别装神弄鬼的。"

他有些不喜欢这样的玩笑。

"是我！"

昏暗的路灯阴影里,一个瘦小的身影慢慢从矮墙后挪了出来,张曦盯着黑影望了好一会儿,才认出来那是刀子。

"陈仕权,你咋又跑到县上来了？黑更半夜的你在这里干啥？你不好好上学,天天在街上混啥子？"

"张警官,我想给你说件事。"

孩子一副害怕的样子,怯生生走上前来。

"好,你说吧！这么晚了,你有啥为难的事给大哥哥说,只要我能帮到你的,一定尽量帮你解决,但是事情解决以后你要回家去,好好听你爸……的……"

张曦弯下腰,想摸摸刀子的头,话未讲完,感觉自己腹部一阵刺痛,他惊愕地看见刀子手中抓着一把军用匕首,脸上没了怯意,取而代之浮现出一种古怪得意的笑意。

他用手捂住腹部,感觉滚热的鲜血不断在往外涌。

"陈仕权,你好大胆子,敢杀警察。"他大声喝道。

"老子杀的就是你这个死警察,你敢把老子的脑袋按在地上铐老子,老子今晚上就要把你的脑袋弄下来当球踢。"

刀子冷冷说完,扑上来又是一刀,张曦忍着疼痛一闪,刀锋一偏,刺进了他的手臂,张曦"哎"一声被地上的砖头绊倒。

张曦瞬间明白,自打那天被抓进派出所开始,刀子心里一直对他藏着仇恨。他估计这孩子已经偷偷跟踪了他好几天。

刀子一声不吭,再次提起匕首向张曦的胸口刺去,张曦坐在地上伸手抓住匕首。刀子却不等他争夺,猛地从张曦的肉掌中拔出了匕首,顺带飞起一腿踢向张曦的脑袋,张曦根本来不及挡这一腿,"啊"一声被踢倒在地上,右耳流出血来。张曦努力想坐起身来,手脚却不受控制,他头晕眼花眼前发黑,他能感觉到自己在不停淌血，却感觉不到疼痛，他挣扎了两下还是没有爬起来，心里闪出一个念头：糟糕，今晚得死在这么个孩子手里了。

他忽然觉得有些不值，自己真要死也应该死在抓捕犯罪分子的第一线，这种死法算什么？太他妈不像警察了，他忍不住叹了口气。

刀子抓起地上的一块砖，对准张曦的膝盖砸了下去，张曦痛得眼前一黑，晕了过去。

"你的膝盖长得太难看了，我给你修理一下！"

刀子见张曦倒在地上不再动弹，停止了攻击，歪着头像一个天真无邪的孩子在动物园看猴子那样好奇地端详着。他把头歪来歪去，脸上浮现出一层古怪的笑意，他笑吟吟望着倒在地上浑身是血的小警察，像在研究一个新的物种，又像在欣赏自己亲手完成的某个杰作。

欣赏够了，刀子慢慢走上前，把脚踩在张曦头上用力往地上踹着，他嘻嘻笑起来，越笑越大声。

"你也尝尝被压在地上的滋味，是不是很舒服？嗯？"

"狗日的瓜娃子！敢弄我兄弟。"

刀子还没来得及再给张曦补上最后一刀，头上就挨了重重一击。他慢慢转过头来，看见一个干干瘦瘦浑身酒气的小老头抓着一块板砖站在他身后，他巨大的酒糟鼻在路灯下泛着金黄的光。老头气得发抖，那威风凛凛的模样如同一尊天神降临。

刀子一声不吭，摇摇晃晃倒在地上。

"扎西！扎西！"

汪扎扔了手里的砖，扑上前去，张曦双眼紧闭，已经失去了意识。汪扎低吼一声，蹲下去抓住张曦的双手，背着他向县医院疯跑去。

他的酒全吓醒了，猪屎街离县医院不远，不过几百米的距离，可是他感觉这条路比平常远了好多，张曦的血像温泉水一样在自己背上流淌，妈的，人的血这样流还能活吗？

"扎西，你不能死！你还那么年轻！"他咬着牙，不知哪来的力气，背着身高快一米八的张曦一口气没歇，直接冲进了急诊室。

直到张曦被推进手术室,他才一屁股跌坐在地上。他身上一阵发冷,这才发现自己的衣服已经被张曦的血浸透了,黏糊糊冰凉凉的,他的心揪成一团。

妈的,我从来就没有觉得自己的命可惜过,怎么扎西要死了,老子感觉如此害怕呢?

他有些不解,双手紧握,坐在手术室外念起经来,他已经很久没有念经了,自从拉萨回来抱着酒瓶子后,他觉得所有的菩萨神灵都抛弃了自己,他们没有治愈他心里溃烂的那个大洞,只是默默望着他,静静地见证着他的毁灭。他自己也放弃了对神灵的祈祷。

现在,他默默呼唤着所有的菩萨和神灵,希望他们能保住张曦的小命。

兴许是汪扎的祈祷见效了,兴许是张曦的幸运,他的命保住了。

除了腹部那刀,张曦的耳膜受到了损伤,还有脑震荡和膝盖骨折,在县医院急救后被送到了省里的大医院,几个月后身体慢慢恢复了正常,只是膝盖上的那道裂痕久久不能愈合,让他行动不便,父母便将他接回了老家调养。

汪扎和张曦都没有意料到,出现问题的是刀子。

他是天快亮的时候才被送进县医院的,汪扎没有意识到那一板砖的分量,他以为刀子早逃得没了影了。干警们听汪扎说是刀子干的,也都估计那家伙已经找地方躲起来了,他们觉得这孩子如此野性难驯,说不定都逃出章谷县境了。

大伙儿焦急地等医生从手术室出来说张曦没有生命危险,才忙不迭地跑去猪屎街看现场。

天已经快亮了,现场一片狼藉,张曦的血、刀子的血都渗进了泥土。刀子倒在那里一动不动,仁青上前试探,发现他呼吸十分微弱,手脚冰凉,顿时唬出一身冷汗。

他背起刀子往县医院飞奔而去……

汪扎的那板砖砸在刀子的后脑勺上,造成了颅脑永久性的损伤,也就是说刀子变成了一个傻子!

刀子变成了一个没人理会的小傻子!

父亲在接到他把警察刺伤的消息后,突然脑溢血发作倒在了电话机旁边,402医院整整抢救了两天,还是没能把他抢救回来。

刀子的父亲被埋在了勘探队大院外的后山上,他父亲父母早亡,也没有兄弟姐妹,一直把勘探队当作自己的家,据说出丧那天,除了单位的同事,没有一位亲人在场。

刀子父亲的单位用抚恤金养好了刀子的伤,刀子成了没人照管的流浪孩子,成日在章谷县城里游荡。

他喜欢到垃圾桶翻找食物,也喜欢坐在路边望着行人嘿嘿嬉笑。

现在,刀子终于变成了一个真正的孩子。

他对世界再也没有了仇恨,他每天都在微笑着面对每个人,哪怕偶有路人射来厌烦的目光,也无法改变他微笑的模样。

不时会有人走来说:"瓜儿,帮我抬个东西""来!瓜儿,帮我扶住自行车""瓜儿,去那边帮我买包烟去……"

刀子变成了一头无公害的小毛驴,他呵呵笑着,屁颠屁颠高兴地完成了人们安排的任何事,然后会有人给他买饼干、饮料。

刀子成了孩子们的反面教材,原先想跟他混社会的孩子被他古怪的模样吓坏了,他们很快放弃了闯荡的念头,一个接一个回到了学校。

又一个新年过去,人们返回章谷,开始新一年的工作和生活,谁都没有发现刀子从章谷街头消失了。

此时,张曦依然在成都,他的腿伤恢复得相当缓慢。

从章谷街头消失一个小傻子,理所应当不会引起人们的注意。毕竟刀子的存在与一条流浪狗相差无几,何况在傻瓜刀子之前,在小小的章谷县城出没的还有疯子王大学、疯子水秀、疯子岳美丽、疯子阿宝这几个资深的老疯子,刀子充其量是个新的小疯子而已。

没人去报案,刀子就这么静静地消失在了人间,偶尔人们在饭馆聚会闲聊,会突然拍拍脑袋说,你们发现没,好久没有在十字路口看见小瓜儿了。

就是就是,入冬以后就再也没有瞧见他,估计是他把自己跑丢了!

说不定他掉大渡河里了!

……

饶迥火猪年的夏天,天气格外炎热,太阳火辣辣地烧着峡谷两岸,天空没有一丝风的气息。

梭坡到章谷县城的黄土公路干燥而滚烫,两个满身尘土的人推着一辆老旧的自行车在烈日下疾走,车上一边捆着一背篓苹果,另一边绑着一背篓蔬菜,车后座上绑着一杆秤。

两人哼哧哼哧把自行车推上了公路主干道,年长的让年轻的坐到车前杠上来,他推着车滑了两步稳稳骑上去,两人说笑着向县城疾驰而去。

走到东郊大桥,有人开着一辆警车叫住骑车的男人:

"汪扎叔,好久没见到你了。"

骑车人翻腿下车,回头望着从车上下来的年轻人。

"扎西,哦!不是,张曦,好久不见啊!你身体咋样了?"

"没事了,早就好全了。我爸妈一直想见见你,想好好感谢你,可是我们怎么也没找到你。"

张曦意外遇见汪扎,十分高兴,要知道自打出事后转院去了成都,他再也没有瞧见过汪扎。

如今,他已经是副所长了,结了婚,妻子也怀孕五个月了。

他有些诧异,这是五六年来他第一次遇见汪扎,也是他第一次看见如此清醒着,没有醉酒的汪扎。

他跟以前那个躺在章谷街头嘻嘻傻笑的汪扎仿佛不再是同一个人。今天汪扎穿着一件灰色的短袖衬衫,剪得整整齐齐的平头上满头大汗,脚上穿着一双布鞋,他看着像是比几年前年轻了一些。

"谢啥哦！你没事就阿弥陀佛了。"

"这么些年你到哪里去了？硬是没有人知道你的消息。"

"我带娃娃出了趟远门，从德格藏医院到西藏的各个藏医院跑了好大一圈，今年年初才回来。我想找藏医试试看医得好他不，唉！人家医生心善，给了很多药，说是只能慢慢看，医得好的希望几乎是零。唉！这几年折腾下来，我也想开了，医不好算了，我们俩爷子就这么着搭个伙，将就着把日子过起来。"

汪扎用嘴努努前车杠上坐着的人。张曦有些莫名其妙，他走上前仔细打量了一番。

"陈仕权？刀子？咦！你长胖了，我都差点认不出来了。"

年轻人看着警察张曦眯眯笑着，一声也不吭。

他穿着一件干净的白色T恤衫，长壮实了，个子也高了不少。

"我们都以为他失踪了，仁青我们几个找了他好久。"

"失踪啥嘛，你说他成天在街上翻垃圾吃，天那么冷，他能活多久？唉！那个时候你还在内地养伤，你是不知道的，公安局虽然没有追究我的责任，他们家也没个人来找我算账，可我汪扎不是死人呀，我能看着娃娃这辈子就这样被我一砖头干翻了么？"

"那个时候我就在想呀，我造的孽我得自己承担后果啊！我就是死也得想办法医好他。唉！这个念头跟着我好久，我都想好了，我下半生剩下的时间就只能为他活着了。唉！这么久了，算了，实在治不好也只有算了，反正我也没有伴儿，凑合跟着我过吧！这孩子傻是傻，可性格好，听话着嘞，每天都帮我干农活，劲儿可大了，现在挤奶、喂猪、种菜、种庄稼他都会，这不，这是我们两个的收成，准备带他去章谷县城里做个小买卖去，哈哈哈！"

汪扎一手扶着车，一手拍着车后的背篓，爽朗地笑着。小傻子看见汪扎笑，也高兴得大声笑起来。

"汪扎叔，你是不是戒酒了？怎么感觉你精神特别好。"

"早不喝了，自从把娃娃领回家那天，我就去孜木寺赌了咒戒酒，我得好好活着才行，我活着这娃娃才活得成，我要喝垮了身体，他也就完了，只能又去街上流浪了。"

汪扎摸摸小傻子的头，大声说：

"老头我得好好保重身体才能养活我的乖儿子，对吧？现在我们爷俩是羊皮袄和虱子，谁也离不开谁！"

年轻的傻子转身摸了摸汪扎黝黑的面庞，嘻嘻笑着点点头，嘴里含混地叫着："爸……爸……"

"你看，你看，谁说我娃娃傻？他可不傻，啥都明白着嘞！哈哈哈……"

"张曦你知道不？有时候我在想，这个娃一定是我那死去的老婆给我送来的，以前我觉得自己活在这个世界上一点意思都没有，现在我脑子里只有这娃娃，只寻思着怎么跟他把日子过起来，像一个真正的父亲那样活着，别的再也不想了。"

汪扎笑起来，有一些皱纹在脸上荡漾开来。

"太好了，汪扎叔，这是今年，我遇到最高兴的一件事了，以后我会经常去梭坡看你们！"

"好啊！周末你就下来，你来看看我们的果园，尝尝我们自己种的瓜菜，鲜着嘞！"

天空没有一丝云影，大渡河缓缓向东流去……

2017 年 4 月 27 日第一稿

（原载《当代》第 5 期）

补 天 余

杨 遥

第一次看见卖石头的,是二十年前。

那时我在一个叫古城的村子里当老师。县志记载战国时期这里是长城要隘广武城的城址,我在时已经丝毫看不出昔日的辉煌,只有西边存留着一段坍塌的土城墙显示这里似乎重要过。

学校正南有座不知道哪个朝代修建的老戏台,栈板里住了燕子和蝙蝠,每到黄昏时分,成群的燕子啾啾叫着在天空飞舞,而快立夏时,总有些小蝙蝠掉到戏台上,成为学生们的玩物。戏台两旁有两幢后来盖的二层高的楼房,东边是办公室,西边是老师们的宿舍。每天晚上从办公室穿过黑乎乎的戏台往宿舍走时,感觉自己像舞台上咿咿呀呀的历史人物。梦中经常会出现屋梁上行走的声音,醒来老鼠在角落里磨牙、咬东西。

那时到处都是石头,路边、田地旁、河床里、山上面,有时吃饭不小心就被石子硌一下,邻村两帮孩子打架,有一个被石头打在太阳穴上,送到医院没有抢救过来。石头是再寻常不过的东西。

有一天,村里终于要唱戏了,而且连唱三天。学生们星期五就放了假。操场的白杨树前摆满了摊子,卖棉花糖的、卖花的、卖瓜子的、卖碗托的、卖糖葫芦的、卖床单被罩的、卖洗锅用的钢丝球的、变魔术的、套红蓝铅笔的、打气枪的……热闹极了。在这堆人里面,有个人卖石头,一下吸引了我的注意。他长得黑瘦,穿着蓝色带条纹的西服,里面是件红秋衣,留着长头发,大概多日没洗,头油把头发黏得一缕一缕地贴在脑袋上。他的摊子小得可怜,只有一张旧报纸,上面摆着几块石头。当时戏台上正在唱《杨八姐游春》中的一段,"我要一两星星二两月,三两清风四两云,五两火苗六两气,七两黑烟八两琴音。"我蹲下来翻弄这些石头时,正唱到"雪花儿晒干我要二斤"。真是些奇怪而漂亮的石头,从来没有见过这样的,色彩斑斓,又光又硬,有的形状像猪肝,有的像乌龟,有的像层层叠叠的山峰,有块色泽金黄,比手掌大点儿,逼真得简直就是孙悟空。

　　卖石头的人看见我感兴趣,蹲下来问:"你喜欢石头?"我问:"这是哪儿的石头?"卖石头的人回答:"内蒙阿拉善的。"我指着那块像孙悟空的说:"这块石头真像孙悟空!"他得意地笑了,骄傲地说:"这块石头在全国奇石展上获过金奖,有人出八百元我没卖。"我吸了口凉气,不敢再问其他石头的价钱。

　　离开这个摊子很远,心里还有点儿恋恋不舍,便从别的地方绕到一旁,悄悄地打量。可是,除了我之外,似乎再没有人对石头感兴趣,许久都没有人在这个摊子前停驻,卖石头的人挤在做其他生意的人中间,异常孤独。

　　戏台上的戏文变了,咿咿呀呀听不懂。我的几个学生在人群里闹腾,有个女生跑过发现我,指着一位男生大喊着,"汪老师,他欺负我!"那个捉弄他的男生跑过来问:"汪老师看戏?"我指了指那个卖石头的人问:"你认识他吗?""王二?认识,我们村后街的。"另一个男生正好也凑过来,补了句"是个耍钱鬼"。先说话的男生说:"王二被骗了好多钱,前几年跑了,刚回来没多久。""不是被骗的⋯⋯"戏文又变了,卖石头的人粘在头上的长头发在我眼前晃来晃去。

　　再来学校时,校门口有户人家正在砌地基,三轮车拉着斗大的青石头往下卸,我问旁边抽烟的男主人,"一车石头多少钱?""五十。"想起那块八百块的孙悟空,我吐了吐舌头。

　　从那之后,我常常想起那些石头。有一天与一位本村的老师聊起王二与那些石头,他爽快地说:"还不知道王二卖石头?我带你去他家看看。"

一进王二家院子,首先感到惝惶。半亩大的院子只盖了三间南房,正面的空地上起了几间地基,却没有再往起盖,我想,学生们说他赌博输了钱大概是真的。院子中间没有像一般人家那样种些蔬菜、果树,而是种了几棵葫芦,大概是奇异的品种,没有长熟,个头却已经有一尺大。

王二领着我们去了他放石头的屋子。刚一进去,像走在戏台上,感觉空荡荡的,然后看见地上堆着几麻袋石头,还放着几只发黄的大葫芦。我走到那些石头跟前,都是和他那天在戏场院卖的一样的石头,欢喜涌上来。然而蹲在这些石头前待了半天,却不敢问价钱,怕太贵自己难堪。这时同行的老师说了,"王二,这是咱们学校的汪老师,你给他便宜点儿。"王二腼腆地笑着说:"没问题,汪老师你放心挑吧。"我便拿起那天看到的那块像猪肝的石头问:"这块多少钱?"王二说:"你给十块钱就行了。"我有些错愕,没想到这么便宜,便又挑了那块像乌龟的,还有块像小山的。总共下来花了三四十元,临走的时候,王二又送了我一块。他说:"汪老师喜欢石头,以后没事儿可以经常过来。"我点点头。同行的老师说:"汪老师平时就住在学校里,有时间。"王二笑着说:"那常来啊。"

回去之后,把这几块石头擦拭干净,摆在桌子上,越看越兴奋,它们带来种远方别样的气息。兴奋之余睡不着,听见老鼠又在咬东西,便抓起本苏东坡诗集,随手一翻,看到"突兀陷空虚,他山总不如。君看道旁石,尽是补天余"。顿时有种莫名的伤感,于是穿上衣服,来到戏台上。这时整个校园里的灯火都熄灭了,戏台隐藏在黑暗中,偶尔有种奇怪的声音响一下,像睡不踏实的老人。我隐藏在黑暗的戏台上,像没有观众的主角。下面的操场被月光染得一片雪白,远处是灿烂的星空,"君看道旁石,尽是补天余"。"补天余",我用脚尖一笔一划写这几个字。

和王二慢慢熟了。他果然是赌博输了钱,还不起债,跑到了内蒙。但王二没有跟我讲怎样输的钱,他只是给我讲到了在内蒙给朋友割草。有一天,割着割着,发现地里有些漂亮的石头和自己平时见到的不一样,便拾了些带回去。当地的朋友看到他拾回的石头发笑,说附近有座山,山上都是这种石头。王二第二天就去了,果然到处都是这样的石头,千奇百怪,什么形状的都有。王二捡啊捡啊,很快捡了一蛇皮袋子,却弄不动,只好倒掉一半才扛回去。

回去之后王二带了一些石头到城里,居然有人买,于是王二不割草了,专门拾石头。我听着王二的故事入了迷,便想着自己也去拾。王二却说:"现在的好石头很难拾到了,山也被当地人承包了,不能随便去拾。"我有些失望,问王二:"你欠的钱还清了吗?""快了。"王二呵呵笑。

我跟着王二加入省奇石协会,还去太原参观了全国的奇石展,大开了眼界,明白石头和石头完全不一样。有的比黄金和珠宝都珍贵,有的扔到路边也没人拾。一块普通奇石,没有发现它的好之前无人问津,而要是有人能看出它的好来,身价马上倍增。王二在这些人中间很是自如,他经常拿起一块石头说,"看这像不像一匹马,这儿是眼睛,这儿是嘴巴,四条腿是全的,还有条尾巴,你看出来没有?""这块像只鸟""这块是狗熊",说这话时,他眼睛里放射着精光,落魄的样子一扫而光。关键是他一说,还真有那么几分像。他摆的摊子前不断有人围上来,不长时间就卖了几块石头。这时望着他的红秋衣与蓝西服,觉得有种艺术范儿。

我在其他摊位上转悠,看上几块都太贵。转着来到旁边的旧货市场上,发现一套崭新的汝龙翻译的《契诃夫小说集》,一本才五块钱,花了三十五元买下这套书,望着封面上戴夹鼻眼镜的契诃夫,特别亲切、舒服。

回来之后,王二在我心中的印象变了,他不再是头发油腻赌钱输了的农民王二,而是奇石收藏家。

我又从王二那儿买了几块石头,与先前买的几块摆在一起。平淡的生活中有了"山",有了"水",有了些"可爱的动物",与以前似乎不一样了。读着契诃夫年谱,知道二十几岁也可以成为舞台的主角。

我除了去王二家,假期也去山上和河床捡石头,可是我们这里的山都是青色的石头山,又不是常年刮大风,形不成内蒙那种风砾石、沙漠漆、宝石光。河床里也经常没有水,石头干巴巴的,连块比较圆的鹅卵石都找不到。只有一次,我找到块荞面石,背后看像山,正面看像弥勒佛,带回家想加工一下,使它看起来更像佛,便给它刻了两只眼睛、一张嘴巴,没想到石头却没有以前的味道了。

慢慢断了找石头的念头,周围也只有王二一个能交流石头的人,我便把心思花到读书上,只要出门就把钱都买了书。

忽然来了调动工作的机会,就离开了古城。

后来工作又调动几次,好不容易到了省城太原。

隔几年搬一次家,从王二那儿买来的那些石头被搁在老家的一堆旧物当中,时间长了竟忘记具体放哪儿了。

每换一个地方,几乎都要从头开始,先是兴奋,很快兴奋就会过去,然后焦虑,焦虑又逼得自己不得不全身心去努力。故乡离我越来越远,王二从我的记忆中仿佛已经彻底褪去。偶尔想起那座空荡荡的戏台、飞舞的燕子、掉在地上的蝙蝠,最后留下几摊稀黄的屎,故乡更加寂寥空旷。

周末去南宫旧货市场淘书,成了我的一大爱好。有一次,在一堆旧物中居然发现了抗战时期日本人发行的《山西风景》明信片,有一张是以三浦骏辅画的水彩画——"太原城外濠"为内容的,两座城楼、一段护城河,还有截儿旧城墙。我想起了古城的城墙,城砖没有了,应该收集一抔城墙夯土带回来,否则,若干年后,恐怕也只能在文字和照片里想象了。

有个周末,在一排卖古董旧货的摊子中间,竟然遇到了王二。他还是黑瘦,长头发。已经老花,戴上了眼镜,人显得更加腼腆。他看到我非常高兴,聊了几句,王二知道我来了太原之后,说他也来太原了,边说边掏出一张名片,说他在开化寺古玩城有个门店,让我有空去玩。我接过名片点了点头,没想到这么多年过去,王二竟然在太原开了门店。

打量他的摊子,卖的主要还是内蒙石,但好像不如当年那些漂亮了,也许是我在钢筋水泥里待得久,又多年没有玩石头,兴趣竟不大了。想起当年的那个孙悟空,便随口问道:"你当年的那个孙悟空呢?"王二愣了一下,显然没有立刻想起我说的是哪块石头。在他回想的时候,那块像孙悟空的石头清晰地出现在我脑海里,我说:"就是你获了金奖的那块石头。""哦,早卖了,只卖了八百,要是留到现在……"王二有些遗憾。我也有些遗憾,还是八百卖了。

以后在南宫就经常遇到王二,我只是简单打个招呼,可是王二每次都特别热情,拉过他的椅子让我坐,还把他喜欢的石头拿起来让我欣赏。可是他说的像这像那的石头我竟不像当年一眼就能看出像啥来,而且在旁边坐半天,经常见不到一个买主,感觉难受。于是慢慢地不想打招呼了,看见他就远远地绕过去。他在开化寺的奇石店我一次也没有去过。后来连续有几个星期在南宫没有见到王二,他是回县里老家了,还是去内蒙寻石头去了?

每当夹着淘来的旧书在城市里穿梭时,看到到处都在尘土飞扬地施工。来这座城市六七年了,从来的第一年起,它就到处在施工,从来没有消停过,这几年愈演愈烈。我想自己一直融入不到城市里的原因也许就是它一直在变化,而我的生活六七年间并没有多大变化。这时我奇怪地发现,这么多工程,几乎没有用石头的,都是钢筋、水泥、混凝土,偶尔见到几块石头,都庞大无比,那块漂亮的泰山石在省委大院门口,有警卫站岗。还有的不是在高档小区门口,就是在公园里,我忽然怀念起当初摆在家里的那几块小石头。

有一天逛南宫,看到两块小石头对摆着像两个人,其中一个大袖飘飘、器宇轩昂,另一个把头深深扎下去,折服的样子,不由眼前一亮。卖石头的是位老人。我问:"这两块石头多少钱?"老人回答:"二百。"我问:"能便宜点儿吗?"老人回答:"不能了,这是我玩过的石头,你看底座都配好了,还是红木的。我现在不玩了才处理,二百是底价。"没想到旁边突然伸出一双手,把石头捧起来说:"一百五,我做主了,这是我老乡。"是王二,我竟然没有发现他。我晕晕乎乎地把石头买下,不知道一百五是多还是少,毕竟以前买过的石头一块才十块、二十块。老人问王二:"真的是你老乡?"王二回答:"怎么不是?好多年前他是我们村的老师。"我忙用方言和王二聊了几句,建议他把自己的石头也配上底座,摆到架子上,那样既上档次又好看。王二嘿嘿一笑,说他这段时间去湖南参加石展去了。

把石头放到书架上,品味半天,想起个名字——授道,马上觉得一百五花得太值了,还拍了几张照片。

又一个星期天,在南宫遇到王二,他还是穿着蓝西服。奇怪,自从见到王二,他仿佛一年四季都穿着蓝西服。记得看过部电影,里面有个科学怪人,买的衣服都是一模一样的西服,每次出门换一件,别人看起来一模一样。王二不可能像他那样买十件、二十件一样的西服。

我停下来,王二和我聊起上周刚买的那两块石头。他奇怪地问我:"那两块石头你看出啥来了?它们的皮色很一般,样子也普通。"王二的话音里带着些责备和不理解。

我因为没有买王二的石头,却买了别人的石头,有些不好意思,便掏出手机来让王二看我拍的照片,解释道:"它们像孔子和弟子。"

王二摇了摇头,拿起块石头让我看,"这像不像一只海豚?这是眼睛,这是鼻子,皮色也好。"

我有些难受,蹲下来看他的其他石头。

王二又拿起块石头说:"你看这块像不像眼镜蛇?有七个眼睛呢!"

我接过来看了看放下,不忍心马上走开,在他的一堆小石头里翻起来。一块有红黑黄三色,花纹相间,有裂口的石头吸引了我的注意,拿起来观察,像小丑在张嘴大笑,再仔细看,竟然有"918"三个字,而且"9"与"1"和"8"离得比较远,像天然的把年、月、日隔开了。我问:"这是什么石头?"

"马达加斯加玛瑙。"

想起电影《马达加斯加的企鹅》,我不再犹豫,"这块石头我要了。"

王二无精打采地说:"给上十块钱就行了。"

这么便宜!我提醒他说:"这上面有9·18。"

王二说:"一加八就是等于九。"

我不好意思就这样把这块石头拿走,便拿起他刚才说的那块有七个眼睛的石头看起来,棕褐色的石头中间夹着几个豆子大的透明小石块,确实像眼睛,有个角度看像科幻片中的外星人。我问王二,"这是什么石头?"

"埃及玛瑙。"

"我要了。"

王二兴奋起来,"刚才有人给我出二百我没卖,现在卖给你,好石头我不想让它流落出去,给了你会好好保存它。"

我心里暗叫惭愧,给他掏钱。

王二说:"总共给我二百就行了,那块小石头送你。"

眨眼间便拥有了埃及和马达加斯加的东西,摸摸这块,端详端详那块,我好像在沙漠和海洋之间游弋。

生活中又注入些别样的东西,我渴望寻找到更好的石头。

一个下雨的星期天,去了开化寺古玩城。王二正用橡皮泥捏底座。大约五十平米的店里,除了一条狭窄的过道,桌子上、地上都摆满了石头,靠墙和窗户的地方还都打了架子,一层一层摆放着形状各异的奇石。

我问:"生意怎样?"王二说:"还不错。我古城那个院子你去过,我盖了五间大瓦房,还把隔壁的院子买了下来,也盖了五间大瓦房,给儿子娶了媳妇。"说这些话的时候,王二脸上绽放出笑容,那黑瘦的脸像涂了一层金箔。我替他高兴,把人生的大事都交代了。问他,来太原几年了?"十年。"王二举起拳头说。

"你看这块石头怎样,像不像个羊头?"王二指着地上一块脸盆大的白色石头问。我看了半天,小心回答:"有点儿像。"王二说:"有人出到三万我没卖。""你看这块像不像观音?""这块像不像关公?""这是我做的满汉全席,做好之后有老板要出十万块钱买。"我听着越来越惶恐,在店里转了半天,拿起一块棕色、拳头大、上下两端形状迥异的椭圆形石头问:"这块多少钱?"王二回答:"这是块老石头,我好多年前收的,现在找不到了。"我心里一紧。王二却接着说:"这块石头没啥造型,你喜欢五十拿走得了。"我欣喜地继续端详,这块石头真有气势,上半面像渐渐漂浮起来已经成型的天空,上面还飘着几朵云块,下半面混沌一片,好像有岩浆、土块、石头、激流等大团东西在翻滚混合,一幅混沌初开的样子。

我离开店里的时候,王二说:"你要是看对哪块儿,价钱好说。下周在南中环黎氏阁有个奇石展,你有空可以去看看。"我问:"你也去吧?""肯定去,我提前去参加酒店里的精品展,星期六就挪到广场了。"我脑海中出现电影里面香港、澳门、拉斯维加斯酒店中举办的珠宝、文物交易场面,美女如云,香气袭人,大腹便便的富商巨贾们举着红酒杯,寻找自己满意的宝贝。

周六的时候,我一早赶到南中环的黎氏阁,摊位刚刚开张,石头的种类真多,灵璧石、太湖石、英石、黄蜡石、寿山石、戈壁石、大化石、陈炉石、古铜石、松花石、古陶石、陨石、海洋玉髓……当然也有王二刚卖给我的埃及玛瑙、马达加斯加玛瑙,但最多的就是戈壁石,摊位成片连着。

看了半天,挑中块十几斤重的大化石,和老板聊得投机,他要送我块搞促销的十元一块的石头。我挑了块个头不小,有点儿像山崖的。来的时候没有带袋子,老板也没有准备,我便到外面的便利店买纸箱子,恰好碰上了王二。他高兴地说:"汪老师,我今天买了许多好石头,花了一千多块呢!"我点点头说:"我买了块大化石,没法儿带,放在老板那儿了。"王二说:"我帮你去瞧瞧。"

到了摊子前,拿出那块大化石,王二啧啧称赞:"不错!"我把老板送我的那块也拿出来,王二却非让我换另一块有黄黑花纹的。我说:"我喜欢这块石头的山势。"王二说:"听哥的,一定要换这块。"他说的时候竟有些发急。我心想反正是送的,拿哪块无所谓,便换了王二看中的石头。王二趴到我耳边说:"这块石头图案好,虽然有个地方碰了个小豁口,回去拿到店里哥给你用锉子锉平,配个座卖也很好卖。"我点点头感谢他。

离开这个摊位时,王二有些为难地问我,"汪老师,你带钱了吗?我买了货还差人家点儿钱。"我问:"需要多少?"王二说:"五百。"

王二领我到了他欠钱的老板面前说:"欠你的钱我朋友替我还你。"还了之后,王二说:"你明天还来吧?我明天还你。"

接着,王二兴奋地问我:"想不想看看我今天买的货?"我说:"好。"王二领着我去了宾馆,在一个房间门口停住,敲门。敲了半天,没人开,服务员却过来了。她说:"里面可能没有人。"王二说:"肯定有,我刚出来。"他敲门更用劲了,而且大声喊着某个人的名字。门终于开了,出来一个穿着黑底红花裙子,很胖的女人,她打着呵欠说:"困死我了。"我明显感觉这不是王二的老婆。王二对女人说:"这是我朋友,他想看看我的石头。"女人没有表情地返回房间,进了套间里面的卧室。

王二从桌子下掏出箱子,里面都是裹着报纸的石头。他打开一个递给我问:"你能不能看出来?"我端详半天,他不耐烦了,接过去说:"从这个角度看,这不是眼睛?像不像只狮子?"我说:"是有点儿像。"王二又拿起一块。一会儿一箱子的石头都看完了,我非常失望。王二却依旧沉浸在兴奋中,他说:"这些石头大的一块二十,小的一块十块,有块我刚看出来,别人就出五百买,我没卖。"他把据说别人出五百的石头举起来,我看不出哪里好。

我看着桌子上摆得满当当的石头问道:"这都是你的石头?"王二用手比划了一下说:"东边的是我的。"里面有许多放在碗里、盘里像食物模样的石头,想起他的满汉全席,便问:"这是你的满汉全席?"王二点点头,显然不想说它们,而是岔开话说:"我挑石头那儿还有许多好石头,我帮你挑几块,老板是我朋友。"我松了口气说:"我在展位那儿也还看下几块石头,你帮我看看。"我们出去时,那个胖女人没有出来,也没有吭气。

再次回到广场上,天色已经昏暗。王二领着我穿行在亮起灯的摊位中间,不断地和熟悉的老板们介绍:"这是我朋友。"并亲热地开几句玩笑。他对一个家伙说:"我明天借你点儿地方,把东西也摆出来。"那个家伙说:"已经有人先说好了。"王二悻悻地回答:"有人先说好就让他占吧,我再想办法。"过了一会儿他再和另一个老板说同样的话,仍然被找借口拒绝。接连找了三四位后,王二脸上的笑容越来越僵硬,我有点儿难受,赶忙说:"王哥,我看上几块石头,你帮我瞧瞧。"我拉着他走到陈炉石的展位前,这种石头有点儿像灵璧珍珠石,每块上面都有浮雕一样的漂亮图案,正好有个顾客在交易,拿出一沓钱,王二望着他们,用羡慕的口气说:"这种石头太贵了,不会有前途。"便自顾走开。我又领着他走到古铜石前,指给他我看中的那块石头,这种石头产自古夜郎国,猛一看像铁块,沉朴、神秘。王二一下就否定了,也不说理由,拉着我匆匆走开。

我们来到王二早上挑石头的地方,帐篷内的地上放着一大堆石头,大概有几千块,一群人正在埋头挑。王二说:"这儿的石头大的二十、小的十块,运气好的话找到一块就赚了。"他不知道从哪儿搬来两把小椅子,让我坐下慢慢挑。

这些石头都是造型一般的戈壁石,被人挑了一整天,好的更少了,但我不能拒绝王二的好意,坐下来慢慢挑着。王二手快,不时拿过一块问我怎样,我说不大喜欢。当我偶尔发现一块比较满意的石头时,王二又说不好。几次下来,我们的意见都不一样,王二说:"汪老师,咱俩欣赏东西的角度不一样,但戈壁石主要是选皮色和形状。"忽然有块石头被翻了出来,拿到手的人说:"像个人,可惜太丑了。"随手丢下。又有人拿起,也马上丢下说,"太丑了。"好几个人过手之后,扔到我这边,我拿起来一看,马上喜欢上它,它确实太丑了,像个人,但脑袋比身子大,眼斜嘴歪,额头上还长着瘤子,立即让我想到《千与千寻》和《大鱼海棠》里的那些女巫,身体部分古铜色的石皮上有几块黑疤,像穿着印有铜钱图案的袍子。有了这块石头,我顿时觉得没有白来。这时许多摊子的老板已经开始吃饭,也有的收拾好东西往外走,时间不早了。我便不再挑剔王二给挑下的石头。挑了五块之后,我说:"可以了。"王二说:"我给你说说,还可以再便宜些。"我掏出一百元。王二问:"没有零钱?"我说:"零钱只有十块。"王二顿了一下说,"我给你破去。"破好之后,他把三十元塞我手里,领着我去了隔壁帐篷,把剩下的钱给了老板说:"这是我朋友,喜欢石头,这次便宜点儿,咱们把他拉下水。"这个帐篷里搭着架子,石头都摆在上面,看起来档次高些。

付完钱,王二忙自己的事情去了,我忽然在架子上看到两块石头,一块是伞状的玛瑙,有些黄黑相间的条纹,像棵小树;一块异常光洁,犬牙交错,层层叠叠,像河岸。经过讨价还价,共花了三百元把它们买下。

要撤展的前一天下午,我又来到黎氏阁,冷冷清清的,卖石头的人比买石头的人多。许多摊主大概坚持不下去,已经提前撤退。还有些挂上门帘、上了锁,人不知道哪里去了。在出口的一个空位置上看见了王二,他守着一箱子戈壁石,无精打采,也不往出摆。我喊他,他才抬起头来,看见是我,强打起精神赔着笑脸说:"还没还你钱呢。"便要掏口袋。我客气了一句:"不着急,你要是不方便以后再说吧。"王二停止了掏口袋的动作说:"那我再过半个月还你,下周石家庄有个展,回来还你。"我说:"啥时都行,别多搁记。"接着问了句:"生意怎么样?"王二叹口气回答:"不好做,花了一千多块钱,才卖了十块钱。"我也叹口气说:"宣传不到位,这儿又太偏僻,很多人不知道太原办石展,再说卖戈壁石的太多。"

接下来的一段时间,总是忙,等到在南宫再见到王二时,已经是两个多月之后了。天气热起来,街上到处都是穿裙子和短袖的人,王二还是穿着蓝西服,垂着头坐在马扎上像晒蔫了的植物。我喊:"王哥。"王二抬起头来,脸上都是汗,看见是我,站起来有些羞涩地说:"还没还你钱呢,今天带的钱不够,也没卖东西。"说着急忙掏出钱包打开,里面瘪瘪的只有几张零钞。我忙摆摆手说:"不着急。"王二说:"好借好还,再借不难嘛。"我怕王二难堪,找了个借口离开。

此后在南宫遇到过几次王二,他一见我就马上站起来笑脸相迎。他的生意总是不好。有一次王二说:"汪老师,你看中我哪块石头,我不挣一分钱给你。"经过那次奇石展,我看到许多好石头,而且开始收集资料进行研究,一般的石头已经看不上眼了。这期间回了趟老家,从一堆旧物中终于找到以前收藏的那几块石头,发现它们普通极了,只是质地与我们当地的不一样。

后来看到王二,我就远远地躲开,不想因为五百元老让他有负担。

有天下午,王二突然打电话,问我有没有时间,能不能去他店里一趟。这是认识这么长时间以来,王二第一次给我打电话,我预感到他遇到什么问题了。

一到门口,王二就迎出来。店里有个看起来特别单薄的女人站起来,脸色又黄又瘦,一只手捂着胸脯,不停地咳嗽。王二对她说:"这就是我常对你说的汪老师,是个大好人。"然后对我说:"这是我老婆。"我看他老婆身体不大好,赶忙让她坐下。王二脸上露出为难的表情,不好意思地说:"汪老师,我欠你的钱一直还不了,你看中我哪块石头,拿一块吧。"我说:"别。"王二说:"店里生意一直不好,待在太原开销大,我准备搬回村里,在网上也能卖。"记得以前王二说过他不会操作电脑,连智能手机也不会用,我问:"回去你会弄吗?"王二说:"慢慢学呗,反正有的是时间。"我点点头说:"回去也好,现在生意不好做。"王二催促我赶紧挑一块,我不知道怎样挑,便说:"你看哪块合适,帮我挑一块吧。"王二踌躇了一下,拿起块棕黄色的说:"你看这块怎样,我知道你喜欢景观,这块像假山,而且还带着底座。"我点点头说:"挺好,就这块吧。"王二说:"这块石头是我从一位朋友那儿买的,他当初和我一起去内蒙收石头,还不大能看得懂,现在已经成了千万富翁。可惜我回来了,我要是一直待在内蒙收石头,现在也发大财了。"看着王二遗憾的样子,我不知道该怎样安慰他,便问道:"铺子盘出去了吗?"王二说:"有人问,但还没有定下来,托给朋友了。"

我说:"这边有啥事,给我打电话。"王二问:"汪老师你认识医生吗?县里说她得了肺结核,吃了好多药,却总不见好。"我说:"认识几个,肺结核现在应该比较好治,我帮你问问。"王二说:"肺结核是不是以前的肺痨?"我说:"只要确诊了,对症下药,这病现在不算啥。要不你再去医院检查检查?"王二脸上露出愁苦的表情来,我想他一定是为钱的事情发愁,把张银行卡递给他说:"这里面大概有五千元,你先拿着用。"王二忙扭捏着推辞说:"我怕一时还不了。"我说:"你别搁记着还,给我几块你的好石头就行了。"王二脸上露出了笑容,他说:"前几年,有个山东的老板在我这儿买过十万元的石头,这几年不来了,还有给他留下的石头,你看看。"

王二一鼓作气拿过十几块石头说:"汪老师,我知道你喜欢景观,但景观哪有象形好呢? 现在最值钱的四块上亿元的石头都是象形石,小鸡出壳、东坡肉、岁月,最后一块——你看我这记性……"王二拍着脑袋说。"中华神鹰,"我补充道。"对,是中华神鹰,你看这块石头多像鹰啊,这块像骆驼……关键是石头到了谁手里,谁去卖,谁来买!"王二叹息。

我问:"咱们太原收藏石头的来过你这儿没有?""省奇石协会的侯会长经常来呢! 他退休以前是戏研所的,你认识吗?"我想起在微视频里看到过一个山西的收藏家,开着占地几千平米的奇石馆,买一块石头动辄几十万、上百万,便和王二说起这个人,问他认不认识。王二说:"人家是大老板,哪能认识咱这小老百姓?"

那天,除了抵五百元的那块石头,我从王二那儿又带走了两块石头,就是他说的像鹰的和像骆驼的,还把一位内科医生的电话留给王二,回家之后把王二的事情特意叮嘱了他一下。

此后好长时间,没有联系王二,也没有去开化寺,有时会想王二老婆的病不知道看好了没有,有时想王二的店面大概转租出去了吧? 但没有打电话询问,也没有去开化寺查看,怕听到些不想知道的事情,而自己又没有办法处理。

省里开会,会后安排客人们游览晋祠,一位北京来的客人却想去傅山读过书的多福寺凭吊,我被安排作陪。因为喜欢傅青主,对这位来凭吊的客人就颇为尊敬,便用心陪他。他问起我的经历,我讲起当老师,没想到引起共鸣,他在很多年前也当过老师,我们讲述当老师时有趣的事情,不知道怎么就说到了奇石收藏上面。客人说:"过段时间深圳要召开文博会,中间有个奇石文化博览会,我可以邀请你去参加。"我忙感谢,心里却没有当回事,以为对方在客套。

没想到过了不久,就收到邀请函,但是我们单位要组织大型活动,没办法请假,于是我打电话感谢北京客人的美意。他遗憾了半天,让我挑几块石头给他,他托人帮忙参展。我忙说自己收藏石头是瞎玩,没多大价值,而且好多连底座也没有。对方却一再坚持,讲了许多参展的好处,而且说没底座他可以帮着配。盛情难却,我只好答应,拿哪块石头给他却犯了踌躇。我收藏的石头大多是小品石,严重带有个人趣味,不一定入得了别人的法眼。我又喜欢敝帚自珍,不想拿自己喜欢的东西让别人评头论足,万一别人不屑一顾很难受。而且还有个小小的顾虑,害怕把石头给了对方,丢了或者有个啥意外,不值钱的东西怎样讨说法?因为听过许多书画家参展把作品丢了的事情。思来想去,决定把王二最后给我的那两块石头拿去参展。

石头寄出去,感觉一件事情了了。

大概过了一个月,接到北京客人的电话,声音一通,他就欣喜地说:"给我准备十条烟,你那块雄鹰获了金奖。"以为他在开玩笑,我回答:"现在我就去种烟叶。"对方说:"买烟是开玩笑,你那块石头真的获金奖了,可惜离四大奇石中的中华神鹰还有点儿差距,有人最多只肯出十万买它,你卖不卖?""十万!"我的脑袋嗡嗡作响,不知道哪位土豪这么有钱。对方在电话里继续说:"买石头的就是你们山西的收藏家,煤老板,专门喜欢从石展上买获奖作品。他早就想收藏那块中华神鹰,可惜太贵,你这块一展出他就看上了,愿意的话你把姓名、身份证号码、银行卡号码、开户行发过来,要具体到支行。"

我脑袋晕晕乎乎,打开电脑搜索深圳奇石展金奖作品,看到了那只鹰,搁在红木做的底座上,罩着玻璃罩子,在柔和的灯光下雍容华贵,像要展翅腾飞。好像不是我那块,但肯定是我那块。我查山西这位收藏家的信息,就是我和王二提过的那位,果然有从石展上买获奖作品的癖好,短短几年,已经收藏了数百方石头。

傍晚时分,我的卡上打进了十万元。

那天晚上,十万元给我带来种非常轻盈充沛的感觉,记忆中的那个舞台终于不再空空荡荡,凤凰、仙鹤、孔雀等珍禽从凤冠蟒袍上飞下来翩翩起舞。王二也不再是满头油腻的长发,常年一身蓝西服,他瘦弱单薄的妻子变得像酒店中的那个女人一样丰腴健壮,展露出迷人的笑容。十万元,把我在奇石展上看下的那几块石头统统买上还绰绰有余。拨王二的电话,已经停机了。

天亮的时候,我决定回古城一趟。

坐在大巴车上,沥青路像卷黑色地毯不断向远方展开,"腰缠十万贯,骑鹤上扬州"大概也就是这种感觉。

进入县境,快到古城,要看见土城墙的时候,我有些紧张,屏住了呼吸。可是那段土城墙根本来不及细看,便在眼前一闪而过,印象中它更矮、更小了,被铁丝网围着,像兜在渔网里的巨兽遗骸。

凭着记忆,来到后街王二那座院子前,哪里有什么大瓦房,连脑海中的南房也没有了,代替的是一座文化活动中心,里面有几位大妈伴着音乐扭秧歌。偏西的阳光照在她们臃肿的身体上,像发酵的金黄色面包。我以为走错地方了,绕着后街走了几圈,还是没有找到王二说的五间大瓦房相邻的两个院子。回到文化活动中心前,正好有位老人过来,我拦住他指着文化活动中心问:"这里以前是不是王二的地方?""是啊,可是老早就已经卖了。"老人叹息着,过了会儿说:"有十年了。"我心里咯噔一下,十年不正是王二去太原开石馆的时间吗?便又小心翼翼问,"他是不是回来了?""回来了,"老人摇摇头,"农民不好好种地,折腾什么石头?你去学校背后找找他,给人家当小工呢,这么大的年纪了!"老人走后,街上空荡荡的,一股旋风从巷子头吹过来,卷起些尘土越过墙头不见了。扭秧歌的音乐变成《大花轿》,"太阳出来我爬山坡",大妈们用劲儿扭着,西斜的太阳把我的影子拖得长长的。

路过学校门口时,我下意识地停下来朝里张望,以前永远敞开的校门紧闭着,一个保安从门口的小屋里走出来问找谁。我愣了一下,不知道以前的老师谁还在学校里,不由问道:"你认识王二吗?"保安茫然地摇了摇头,自言自语道,"王二?"

透过铁栅栏,校园里空荡荡的,学生们在上课。几个油漆工在粉刷教室外墙,还有几个人用刷子描墙上的标语。教室门前的白杨树比以前粗大了几圈,叶子绿得发黑。南面的戏台前有几只燕子在飞舞,时而冲上天空,时而俯冲到地面,一遍又一遍……

我摇摇头,转过身来,猛地看见了王二。他弯着腰拉着一平车筑地基用的不规整的青石头吃力地往巷子里走去,西服不知道脱哪儿去了,穿着条宽大的两股筋背心,青色的肋骨一条条支起来,像要刺穿外面那层薄薄的皮。有缕头发掉下来,大概遮住了眼睛,他腾出一只手往旁边掀了一下,好像抬起头来望了望前方,又低下去用力去拉。

(原载《上海文学》第 11 期)

熊　猫

崔曼莉

一

每只动物来,都有前因。前因不由谁说了算。

熊猫的妈妈是银只虎斑美短。她从苏州到南京,是为一对姐妹。她们俩相差三岁。姐姐出生后,由外婆养大,上小学前,父母才接她回家。至家门前,妹妹提着剪刀,挡在门口,哭闹几个小时,不让姐姐进门。

二人冲突不断,四邻不安,父母不得以分居,一人带一个孩子住。妹妹小学二年级暑假,去外婆家玩,姐姐也在。有朋友送了只猫给外婆,有猫后,姐妹俩虽然吵打,却肯合作,一起倒猫沙、喂猫粮、给猫洗澡。外婆说,如果她们肯一起住,就把猫送给她们。

这样,熊猫的妈妈到了南京,半年后发情,一窝下了一只猫。

我与妹妹是同窗。两家离得近,常走动。姐妹俩商议,小猫送我最合适。我回家问妈妈,妈妈一口回绝。无法,我便去问奶奶。奶奶家与我家同在一幢楼,不同单元。奶奶住一层,还有一个院子。

我向奶奶吹,这猫一窝一只。民间有说法,猫下小猫,一龙二虎三避鼠,三只以上的,都是寻常。

那时养猫为了有用,人们不论品种与血统。熊猫是银虎斑美短后代。这种猫随欧洲移民进入美洲本土,成为美国名猫。黑白相间,夹有银色亮毛。有点像中国狸猫,却不如狸花猫花纹清晰。

熊猫来后,奶奶端详半天,大失所望:"这熊猫,长得什么花样,不像老虎,也不像狮子。你个熊孩子,弄个破猫进家来!"

熊是奶奶家乡话。她生在徐州,父母是流亡去的,家道赤贫。祖上哪里人氏也无从考证。她高鼻深目,眼白湛蓝,肩膀宽,个子高,年轻时比爷爷高一个半头。

爷爷家是大户,不知怎么,遇见了奶奶,他便要娶。太爷爷是画家,打听得那是当地有名的美人,且个子高,就差人去聘。亲戚们见了奶奶,背后都笑。怕是为改良品种,要不然,怎娶了一个破落户家的文盲。

奶奶到南京,一直说徐州话,坚决不改。

爷爷家很快败落。奶奶进了工厂,挣钱、做家务。不痛快时,站在秦淮河边,一边哭一边骂。有时听她哭:"俺爷啊,俺想你啊!俺娘啊!俺想你啊!俺大哥啊,你又没有死,你就不能来看看俺!"

有时又听她哭:"俺爷啊,熊孩子他不听话啊,俺爷啊,俺跟着你时多听你话,俺爷啊,你为啥要把俺嫁给这家人?"

"俺"是"我","爷"是"爸爸"。"熊"是骂人话,大概是说不怎么样吧。

太爷爷不论她如何发作,皆沉默不语。自己把自己的小屋收拾得窗明几净。小桌上书报皆整齐。衣服自己洗,干了折平,铺在枕下,压得平整后取出,放在柜中。床头挂了只鸟笼,里面养了只雀。

出了太爷爷小屋,家中一切不忍目睹。东西乱放,灰尘满天。餐桌油腻腻的,每到周末,母亲便用整盆热水从上到下擦拭一遍。

母亲回娘家时,与外婆吐槽。外婆笑:"若不是你婆婆长得美,他家这几个孩子,也不能这么高大好看。"

"娶坏一代妻,教坏三代子,除了老太爷和公公,个个都少家教。"

"你有自己的小家,管好小家就可以了。你婆婆没有文化,又远嫁来,能上班挣钱,还肯糊一个家,就很好了。"

妈妈听后不语。奶奶在家只做饭,其他皆不收拾。闲了坐在椅子上逗熊猫:"你个怪花样,"她晃着毛线球,啐着唾沫,"你个短腿。"

据我观察,熊猫站着时,腿不显短,可它跑起来,后腿几乎看不见。只见一个圆溜溜的屁股,朝地上一坐一坐,坐一下窜出去老远,几下就看不见了。

就这样,全家人跟着奶奶,叫它熊猫。

二

南京的秦淮河那时还没有治理。河面上整块结浮着各种垃圾。水草、水蛇、水老鼠,在河中痛快地生活。父亲常说,他小时候,河水如何清澈。人们在上游淘米、洗菜,在下游摸鱼、洗衣裳。

父亲的河与我的河,完全是两条河。

父亲还有一个弟弟,我喊他叔叔。说实话,他一点也不像叔叔。他是奶奶四十岁后生的。生他时,爸爸和妈妈已经认识。二人结婚前,抱着他去看电影。电影院看门的,还以为是他们俩的孩子。

从我生下来,他就和我争吃的、争玩的。虽然他比我大九岁,感觉,好像还小一岁。

奶奶养了熊猫,在他看来,等于奶奶给我养了一只宠物。突然有一天,他抱回一条狗。一条漆黑漆黑的狗,真正的短腿。叔叔说,它是腊肠狗,上一代杂交过,所以脸是中国的,腿是外国的。

"这下好了,"妈妈在小家怨我,"猫狗双全!"

她看不得奶奶家脏乱差,天天下班去收拾。本来三个老人,加一个比自己小二十岁的小叔子,已经收拾不过来。现在,熊猫还好点,短腿狗在家里又拉屎又撒尿,又咬拖鞋又扯沙发布。妈妈气得骂它:"豆点大的东西,闯祸的本事不小!"

"大嫂子,"叔叔高兴了,"豆点这个名字好,就叫豆点。"

"什么豆点?"妈妈气笑了,"就叫豆豆,好听好记。"

豆豆腿短,却喜欢打架,天天去找邻居家的狗撩事。它好不容易骑到别家狗的背上,狗一晃,它就摔下来。别家狗若骑在它背上,它又叫又跳,被压得死死,最后哀嚎起来,非得奶奶用棍子吓开狗,才能逃回家。

熊猫不撩事,懒得搭理那些猫。若有猫打它,都要吃它的亏。若几只猫围攻它一个,它也不恋战,就地一坐,腾空一跃,出了战局。

"崔家奶奶,"邻居都笑,"这两个短腿有意思啊。"

"有个熊意思,"奶奶啐地,"都是熊东西。"

三

傍晚,奶奶开始做晚饭。做人的晚饭前,先做一猫一狗的晚饭。狗是肉拌饭,猫是鱼拌饭。狗饭装在一个大搪瓷脸盆里,猫饭装在一个小奶锅里。

楼上的邻居们到了此时,就把脸伸出阳台外,嘻嘻哈哈地等着。

等不多久,奶奶端着大盆与奶锅出来了。大盆放院子一边,奶锅放院子另一边。

霎时间,狗脸就埋进了比它脸还小一号的奶锅,呜呜地吃起来,一边吃一边被鱼刺卡得呕吐。猫脸则伸进了比它身体大好多圈的脸盆,大口地吞着肉汤饭。

奶奶站在当间,用家乡话骂:"你个熊猫!你个熊狗!想坏俺的家运啊!狗不吃狗饭,猫不吃猫饭!太阳不出在白天,月亮不出在晚上,这是要乱啊!就是要乱啊!"

阳台上的大人孩子们放声大笑,他们既笑猫狗争宠,也笑奶奶的发音。

"你把狗给俺送走。"奶奶命令叔叔。

"就不送!"叔叔说,"凭什么你给她养猫,不给我养狗!"

"你个熊孩子,"奶奶要打他,"你是个长辈哩,你是个当叔的!"

"谁要给她当叔叔,谁要当长辈!"叔叔绕着大饭桌奔跑,"我就不送,就不送。"

太爷爷从自己屋里出来,豆豆跟在他的后面。太爷爷用拐杖敲了敲地,叔叔与奶奶都不动了。太爷爷从来不批评奶奶与叔叔。有一次,他悄悄对我说,刑不上丈夫,礼不下庶人。规矩要讲给懂规矩的人听。

熊猫不进太爷爷的房间,到了饭点会守候太爷爷出屋门。它不声不响地坐着,偶尔叫一声。豆豆不管,全家到处乱窜,经常咣地一声,撞开太爷爷的房门。太爷爷也随它去。

熊猫四个月时,不再与豆豆争饭,甚至懒得理它。它长得油光水滑,皮毛发亮。有一天,奶奶早起,赫然看见卧室门外,横着一条死老鼠。老鼠有一尺长,头断了,与身体只连着一点皮。

"俺的亲娘哎!"奶奶叫了一声。

我去上学时,死老鼠在河边小路上展览,围满了邻居。他们说,知道河里的水老鼠大,不知道这么大。又说,这老鼠比熊猫还大,熊猫怎么打下来的。

奶奶得意地骂着熊猫,说它把死老鼠拖进门,弄了一地血。

晚上,妈妈也正式去看了熊猫。熊猫来后,她一直不看它。熊猫也不往上凑。豆豆因为犯错多,她还骂过几声。她常说,一个畜生,有什么好看的。

她坐在奶奶家客厅,端详熊猫。熊猫坐得离她一步多远,抬着头,团团脸、团团眼睛,虎虎地回视。

"好猫!"妈妈欣喜,"有虎威!"

每天清晨,邻居们来来往往,参观熊猫的猎物。水老鼠已经没有人看了,连小孩子也不再害怕。鸟雀大家还是觉得有些作孽,毕竟是可爱的。有一天,地上没有猎物,有人去问奶奶:"崔家奶奶,昨天晚上你没放熊猫出门啊?"

"没有放没有放,"奶奶没好气地说,"昨晚睡了。"

奶奶转过头,进了院中小厨房,一边望着案板发愁,一边小声地痛骂熊猫。

四

南京人爱吃卤味,到处是卤菜店。盐水鸭是当地名菜,五香牛肉也是极好的。那时家里来客,奶奶才会上街,斩半只鸭子,或切半斤牛肉。斩和切既是动作,又是声音。鸭子与牛肉称好斤两,付了钱。卤菜店的人便将鸭子放在案板上,抡起斩刀,啪地一下,连骨带皮肉斩断。若是快手,只听得啪啪啪连声响,均均匀匀一盘鸭子便斩好了。

牛肉却需慢切。同样是大刀,缓缓入刀,缓缓落刀,无声无息,那肉薄得一片一片,像纸一般。

熊猫自从偷过牛肉后,夜里就再没有闲过,不去河里打猎,就去卤菜店偷肉。

结结实实一块牛肉。

它不把肉放在奶奶卧室前,更不放在大门外,总是潜入小厨房,放在案板上。

一块牛肉不少钱,何况是物质贫乏的八十年代。奶奶指着地上,翘起尾巴,讨好地望着她的熊猫:"你个熊!俺一家就是穷死饿死!俺们也不吃偷来的东西!你说你这个熊!俺们不吃,你也不吃,你去偷啥?俺少你吃还是少你穿了?天天小鱼饭伺候你,你咋还要偷?你个熊猫,你这是为了啥呀?!"

开始,奶奶守着这个秘密。一家人不知道,她和熊猫关在小厨房做什么。

露破绽是因为,奶奶心疼牛肉,她坚决不吃,却又舍不得扔,毕竟好好的一块肉,只有放着,放臭了再扔。有一天,妈妈发现了臭牛肉,问奶奶,奶奶哭了,一边哭一边说:"俺这是丢死人了,养一只猫出去偷,俺一辈子做人清清白白,老了快死了,还当上贼了!"

妈妈捉了熊猫来,把头按在臭牛肉上,狠打了几巴掌:"你作死了,去偷牛肉!一块肉多少钱你晓得吗?再偷,再偷给你抓着了,看不打死你!不打死你也毒死你!"

奶奶泪眼朦胧,想到了这一层,又哭起来:"熊猫啊,你别偷了,偷了打死你啊,不然要给你下了毒,你就毒死了,你可知道啊,是个人他就不好惹啊!"

家里人渐渐知道了此事,叔叔便吵着要把肉给豆豆吃。开天辟地,奶奶打了叔叔几下:"你个熊孩子!我怎么生出你这么个熊孩子!"

"你打我干什么!"叔叔在家里大喊大叫,"是它偷!又不是我偷!"

"你就是打少了!"妈妈站在旁边冷冷地说,"畜生不懂,你也不懂?"

"他不是那个意思,"奶奶脸色越发难看,"他就是胡乱说的,你是大嫂,你还和他当真?"

妈妈一转身出去了。

五

叔叔没有再提过给豆豆吃牛肉的事。八十年代,流行武侠电影、武侠小说。邻居家的小伙伴约他去公园学武术。他一学上瘾了,起早贪黑地不沾家。豆豆整天跟在太爷爷后面,除了吃饭,几乎不出屋。

妈妈带我回娘家时,把熊猫偷肉的事讲给外婆听。外婆听后叹了口气,对妈妈说:"你还记得三年自然灾害时,我养的那只猫?"

妈妈沉默了,点了点头。

"外婆,"我问,"猫怎么了?"

"那会儿,家里没有东西吃,人都快饿死了,哪有东西喂猫。它就不吃家里的饭,出去找食。家里做点饭,它还守着厨房,不给外面来的猫偷。有时你外公一起床,床前就啪啪有一条小鱼在跳。"

"是它抓的？猫真会抓鱼？"

"会,"外婆说,"那猫,可仁义了。"

"后来呢？"

"死了。"

"怎么死的？"

"不知道,"外婆说,"人都不知道怎么死的,何况一只猫。"

"那熊猫偷牛肉也是仁义了？"

"仁义,"外婆说,"它知道护主呢。"

从外婆家回来后,每发现熊猫偷牛肉,妈妈就狠狠打它。打得它听见妈妈回家时自行车铃声,就噌地跳起来,几步窜到院内,上了房,远遁而去。

事情还是败露了。有一天,卤菜店店主找了来。那是个中年男人,面皮蜡黄。

奶奶自不肯认,态度凶狠,说那人诬陷熊猫。那人也没有证据,但他说,他夜里守贼,却发现是只花猫,满街打听,街上人说,那花色、那本事,必定是我家熊猫。

奶奶便骂起了街："是个人都没有良心啊,俺家熊猫吃你了喝你了,得罪你了？你咋瞎说啊,它还天天逮老鼠呢,它还为人民服务呢！"

那人脸渐渐红了,临走时说："管好你家的猫,要是被我毒死了,不要怪我！"

六

奶奶爱看戏,家里一台黑白电视机,只要放戏,她就守在跟前。她爱跟我说戏里的事,大体都对。谁跟谁好,谁反对谁跟谁好。若是复杂的戏,她就不明白了。因为,她听不懂唱词,也不识字,看不懂屏幕下的戏文。她根据人物的动作、唱腔,猜测人物的命运与当下的心情。她反反复复地看,有时夜里,她关了灯,坐在闪光的小屏幕前,看着看着,她就睡着了,嘴巴张开,打着呼噜。

我有时间,就给她说戏。谁不是谁的娘,是他的丈母娘。谁也不是大老爷,是个宰相。两个人打架不是闹矛盾,是两国交兵。她听听就恼了,"熊孩子尽胡说,你都看的啥,啥也没有看明白!"

爷爷特别爱吃醋。奶奶都老了,他还是见不得门口的爷爷们和奶奶说话。但他绝不敢因为这种事骂奶奶、打奶奶。他唯一的绝招是虐待自己——绝食。

"你爷又不吃饭了!"奶奶只好来敲我们家的门,抹着泪对爸妈说:"俺这是受的什么罪!"

有时,奶奶也气,跟着不吃饭,把饭菜都倒了,只给太爷爷留一碗。太爷爷独自吃罢饭,悄悄进了屋,逗他的雀。奶奶饿着肚子看戏。爷爷睡在床上,咬着牙。

有一天我回家,电视机关着。满屋子人,太爷爷坐在客厅里,豆豆缩在他脚边,熊猫不知踪迹。奶奶连哭带喊,躺在地上。妈妈把我叫到一边:"你赶紧去你姑妈家,叫她来。"

"爷爷奶奶吵架了?"我转头去找,没看见爷爷。

"你叔叔被抓了。"

"什么?"

"被抓了。"

"为什么?"

"不为什么,现在严打呢,"妈妈心烦意乱,"小孩又不懂,问什么,赶紧去叫人,记住,叫她来劝奶奶,千万稳住神。"

我一路朝姑妈家小跑,到了一说,姑妈先哭了,一边哭一边跟着往回走,嘴里碎碎念:"这可怎么办呀,这可怎么办呀。"

"姑妈,叫你去劝奶奶呢,"我着急地说,"你怎么先哭开了?"

"你这个小孩,"姑妈满脸是泪,伸手狠狠戳了一下我的头:"你怎么没有心呀,你叔叔被抓了,现在是什么时候,到处严打呢。"

我那时真的不明白,严打是什么?只觉得妈妈叫姑妈来,太失策。果然,姑妈进门不仅没有劝奶奶,而是倒在奶奶旁边,娘俩儿一块放声痛哭。

一家人劝不住。和叔叔一起被抓的,还有邻居家几个大小伙子。满楼都乱了。

"别哭了!"妈妈拧了两条毛巾,走过去:"他还没死呢!你们一个当妈的,一个当姐姐的,先在这儿哭开丧了?!啊?!"

她喝得好大声,连太爷爷都吓了一跳。姑妈听出了不祥之音,止住哭。奶奶也不敢大放悲声,接过毛巾,捂住脸,不停地颤抖。

七

叔叔和楼里的小伙子们,在公园学武术。其中一个和另一群学武术的人发生了口角,双方约打群架。那天下午,在公园里刚摆开阵势,还没有打,公安就来了。十几个青年,全判了流氓罪。叔叔不是主犯,判五年。主犯家和我们家是十来年的老邻居,判了七年。他的父亲气急攻心,一个多月就走了。

叔叔在江北服刑。爷爷想着为他多挣点钱,备他出狱后生活。一个有罪的人,恐怕永远找不到单位了。爷爷是药厂制药师,掌握着不少西药配方。湖北有个半私营半国家企业来请他,包吃包住,还有高薪。

爷爷走后,奶奶家只剩她和太爷爷,我和爸妈仍在那儿吃饭。没有人和奶奶吵架,也没熊孩子惹奶奶生气。爸妈也不需要调解父母矛盾,替父母管教弟弟。一家人,少了很多话。老太爷安安静静的,依旧吃罢饭,回他的屋。幸好还有豆豆和熊猫。但猫狗再好,始终是动物。爸妈商议,让我晚上去陪奶奶住。

我很高兴可以放开来和熊猫玩了。爸妈在时,不让我抱它,说熊猫什么地方都去,太脏了。

晚上,我在家洗漱完,来到奶奶家。奶奶通常在看电视。我先和豆豆闹一会儿,就去抓熊猫。熊猫和我好,一起钻进被子里。我抱着它,它呼噜噜地发着响声,表示喜欢。

在电视机与熊猫的呼噜声里,我睡着了。熊猫什么时候走的,我并不知道。它又开始往奶奶卧室前放老鼠、鸟雀。奶奶却不再把动物尸体放在门前小路陈列,都是趁清早无人时,用火钳夹了扔进垃圾站。

有一天夜里,我被吵醒了,迷糊中听见了奶奶的哭声。

"俺爷啊,俺娘啊,俺怎么办啊?俺的孩儿啊,被关在江北啊!俺的孩儿啊,过的不是人过的日子啊!俺的孩儿啊,你爷为了你,去了湖北啊!俺一家人,就这样散了啊!"

我一动不动,熊猫还在我怀里。豆豆在客厅里小声呜咽。熊猫圆睁眼睛,望着正前方。

第二天,爸妈来吃早饭,我说:"奶奶昨天夜里哭了。"

爸妈互相看了看。爸爸问:"哭什么了?"

"叔叔,"我说,"还有爷爷。"

爸爸叹了口气,对我说:"你叔叔来信了,说想你,这次去看他,你也一起去吧。"

"好啊!"我又惊又喜,"我也想他呢。"

他们整理了好大一个包裹。有奶奶做的红烧肉,斩的盐水鸭,还有罐头、水果。有太爷爷用毛笔写的家书。蝇头小楷,痛陈君子如不能自强不息,等同自我放弃。还有外公托舅舅送来的毛笔、字帖,与外公钟爱的《书法六要》。另有妈妈与姑妈备的衣服鞋袜。行李包装了又装,差点把拉链撑炸了。

星期天一大早,母亲帮父亲把行李包背在背上,一边背一边悄声说:"他这一下成了功臣了,全家总动员。"

"哎,"父亲小声说,"你在我面前说说就罢了,出去别说。"

"我还能和谁说,就和你说说。"妈妈转头看看我,"过来。"

她取下我独辫上的蝴蝶结:"探监,又不是走亲戚,素一点好。"

爸爸背着包,双手拽紧胸前的包绳。我跟在他后面。他不时说:"我没法拉着你,你自己要跟紧。"

"爸爸,"我有点紧张,"那里面坏人多吗?"

"还好。"他含含糊糊的。

"我们去了会打我们吗?"

"不会,到处是公安。"

"我们要走多远?"

"要转车,转好几趟呢,还要过大桥。我没法拉着你,你要跟紧了。"

八

南京长江大桥,是新中国成立后最重要的建筑之一,当时少有的南北连接点。老师说,如果有人侵略我们,第一件事,就是往长江大桥扔原子弹。三防课经常有实战演习。老师吹响口哨,一个班的同学纷纷钻进桌子底下,衣服深色的,要脱下来反穿。然后戴好防毒面具,等口哨声停止时,有序地朝室外狂奔。男生让女生先走,年纪大的让年纪小的先走。大家奔出教室,奔向操场,那里有一个假设存在的防空洞。

我为了桥上有可能落下的原子弹,在教室里钻过多次桌子肚,在操场狂奔过很多回。但是第一次经过大桥,却是为了叔叔。

已近深冬,车里挤满了人。我站在人堆下方,竟有些热。车过江北,有人上了车,将一个半透明的硬硬的大塑料袋抵在我面前,我不得不尽量转开头。

不知开了多久,到了一站,不少人下了车。我这才看清,背塑料袋的是个女人,又老又憔悴,年纪和奶奶差不多大。她和我们一路走,走着走着,和爸爸聊了起来。

"我儿子判的十年,"她羡慕地说:"还是你弟弟好,才五年。"

"都一样,"爸爸劝她,"大娘,都是一样的。"

"还是你们城里条件好,"她又羡慕地看看爸爸的背包,眼圈红了,"我没有本事,什么也不能给他带,只有这个。"

她晃了晃她的塑料袋。

"奶奶,袋子里头是什么东西,黄黄的?"我问。

"没什么,就是炒米。"

原来是炒米,却不像年节时我在街上爆的炒米花。炒米花虽然不软,却也不硬,轻飘飘地喷着香。"奶奶,"我又问,"炒米为什么这么硬?"

她不好意思了:"是我在锅里头炒的。"

"锅里能炒炒米?"

"能……香得很。"

我还要问,爸爸用眼神制止了我,"大娘,家里还有什么人?"

"没有人了,"她说,"只有我一个。"

"哦。"爸爸不知再问什么。我们走不多远,来到一处高墙边,大铁门前站着武警。一队人排队,从一个小门进。

排到我们时,我们向炒米奶奶告别。她连忙说:"再见再见,赶紧送进去吧。"

我跟着爸爸往里走,心里很难过。我从没有想过,叔叔即使在监狱中,也比一些人富有;奶奶即使独居家中,也比一些人幸福。

"爸爸,"我拽了拽他的衣摆,"炒米奶奶真可怜。"

"生活嘛,"爸爸叹了口气,"不好过。"

一种复杂的痛苦,让我忘却了恐惧。我们来到一间巨大的屋子,里面摆着一排排长桌。长桌一面,坐着站立不安的家属,长桌另一面,空着凳子。

我听见了哨声,一些光亮的脑袋从窗前闪过。门开了,犯人们穿着一模一样的衣服,排队走进来。我也从没想过,他们都是剃光了头发的。

这次会面后,很长一段时间,我在街上看见光头的男人,都会害怕。我担心他是个逃犯,又不明白,逃犯为什么敢在大街上活动。

叔叔见到我,很高兴,说我长高了,又问豆豆怎么样了,熊猫有没有再去做贼。听到此话,我很想像以前一样,边开玩笑,边挖苦他几句,但又意兴阑珊。有些事,他大概永远也不会懂了。爸爸打开包,把东西一样一样拿出来,交代给他。他对书法用具不太感兴趣,太爷爷的家书也只是看了一眼,倒是吃的用的很喜欢。我满屋子打量,寻找炒米奶奶,却没有发现。也许,她在另外一间屋。

我不仅对叔叔感到失望,对人生也有一种失望。

回到家,晚上,我照例去跟奶奶睡。可能怕我听见,奶奶都是在夜里痛哭。我在哭声中抱紧熊猫,没有告诉奶奶,路上遇见了另一个母亲。也没有告诉她,叔叔对于物品的态度。我知道,她听不明白。事实上,我也不够明白。我思绪混乱,黑夜中,已经没有节目的小黑白电视,闪烁着白花花的乱光,在这光中,熊猫的眼睛分外明亮。

九

熊猫何时走了,我不知道。它动作轻捷。它何时回来,我又不知道。只记得奶奶坐在床边惨叫起来。

我翻身坐起,见奶奶一只脚踩在一只死老鼠身上。熊猫紧张地蹲在旁边,不明所以地望着她。

"你个熊猫!"吓疯了的奶奶弯下脚,满地摸鞋。熊猫又往前凑了凑,刚要发个喵声,奶奶一鞋底抽在它脊背上:"我打死你个熊猫!"

熊猫叫一声,蹿起来就逃,一下子没了踪影。

奶奶去找火钳,我低下头,那老鼠头都咬烂了。想着奶奶一脚踩着软软这一团,我的汗毛都竖了起来。

"这个熊猫,它是作死了,把死老鼠放在俺床头地上。"第二天,奶奶对爸妈说。

爸妈看我,我点点头:"它可能是想哄奶奶高兴吧。"

"高兴个屁!"奶奶说,"有本事别回来,俺见一次打一次!"

熊猫真的没有回来。第二天、第三天、第四天。奶奶夜里哭时,又加了内容:"俺爷啊俺娘啊,俺这是什么命啊,俺孩子啥也没干,就被抓了,判了刑,蹲了大狱。俺老头为了俺孩儿,去了湖北。俺养的猫也跑了,俺的熊猫啊,俺爷啊,俺娘啊,那猫可好了,俺想你们啊!"

我悄悄地吸着鼻子,擦干眼泪。

下午放学后,我去河边找,去街上找,都没有熊猫。我又去卤菜店找,也没有熊猫。我遇见了邻家奶奶。她的儿子是流氓罪主犯,判了七年。她的丈夫,在儿子判决后一个多月就走了。她越来越干瘪,像被抽干了水分,脱了人形。

"奶奶,"我问,"你见到熊猫没有?"

"没的,"她的声音小极了,一口气从喉咙下面吊上去,"我的乖乖,你的猫丢不了。"

"几天都不见了。"

"它强得很。"

"会不会被人毒死了?"

"不会。"

"会不会生气,再也不回来了。"

她想了想,似乎不能肯定:"猫气性大,我原来养过一只,他爸还活着的时候,踢了它一脚,它就走了,再也没有回来。"

她想想又说:"熊猫跟你们好。"

熊猫不见了,奶奶无心做饭,晚上只煮了一锅白水面。妈妈看不下去,炒了点鸡蛋,端给太爷爷。往自己和爸爸碗里倒了点酱油,凑合吃了。又看我没有胃口,给我开了包榨菜,倒在面条上。

第二天一早,有人敲奶奶的门:"崔家奶奶,你快出来看吧。"

奶奶披着棉袄,起身开了门,叫了一声又回来,忙着穿棉裤、棉鞋。

"什么事啊!"我缩在被子里问。

"熊猫回来了!"

我腾地坐起来说:"在哪儿?"

"也不是它回来了,"奶奶一边系扣子一边朝外赶,"这个熊猫,打死条大蛇放在门口。"

我赶紧起床,穿好衣服,跑到门外。外面围满了人。那蛇足有一米多长,蛇头处快咬断了,长长地睡在门口的地上。奶奶双手握住火钳,夹起蛇头,提起蛇身。叫好声、尖叫声一片。太爷爷也惊动了,慢慢踱出门。豆豆在人的腿间兴奋地穿梭,嗷嗷瞎吼。奶奶举着火钳往垃圾站走,大人小孩狗,乱哄哄跟在后面。死蛇尾巴拖在地上,画出一条长痕。

"崔家奶奶,你家这个不是猫,是虎!"

"我的妈呀,龙虎斗!"

"我早听说过猫能打蛇,哎呀呀,还是第一回见!"

"乖乖,这个猫厉害,太厉害了!"

到了垃圾站,奶奶举起火钳,用力一甩,那蛇飞起来,轰地落在垃圾堆里。众人齐声叫好。豆豆冲进垃圾堆,看了死蛇一眼,吓得又往回跑。众人大笑起来。我看见邻家奶奶,她干巴巴的脸笑了:"你家熊猫回来了。"

晚上,熊猫像没有离开过一样,把头埋在奶锅里,大口大口地吃着小鱼饭。

我们一家人坐着,看着它。

太爷爷捻着胡须,微微点头。豆豆趴在地上,头搭在爪子上,看着大家。爸爸对奶奶说:"妈,这回你不能打它了,人家送了大礼回来的。"

"谁打它了,谁要打它了?"奶奶急了,"俺养的熊猫,俺为什么要打它?"

"不打就好,"妈妈笑着说,"这猫太争气了,仁义仁义。"

熊猫打过蛇后,再没有把任何战利品放在奶奶床前,也不放在卧室门外,全部在路上展览。邻居天天路过时,表示惊叹。奶奶照例一边骂一边用火钳清理尸体。

十

春节前,爷爷从湖北回来,和奶奶坐在一起吃饭。爷爷一直看着奶奶笑,奶奶急了,重重地把碗摔在桌子上:"你吃你的饭,老是看俺做什么?"

老太爷低头吃饭,装着没有听见。爸爸、妈妈、姑妈、姑父都乐了。吃罢饭,爸爸让我回家睡,我跟着他和妈妈走出来,好像看见熊猫窜了过去。

"熊猫!"我喊它。

它没有理我,钻进一辆自行车底下。

我借过爸爸的手电筒,去照它,却意外地发现,不止它一只猫。它卧在地上,还有一只黄狸花猫,卧在它的身上。

"你们看,"我喊爸妈,"熊猫在干什么啊?"

妈妈抢过手电筒,关了光:"小孩子乱照什么,没的事干了?回家!"

我不死心,一会问爸爸:"熊猫在干什么,为什么那个猫欺负它,它都不管?"

"没的事,"爸爸说,"猫有猫的事,人不要什么都管。"

"你看着好了,"妈妈对爸爸说:"过了春节,肯定要怀孕下小猫。"

"好事情。"

"好什么好,三两下一掏,这个猫就要犯死相了。"

"不会,这个猫神气。"

"再神气的猫也经不起,可惜了,"妈妈直叹气,"是个母猫。"

我隐约猜到,那两只猫的重叠,和下小猫有关系。可下小猫为什么熊猫就不好呢?家里要多几只小生命,是多么开心的事啊。

春节后,爷爷又去了湖北。爸爸每到周末,就赶往江北探监。晚上我陪奶奶睡,白天去学校读书。日子一天天滑过去。突然,街道有人来,给了份通知。城里不允许养狗了,限三日内处理掉自己家中的狗,不然,打狗队上门清理。

"大妹子,"街道办事处的奶奶也是苏北人,拉着奶奶的手说,"你快把豆豆弄走吧。打狗队可凶哩,也不说话,朝着狗头就打,一棍子下去,就死了。"

"真朝死里打?"

"打!打死了就扔到车上,我们附近几个街道,打死了几车狗。"

奶奶要爸爸给叔叔写信,说明此事。妈妈说,一共三天,邮局往返时间都不够。打狗的事是真的,她单位附近也开始打狗,打得很厉害。

"问他也没有用,"爸爸说,"他不在家,豆豆都是跟着爷爷,还是问问他老人家的意思。"

这件事,我事先并不知情。每天放学回来,陪我玩的人,是豆豆,我寻找着去玩的人,是熊猫。我对豆豆,感情也深。

这一天回家,我照例喊豆豆,没有狗回答。平时早就窜出来,扑在我怀里。

我房前屋后转了几圈,只有熊猫睡在厨房屋顶上。喊它,它懒懒地不理。我找奶奶,奶奶不在。太爷爷坐在客厅,喊住我:"你来,先坐好。"

我在沙发上坐下来。

"豆豆没了。"

"您说什么?"

"街道办说要打狗,你爸爸托了个朋友,今天上午来,把它接到乡下去了。"

"这不可能。"我激动地站了起来。太爷爷平静地看着我。我强行克制着情绪,重新落座,"奶奶知道?"

太爷爷点点头。

"您也知道?"

太爷爷又点点头。

"你们为什么不告诉我,如果我知道了,今天还可以陪它最后一天。"

"怕你舍不得狗,"太爷爷说,"也怕狗舍不得你,到时走不掉,它枉送了性命。"

我的眼泪流了下来。

"它是怎么走的?"

"它不肯走,"太爷爷慢慢地说,"它平时蔫蔫的,今天早上又抓又打又咬,怎么也弄不动。"

我擦掉一把泪:"那它是怎么走的?"

"你奶奶告诉它,不走就活不成了。它是流着眼泪跟人走的。"

我放下书包,走到河边。奶奶果然在这儿,一边小声哭一边向她的爷娘诉苦。我有几次,夜里做梦,梦见豆豆回来了,漆黑的小长身子朝我狂奔。

说来也怪,豆豆与熊猫抢饭吃时,常被奶奶骂是败家之兆,等家真正遇到困难,奶奶却不肯再提,对它们也更加好。

一家人为豆豆的事烦恼。爸爸去探监,免不了告诉叔叔。他发脾气,说没人和他商量就送走了豆豆,不接受爸爸送的物品。爸爸怒了,在探监室拍了桌子骂他,被管教员推了出去。这次之后,姑妈姑父去探了两回监,又换成了爸爸。

太爷爷和我谈完豆豆的事后,再也没有提过豆豆的名字,也不参与有关它的讨论,仿佛它没有存在过。还是邻居们议论,奶奶才发现,熊猫的肚子大到如鼓,已经自己在家里找地方准备生产了。

十一

有一天,熊猫总往衣柜钻,奶奶忙把衣服全拿出来,用床单打了个包,堆在床角,给熊猫腾了个地方。

我把好消息告诉姐妹俩。她们又有了一只新猫,叫我去看。那猫是黄色的,长毛,说是中国山东狮子猫与波斯猫杂交生的。

"熊猫要下小猫啦,太好了,拜托你奶奶好好照顾它。"她们的妈妈这样对我说。她们什么也没有说,只是让我逗新的小猫。新小猫确实可爱,我看着它,想象着熊猫的孩子。

熊猫的肚子越来越大,打的猎物越来越小,临产前抓的老鼠,没有气绝,一直在门前空地抽搐。

奶奶不许我再过去睡,怕惊了熊猫。隔几日,说小猫出生了,有三只。

我着急去看,奶奶也不让进卧室门,说小猫睁眼前,谁也不许进。等小猫睁开眼后,我进了门,见三只灰黑色毛茸茸的小东西,在奶奶床上爬来爬去,嘴里不停地喵喵叫唤。

熊猫守在床头。我往前一步,它就盯住我,背上的毛渐渐炸开。

"你个熊猫!"奶奶骂它,"你吓唬谁呢,她是谁呀,她是俺家人!"

我绕到床的另一头,坐下来,立即被三只小猫吸引了。这三只小东西活泼泼的,其中有两只条纹清楚,像狸花猫,时不时东扑一下、西跳一下。另外一只长得像熊猫,花纹不虎不豹,脸最圆,眼睛最大,毛又比熊猫长。它总是倒着身体,肚皮朝上,四只小白爪在空中飞舞。

"这一只最好看呢!"

"比熊猫还好看!"奶奶欢喜地。

熊猫慢慢接受了我的存在,毛顺下来,一动不动地卧着。

姑父拿了相机来,给小猫拍照。熊猫还是紧张,没办法,奶奶只好坐在一旁。等照片洗出来,大家一看,几乎每一张都有奶奶或奶奶的某个部分,有时有手,有时是半拉衣襟。

妈妈拿了照片,带给外婆看。外婆看着:"这就是熊猫啊!"又看看,"你婆婆老了这么多?"

"是的,"妈妈说,"女人不能经事,为了小叔子,她这一年,老得太快了。"

"这猫也老了。"外婆说,"看着不那么神气了。"

"掏的,"妈妈说,"又发情、又怀孕、又下小猫,你看看,毛也没的光泽了,眼睛都不亮了,一下子成老猫了。"

我拿过照片,见奶奶坐在房间床头,头发花白,脸凹陷下去,一只手指着小猫,手色焦黄、青筋暴露。指节微微弯曲。

熊猫蜷坐在床边上,双目低垂,脖子无力地缩起。

一人一猫,像霜打后的秋叶。虽然奶奶脸上挂着笑,熊猫的脸色却有些悲凉。

"女人嘛,"外婆叹口气,"就是这样的。"

妈妈掠了我一眼。

三只小猫奶水吃得足,长得飞快。两只喜欢跳的,已经满客厅乱窜,还跑进老太爷的房间里玩耍。那只爱现肚皮的,我们发现,它不是喜欢向人表示亲爱,而是一个瘸子。

它的右后腿不能承力,从来不落地。剩下三只腿一走一摔。奶奶每次看它摔倒就笑,笑着笑着就哭了:"你个磕头鬼,生下来就给人磕头!"

我对姐妹俩说,磕头鬼特别好看,性格也开朗,希望能把它送到原主人家,好好收养。

姐妹俩商量了一个周末,对我说,她们家已经有熊猫的妈妈,和一只新黄猫,不能再养第三只猫了。

小猫快两个月时,熊猫恢复了夜里出行的习惯。两只健康的小猫,很快被人领走了。磕头鬼没有人要,奶奶成天把它装在围裙口袋里。它像只小袋鼠,四只白爪伸在口袋外面。

十二

叔叔当年的高中同学,从部队转业回南京,听说了叔叔的事,就来看奶奶。

他带了一兜苹果,自己摇着轮椅。到门前,把轮椅换成双拐,苹果挂在手上,一晃一晃地撞着拐杖,走了进来。

太爷爷出来会客,奶奶给倒上茶。客人说着说着,盯住了奶奶的口袋:"阿姨,你口袋里头是什么?"

奶奶掏出磕头鬼。他伸手要,接过来放在自己腿上,磕头鬼四只朝上,肚皮对着它,越发显得脸团眼圆,四周还炸着一圈绒绒的灰毛。

两个玩了半天。他把磕头鬼放在茶几上,磕头鬼一走,就摔了一跤。

他慌忙把磕头鬼抱回怀里。老太爷和奶奶都没说话。

"阿姨,这猫送人吗?"

奶奶没有回答。老太爷慢悠悠地问:"冒昧了冒昧了,你的腿是怎么?"

"哦,"他笑了笑,"部队上搞爆破,是个意外。"

"俺这猫是个瘸子。"奶奶突然说。

"我也是个瘸子,"他呵呵乐,"大瘸子带个小瘸子。"

磕头鬼就这样离开了我家。奶奶说,熊猫第一次当妈,不会生,秋天再生小猫时,就会个个健康。可还没到夏天,熊猫就不见了。它没有回家,也没有尸体,到处没有它的消息。奶奶去卤菜店闹过两次,都被赶了出来。卤菜店的邻居说,没发现店里处理过死猫。奶奶又说,早知道熊猫不回来,她死活也不会把磕头鬼送人。

我们从来不说熊猫死了。我们说,它只是不高兴小猫被送走了;我们说,它发现另外山高路远,除了这条街,外面有的是地方。

(原载《青年作家》第 12 期)